INCANTEVOLI CREATURE

Trasformazioni

Barbara Morgan

Website: http://www.ghostlywhisper.com

Facebook: https://www.facebook.com/ghostlywhisperltd

Instagram: https://www.instagram.com/ghostlywhisperltd

Twitter: https://twitter.com/GW_BooksEtc

Enchanting Whisper

CAPITOLO 1

Il cielo si stava gradualmente rischiarando assumendo tonalità ambrate. Il sole tardava a mostrarsi ma sarebbe stata una giornata limpida con una temperatura gradevole. Una vera e propria giornata di primavera.

Ryan Norwest percorreva la strada che dall'aeroporto di Heathrow portava a Richmond e lo avrebbe condotto presto a Strawberry Hill, considerata la velocità sostenuta con cui guidava l'auto sportiva acquistata appena rimesso piede in Inghilterra. Abbassò il finestrino e gustò la piacevole brezza mattutina sul viso e tra i capelli castano chiaro. Poi rivolse un'occhiata alla sorella Amelie. Seduta al suo fianco manteneva lo sguardo ostinatamente rivolto verso un punto indefinito nello spazio di fronte a sé.

Ryan corrugò la fronte e premette improvvisamente il piede sull'acceleratore aumentando notevolmente la velocità ma ancora, nonostante il contraccolpo, non ottenne nessuna reazione da parte della sorella.

Accese quindi la radio e la melodia di *Candle in the wind* si diffuse nell'abitacolo. Amelie alzò gli occhi al cielo con espressione annoiata, sbuffò e incrociò le braccia al petto.

«Tanto la nostra candela non brucerà mai…»

«Ne sei davvero convinta?» La interrogò Ryan, soddisfatto di aver provocato una reazione in lei.

In risposta Amelie si strinse nelle spalle e voltò il viso dall'altra parte guardando fuori dal finestrino.

«Non manca molto.» Ryan sospirò senza aggiungere altro. Non aveva più voglia di trovare argomenti per vincere tanta ostinazione.

«Già.» Fu l'unica risposta che ottenne.

«E tu come sempre sei arrabbiata…»

5

Ryan strinse il volante con più forza. La voglia di fare conversazione era passata anche a lui. Ormai proseguiva solo per inerzia, come se stesse parlando più a se stesso, senza nemmeno aspettarsi una risposta.

«Arrabbiata non rende assolutamente l'idea.»

Amelie incominciò a giocare con una ciocca di capelli scuri che arrotolava nervosamente intorno al dito per poi lasciare sciolta sulla spalla.

Bene. Proprio nell'attimo in cui lui aveva accettato il suo silenzio ostinato e rabbioso, Amelie aveva deciso di parlare. Come sempre sulla stessa lunghezza d'onda. Ryan le rivolse uno sguardo a metà tra l'ironico e il contrariato.

«Insomma, Amelie… Quando ce ne andiamo hai le crisi perché vuoi restare e mi accusi di strapparti dalle tue radici. Quando decidiamo di tornare vai in depressione e fai l'offesa!»

«Quando decidi…» lo corresse Amelie risentita, voltandosi verso di lui.

«Quando decido!» Ryan rilasciò per un istante le mani con cui reggeva il volante e poi lo riprese, stringendolo con più vigore. «Quando è il momento di tornare, ecco!»

Amelie non replicò e tornò a rivolgere la propria attenzione fuori dal finestrino, totalmente assorbita da uno spettacolo interessante a cui a nessun altro era concesso partecipare. Ma era solo la semplice, monotona e verdeggiante campagna inglese. E Amelie aveva ancora quattordici anni.

Ogni volta che tornavano a casa, a Strawberry Hill, Ryan si illudeva potesse cambiare qualcosa. Qualsiasi cosa. Invece le sue speranze venivano annientate. Ogni volta. Questa, com'era facile intuire, non avrebbe fatto differenza.

Amelie si dimostrava ancora la quattordicenne nervosa e facilmente irritabile della volta precedente e di quella prima ancora, prima ancora, prima ancora... E probabilmente quel luogo aveva la prerogativa di rammentarle il suo dramma più di ogni altro.

Doveva arrendersi. Non le sarebbe mai passata. Avrebbe dovuto imparare a convivere con la furia ostinata della sorella minore nei suoi confronti. Sempre. Per sempre.

Ryan scacciò il pensiero e continuò a guidare, apparentemente tranquillo. Poi tornò a osservare Amelie con la coda dell'occhio. In effetti, come darle torto? Lui stesso incominciava a sentirsi stizzito mentre si avvicinavano alla cittadina dove tutta la loro vita era cambiata in pochi istanti.

Trovarsi nel luogo sbagliato al momento sbagliato era stata la loro unica colpa. L'alternativa sarebbe stata soccombere come gli altri. Al contrario lui aveva ritenuto più opportuno scendere a compromessi. Forse era stato codardo, forse coraggioso. I punti di vista potevano essere divergenti in proposito.

Suo malgrado aveva iniziato a considerare tutte le tappe necessarie che avrebbe dovuto percorrere una volta arrivati. Sempre le stesse. Imprescindibili.

Doveva annunciare la propria presenza e quella di Amelie nella cittadina che sarebbe stata sua per un periodo di tempo ragionevole, prima di essere costretti a sparire di nuovo. Giusto il tempo di un ricambio di quattro o cinque generazioni, prima di poter tornare. E poi ancora, ancora, ancora... Anche se ultimamente la situazione era diventata più complicata da gestire a causa dei mezzi tecnologici. Grandi passi in avanti per l'umanità che però a loro intralciavano l'esistenza.

Iniziava a temere il momento in cui non sarebbero più potuti tornare lì o in qualsiasi luogo in cui erano già vissuti. Odiava la tecnologia, anche per questo. Chissà, forse proprio quella sarebbe stata la loro ultima volta, la loro ultima permanenza a Strawberry Hill.

Ryan socchiuse per un attimo gli occhi verdi e rallentò notevolmente la corsa facendo attenzione che l'auto non sbandasse. Poteva anche essere la soluzione migliore. Non tornare più. Mai più. Non appropriarsi più del palazzo che avevano ricevuto in eredità. In ricompensa, anzi. Lasciare andare tutto. Tutti i ricordi, tutti i rimpianti.

Avvicinandosi sempre più alla meta decise di modificare il tragitto, allungando ulteriormente la strada. Amelie distolse l'attenzione ostinata dal panorama e gli lanciò un'occhiata interrogativa. Ryan scrollò le spalle con noncuranza e la sorella tornò a guardare fuori dal finestrino, ripiombando nell'indifferenza.

Accelerò nuovamente percorrendo la strada alberata che conduceva direttamente in centro città. Rievocò mentalmente tutti i cambiamenti che la sua cittadina natale aveva subito nel corso delle epoche e di cui lui e Amelie erano stati testimoni.

I colori sembravano essere diventati più vivaci, avevano assunto tonalità più intense, più vivide. O forse era solo un'impressione. Era primavera e probabilmente giorno di mercato.

«A quanto pare siamo arrivati.» Amelie si decise a parlargli. Ma raggiungendo la stradina dissestata che conduceva al palazzo era Ryan ad aver perso qualsiasi volontà di fare conversazione.

Fermò l'auto davanti al portone principale, senza nemmeno guardare l'immenso edificio che diventava residenza temporanea dei Norwest ogni volta che si ripresentavano in città.

«Alfred ci aspetta. Ha già preparato tutto, come al solito.»

Scese dall'auto sbattendo la portiera con un impeto esagerato. Per stirarsi mosse la testa da entrambi i lati.

«Perché tutti i nostri maggiordomi si chiamano sempre Alfred?» Amelie sbuffò, seguendolo svogliatamente.

«Non si chiamano sempre Alfred.» Ryan si avviò verso l'ingresso con aria sempre più scontenta, increspò le labbra. «Alla fine è solo un nome che usiamo per comodità.»

Amelie alzò gli occhi al cielo scuotendo la testa.

«Se sei troppo pigro per ricordarti i veri nomi, ovviamente. E tu sei sempre stato troppo pigro.» Si fermò con il fratello davanti al portone. «E perché non siamo entrati in macchina?»

«Perché non abbiamo l'aggeggio automatico ancora...» borbottò Ryan cupo.

«Vuoi dire il telecomando? È così che si chiama l'aggeggio automatico. Te-le-co-man-do!» Amelie lo scrutò con espressione di scherno scandendo diligentemente la parola. «Dovresti imparare! Sei un disastro tecnologico, Ryan. Non sopravviverai al nuovo millennio. Da come sei messo, forse nemmeno ai prossimi dieci anni. La tecnologia avanzata si sta evolvendo in fretta e tu la sdegni come se non esistesse. Da questo punto di vista dimostri novant'anni, non ventiquattro!»

«Poco male, sempre meno dei miei...» Ryan aggrottò la fronte e lasciò la frase in sospeso. Poi premette il pulsante a lato del grande portone di legno.

Appena il portone si aprì risalì in macchina. Attese che la ragazzina indisponente facesse lo stesso ma Amelie scrollò le spalle e si avviò a piedi all'interno dell'ampio cortile.

Sulla porta di casa Alfred li aspettava. Un uomo alto e lievemente curvo, ormai anziano ma con un'espressione vivace nello sguardo. Attese in silenzio che Ryan parcheggiasse e scendesse dall'auto, poi aprì la porta per far passare lui e Amelie.

«Bentornato, signore.» Piegò lievemente il capo, rivolgendosi poi anche ad Amelie con un cenno di saluto. «Signorina.»

Ryan annuì e lasciò vagare fugacemente lo sguardo per il salone principale. Ben poco era cambiato. L'arredamento era sempre lo stesso. Il camino, i quadri, i tendaggi, le ampie vetrate. Tutto era rimasto lì, come cristallizzato dal tempo. In attesa.

«A casa» bisbigliò pur sapendo che quella era solo una parziale verità. Ogni volta rammentava che quel luogo non gli apparteneva davvero, non gli era mai appartenuto. Per questo preferiva non focalizzarsi sull'ambiente, non legarsi troppo.

Amelie lo sorpassò e andò a stendersi sul primo divano imbottito che si trovò di fronte. Chiuse gli occhi estraniandosi e ignorando totalmente lui, Alfred e la casa.

«Posso preparare qualcosa per pranzo, signore, oppure...» Alfred si rivolse a Ryan con tono cortese.

«Non si preoccupi, Alfred.» Ryan scosse la testa riservandogli un'occhiata benevola ma perentoria. «Sappiamo entrambi che non è necessario. Grazie comunque.»

«Perché no?» Amelie riaprì gli occhi e si girò sostenendosi su un gomito, con un sorrisetto malizioso. «Potrebbe anche venirmi voglia di sgranocchiare qualcosa. Io ho ancora gusti umani, dovresti saperlo. Non come te che fai lo snob eccentrico e scorbutico e ti pigli un caffè nero ristretto ogni tanto sorseggiandolo con l'aria da intellettuale frustrato.»

Ryan scrollò le spalle. Ormai lo sapeva che Amelie non avrebbe mai perso una sola occasione per contraddirlo.

«Va bene allora, mangia se vuoi mangiare! Io devo fare il solito giro di visite. Prima inizio, meglio sarà per me.»

Il solito giro di visite che effettuava ogni volta che si rifaceva vivo in città. Ogni volta che si rifaceva vivo, che assurdità riferito a lui. Poi, alla fine, il solito giro di visite si riduceva di norma a una sola visita obbligatoria. Quella a Jean Claude von Klausen. Avrebbe pensato lui a mettere tutto in regola.

Per il resto doveva semplicemente dare un'occhiata intorno per rendersi conto di cosa fosse cambiato e cosa fosse rimasto uguale. La cittadina in fondo aveva ben pochi punti fermi. Punti fermi viventi con cui fosse possibile interagire nuovamente, quasi nessuno. Lo distolse la voce suadente di Amelie.

«Cucina bene come suo nonno, Alfred? Sa, mi è venuta una certa fame. Vorrei un tè all'inglese con una bella fetta di torta di mele. Come l'ultima che ho mangiato qui, magari!»

«Probabilmente non tanto bene.» Il maggiordomo sorrise ossequioso, assecondandola. «Ma spero sia comunque di suo gusto, signorina. Preparerò subito.»

Ryan si voltò verso la sorella che si era alzata di scatto dal divano e le rivolse un'occhiata gelida. Non poteva permettere che cominciasse già a combinare guai, erano appena arrivati, dannazione!

«Poi farò una visitina a scuola. Voglio iniziare fin da subito a fare la brava.»

La ragazza inclinò leggermente il viso e si morse le labbra rosate con aria di sfida, come una novella Lolita in vena di dispetti. Ecco, esattamente ciò che Ryan temeva.

«Va bene, già che ci sei ritira i moduli d'iscrizione» annuì cercando nonostante tutto di mantenere un tono indifferente. E pacato, soprattutto.

«Voglio iscrivermi a medicina.» Amelie incrociò le braccia sul petto e si morse il labbro inferiore con più intensità. «Studiare all'università! Che ne dice Alfred, potrei essere una dottoressa eccellente, vero?»

«Non dire sciocchezze, Amelie» ribadì Ryan senza nemmeno guardarla, prima che Alfred potesse rispondere. «Sei troppo giovane per frequentare l'università e lo sai! Non incominciare con i soliti capricci.»

«No, non sono troppo giovane!» La sorella gli si avvicinò e infuriata gli piantò addosso gli occhi scuri. «Non lo sono affatto e lo sai bene anche tu!»

«Ne abbiamo già discusso troppe volte e non intendo tornare sull'argomento.» Ryan, evitandola, si avviò verso la porta d'ingresso, poi si voltò verso di lei. «Se ci tieni tanto a passare dalla scuola e a studiare vai a ritirare i moduli d'iscrizione del liceo. Domani cominci le lezioni. E non combinare guai nel frattempo. E non infastidire Alfred!»

«Sarebbe assurdo iniziare ora...» borbottò Amelie pestando un piede a terra con rabbia. «Siamo in primavera ormai, la scuola finirà presto!»

«Lo so bene che siamo in primavera e non me ne frega niente. Sei stata proprio tu a dire di aver tanta voglia di studiare.» Ryan stava agendo di ripicca, ne era consapevole. Ma non gli importava ormai. Amelie quando voleva aveva la straordinaria dote di fargli perdere le staffe. E voleva praticamente sempre. «Quindi domani inizi la scuola, il liceo, che ti piaccia o no! Ufficialmente sono il tuo tutore legale, decido io per te. Contenta, sorellina?»

Non attese risposta. Scattò verso l'ingresso e se ne andò sbattendo la porta. Appena uscito la voce stridula e un po' isterica di Amelie lo raggiunse.

«Vai all'inferno, stronzo!»

«Ci sto andando, sorellina. Ci sto andando.»

* * *

Nascondersi era ormai un gioco. Un gioco di cui conosceva alla perfezione ogni regola. I mascheramenti non erano più un espediente con cui difendersi, ma qualcosa di cui servirsi per arrivare alla meta.

Sempre più vicino. Il tempo era cambiato. Non vi era più costrizione, non vi era più sottomissione a regole stabilite da altri. Non vi erano più inganni a cui sottostare. Aveva imparato a giocare la sua partita, finalmente. Aveva avuto ottimi insegnanti.

Spiare il ritorno dei Norwest e il loro ingresso a palazzo era stato solo l'inizio della reazione a catena che intendeva scatenare. Ancora tanto ingenui, tanto indifesi e ubbidienti, nonostante il tempo trascorso e gli affronti subiti. Decisamente non erano nati per regnare, ma per servire.

Ryan soprattutto. Bastava comandare e lui prontamente eseguiva. Tutto secondo copione, come un bravo attore sulla scena. Il prezzo che aveva pagato era stato alto. Ma evidentemente era una questione di carattere, di principi. E a lui mancavano entrambi. Preferiva trascinarsi così negli anni, nei secoli. Senza volontà di rivalsa, senza un istinto di ribellione. Sarebbe stato un sacrificio necessario.

Povero Ryan Norwest! Meglio attendere, restare nell'ombra, lasciarsi animare da una rabbia che si manteneva ancora tangibile, inalterata. Non aveva prezzo, non aveva ricompensa.

Celarsi e osservare il corso degli eventi. Perché il suo unico desiderio era sempre lo stesso. Riprendersi tutto, tutto quanto era stato suo. Ma per il momento non restava che attendere. Doveva avere pazienza. Lasciare che il tempo facesse il suo corso. Che le trasformazioni avessero inizio.

CAPITOLO 2

L'appartamento sopra la libreria era piccolo ma gradevole e accogliente. Ciò di cui aveva bisogno per riprendere contatto con un'esistenza quasi normale. Non era stato facile riadattarsi alla vita di superficie ma a primavera ormai inoltrata non riusciva a spiegarsi come avesse potuto rinunciarvi così a lungo. Il cielo azzurro che scorgeva dalla finestra e i nuovi colori erano invitanti, l'aria tiepida stimolante.

James Foster aprì il frigobar nella minuscola cucina e afferrò una birra. La stappò e la sorseggiò lentamente andando a sedersi sul divano, poi accese la televisione con gesto automatico.

Il programma su cui era sintonizzata non gli interessava, gli serviva per sentire voci e vedere immagini di persone. L'umanità gli era diventata estranea nel sottosuolo. Doveva reintegrarsi per imparare a vivere ancora tra i due mondi.

Con il mondo sotterraneo aveva sempre avuto più confidenza, con quello di superficie invece no. Come se costantemente gli rammentasse la sua colpa. Come se ogni forma vivente lì fosse testimonianza della sua diversità, del suo costante mutamento. E lo giudicasse per una condizione che comunque non era dipesa da lui.

La verità era che nessuno poteva vederlo realmente. Ma questo significava anche che nessuno poteva conoscerlo davvero. Tranne Andres Flick, il proprietario della libreria e del piccolo appartamento in cui gli aveva concesso di vivere. Herr Flick, come tutti lo chiamavano, sapeva più di quanto a lui stesso fosse mai stato concesso sapere. Non solo perché era notevolmente più anziano.

James cambiò canale e sintonizzò la televisione su un programma di cartoni animati in cui un gatto bianco e nero dall'aria imbronciata minacciava di mangiarsi un uccellino giallo che non ne voleva sapere di tacere. Sorrise sorseggiando la sua birra. Quasi li preferiva al vociare degli esseri umani. Alla vista stessa degli esseri umani, anche se solo attraverso l'apparecchio televisivo.

E comunque Herr Andres Flick era un eterno. Ne doveva aver viste e sentite parecchie, più di quante ne avrebbe mai rivelate probabilmente. James Foster invece era soltanto un mutaforma poco più che ventenne.

CAPITOLO 3

Ryan Norwest salì in macchina e rimase per qualche istante a fissare il vuoto. Tutto era uno sbaglio, ne era consapevole. Tutto era stato uno sbaglio fin dal principio. Avrebbe dovuto trovare un luogo dove nascondersi, un luogo dove non essere più prigioniero. Nemmeno di se stesso e dei ricordi. Ma doveva occuparsi di Amelie, dopo averla trascinata nella propria sventura. Senza domandarsi cosa avrebbe significato per lei vivere quell'eterno presente.

* * *

Mentre il fratello metteva in moto, Amelie si era stesa nuovamente sul divano. Appena lo sentì partire si mise a sedere e raccolse le ginocchia tra le braccia. Si guardò intorno annoiata. Alfred si era ritirato in cucina a prepararle il tè, come lei stessa aveva richiesto. Non aveva voglia di altro, gli aveva detto. Magari solo una piccolissima fetta di torta di mele. I suoi gusti umani sembravano intensificarsi quando tornavano a casa. A Strawberry Hill. Preferiva non interrogarsi in proposito.

Aveva l'impressione che il maggiordomo la temesse. Era fin troppo ossequioso e la chiamava costantemente "signorina". In effetti era la sensazione che suscitava in tutti anche se la reazione non era sempre la stessa. Ormai si era abituata, tanto da trovarlo quasi divertente.

Amelie si sollevò di scatto dal divano e si diresse verso la cucina. Probabilmente si trovava sempre nella stessa ala del palazzo. Dopo il tè e la torta si sarebbe avviata verso il liceo cittadino. Così almeno avrebbe lasciato intendere ad Alfred perché lo comunicasse a Ryan, il grande capo. Strano che non l'avesse ancora assillata sul codice morale e di comportamento da tenere in città. Come da copione lei avrebbe dovuto fingere di stizzirsi e ribellarsi. In realtà era sempre la solita vecchia storia che si ripeteva nel corso dei secoli. Ovunque, ma lì più che in ogni altro luogo.

In realtà non disprezzava la loro condizione. Era solo vantaggioso per lei farla pesare a Ryan, farlo sentire costantemente colpevole. La verità era che non riusciva a pensare a se stessa diversamente, ormai.

La sua eterna prima adolescenza poteva diventare estremamente piacevole. Anche se per Ryan indossava la maschera dell'adolescente in perenne crisi e in lotta con se stessa, con lui e con il mondo.

Suo fratello ignorava che se non avesse compiuto lui quella scelta per entrambi, l'avrebbe compiuta lei per se stessa. Era diventata inevitabile, non era mai stata tanto ingenua come Ryan era stato indotto a credere. Prima o poi avrebbe dovuto farglielo sapere. Ma non c'era alcuna fretta, poteva attendere qualche altro decennio.

Amelie sorrise increspando il labbro superiore. Tutto sommato meglio che Ryan continuasse a pensare di averle imposto una decisione, di averla costretta a subire e accettare la trasformazione. Del resto neanche chi l'aveva resa possibile, indagando nella sua mente e nei suoi desideri, aveva mai rivelato a Ryan la verità su di lei.

* * *

Sarebbe già arrivato a destinazione, se non avesse girato a vuoto più volte. Guidando Ryan scrutava ogni vicolo, ogni angolo, lasciandosi quasi incantare dalle novità che gli sembrava di riscontrare.

L'abitazione dell'alchimista si trovava all'estremità orientale del fiume che attraversava la cittadina. Bisognava conoscere la zona davvero molto bene per arrivarci. Proprio un bel nascondiglio, tanto difficile da scovare da permettere a Jean

Claude von Klausen di vivere e stabilire le sue regole indisturbato. Le sue regole. Regole che Ryan era costretto a rispettare e che lo trovavano sempre più insofferente, soprattutto perché era von Klausen a imporle.

Un pensiero gli sfiorò la mente. Se Jean Claude non ci fosse stato, forse avrebbe potuto occupare il suo posto. Non era la prima volta che accarezzava quell'idea. Però Ryan era obbligato a sottostare a necessità di cui l'alchimista non doveva preoccuparsi. Da quel punto di vista Jean Claude era perfettamente libero, lui invece no. Alla fine rimproverava Amelie ma anche lui si sentiva allo stesso modo. In trappola.

Ryan frenò in prossimità dell'antro dell'alchimista von Klausen. Socchiuse per un attimo gli occhi. Invece di scendere dall'auto accese la radio.

Riconobbe immediatamente la voce di Kate Bush che in *Wuthering Heights* implorava Heathcliff di lasciarla entrare attraverso la sua finestra.

"Bad dreams in the night
They told me I was going to lose the fight
Leave behind my wuthering, wuthering
Wuthering Heights...
Heathcliff, it's me, Cathy
Come home, I'm so cold!
Let me in-a-your window..."

Sorrise impercettibilmente e aspettò che la canzone giungesse alle ultime note prima di spegnere la radio e rivolgere uno sguardo teso verso la residenza di von Klausen.

Infine, con una volontà che gli sembrò superiore alle sue forze, scese dalla macchina. Corrugò la fronte fissando il vuoto. L'antro si trovava solo a pochi passi, ma invisibile allo sguardo. C'era un mondo sconosciuto agli esseri umani lì sotto. Un mondo governato da norme e regole, proprio come il mondo di superficie.

Abbandonata l'auto lungo il sentiero, percorse pochi passi fino a raggiungere la collina e continuò a camminare accostando

18

la roccia che sporgeva lateralmente. Scese gli scalini che conducevano alla grotta, inoltrandosi. Sospirò profondamente proseguendo fino a raggiungere quella ben nota scanalatura sulla parete della spelonca. Era tutto esattamente come ricordava. Nulla era cambiato, almeno lì. Appoggiò la mano sulla scanalatura, poi batté tre colpi, uno più forte di quello precedente.

Attese guardandosi i piedi e ripulendosi con le mani la giacca di pelle. Magicamente la roccia si mosse di lato e un portone di legno si aprì davanti ai suoi occhi. Un ragazzino pallido e biondo lo guardava in silenzio.

«Ryan Norwest» si annunciò Ryan, pronunciando il proprio nome senza entusiasmo.

«È atteso, signore.» Il ragazzo lo scrutò da capo a piedi con espressione seria. «Ma deve aspettare.»

«Aspettare?»

Ryan strinse gli occhi poi sospirò stringendosi nelle spalle.

«Sì, esatto.» A questo punto il giovane si voltò senza fornire ulteriore spiegazione. «Mi segua, prego.»

Si incamminò per un corridoio lungo e stretto. Ryan lo seguì cercando di non fare rumore, ma i suoi passi rimbombavano nello spazio vuoto. Guardò i piedi del ragazzino, indossava dei leggeri sandali di corda color cuoio. Improvvisamente si fermò e svoltò verso un altro corridoio che sul lato sinistro si ampliava in un rientro arredato come un salottino, con in bella mostra un enorme televisore a schermo piatto.

«Interessante!» Ryan si guardò intorno mentre il ragazzino gli faceva segno di accomodarsi su un divanetto color senape. «Questo è nuovo. Jean Claude ha ceduto a un po' di modernità?»

Il giovane scrollò le spalle e si ritirò senza replicare. Ryan posò lo sguardo sul tavolino di vetro che gli stava di fronte e notò alcuni libri impilati su cui spiccava *Il vampiro di Polidori e altri racconti*.

«Molto appropriato Jean Claude.» Ryan lo raccolse e se lo rigirò tra le mani. «Come sempre.»

Iniziò a leggere svogliatamente, finché la sua attenzione fu richiamata da una stridula voce femminile. Anzi due. Un'altra voce femminile, più calma, stava replicando. La prima invece abbondava e abusava di acuti.

Ryan si portò le mani sulle orecchie, abbandonò il libro sul tavolino e si alzò raggiungendo l'ingresso del salottino. Guardò da entrambe le parti, poi si avviò lasciandosi guidare lungo il corridoio dalla provenienza delle voci.

«Non voglio sapere niente di questo schifo!» La prima voce femminile era passata alle urla. O forse avvicinandosi Ryan la sentiva ancora più forte. «Io me ne vado!»

«Per favore, ascoltaci almeno…» La seconda voce femminile, quella più tranquilla, aveva assunto un tono suadente.

Ryan si chiese che parte potesse avere l'alchimista in questa disputa tra donne.

«Che hai combinato von Klausen?» borbottò ridendo tra sé.

Intanto il corridoio che stava percorrendo si fece improvvisamente silenzioso.

Se la ritrovò di fronte all'improvviso, come sbucata dal nulla. Lei lo colpì in pieno petto scansandolo con una manata contro la parete del corridoio. Un po' come si elimina dal proprio passaggio un oggetto fastidioso e ingombrante.

La sua testa castana gli arrivava al mento ma la ragazza, sollevando lo sguardo su di lui, gli rivolse un'occhiata furiosa e sprezzante. Quando tentò di muoversi entrambi furono sorpresi da un tintinnio di pietrine colorate che rimbalzavano sul pavimento del corridoio. Ryan impiegò qualche istante a capire che, mentre lo spingeva di lato, un braccialetto indossato della ragazza era rimasto incastrato nella cerniera lampo della sua giacca. Cercando di liberarsi lei ne aveva provocato la rottura.

«Oh, vai all'inferno pure tu!»

La ragazza risollevò lo sguardo su di lui, poi tornò ad osservare il braccialetto disseminato a terra. Sbuffò sdegnata e infine sparì, disinteressandosene. Avvenne con una tale rapidità che appena fu oltre la sua visuale tutto ciò che Ryan ricordò di lei furono gli occhi castano chiaro, screziati di verde e allungati verso l'alto.

Non fece in tempo a rimettersi al centro del corridoio e si trovò di fronte l'altra donna. Più matura, più alta, formosa e dai capelli scuri e ondulati, che stava evidentemente chiamando e seguendo quella più giovane.

«Faith... Faith aspetta!»

«Jean Claude ha trasformato casa sua in un circolo femminile?» la schernì Ryan. «Vuoi mandarmi all'inferno pure tu? Così arrivo a tre e mi convinco ancora di più di ritrovarmici di già.»

La donna si era fermata di fronte a lui e lo fissava con espressione attonita. Ryan si accorse che era di una bellezza notevole. Labbra carnose perfettamente disegnate, occhi castani ben truccati, indossava una maglietta bianca con un bizzarro disegno egiziano sul petto.

«Jean Claude von Klausen la sta aspettando» gli comunicò, ricomponendosi e oltrepassandolo.

Ryan annuì osservandola allontanarsi. Poi si abbassò, attirato dalle pietrine colorate disposte in semicerchio ai suoi piedi. Le raccolse a una a una. Infine recuperò anche la corda che le aveva tenute legate insieme. Al centro c'era una placchetta d'argento su cui era incisa una parola.

«Faith...» mormorò tra sé. Non una parola. Il nome della ragazza.

Infilò tutto nella tasca della giacca e riprese a camminare lungo il corridoio che diventava sempre più stretto e oscuro. Finché raggiunse una luce intensa e uno spazio notevolmente più ampio. L'antro dell'alchimista era un costante contrasto di buio e luce, spazi ristretti seguiti da locali vasti e accoglienti. Dal soffitto pendevano cristalli e guglie dai mille riflessi.

«La luce alla fine del tunnel...» sospirò Ryan mentre raggiungeva il fulcro dell'antro dell'alchimista von Klausen. Che gli piacesse o meno era arrivato all'inferno.

CAPITOLO 4

Dopo aver bevuto il tè, essersi cibata con due fette di torta di mele e aver tormentato Alfred con svariate domande solo per il gusto di metterlo in difficoltà, Amelie salì in quella che era sempre stata la sua camera quando lei e Ryan occupavano il castello.

Entrando lanciò un rapido sguardo alla stanza, poi si fermò di fronte al grande specchio ovale posizionato accanto a una delle finestre. Gli rimandò l'immagine di una ragazzina accigliata dai capelli scuri, con una gonnellina a pieghe color lavanda, la camicia chiara e la blusa di una tonalità più scura della gonna.

Si allontanò insoddisfatta dallo specchio per andare ad aprire l'armadio a muro e lo trovò rifornito di un vasto guardaroba. Agli abiti che aveva abbandonato lì dopo le ultime visite ne erano stati aggiunti di nuovi. Sorrise tra sé. Il suo guardaroba avrebbe potuto far gola a un museo dell'abbigliamento, raccoglieva quasi tutte le epoche del vestiario femminile.

Il primo pensiero di Amelie fu che le sarebbe piaciuto mostrarlo a qualcuno, a qualche amica magari, se ne avesse avute alcune da invitare. E vedere l'espressione contrariata di Ryan mentre glielo comunicava.

Il secondo pensiero, mentre passava le dita tra i nuovi abiti del suo guardaroba probabilmente acquistati da Alfred su consiglio di qualche anziana parente, fu che avrebbe voluto trovarsi al più presto una cameriera o una specie di dama di compagnia. Donna, giovane, disinvolta e che rispondesse alle sue esigenze. Alfred poteva essere eccellente come maggiordomo e cuoco, ma era chiaro che lui e la moda contemporanea non andavano d'accordo. E lei aveva assoluta necessità di un cambiamento! Non ne poteva più di sembrare un'educanda, dannazione!

Sebbene lo negasse, ritornare nella loro cittadina d'origine, in quel castello, significava anche per lei tornare indietro nel tempo. Ogni volta. Considerare questioni a cui altrove sia lei sia Ryan non attribuivano così tanta importanza.

Ovviamente anche l'idea della cameriera non sarebbe piaciuta a quel noioso di suo fratello! Ma la prospettiva di andare a fare shopping con lui sarebbe stata davvero troppo deprimente. Sicuramente se avesse potuto l'avrebbe vestita come un'enorme bambola bruna, con gonnellone al polpaccio e corpini pieni di pizzi e ricami. E magari fiocchi colorati tra i capelli.

Possibile che non si rendesse conto che c'era una donna imprigionata nel corpo di una ragazzina di quattordici anni? E comunque le ragazzine di quattordici anni non si vestivano più da tempo come bamboline di porcellana!

Amelie lasciò la sua stanza e sgusciò fuori dall'ingresso principale richiudendo la porta alle sue spalle, con leggerezza. Ryan aveva preso l'auto. Del resto non avrebbe fatto differenza. Nemmeno guidare le era concesso, benché ne fosse in grado. Scrollò le spalle. Poteva essere anche più veloce dell'auto di suo fratello.

Raggiunta l'università di Strawberry Hill si guardò intorno confusa mordicchiandosi il labbro inferiore. Troppe cose erano cambiate. Amelie non si lasciò scoraggiare e dopo aver vagato per alcuni istanti di fronte all'ingresso principale entrò decisa nella sede universitaria.

Chi poteva fermarla del resto? Nessuno. Medicina. Voleva iscriversi a medicina, come aveva dichiarato espressamente a Ryan. Avrebbe intimidito, corrotto e soggiogato pur di ottenere il suo scopo. Non sarebbe stato troppo complicato. Era un'esperta nell'arte dell'asservimento e della manipolazione mentale. Ne aveva abbastanza del liceo. Per il resto dell'eternità! Voleva cambiare, frequentare gente più grande.

Si aggirò disorientata per i corridoi ancora poco affollati. Un orologio appeso alla parete indicava che erano appena le otto e dieci del mattino.

23

L'iscrizione di per sé non era un problema. Avrebbe ingannato comunque anche per frequentare il liceo. Ma come spiegare il fatto che una ragazzina che dimostrava solo tredici o quattordici anni fosse iscritta a medicina?

Amelie corrugò la fronte. Facile! Poteva creare documenti falsi che dimostrassero che in realtà soffriva di una malattia che le impediva di crescere. Oppure essere considerata un piccolo genio, con un intelletto precoce e superiore alla media!

In realtà il pensiero l'aveva sfiorata negli anni precedenti, ma la logica di suo fratello secondo cui era proibito attirare l'attenzione con qualche stranezza aveva bloccato la sua aspirazione sul nascere. Era condannata a restare tra il primo e il secondo anno di liceo per l'eternità. Insomma, l'incubo di qualsiasi adolescente! Ora però la situazione poteva cambiare. Nascevano addirittura scuole speciali per piccoli geni, perché non avrebbe potuto essere una di loro?

Seguendo le indicazioni si ritrovò di fronte alla segreteria studenti ancora chiusa. Si voltò verso l'atrio e notò che si stava affollando. Sospirò e cercò di sollevarsi sulle punte per guadagnare qualche centimetro di altezza. Oltre a dimostrare tutti i suoi quattordici anni o anche meno, aveva lo svantaggio di essere di costituzione più piccola e minuta delle sue presunte coetanee.

Socchiuse gli occhi per mantenere la concentrazione. Il vociare degli studenti stava gradualmente aumentando e Amelie temeva di perdere il controllo. Ma poteva riuscirci, poteva trattenersi. Almeno finché non avesse compiuto l'operazione per cui era venuta. Grazie alle sue doti di convinzione avrebbe già potuto iscriversi a qualche corso senza attendere il nuovo anno accademico. Si rigirò verso la porta della segreteria appena si accorse che un custode era giunto dall'interno per aprirla al pubblico.

Alcune risatine alle sue spalle la indussero a voltarsi nuovamente. Un gruppetto di ragazzi e ragazze si era fermato dietro di lei e ora la stava oltrepassando sogghignando.

«Dove credi di andare, ragazzina?» Una ragazza dal viso truccatissimo puntò l'indice verso di lei.

«Non è posto per te, piccola! Torna alla scuola elementare!» la derise un energumeno con i capelli a spazzola e troppi denti in bocca.

Gli sforzi di Amelie per mantenere il controllo svanirono in un istante. Insieme ai buoni propositi. Si sentì fremere di rabbia in tutto il corpo e il suo viso da pallido divenne rosso, con vene violacee che le percorrevano la fronte. Così come i suoi occhi, iniettati di sangue. Detestava essere presa in giro. Detestava un sacco di cose, in effetti.

«Seguimi, adesso» disse semplicemente ma con tono perentorio.

Incrociò lo sguardo del ragazzo che rimase per un istante interdetto a fissarla con le labbra appena socchiuse poi annuì, ipnotizzato.

La ferma intenzione di frequentare medicina si era trasformata in altro. Era una rabbia furiosa a dominare Amelie, non più un sogno da realizzare. Camminava per i corridoi trascinandosi dietro il giovane alto e muscoloso, completamente succube di lei e privato di qualsiasi volontà.

Individuò la porta del bagno maschile e lo spinse dentro con impeto, poi contro la parete. Sentì il colpo provocato dalla schiena del ragazzo che sbatteva addosso al muro.

Si gettò su di lui e gli aprì la camicia con una foga esagerata, strappandola con entrambe le mani. Si passò la lingua sui denti soffermandosi su quelli che sentiva mutare e diventare appuntiti. Poi si avventò sul collo e sul petto del ragazzo, immobilizzato alla parete con lo sguardo fisso nel vuoto, allucinato. Lo morse senza troppo impeto, quasi con cautela, pregustando il momento in cui avrebbe estirpato da lui ogni residuo di vita.

Quando il suo morso divenne intenso e vorace, lui emise soltanto un lieve gemito. Da quel momento non avrebbe più potuto sfuggirle, nemmeno tornando in possesso delle sue facoltà, nemmeno sfruttando la superiorità della sua forza fisica.

Ricadde infatti sul pavimento come un enorme sacco vuoto. Amelie lo osservò passandosi la lingua sulle labbra, inclinando il viso.

«Così impari a prendere in giro le ragazze indifese!»

Ma non era soddisfatta, ne voleva ancora. Come sempre, più ne prendeva, più non era soddisfatta. Si affacciò dalla porta del bagno e notò una studentessa che passava proprio lì davanti con alcune cartellette tra le mani.

«Senti, scusa…» Attirò la sua attenzione e puntò su di lei un visetto innocente e un po' smarrito.

«Cosa c'è, piccola? Questo è il bagno dei ragazzi… Quello delle ragazze è sull'altro lato.» La giovane si fermò confusa di fronte a lei.

«Lo so, ma…» Lo sguardo di Amelie divenne perentorio e al tempo stesso irresistibile, tanto da produrre un effetto ammaliante. Accompagnato da una vocina sofferente, quasi disperata. «Mio fratello sta molto male. Per favore, entra qui dentro ad aiutarmi…»

La studentessa non se lo fece ripetere due volte ed entrò. Subì la stessa sorte di chi l'aveva preceduta. In pochi istanti il suo corpo giaceva esanime lungo la parete accanto a quello del ragazzo. Non era colpa sua. Non le aveva fatto niente, anzi era disposta ad aiutarla.

«Danno collaterale.»

Così li chiamava Amalie. La sua intera esistenza era costellata da danni collaterali. Tanto che ormai si sentiva profondamente legata a quella definizione che le concedeva l'illusione di non aver avuto altra scelta e metteva a tacere l'insorgere di qualsiasi senso di colpa o dispiacere. La usavano spesso anche gli umani, per giustificare ogni sorta di violenza, abuso o misfatto. Per pulirsi la coscienza e liberarsi di qualsiasi responsabilità. Chi l'aveva coniata doveva essere un genio!

Amelie si passò le dita della mano sullo stomaco. Scrollò le spalle e sorrise con espressione innocente. Ci aveva provato, ma era chiaro che il tè con due fette di torta di mele come colazione non le erano stati sufficienti. E non era stata sufficiente nemmeno la momentanea aspirazione a un'umanità che ormai non le apparteneva più da secoli.

* * *

Amelie Norwest, con le braccia incrociate sul petto, osservò i corpi del ragazzo e della ragazza adagiati sul pavimento del bagno. Ora il problema era liberarsene.

Improvvisamente la porta si aprì. Del resto era un bagno pubblico dell'università, più che probabile che qualcuno sarebbe entrato da un momento all'altro. Il nuovo arrivato fissava lei e i corpi ai suoi piedi con occhi sbarrati e aria sgomenta.

«Problemi?» Amelie focalizzò lo sguardo in quello di lui scrutando nella sua mente.

Il ragazzo rimase immobile, inebetito dallo shock. Amelie ne approfittò per controllarlo senza che lui opponesse resistenza, prima che avesse il tempo di riprendersi e reagire. Seguendo l'istinto si sarebbe nutrita anche di lui, aggiungendo il suo corpo a quello degli altri due. Ma ciò di cui aveva più bisogno al momento era un alleato piuttosto che un altro umano di cui cibarsi. Qualcuno che non l'avrebbe tradita, perché...

Un sorrisetto modellò le labbra di Amelie mentre afferrava il ragazzo per il collo, immergendogli le unghie nella pelle. Il giovane non riuscì a trattenere un gemito di dolore quando lei con impeto gli morse la gola succhiandogli il sangue direttamente dalla carotide. Nella fase immediatamente successiva Amelie si morse l'avambraccio, affondando leggermente solo i canini in modo che il sangue salisse in superficie. Avvicinò la ferita alle labbra del ragazzo che stava per perdere i sensi e scivolare a terra, come i due che lo avevano preceduto.

«Da bravo, bevi...» lo incoraggiò mentre lui voltava debolmente la testa dall'altra parte. «Ti ho detto bevi, idiota! Prima che cambi idea e decida di lasciarti crepare come gli altri!»

Amelie lo forzò afferrandogli la nuca. Sentì che il sangue stava rientrando in circolo nel corpo del giovane che riconquistava forza e vigore succhiando con sempre maggiore voracità. In pochi istanti non ebbe più bisogno di sorreggerlo, le sue guance pallide ripresero colore e lo spinse via.

Lui abbassò lo sguardo e Amelie si accorse che fissava bramoso i due corpi sul pavimento.

«Prima lezione…» Afferrò il suo mento tra le dita e lo costrinse a fissarla negli occhi. «Il sangue dei morti non si beve, se non vuoi rischiare di raggiungerli. Ora li sistemiamo in un luogo sicuro e poi pensiamo a nutrirti, creaturina. Ti dovrò insegnare un po' di cose, ma almeno è un'alternativa alla noia. A proposito, come ti chiami?»

«Io… Thomas Jones» rispose il ragazzo automaticamente, annuendo a ogni parola che usciva dalle labbra di Amelie.

«Bene, Thomas Jones. Aiutami a nascondere in un luogo sicuro questi due, poi decideremo cosa farne. Ora non ho voglia di pensarci.»

«Ci… ci sarebbe il magazzino degli attrezzi, la porta accanto. Non… non ci va mai nessuno… quasi mai…» borbottò Thomas leccandosi i residui del sangue di Amelie intorno alle labbra.

«Perfetto creaturina. Io faccio la guardia nel caso arrivi qualche scocciatore, tu li trasporti!» sentenziò Amelie, poi sbuffò. Non doveva andare così, ma ormai…

Thomas annuì e raccolse il corpo della ragazza. Amelie aprì la porta e gli fece cenno di attendere. Dopo pochi secondi con un altro cenno lo autorizzò a procedere. Thomas depositò la ragazza all'interno del magazzino degli attrezzi e tornò a prendere anche il ragazzo.

Amelie annuì sistemandosi il colletto della camicetta davanti allo specchio del bagno. Ryan le avrebbe fatto una scenata isterica, o peggio. Per nutrirsi la costringeva sempre ad aspettare lui, con l'intenzione di tenere d'occhio lei e la sua irruenza. Ormai era diventato un tacito accordo tra loro. Decideva lui chi, quando, dove, come. Tutto doveva avvenire nel modo più sicuro e ordinato possibile. E invisibile, soprattutto. Ecco, invisibili dovevano essere. Agire con cautela per non creare sospetti, essere prudenti. Non uccidere, possibilmente. Insomma, essere completamente e ostinatamente contro la loro natura. Per Amelie il più delle volte era un supplizio inaccettabile. Ma ai suoi "danni collaterali" si opponeva fermamente la "prudenza esasperante" di Ryan.

Mentre Thomas raccoglieva il corpo del ragazzo, la porta rimasta accostata si aprì e Amelie sussultò. Anche Thomas si agitò e la guardò annichilito.

Amelie tirò un sospiro di sollievo rendendosi conto che chi aveva aperto la porta era soltanto un gatto. Magro, smunto e rossiccio. Puntandole addosso il suo sguardo felino sembrava esprimere la disapprovazione più profonda nei suoi confronti. E sembrava anche appena uscito da una battaglia tra randagi.

«Stupido gattaccio, mi hai spaventata!» gli ringhiò contro Amelie.

Il gatto le ringhiò di rimando e le si scagliò contro con l'evidente proposito di graffiarle un polpaccio, in bella mostra sotto la gonnellina a pieghe. Mentre Amelie si preparava a sferrargli un calcio però cambiò idea. Con un balzo saltò sul ripiano dei lavandini per poi passare a quello sotto la finestra aperta solo pochi centimetri, da cui uscì agilmente.

«Odiosa bestiaccia!» Amelie fremette, rincorrendolo e chiudendo la finestra con un colpo. Thomas intanto era rimasto incantato a fissarla, sostenendo il corpo del ragazzo sotto le ascelle. «Svelto tu, vai a nascondere anche lui! Mi sono stancata di stare qui, ho voglia di uscire.»

Amelie aprì la porta e quando gli diede il segnale Thomas eseguì prontamente, tornando da lei con in mano la chiave del magazzino.

«Questa la possiamo tenere noi, per il momento» sorrise beffardo, come se attendesse un complimento per l'arguzia dimostrata.

«Bene!» Amelie annuì senza scomporsi, poi sorrise dolcemente comprendendo che era assolutamente necessario assicurarsi la fedeltà dell'ingenuo ragazzotto. «Bravo Thomas!» Gli schioccò un bacio leggero sulle labbra. «Ora ti insegno a nutrirti, poi ci divertiamo un po'.»

Thomas Jones annuì soddisfatto e compiaciuto. Amelie aveva già scordato il motivo per cui si era presentata all'università quella mattina. O meglio, l'aveva rimosso, accantonandolo in un angolo della mente dove aveva perso di importanza e di valore.

In ogni caso erano appena arrivati in città e già si era trovata un alleato, un servitore, una creatura tutta sua con cui divertirsi. Almeno per un po' aveva intenzione di tenerselo e di sfruttarlo.

Comunque non era uscita con l'intenzione di uccidere o di trasformare qualcuno. Erano stati gli eventi. I danni collaterali, appunto. Ryan sarebbe andato fuori di testa. Ma Ryan non doveva per forza saperlo. Il suo codice di sicurezza e invisibilità raggiungeva livelli inauditi a Strawberry Hill. Estremi addirittura, oltre la norma.

L'avrebbe scoperto, prima o poi. Questo era sicuro. E dopo l'abituale sfuriata, le accuse, le ingiurie, l'avrebbe perdonata. Ryan la perdonava sempre. Lei era tutto ciò che aveva. L'unica costante del suo eterno per sempre. E, nel bene e nel male, per Amelie era lo stesso. Non sarebbe sopravvissuta senza di lui.

CAPITOLO 5

La vita era nel libro. Tutto il resto non esisteva più. Spesso tutto il resto poteva anche smettere di esistere per ore, per giorni. Scomparire. Indipendentemente dal luogo in cui si trovasse. Indipendentemente da quanto tardi potesse essere.

Un gatto magro, smunto e dal pelo rossiccio approfittò dell'apertura della porta della caffetteria "Strawberry Dream" per entrare di soppiatto. Andò a infilarsi sotto la sedia del tavolino nell'angolo, solitamente occupato da Maggie Pennington.

Ma Maggie Pennington, totalmente immersa in un'altra vita, in un'altra storia, in un'altra epoca, non se ne accorse e continuò a leggere il suo libro con aria trasognata, girando una pagina dopo l'altra.

Il gatto sbadigliò, si leccò i baffi e si stese sulla pancia, sotto la sedia della ragazza. Trattenendo l'istinto di leccare la pelle della sua caviglia che risaltava tra il calzino bianco con i risvolti rosa e i jeans. Percependo i passi della cameriera avvicinarsi, ritenne meglio per lui spostarsi e andare a rifugiarsi dietro al pesante tendaggio appeso alla finestra, di lato al tavolino.

Maggie rimase con lo sguardo focalizzato sul libro, sbattendo solo impercettibilmente le palpebre nella lettura. La cameriera si fermò accanto a lei con le mani sui fianchi e lo sguardo corrucciato.

«Allora?»

«Allora buona giornata, Jenevieve.»

Maggie non alzò la testa dal libro, la voltò solo leggermente con un sorriso dolce ma fugace. Corrugando poi la fronte tornò alla storia che stava leggendo con espressione preoccupata. Come se avesse a che fare con un evento drammatico.

«Insomma, prendi qualcosa?» Jenevieve non si mosse. Mantenne lo sguardo imbronciato fisso su Maggie e le mani sui fianchi. «Non puoi occupare un posto senza prendere qualcosa!»

«Aspetto Bliss, grazie.» Maggie si rassegnò a sollevare la testa dal libro e fissò su Jenevieve gli occhi azzurri, innocenti e un po' smarriti.

«Bliss è in ritardo, come al solito!» borbottò Jenevieve. «E tu non puoi occupare…»

«Allora vorrei una cioccolata, ma come quella speciale che sa fare Bliss.» Maggie sorrise con dolcezza e si grattò una tempia. «La tua fa un po'…» si morse le labbra, prima che la parola "schifo" uscisse dalla sua bocca senza avere più la possibilità di tornare indietro. «È un po'… leggerina, ecco…» si corresse in tempo.

"È acqua sporca con un vago, molto vago sapore di cioccolato" pensò tra sé.

Jenevieve le voltò le spalle senza rispondere e tornò dietro al bancone, dove altri clienti aspettavano di pagare o di bere.

Il gatto rosso si mosse pigramente da dietro il tendaggio e tornò a posizionarsi sotto la sedia della ragazza leccandosi i baffi. Maggie non lo vide, non lo udì e tornò a immergersi nella storia narrata nel libro aperto sul tavolo.

* * *

Era consapevole del ritardo ma non aveva voglia di muoversi da lì. Le continue occhiate furiose di Jenevieve avrebbero potuto convincerla. Però Maggie, ignorandole beatamente, era troppo concentrata sulle righe stampate del libro che le scorrevano davanti agli occhi.

Finché il gatto rosso nel dormiveglia agitò la coda contro il suo polpaccio.

«Ehi?» Maggie inclinò la testa di lato e lo scorse sotto alla sedia. «Ci rivediamo a quanto pare! Quel cattivone di Nathan non ti ha fatto male, vero gattino?»

I passi strascicati di Jenevieve la raggiunsero all'istante.

«Qui dentro gli animali non sono assolutamente ammessi!»

La voce di Jenevieve caricò a tal punto quel "assolutamente ammessi" che Maggie ebbe la sensazione che le due parole contenessero decine di S pronte come archi a scagliare frecce contro di lei. Mosse leggermente la testa a destra e a sinistra nell'intento di evitarle e non replicò.

«Cosa ci fa quel gatto qui dentro?» insistette Jenevieve, perentoria.

Maggie si inclinò di lato e guardò il gatto che continuava a dormire sotto la sua sedia. Questa volta del tutto incurante della presenza di Jenevieve.

«Dorme, mi pare...» Maggie si strinse nelle spalle.

«Perché lo hai portato qui dentro, insomma?»

Dalle narici di Jenevieve sembrava uscire fumo, a Maggie ricordò per un attimo i personaggi infuriati nei cartoni animati.

«Non l'ho portato qui dentro io, ci è venuto da solo sulle sue gambe... mmh... zampe... zampe!»

Maggie osservò l'espressione di Jenevieve ed ebbe la netta impressione di peggiorare la situazione a ogni parola che pronunciava.

«E allora perché se ne sta a dormire sotto la tua sedia?» la rimbeccò l'altra.

«Perché...»

Maggie sospirò sforzandosi di pensare a una risposta che non la facesse infuriare ulteriormente. Rivelare che lei e il gatto rosso si erano già incontrati fugacemente quella mattina stessa nel giardino del suo vicino di casa Nathan Castle non le parve un'idea eccellente.

«Perché?»

«Perché oggi è giovedì!»

Maggie doveva ammetterlo con se stessa, nemmeno lei sapeva con esattezza cosa le passasse nella mente. In quel momento e il più delle volte. Soprattutto quando la obbligavano a fornire una spiegazione costringendola ad arrampicarsi sugli specchi.

«E con questo?»

Dall'espressione sempre più accigliata di Jenevieve, Maggie capì che forse avrebbe fatto meglio a dire la verità lasciando velatamente ricadere la colpa su Nathan Castle, acerrimo nemico dei gatti randagi del quartiere.

«Perché... ho dato da mangiare ai gatti randagi una volta il giovedì, quindi da quel giorno... i gatti mi...» Maggie avrebbe voluto scomparire, letteralmente. Lo sguardo di Jenevieve esprimeva disprezzo allo stato puro, più per lei ormai che per il gatto. «Mi... seguono il giovedì!»

Jenevieve si allontanò senza dire una parola. Maggie sospirò di sollievo e tornò al suo libro. Non fece in tempo a recuperare la pagina dove era arrivata, che Jenevieve si ripresentò munita di scopa. Maggie temette per un istante che fosse destinata a lei. Invece la cameriera si accanì contro il povero gatto rosso, il quale come una saetta sfrecciò verso la porta d'ingresso dello "Strawberry Dream", passando tra le gambe di Bliss Sanders che stava entrando in strepitoso ritardo proprio in quel momento.

«Ah, finalmente!» La aggredì Jenevieve con un'occhiata furente, andando a riporre la scopa nel retro.

«Buongiorno Jen.» Bliss richiuse la porta tranquillamente salutando Maggie con un gesto della mano. La ragazza rispose al cenno di saluto lanciando un'occhiata significativa verso il retro.

«Che è successo?» Bliss si avvicinò a Maggie, scostandosi una ciocca di capelli ramati dalla fronte. «È in modalità strega questa mattina, con quella scopa in mano?»

«Temo sia colpa mia, in parte.» Maggie si mordicchiò un'unghia e sospirò profondamente dispiaciuta.

«Non ti preoccupare, niente di diverso dal solito. È sempre arrabbiata comunque...» Bliss le strizzò l'occhio sorridendo. «Cioccolata alla Bliss?»

«Certo!» annuì Maggie soddisfatta. «È proprio quello che stavo aspettando.»

«Te la preparo subito!» Bliss si voltò verso il bancone per un attimo, poi tornò a guardare Maggie che teneva la mano ferma sul libro per non perdere la pagina. «Che cosa stai leggendo questa volta?»

«*Jane Eyre*...» Maggie sollevò il libro mostrando a Bliss la copertina. «Lo avevo già letto anni fa, ma devo preparare una tesina sulle sorelle Brontë.»

«Ma che brava, io non ci riuscirei mai a leggere e studiare tanto!» Bliss si voltò di nuovo e si accorse che Jenevieve stava rientrando nel locale. «Meglio che vada o chi la sente! La tua cioccolata arriva subito.»

Maggie annuì e sorrise mentre Bliss si allontanava. Sospirò tornando al suo libro. E in un attimo non era più lì, seduta a un tavolino della caffetteria "Strawberry Dream". Riusciva a visualizzare le scene, gli ambienti, i personaggi. Tanto che le sembrava di vivere, proprio in quel momento, i drammi di Jane Eyre, i suoi timori. Soprattutto le sue passioni, che la coglievano come un brivido sottopelle trascinandola altrove.

E quando i personaggi uscivano dai libri per trasportarla nel loro mondo per lei era sempre difficile distaccarsene e tornare indietro, riemergere in una realtà in cui il più delle volte si sentiva estranea. Ci aveva fatto l'abitudine, ormai. Costretta ad accettarla ma non a farne parte. Trattenendosi con tutte le sue forze in una dimensione a metà tra il reale e l'immaginario.

CAPITOLO 6

Lo trovò di spalle, intento a posizionare chissà quali intrugli su una mensola, mentre un libro all'apparenza antico era aperto sul grande tavolo di legno che occupava il centro dell'antro. Senza guardarlo direttamente in faccia la sua figura scura e imponente poteva mettere soggezione anche a chi aveva a che fare con lui quotidianamente.

Ryan si schiarì la voce solo per attirare la sua attenzione. Sapeva che l'alchimista era consapevole della sua presenza. Probabilmente aveva udito i suoi passi da quando era entrato. La sua distrazione era quindi del tutto intenzionale, come se ci prendesse gusto a farlo aspettare ancora.

Jean Claude von Klausen si voltò e per un istante rimase serio a fissarlo. Il volto era imperturbabile, quasi scolpito, gli occhi scuri e penetranti come quelli di un'aquila pronta a lanciarsi sulla preda. Mosse qualche passo verso di lui e le sue labbra sottili si piegarono in un sorriso forzato.

«Ryan Norwest.» Chiuse il libro che si trovò di fronte, distogliendo lo sguardo. «Bentornato nella mia umile dimora. E bentornato in città, soprattutto.»

Mentiva. Nessuno meglio di Ryan sapeva che l'alchimista von Klausen in quel momento stava mentendo spudoratamente. Non gli faceva piacere che lui fosse tornato in città e tantomeno nella sua "umile dimora".

Ma Ryan e tutto ciò che comportava la sua presenza e i suoi continui ritorni a Strawberry Hill gli erano stati imposti, come un male necessario. Averne a che fare era un dovere da cui nemmeno l'alchimista poteva esimersi.

«Grazie.»

Anche Ryan accennò un sorriso di circostanza. Era incredibile il fatto che entrambi avessero accumulato tanto potere in tutto quel tempo, ma nessuno dei due fosse davvero libero di agire o di esprimersi come riteneva opportuno.

Il potere alla fine era una prigionia, meditò Ryan. Forse avrebbe dovuto rendersene conto prima, tanto tempo prima. La voce gutturale dell'alchimista richiamò la sua attenzione.

«Pronto per tornare all'opera?» Jean Claude aveva fissato nuovamente lo sguardo su di lui, perentorio.

«Come sempre» annuì Ryan incrociando le braccia al petto. «Attendo come sempre di sapere tutto ciò che potrà essermi utile per... agire nel migliore dei modi.»

Non lo espresse a parole, ma lasciò volutamente cadere l'allusione sulle due donne con cui si era incontrato e scontrato poco prima. Nessuno mai, di norma, agiva in modo tanto nervoso e irascibile al cospetto o nelle vicinanze dell'alchimista von Klausen. Era probabile che quella ragazza, Faith, non sapesse esattamente con chi aveva a che fare per comportarsi in modo così sconsiderato, senza ritegno. I discepoli dell'alchimista lo consideravano per lo più un maestro, un vate e lo veneravano incondizionatamente.

«Come sempre» replicò Jean Claude scrollando le ampie spalle.

Ryan comprese che l'alchimista non gli avrebbe rivelato nulla di sua iniziativa. Toccava a lui chiedere spiegazioni. E forse era proprio ciò che von Klausen si aspettava. Che lui chiedesse. Per dimostrargli che, se voleva, poteva anche negargli una risposta. Ryan sospirò e strinse un pugno. Questi giochi di potere lo irritavano.

«Ho incontrato due donne, mentre aspettavo di entrare» dichiarò in tono neutro, senza aggiungere altro.

«Davvero?» Jean Claude sollevò solo un angolo della bocca in un sorriso appena accennato. «Curiose creature, le donne.»

«Decisamente» annuì Ryan con convinzione. «Soprattutto quando sono così irascibili. Diventano inaffidabili a quel punto, oltre che curiose.»

«Quelle donne non sono un tuo problema, Norwest.» Lo sguardo dell'alchimista divenne cupo e una ruga marcata gli attraversò la fronte.

«Lo diventano se fanno parte delle creature di Strawberry Hill.» Ryan increspò le labbra lanciandogli un'occhiata di sfida. «Io conosco i miei doveri... a differenza di altri...»

Le ultime parole probabilmente avrebbe potuto e dovuto risparmiarsele. Sfidare l'alchimista apertamente non si era mai dimostrata una buona idea. Ma Ryan, cedendo per un attimo a un istinto irrefrenabile e ribelle, non era riuscito a trattenersi.

«Davvero?» Jean Claude si mosse nella sua direzione, mantenendo lo sguardo cupo fisso su di lui. «Perché se non ricordo male tu hai una sorellina altrettanto... come dicevi? Irascibile e inaffidabile, oltre che curiosa? La piccola cara Amelie è ancora con te?»

«Amelie è totalmente sotto il mio controllo» annuì Ryan deciso.

Jean Claude sapeva ancora come colpirlo nei suoi punti deboli. Il suo legame con Amelie non era mai stato solido o collaborativo. L'alchimista lo sapeva da sempre. Nonostante tutto Ryan confidava ancora che la situazione con la sorella potesse cambiare e migliorare, prima o poi.

«Lo spero, lo spero» annuì l'alchimista con aria condiscendente. «Le altre volte non è stato un soggetto facile con cui avere a che fare. Ma del resto nella vita si cresce, si cambia...»

Ryan ne era certo, ormai. Von Klausen lo stava apertamente sfidando. Un'altra certezza si fece strada in lui, sempre di più. Era chiaro che le due donne nascondevano qualcosa. Qualcosa di cui l'alchimista non voleva che lui venisse a conoscenza. Qualcosa su cui avrebbe indagato al più presto. Restava un mistero il fatto che si fossero trovate lì proprio nel momento esatto del suo arrivo.

CAPITOLO 7

James Foster aprì la porta dello "Strawberry Dream" e si guardò intorno, sforzandosi di mantenere la calma. La ragazza con le calzine bianche e i risvolti rosa era ancora seduta allo stesso tavolo e leggeva il suo libro tenendo la sedia in bilico.

Nemmeno si accorse di lui mentre si avviava a prendere posto al tavolino dietro al suo. James si sedette in modo da essere con le spalle quasi appoggiate a quelle della ragazza.

Maggie Pennington sollevò solo un occhio dal libro, distrattamente. Qualcuno si era seduto dietro di lei. Decise di tornare a sedersi composta sulla sedia e di smettere di dondolarsi, ma involontariamente la testa le ricadde all'indietro e andò a sbattere contro quella di James.

«Scusi, mi scusi tanto...» mormorò e si aggrappò con entrambe le mani al tavolino, massaggiandosi poi la nuca.

«Non importa» rispose James schiarendosi la gola.

Erano le prime parole che pronunciava dopo tanto tempo, a qualcuno che non fosse Andres Flick. E aveva detto "non importa" a una ragazza che si trovava alle sue spalle. Una ragazza che non staccava quasi mai gli occhi dal libro che stava leggendo e che aveva la testa dura. Anche James si massaggiò la nuca.

«Ecco la tua super cioccolata, Maggie.»

Bliss arrivò tenendo in bilico il vassoio su una mano e depositò la sua specialità sul tavolino di Maggie che sollevando gli occhi dal libro sorrise felice.

«Grazie, Bliss! E ci sono anche i pasticcini e la torta al limone! Che meraviglia...»

Bliss strinse il vassoio tra le mani, fece cenno a Maggie di aspettare e rivolse la sua attenzione a James, che le sorrise cercando di essere il più naturale possibile.

«Un caffè macchiato, per favore» chiese semplicemente.

«Subito!» Bliss sorrise allontanandosi verso il bancone.

Qualche minuto dopo era di ritorno con il caffè per James. Lo servì e si sedette al tavolino con Maggie ora immersa, oltre che nella lettura, anche nella cioccolata e nella torta al limone.

«Che mattinata!» Maggie accantonò il libro e la guardò, giocherellando con una ciocca castana. «Sono dovuta scappare via dalla Perfida Sventura che gridava, mi urlava dietro come una pazza furiosa. Dovrei imparare a saltare giù dalla finestra, almeno evito di incontrarla ogni mattina. O avere le ali e saper volare.»

«Sarebbe un buon metodo per sfuggire alla matrigna cattiva.» Bliss la scrutò seria e poi rise divertita. «Se fossi una farfalla potresti volare via…»

«Per quello mi basterebbe essere una mosca o un moscerino, così sarei ancora più piccola! No, aspetta!» Sollevò una mano, terrorizzata. «Se poi incontro un gatto e mi mangia? Meglio di no! A proposito di gatti… Nathan sta diventando sempre più sadico e crudele, dobbiamo intervenire!»

La straordinaria abilità e rapidità di Maggie di passare da un argomento all'altro ormai non sorprendeva più Bliss. Anzi, probabilmente non l'aveva mai sorpresa, la conosceva da quando avevano entrambe pochi anni di vita.

«Nathan Castle è diventato un gatto?» scherzò Bliss, sicura che Maggie l'avrebbe presa sul serio. «Che novità è mai questa?»

«No, no…» Maggie scosse la testa sgranando gli occhi azzurri. «Nathan è stato sadico e crudele con un gatto! In realtà lo è con tutti i gatti, ma con uno in particolare questa mattina. Dopo che sono corsa via dalla Perfida Sventura ho visto Nathan che studiava nel suo giardino. Non so come faccia a studiare in giardino, io non ci riuscirei mai, anzi… mi guarderei intorno. A meno che si tratti di un libro interessante. Ma studiare biologia molecolare, chimica organica o cardiologia vascolare, insomma quella roba che studia Nathan… non se ne parla proprio perché io…»

«Ma Maggie, tu non studi biologia molecolare e tutte quelle cose. Tu sei iscritta a letteratura…» la interruppe Bliss.

«Vero!» Maggie sorrise sollevata. «Ah, che fortuna!»

James sorseggiò il suo caffè e appoggiò cautamente la tazza sul piattino, mentre si sforzava per non scoppiare a ridere. Quella ragazza era completamente folle. In che mondo era capitato?

«Comunque…» Maggie si incupì e aggrottò la fronte nello sforzo di recuperare il filo del discorso. «Ha preso il gatto e lo ha lanciato via! Nathan intendo. Gli ho detto che non si trattano così i gatti! Fossi stata io quel gatto gli avrei graffiato il naso, ecco!»

«E lui?» Bliss seguiva le sue parole, concentrata.

«L'ho incontrato qui, poco fa! Pensa che combinazione!» Maggie incrociò le dita e appoggiò i gomiti sul tavolino.

«Ma chi, Nathan?»

«No, il gatto!»

«Il gatto è venuto qui?»

«Sì, qui. E si è infilato proprio sotto la mia sedia! Lo stesso gatto, l'ho riconosciuto. Rosso, magro magro, poverino… Ma Jenevieve lo ha visto e lo ha cacciato via. Per quello aveva in mano la scopa, per cacciare il gatto da sotto la mia sedia. Che esagerazione!» Maggie sospirò prendendosi il viso tra le mani. «Anche se c'è stato un momento in cui ho pensato che volesse usarla contro di me.»

«Ho capito, ora è tutto chiaro!» Bliss annuì e alzò gli occhi al cielo, legandosi meglio il grembiulino intorno alla vita.

«Dobbiamo fermare Nathan, usando tutti i mezzi.» Lo sguardo di Maggie si fece cupo, come pronto a una battaglia.

«Possiamo aizzare tutti i gatti del quartiere contro di lui» rise Bliss divertita. «Lo vorrei proprio vedere come corre!»

«Una squadra d'assalto!» Maggie rise ancora più forte. «Se li sognerà anche di notte. Anzi, magari la prossima volta che andiamo da lui gli facciamo vedere *Gli Aristogatti*, sono così carini…»

«Li adorerà solo per farti piacere, Maggie!» Bliss si alzò, vedendo che Jenevieve stava guardando insistentemente nella loro direzione. «Nathan fa tante storie, ma in fondo farebbe qualsiasi cosa per te! E tu lo sai bene.»

«Allora dovrà essere buono con il gatto rosso e lasciargli il latte ogni mattina.» Maggie sorrise e mentre Bliss tornava al suo lavoro riprese *Jane Eyre* tra le mani.

James si voltò a guardare la ragazza. Poteva vedere solo la sua nuca, i capelli castani che ricadevano su una spalla da un lato, il collo sottile dall'altro. Il suo odore era fresco e leggero. Si chiamava Maggie. Era un po' folle ma molto dolce, a modo suo. Incantevole. Starle intorno gli faceva dimenticare chi era e cosa poteva diventare.

CAPITOLO 8

«Sono tornato esclusivamente per svolgere il mio compito, come è sempre stato.»

Ryan abbassò lo sguardo per non permettere all'alchimista di leggere l'ira nei suoi occhi.

Non riuscire a tenere a freno la rabbia era uno dei suoi limiti, delle sue debolezze. E Jean Claude von Klausen lo sapeva bene. Per cui lo sfidava ogni volta, più o meno apertamente. Nel tentativo di farlo esplodere.

«Per svolgere al meglio il tuo compito non puoi permetterti di avere riguardi nei confronti di qualcuno, Ryan. Nemmeno se si tratta di tua sorella.»

«Non ho mai riservato trattamenti di favore a nessuno, tanto meno ad Amelie.» Ryan strinse i pugni, poi li rilasciò. «Anzi, sono sempre stato particolarmente severo con lei.»

«Il motivo per cui sei stato scelto e creato è la tua lealtà.» L'alchimista si posizionò proprio di fronte a lui costringendolo a sollevare lo sguardo. «Altri sarebbero stati più idonei per svariati motivi, tra cui sicuramente la freddezza, l'autocontrollo. È la tua onestà, la tua dedizione che ti hanno fatto prevalere su candidati più forti e sicuri.»

Ryan celò un sorriso sarcastico con una smorfia. Come se ci fosse stata una competizione per ottenere un grande privilegio, un ruolo di prestigio! Si costrinse a tacere.

L'alchimista parlava della sua condizione come fosse un premio di cui essere fieri e grati. Forse non sapeva che quella che definiva lealtà, dedizione, per lui non era stata altro che codardia, viltà, debolezza. Lo era ancora. Ryan non aveva il coraggio di ribellarsi, non lo aveva mai avuto. E da quando gli avevano affidato quel compito continuava imperterrito a ubbidire e a seguire le regole. Automaticamente, soltanto perché così doveva essere, non perché ci credesse.

«Farò del mio meglio, come al solito.»

Detestò se stesso mentre pronunciava quelle parole. Eccolo, che si inchinava nuovamente all'alchimista e a chi lo aveva creato! Solo perché gli consentivano di sopravvivere e di tornare nella città che gli spettava di diritto e che era sempre stata sua.

"La culla delle creature" in quella fascia di terra. Così chiamavano Strawberry Hill. E mentre l'alchimista e il suo creatore agivano nell'ombra, Ryan era stato designato per svolgere il lavoro sporco. In cambio gli permettevano di vivere alla luce del sole e di agire come un qualsiasi giovane uomo. Con in aggiunta ricchezza, potere e fascino. Non proprio qualsiasi, quindi.

Non si rendevano conto che la sua non era lealtà o dedizione, ma falsa condiscendenza. Oppure forse ne erano consapevoli, però per un vero atto di ribellione erano necessari il carattere e l'attitudine di cui Ryan Norwest era privo. Lui provava solo rabbia. E in mancanza di un temperamento battagliero e audace era del tutto inutile, energia sprecata. La sua era una rabbia sempre pronta a esplodere, come una miccia, ma che in realtà non esplodeva mai e bruciava solo internamente, logorandolo. Perché Ryan, esattamente come prima di essere trasformato, sapeva solo ubbidire alle regole, agli ordini. Così era cresciuto e aveva sviluppato la sua umanità. E non era mai riuscito a cambiare da quel punto di vista.

«Quindi le creature sono a tua disposizione, come sempre.» L'alchimista era evidentemente soddisfatto della debolezza di Ryan. «Occupatene e servitene come ritieni opportuno. Senza scatenare guerre tra specie, ovviamente.»

«Conosco il mio dovere.» Ryan mantenne un tono di voce neutro.

«E per quanto riguarda gli umani, cautela» aggiunse Jean Claude pacatamente, scandendo le parole.

Ryan si limitò ad annuire. L'atmosfera si stava facendo pesante, rarefatta, le vibrazioni troppo intense. Stava perdendo il controllo mentre l'alchimista aveva iniziato ad assumere sempre più il dominio della situazione.

«Sarai in grado di controllarla, questa volta?» Von Klausen infatti lo affrontò direttamente, andando a colpire di nuovo il suo punto debole.

Amelie. Amelie che se ne infischiava delle regole e delle norme di comportamento e agiva come le pareva, sempre e comunque. A qualsiasi costo, a qualsiasi rischio. Sembrava quasi che lo facesse appositamente per farsi scoprire. Per mettersi nei guai. Come guidata da un istinto primordiale che ardeva in lei facendo terra bruciata intorno. Ovunque. Ma soprattutto lì.

«Sono certo che mia sorella si comporterà bene questa volta.» Ryan lottò per trattenersi, per non scoppiare.

«Perché se lei o altre creature agiranno in modo sconsiderato e fuori da ogni regola e controllo per loro sarà la fine...» L'alchimista lo sfidò con un sorriso beffardo sulle labbra sottili «...questa volta. Nessun trattamento di favore.»

«Sarò io il primo ad assicurarmi che le regole siano rispettate da tutti.» Ryan strinse gli occhi verdi puntandoli dritti sull'alchimista von Klausen. «Ma tieni presente che se chiunque altro interferirà con il mio ruolo in città, mi avrà come nemico.»

Lanciò l'avvertimento con tono perentorio. Non voleva trovarsi intorno qualche discepolo dell'alchimista in incognito mandato appositamente a controllarlo, come era accaduto in precedenza.

«Siamo d'accordo.» Jean Claude congiunse le mani rivolgendo l'attenzione al libro che aveva posizionato sul tavolo. «Se ognuno rispetterà i propri confini, lavoreremo in perfetta sintonia.»

«Non ci saranno problemi, da parte mia» confermò Ryan freddamente mentre si augurava che la conversazione fosse finalmente giunta al termine.

«Dorian!» Con un battito di mani l'alchimista chiamò uno dei suoi discepoli o assistenti... o come preferivano essere denominati.

Il ragazzo magro che aveva aperto al suo arrivo comparve all'istante, come se fosse rimasto lì in attesa tutto il tempo. Opportunamente mimetizzato.

«Accompagna il signor Norwest all'uscita, per favore» lo incoraggiò l'alchimista con sguardo benevolo.

Ryan accennò un sorriso di circostanza e gli voltò le spalle, pronto ad andarsene.

«Norwest...» L'alchimista lo richiamò immediatamente. «Non dimentichi qualcosa?»

Reggeva tra le mani una boccetta di cristallo trasparente, contenente un liquido rosato.

Ryan annuì e afferrò la boccetta che l'alchimista gli stava porgendo.

«Grazie.»

«Linfa vitale di una creatura soprannaturale, finché non ne troverai una di cui servirti.» Gli occhi dell'alchimista si fecero acuti, maligni. «Non è molta, non sprecarla. E scegli con saggezza le tue fonti, questa volta.»

Ryan si voltò senza replicare, con la boccetta di linfa vitale che gli bruciava tra le dita. L'avrebbe scagliata contro il muro, o direttamente in faccia all'alchimista von Klausen, se avesse avuto coraggio. Se non fosse stato un debole, un vigliacco. Probabilmente sua sorella Amelie lo avrebbe fatto. Consapevole di dover poi subire le conseguenze del suo gesto. Ma lo avrebbe fatto.

* * *

Amelie Norwest aveva vagabondato tutto il giorno in compagnia di Thomas Jones, l'umano che pur senza premeditazione aveva trasformato in essere immortale. Entrambi sembravano genuinamente entusiasti della nuova condizione.

Amelie, appena giunta in città, si era ritrovata un nuovo giocattolo con cui dilettarsi. Thomas, dal canto suo, aveva sentito tutti i sensi acutizzarsi improvvisamente ed era elettrizzato dalla novità. Non aveva abbastanza esperienza ancora per capire che cosa avrebbe comportato per lui una trasformazione del genere. Amelie non aveva né il tempo né la pazienza per fornire spiegazioni e avvertimenti. Non se n'era mai preoccupata, nemmeno quando la trasformazione aveva riguardato lei stessa. Ad Amelie bastava vivere e imparare vivendo. Sperimentare in prima persona. Era sempre stato così per lei.

Quando gli aveva indicato con gesto aggraziato il "Magic Hill Bar", Thomas non aveva fatto altro che aprirle la porta per permetterle di entrare. Quindi, seduti al bancone, si scolavano allegramente bicchierini di vodka e i più svariati tipi di cocktail.

Il barista, che aveva rifiutato categoricamente di servire da bere ad Amelie a causa della sua evidentissima giovane età, ora non faceva altro che ripetere "Certo, mia signora" rivolgendole sguardi adoranti. Ammaliarlo era stato fin troppo facile.

«Allora, mio caro…» rise Amelie, tracannando l'ennesimo bicchierino di vodka e rivolgendo a Thomas uno sguardo annoiato. «Cosa hai detto che fai in questa città?»

«Studio medicina e lavoro in palestra come personal trainer.»

«Oh, che interessante!» Amelie si leccò voluttuosamente le labbra. «Potremmo andare a farci un giro, mi sono stancata di stare qui. Ma dobbiamo fare i bravi, mio caro.»

«Fare i bravi?» Thomas la guardò confuso, inclinando leggermente il bicchiere che teneva in mano.

«Non eliminarli.» Amelie scrollò le spalle. «Già dobbiamo sistemare quei due che abbiamo lasciato nel magazzino, diventa una noia se sono troppi! Se penso a quel paranoico di mio fratello mi viene un gran mal di testa. Quindi no, non ci voglio pensare adesso. Ci penseremo dopo…»

«Come vuoi, principessa.» Thomas ingoiò ciò che era rimasto del suo cocktail tutto d'un fiato e posò il bicchiere sul tavolo. «Faremo i bravi.»

Amelie si alzò in piedi, sistemandosi con una smorfia la camicetta sgualcita.

«Poi andiamo anche a fare un po' di shopping, ne ho un gran bisogno.»

Si era creata una creaturina obbediente. Fin troppo forse. L'assecondava in tutto e la chiamava principessa. Ma del resto era solo l'inizio, magari nel giro di qualche giorno sarebbe cambiato. Meglio per lui. Non avrebbe sofferto troppo quando lei, inevitabilmente, si sarebbe stancata di averlo intorno.

CAPITOLO 9

Non aveva detto una sola parola in macchina. Appena entrata in casa era andata a rifugiarsi nella sua stanza, sbattendo la porta con una violenza tale che anche la parete aveva tremato. Con un salto aveva afferrato la maniglia della valigia riposta sopra l'armadio.

Via da lì e subito. Era tutto ciò che Faith Chandler riusciva a pensare in quel momento. Via da lì e subito.

«Faith!» Susan la raggiunse in camera con aria contrita. Poi notò la valigia sul letto. «Tu non andrai da nessuna parte!»

«Certo che me ne andrò e tu non potrai fermarmi!»

Faith aprì la valigia e cominciò a riempirla a caso, svuotando i cassetti uno dopo l'altro.

«Sei minorenne Faith, io sono tua madre e...» Susan si bloccò mentre Faith, incrociando le braccia sul petto, la fissava con uno sguardo carico di disprezzo «...e tu devi andare a scuola!»

«Sarò minorenne ancora per poco. Come madre lasci molto a desiderare visto che mi hai sempre trascinata in giro per il mondo a tuo piacere. E sei stata proprio tu a non permettermi di andare a scuola oggi per trascinarmi da quel losco individuo in nero. La tua collezione di psicopatici non era ancora al completo?»

«Io ho sempre avuto i miei motivi, Faith.» Susan si ravvivò meccanicamente i capelli ondulati con una mano e socchiuse gli occhi mesta. «E comunque Jean Claude von Klausen non è uno psicopatico...»

«Certamente, i tuoi motivi...» Faith annuì sarcastica, contando sulle dita. «Vanità, avidità, presunzione, noncuranza, egoismo...»

«So di aver sbagliato in passato. Ma adesso siamo qui e ci resteremo, lo prometto.» Susan allungò la mano per accarezzare il braccio di Faith che però si scansò per non permetterle di toccarla. «Del resto tu stai bene qui, vero Faith? La scuola ti piace? Hai già trovato degli amici? Siamo qui da quasi tre mesi, ormai…»

Faith non rispose e si strinse nelle spalle. Non voleva che sua madre scoprisse la verità sulla sua vita a Strawberry Hill. Perché la verità l'avrebbe resa debole e vulnerabile. Non avrebbe regalato a sua madre tutto questo potere su di lei. E tanto meno a quel suo squallido amico che viveva in quella specie di caverna e aveva l'aria di un oscuro signore del male. Susan non meritava di conoscere le sue debolezze e di usarle contro di lei.

«Non ti avrei mai portata da von Klausen se la situazione non fosse stata grave.» Susan l'afferrò per le braccia cercando di incrociare il suo sguardo. «Te lo avrei evitato Faith, credimi. Ma abbiamo bisogno che tu collabori.»

«Grave?» Faith sospirò alzando gli occhi al cielo. «Grave in che senso? Ci spostiamo da sempre, da una città all'altra come due vagabonde senza fissa dimora. Cosa potrebbe essere più grave? Comunque io non ho alcuna intenzione di collaborare, potete scordarvelo!»

«Dobbiamo solo cercare di non farci notare troppo.» Susan iniziò con calma a riporre gli indumenti di Faith nei cassetti. «E poi Jean Claude ti può aiutare a sviluppare…»

«Parla per te, io non mi faccio mai notare!» Faith alzò il tono di voce, fremente di rabbia. Si sentì mancare il fiato e si posò una mano sul petto per controllare il respiro. «Io non sono diventata un…»

«Taci, Faith!»

«E perché? Non è la verità?» La ragazza andò a sedersi sul letto, fissando il pavimento. «Non è anche quello il motivo per cui continuiamo a spostarci? Per un po' la gente ci crede… Sei stata una top model, ovvio che tu sia ancora bellissima e giovane. Poi iniziano a fare qualche calcolo, vedendo me. Quando inizierai a farmi passare per tua sorella?»

Susan rimase in silenzio e si sedette sul letto, di fianco a Faith.

«Faith... è più complicato di quanto sembra, credimi. Mi dispiace, tesoro.»

«Complicato è il fatto che io stia crescendo, come è normale che accada. Se io sparissi tu non avresti più questo problema.»

Faith scrollò le spalle e si alzò, afferrando il suo zaino. Lo aprì e controllò meticolosamente il contenuto.

«Non puoi andartene. Non te lo permetterò.» Susan le puntò addosso uno sguardo severo, arido. «E comunque ti troverei, ho i mezzi per farlo.»

«Lo so.» Faith le rivolse un'occhiata sprezzante. «Mi troveresti. L'unico che non ti è mai importato di ritrovare è mio padre!» Con lo zaino sulla spalla fece qualche passo verso la porta della sua camera. «E comunque sto andando a scuola. Prove con la squadra di ginnastica ritmica, come una qualsiasi brava ragazza! Contenta?»

«Io ho fatto di tutto per ritrovare tuo padre da quando è scomparso.» Susan si morse le labbra e osservò la figlia fermarsi davanti allo specchio di fianco alla porta per legarsi i capelli in una coda morbida. «Davvero ho fatto di tutto.»

«Non mi importa quello che hai fatto» Faith le voltò le spalle oltrepassando la soglia. «Evidentemente non è stato abbastanza. E qualunque progetto su di me abbiate tu e il tuo amico in nero, toglietevelo dalla testa! Non collaborerò mai con voi.»

Susan sospirò e chiuse gli occhi. Ciò che udì qualche istante dopo fu la figlia che uscendo sbatteva vigorosamente la porta di casa.

CAPITOLO 10

James Foster si alzò, lasciando libero il tavolino dello "Strawberry Dream". La ragazza alle sue spalle stava ancora leggendo, completamente assorbita dalla storia. Passandole di fianco si soffermò per un istante accanto alla sua sedia, lanciandole un'occhiata distratta. Ma lei non sollevò il viso. James pagò il caffè che aveva consumato e uscì dalla caffetteria. Restare nella sua forma umana lo rendeva ancora insicuro, lo metteva in imbarazzo.

Avrebbe voluto parlare con la ragazza chiamata Maggie, o anche solo salutarla, rivolgerle la parola in qualche modo. Magari con lei non sarebbe stato tanto complicato. Sembrava non badare alle questioni che solitamente preoccupavano il resto dell'umanità. Ma poi gli era mancato il coraggio. Forse si era solo illuso.

Aveva bisogno di rilassarsi, di correre un po', indisturbato. Si infilò in un vicolo, facendo attenzione che nessuno lo notasse. Qualche minuto dopo dallo stesso vicolo sbucò un gatto rosso che a tutta velocità si dirigeva verso la riva del fiume.

* * *

Maggie continuava imperterrita a leggere. Ormai aveva deciso che sarebbe entrata a lezione alle dieci facendosi passare gli appunti della lezione precedente da qualcuno. Mancavano solo poche pagine alla fine del capitolo. Poi si sarebbe avviata verso l'università.

Terminate anche quelle pagine, non le restò che alzarsi.

«Ormai sto diventando parte dell'arredamento qui...» mormorò raccogliendo il libro e la borsa.

«Te ne vai?» Bliss si avvicinò al tavolino con il vassoio in mano per ritirare la tazza e il piattino.

«Sì, entrerò per la lezione di storia della letteratura inglese. È alle dieci. E vorrei passeggiare fino all'università, non correre come al solito!»

Maggie rise, dirigendosi verso l'uscita dello "Strawberry Dream".

«Allora a dopo.» Bliss le strizzò l'occhio. «Buona lezione!»

«Grazie! Buona giornata, Bliss.»

Maggie uscì dalla caffetteria e si incamminò verso l'università con passo deciso ma lento. Aveva tempo. Ma proprio per questo doveva cercare di restare concentrata per non perdersi come al solito nei suoi pensieri, nelle sue fantasie.

Oltrepassò il parco e il negozio di libri antichi di Andres Flick. Fu tentata di entrare a salutarlo ma decise di rinunciare per non perdere la lezione. Lo avrebbe comunque visto l'indomani, per il suo turno in libreria.

Si trovavano libri meravigliosi nel negozio di Herr Flick. Lo stesso *Jane Eyre* che stava leggendo per la sua tesina era una delle prime edizioni che il libraio le aveva regalato qualche settimana prima. A volte Maggie aveva la sensazione che quell'uomo ne sapesse davvero fin troppo di tutti quegli autori del passato. Quasi come se li avesse conosciuti e frequentati personalmente.

Varcò il cancello dell'università, oltrepassò l'ingresso ed entrò nell'edificio. Sapeva di avere la seconda ora di lezione alle dieci. Ma ovviamente non ricordava in quale aula fosse ed era certa di non averlo segnato sull'agenda per lo più occupata da titoli di libri che le sarebbe piaciuto leggere e stralci di idee per romanzi che un giorno avrebbe scritto. Si guardò intorno, alla ricerca di qualcuno che frequentava la stessa lezione e potesse aiutarla.

Non le restò altro da fare che cercare il cartellone dove erano esposti tutti gli orari delle lezioni. Sperando di trovarlo senza perdersi. Maggie possedeva un disastroso senso dell'orientamento, ne era consapevole. Che unito alla vergogna di chiedere indicazioni non giocava a suo favore. Si perdeva spesso, ovunque. Anche nei luoghi a lei noti da anni.

In ogni caso doveva assolutamente trovare la sua aula. Soprattutto perché si sarebbe sentita troppo in colpa a chiedere nuovamente a Laura, una compagna di corsi, gli appunti della lezione. Laura, del resto, era la migliore a prendere appunti. Quindi forse alla fine era comunque conveniente chiedere a lei. Perché Maggie a un certo punto della lezione si perdeva sempre dietro a qualche fantasia. Oppure si concentrava a tal punto su una frase o una citazione, da dimenticare di seguire tutto il resto. Oltre a perdersi nei luoghi, si perdeva anche nelle parole. Soprattutto nelle parole.

Improvvisamente intravide una figura familiare incamminarsi per il corridoio e andare a infilarsi dentro a un'aula. Aveva già visto quella ragazza dai capelli rossi, seguiva il suo stesso corso di letteratura mitica. Quindi, molto probabilmente, frequentava anche storia della letteratura inglese. Si lanciò svelta verso l'aula e andò a sedersi due file dietro alla ragazza e all'amica che era entrata insieme a lei.

Qualche minuto dopo entrò il professore. Mai visto prima, sicuramente non era il solito. E perché aveva cominciato a parlare di molecole, di atomi, di particelle facendo strani disegni sulla lavagna?

Maggie sospirò e si mordicchiò un'unghia. Forse c'era una remota possibilità che quella fosse una sorta di letteratura alternativa o contemporaneo-futuristica. Come nell'arte contemporanea, quando le capitava di guardare qualche quadro esclamando entusiasta "Oh, bello!". Mentre in realtà non ne comprendeva il senso. In ogni caso, considerato il fatto che ormai era troppo tardi per uscire senza attirare l'attenzione, cominciò a seguire, sempre più affascinata, i disegni e le linee che il professore tracciava sulla lavagna.

Le sue speranze svanirono del tutto quando vide entrare in aula, dieci minuti dopo, Nathan Castle. Con la sua solita espressione tra l'annoiato e il depresso e lo sguardo sarcastico di uno che si trova lì per fare un favore a qualcun altro, non a se stesso.

Allora Maggie comprese, ebbe la certezza assoluta, che quella non era affatto una lezione di letteratura alternativa, contemporaneo-futuristica. Era sicuramente chimica oppure fisica. Davvero un peccato perché i disegni sulla lavagna stavano diventando veramente carini e affascinanti nei loro giri ed evoluzioni. Tanto che l'avevano indotta a perdersi di nuovo. E se Maggie non avesse saputo che non c'entravano proprio nulla, avrebbe pensato che potessero essere un portale verso un mondo mitico e fantastico. Tutto da esplorare.

CAPITOLO 11

Il gatto rosso se ne stava adagiato comodamente. L'erba della radura era fresca e morbida e la riva del fiume quasi deserta. C'era solo un vecchio pescatore che, raccolti i suoi attrezzi e le sue canne, si stava allontanando verso la strada principale.

Si sentiva più a suo agio in quella forma. Nessuno faceva caso a lui solitamente e poteva stare in pace con se stesso e con il mondo. Sapeva di dover cambiare atteggiamento, prima o poi, di dover prendere l'abitudine. Ma essere un uomo comportava rispettare determinate regole e responsabilità.

Gli era stato concesso quel "privilegio" per la sua sicurezza. Questo era tutto ciò che sapeva a proposito della sua storia. Ciò che Andres Flick gli aveva raccontato senza scendere troppo nei dettagli quando era stato affidato a lui.

Non avrebbe dovuto trascorrere la maggior parte del suo tempo in quelle condizioni, Andres glielo raccomandava continuamente. Ma in fondo dentro era sempre lui, quello che provava era la stessa inadeguatezza, la stessa frustrazione. Il resto non aveva importanza. Temeva che prima o poi avrebbe dimenticato se stesso, com'era davvero. Tutto sommato forse non sarebbe stata una gran perdita.

Il vecchio pescatore era ormai un puntino lontano. Il gatto rosso sollevò il muso e con noncuranza si guardò intorno. Nessuno, era rimasto completamente solo nella radura. Si avvicinò ancora di più alla sponda del fiume. Allungò le zampe stendendo i muscoli, roteò la testa, mentre una spalla incominciava a prendere forma umana dal dorso del gatto.

Solo quando la mutazione fu conclusa si rese conto di essere completamente nudo. Oltre a essere stato imprudente. I suoi abiti erano rimasti in fondo a quel vicolo adiacente la caffetteria "Strawberry Dream".

James Foster si stese sulla riva del fiume sgranchendosi la schiena e i muscoli, poi incrociò le braccia sotto la testa e guardò in alto. Il cielo era limpido, il sole non ancora caldo ma in compenso la temperatura stava diventando abbastanza mite. Si passò le mani tra i capelli castani togliendosi il ciuffo dagli occhi, poi lasciò scivolare le braccia stendendole lungo i fianchi.

Chiuse gli occhi per un istante, li riaprì mentre l'acqua gli sfiorava i talloni e le caviglie. Si alzò in piedi, entrò deciso e si sedette per poi stendersi in modo tale che l'acqua del fiume lo sommergesse completamente. In ogni caso non poteva andarsene da lì e attraversare nudo la città, quindi presto avrebbe dovuto prepararsi a una nuova trasformazione.

Ritrasse le braccia e strinse i pugni, si mise in posizione prona per poi inginocchiarsi, mentre il suo corpo iniziava a ricoprirsi di una peluria rossa. Improvvisamente un fruscio proveniente da dietro un cespuglio richiamò la sua attenzione. Il gatto rosso rizzò le orecchie e fissò lo sguardo proprio verso quel cespuglio.

Un animale. Non poteva essere altro che un animale lì dietro. Uno vero. Doveva fare più attenzione. O rischiava di mettersi nei guai agendo in modo sconsiderato e imprudente. E ciò che avrebbe dovuto proteggerlo sarebbe diventato la sua condanna, se qualcuno lo avesse scoperto.

Il gatto rosso fece un giro su se stesso, poi schizzò verso il vicolo adiacente la caffetteria. James Foster era intenzionato a passare dall'università prima del tramonto. Non l'avrebbe creduto possibile, invece erano tornati in città e sembravano pericolosi nonostante le norme vigenti a Strawberry Hill. A questo punto stava iniziando a temere che le regole di cui aveva sentito parlare, sempre da Andres Flick, fossero una leggenda. Comunque quella giovane succhiasangue sadica e perversa meritava di perdere qualche pezzo della sua collezione. E di finire nei guai.

* * *

«Dimmi cosa ci fai a una lezione di fisica?»

Nathan Castle sollevò un sopracciglio sostando davanti a Maggie che riponeva il libro e la matita nella borsa, chiudendo poi con cura la cerniera lampo.

«I disegnini erano veramente molto carini.» Maggie corrucciò la fronte, poi arricciò il naso.

«Ah, davvero?» Nathan scosse la testa ridendo. «Tu sei tutta matta, Maggie Pennington!»

«Sbagliavo lezione. Ecco cosa ci facevo qui, genio!» Maggie si incamminò ancora più imbronciata verso l'uscita dell'aula lasciandolo indietro. «Addio, Castle!»

«Non ti arrabbiare piccola Penny!» Nathan la rincorse e le girò intorno improvvisando una sorta di danza indiana. «Facciamo così... Se la smetti di essere arrabbiata con me ti preparo il pranzo!»

Maggie si fermò incrociando le braccia sul petto.

«Anche come hai trattato quel povero gattino indifeso questa mattina non mi è piaciuto affatto, Castle! Per cui il pranzo dovrà essere molto, molto buono...»

«Lasagne, che ne dici?» propose Nathan «Quelle che ti piacciono, con tante verdurine...»

Maggie non ebbe il tempo di rispondere. Le due ragazze che aveva seguito alla lezione sbagliata si avvicinarono sorridendo ammiccanti a Nathan. Una rossa e una bionda, con vestitini colorati e sorriso smagliante. Sembravano appena uscite da una rivista di moda.

«Nathan, ciao...» La ragazza dai capelli rossi inclinò leggermente il viso con aria suadente. «Vieni a mangiare qualcosa con noi alla tavola calda?»

Nathan sorrise guardando la ragazza negli occhi chiari. «Grazie dell'invito Annie, ma ho già un impegno.»

«Va bene, la prossima volta allora. A presto, Nathan.»

Annie rivolse un'occhiata fugace a Maggie, per poi spostare nuovamente l'attenzione su Nathan.

«Ciao, Nathan» sorrise l'altra ragazza con voce cristallina.

«Ciao Annie, ciao Dorothy.»

Nathan restò immobile a fissare Annie finché si fu allontanata con la sua amica. Fu Maggie a scuoterlo tirandolo per la manica della camicia.

«Guarda che puoi anche andare con loro se vuoi, io non mi offendo.»

«Lo so che posso, ma non voglio. Perché tutto ciò che voglio dalla vita in questo momento è cucinarti lasagne, Penny!»

Nathan riprese a camminare verso l'uscita dell'università e Maggie lo affiancò.

«Ah, davvero? Allora come mai la fissavi così incantato, Castle? Non è che ti sei innamorato di quella lì?»

«Io? Innamorato di quella lì? Ma figurati, io sono…» Nathan si fermò un istante fingendo di sforzarsi per rammentare. «Io sono un sadico cinico perverso scienziato pazzo che non sa cosa siano la magia e il sentimento!»

Maggie rise forte, dandogli un colpetto sulla nuca con la mano.

«Ma dai, ti ricordi ancora?»

«Ovviamente, quella scena e le tue parole resteranno per sempre scolpite nella mia memoria.» Nathan tirò una ciocca di capelli a Maggie, mentre entrambi oltrepassavano il cancello dell'università. «Terza media, subito dopo la lezione di letteratura inglese su *Romeo e Giulietta* alla mia affermazione: "Invece di tornare e morire Romeo poteva spassarsela con tante altre e rifarsi una vita!" E comunque… lo penso ancora. Quindi stai tranquilla, Penny.»

CAPITOLO 12

Ogni volta che varcava la soglia del palazzo, da quando il suo mondo era cambiato tanto tempo prima, si sentiva oppresso dal silenzio. Tutto gli apparteneva ora, però mai nella sua vita mortale avrebbe immaginato che sarebbe accaduto in quel modo. Ancor meno che sarebbe sprofondato in quella solitudine, in quella quiete cupa e quasi agghiacciante.

«Amelie è uscita?»

Ryan, raggiunto il soggiorno, si versò un bicchiere di sherry da una delle bottiglie poste sopra al tavolino delle bevande e si voltò verso Alfred che era giunto alle sue spalle.

«La signorina Amelie è andata a scuola. Così mi ha riferito.» Alfred annuì restando immobile di fronte a Ryan.

«Già, chissà invece dov'è e cosa diavolo sta combinando!» Ryan sorseggiò lo sherry e si lasciò cadere sulla poltrona di fianco al tavolino, reggendo il bicchiere in mano. «Grazie Alfred, può andare. Non mi serve niente.»

Alfred si ritirò dopo un leggero inchino. Ryan socchiuse per un attimo gli occhi verdi, poi li riaprì fissando il liquido ambrato nel bicchiere che reggeva tra due dita.

Non si fidava di Amelie, anche se gli costava ammetterlo. L'aveva ingannato troppe volte, troppe volte lui aveva confidato in un suo cambiamento. Invece poi si ritrovava a fare i conti con una nuova delusione e con l'incombenza e la responsabilità di risolvere ogni guaio che sistematicamente la sorella combinava.

Per prima cosa aveva bisogno di conoscere le nuove creature di Strawberry Hill, farsene un'idea. Era assolutamente necessario per lui sapere con chi aveva a che fare, per imparare a gestire la situazione e dominare la cittadina per il tempo che gli sarebbe stato concesso restare.

Continuò a fissare il contenuto del bicchiere con aria assorta. Poi lo avvicinò alle labbra e con un gesto rapido mandò giù, reclinando leggermente la testa all'indietro e socchiudendo gli occhi. Si ritrovò tra le mani il bicchiere vuoto e riprese a fissarlo, concentrato.

La cittadina di Strawberry Hill gli apparteneva, a lui più che a chiunque altro. Gli spettava di diritto dopo tutto ciò che aveva fatto per preservarla e mantenerla in sicurezza. E lui voleva restare. Voleva essere libero di tornare a suo piacimento, non perché comandato. Non come un burattino di cui altri tiravano i fili.

Su questo punto Amelie aveva ragione quando gli rinfacciava di non avere nessun potere, nessuna autorità di decisione sulla propria esistenza. Ryan Norwest era sempre stato solo una pedina che non sapeva fare altro che ubbidire. E nonostante la frustrazione che si trascinava da sempre non aveva una via d'uscita.

Sicuramente da solo non avrebbe avuto possibilità alcuna. Aveva bisogno della collaborazione di Jean Claude von Klausen. Dubitava che l'alchimista lo avrebbe aiutato spontaneamente. Doveva costringerlo. Sapere di più sulle due donne, tanto per cominciare. Magari sarebbe stato inutile, ma lo incuriosivano. Gli occhioni infuriati e la veemenza di quella che si era ritrovato addosso non lo abbandonavano. Faith... Ecco sì, Faith.

Ryan si tastò la tasca della giacca ed estrasse la placchetta d'argento con il nome della ragazza e le pietrine colorate che formavano il suo braccialetto.

«Faith...»

Per costringere Jean Claude a stare dalla sua parte era necessario riuscire a scoprire ogni sua debolezza, ogni sua fragilità. Aveva imparato, nel corso della sua lunga vita, che nessuno era realmente invulnerabile. Compreso l'apparentemente inattaccabile alchimista von Klausen.

* * *

Faith si aggirava per il mercato con disinteresse. Niente attirava la sua attenzione e non riusciva nemmeno a fingere entusiasmo. Al contrario, camminava con lo sguardo ostinatamente rivolto a terra. Quel luogo gioioso e pieno di colori vivaci non serviva a cambiare il suo umore, non le infondeva allegria alcuna.

Aveva bisogno di togliersi dalla mente sua madre e l'incontro della mattina con quella specie di genio dell'occulto, Jean Claude von Klausen. E ciò che aveva assoluto bisogno di dimenticare era la sua maledizione, l'ombra oscura e malvagia che la seguiva da sempre.

Ma non poteva illudersi. Mai, neanche per un istante. Perché l'oscurità la seguiva davvero, camminava con lei ovunque andasse a nascondersi. Fuggire, come aveva minacciato di fare più volte, sarebbe stato inutile. Perché l'oscurità, che lei lo volesse o meno, che lei lo accettasse o meno, era dentro di lei, innata in lei.

Avrebbe dato qualunque cosa per avere una vita normale e soprattutto stabile. Una storia normale. Una famiglia normale. Invece sua madre da troppo tempo era sempre la stessa. Giovane, bellissima, provocante. Suo padre era scomparso nel nulla, inabissandosi nell'Oceano Atlantico a bordo del suo aereo privato quando Faith aveva solo quattro anni. Durante il periodo in cui avevano vissuto sulla costa orientale degli Stati Uniti. Rammentava vagamente i suoi tratti, ma ricordava che lui era sempre stato buono con lei. Conservava alcune sue fotografie per non dimenticarlo. Fotografie con lei, da piccola. E lei rideva sempre, sembrava una bambina allegra. Poi lui se n'era andato e le poche foto che successivamente l'avevano ritratta erano diventate serie, tristi, forzate.

Faith si fermò di fronte a una bancarella di bigiotteria e iniziò a passare lentamente il dito su alcuni braccialetti colorati, come intenzionata a sceglierne uno. In realtà pensava a tutt'altro, aveva solo bisogno di fermarsi un attimo.

«Molto belli, vero mia cara?»

La proprietaria della bancarella le sorrise gentilmente.

«Sì certo... molto belli...» Faith le rivolse un sorriso di circostanza.

«Scegline uno, ti faccio un buon prezzo» la incoraggiò la donna, invitante.

«Va bene, grazie.» Faith passò nuovamente le dita tra i bracciali, poi sorrise indicandone uno a caso. «Voglio questo qui!»

Pochi minuti dopo si allontanava dalla bancarella indossando il suo braccialetto nuovo. In sostituzione di quello che aveva rotto nella caverna di von Klausen scontrandosi con quell'altro tizio poco raccomandabile. Riusciva a essere quasi felice quando nella vita si illudeva di ritrovare un po' di normalità. Gesti normali, quotidiani, come aggirarsi per il mercatino settimanale, comprare un braccialetto di pietre colorate.

Amava la scuola, proprio per la sensazione di normalità che infondeva in lei. Nel bene o nel male, Faith Chandler poteva essere una liceale di diciassette anni, come tante altre.

Continuò ad aggirarsi per il mercato, cercando di rilassarsi e fermandosi di fronte a ogni bancarella. Magari poteva comprarsi una maglietta nuova con gli strass. Oppure delle mollette per i capelli. Qualsiasi distrazione era ben accetta.

«Mi scusi, bella signorina...»

Faith sobbalzò al tocco leggero che percepì sulla spalla. Poi si voltò con un sorriso raggiante. Anche se aveva alterato la voce sapeva che era lui, lo aveva riconosciuto all'istante.

«Philip!»

Si buttò tra le sue braccia di slancio. Ecco, la sua normalità! Il ragazzo che aveva conosciuto solo un mese prima e aveva iniziato a frequentare da circa due settimane.

«Ma che bella accoglienza!»

Il giovane le circondò la vita con un braccio, baciandola dolcemente sulle labbra.

«Oggi sono più contenta del solito di vederti.»

Faith appoggiò la fronte sulla sua spalla. Se lui avesse saputo la verità su di lei, l'avrebbe accettata? Avrebbe ancora desiderato una come lei al suo fianco?

«E perché?»

Philip le accarezzò i capelli e la schiena. Faith gli prese la mano e si incamminò con lui tra le bancarelle del mercato.

«Non saprei... forse perché è iniziata la primavera!»

* * *

Dal colpo alla porta Ryan comprese che lei era finalmente a casa. Da quando era rientrato aveva bevuto altri quattro bicchieri di sherry, uno dietro l'altro.

«Posso averne uno anch'io?»

Amelie, giunta in salotto, inclinò la testa con espressione maliziosa indicando il bicchiere che lui reggeva in mano.

«Non te lo meriti.» Ryan corrugò la fronte fissandola severo. «E poi immagino che tu abbia bevuto già più che a sufficienza, vero?»

Amelie si strinse nelle spalle e sprofondò sul divano, buttando la testa indietro.

«Insomma, mi devo pur riabituare alla nuova vita qui!»

«È andato tutto bene?» La interrogò Ryan, pur consapevole del fatto che lui e la sorella minore avevano concezioni diverse di "bene".

«Certamente, benissimo!» Amelie annuì con un sorriso mesto. «Ho ritirato i documenti della scuola, tra le altre cose.»

«Non oso nemmeno chiedere quali siano le altre cose...»

Ryan si passò una mano tra i capelli appoggiando la testa allo schienale della poltrona, chiuse gli occhi.

«Se non ci credi, ecco!» Amelie estrasse i documenti dalla borsa che portava a tracolla e glieli gettò sulle ginocchia. «E li dovresti firmare anche tu, perché come ben sai io ho solo quattordici anni e c'è bisogno della firma del mio tutore legale.»

Così dicendo gli gettò sulle ginocchia anche una penna.

Documenti di iscrizione al locale liceo di Strawberry Hill. Amelie era passata a ritirarli nel pomeriggio, tra le altre cose. E sempre tra le altre cose era tornata all'università, accompagnata dalla sua nuova creatura Thomas. Per scoprire che i corpi del ragazzo e della ragazza che avevano nascosto nel magazzino adiacente al bagno maschile erano scomparsi.

I casi erano due: o erano tornati in vita e se ne erano andati sulle proprie gambe, oppure qualcuno li aveva spostati. Ma considerato il fatto che Amelie era assolutamente certa di non aver lasciato nemmeno una goccia di sangue nei loro corpi, la seconda ipotesi era molto più plausibile.

Amelie rivolse lo sguardo a Ryan che stava esaminando tranquillamente i documenti del liceo. Fu per un attimo tentata di spezzare la tranquillità raccontandogli della piccola deviazione in università, con relativo pasto fuori programma e trasformazione di nuova creatura, ma si trattenne. Non era dell'umore di ricevere l'ennesima sfuriata.

Ryan firmò i documenti e li riconsegnò alla sorella guardandola serio, senza dire una parola.

«E tu, a cosa ti iscriverai questa volta?» Amelie li afferrò, li piegò e li rimise nella borsa. «Ormai hai studiato di tutto, cosa ti manca alla collezione?»

«Non ne ho idea, ancora.» Ryan si alzò in piedi osservando la bottiglia quasi vuota sul tavolino. «Magari questa volta niente università. Potrei trovare un altro modo di passare inosservato.»

«Ma tu non passi mai inosservato! Guada come te ne vai in giro, con quell'aria da bello e dannato che ha alle spalle un passato tragico. Sì, in effetti... ce l'hai davvero!» Amelie ridacchiò, poi sbuffò annoiata. «Quindi il mio fratellino non sarà più uno studente modello?»

«Lo sono stato troppe volte, qui e altrove. Credo di averne abbastanza. Magari potrei trovarmi un lavoro.»

«E che tipo di lavoro?» Amelie si alzò, afferrò la bottiglia dal tavolino e bevve a canna qualche sorso.

«Non saprei. Probabilmente uno che mi permetta di passare ancora più inosservato.» Ryan si avvicinò a lei solo per strapparle la bottiglia dalle mani.

«Sei proprio fissato con questo essere "inosservato", quanto sei noioso! Perché non fai l'avvocato o il medico?» Amelie saltellò per riprendersi la bottiglia che però Ryan sollevava oltre la sua testa. «Soggioghi un po' di gente... pasti garantiti... Sono i mestieri adatti!»

«Ho detto inosservato, Amelie!» Ryan roteò gli occhi, ridendo e bevendo una sorsata di sherry.

«Allora potresti entrare nell'esercito. Nel dare ordini non ti supera nessuno!» suggerì Amelie, con una smorfia.

«Ma dovrei anche riceverne...»

«Non se usi il nostro piccolo potere. Saresti subito generale. Generale Norwest, suona bene!»

«Amelie... Hai chiaro nella tua piccola mente il concetto della parola inosservato?»

«Ma certo! Sono quasi mille anni che rompi con l'inosservato! Perché non torni a fare quello che facevi un tempo e sembrava ti piacesse tanto? In quello saresti sicuramente inosservato. Non ti ha mai considerato nessuno.»

«Erano solo passatempi. Niente di serio.»

Ryan scrollò le spalle e increspò le labbra, improvvisamente assorto.

«Presa!»

Amelie approfittò del momento di distrazione del fratello per rubargli la bottiglia dalle mani, terminando il suo contenuto in un'ultima poderosa sorsata.

CAPITOLO 13

La villa era da sempre in fase di ristrutturazione. Dalla prima volta in cui Alexander ci aveva messo piede, ancora bambino, le condizioni della grande villa gotica di Strawberry Hill non erano molto cambiate.

Non gli importava particolarmente, non aveva mai vissuto lì. Nemmeno con i suoi genitori. Ora che loro non c'erano più, era diventato il suo rifugio, anche se non la sentiva davvero sua. Si manteneva intatto il fascino di una storia dal sapore leggendario e proibito che aveva attratto qualche curioso ma a cui Alexander restava indifferente.

Alexander Hamilton, l'unico proprietario rimasto in vita, sapeva che le leggende diffuse legate a quel luogo pittoresco e un po' selvaggio erano tutte false, un'opera di fantasia. Perché l'unica storia, quella reale, era legata a lui. L'ultimo discendente diretto di Branwell Hamilton, primo possessore della villa. Colui a cui risaliva la maledizione del drago.

La gente amava le favole. Nella verità la favola non trovava spazio. Non si trattava di una lotta del bene contro il male, che si sarebbe conclusa con il trionfo del bene. Perché la vera lotta che Alexander combatteva quotidianamente era contro se stesso. Il male contro il male. Ed era una lotta da cui, ne era certo, non sarebbe mai uscito vincitore.

Alexander si sedette, come annichilito, sui gradini di granito che attraverso la grande porta scolpita in legno massiccio conducevano all'interno della villa, direttamente nell'immenso salone principale.

Rivide la scena a cui aveva assistito, ancora chiara e vivida nella sua mente. L'immagine della trasformazione di quel giovane sulla riva del fiume non lo abbandonava. Da gatto in essere umano, da essere umano in gatto. Allora lui non era l'unico essere soprannaturale esistente al mondo in grado di mutare il proprio aspetto.

Sospirò mordendosi il labbro, battendo un pugno sul gradino. Non sarebbe dovuta toccare a lui, quella tragedia. Lui era destinato ad attraversare l'esistenza senza essere scalfito dalla maledizione che toccava in sorte al primogenito della discendenza di Branwell Hamilton.

Suo padre e dopo di lui suo fratello maggiore. Se la loro vita non fosse stata spezzata dall'incidente, lui sarebbe stato libero. Suo fratello Albert era cresciuto consapevole di cosa gli sarebbe toccato. Alexander era destinato a condurre una vita normale, tranquilla. Ma il destino si era abbattuto su di lui ribaltando la situazione, sconvolgendo i suoi piani per l'avvenire.

Sollevò il viso e si voltò verso la villa. La odiava. Per quel maledetto mostro in stile gotico Branwell Hamilton aveva scatenato su di sé la maledizione che avrebbe colpito e condannato la sua discendenza in eterno.

Però ora che stava realmente per cadere a pezzi era sua responsabilità scegliere. Farla abbattere o ristrutturarla seriamente. L'avrebbe volentieri distrutta e annientata per sempre se fosse servito a qualcosa. Oppure sarebbe fuggito lontano, abbandonando la villa e il suo contenuto a chiunque volesse impossessarsene.

Ma era già successo e non aveva funzionato. Suo padre gli aveva raccontato che il suo trisnonno era fuggito abbandonando la villa al suo destino, per cercare fortuna in America con la famiglia. Sperando di lasciarsi il maleficio alle spalle. Inutilmente, perché la maledizione del drago lo aveva seguito e trovato, portando distruzione e morte. Solo uno dei suoi figli si era salvato e per evitare altre tragedie si era deciso a tornare a Strawberry Hill, dove l'immensa villa e la sua maledizione lo attendevano ancora per ristabilire con lui quel legame indissolubile.

Alexander sospirò, passandosi le mani sul volto. Suo padre non si era mai allontanato da Strawberry Hill. Allora perché quell'incidente stradale li aveva colpiti, uccidendo sul colpo i suoi genitori e suo fratello maggiore e lasciando lui incolume? Si sforzava di credere che fosse solo un caso, una coincidenza. Non voleva e non poteva accettare che la maledizione del drago stesse cercando proprio lui.

CAPITOLO 14

«Allora, quale film ti piacerebbe guardare?»

Nathan sbadigliò stiracchiandosi sul divano.

«Non lo so, a te cosa piacerebbe?» Maggie si voltò verso di lui, accoccolandosi e massaggiandosi lo stomaco. «Sono pienissima, Castle. Dovresti aprire un ristorante!»

«Attenzione, potrei riempirti come nella storia di *Hansel e Gretel* e poi mangiarti!» Nathan sorrise pizzicandole il braccio. «No, non sei ancora pronta, manca ancora un po'! Vuoi il gelato?»

«Tu mi tenti in modo indegno, cattivone!» Maggie sbuffò poi incurvò le labbra. «E lo fai solo per mangiarmi?»

«Ovviamente! Scegli un film dall'armadietto, io tolgo il gelato dal frigo!»

Nathan si alzò avviandosi verso la cucina. Maggie raggiunse l'armadietto e passò in rassegna i dvd. Non aveva alcuna intenzione di tornare a casa. Sarebbe rimasta lì con Nathan se avesse potuto. Socchiuse gli occhi per un attimo e abbassò il viso.

«Allora hai deciso?»

Nathan rientrò in soggiorno con due coppette colme di gelato.

«No, non ancora...»

«*Il Signore degli Anelli*, se vuoi ci guardiamo la trilogia fino a tardi!» propose il ragazzo sistemandosi comodamente sul divano, con un cuscino dietro la nuca.

«Ci sto!» Maggie annuì, recuperò il cofanetto, sfilò il primo dvd dalla custodia e lo posizionò nel lettore.

Si accomodò di fianco a Nathan mentre le varie opzioni del film apparivano sullo schermo. Si morse le labbra cercando di restare calma e rilassata. Poi si ricordò del gelato posto sul tavolino di fronte a lei, prese la coppetta e il cucchiaino tra le mani iniziando a mangiarlo lentamente.

«Dovresti seriamente considerare l'idea di trasferirti qui, Penny...» Nathan sospirò, si accigliò e le rivolse uno sguardo serio e risoluto. «Ogni volta che pensi di dover tornare a casa tua fai quell'espressione ed è davvero insopportabile da vedere.»

«Quale espressione?»

Maggie si mordicchiò un lato del labbro e abbassò il viso sul gelato, tormentandolo con il cucchiaio perché si sciogliesse più in fretta.

«Ecco, proprio quella!» Nathan cercò di seguire il suo sguardo e le sollevò il mento con un dito. «Sembri una bambina ferita che non vuole tornare a casa da una famiglia che la maltratta. Ma Penny, hai più di vent'anni ormai. Lo sai che puoi stare dove vuoi e con chi vuoi, vero?»

«Mmh...»

Maggie lo guardò senza parlare. I suoi occhi azzurri erano diventati lucidi nello sforzo di trattenere le lacrime.

«La casa è grande e io sono solo.»

Nathan azionò il telecomando per fare iniziare il film.

«Non mi daranno mai il permesso di venire a vivere qui con te...»

Maggie fissò lo sguardo sullo schermo del televisore mentre scorrevano i titoli di testa.

«È assurdo! Se avessi frequentato l'università in un'altra città non avrebbero fatto tante storie! E comunque tu non hai bisogno del loro permesso.»

Nathan incrociò le braccia irritato.

«Almeno Darrick e Lester sono andati a Cambridge» Maggie accennò un sorriso appoggiando la testa sulla spalla di Nathan. «Sono stata veramente contenta quando li hanno accettati e sono partiti.»

«Gli odiosi fratellastri.»

Nathan aggrottò la fronte accarezzando fugacemente i capelli di Maggie.

«La Perfida Sventura dice che forse torneranno per le vacanze estive ed è tanto felice che i suoi preziosi figlioli siano così bravi e studiosi. Tre mesi con loro intorno! Io spero che se ne vadano da un'altra parte in vacanza, con i loro amici. Ormai non sono più abituata a loro, non voglio riabituarmici...»

«Se tornano ricomincerà la guerra, Penny, stanne certa.» Nathan le strizzò l'occhio e cercò di simulare un ghigno malefico. «Lo sai che sono più forte di loro due messi insieme, vero? Molto più forte e anche più cattivo!»

«Sì, mi ricordo bene!»

Maggie annuì e sorrise sforzandosi nel frattempo di concentrare l'attenzione sul film che stava per iniziare.

Nathan fissò le prime immagini apparse sullo schermo, poi si voltò verso di lei, ormai totalmente rapita da quella storia fantastica e coinvolgente. Non avrebbe lasciato che qualcuno le facesse del male di nuovo. Né la matrigna né i fratellastri e nemmeno suo padre, da sempre incapace di difenderla, avrebbero ferito la sua Penny.

Abbassò lo sguardo sulla coppetta di gelato posta sul tavolino. La vide spostarsi di qualche centimetro. Chiuse gli occhi, sbatté le palpebre più volte, poi li riaprì e tornò a guardare nello stesso punto. Fece un respiro profondo, doveva calmarsi, trattenere la rabbia. Non poteva permettere che accadesse di nuovo. E non di fronte a lei, soprattutto. La coppetta di gelato si fermò, mentre Nathan riprendeva il controllo di se stesso e delle sue emozioni. Lanciò un'occhiata fugace a Maggie Pennington, la sua Penny, che non si era accorta di nulla e continuava assorta a guardare *Il Signore degli Anelli*.

* * *

Costringere l'alchimista von Klausen. Un'impresa quasi impossibile ma valeva la pena tentare. E per tentare Ryan Norwest doveva riuscire a scoprire di più su di lui.

Cosa aveva combinato negli ultimi decenni? In che affari era coinvolto? Chi erano quelle due donne? Chi era Faith? Perché era così infuriata?

«Devo uscire» comunicò semplicemente alla sorella avviandosi deciso verso la porta.

«Vengo con te!»

Amelie si alzò dal divano e posò la bottiglia vuota sul tavolo.

«Sono affari privati.» Ryan si voltò verso di lei sollevando un sopracciglio. «E tu sei ubriaca.»

«Io ubriaca?» Amelie scattò verso di lui e gli si piazzò davanti bloccandogli il passaggio. «Ti sembro ubriaca? Non sono davvero ubriaca da almeno... ottocento anni! Faccio solo un po' di scena, ogni tanto. È divertente!»

«Ti ho detto che sono affari privati, Amelie.»

Ryan la oltrepassò e raggiunse la porta.

«E va bene, che noia!» Amelie corrugò la fronte e scattò verso il divano stendendosi di nuovo. «Vuol dire che resterò qui ad annoiarmi.» Alzò la voce mentre il fratello usciva di casa. «E tu lo sai che detesto annoiarmi, vero Ryan?»

Ryan salì in macchina e si passò le mani tra i capelli castano chiaro, per poi posarle sul volante. Avrebbe portato Amelie con sé, ma doverle raccontare i suoi propositi nei confronti di von Klausen e di chi li aveva trasformati era decisamente troppo. Amelie lo aveva deluso troppe volte perché potesse fidarsi o cercare in lei un'alleata. Avviò il motore e partì, guardando il palazzo nello specchietto retrovisore mentre usciva dal cancello.

Faith. Doveva capire chi fosse quella ragazza e anche l'altra donna. L'alchimista normalmente non avrebbe mai concesso a ragazzine nervose di aggirarsi per i corridoi del suo antro. Quindi ci doveva essere una spiegazione.

Gli stava sorgendo il dubbio su chi quella ragazza potesse essere e perché si trovasse proprio lì. No, non von Klausen... Non ce lo vedeva proprio! Sarebbe stato troppo facile poterlo combattere se anche lui avesse avuto un punto debole.

Ryan rallentò raggiungendo il centro della cittadina. Poi prese la strada laterale che conduceva verso la periferia ovest, dove gli agglomerati urbani erano meno frequenti e gli spazi più aperti.

La casa era rimasta quasi uguale, a parte la cinta di siepe che la circondava e il vialetto meglio delineato, con ciottoli chiari posti su entrambi i lati. Per il resto era la solita abitazione in mattoni, in prossimità della radura che portava al boschetto di Strawberry Hill.

Ryan spense la radio e rimase per qualche istante in macchina, prima di scendere e fissare la porta. Non aveva idea di cosa aspettarsi e la consapevolezza di essere sul punto di perdere un altro dei suoi punti fermi viventi nella cittadina lo destabilizzava. Ne aveva persi troppi nel corso del suo eterno presente.

Quella era la visita che non avrebbe mai voluto compiere. Ma si trattava di un passaggio obbligato. E non solo a causa di von Klausen e delle due donne misteriose. Aveva sperato di ritardarlo il più possibile. Ma ora che si trovava lì di fronte non poteva più tirarsi indietro, risalire in macchina e scappare.

Ryan aprì il cancelletto richiudendolo delicatamente alle spalle, poi raggiunse la porta di legno in pochi passi. Aggrottò la fronte, bussò deciso e attese.

CAPITOLO 15

Probabilmente non c'era nessuno. Ryan voltò le spalle alla casa e aveva già percorso metà del vialetto quando la porta si aprì.

«Ryan Norwest.»

La voce lo colpì come un pugnale che si infilava gelido e pungente tra le scapole. Attese alcuni secondi prima di voltarsi. Voleva prendere tempo prima di avere conferma di come e quanto la situazione fosse cambiata.

«Rosalie...»

Pronunciando il nome Ryan si voltò, tenendo lo sguardo abbassato. Poi si decise ad alzare gli occhi e la vide. Si sforzò di rimanere impassibile.

«Non fingere che tutto sia rimasto uguale, Ryan.» La donna accennò un sorriso e si appoggiò con il fianco alla porta. «Lo sappiamo entrambi che non è così, almeno per quanto riguarda me.»

«Non fingerò, Rosalie. Non ne sono mai stato capace.» Ryan si avvicinò e ricambiò il sorriso. «Ma la verità è che sono contento di rivederti, davvero.»

«Credevi che avessi già abbandonato questo triste mondo?»

Rosalie si passò le dita sulla fronte. Ryan notò i suoi occhi stanchi e segnati, le rughe profonde che le solcavano il viso, in particolar modo la fronte e gli angoli della bocca.

«So che non lo abbandonerai finché avrai qualcosa da fare» rispose con un sospiro mentre prendeva confidenza con la nuova immagine di Rosalie Cohen. Così diversa rispetto a tanti anni prima e soprattutto dalla prima volta in cui l'aveva incontrata.

«Mi conosci bene, allora.» Rosalie si spostò di lato per aprire la porta e lasciarlo entrare in casa. «Come io conosco te e so che non sei passato solo per assicurarti che facessi ancora parte di questo mondo.»

Ryan entrò e lasciò scorrere lo sguardo tra i mobili del salottino di Rosalie, caldo e intimo. In un attimo i ricordi erano di nuovo lì, presenti e vividi. E si sentì a casa. In quella che, una volta, aveva considerato una vera casa. Nel frattempo Rosalie si era seduta sul divanetto di fronte al camino e con un gesto lo stava invitando a sedersi accanto a lei.

«Sono passato da von Klausen» disse Ryan schietto, deciso ad andare subito al punto senza tergiversare. «Ho incontrato due donne. Una delle due, la più giovane, si chiama Faith. Carina da quel poco che ho potuto vedere, aria un po' incazzata. Non so se naturale o a causa dell'occasione particolare. Stava scappando via come una furia. L'altra più matura, notevolmente bella. L'alchimista nasconde qualcosa e non vuole che io sappia. Tu sai chi sono? Mi è venuto anche il dubbio che...»

«Streghe nere.» Lo interruppe Rosalie, senza esitazione. «Susan Chandler e sua figlia Faith.»

«La concorrenza, quindi...» dedusse Ryan con una smorfia.

«Esattamente!» Rosalie si alzò e lo guardò negli occhi con espressione malinconica. «Vado a preparare una tisana, mio caro. Abbiamo molte cose da dirci.»

* * *

Aveva deciso di far restaurare la villa, definitivamente questa volta. Il team di architetti incaricati lo avrebbe contattato da un giorno all'altro per prendere accordi. Alexander Hamilton si alzò dal gradino su cui stava seduto. Si sentiva ardere, come in un fuoco. Percorse i quattro scalini che lo separavano dalla porta principale che conduceva all'ingresso della villa. Cercò la chiave nello zaino e aprì.

Il senso di oppressione e malessere come sempre lo assalì ancora prima di varcare la soglia. Lo ignorò, oltrepassò l'immenso salone e si diresse verso la scalinata in marmo che conduceva al piano superiore.

Arrivò nello stanzone del primo piano. La "sala del mosaico". Così l'aveva sempre sentita chiamare da suo padre e da suo fratello. Li aveva sempre ascoltati con scarso coinvolgimento. Perché non erano affari che riguardavano lui direttamente. La maledizione non lo avrebbe colpito, Alexander se ne sentiva immune. Quindi egoisticamente non si interessava all'argomento, voleva solo distanziarsene. Non si interessava alla villa di Strawberry Hill, non si interessava alla vita di Branwell Hamilton, non si interessava al drago.

Ora invece erano lì, nel grande dipinto appeso nella "sala del mosaico". Branwell e il drago che dalla parete lo guardavano dritto negli occhi. Come a schernirlo per il destino da cui era stato così sicuro di sfuggire e che invece era piombato su di lui e lo aveva travolto quattro anni prima.

Alexander sentiva di odiarli entrambi, Branwell e il drago maledetto. E non riusciva a trattenere l'istinto che ogni volta lo afferrava di distruggere quella sala e soprattutto quel ritratto.

Gli occhi di Branwell così simili ai suoi, così delineati e cupi, le ciglia folte, come un'ombra gettata su quelle pennellate di grigio verde. Gli zigomi alti, la bocca perfettamente disegnata, i capelli chiari. Chiunque lo avrebbe scambiato per il ritratto dello stesso Alexander in abiti d'epoca, se non avesse saputo che si trattava di un suo antenato.

Suo padre e Albert ne erano consapevoli, da quando Alexander crescendo si trasformava sempre più nella copia vivente di Branwell. Lui stesso se n'era reso conto, ogni giorno di più, restando impotente di fronte all'evidenza. Così era cresciuto odiando il suo aspetto, cercando in tutti i modi di alterarlo. Si era fatto crescere i capelli, aveva indossato per un certo periodo delle lenti a contatto di un colore diverso.

Ma il drago lo aveva trovato lo stesso, sbarazzandosi lungo il percorso di suo padre e suo fratello. Alexander era rimasto solo in balia della maledizione, senza sapere cosa Branwell avesse mai realmente fatto per scatenarla. Si sentì ardere, come in un fuoco che divampando dalla gola lo corrodeva interiormente, lasciandolo inerme.

Si precipitò fuori dalla villa barcollando e nello sforzo cadde a faccia in giù nel giardino. Quella sensazione di fuoco nelle vene lo faceva fremere in tutto il corpo. Rimase immobile in attesa che si placasse fino a scomparire. Ritrovandosi seduto a terra si strinse le ginocchia al petto.

Quanto sarebbe durata la prossima volta? E quando sarebbe giunto il momento della trasformazione vera e propria?

Domande a cui non sapeva rispondere. Suo padre e suo fratello non avevano mai subito quegli attacchi. Suo padre li aspettava, consapevole che sarebbe accaduto prima o poi. Invece aveva trascorso l'adolescenza e la maturità incolume. Forse perché, ora era evidente, non era colui che il drago cercava.

Alexander si mise carponi e fissò il terreno. Poi alzò lo sguardo e si rese conto che era diventato buio. Doveva tornare a casa, dai suoi nonni materni. Gli unici parenti che gli erano rimasti a conoscenza del suo dramma, del destino crudele che lo aveva colpito. Coloro che era destinato a lasciare per sempre quando il drago e la sua maledizione avrebbero preso il sopravvento sulla sua volontà, sulla sua capacità di controllarsi.

CAPITOLO 16

I discepoli di Jean Claude von Klausen erano totalmente succubi del maestro. Cosa di cui il maestro si compiaceva. Ogni volta che impartiva i suoi insegnamenti a nessuno di loro passava per la mente di mettere in dubbio le sue parole. Sedevano in semicerchio attorno a lui in totale adorazione, ascoltandolo in silenzio assoluto.

La storia della città, le sue tradizioni. E non si trattava mai di storia e tradizioni il cui studio fosse disponibile a qualsiasi studente interessato al passato di Strawberry Hill.

Chi sceglieva di diventare discepolo dell'alchimista von Klausen e veniva da lui accettato doveva essere disposto a stipulare un patto e a rispettare determinate regole. La prima e fondamentale era la regola di obbedienza e segretezza. Il luogo, gli incontri, chi ne faceva parte, l'obbiettivo della missione dovevano restare segreti.

Era capitato, in passato, che qualcuno tradisse o semplicemente si lasciasse sfuggire una parola di troppo in proposito. Durante l'incontro successivo si veniva a sapere che il malcapitato era dovuto partire per un viaggio imprevisto.

«Nero come la notte è il fulcro del potere.» L'alchimista passò in rassegna i dodici sguardi fissi su di lui. «Si sta per risvegliare. E immenso potere oscuro porterà immensa grandezza. Chi avrà la fortuna di esserci prenderà parte in eterno a questo potere, a questo grande disegno.»

Dorian Green si sforzava di credere nelle parole e nelle promesse dell'alchimista, ma non ne era ancora certo. Aveva bisogno di prove, a differenza dei suoi compagni. Avrebbe desiderato, con tutto se stesso, lasciarsi andare e affidarsi totalmente a Jean Claude von Klausen, il suo maestro. Ma ancora

79

una parte del suo spirito si rifiutava di cedere la sua anima senza assicurazioni o inconfutabili certezze.

Voleva di più, pretendeva di più. Voleva toccare con mano quel potere di cui l'alchimista continuava a raccontare. Solo allora non avrebbe più opposto resistenza. Solo allora avrebbe rinnegato totalmente la specie a cui apparteneva per dedicare la propria esistenza alla causa, al grande disegno, come lo chiamava l'alchimista. E allora probabilmente von Klausen si sarebbe trovato di fronte qualcuno la cui ambizione era pari, o forse superiore, alla sua.

* * *

Ryan increspò le labbra. Così Susan e Faith Chandler erano due streghe nere. Che cosa aveva a che fare l'alchimista von Klausen con due streghe nere? Da quel che gli era parso di capire volevano obbligare Faith a fare qualcosa per loro. Ma cosa esattamente?

«Ne sei sicura? Hai già avuto a che fare con loro?»

Prese la tazza che Rosalie gli porgeva e se la rigirò tra le mani.

«Non sono più giovane e sprovveduta.» Rosalie si accomodò al suo fianco e sorseggiò la sua tisana. «E al contrario delle creature della tua specie, mio caro Ryan, noi abbiamo la facoltà di riconoscerci tra di noi quando il nostro potere si è totalmente sviluppato. Ho avuto tempo per affinare certe doti.»

«Quindi le hai incontrate» dedusse Ryan fissando il contenuto della tazza.

Perché Rosalie, una strega bianca, si era incontrata con due streghe nere? E come? E quando?

«È stato casuale» Rosalie sembrava aver compreso i suoi dubbi. «Più di quanto tu creda. La cittadina è piccola. E loro non si sono accorte di me. Anche perché il loro potere non è ancora sviluppato. Evidentemente non sono le prime rimaste della loro stirpe e non hanno ancora pieni poteri.»

«Che cosa vorrà von Klausen da due streghe nere? Se poi non hanno pieni poteri…»

Ryan appoggiò la tazza sul tavolo e cercò con gli occhi lo sguardo della donna.

«Domanda scontata di cui non conosco la risposta, purtroppo.» Rosalie sollevò le spalle. «Ma conoscendolo, ti risponderò con tre parole: nulla di buono. Anche se il loro potere non è del tutto sviluppato von Klausen potrebbe servirsene comunque. Non gli mancano i mezzi e probabilmente crede sia meglio averle dalla sua parte piuttosto che lasciale vagare incontrollate per la città.»

«Tu hai potere contro di loro, vero Rosalie?»

Ryan aveva la netta sensazione che la strega gli stesse raccontando meno di quello che sapeva o sospettava in realtà.

Rosalie gli rivolse un'occhiata gelida e per la prima volta da quando era entrato nella sua casa la riconobbe. La Rosalie Cohen forte e risoluta che aveva incontrato tanto tempo prima. Nonostante gli anni era ancora lì, di fronte a lui. E non lo temeva, esattamente come la prima volta che si erano incontrati.

«Sì, ce l'ho. Ma non lo userò a meno che non sia necessario. Quelle due sono in città da pochi mesi e per ora non mi hanno dato alcun fastidio, quindi…»

«Capisco. Sì, ti capisco perfettamente» Ryan annuì e si alzò, avrebbe dovuto affrontare il problema da solo. «Devi proteggere te stessa.»

«No, non capisci invece.» Rosalie sospirò e Ryan vide il suo volto irrigidirsi. «Non lo faccio per proteggere me stessa. Non ho mai protetto me stessa, del resto. Dovresti saperlo.»

Ryan sospirò, abbassò il viso e si voltò verso il camino, avvicinandosi di qualche passo. Posò lo sguardo sulle fotografie di famiglia di Rosalie e le passò in rassegna, una dopo l'altra. A un certo punto aggrottò la fronte, confuso.

«Shirley?» Afferrò la fotografia di una giovane donna dai capelli scuri e il sorriso radioso. Si voltò perplesso. «Come? Cosa hai fatto, Rosalie?»

«No… non è Shirley. Lei è Danielle.»

Rosalie lo raggiunse, prese la fotografia dalle mani di Ryan e la posò nuovamente sul ripiano sopra al caminetto.

«Hai detto che abbiamo molte cose da dirci.» Ryan tornò a sedersi e la guardò con espressione cupa. «Credo di avere il diritto di sapere, visto che in parte mi riguardano. Ti ascolto, Rosalie.»

* * *

Aveva ottenuto l'indirizzo di Susan Chandler. In cambio della solenne promessa di non tornare più a casa sua e di tenersi alla larga da Danielle. Ryan aveva acconsentito a entrambe le richieste, senza esitare.

In ogni caso Rosalie sbagliava sul suo conto se credeva, oppure temeva, che si sarebbe interessato a Danielle soltanto per la sua somiglianza con Shirley.

Shirley era unica e insostituibile. Una ragazza con gli stessi occhi e lo stesso viso non avrebbe mai potuto prendere il suo posto.

Ryan lanciò un sasso nel laghetto, facendolo rimbalzare tre volte. Quello era stato uno dei luoghi dei loro incontri. Shirley Cohen, la più potente strega bianca che avesse mai incontrato. Ryan contrasse la mascella e respirò profondamente. Erano trascorsi centoquindici anni.

Rosalie era stata chiara. Danielle non avrebbe subito la stessa sorte di Shirley. Non avrebbe permesso che accadesse. Quella ragazzina timida, che viveva all'ombra della sorella maggiore, era diventata una donna risoluta e schietta. Probabilmente la sorte di Shirley le aveva cambiato il carattere, rafforzandolo ma rendendola arida e dura. Rosalie Cohen non aveva mai compiuto lo stesso errore di Shirley. E il più grande errore, per Shirley, era stato lui.

"Shirley ha dato il suo potere per te, la sua vita, la sua anima." Le parole pronunciate da Rosalie gli risuonavano ancora nella mente, affilate come lame. "Non accadrà la stessa cosa a Danielle. Io non lascerò che accada. A costo di ucciderti personalmente, Ryan Norwest. Non ti prenderai anche lei."

Non serviva ricordare a Rosalie che lui non avrebbe mai permesso a Shirley di sacrificarsi a causa sua. Se solo avesse saputo... Invece lei lo aveva protetto con un incantesimo, prendendo su se stessa tutto il dolore che le creature ribelli erano intenzionate a infliggere a Ryan, per vendetta. Quella era stata la sua fine. E lui non era stato neanche in grado di dirle addio.

Risvegliandosi Ryan aveva trovato la piccola Rosalie, ferita e in lacrime, investita di un potere che dalla sorella maggiore era passato direttamente a lei. A lei era rimasto per più di cento anni, perché il suo unico scopo era diventato proteggere la sua famiglia. Finché ci fosse stata lei la sua famiglia sarebbe stata al sicuro. Non ci sarebbe più stata un'altra Shirley, pronta a morire per una creatura delle tenebre. Rosalie se ne sarebbe assicurata in prima persona.

A questo l'aveva portata la perdita di Shirley. A sfidare il tempo e a resistere. Nessuno avrebbe creduto che Rosalie Cohen avesse centotrenta anni. Nemmeno Danielle, che la credeva sua nonna. In realtà Rosalie era la sua trisnonna.

Non c'erano più state ragazze nella discendenza di Rosalie Cohen. Solo maschi, a cui aveva imposto il suo cognome. E così sarebbe dovuto essere, per sempre. Era riuscita a estirpare per sempre il ramo femminile della sua discendenza, in modo che non venissero mai più concepite bambine, streghe bianche. A questo l'aveva spinta il dolore, l'amarezza per la perdita di Shirley. Il potere della strega bianca, per quanto riguardava la sua famiglia, sarebbe morto con lei, Rosalie.

Finché un giorno di diciassette anni prima uno dei suoi bisnipoti aveva bussato alla sua porta, con la piccola Danielle tra le braccia, mormorando afflitto: "È una strega."

Inizialmente Rosalie aveva creduto che si trattasse di un inganno. O lo aveva sperato. Ma la bambina manifestava già il principio dei suoi poteri di strega. Gli occhi della sorella sul viso della neonata non le lasciarono dubbi. Non si spiegava come, ma era successo. Era nata un'altra strega bianca nella sua famiglia. Ed era l'immagine vivente di Shirley.

A Danielle, appena aveva cominciato a capire, non aveva mai detto che i suoi genitori l'avevano rifiutata. Le aveva raccontato invece che la loro casa nel nord dell'Inghilterra era stata distrutta da un terribile incendio. E lei era stata l'unica a salvarsi. I soccorsi erano arrivati in tempo per lei ma non per il resto della sua famiglia. Questo giustificava l'assenza di fotografie di suo padre e sua madre. Tanto era certa che quei due codardi non sarebbero più tornati a riprenderla.

Una scelta dura ma necessaria. Ora, lo scopo della vita di Rosalie era permettere che la giovane Danielle trascorresse un'esistenza felice e serena, senza il potere supremo della strega bianca e tutta la responsabilità e i drammi che ne derivavano. Quindi, perché ciò avvenisse, era necessario che Rosalie trovasse il modo di sopravvivere a Danielle. Ancora per moltissimi anni, sperava. Anche di un solo istante. Un solo istante sarebbe bastato. Per questo non le restava altro da fare che resistere.

CAPITOLO 17

Per quanto fosse brava, socievole e disponibile, il doppio turno allo "Strawberry Dream" stava incominciando a pesarle. Bliss Sanders chiuse la caffetteria, abbassò la saracinesca e si massaggiò una spalla dolorante.

Ultimamente toccava sempre a lei la chiusura. Jenevieve, con una scusa o con l'altra, se ne andava sempre prima. E a causa dei suoi ritardi nei turni del mattino, Bliss non si poteva lamentare.

Sentì un tintinnio proveniente dalla borsa e capì di aver ricevuto un messaggio sul telefonino. Era di Maggie che la invitava a trascorrere il fine settimana con lei e con Nathan. Una gita al lago, buona idea. Li avrebbe raggiunti nelle pause del lavoro.

Sorrise tra sé avviandosi verso casa. Si accarezzò la coda, tirandosela su una spalla. Aveva intenzione di cambiare il colore dei capelli, magari schiarirli di un paio di toni e aggiungere qualche ciocca di un colore diverso. Ma che colore? Lilla o arancio, forse.

«Bliss Sanders?»

Bliss sobbalzò alla voce di un uomo alle sue spalle. Era buio ed era sola per strada. Ma a Strawberry Hill si era sempre sentita al sicuro, non aveva mai avuto problemi. Si sforzò di mantenere la calma e si voltò lentamente verso di lui. Era un uomo alto, scuro di capelli e di carnagione. Non giovane ma nemmeno vecchio. Di età indefinita.

Bliss rimase incerta se continuare ad avere paura e scappare via o restare e sentire cosa quell'individuo volesse da lei. E comunque... come conosceva il suo nome?

«Sì, sono io. Lei chi è?»

«Io sono Jonathan Miller.» L'uomo si avvicinò a lei di qualche passo. Indossava una camicia chiara con le maniche risvoltate, la cravatta lasciata morbida sul collo. «Sono un amico di tuo padre.»

«E perché è venuto a cercare me?» Bliss cominciò ad agitarsi. «È successo qualcosa a mio padre?»

«Seguimi, per favore. Ti spiegherò tutto.»

L'uomo non aveva risposto direttamente alla domanda e Bliss iniziò a innervosirsi davvero. Suo padre era lontano per lavoro, come accadeva spesso negli ultimi anni. Da quando era cresciuta. Il suo lavoro di rappresentante commerciale implicava continui spostamenti.

«No, io... voglio andare a casa. Chiamerò mio padre e mi spiegherà lui se c'è qualcosa che io devo sapere.»

Gli voltò le spalle e cominciò a camminare in fretta, ma lui le fu subito dietro e la trattenne per un braccio.

«Non posso lasciarti andare, non è sicuro. Ti devi fidare di me, Bliss.»

«Perché? Perché dovrei?»

Non voleva ammetterlo neppure con se stessa, ma Bliss cominciò a temere che quell'uomo avesse ragione. E non sapeva spiegarsi da dove le derivasse questa sensazione, questo strano senso di familiarità che provava nei suoi confronti.

Jonathan Miller comprese che non sarebbe fuggita e le lasciò andare il braccio.

«Perché non hai altra scelta.»

* * *

James si guardò intorno prima di aprire la porta della palestra ed entrare. Doveva fare più attenzione. Aveva già rischiato abbastanza.

La palestra di Strawberry Hill era stato uno dei suoi progetti per la cittadina. Ma non era il caso che qualcuno lo sorprendesse mentre si intrufolava lì dentro la sera tardi, quando era già chiusa da un po' e anche tutti i dipendenti erano andati via.

Percorse le sale al buio e raggiunse gli spogliatoi, per poi oltrepassare una porticina dietro alle docce. Entrò, spostò vecchi attrezzi e tappetini da yoga che nascondevano una botola. La sollevò, vi saltò dentro e richiuse.

Aveva bisogno di rivedere la sua casa. Tutto ciò che gli apparteneva davvero era lì. I suoi libri, i suoi quadri, antichi manufatti, oggetti e ricordi che i suoi antenati avevano accumulato e gli avevano lasciato in eredità nel corso dei secoli.

James percorse il corridoio e finalmente arrivò alla porta sotterranea che lo avrebbe introdotto nel suo mondo. L'universo segreto di un mutaforma, la sua storia.

Chissà se avrebbe mai avuto qualcuno con cui condividerla? Per ora doveva solo fare attenzione a non mettersi in pericolo, a non farsi scoprire. Doveva essere sicuro prima di poter concedere la propria fiducia a qualcuno. E in tutti i suoi anni di vita non aveva mai incontrato qualcuno di cui potersi fidare completamente, oltre ad Andres Flick.

Prese un cd e lo posizionò sullo stereo. Le note di *Wind of change* riempirono lo spazio circostante, dapprima appena accennate, poi assumendo potenza e vigore.

"Take me to the magic of the moment
On a glory night
Where the children of tomorrow dream away
In the wind of change"

James alzò il volume al massimo. Il rifugio era insonorizzato. La sua esistenza non era perfetta, non lo era mai stata. Oltre a sentirsi perennemente solo e abbandonato aveva sempre dovuto fare i conti con quello che era. Ma del resto poteva anche essere peggio. Poteva essere schiavo di certe necessità per sopravvivere. Necessità come il sangue. Da questo punto di vista invece era libero. E aveva sempre la musica.

CAPITOLO 18

Un appartamento in centro a Strawberry Hill, nonostante fosse un luogo grazioso in cui vivere, probabilmente non era il miglior nascondiglio per una strega nera. Anzi, per due.

Mentre suonava alla porta Ryan era ancora immerso nei ricordi di Shirley, nelle minacce di Rosalie e nel pensiero della giovane, indifesa Danielle Cohen.

Si distolse appena sentì dei passi affrettati precipitarsi verso la porta dall'interno.

«Finalmente!» esclamò la donna aprendo. Ma dall'espressione sconcertata del suo viso era evidente che non era lui che aspettava.

«Sorpresa?» Ryan sogghignò inclinando il viso.

Susan Chandler non si preoccupò di rispondere ma richiuse di scatto la porta.

«Non così in fretta, mia cara...» Ryan con una mano spalancò la porta. Susan non riuscì a opporre resistenza e a spingerlo via. «Prima dobbiamo parlare!»

«Non abbiamo niente da dirci!»

Susan gli voltò le spalle e si guardò intorno in preda alla disperazione. Non aveva potuto impedire che lui entrasse in casa.

«Arriviamo al dunque, così non perdiamo tempo. Che cosa hai a che fare con von Klausen?»

Ryan l'afferrò per la spalla e la strinse forte costringendola a voltarsi.

«Lasciami andare, ti racconterò tutto.» Susan lanciò un'occhiata verso il corridoio che conduceva in cucina. «Però ho bisogno di bere qualcosa. Per favore...»

Ryan annuì e la seguì senza controbattere. Arrivati in cucina, Susan prese un bicchiere dallo scaffale e versò un po' d'acqua da una bottiglietta. Bevve un sorso e giocherellò con il bicchiere passandoselo da una mano all'altra.

«Allora?» Ryan le si avvicinò con uno sguardo cupo e minaccioso. «Sto aspettando! Voglio sapere cosa avete a che fare tu e tua figlia con von Klausen.»

Inaspettatamente Susan si spostò di fianco, afferrò velocemente il coltello posto sul ripiano e cercò di infilzarlo nel torace di Ryan, che però la prevenne spingendola contro la parete.

«Finiamola di giocare! Una strega nera che cerca di uccidere un vampiro con un coltello da cucina?» Le puntò il coltello allo stomaco sollevandola per la gola con l'altra mano. «Piuttosto curiosa come iniziativa. Anzi, totalmente assurda direi…»

Susan fremeva e Ryan poteva percepire chiaramente la sua paura, l'angoscia di essere uccisa. Non aveva motivo di mettere in dubbio le parole di Rosalie. Se gli aveva detto che Susan e Faith erano streghe nere, sicuramente lo erano.

Ma allora perché Susan Chandler non aveva tentato di fermarlo con la magia, utilizzando qualche incantesimo? Per non esporsi? No, sarebbe stato ridicolo pensare a non esporsi quando aveva un vampiro in casa pronto a ucciderla. E poi lo aveva lasciato entrare così, senza nemmeno invitarlo, senza…

«Hai perso i tuoi poteri…» dedusse Ryan, stringendole ancora più forte la mano intorno alla gola. «Com'è accaduto? Von Klausen te li ha sottratti? In cambio di cosa? Se mi hai lasciato entrare puoi essere solo diventata…»

Lasciò cadere il coltello e strinse il viso di Susan con l'altra mano costringendola ad aprire la bocca, in modo che potesse osservare la sua dentatura e le sue gengive. Ecco perché era riuscito a entrare in quella casa senza ostacoli, senza essere invitato.

«Come immaginavo, sei diventata un vampiro. Quindi è questo che nascondi! Una doppia natura? Anche tua figlia lo è? Strano, von Klausen non ha molta simpatia per i vampiri da quel che mi risulta.»

Ryan era giunto finalmente alla conclusione più ovvia. Ecco il motivo per cui il suo potere di strega si era indebolito. Contro di lui sarebbe stato inutile.

Susan, impotente e incapace di resistere oltre alla morsa delle sue mani, cercò di annuire.

«Te li ha sottratti lui? Perché? Cosa ti ha promesso l'alchimista in cambio?»

Una strega nera che rinunciava a gran parte dei suoi poteri per assumere una doppia natura era un abominio per la sua specie. Per quanto non avesse sempre frequentato streghe, anche Ryan ne era al corrente.

Probabilmente Susan e la figlia erano state esiliate, allontanate e tenute a distanza da ogni circolo di streghe con cui fossero entrate in contatto.

«Io volevo solo… restare bella in eterno…» bisbigliò Susan cercando di riprendere fiato.

«Solo per questo?» Ryan sollevò gli occhi e rise di gusto. «Donne, come siete superficiali!»

Susan si rilassò mentre Ryan stava gradualmente mollando la presa. Cercò di svicolarsi ma lui la afferrò di nuovo per la gola.

«Che cosa progettate con l'alchimista?»

«No… niente…»

«Peccato che io non ci creda!» La stretta era tornata ancora più forte e tenace di prima. «Perché tua figlia se ne stava andando? Von Klausen voleva anche i suoi poteri? Dimmelo o ti torcerò il collo fino a ucciderti, sei troppo debole per avere a che fare con me. E non mi dispiacerebbe fare uno scherzo del genere a von Klausen!»

Improvvisamente Ryan la lasciò andare e il suo viso divenne pallido. Una linea violacea gli solcò la fronte. Cadde in ginocchio contorcendosi dal dolore. Sentiva il sangue pulsargli nelle vene come impazzito, quasi fino a farlo scoppiare.

Susan si voltò incredula verso la porta della cucina e la vide.

«Faith…»

Gli occhi di Faith, stravolti e trasecolati dall'odio e dalla collera diventavano sempre più neri ed erano puntati contro Ryan. Più lui tentava di divincolarsi per il dolore che lo stava dilaniando e tentava di sfuggirle, più lo sguardo di Faith diventava oscuro, spietato. Come quello di una predatrice che si accanisce sulla preda. L'ondata di potere sollevò Ryan da terra sbattendolo contro il muro più e più volte, ripetutamente. Senza tregua.

Susan continuava ad assistere alla scena incredula, anch'ella travolta da quel potere oscuro che non avrebbe mai immaginato di vedere manifestato nella figlia. Una furia cieca e selvaggia che non dava segno di volersi arrestare.

Lo avrebbe ucciso. Faith certamente lo avrebbe fatto, senza rimorso, senza pietà. Era il suo istinto, la sua forza, la sua volontà che le chiedeva, le ordinava di ucciderlo. Non staccò gli occhi da lui mentre lo trascinava oltre la parete, fino al soffitto. Certo che lo avrebbe ucciso. Ma oltre che per odio e per rabbia, lo avrebbe ucciso perché non sapeva come fermarsi.

Lo avrebbe ucciso. Ryan sentiva la fine avvicinarsi, ogni istante di più. Se la strega nera si fosse accanita ancora su di lui sarebbe morto. Il suo potere era talmente inarrestabile e devastante da fargli desiderare la morte. Purché smettesse di tormentarlo. No, decisamente Faith non era diventata un vampiro. Tutt'altro.

Il potere della strega nera si era completamente risvegliato e liberato in quella ragazza, scagliandosi contro di lui. Ryan Norwest chiuse gli occhi. Forse era quello il destino che meritava. Aveva ferito e distrutto troppe persone, nella sua lunga esistenza. Una strega bianca era morta per lui. Una strega nera lo stava uccidendo.

CAPITOLO 19

Non c'era modo di fermare quella furia o di sfuggirle. La strega nera in lei si era risvegliata, la miccia era esplosa e ora stava dando libero sfogo a una collera probabilmente trattenuta troppo a lungo.

Ryan non avrebbe mai sospettato tutto quell'impeto, quel furore in una strega tanto giovane. Forse era questo che nascondeva von Klausen. Si era creato un'arma potentissima.

Eppure Rosalie gli aveva detto che le due streghe non possedevano i pieni poteri, era troppo esperta per essersi ingannata. E nemmeno gli aveva mentito. La conosceva bene. Per quanto potesse detestarlo per ciò che era accaduto a Shirley non avrebbe mai complottato con von Klausen per ottenere la sua morte. Non apparteneva alla natura di una strega bianca e soprattutto non apparteneva a Rosalie. Se lo avesse voluto morto avrebbe agito tanto tempo prima, ne aveva tutte le ragioni.

Ma ormai era tardi per pensare. La sua fine era prossima. Guardò Faith Chandler un'ultima volta. Il suo viso delicato, più dolce di quanto ricordasse dal primo incontro. Per un istante vide la fiamma oscura che ardeva nei suoi occhi esitare, vacillare in preda al dubbio. Come se la ragazza avesse paura di quello che stava per accadere e delle sue conseguenze. Come se stesse lottando per trattenersi.

«Faith...» Ryan percepì la voce di Susan in lontananza, gli sembrò quasi proveniente da un altro mondo, un mondo in cui lui ormai non aveva più possibilità di sopravvivere. «Faith... fermati tesoro, ti prego! Ti farai del male...»

Susan, accostata con la schiena alla parete, cercava di attirare l'attenzione della figlia. Si sforzava di distoglierla perché interrompesse quel flusso di energia. Inutilmente. Il potere di Susan era irrilevante paragonato a quello che si sprigionava da

Faith, tanto che la ragazza nemmeno si accorgeva della sua presenza. Il suo unico scopo sembrava essere diventato quello di distruggere, annientare, uccidere.

Improvvisamente Faith venne afferrata alle spalle. Ryan si accorse che qualcuno stava cercando di farle voltare la testa in modo che staccasse gli occhi da lui. Però riuscì a liberarsi dalla stretta con un braccio, respingendo chi l'aveva attaccata. Amelie.

«Maledetta strega!»

Amelie si gettò nuovamente su di lei, mordendole il collo da dietro.

Faith, distolto lo sguardo da Ryan, vacillò per poi scivolare a terra, come se all'improvviso avesse perso tutta l'energia che la teneva in piedi e la spingeva a combattere. Si portò la mano alla spalla e poi al collo e se la ritrovò sporca di sangue. Voltandosi vide colei che l'aveva attaccata, in ginocchio dietro di lei, con la mano intorno alla gola e una smorfia disgustata dipinta sul viso.

Ryan ripiombò sul pavimento. Scorse la sorella in ginocchio ma pronta a rialzarsi per attaccare Faith con il coltello che poco prima era stato impugnato da Susan.

«Amelie! No, ferma!»

Ryan riuscì a recuperare abbastanza forza per lanciarsi contro la sorella. Strinse la mano attorno al suo polso in modo da costringerla ad abbandonare il coltello, arrivato a pochi centimetri dalla schiena di Faith.

«Sei impazzito? Stava per ucciderti!» Amelie si divincolò lanciandosi nuovamente all'attacco. «Se non ti avessi seguito fino a qui tu ora saresti morto!»

«Io...» Faith, con la mano premuta sul collo, sembrava estranea alla scena e alla conversazione. Rivolse sguardi interrogativi prima alla madre, poi a Ryan e ad Amelie. «Cosa è successo? Cosa ho fatto?»

Susan, ancora sconvolta, riuscì finalmente a staccarsi dalla parete per aiutare Faith a rialzarsi. La sorresse con entrambe le braccia, mentre la ragazza frastornata le appoggiava la fronte sulla spalla.

«Hai bisogno di riposo.» Le avvolse un braccio intorno alla vita spingendola verso la camera da letto.

«Noi andiamo.» Ryan si avviò verso la porta d'ingresso, mantenendo la stretta intorno al polso di Amelie. «Però non finisce qui.»

Susan gli lanciò un'occhiata stravolta e annuì. Ryan attraversò con lo sguardo la figura esile di Faith che ora sembrava così fragile, così vulnerabile. Completamente indifesa.

«Ma allora sei veramente imbecille!» Amelie si ribellò cercando di divincolarsi e alzando la voce. «Ti avrebbe ucciso se non fossi arrivata io, non possiamo lasciarle vivere! Ci tieni così tanto a morire?»

Il tono di Ryan si fece perentorio e inflessibile, mentre spingeva Amelie con forza fuori dall'appartamento.

«Ho detto andiamo, Amelie!»

CAPITOLO 20

Non riusciva a dormire. La situazione gli stava sfuggendo di mano, ogni giorno di più. Come se la maledizione avesse preso la rincorsa ultimamente. Come se il drago assopito in lui lottasse per essere liberato dalle catene che ancora lo tenevano legato.

Alexander si alzò dal letto, si passò una mano sulla fronte e la sentì bruciare. Probabilmente aveva la febbre alta. Cercando di non fare rumore uscì di casa e andò a sedersi sulla sedia a dondolo nella veranda.

Non poteva più aspettare. Doveva fare in modo che avvenisse in fretta. Era l'attesa a distruggerlo, più che la consapevolezza della fine. La fine della sua vita come l'aveva sempre conosciuta. La fine delle sue speranze.

«Non riesci a dormire, Alexander?»

Alexander si voltò e vide suo nonno Gregory avvicinarsi per sedersi sulla sedia di fianco alla sua. Evidentemente il tentativo di fare piano era fallito, lo aveva sentito uscire.

«Mi dispiace…»

Si strinse nelle spalle e abbassò gli occhi, inutile nascondere la verità. Presto non avrebbe avuto più nulla da nascondere, comunque.

«Un tempo scrivere ti piaceva.»

Il nonno posò sul tavolo un quaderno. Alexander lo riconobbe e accennò un sorriso. Apparteneva a una serie di quaderni che aveva comprato da bambino. Quando, durante un fine settimana dai nonni, aveva deciso di diventare un grande scrittore di romanzi d'avventura tipo Stevenson, Verne e Salgari. Alla fine aveva scritto solo qualche storia sugli animali della brughiera e aveva iniziato a tenere un diario, su cui ormai non scriveva più da tempo.

«Sì, mi ricordo.» Alexander prese il quaderno tra le mani e lo sfogliò. La parte scritta era quella riguardante le storie sugli animali della brughiera che aveva dato al nonno da leggere. Più della metà del quaderno era ancora libera. «Ma cosa dovrei scrivere ora?»

«Tutto quello che vuoi.»

Il nonno incrociò le braccia sul petto e sollevò lo sguardo verso il cielo.

Era una serata limpida. L'aria era ancora frizzante ma la temperatura stava incominciando a diventare sempre più mite.

«Quello che voglio…» Alexander sospirò guardando verso l'orizzonte, oltre il giardino di fronte a loro. «Quello che voglio è trovare il modo di spezzare questa maledizione che mi condanna a vivere una vita che non è la mia… non lo sarà mai. Io non ero destinato a questo. Non sarò mai pronto.»

Alexander guardò suo nonno. Lo scoprì per la prima volta vecchio, stanco, ansioso di aiutarlo ma alle prese con un problema che non sapeva affrontare e gestire. Decise di fingere di aver trovato un appiglio a cui aggrapparsi per non farlo sentire troppo inutile.

«Comunque, grazie… Credo proprio che scrivere mi aiuterà. Da domani ricomincerò.»

Scrivere non lo avrebbe aiutato. Niente lo avrebbe aiutato, a parte trovare il modo di sfuggire alla maledizione del drago, la condanna che gli ossessionava l'esistenza. Avrebbe fatto qualsiasi cosa per riavere indietro la sua vita. Davvero qualsiasi cosa. Anche scendere a patti con il diavolo in persona, se fosse stato necessario.

CAPITOLO 21

Dopo aver accompagnato Maggie fino alla sua porta per assicurarsi che non venisse aggredita o rimproverata da quell'arpia della matrigna, Nathan decise di non aver voglia di tornare a casa e passare il resto della serata da solo. Della nottata, anzi. E di sicuro non aveva voglia di dormire.

Magari il "Magic Hill Bar" era ancora aperto. Sarebbe passato di lì a bere qualcosa. Oppure…

Nathan prese a camminare velocemente, tanto velocemente da sembrare solo un'ombra nella notte. Non seguì la direzione del bar ma quella dell'università. Era il momento giusto per proseguire quello che aveva iniziato. Quasi notte fonda e nessuno scocciatore intorno. Poteva agire indisturbato.

Quei due cadaveri comparsi nel laboratorio di medicina erano una fortuna insperata. Soprattutto perché era l'unico ad aver visto quell'uomo trasportarli lì. Il laboratorio era il luogo dove trascorreva la maggior parte del suo tempo, in università. Prontamente li aveva nascosti nella cella frigorifera prima di fare la sua comparsa a lezione. Ormai lo gestiva meglio di chiunque altro. Sicuramente erano destinati alle sperimentazioni. Ma se nessun assistente era lì a riceverli, evidentemente nessuno era a conoscenza del loro arrivo in laboratorio. Ragion per cui Nathan li poteva utilizzare come credeva per i suoi esperimenti.

Non avrebbe fatto loro del male, erano già morti. Sarebbero stati più utili a lui, piuttosto che ad addestrare impacciati e timorosi studenti pronti a svenire alla minima incisione!

Nathan raggiunse il cancello dell'università e lo scavalcò con un salto. C'era sempre una finestra semiaperta da cui poter entrare. Solitamente quella del bagno maschile del primo piano. Bastava forzarla un po' per passare e poi richiuderla.

Percorse velocemente il viale d'ingresso, scavalcò il muretto e si lasciò scivolare dalla finestra. Uscito dal bagno corse per i corridoi deserti fino ad arrivare al laboratorio. Lo trovò chiuso e diede un calcio alla porta, nervoso e impaziente. Era un inconveniente calcolato. Non era la prima volta che entrava lì dentro fuori orario.

Prese dalla giacca una pinzetta e in un attimo la serratura si aprì con uno scatto. Nulla da dire, aveva un futuro come scassinatore. Ora il laboratorio era a sua totale disposizione. Aveva tutto ciò che gli occorreva per giocare al piccolo dottor Frankenstein.

Nathan sorrise tra sé. No, non era uno scienziato pazzo, come lo aveva scherzosamente definito Maggie. Era un ragazzo con delle potenzialità e delle doti superiori alla media. Questo lo aveva sempre saputo. Ma adesso era arrivato il momento di saperne ancora di più.

A cosa si doveva attribuire la sua straordinaria velocità, la sua abilità di spostare gli oggetti con il pensiero? Fino a dove si sarebbero spinte le sue facoltà paranormali? Era possibile svilupparle ulteriormente? E soprattutto… come poteva controllarle e sfruttarle a suo vantaggio?

Raggiunse la cella dove aveva nascosto i corpi e la aprì, guardandosi intorno furtivo. Continuava a ripetersi che non stava facendo nulla di male. Quei due erano già morti. Voleva cercare di capire come e chi fosse stato. Inoltre, se potevano servire a comprendere e sviluppare le sue abilità psichiche tanto meglio. Non era il caso di sentirsi in colpa. Anzi, agiva per una giusta causa.

Però la verità era che non riusciva a non pensare a lei. Ai suoi grandi occhi azzurri, così limpidi, così innocenti. Che cosa avrebbe pensato la sua piccola, dolce Penny, se lo avesse sorpreso in quella situazione? Probabilmente avrebbe provato orrore nei suoi confronti.

Nathan si vide davanti il suo viso tenero riempirsi di ribrezzo a causa sua. Gli occhioni terrorizzati e colmi di lacrime che scendendo le solcavano le guance rosate. Penny... che si arrabbiava se lui maltrattava un gatto randagio e che lo rimproverava se solo minacciava di schiacciare un insetto sotto a un piede.

Nathan respirò profondamente fissandosi la punta dei piedi. Senza nemmeno dare un'occhiata ai corpi, richiuse la cella in cui erano conservati.

Maggie Pennington era ancora una componente troppo importante della sua vita di studente e ragazzo comune. Forse la più importante. Ma c'era una parte di lui che Maggie non conosceva e probabilmente non avrebbe mai conosciuto. Perché Nathan avrebbe fatto di tutto per tenergliela nascosta.

Effettivamente non era il dottor Frankenstein il personaggio che lo rappresentava di più. In realtà Nathan Castle stava diventando un dottor Jekyll che lottava ogni giorno per tenere a freno il Mr. Hyde che prendeva sempre più possesso della sua volontà, delle sue inclinazioni.

Si guardò intorno confuso, stanco. A casa, doveva tornare a casa. Pensare a Penny, alla gita al lago che avevano pianificato per il fine settimana. Tenere fissa nella mente quell'idea, nient'altro.

Uscì dal laboratorio, chiuse la porta e corse per i corridoi cercando di concentrarsi sul progetto della gita con Maggie per non cedere all'istinto di tornare indietro. Saltò fuori dalla finestra, scavalcò i cancelli e in un attimo fu di nuovo per strada, diretto verso casa.

* * *

Quindi era lui. Dorian Green si aggirò soddisfatto per il laboratorio, appena Nathan era corso via. Lo aveva riconosciuto all'istante e seguito fino a lì. Il suo odore era inconfondibile, anche se abilmente mimetizzato.

I sospetti alimentati da giorni avevano ottenuto conferma. Quel ragazzo faceva parte della sua stessa specie. Doveva solo essere disposto a sacrificarlo per ottenere ciò che l'ambizione gli comandava.

Tradire e rinnegare la propria specie per ottenere un potere più grande, illimitato, forse superiore anche a quello dell'alchimista. Del resto, non era nulla di nuovo. Dorian non perse altro tempo chiedendosi se l'avrebbe fatto. Aveva imparato che non era con gli scrupoli di coscienza che si otteneva la vera grandezza. Aveva avuto un ottimo maestro. Jean Claude von Klausen era stato il primo, accecato dalla smania di potere, a ingannare, tradire e rinnegare la specie a cui era appartenuto.

CAPITOLO 22

Aveva ancora il libro in mano, aperto alla stessa pagina. Maggie si passò la lingua sulle labbra, sbadigliò e affondò la testa nel cuscino, mentre la sua sveglia posta sul comodino continuava a squillare.

Non poteva essere già ora di alzarsi! Dopo che Nathan l'aveva accompagnata a casa era andata subito a nascondersi nella sua stanza ma era stata sveglia a pensare e a leggere fino a tardi. Probabilmente erano passate le quattro del mattino quando si era finalmente addormentata e ora doveva già alzarsi.

«Non è possibile...»

Maggie nascose la testa sotto le coperte stirandosi, tirò fuori un braccio, tastò il comodino in cerca della sveglia, poi si rannicchiò e richiuse gli occhi.

Fece un rapido e assonnato resoconto della giornata che l'attendeva. Forse, solo per una volta, poteva dimenticare il programma e concedersi una sana giornata di sonno. Avrebbe recuperato tutto il giorno seguente. Come prospettiva sembrava ottima. La soluzione ideale.

Ideale ma non attuabile. Con un calcio buttò indietro le coperte. Doveva recuperare gli appunti, seguire tre lezioni, andare a lavorare alla libreria di Flick.

Aveva bisogno di una doccia e una buona colazione. Poi uscire velocemente da casa per evitare la Perfida Sventura. Effettivamente quella donna e i suoi figli, Darrick e Lester, erano stati la peggior sventura che si potesse abbattere su di lei da quando suo padre l'aveva sposata tanti anni prima. Maggie era ancora una bambina e i due piccoli demoni che Patricia Stonewood aveva portato con sé avevano circa la sua stessa età. Da allora era iniziato il tormento.

Non aveva particolari ricordi del prima. Non ricordava affatto sua madre. Suo padre aveva sempre evitato di parlarne. E Maggie, per non crearsi altri problemi, evitava di chiedere, forse preferiva immaginare. Che non se ne fosse andata, abbandonandola con un padre che la tollerava appena, con una matrigna e due fratellastri che la tormentavano. Che non fosse morta. L'immaginazione del resto l'aveva sempre salvata. Sia dall'abbandono sia dalla morte.

* * *

Era rimasta sveglia tutta la notte a fissare il vuoto. Con gli occhi sbarrati, non riusciva a togliersi quell'immagine dalla mente.

Lo aveva quasi ucciso. Lo avrebbe ucciso se non fosse stata fermata. In quel momento il suo più grande desiderio era stato effettivamente quello di utilizzare tutto il potere che possedeva contro di lui. Non solo perché minacciava la vita di sua madre.

C'era un'altra motivazione, una motivazione inconscia che Faith non era in grado di afferrare, di spiegare, di chiarire. Nemmeno a se stessa. Come se tutto quel potere, quella scarica di energia fossero stati costretti a fuoriuscire e a scagliarsi contro di lui, inarrestabili.

Susan era stata con lei da allora, cercando invano di convincerla che non aveva fatto niente di male.

«Faith... Lui è un mostro, anche se fosse successo non sarebbe stata colpa tua!»

«È comunque un essere vivente a cui io avrei tolto la vita.» Faith corrugò la fronte fissando la madre severa. «E non mi sarei mai perdonata. Non dimenticherò mai il suo sguardo mentre...»

«Ha vissuto talmente tanto che non credo nemmeno che qualcosa del genere si possa ancora definire vita.»

Susan le prese la mano, cercando di incontrare i suoi occhi. Faith la ritrasse e se la portò alla fronte. Chiuse gli occhi avvilita. Sua madre non sarebbe riuscita a convincerla.

«Qualcosa del genere non dovrebbe nemmeno esistere, sono d'accordo. Ma questo non significa che debba essere io a ucciderlo!»

Susan sapeva che la figlia era ancora troppo sconvolta per ragionare lucidamente, per comprendere e accettare il suo potere. Quando era toccato a lei aveva reagito diversamente. Entusiasta e orgogliosa di se stessa. Faith invece era distrutta, come se le fosse caduto il mondo addosso, come se la più grande disgrazia si fosse abbattuta su di lei. Qualsiasi cosa Jean Claude avesse in mente riguardo a Faith era chiaro che non avrebbe funzionato. Probabilmente nemmeno aspettando che arrivasse il momento giusto.

«Lasciami sola, ora.» Faith riaprì gli occhi e rivolse alla madre uno sguardo che non ammetteva repliche.

«Come vuoi...» Susan si alzò dal suo letto e le sfiorò il viso con le dita. Si avviò verso la porta, voltandosi prima di uscire. «Se hai bisogno di me chiamami, tesoro.»

Faith annuì distrattamente, poi chiuse gli occhi. Prima sua madre e poi lei stessa avevano definito quell'uomo "qualcosa del genere". Ma loro, in effetti, che cos'erano? Niente di molto diverso. Streghe, erano streghe. Lo erano sempre state, ne era consapevole. Poi Susan era diventata anche altro.

«Qualcosa del genere...» sussurrò Faith a se stessa.

Una lacrima brillava nel suo occhio castano chiaro e scese lentamente, solcando la guancia fino al mento, poi alla gola. Un'altra la seguì. E poi ancora. Ancora, anche l'altro occhio iniziò a lacrimare, finché il viso ne fu inondato. Faith non si preoccupò di asciugarseli. Quelle lacrime non erano per quel vampiro, ma per se stessa. Perché lei era "qualcosa del genere", esattamente quanto lo era lui.

* * *

Bliss Sanders impiegò qualche minuto ad adattare la vista al luogo, ai contorni delle cose. Appena ci riuscì, comprese di non trovarsi a casa sua, nella sua stanza. Sollevò la testa di scatto dal cuscino e si guardò intorno.

Gradualmente rammentò ciò che era accaduto. Fuori dalla caffetteria aveva incontrato un uomo che l'aveva convinta a seguirlo a casa sua.

Bliss spostò le gambe di lato, appoggiò i piedi sul pavimento e si accorse di essere scalza. Doveva andarsene subito da lì. Parlare con suo padre. Ancora non le sembrava possibile di essersi addormentata a casa di un estraneo. Era una follia.

Si alzò da quella specie di divano letto su cui aveva dormito. Controllò l'orologio. Era già mattina e anche piuttosto tardi.

Un brivido improvviso le percorse la schiena. Doveva andarsene, subito. Bliss guardò in giro per la stanza in cerca delle sue scarpe. Le trovò in un angolo, ai piedi del divano, e se le infilò velocemente. La stanza era pulita ma abbastanza spoglia, con un arredamento decisamente essenziale. Raccolse la borsa, posata su una sedia, e si avviò verso la porta. Ma prima di poterla raggiungere, sentì bussare.

«Avanti…» rispose automaticamente.

Era lui, l'uomo che l'aveva convinta a seguirlo. Bliss lo osservò un po' confusa, quasi persa, senza sapere cosa dire.

«Hai dormito bene?»

L'uomo le rivolse un sorriso quasi timido. Bliss annuì ma rimase in silenzio. Cercò di rammentare il suo nome aggrottando la fronte nervosa.

«Mi chiamo Jonathan Miller.»

Era rimasto fermo di fronte a lei.

«Dove si trova mio padre? Io ho bisogno di parlargli. Non risponde al telefono, nemmeno ai messaggi.»

«Tuo padre è stato richiamato.»

Jonathan Miller si oscurò in volto, ma solo per un momento.

«Richiamato? Cosa intende per richiamato?»

Bliss stava cominciando a temere per se stessa e soprattutto per suo padre. Quell'atmosfera di mistero e segretezza le dava i brividi, sempre di più.

Richiamato? Richiamato a cosa, da chi? Era un rappresentante commerciale, viaggiava spesso. Ma poi tornava a casa e comunque la chiamava ogni giorno quando era lontano.

«Tornerà, stanne certa» la rassicurò Jonathan, che sembrava lottare per cercare le parole adatte da usare con lei.

«Ma richiamato dove? Perché?» insistette Bliss, ignorando la rassicurazione.

Il silenzio e l'esitazione dell'uomo la spinsero a cercare risposte da sola, nella mente, nei ricordi. Magari suo padre era un agente segreto in incognito o una spia. Magari era stato richiamato a una missione pericolosa e ora anche lei era in pericolo, in quanto sua figlia. Forse era quello il motivo per cui sua madre se n'era andata e li aveva abbandonati tanti anni prima. Ma allora perché non l'aveva portata con sé, lasciandola con lui?

«Non è facile da spiegare.»

Jonathan sembrava voler evitare di affrontare il discorso. Allora perché l'aveva portata lì? Già doveva capire come lei lo avesse seguito così, senza replicare.

«Ci provi comunque, altrimenti io penserò il peggio.»

Bliss fissò la porta, pronta ad andarsene. Jonathan appoggiò una mano sulla sua spalla, cercando i suoi occhi.

«Ho bisogno di tempo e soprattutto della tua fiducia.»

Bliss aprì la borsa e prese il cellulare. Aveva ricevuto qualche messaggio ma ancora niente da parte di suo padre. Riprovò a chiamarlo, nessuna risposta.

Jonathan attese che lei riagganciasse e tornasse a guardarlo.

«Tutto ha una spiegazione, Bliss. Ma occorre pazienza e soprattutto una mentalità aperta. Il mondo ti apparirà molto diverso da come hai sempre creduto.»

Bliss socchiuse gli occhi per un istante, poi tornò a guardarlo, spalancandoli su di lui. Come si permetteva, quell'estraneo, di piombare nella sua vita e di turbare il suo mondo?

«Io non voglio avere una mentalità aperta. A me il mondo piace proprio così com'è. Non lo voglio diverso... non voglio che cambi.»

CAPITOLO 23

Maggie si ritrovò di fronte alla porta della caffetteria. La fissò per un attimo inclinando il viso, prima di decidersi ad entrare. Bliss non aveva risposto ai suoi messaggi. Era passata da casa sua ma non aveva trovato nessuno. E non era nemmeno lì. Magari poteva essere nel retro ma ne dubitava.

Ferma all'ingresso stava per voltarsi e uscire, quando si trovò Jenevieve di fronte. Con le mani incrociate sul petto la guardava con aria furiosa bloccandole il passaggio.

«Puoi comunicare alla tua cara amica di presentarsi al lavoro? Oppure magari preferisce che ne parli direttamente con il capo e lo convinca a licenziarla?»

«No, per favore non farlo... Sono sicura che presto sarà qui, solo cinque minutini...»

Maggie le rivolse uno sguardo supplichevole e angosciato. Mentre le rispondeva si era resa conto che forse cinque minuti sarebbero stati troppi. Quindi aveva usato il diminutivo nel tentativo di essere ancora più convincente. Non sapeva cosa fare e Jenevieve non aveva particolare simpatia per lei. La faceva sentire sempre in una sorta di disagio emotivo che sconfinava quasi con il pericolo.

«È esattamente quello che farò se non sarà qui tra cinque minuti!» L'aggredì infatti Jenevieve sottolineando intenzionalmente la parola "minuti". «C'è tutto il retro da pulire e anche il bagno! Oggi è il suo turno! Non posso fare sempre tutto io!»

Mentre Jenevieve amplificava anche il "sempre tutto io", Maggie si sentì indifesa, fragile e sciocca. Avrebbe desiderato che Bliss comparisse all'istante, mettendosi tra lei e Jenevieve per toglierla da quella situazione.

«Io posso... fare io...» bisbigliò timidamente.

«Fare tu?» ripeté Jenevieve fissandola come un'aquila pronta ad avventarsi sulla preda.

«Sì... io, però...» Maggie sospirò intimidita. «Tu non parlare con il capo per far licenziare Bliss... D'accordo?»

«Benissimo!»

Jenevieve con un gesto le fece cenno di seguirla nel retro della caffetteria.

Pochi istanti e Maggie si ritrovò in mano uno spazzolone, alcuni panni, detersivi e tutto l'occorrente per pulire pavimenti, specchi e sanitari. Jenevieve l'abbandonò lì e tornò nel locale della caffetteria.

Maggie restò qualche minuto perplessa osservando tutti i prodotti che Jenevieve le aveva lasciato, poi decise di mettersi all'opera. Doveva pulire bene e in fretta, se non voleva che Bliss fosse licenziata. Ma chissà perché non rispondeva al suo messaggio? Non era nemmeno a casa.

Forse le era successo qualcosa... Maggie cercò di allontanare dalla mente i pensieri negativi e decise di impegnarsi nelle pulizie.

«Dunque... Vediamo un po' a cosa serve questo...» sospirò leggendo le istruzioni di uno dei detergenti. «Se Bliss non arriva e non risponde entro oggi dovrò andare a cercarla...»

* * *

Ryan Norwest, appena messo piede allo "Strawberry Dream", si rese subito conto di quanto quel luogo fosse mutato nel corso degli anni. Ora era diventato una semplice e innocua caffetteria. Era sempre stato un ritrovo di creature soprannaturali e aveva motivo di credere che la situazione non fosse cambiata. Ne aveva bisogno. Il più presto possibile.

Un'occhiata gli fu sufficiente per riconoscerle. Sembravano già pronte per servirlo. La loro linfa vitale era come un richiamo irresistibile per lui. Ne percepiva l'odore a distanza.

Avanzò con noncuranza e andò a sistemarsi a un tavolino di fianco al loro. Le due ragazze gli lanciarono un'occhiata furtiva, poi tornarono a parlare tra loro.

Mentre ordinava un caffè si voltarono ancora verso di lui, con un sorriso invitante. La ragazza dai capelli biondi trattenne lo sguardo più a lungo dell'altra. Sarebbe stata la prima delle due a cadere nella sua rete. Ma si sarebbe preso anche l'altra, la rossa. Al più presto.

«Ciao.» La bionda fissò gli occhi su di lui con un sorriso incoraggiante. «Mi chiamo Dorothy. Sei nuovo qui?»

«Non particolarmente nuovo.» Ryan ricambiò il sorriso. «Comunque, sono Ryan.»

Posò lo sguardo su Dorothy, per poi lasciarlo scivolare sulla ragazza dai capelli rossi.

«Io sono Annie.» La rossa rispose al muto interrogatorio, mordendosi le labbra un po' a disagio e sollevando la mano come cenno di saluto.

Due creature pronte per lui. Ryan avrebbe voluto prenderle entrambe. Subito, senza nemmeno perdere tempo e rispettare i convenevoli. Ne aveva bisogno. Desiderava sentire la loro linfa vitale scorrere attraverso la gola e mantenerlo in vita, alla luce del sole.

Non gli importava neppure scoprire la loro specie. Detestava l'idea di perdere del tempo prezioso per corteggiarle e attirarle a sé con inutili lusinghe. Anche perché la bionda, Dorothy, sembrava propensa a cedergli senza sforzi da parte sua. Percepiva in Annie più resistenza. Questo lo spingeva a volerla di più. Ma per il momento si sarebbe accontentato. Non aveva tempo da perdere.

Ryan strinse il pugno sul tavolo cercando di controllarsi. Si guardò intorno smarrito mentre Dorothy continuava a parlargli e lui continuava ad annuire fingendosi interessato.

In un attimo sapeva tutto di lei. Il suo nome completo era Dorothy Hansen, frequentava l'università di Strawberry Hill, abitava sulla riva del fiume, il suo sogno era diventare biologa molecolare.

La ragazza non si rendeva conto che il suo futuro ormai era segnato e che sarebbe stato legato a lui. Diventare una delle sue creature con unica missione quella di compiacerlo e di rifornirlo della sua linfa vitale. Fino alla fine, fino a quando l'avrebbe prosciugata del tutto. Poteva quindi dire addio a qualunque altro sogno.

«E tu cosa fai qui? Studi o lavori? Dove vivi?» Dorothy sgranò gli occhi chiari e adoranti. Sembrava in contemplazione di ogni gesto di Ryan.

Ryan non ascoltava nemmeno le sue domande, percepiva solo un mormorio fastidioso. Tanto che le sue mani iniziarono a tremare. Stava per perdere il controllo, doveva nutrirsi. E non di un essere umano qualunque, di una creatura soprannaturale. L'essenza di linfa vitale datagli dall'alchimista era rimasta al palazzo, nascosta in caso di emergenza. Ryan credeva di avere più tempo, molto più tempo, non si aspettava di averne bisogno così presto.

Nella maledizione che gli era toccata in sorte non aveva avuto il vantaggio di essere un vampiro come tutti gli altri. Non gli bastava nutrirsi di sangue umano, come Amelie e la maggior parte degli esseri della loro specie. Ogni volta che faceva ritorno nella sua città natale aveva bisogno di creature soprannaturali da soggiogare e corrompere. Creature la cui linfa vitale gli consentisse di mantenere vivo il suo potere su tutte loro e sul luogo in cui lui stesso era stato creato.

Questi erano i patti a cui era sceso con il loro creatore perché lui e Amelie potessero condurre un'esistenza accettabile, alla luce del sole. Essere una sorta di prigioniero delle altre creature e di chi le dominava. Costretto a tornare a Strawberry Hill per procurarsene ogni volta che gli veniva comandato di rientrare.

Una sua ribellione avrebbe implicato la fine di entrambi. Perché Amelie senza di lui si sarebbe messa nei guai, distruggendosi. Se solo lei avesse sospettato quanto gli era costato quell'eterno presente, forse avrebbe agito diversamente. Ma Ryan era convinto che non fosse il caso che lei sapesse.

«Scusate...» riuscì a borbottare prima di alzarsi per rifugiarsi in bagno. «Torno subito.»

Avrebbe trascinato Dorothy con sé, a forza, per nutrirsi di lei. Ma non poteva farlo in un luogo pubblico. Doveva trovare il modo di calmarsi e ritrovare l'equilibrio prima di agire.

Aprì il rubinetto e si sciacquò il viso con un abbondante getto d'acqua. Faith, accidenti! Era stata lei a indebolirlo. La magia della strega nera che lo aveva quasi ucciso lo aveva debilitato più di quanto si aspettasse.

Amelie non aveva avuto tutti i torti. Avrebbero dovuto approfittare del momento di debolezza e smarrimento della strega per eliminarla. Lasciarla vivere era un pericolo. Con von Klausen avrebbe anche avuto l'ottima scusa che era stata lei ad attaccarlo. Certo, lui si trovava in casa loro, però... Avrebbero potuto eliminare entrambe le streghe e ripulire tutto in pochi minuti. Cancellare ogni traccia.

Ryan fissò il proprio volto riflesso nello specchio. Aveva un'espressione sconvolta, le labbra serrate, le guance pallide. Gli occhi sembravano più grandi e più verdi. Fece scorrere altra acqua e si sciacquò nuovamente il viso ripetutamente, con un getto più abbondante.

Una voce femminile, acuta e stridente, all'improvviso lo distolse.

«Ma non è possibile!»

La ragazza lo guardava con espressione corrucciata. Le mani posate sui fianchi e il piede, avvolto in una scarpetta ballerina fucsia, che batteva freneticamente sul pavimento provocando in lui un effetto quasi ipnotico.

«Ma non potevi andare in piscina se volevi farti un bagno? O sotto la doccia a casa tua? O al lago, al fiume, al mare, nell'oceano... Ovunque ma non qui dove io ho appena finito di pulire!»

111

Le parole gli perforarono i timpani come spilli acuminati. Ryan non la guardò nemmeno, ma fu tentato di aggredirla e nutrirsi di lei. Nonostante fosse solo una semplice umana senza alcuna dote soprannaturale.

Il fastidio che gli stava provocando sarebbe stato una giustificazione accettabile per toglierla di mezzo. Ma a causa della debolezza e dei riflessi rallentati, la ragazza ebbe il sopravvento su di lui e agì in modo più rapido.

«Ora ci penserai tu mio caro!» Gli rifilò in mano un secchio e uno spazzolone, indicandogli l'acqua sparsa sul pavimento. «Tu hai sporcato e tu pulisci, io non faccio il lavoro due volte. Vedi lì? Asciuga e strizza, asciuga e strizza, funziona così. Anche voi uomini dovete imparare! Almeno la prossima volta ci penserai due volte prima di bagnare tutto! Io adesso devo andare a cercare Bliss!» Gli diede una botta sulla spalla e uscì chiudendo la porta dietro di sé. «Divertiti!»

Questo era davvero troppo! Rimproverato da una stridula ragazzina umana! Aveva assoluto bisogno di nutrirsi, al più presto. Oppure chiunque sarebbe stato in grado di annientarlo, non solo una potente streghetta nera nemmeno consapevole dei propri poteri.

CAPITOLO 24

Faith si alzò dal letto. Inutile restare ferma a fissare il soffitto. L'immobilità non l'avrebbe aiutata a sfuggire al destino.

Preparò lo zaino per andare a scuola. Non aveva studiato e non era preparata, non ricordava nemmeno le materie del giorno. Controllò l'agenda. Letteratura, storia, matematica, astronomia. Raccolse libri e quaderni dallo scaffale per metterli nello zaino. Era già in ritardo. Doveva uscire da casa, smettere di pensare.

Lo sguardo che quel vampiro le aveva rivolto non l'abbandonava un istante. Lo aveva inciso nella mente. I suoi occhi verdi che la fissavano, la sua espressione smarrita. Come se invocasse pietà ma allo stesso tempo fosse preparato già da tempo al suo destino.

Oltrepassò la stanza socchiusa di sua madre, diede un rapido sguardo all'interno e la vide addormentata.

In perfetto silenzio raggiunse la porta e uscì. Camminando ripercorreva la scena con la mente. Era proprio quello che volevano da lei? Che il suo potere fosse in grado di uccidere, di strappare la vita? Poco importava chi fosse la sua vittima.

Di una cosa Faith era certa; non spettava a lei stabilire chi dovesse vivere o morire. Non era un'assassina e non era nemmeno una giustiziera. Non si era mai posta il problema, in realtà. Sapeva solo che non toccava a lei. No, non avrebbe ucciso nessuno, per nessuna ragione. Il solo pensiero che avrebbe potuto farlo semplicemente sfruttando i suoi pensieri la terrorizzava.

Cercò di distrarsi guardandosi intorno. Tra i colori e i profumi primaverili stavano allestendo di nuovo il mercato cittadino, rinnovato per la nuova stagione con colori pastello e tonalità più calde. Nel pomeriggio avrebbe visto Philip. Insieme a lui poteva essere una ragazza come tutte le altre. Doveva solo allontanare il pensiero devastante di quello che era successo qualche ora prima.

Respirò profondamente vedendo apparire la scuola in lontananza. Era consapevole della farsa, ma doveva impegnarsi. Lì sarebbe stata solo Faith Chandler, una comune studentessa liceale di diciassette anni. Neanche troppo brillante e quasi mai puntuale. Affrettò il passo per recuperare il ritardo e varcò il cancello, percorrendo velocemente il cortile della scuola.

Aveva quasi raggiunto la sua aula quando, lungo il corridoio, si sentì strattonare per un braccio.

«Tu, dove credi di andare?»

Faith, colta di sorpresa, non riconobbe la voce. Poi la vide. Sembrava una ragazzina, poco più di una bambina. Con i capelli scuri raccolti in due treccine sottili e il visino delicato. La sua fronte le arrivava alla spalla, ma nel suo sguardo c'era una furia, un odio che la lasciò stordita.

«Che cosa vuoi da...»

Mentre poneva la domanda, anche a se stessa, comprese di chi si trattava. La ragazzina che era intervenuta salvando la vita a quel vampiro.

Faith aggrottò la fronte e si tirò indietro, liberandosi di lei. Poi si voltò con l'intenzione di raggiungere rapidamente la propria aula. Ma quando si sentì afferrare per le spalle da qualcuno più alto di lei, si accorse che la ragazzina non era sola.

Forse era proprio il vampiro che l'aveva ritrovata per vendicarsi. Trovandoselo di fronte si accorse invece che non era lui.

«Lasciami andare!» urlò al ragazzo grande e grosso che la spingeva contro il muro.

Non voleva usare il suo potere oscuro come la notte precedente, ma contro quel colosso non sembrava avere scelta.

Però quali sarebbero state le conseguenze? Rischiava di ucciderlo lì, nell'atrio della scuola, se avesse perso il controllo. Ed era estremamente facile che lo perdesse, di nuovo.

Faith chiuse gli occhi senza più opporre resistenza. Non si sarebbe difesa. Forse per lei era l'unica via d'uscita. Anzi, l'unica via di arrendersi al proprio destino.

«Lasciala a me, Thomas!»

La ragazzina si passò la lingua sui denti.

«Tutta tua, Amelie...»

Faith sentì le sue piccole mani afferrarla per i polsi e spingerla al muro con ancora più energia del ragazzo. Decise così di tenere gli occhi ostinatamente chiusi anche quando la morse con violenza sul collo. L'improvvisa debolezza la costrinse a scivolare giù lungo la parete.

«Questo è per aver quasi ucciso Ryan...» La voce stridente della ragazzina le sussurrò all'orecchio. «E questo è per me!»

La morse ancora con rinnovata rabbia all'altro lato del collo. Faith per un attimo riaprì gli occhi. Thomas assisteva alla scena con aria compiaciuta, pronto a intervenire nuovamente. Ma quando tentò di muovere un passo verso di loro, stranamente non fu in grado di spostarsi. E nemmeno di parlare. Cercava inutilmente di attirare l'attenzione di Amelie, che gli voltava le spalle.

«Lasciala andare se non vuoi che il tuo amico faccia la fine di una statua di cristallo caduta a terra!»

Una voce alle sue spalle costrinse Amelie a voltarsi e a rendersi conto di ciò che stava accadendo. Una nuova ragazza con i lunghi capelli neri e gli occhi scuri, appena sopraggiunta, la stava fissando accigliata.

«E tu chi diavolo sei?» Amelie si incupì, pronta a scagliarsi su di lei. Mollò la presa su Faith che scivolò sul pavimento.

«Non ha importanza» replicò la ragazza dagli occhi scuri. «Ma se ci tieni al tuo amico allontanati da lei e vattene via! Subito!»

«Non ci tengo molto, in realtà...» Amelie diede un'occhiata distratta a Thomas immobilizzato e scrollò le spalle. «Potrei eliminare te e lei in pochi secondi, se ne avessi voglia!»

Dallo sguardo che le stava rivolgendo indubbiamente Amelie ne aveva davvero voglia. Una voglia irrefrenabile di fare a pezzi la strega e quell'altra appena arrivata, che dai poteri dimostrati di sicuro era una strega anche lei.

«Sciogli l'incantesimo, dannazione...» sbuffò nervosa. «Ma la prossima volta che vi incontro siete morte! Tutte e due!»

Così dicendo girò rapidamente l'angolo del corridoio e sparì. Thomas, liberato dall'incantesimo, la seguì di corsa con l'aria di un bambino angosciato appena scampato a un tremendo castigo.

Faith sollevò lo sguardo sulla ragazza che era accorsa in suo aiuto.

«Chi sei?» Cercò di alzarsi, appoggiandosi al muro con le mani. «Perché mi hai aiutata?»

«Danielle Cohen» rispose la ragazza, cercando di sostenerla mentre si rimetteva in piedi. «Direi che è meglio toglierci da qui. Rimandiamo a dopo le presentazioni e i dettagli.»

«No, io... non posso. Devo entrare nella mia classe, adesso.»

Faith si portò una mano al collo, mentre la testa le ricadeva in avanti.

«Stai scherzando, vero? Ma ti vedi come sei ridotta? Troppe spiegazioni da dare con quei morsi che hai sul collo, ti manderebbero subito in infermeria. Quindi è meglio che non ci veda proprio nessuno, direi.»

Danielle si guardò intorno e sollevò un braccio disegnando un cerchio intorno a loro.

«Ma cosa hai fatto?»

Faith si passò una mano sulla fronte, si sentiva debolissima e aveva perso lucidità.

«Tranquilla, è solo un semplicissimo incantesimo di invisibilità» Danielle si strinse nelle spalle. «Però non funziona sulla voce, quindi è meglio fare silenzio.»

«Non mi sembra tanto semplicissimo... Io non lo saprei fare.»

Faith si ritrovò, pochi minuti dopo, seduta su una panchina del parco. Aveva solo una gran voglia di piangere. Ormai non c'era più modo di tornare indietro, il potere oscuro l'avrebbe perseguitata per sempre. Attirando chiunque ne avesse a che fare. La comparsa dei vampiri e della giovane strega ne erano la prova tangibile.

«Ti accompagno a casa, hai bisogno di riposare» propose Danielle, accarezzandole una spalla con dolcezza, poi fissando lo sguardo sul suo collo. «Sembra che i morsi stiano guarendo in fretta, così... da soli. Credo che tu sia molto forte. Non è da tutti!»

«No, non voglio andare a casa. Io... sarei dovuta andare a scuola.» Faith si morse il labbro inferiore nello sforzo di trattenere le lacrime. «Volevo davvero andare a scuola, io... ne avevo bisogno.»

«Anche io sarei dovuta andare, pensa che proprio oggi volevo cominciare a seguire qualche lezione per poi inserirmi il prossimo anno. Ero finalmente riuscita a convincere mia nonna.» Danielle accennò un sorriso un po' rassegnato. «Ma non importa, ci andremo domani. Tu starai meglio e andrà tutto bene. La scuola non scappa, almeno credo.»

Faith scosse la testa, sospirò e si tastò il collo da entrambi i lati con una smorfia di dolore.

«Okay, magari non domani. Ma il giorno dopo starai sicuramente meglio.» Si corresse Danielle.

«Non mi fa così male, non fisicamente almeno.» Faith chiuse gli occhi, poi li riaprì su di lei. «Non è questo il problema.»

«Lo so.» Danielle annuì e inclinò il viso. «Ma cerchiamo di essere positive.»

«Io non posso vivere così. Questa non è vita.» Faith la guardò negli occhi con espressione avvilita. «Davvero, non ce la faccio.»

«Hai bisogno di riposare, Faith...»

«Ti ho già detto che non voglio andare a casa e non ho nemmeno bisogno di riposare.» Faith aggrottò la fronte. Non le sembrava di essersi presentata. «Come sai il mio nome?»

«Mia nonna conosce te e tua madre» rispose Danielle con semplicità. «Anche io vi ho viste. La cittadina è piccola e

117

attraverso mia nonna ho capito che siete come noi, insomma. È successo durante il concerto natalizio in centro, quando eravate appena arrivate. Lei non se n'è accorta, ma io non sono così ingenua come crede.»

«Chi sei?» la interrogò Faith, sospettosa. Possibile che i problemi, sottoforma di esseri soprannaturali, si stessero presentando tutti insieme? «Non ti avevo mai vista a scuola.»

«Non l'ho mai frequentata. Ho sempre studiato da sola, a casa. Mia nonna aveva assunto degli insegnanti privati.»

«Perché?»

«Mia nonna ha sempre preferito così e io non ho mai voluto contraddirla. Ma io credo che sia arrivata l'ora di cambiare le cose. Forse non ho scelto il momento migliore, lo ammetto.»

«Tu e tua nonna siete...»

«Streghe» annuì Danielle accennando un sorriso.

«Capisco... Per questo ti ha sempre tenuta nascosta.»

Faith sospirò e abbassò lo sguardo. Danielle nonostante tutto non sembrava odiare la sua condizione quanto lei. Anzi, sembrava viverla tranquillamente.

«Perché sei venuta a scuola proprio oggi?»

«Non lo so...» Lo sguardo di Danielle si fece più serio, riflessivo. «Forse ho percepito un richiamo, forse... è stato davvero il destino. Sentivo di doverti aiutare.»

Faith scosse la testa. Non voleva capire, non voleva pensare, non voleva più saperne. L'unica cosa che desiderava davvero era dimenticare gli ultimi due giorni, compresa Danielle. Nonostante le dovesse la vita.

«Se non vuoi andare a casa tua, potresti venire a casa mia. Mia nonna ha delle erbe per curare quei morsi.»

«No, non sono gravi» sospirò Faith. «Come hai detto tu, stanno già guarendo. A quanto pare quella... non può... Insomma, il mio sangue non è di suo gradimento.»

«Una bella fortuna, tutto sommato! Che ne dici allora se andiamo a prenderci una cioccolata?» propose Danielle, ritrovando il sorriso. «Così proviamo un po' a distrarci.»

«Non ti arrendi proprio mai, tu?» Faith sbuffò, poi sorrise debolmente.

«Questo vuol dire sì?»

Danielle si alzò dalla panchina con un balzo, lasciando ondeggiare i capelli neri sulle spalle.

«Non credo tu accetteresti un'altra risposta.» Faith si alzò sorridendo. «Va bene, voglio provare a dimenticare quello che sono, Danielle. Dubito di riuscirci ma almeno la cioccolata mi aiuterà a risollevarmi il morale.»

* * *

Aveva cercato di non addormentarsi, di restare sveglia per controllarla. Ma appena aveva ceduto al sonno, Faith ne aveva approfittato per scivolare fuori da casa. Era sempre stata abbastanza scaltra, fin da bambina. Susan Chandler si passò le mani sul volto e tra i capelli scomposti. Poteva essere ovunque, poteva anche essere fuggita.

Si aggirò per la sua stanza, aprì l'armadio e sbirciò nei suoi cassetti. Non sembrava mancare nulla e la valigia era tornata in cima all'armadio. Mancava lo zaino che Faith usava solitamente per andare a scuola.

Cercò di riflettere sul modo di pensare e di agire di Faith. Tutto ciò che desiderava al mondo era la normalità, quindi era più che probabile che in una situazione del genere si fosse rifugiata nel luogo che la teneva legata a una sorta di quotidianità. La scuola.

Susan tornò in soggiorno e si accoccolò sul divano. Afferrò il telefono e lo guardò per qualche istante. Inviò un messaggio a Faith, pur sapendo che era improbabile che le rispondesse. Di sicuro era ancora arrabbiata con lei. Lo era per la maggior parte del tempo, ultimamente.

Subito dopo selezionò un numero nella rubrica. Sfiorò il pulsante per la chiamata, ma cambiò idea e cancellò rapidamente il numero.

Raccontare tutto a Jean Claude von Klausen. La visita del vampiro, il potere scaturito da Faith, la sua ribellione. Dopo l'atteggiamento scontroso di Faith nell'antro dell'alchimista, sicuramente non sarebbe stato tollerante nei suoi confronti. Del resto non era mai tollerante nei confronti di nessuno. Se avesse compreso di non poter usare i poteri di Faith a suo piacimento, avrebbe tentato di eliminarla in modo tale che nessun altro potesse farlo in futuro.

Così si sarebbero fatte un nemico in più, oltre a quelli che avevano già accumulato. Susan digitò velocemente un altro numero sul cellulare. Non era nella rubrica ma lo conosceva a memoria. Questa volta non indugiò e premette il pulsante di chiamata. Attese qualche secondo prima di ottenere una risposta.

«La situazione si sta complicando e ho bisogno di protezione, subito.» Susan sospirò passandosi una mano sul petto. «Sì, capisco. Ma io ho sempre fatto quello che mi è stato chiesto. So di aver ricevuto la mia ricompensa, ma non posso gestire tutto da sola qui. Non più.»

CAPITOLO 25

Alla fine aveva fatto tardi. Come al solito. Nonostante i buoni propositi. Maggie sbuffò desolata percorrendo il corridoio dell'università. Del resto non poteva lasciare che quella maligna di Jenevieve facesse licenziare Bliss.

Ma a proposito di Bliss? Dov'era finita? Perché non rispondeva ai suoi messaggi? Aveva anche provato a chiamarla di nuovo uscita dalla caffetteria, ma niente...

«Maggie! Hai saltato di nuovo la lezione di storia e anche quella di filologia!»

Maggie riconobbe la voce alle sue spalle e si voltò con aria afflitta.

«Lo so, Laura.» Allargò le braccia lungo i fianchi. «Ma mi è successa una cosa... Sono andata alla caffetteria a cercare Bliss, ma lei non c'era... o comunque era in ritardo, ancora più del solito. Però c'era Jenevieve e diceva che l'avrebbe fatta licenziare dal loro capo se non arrivava a pulire il retro del negozio e il bagno. Quindi le ho proposto di pulire io perché l'avrebbe fatto davvero, la conosco! Poi è arrivato un tizio che ha bagnato ovunque...» Maggie alzò gli occhi al cielo. «Insomma, una giornataccia!»

Laura annuiva ascoltandola attentamente. I grandi occhi scuri allungati seguivano ogni movimento di Maggie. Maggie la chiamava "la mia principessa azteca salvatrice". In effetti sembrava che Laura Hernandez, studentessa di storia e compagna di corsi di Maggie, discendesse proprio da quell'antica popolazione.

«Allora hai fatto bene» annuì e sorrise sincera. «Le lezioni sono sempre recuperabili. Io ho preso tutti gli appunti, come sempre parola per parola!»

«Sei sempre la mia salvatrice, principessa azteca.» Maggie sospirò sollevata. «Ti posso offrire un caffè alla "Danette View" oppure un cioccolatte se preferisci!»

«Grazie, un caffè è proprio quello di cui ho bisogno. Ieri sera ho lavorato fino a tardi alla tesina.»

Le due ragazze si incamminarono verso la "Danette View", che altro non era che una semplice macchinetta per il caffè posta in uno dei corridoi centrali dell'università. Maggie aveva iniziato a chiamarla "Danette View" perché qualcuno aveva applicato sul lato frontale un adesivo giallo senape con quel nome stampato. A Maggie era sembrato più carino del semplice e comune "macchinetta del caffè".

«Che altra lezione dovrei avere oggi?» chiese Maggie poco dopo, soffiando sul cioccolatte bollente. «Sicuramente lo sai più tu di me!»

«Letteratura inglese, insieme a me» sorrise Laura stringendo leggermente gli occhi. «E poi storia medievale ma per te è un esame complementare, puoi sostituirlo con altro se vuoi. Vero, lo so più io di te, Maggie. Sono abbastanza soddisfatta della mia memoria. Credo di aver memorizzato quasi tutto il tabellone con gli orari delle lezioni.»

«Mi piace storia medievale» annuì Maggie convinta, sorseggiando il suo cioccolatte. «Non ho intenzione di sostituirlo con un altro esame. Tutti quei cavalieri, i castelli…»

«Fai bene, era un periodo affascinante. Anche il rinascimento lo è…» Laura sospirò sognante con il bicchierino del caffè in mano. «Ma per me tutti lo sono, amo l'antichità!»

«Probabilmente ci hai vissuto.» Maggie scrollò le spalle, come se avesse appena detto qualcosa di assolutamente normale. «In un'altra vita, magari.»

«Tu sei matta, Maggie.» Laura ridacchiò, respingendo l'idea con la mano. «Però hai ragione, in un certo senso. Ti confesso che non mi sarebbe dispiaciuto.»

«Hai una coscienza antica» replicò Maggie, convinta. «Secondo me ti saresti trovata molto meglio in un'epoca passata.»

«Sì, proprio vero» annuì Laura. «Come la maggior parte degli studenti di storia, immagino. Tu invece...»

«Io invece...» Maggie corrugò la fronte riflettendo, poi si distolse improvvisamente. «Bliss... quella è Bliss!» Indicò l'amica all'altro lato del corridoio. «Cosa ci fa qui con il professor Miller?»

«Non lo so...» Laura seguì la direzione del suo sguardo. «Forse ha deciso di frequentare il suo corso e gli sta chiedendo informazioni.»

«Strano, non me l'ha detto. E la vedo tutti i giorni!»

Maggie si mosse per andare incontro a Bliss, seguita da Laura.

Solo quando arrivarono a pochi passi, Bliss le vide. Jonathan salutò le due ragazze e Bliss con un sorriso di circostanza, poi prese la direzione del suo studio.

«Bliss, ti ho cercata ovunque!» Si lamentò Maggie. «E ti ho anche chiamata e lasciato dei messaggi... Stavo quasi per denunciare la tua scomparsa!» rise pizzicando il braccio all'amica. «Cosa ci fai qui? Conosci il professor Miller? Vuoi iscriverti ai suoi corsi? Te lo consiglio, è davvero fantastico!»

«Sì infatti, pensavo...» Bliss si passò una mano sulla fronte, sembrava confusa. «Io stavo chiedendo... dove si trova la segreteria, ecco.»

«Ti accompagniamo noi!» Maggie lanciò un'occhiata a Laura che annuì. «Sono così contenta che tu abbia deciso di iscriverti. È davvero un'ottima idea! Continuando a vedermi leggere e studiare è venuta voglia anche a te, vero? Hai già un'idea su quali corsi seguire? Io e Laura ti possiamo consigliare.»

* * *

Doveva sforzarsi di non pensare. Concentrarsi sugli esami. Anche se, concentrazione o meno, gli esami per lui non erano mai stati un problema. Era fin troppo avanti. Aveva sempre avuto una memoria eccezionale, era in grado di assimilare velocemente qualunque concetto.

Nathan Castle aprì la porta della caffetteria. Non aveva incrociato Maggie all'università quella mattina. Probabilmente non era riuscita a svegliarsi. Oppure se ne stava rintanata lì con la sua solita cioccolata con la panna e con uno dei suoi romanzi fantasy, storici o di fantascienza. O magari immersa in qualche classico.

Lasciò vagare lo sguardo per il locale, annoiato. Maggie non si vedeva al solito tavolino, rimasto libero. Dietro al bancone c'era quella simpaticona di Jenevieve. Nathan pensò che se non era il turno di Bliss, forse Jenevieve aveva fatto scappare Maggie oppure Maggie era scappata di sua iniziativa.

Stava già per girare le spalle e uscire dalla caffetteria quando le vide. Annie e Dorothy. Principalmente Annie che gli faceva un cenno di saluto con la mano. A questo punto forse valeva la pena restare.

Nathan si incamminò verso di loro e indicò una sedia libera al loro tavolino.

«Posso?»

«Certo!» risposero le due ragazze, quasi contemporaneamente.

Nathan sorrise distrattamente a Dorothy, soffermando lo sguardo su Annie. La ragazza si lisciò con una mano una ciocca di capelli rossi e ricambiò lo sguardo.

Poteva funzionare. Nathan chiedeva solo di essere una persona normale. Con una storia normale. Non ne era innamorato, come aveva alluso Maggie. Ma quella ragazza gli piaceva.

* * *

Dopo aver quasi perso il controllo ed essersi imbattuto in quella ragazzina, Ryan Norwest aveva perso anche la cognizione di quanto tempo fosse rimasto nel bagno della caffetteria.

Lanciò uno sguardo furioso al ragazzo che aveva occupato un posto al tavolino delle due creature. Chi diavolo era? Cosa ci faceva intorno alle creature di cui intendeva appropriarsi e nutrirsi?

Tentò di trattenere l'ira per non rendere troppo palesi le sue intenzioni. Tornò a sedersi al suo tavolino, adiacente a quello delle ragazze. La rossa era evidentemente coinvolta dal ragazzo bruno arrivato in sua assenza. Quindi non gli restava altro da fare che focalizzarsi sulla bionda. Infatti la bionda voltava quasi del tutto le spalle agli altri due per concentrare la propria attenzione su di lui.

La situazione di grave necessità non gli consentiva di fare troppo il difficile a proposito della creatura di cui avrebbe scelto di nutrirsi. E Dorothy Hansen, da come già si stava comportando, probabilmente gli sarebbe stata devota e fedele.

Preso com'era dall'estremo bisogno non si rese conto della persona che, appena entrata nel locale, lo aveva raggiunto a grandi passi.

«Tu!»

La ragazza incrociò le braccia con lo scopo di assumere un aspetto minaccioso. Non disse altro. Ryan sollevò un sopracciglio e sospirò. Quella strega, di nuovo! Cosa avrebbe tentato di fare ancora? Ucciderlo in un luogo pubblico?

Senza alcun dubbio. Faith Chandler lo avrebbe ucciso davvero, se solo avesse potuto. Intanto si stava guardando intorno increspando le labbra, delusa. E proprio su quelle labbra rosate Ryan focalizzò lo sguardo. Imbronciate e invitanti al tempo stesso.

«Abbiamo qualcosa da dirci, ragazzina?»

Ryan si distolse e sospirò, mentre l'attenzione di tutto il tavolino accanto era concentrata su Faith. Che restava immobile davanti a loro, con le braccia incrociate e l'espressione ostile puntata su di lui. Impassibile ai loro sguardi.

Finalmente Faith si decise ad annuire e senza dire niente tirò Ryan per la manica della giacca. Lui roteò gli occhi e lanciò un'occhiata spazientita a Dorothy, per farle intendere che sarebbe tornato subito.

La giovane strega lo trascinò in un angolo della caffetteria. Sopra le loro teste era appeso il televisore, sintonizzato su un programma musicale. Ryan riconobbe le note e le parole di *Take a chance on me* degli Abba.

"So much that I wanna do, when I dream I'm alone with you
It's magic
You want me to leave it there, afraid of a love affair
But I think you know
That I can't let go..."

Sì. Decisamente magico. E in effetti le avrebbe anche dato una possibilità. Ci avrebbe davvero provato, se avesse potuto. La streghetta stava inconsciamente risvegliando le sue pulsioni. Forse era troppo disperato. Aveva talmente bisogno di linfa vitale che si sarebbe preso anche quella di una strega nera.

«La tua stupida amichetta ha tentato di uccidermi!» ringhiò Faith richiamandolo alla realtà dal suo sogno lucido. Intanto continuava a trattenerlo per la giacca senza rendersene conto.

«Stupida amichetta?» Ryan corrucciò la fronte e sollevò le spalle. «Quale stupida amichetta? Non ho stupide amichette al momento, che io sappia.»

«Quella che ti ha salvato il cu...» L'espressione di Faith si fece cupa e rigida, si morse le labbra come alla ricerca di parole che però non riusciva a trovare. «Insomma... quella che è intervenuta a casa mia... quella lì!»

Ryan trattenne una risata, vedendo come la ragazza si era irrigidita di fronte a un linguaggio poco raffinato. Una strega con un codice morale? Divertente! Ammazzarlo andava bene ma dire una parolaccia no? Davvero divertente!

«Quella che mi ha salvato il culo, vuoi dire?» rimarcò apposta la parola per il gusto di irritarla. «Per la cronaca, Amelie non è la mia amichetta, è mia sorella. Sullo "stupida" possiamo concordare, a volte lo è... ma meglio non farci sentire. Si incazza facilmente, forse lo hai già capito.»

Ryan si avvicinò a lei, sussurrandole le ultime parole all'orecchio. Ma Faith contemporaneamente si mosse e le labbra del vampiro le sfiorarono la tempia provocandole un brivido.

«Chiunque sia...» Faith lo respinse indietro, nervosa. E gli lasciò andare la giacca. «Cosa vuoi che mi importi se non è la tua amichetta. Non è quello il punto!»

«Considerato quello che tu hai quasi fatto a me, strega, mi sembra il minimo che lei abbia tentato di ricambiare il favore!» Ryan incrociò le braccia muovendosi ancora verso di lei e costringendola così a indietreggiare per finire con le spalle al muro. «Conoscendo Amelie sei fortunata ad essere qui a raccontarlo, cara streghetta incazzosa. Devo dire che mi ispira vederti così messa all'angolo, contro al muro. Sai cosa ti farei in questo momento?»

Davanti a Faith, Ryan simulava una sicurezza e una noncuranza che non possedeva. Cosa diavolo stava combinando Amelie? Li avrebbe messi nei guai, di nuovo! Cercò di non mostrarsi preoccupato e intimidire la streghetta era l'unico modo che era riuscito a trovare in quel momento. Quelle streghe nere sicuramente lavoravano per l'alchimista. Non era proprio il caso che lui sapesse che anche questa volta non era in grado di controllare Amelie.

«La pagherete entrambi!» Lo sfidò Faith tenendo gli occhi fissi nei suoi. Cercò di muovere un passo ma andò a finire ancora una volta troppo vicina a lui. Anche perché Ryan non sembrava avere alcuna intenzione di spostarsi. «E non pensarci nemmeno di fare del male a quelle persone! Sei avvisato, vampiro! Ti ho dato solo un assaggio di quello che sono in grado di fare.»

Faith lanciò un'occhiata furtiva al tavolino dove le due ragazze e Nathan avevano ripreso a chiacchierare.

«Lo sapevi che le streghe, a differenza dei vampiri, possono morire molto facilmente? La mammina e l'alchimista non te lo hanno ancora raccontato?» Ryan spostò lo sguardo sul collo esile di Faith. Vide il suo petto alzarsi e sollevarsi ritmicamente, fasciato nella maglietta colorata che indossava sotto alla giacchina nera. La streghetta ostentava una sicurezza che non possedeva affatto perché aveva capito che non era così certa di saper controllare i suoi poteri. Però aveva un gran coraggio a sfidarlo, doveva ammetterlo. «Basterebbe una lieve pressione nel punto giusto. Hai un collo davvero molto sottile, invitante… Oltre a questo mi piacerebbe davvero sfiorarlo con le mie labbra per provare a…»

«Un vampiro non ha scampo contro due streghe!»

Ryan sentì una voce alle spalle e si sentì accerchiato. Un'altra strega? Si voltò a guardarla con un ghigno provocatorio e insinuante. Rimase per un attimo perplesso riconoscendo in lei il volto di Shirley Cohen. Quella ragazza doveva essere Danielle, la nipote di Rosalie. Non sapeva che conoscesse la streghetta nera.

E non poteva nemmeno farle del male, doveva obbligatoriamente mantenere la promessa fatta a Rosalie. Sospirò cercando di riprendere il controllo e distolse lo sguardo dalla ragazza, nervoso. Anche se si aspettava che sarebbe accaduto, prima o poi, non era preparato a incontrare l'immagine vivente di Shirley. Non così presto.

«Potrei dissanguare l'intero locale prima che voi due streghette riusciate ad alzare un dito contro di me.» Così dicendo si guardò intorno, come a controllare le sue ipotetiche vittime. Solo per dare enfasi all'affermazione e distogliersi da Danielle. Tornò quindi a concentrarsi su Faith. «E comunque ormai sapete bene di cosa sarebbe capace Amelie se mi dovesse capitare qualcosa.»

«Non ti senti un vigliacco a nasconderti dietro alla sorellina?» Faith accennò un sorrisetto ironico e poi gli lanciò uno sguardo sprezzante. Intanto però si sfiorò istintivamente il collo.

«Sto semplicemente esponendo i fatti...» precisò Ryan passando lo sguardo da Faith a Danielle, ma solo fugacemente, per poi tornare a Faith. Quelle due streghe lo irritavano ancora di più, si stava sforzando oltre ogni limite per mantenere il controllo. Però una di quelle due streghe era Danielle Cohen. Nonostante la tentazione di restare a provocare Faith, doveva allontanarsi prima che accadesse qualcosa di irreparabile. «Non mettetevi sulla mia strada e non vi accadrà nulla di male. Siete avvisate.»

Troncò la conversazione senza concedere alle streghe il tempo di replicare e tornò al tavolo da Dorothy. Annie e il ragazzo nel frattempo se n'erano andati. Dorothy lo guardava con espressione avvilita, come a rimproverarlo di averla lasciata sola per dedicare la sua attenzione a un'altra, anzi ad altre due.

Ryan passò fugacemente le dita sulla sua guancia e lei sorrise riconoscente. Doveva convincerla a restare all'interno del locale ancora un po', in attesa che calasse il sole e lui potesse uscire tranquillamente. Ormai era troppo debole, meglio non rischiare. Poi avrebbe ottenuto da lei ciò di cui aveva bisogno. Doveva solo trattenerla e sforzarsi di sedurla. Non ne aveva alcuna voglia e si sentiva oppresso, frustrato. Ma non gli restava alternativa.

«Beviamo qualcosa, mia cara? Offro io.»

CAPITOLO 26

Trovare il modo per annullare la maledizione. Non riusciva a pensare ad altro. Annullarla, annientarla, eliminarla per sempre dalla propria vita.

Alexander non capiva come il padre e il fratello potessero accettarla come un evento necessario e inevitabile. Incominciava a credere che il drago lo avesse scelto perché era colui che lo avrebbe odiato maggiormente. Come una punizione. Come una condanna.

E più il suo destino si avvicinava inesorabile, più Alexander sentiva la necessità di recarsi in quel luogo. Come se potesse più facilmente trovare una soluzione, una via di scampo. Si passò le mani sul viso sedendosi sui gradini della villa. Aveva bisogno di aiuto, di qualcuno che gli dicesse come reagire. Qualcuno che viveva il suo stesso dramma.

Aprì lo zaino e cercò il cellulare in una delle tasche interne. Lo trattenne per qualche istante tra le mani, indeciso, prima di inviare un messaggio e riporlo nello zaino. Si alzò e si voltò verso l'ingresso della villa. Salì i gradini e arrivò di fronte alla porta principale. Infilò le chiavi per aprire ma trovò la porta già aperta.

Chi poteva essere entrato? Percorse qualche passo cercando di non fare rumore. Sobbalzò al suono del telefono che gli annunciava un nuovo messaggio.

Percorse velocemente l'interno della villa, salì le scale di corsa fino a raggiungere il piano superiore. Giunto davanti alla sala del mosaico si fermò per respirare profondamente prima di spalancare la porta con vigore.

Nessuno. Non sapeva nemmeno lui perché era corso proprio lì, evitando di ispezionare il resto della villa. Voltando lo sguardo verso una delle finestre notò che erano state montate delle impalcature, o almeno lo scheletro di impalcature, che il giorno precedente non erano presenti.

Gli architetti. Aveva completamente scordato che quello era il giorno prestabilito per iniziare il restauro della villa. Aveva affidato al nonno una copia delle chiavi perché le consegnasse alla ditta specializzata che avevano selezionato insieme.

Alexander si voltò verso il ritratto di Branwell Hamilton. Incontrò il suo stesso sguardo, gli occhi verdi un po' trasognati. Abbassò il capo rassegnato.

Si trovò così senza difese e senza neanche la forza di reagire quando venne afferrato per le braccia e scagliato con violenza contro la parete.

«Ti ho preso!»

La voce gutturale di un uomo gli arrivò tra il collo e l'incavo della spalla. Chi lo aveva bloccato doveva essere più basso di lui ma decisamente forte, perché i tentativi di Alexander di voltarsi o muoversi furono annientati senza eccessivo sforzo.

«Questa è una proprietà privata» proseguì l'uomo, trattenendogli le braccia dietro la schiena come in una morsa. «Ora dovrai dare un bel po' di spiegazioni alla polizia!»

«È mia...» bisbigliò Alexander.

«Come?»

L'uomo rilasciò la presa per un attimo, per poi stringere ancora più forte.

«Questa villa è mia...»

Alexander alzò la voce, ma ne uscì solo un mormorio soffocato.

«Stai scherzando!» L'uomo lo lasciò andare, costringendolo però a voltarsi e tenendolo fermo contro la parete, un braccio stretto a pugno sotto la sua gola. «Ho conosciuto il proprietario anni fa e... non sei tu!»

«Sono il... figlio...»

Lo sguardo dell'uomo si incupì ancora di più. Aveva capelli neri e gli occhi talmente azzurri che sembravano risplendere di una luce soprannaturale, inumana.

131

«Conosco anche il figlio. Pessima mossa, ragazzo!»

«L'altro figlio!» La rabbia, unita all'adrenalina, diede la forza ad Alexander di respingere la morsa in cui l'uomo lo aveva stretto. Non si sentiva in obbligo di fornire altre spiegazioni, ma lo fece comunque. «Mio padre e mio fratello sono morti quattro anni fa.»

«Albert?»

«Sì... Mio padre, mio fratello Albert e anche mia madre...» Alexander sospirò stringendosi nelle spalle. «Incidente automobilistico. Sono rimasto solo io.»

L'uomo annuì, abbassò il capo e si passò una mano tra i capelli. Sembrava ancora incredulo mentre respirava profondamente fissando il pavimento.

«Mi dispiace» mormorò infine con voce bassa, corrugando la fronte. «Ho conosciuto tuo fratello durante i primi anni di università. Poi però abbiamo preso strade diverse e perso i contatti. Io mi sono trasferito per terminare gli studi e poi ho lavorato in giro, un po' ovunque. Sono tornato solo da poche settimane e sono stato contattato per il restauro della villa da una ditta con cui collaboro saltuariamente.»

«L'architetto incaricato» annuì Alexander. «Sono stato io a richiedere l'intervento di restaurazione e manutenzione.»

«Mark Anderson.» L'uomo si presentò porgendogli la mano. «E mi scuso per l'accoglienza forse un po' troppo calorosa.»

«Alexander Hamilton.» Alexander accennò un sorriso stringendogli la mano. «Scuse accettate. Avrei agito allo stesso modo.»

Mark ricambiò il sorriso. Fu allora che il suo sguardo cadde sul ritratto di Branwell Hamilton. Lo aveva già visto, appena entrato nella stanza, ma non aveva notato i dettagli. Cercò di mantenere un atteggiamento impassibile ma prima di riuscire a controllarsi rivolse un'occhiata attonita ad Alexander. Se avesse avuto ancora dubbi sul fatto che fosse realmente lui il proprietario della villa di Strawberry Hill, quel ritratto li avrebbe dissipati del tutto, istantaneamente.

* * *

Lo stava osservando timidamente, senza proferire parola. Lo conosceva abbastanza da sapere che detestava essere disturbato durante i suoi studi e le sue letture.

Così restava fermo in un angolo, quasi trattenendo il fiato, in attesa di attirare la sua attenzione. Non importava per quanto tempo, avrebbe aspettato.

Intanto fantasticava. Il suo posto. Forse un giorno avrebbe preso il suo posto. Non sapeva ancora come, ovviamente. Ma sarebbe accaduto. Lo sentiva con ogni fibra del suo essere.

L'alchimista von Klausen, occhi fissi sul libro che scrutava attentamente, voltò una pagina trattenendola tra due dita, fingendo di soffermarsi sulle ultime righe. Strinse leggermente gli occhi, quasi avesse trovato in quelle poche parole ciò che stava cercando da tempo. Una misteriosa formula magica o il sigillo di un potere occulto.

Dorian restava a pochi passi dall'ingresso, umilmente accostato alla parete. In attesa che lui lo degnasse della sua attenzione. Jean Claude von Klausen sbagliava a sottovalutarlo, a considerarlo come tutti gli altri. Ancora non sapeva quanto.

«Dorian...»

Finalmente sembrò accorgersi di lui, voltò la pagina ma restò con gli occhi fissi sul libro.

«Maestro...» rispose il giovane quasi automaticamente, senza scomporsi e senza muoversi dall'angolo in cui si trovava.

«Vieni pure avanti, Dorian.»

L'alchimista chiuse il libro, mantenendo il segno con la mano e lo invitò ad avvicinarsi con un cenno del capo.

«Forse ho trovato qualcuno, maestro...»

Dorian si avvicinò di pochi passi. Avrebbe preferito trattenersi ancora per un po' prima di rivelare i suoi progressi, ma non ci riuscì. La sua scoperta lo rendeva troppo orgoglioso e desiderava condividerla con von Klausen, mostrargli la propria abilità.

«Qualcuno? Ne sei certo?»

L'alchimista non si scompose, ma nel suo sguardo passò un'ombra oscura mentre puntava gli occhi di falco su di lui.

«Qualcuno della specie adatta» annuì Dorian, mordendosi il labbro inferiore per non sorridere troppo apertamente. Esultare non sembrava opportuno, non ancora.

«Devi esserne assolutamente certo, Dorian.»

Jean Claude von Klausen sfilò la mano dal libro e si alzò in piedi, sovrastando il ragazzo con la sua imponenza.

«La specie adatta» ribadì Dorian sollevando il viso pallido per guardarlo negli occhi. «L'ho riconosciuto dall'odore. La mia specie. La nostra.»

CAPITOLO 27

Ryan si lasciò cadere sulla riva del fiume. Non era più in grado di trattenersi o di fingere. Non gli importava nemmeno di fare buona impressione con lei. Non aveva intenzione di sedurla né di suscitare in lei un sentimento. Ne aveva soltanto bisogno.

L'erba fresca gli diede sollievo per un attimo. Chiuse gli occhi e poi li aprì per osservare il cielo. Le varie gradazioni rosate del crepuscolo. L'attesa alla caffetteria era diventata estenuante. Sembrava che il sole non dovesse calare più quel giorno. E poi era comunque meglio tenere d'occhio le due streghe, aspettare che se ne andassero.

Faith uscendo dal locale gli aveva lanciato un'occhiata assassina che non prometteva nulla di buono. Ma si sentiva troppo debole per affrontarla ancora. In un'altra occasione lo avrebbe fatto volentieri.

Il bisogno di linfa vitale lo rendeva troppo vulnerabile. Per un istante aveva quasi preferito la morte a quel tormento. Ma non poteva. Non poteva permetterselo. Non era autorizzato a morire.

Un tocco leggero sulla spalla lo fece sussultare. Aprì gli occhi e la vide, graziosamente inginocchiata al suo fianco mentre si protendeva verso di lui.

«Sei stanco?» Dorothy stava avvicinando il viso al suo con espressione seducente. Si lasciò scivolare fino a stendersi accanto a lui. «Io posso risvegliarti...»

Tutto ciò che Ryan desiderava da lei era la sua linfa vitale per continuare a esistere.

«Niente affatto.» Ryan forzò un sorriso, accarezzandole il fianco. Trattenne la mano sulla sua coscia. «Scusami, stavo solo pensando a come risolvere un piccolo problema.»

Dorothy gli sfiorò il viso con la mano e poi gli accarezzò la spalla, facendosi ancora più vicina a lui.

«Con la tua ex ragazza? Sì, insomma, quella che ti ha trascinato via. Se posso permettermi... lei sembra ancora molto interessata a te. Si vedeva da come ti guardava. Sono contenta che tu sia tornato da me e non abbia scelto lei o la sua amica.»

«Cosa? Ah, no... non è la mia ex...» Faith Chandler, la streghetta stizzosa, molto interessata a lui? A farlo fuori, sì. Senza dubbio. «Non potrei mai scegliere lei, Dorothy. Credimi. Tanto meno la sua amica.»

Almeno in questo era stato totalmente sincero. Non avrebbe mai potuto scegliere una delle due streghe. Danielle era fuori dalla sua portata, aveva promesso a Rosalie di starle lontano. Faith poteva anche essere una sfida interessante ma con il potere oscuro che si ritrovava lo avrebbe ucciso di una morte atroce e violenta prima che potesse solo pensare di avvicinarsi a lei fino a quel punto.

«Grazie, Ryan.» Dorothy gli rivolse uno sguardo sognante e giocherellò con il bottone della sua camicia. «Mi sento veramente fortunata.»

Invece io sono la peggiore sventura che ti potesse capitare, pensò Ryan. A qualunque specie appartenesse, quella ragazza era una povera ingenua. Affondò il viso tra i suoi capelli biondi, la sua fragranza lo avvinse. Non sarebbe riuscito a resistere ancora a lungo. Lanciò un'occhiata intorno. Si stava facendo sempre più buio e non c'era più nessuno nei paraggi.

«Sono io il fortunato» mormorò baciandole il collo e scendendo a sfiorarle la spalla con le labbra. «Molto fortunato.»

Dorothy in un gemito sollevò il viso e lo baciò sulle labbra avvinghiandosi a lui. Ryan ricambiò il bacio accarezzandole la schiena, stringendola sempre di più a sé. Le baciò il mento con dolcezza, poi si avventò sulla sua gola. Linfa vitale. No, non riusciva davvero più a resistere. In quel momento la sua non era crudeltà. Era necessità.

* * *

«Io le ammazzerò quelle streghe odiose e malefiche!» Amelie incrociò le braccia al petto. Il visetto imbronciato ricordava davvero quello di una bambina capricciosa. «E tu mi aiuterai!»

«Con piacere.» Thomas annuì con un sorriso stampato sul volto, sembrava però ancora un po' stordito. «Quella che mi ha trasformato in una statua lasciala a me. La voglio far soffrire, prima!»

«Come hai potuto farti cogliere così di sorpresa, dannazione! Fai in modo che non capiti più, oppure…»

Si interruppe e liquidò il discorso con un gesto stizzito. Sospirò profondamente infuriata, sollevando il petto. Stava giurando vendetta. Dentro di sé, intimamente. E quando Amelie Norwest giurava vendetta dentro di sé, intimamente, di solito la otteneva.

Non aveva importanza che Thomas l'assecondasse o meno. Non aveva nemmeno bisogno di lui. In realtà la stava già annoiando. Ma era una sua creatura. E lei si sentiva sola. E se non avesse avuto lui avrebbe dovuto parlare da sola, sfogare la propria rabbia e frustrazione da sola. Magari avrebbe potuto trasformare qualcun altro, ma sarebbe stato lo stesso alla fine.

«Ordinami un'altra vodka alla menta.» Tamburellò le dita sul tavolino del "Magic Hill" indicando il bancone con un cenno del capo. «Con ghiaccio!»

Thomas annuì e si alzò. Pochi istanti dopo era di ritorno con una vodka alla menta per Amelie e un whisky per sé. Il giovane trattenne per un attimo il fiato prima di parlare.

«Posso farti una domanda?»

Aveva paura di lei, si vedeva chiaramente. Nonostante fosse così piccola e all'apparenza indifesa. In quel momento poi sembrava una furia sul punto di esplodere e questo lo spaventava ancora di più. Forse avrebbe dovuto attendere il momento giusto, il momento in cui lei si sarebbe mostrata un po' più calma e rilassata. Ma era evidente che non sapesse quando e se sarebbe arrivato. Amelie sembrava sempre una furia sul punto di esplodere.

«Chiedi pure.»

Amelie si strinse nelle spalle con noncuranza. Con l'aria di una regina che concede un privilegio a uno dei suoi sudditi.

«Io sono… un vampiro ora?» Thomas stringeva il bicchiere di whisky tra le mani, quasi come se si tenesse aggrappato. «Un vampiro vero, a tutti gli effetti?»

«Dipende da cosa intendi per… effetti» replicò Amelie, tracannando la vodka alla menta in un'unica sorsata.

«Voglio dire… Vivrò davvero per sempre?»

Thomas aveva un'espressione quasi estasiata nello sguardo.

«Se qualcuno non decide di ucciderti è molto probabile.»

Amelie inclinò il viso e sbuffò. Puoi sempre morire di noia, meditò tra sé. L'inferno non era né ghiaccio né fuoco. Ma un infinito campo di giorni tutti uguali, schierati come soldati contro di lei. Poteva uccidere, squartare, ammaliare. Contro la noia era sempre lei a perdere.

«Ma l'argento? L'aglio? I paletti di legno?» Il ragazzo pronunciò le parole confusamente, come se non aspettasse altro. Ansioso di sapere il più possibile sulla sua nuova condizione e sorte. «E… il sole?»

«L'argento è un metallo carino, ma personalmente preferisco l'oro. Anzi no, il platino in realtà. L'aglio su alcuni alimenti è delizioso, ma lascia un alito terribile. Per quanto riguarda i paletti di legno, meglio starne alla larga. Tu per lo meno… sei ancora deboluccio, non te li consiglio. E a quanto ho visto sei anche lento di riflessi, però questa è una caratteristica che molti uomini hanno in comune, vampiri e non. Comunque, anche chi manifesta intenzione di decapitarti non è tuo amico, te lo garantisco.» Amelie lo guardò con espressione annoiata, quasi come se ripetesse una lezioncina che aveva precedentemente imparato a memoria e ripetuto un'infinità di volte. «Il sole per noi è sopportabile. Ma se mai ti venisse in mente di crearti nuovi amici, non ti consiglierei di esporli troppo a lungo, se non ti vuoi ritrovare con un bel mucchietto di cenere.»

«Quindi io ci posso stare?» Il sorriso di Thomas era decisamente entusiasta. «Credevo che i vampiri si polverizzassero al sole!»

«In effetti si inceneriscono» annuì Amelie trattenendo uno sbadiglio. «Ma tu, mio caro, hai avuto la fortuna di essere stato trasformato da me. Che ho avuto la fortuna di essere stata trasformata da un membro della prima stirpe di vampiri di questa fascia di terra. Una sorta di nobiltà vampiresca, per intenderci. Immune ai raggi del sole e alle armi normalmente fatali per un comune vampiro.»

«Wow, grande!»

Il ragazzo la ascoltava rapito, pendendo letteralmente dalle sue labbra.

«La tua resistenza al sole è comunque inferiore alla mia. Significa che un'esposizione troppo prolungata ti causerà una certa sofferenza. Non diventerai un mucchietto di cenere all'istante, ma non sarà comunque un piacere se ti esporrai per troppo tempo. Cerca di ricordarlo. Io non ci sarò sempre a farti da balia.»

«Capito» annuì Thomas comunque soddisfatto. «E se io trasformassi qualcuno?»

«Sconsiglierei vivamente alla tua creatura di esporsi al sole per più di due o tre minuti.» Amelie si alzò rumorosamente dalla sedia, ormai stanca di quel luogo e di quella conversazione. «Più la creatura in questione si allontana come discendenza dalla nobiltà vampiresca nella trasformazione, più la sua resistenza al sole è compromessa. Andiamocene da qui ora, mi sto annoiando. E mi è venuta fame! Andiamo fuori città però altrimenti mio fratello non mi darà pace. È una fortuna che non sia venuto a sapere di quei due che sono spariti dal magazzino. Chissà dove diavolo sono finiti... Da ora in poi dobbiamo stare più attenti.»

* * *

Di corsa, come sempre. Si era trattenuta oltre il tempo prestabilito con Bliss e ora era in devastante ritardo. Nel farle visitare l'università si era persa tre volte. Alla disperata ricerca del dipartimento di antropologia.

Maggie corrugò la fronte allungando il passo. Perché mai Bliss aveva deciso di iscriversi ad antropologia? Era una di quelle materie di studio che Maggie non capiva o forse non riusciva a comprenderne il senso e la necessità. Aveva frequentato un corso. Interessante, certo. Però…

Si rilassò varcando la soglia della libreria di libri antichi di Herr Flick. Lo trovò seminascosto dietro a un volumone alto, rilegato in verde scuro e con i bordi delle pagine dorati. Gli spessi occhiali da vista penzolanti sul naso. Andres Flick non si scompose al suo ingresso.

«Sono in ritardo, lo so, lo so, lo so!» Maggie inciampò in alcuni volumi posati a terra e fece un giro su se stessa per rimanere in piedi. «Ma… mi sono persa cercando la lezione… Poi ho incontrato Laura che usciva proprio da quella lezione e allora ho pensato che non importava tutto sommato, tanto lei prende degli appunti meravigliosi, parola per parola! Una favola di appunti, insomma. E comunque ero in ritardo a quella lezione… perché ho dovuto pulire il retro della caffetteria "Strawberry Dream", la conosce vero? Senza neanche prendere la cioccolata! Poi è arrivato un tizio che ha allagato il bagno… e io ho lasciato lui a pulire e sono scappata via! Così almeno Jenevieve se la poteva prendere con lui per una volta, non sempre con me! E voleva anche licenziare Bliss, tanto era furiosa! Ma Bliss dov'era? Non alla caffetteria a prepararmi quella buona cioccolata, ma in università! Così io sono dovuta andare a prendere il cioccolatte alla "Danette View"… che poverina, fa quel che può! Non dico che faccia schifo, Jenevieve la cioccolata la fa anche peggio della "Danette View", però… Comunque, sono rimasta con Bliss a cercare il dipartimento di antropologia, Laura doveva andare a consegnare una tesina! E lo avevano nascosto! Giuro lo avevano nascosto, quei farabutti!» Maggie tirò il fiato e sgranò gli occhi azzurri. «Come si fa a nascondere un intero dipartimento di antropologia? Ma poi per fortuna è rispuntato e siamo riuscite a trovarlo.»

«Buongiorno a te, piccola valanga rosa.»

Andres Flick alzò lo sguardo dal libro e si raddrizzò gli occhiali.

Maggie con due bracciate raccolse i libri e li posò sul banco, li scrutò uno dopo l'altro e sorrise.

«Belli, proprio belli!» rivolse uno sguardo speranzoso a Flick. «Perché non mi racconta qualcosa, Herr Flick? Qualcosa di interessante... Magari le storie sugli antichi possessori dei libri che tiene qui in negozio, come li ha avuti, che viaggi hanno intrapreso prima di arrivare qui...»

«La prossima volta, di sicuro.» Flick interruppe l'entusiasmo della ragazza con un gesto. «Puoi restare qualche ora qui da sola mentre io sistemo alcune faccende, piccola valanga rosa?»

«Sì. Certo che posso!» Maggie era lieta che Herr Flick incominciasse a darle sempre più responsabilità in negozio. «Posso stare da sola fino alla chiusura, quindi faccia con calma.»

«Brava, ragazzina!» L'uomo le sfiorò la testa con la mano mentre raggiungeva l'uscita. «La prossima volta ti racconterò la vera storia della prima edizione di *Cime Tempestose* e anche di *Jane Eyre* se vuoi. Così potrai usarla per il tuo esame, forse.»

«Sarebbe un sogno, una meraviglia, una favola, un...»

Maggie si bloccò non riuscendo più a trovare parole per esprimere il proprio entusiasmo. Ma del resto sarebbe stato inutile. Ormai Herr Andres Flick era già uscito e parecchio lontano dalla sua libreria di libri antichi.

CAPITOLO 28

Maggie Pennington controllò l'orologio. Quasi orario di chiusura. Ed era stata davvero brava. Tra le altre cose aveva venduto due prime edizioni di *Harry Potter* a una cliente di passaggio. Un altro cliente, un collezionista, sarebbe ripassato per contrattare il prezzo di un *Oliver Twist* con Herr Flick.

Inoltre era riuscita a ripulire e sistemare diversi scaffali e a collocare nella posizione giusta i libri appena arrivati. Maggie batté le mani congratulandosi con se stessa. Poi sospirò tristemente. Avrebbe preferito restare a dormire lì tra i libri piuttosto che tornare a casa.

No, non avrebbe funzionato. Prima o poi Herr Flick sarebbe tornato, l'avrebbe trovata lì e sarebbe dovuta andare a casa comunque. A meno che si nascondesse per bene, in modo che lui non la vedesse...

«Magari qui...» Si inserì nello spazio tra due librerie e si lasciò cadere giù, accovacciandosi fino a toccare il pavimento, con le ginocchia che le sfioravano il mento. «Forse potrebbe andare. Certo, come comodità per dormire non è il... come si chiama quell'hotel famoso che sta a Londra?»

Maggie sbadigliò e chiuse gli occhi. Aveva però dimenticato di chiudere il negozio a chiave. Per cui non sentì la porta che si apriva.

James Foster, appena entrato, si guardò intorno dubbioso. Strano che Andres Flick se ne fosse andato lasciando il negozio aperto. Forse era nel magazzino a sistemare qualcosa. Si appoggiò di spalle al bancone sostenendosi con le mani.

L'eternità di Flick era tutta lì. In quel piccolo negozio di libri antichi, alla portata di tutti, visibile al mondo intero.

L'eternità degli avi di James, invece, era raccolta in un sotterraneo che lui non avrebbe mai potuto condividere con un altro essere vivente, a meno che conoscesse e accettasse il suo segreto.

Maggie stava proprio stretta. E scomoda. Incominciava anche a sentire freddo. Cercò di muovere le spalle, spingendo la schiena contro la parete per uscire dal suo rifugio tra le due librerie. Non ci riuscì. Allora cercò di scivolare in avanti con il bacino.

Come poteva esserle successa una cosa del genere? Rimanere incastrata tra due librerie del negozio di Herr Flick? E se Herr Flick avesse improvvisamente deciso di partire per un viaggio intorno al mondo e non fosse tornato più lì per decenni? E se nessuno fosse entrato lì per anni? Che ne sarebbe stato di lei? Sarebbe morta di fame e di sete… e di lei avrebbero trovato solo un mucchietto d'ossa, chissà quando! Aveva deciso da tempo di iniziare una dieta, rimandando sempre al lunedì successivo. Ma quello sicuramente non era il modo più giusto e opportuno per iniziarla e poi…

«Non è lunedì…» si lamentò Maggie, cercando di muovere una spalla. «Ma prometto che lunedì inizio davvero. Lo prometto…»

James Foster, richiamato dalla voce lamentosa, si era incamminato nella sua direzione e la stava osservando con un'espressione tra il perplesso e l'assorto. Doveva sforzarsi di resistere per non riderle in faccia.

«Mi spieghi come sei riuscita a incastrarti lì dentro? Immagino che ci voglia una certa abilità!»

Solo allora Maggie sollevò il viso e si accorse della sua presenza. Questa non ci voleva! Un cliente era entrato in negozio e lei non poteva servirlo. E pensare che era stata tanto brava per tutta la giornata, anche senza Herr Flick! Come poteva rovinare tutto così?

«Io stavo… sistemando… Insomma, stavo controllando la visuale, se da qui si vede…» Puntò l'indice verso la libreria che aveva di fronte sull'altro lato. «Lassù in alto…»

James la scrutò poco convinto e si voltò verso il punto da lei indicato.

«E si vede?»

«Pochino…» Maggie fece una smorfia delusa.

«E perché mai volevi controllare la visuale da lì…» James indicò la posizione della ragazza «…a lassù in alto?»

«Perché… Perché l'altitudine può danneggiare i libri antichi…»

«Ah l'altitudine, capisco.» James annuì fingendosi convinto. «Ma cosa c'entra controllare la visuale?»

«Volevo solo controllare se lassù andava tutto bene, ecco!» Maggie replicò con prontezza. «Insomma, la polvere, l'umidità, il freddo, il caldo…»

«Ah certo, ora è tutto chiaro.» James le sorrise inclinando il viso. «Non è che per caso hai bisogno di una mano per uscire da quella postazione di controllo?»

Le tese la mano chinandosi verso di lei.

«Mmh… magari. Sarebbe abbastanza utile…»

James l'afferrò mostrandole come inclinare leggermente la spalla per permetterle di uscire dall'incastro delle due librerie senza farsi male. Poi l'attirò con più forza a sé aiutandola ad alzarsi in piedi.

«Ecco fatto!»

«Grazie.» Maggie sorrise riconoscente. «Posso aiutarti io ora?»

«Aiutarmi?»

«Sì, hai bisogno di qualche libro in particolare?»

James Foster non aveva bisogno di libri. Aveva bisogno di parlare con Andres Flick, ma era abbastanza chiaro che lì non ci fosse traccia di lui.

«Il proprietario della libreria non c'è?»

Decise di informarsi comunque, magari la ragazza sapeva quando sarebbe tornato.

«È uscito.» Maggie si strinse nelle spalle. «Ma io sono la sua assistente, conosco tutti i libri qui dentro! Davvero, puoi chiedere a me. Che genere ti piace? Avventura, mistero, thriller, fantasy? Non mi sembri un tipo romantico, sei troppo…» Maggie detestava se stessa con tutto il cuore quando iniziava le frasi senza avere la più pallida idea di come proseguire e concluderle. «Troppo… mmh…»

Troppo cosa? Maggie osservò il viso del ragazzo, il ciuffo di capelli castani che gli ricadeva sugli occhi nocciola, le spalle larghe, il torace ben proporzionato fasciato nella maglietta blu. Doveva sollevare il viso inclinando la testa all'indietro per guardarlo in faccia, era decisamente molto alto. Troppo alto per essere romantico? No, decisamente una connessione un po' difficile da spiegare, anche per lei!

«Hai ragione, non sono un tipo romantico.» James decise che era giunto il momento di toglierla dall'imbarazzo. Era una ragazza davvero buffa. Dal primo incontro, non si era sbagliato su di lei. Lo divertiva la sua presenza. «Fantasy e mistero possono andare bene, però!»

* * *

Era stato costretto a lasciare lo "Strawberry Dream" per andare a rifugiarsi a casa. Aveva dovuto liquidare Annie velocemente, senza una spiegazione accettabile. Probabilmente le sue possibilità con quella ragazza erano del tutto annientate ormai, ma non aveva avuto alternativa.

Il bicchiere sul tavolo della caffetteria si era spostato di qualche centimetro. Poteva convincerla che fosse solo un'impressione o un movimento brusco non intenzionale. Ma quando anche il tavolo aveva cominciato a muoversi in modo incontrollato senza che nessuno dei due lo stesse toccando, Annie aveva sgranato gli occhi confusa, poi li aveva fissati su di lui. Nathan aveva raccolto giacca e zaino e si era alzato facendo quasi ribaltare la sedia. E prima che lei potesse dire una sola parola si era già precipitato fuori dalla caffetteria.

E ora vagava per il salotto di casa, avanti e indietro. Aveva bisogno di camminare, camminare per scaricare i nervi e la tensione. Ma uscire non poteva proprio. Non era il momento per causare altri incidenti.

Nathan si passò le dita fra i capelli, scosse la testa frustrato e si sedette sul divano, con i gomiti appoggiati sulle ginocchia e il viso tra le mani. Un brivido gli percorse la schiena e lo costrinse ad alzarsi di scatto. Riprese a camminare ancora più velocemente. Sentendosi come un folle, un'anima in pena.

Cosa stava diventando? Un mostro. Un pazzo. Presto avrebbe perso completamente il controllo. E poi? Perché tutto stava accadendo così in fretta?

Lo squillo del campanello lo fece sobbalzare. Chi poteva essere? Annie? No, non lo credeva possibile. Maggie? Solo Maggie frequentava costantemente casa sua. Ma non voleva farsi vedere da lei in quello stato.

Nathan pensò di non aprire, Maggie avrebbe creduto che non fosse in casa. Però magari aveva litigato ancora una volta con il padre e la matrigna ed era corsa da lui. Non poteva lasciarla fuori sola e forse disperata.

Visualizzò l'immagine di Maggie che attraversava la strada e correva da lui. Con il viso arrossato e gli occhi colmi di lacrime. Scosse la testa con gesto automatico, nevrotico. Doveva andare ad aprirle.

«Un attimo!» Salì velocemente su per le scale e da lì urlò verso la porta. «Arrivo subito!»

Si precipitò in bagno, aprì il rubinetto del lavandino e si sciacquò il volto abbondantemente. Le avrebbe raccontato che si era addormentato se lei avesse notato qualcosa di strano nel suo aspetto. Si asciugò il viso e si osservò allo specchio. Sì, poteva andare bene. Aveva lo sguardo ancora un po' stravolto, gli occhi rossi, ma era comunque a prova di Maggie.

Si precipitò giù dalle scale verso la porta di casa. Proprio come se si fosse appena svegliato.

«Eccomi!» Aprendo rimase sorpreso di non trovarsi di fronte Maggie, ma Bliss. «Bliss?»

Bliss Sanders annuì rivolgendogli uno sguardo preoccupato.

«Ho bisogno di parlarti, Nathan...»

«Certo, entra!»

Nathan si riprese in fretta dallo stupore e aprì la porta per lasciarla passare.

Conosceva Bliss da anni. Da anni erano amici. Ma era come se la loro amicizia fosse sempre passata attraverso Maggie. Come se il vero collegamento, il tramite tra loro, fosse lei.

«Cos'è successo?» Nathan le indicò il divano facendole cenno di accomodarsi. «Vuoi bere qualcosa?»

«No, io...»

Bliss sospirò profondamente e non si mosse, rimase in piedi di fronte a lui.

«Maggie sta bene? Non è che ha combinato qualcosa?»

«No, non si tratta di lei. Lavora in libreria, oggi.» Bliss lo guardò negli occhi, sospirò mostrandosi indecisa su ciò che aveva intenzione di dire. Come se non sapesse da che parte iniziare. «Si tratta di me. E di mio padre. Scusa se sono venuta a disturbare te, Nathan, ma... Maggie non capirebbe... Lei pensa che io voglia iscrivermi all'università. E io non voglio turbarla...»

«Perché non ci sediamo e mi racconti con calma tutto quello che ti è successo?» Nathan le accarezzò i capelli con un gesto un po' imbarazzato. «Sono sicuro che troveremo una soluzione.»

Bliss annuì e si lasciò condurre verso il divano. Non era certa fosse opportuno raccontare a Nathan quello che era accaduto. L'incontro con Jonathan Miller, la sparizione di suo padre, le sue strane sensazioni. Ma sapeva che se non avesse raccontato tutto a qualcuno sarebbe scoppiata.

Così iniziò a raccontare, senza tralasciare niente. Nemmeno i suoi timori, le sue paure. Nemmeno i dubbi che l'avevano afferrata ben prima del suo incontro con Jonathan Miller. Dubbi che l'avevano portata a conclusioni che cominciavano a terrorizzarla.

CAPITOLO 29

«Non sono sicura che sia una buona idea.»

Faith si fermò, costringendo Danielle a voltarsi a guardarla.

«Mia nonna è l'unica persona in grado di aiutarti, Faith.» Danielle tornò indietro di qualche passo per avvicinarsi a lei. «Se pensi che tua madre o qualcun altro possa fare di meglio va bene. Non ti obbligo a venire a casa mia, però…»

«No, hai ragione.» Faith si strinse nelle spalle abbassando lo sguardo. «Mia madre è l'ultima persona al mondo in grado di aiutarmi.»

Qualcun altro? Faith ci stava pensando. Ma chi? Non aveva proprio nessuno. Suo padre era scomparso. Aveva altri parenti, ma li ricordava vagamente. Era troppo piccola. Per quanto ne sapeva i parenti di sua madre vivevano per lo più nel nord dell'Inghilterra e in Irlanda. Suo padre era americano, ma non aveva contatti con la sua famiglia d'origine. Susan aveva continuato a trascinarla in giro per il mondo e se si fosse rivolta a lei non avrebbe fatto altro che consegnarla a quell'oscuro signore del male, Jean Claude von Klausen.

Cosa doveva fare? Raccontare tutto a Danielle? E se coinvolgendola avesse messo in pericolo anche lei?

«Dobbiamo trovare il modo di affrontarli.» Danielle richiamò la sua attenzione. «Sappiamo cosa sono… chi sono… Per questo dobbiamo raccontare tutto a mia nonna, al più presto. Perché sono sicura che non ci lasceranno in pace.»

Faith annuì. Danielle si riferiva ai due vampiri. Il ragazzo che aveva intravisto nel nascondiglio di von Klausen e poi si era recato a casa sua aggredendo sua madre. E sua sorella, quella vampira adolescente sadica e perversa.

«E loro sanno cosa siamo noi, Danielle.» Faith riprese a camminare ma molto lentamente. «E lui ha detto che ci lascerà stare se non lo intralciamo. Tu ci credi?»

«Assolutamente no!» Danielle scosse decisa la testa senza pensarci un istante. «Mia nonna ci potrà aiutare. Sicuramente ne sa molto più di noi.»

Faith annuì. Non aveva alternativa. Ma a questo punto probabilmente avrebbe dovuto fornire a Danielle e a sua nonna la versione completa della storia. Che comprendeva il misterioso legame tra sua madre e von Klausen.

«Quella piccola sanguisuga adolescente mi sembra più pericolosa del fratello!» dichiarò Danielle mentre oltrepassavano il parco che collegava il centro cittadino al quartiere che conduceva verso casa sua.

«Danielle... Possiamo cambiare argomento almeno finché non arriviamo da tua nonna?» Faith si morse nervosamente il labbro inferiore. «Solo per qualche minuto vorrei smettere di pensarci.»

«Sì, certamente!» Danielle annuì con un sorriso spontaneo. «E di cosa vorresti parlare? Scuola? Sport? Vestiti? Cinema? Ragazzi?»

«Sì, ragazzi...» Faith sospirò e si sforzò di cacciare dalla mente i pensieri opprimenti. «Tu ne hai uno? O più di uno?»

«Uno. Una specie insomma...»

«Una specie?» Faith sgranò gli occhi. «Non una strana specie, vero? Insomma, un essere...»

«No, no!» Danielle la guardò un po' perplessa, poi comprese e rise scuotendo la testa. «Non in quel senso. Una specie nel senso che non è proprio il mio ragazzo ma ci stiamo come dire... conoscendo, frequentando... Però mi piace molto! È carino, gentile, dolce...»

«Sono contenta per te.» Faith rallentò il passo una volta oltrepassato il parco, scorgendo l'agglomerato di stradine che precedevano il boschetto di Strawberry Hill.

«E tu?» Danielle si voltò verso di lei. «Qualcuno di speciale nella tua vita?»

«Sì.» Faith arrossì lievemente mentre il suo sguardo si addolciva. «E per riassumere la descrizione è molto simile a quella del tuo ragazzo. Carino, gentile, dolce…»

«Ah davvero?» Danielle corrugò lievemente la fronte e piegò le labbra in una smorfia divertita. «Speriamo che non sia lo stesso! Ti immagini che bella sorpresa?»

«Se non si chiama Philip allora non è lui!» Faith la guardò scuotendo la testa.

«No, non si chiama Philip, tranquilla.»

«E allora come si chiama?»

«Siamo quasi arrivate!» Danielle indicò la casa in fondo alla stradina. «Facciamo una corsa a chi arriva prima?»

«Va bene, ma prima mi devi dire come si chiama!»

Faith incrociò le braccia con espressione corrucciata e si fermò battendo un piede a terra.

«Prima facciamo la corsa!»

«Ma non è giusto, io te l'ho detto…»

«Se arrivi prima di me te lo dico!»

Danielle iniziò a correre allegramente verso casa. Faith non se lo fece ripetere due volte e la seguì. Per un attimo aveva dimenticato tutto. Anche il reale motivo della sua visita a casa di Danielle. Vedendola raggiungere l'ingresso, fece un ultimo scatto e la superò. Ritrovandosi proprio di fronte a Rosalie Cohen che, uscita dalla porta di casa, si stava incamminando verso il cancelletto. La donna prima trafisse Faith con un'espressione dura. Poi con voce tagliente rimproverò la nipote.

«Danielle, si può sapere perché hai portato a casa una strega nera?»

* * *

«Allora… fantasy e mistero!» annuì Maggie riflettendo. «Hai già qualche titolo in mente?»

«Per la verità no. Consigliami tu.»

«Hai letto *La storia fantastica*? Abbiamo una prima edizione bellissima, con immagini stupende! E anche la storia in sé è meravigliosa. C'è tutto insomma… avventura, mistero, fantasia, a… no a… non c'è…»

Maggie ricordò appena in tempo che il ragazzo aveva dichiarato espressamente di non essere un tipo romantico. Tentò di rimangiarsi la parola ma quella "a…" ormai le era sfuggita.

«A…?»

James la guardò in attesa che proseguisse la frase, sforzandosi di mostrare un sincero interesse. E in realtà lo aveva. Voleva scoprire come la ragazza avrebbe terminato la parola lasciata in sospeso.

«A… a…»

Mai che le venisse una parola con la "a" quando ne aveva bisogno! A Maggie venne in mente "aerospaziale", "australopiteco", "anestesia"… Niente di utile per la descrizione del libro che gli stava proponendo, insomma!

«Amicizia?» suggerì James, strizzandole l'occhio.

Come poteva essere così semplice e come poteva essere lei così stupida? La parola più scontata e più comune al mondo e le era proprio sfuggita di mente!

«Amicizia!» annuì passandosi una mano sulla fronte. «È là su in cima, te lo prendo subito!»

Indicò lo scaffale più alto di una delle due librerie che aveva alle spalle. Forse avrebbe dovuto prendere la scala, ma poteva riuscire ad afferrarlo anche con un salto. Il libro sbordava di qualche centimetro rispetto agli altri.

Maggie studiò la situazione. Se avesse appoggiato il piede al primo ripiano della libreria avrebbe ottenuto lo slancio necessario per arrivare al ripiano dove era posizionato il libro e prelevarlo comodamente dal suo posto.

Così fece. Allungò la mano verso *La storia fantastica*, ma fu invece *La storia infinita* a caderle in testa con un tonfo sordo.

Seguita da *Le Cronache di Narnia* e dal primo volume di *Il Signore degli Anelli*.

Tutto accadde in un attimo. Maggie, sentendosi sbilanciare all'indietro dal peso dei libri, si aggrappò a uno dei ripiani della libreria, che uscì dagli argini cadendole addosso e trascinando con sé tutto il resto della libreria.

«Ma cosa...?»

James, nel frattempo, si era voltato a guardare verso l'ingresso. Sentendo il frastuono dei libri e degli scaffali che si muovevano riuscì a spostarsi appena in tempo prima che il mobile in legno colpisse la ragazza caduta a terra.

Era consapevole di non riuscire a sopportare tutto il peso nella sua forma umana. A causa del contraccolpo rischiava di cadere lui stesso addosso a Maggie, insieme alla libreria. Doveva agire in fretta, molto più in fretta di quanto fosse abituato.

Maggie, caduta su un fianco, teneva le palpebre abbassate. Un libro l'aveva colpita in testa e sentiva una fitta acuta e persistente alla tempia. Anche la caviglia e il ginocchio che aveva battuto le facevano male. Quando sollevò il viso scorse un enorme orso bruno dai grandi occhi scuri e tristi posizionato tra lei e il pesante mobile della libreria, in modo tale da impedire che le crollasse addosso. Incontrò il suo sguardo per un attimo.

Non stava sognando. Lo aveva visto davvero. Doveva assolutamente raccontarlo a Nathan e a Bliss. Magari anche a Laura e a Herr Flick, appena tornato dalle sue commissioni. Almeno per una volta avrebbe avuto anche lei una storia da raccontare.

Il dolore alla tempia però stava aumentando fino a diventare più intenso, penetrante. Costrinse Maggie a chiudere gli occhi, almeno per un po'. Quando li riaprì la libreria era tornata al suo posto con tutto il suo contenuto in perfetto ordine e dell'enorme orso bruno dai grandi occhi scuri e tristi non c'era più traccia.

CAPITOLO 30

James Foster, inginocchiato al suo fianco, aveva sollevato la ragazza da terra adagiandola al proprio petto per applicarle sulla fronte qualche cubetto di ghiaccio raccolto in un fazzoletto. Come fosse riuscita nell'impresa di farsi cadere addosso un mobile tanto pesante ancora non riusciva a spiegarselo.

«Ti sei svegliata, finalmente...» sospirò rincuorato mentre Maggie muoveva lievemente le palpebre per aprire gli occhi.

«Dov'è l'orso?»

Maggie tenne gli occhi socchiusi, ancora dolorante, poi fissò uno sguardo azzurro e indagatore su di lui.

«Quale orso?»

James la guardò con aria confusa, simulando incredulità.

«Quello che era davanti alla libreria che mi stava cadendo addosso.» Maggie indicò decisa la posizione in cui aveva visto l'orso. «Un orso grande e forte che... ha fermato la libreria...»

«Ti è caduto un libro in testa e sei rimasta incosciente solo per qualche minuto.» James posizionò nuovamente il ghiaccio sulla fronte della ragazza. «Hai un bel bernoccolo. Sono andato a prendere del ghiaccio qui sopra dove abito, poi sono tornato subito da te. Per fortuna ti sei svegliata, mi stavo preoccupando e pensavo di chiamare i soccorsi.»

Sperò che lei non si accorgesse che oltre a prenderle il ghiaccio si era anche cambiato jeans e maglietta, dopo che gli abiti che indossava precedentemente erano finiti a brandelli durante la trasformazione.

«Mmh...» Maggie, poco convinta, reclinò la testa per incontrare il suo sguardo. «Ma io l'ho visto...»

«Lo avrai sognato...» concluse James deciso, sperando di archiviare il discorso. «Mi dispiace che ti sia fatta male per prendermi quel libro.»

Cambiò abilmente discorso. Il libro, meglio parlare del libro per tentare di distrarla. Ecco. Parlare del libro, farle dimenticare l'orso.

«Il libro...» annuì Maggie sospirando. «Sì, è vero. Devo prenderti il libro.»

Cercò di tirarsi su rigirandosi e facendo forza sul ginocchio.

«Tranquilla, l'ho già preso io.» James la sollevò con cautela, aiutandola a rimettersi in piedi e sostenendola per le spalle. Poi raccolse il libro che aveva appoggiato su un ripiano più basso della libreria. «Eccolo!»

«Ah, bravo!» Maggie accennò un sorriso riconoscente. «Però...»

«Però?»

«Però io l'orso l'ho visto davvero!»

«Hai fame per caso? Io devo andare a mangiare. Con la botta che hai preso forse qualcosa di sostanzioso ti farebbe bene. Anche per riprenderti dallo spavento.» James era assolutamente deciso a sradicare l'orso dalla mente della ragazza. A qualunque costo. «Credo che tu abbia assoluto bisogno di zuccheri.»

«Mmh... sì magari... Stavo quasi per chiudere quando sei arrivato. Ormai non credo che Herr Flick tornerà. Potrai trovarlo domani.»

«Certo, lo vedrò domani. Anche il libro lo prenderò domani. Comunque, c'è una tavola calda appena aperta, molto carina. Si trova a pochi isolati da qui.»

Meglio tenerla lontana dalla caffetteria, pensò James. Prima di incontrare qualcuno dei suoi amici a cui raccontare la meravigliosa storia dell'orso buono che l'aveva salvata dalla libreria cattiva.

«Va bene, magari una bibita fresca. E poi... un pezzettino di torta...»

«Certo, tutto quello che vuoi!» James conosceva il suo nome. Maggie. Ma non ufficialmente, quindi doveva fingere di non saperlo. «Come ti chiami, a proposito?»

«Mi chiamo Maggie.»

155

La ragazza, che sembrava aver recuperato la forza di stare in piedi da sola, andò a prendere la borsa lasciata dietro al banco. James le aprì la porta per farla uscire, poi uscì dietro di lei spegnendo la luce interna del negozio.

«Io sono James.»

Maggie prese le chiavi dalla borsa per chiudere il negozio.

«James, che nome carino. Jimmy James!»

«Solo James può bastare.»

Le sfiorò la spalla per indicarle la direzione verso cui si sarebbero incamminati.

«Non posso chiamarti Jimmy James?»

«Puoi, ma in tal caso io dovrò chiamarti Maggie May.»

* * *

Ryan Norwest sorseggiava il suo ennesimo drink davanti al camino. Avrebbe dovuto cominciare al più presto a rivalutare le proprie alleanze. Si sentiva spiato da quando era tornato a Strawberry Hill. Ma sperava che Jean Claude von Klausen non fosse tanto ottuso e sfrontato da sguinzagliargli dietro qualcuno dei suoi seguaci dopo il discorso che gli aveva fatto e l'accordo raggiunto.

Non si fidava di lui, era sempre un avversario temibile. Pronto a colpire in qualsiasi momento. Ma aveva la netta sensazione che non fosse lui o uno dei suoi a seguirlo. Qualcun altro. Non uno degli ingenui e maldestri adepti dell'alchimista. Qualcuno di più potente e oscuro.

Una spia del suo creatore, era stato il suo primo pensiero una volta escluso von Klausen. Ma perché? Stava svolgendo il suo compito come al solito. Perché farlo seguire?

Forse la sua stanchezza fisica e morale stava diventando sempre più evidente? Oppure, oltrepassati i novecento anni e avvicinandosi al millennio, scattava una sorta di controllo, un esame da superare che lo avrebbe promosso a un gradino superiore della scala gerarchica?

Ryan increspò le labbra in un sorriso amaro. No, certamente non era così. Non per lui, almeno. Probabilmente la verità era che lo consideravano una bomba a orologeria pronta a esplodere. Così tenevano qualcuno a disposizione, con l'ordine di eliminarlo nel caso incorresse in qualche grave mancanza o macchiasse di tradimento la sua fedeltà alla stirpe che lo aveva creato. E non avevano tutti i torti. Ryan Norwest era davvero diventato una bomba a orologeria pronta a esplodere in qualsiasi momento. La sua non era mai stata fedeltà, ma costrizione piuttosto.

«Che fai? Mediti sulla meravigliosa avventura della vita? O sulla devastante monotonia della non vita?»

La voce di Amelie sapeva essere veramente irritante e stridula nei momenti meno opportuni.

«Ti stai comportando bene, vero Amelie?»

Da quasi mille anni la sorella era la sua costante spina nel fianco. Ma non poteva permettere che le accadesse qualcosa di male. Era responsabile per lei. Lo era stato in vita e lo era ancora di più nella non vita, considerato il fatto che la non vita di Amelie era stata causata da lui.

«Mi sto comportando splendidamente bene. Come sempre del resto.» Amelie rise buttandosi sul divano di fianco a lui, con le gambe incrociate. «Di me non ti devi proprio preoccupare!»

«Va bene, va bene…»

E anche se probabilmente non andava bene per niente, non aveva nessuna voglia di parlarne in quel momento. Quasi mille anni di guardia a una ragazzina in perenne crisi adolescenziale avrebbero logorato i nervi a chiunque. Per una volta meglio fare finta che tutto andasse veramente bene. Splendidamente bene, anzi.

«Ti sei trascinato in casa quella bionda insulsa?» Amelie si alzò andando alla ricerca di una bottiglia sul tavolino degli alcolici. «L'ho vista di sfuggita quando siete rientrati.»

«Se già lo sai, perché chiedi?»

Ryan sbadigliò massaggiandosi la fronte con le dita.

«Perché ci tenevo a sottolineare insulsa!»

«Lo so che si può trovare di meglio» Ryan scrollò le spalle, voltandosi verso di lei per indicarle una bottiglia di whisky. «Ma davanti alla necessità non ho potuto fare lo schizzinoso!»

«Necessità?» Amelie tornò accanto a lui lanciandogli la bottiglia, dopo averne presa una anche per sé. «Ti potevi prendere un'umana a questo punto e poi sbarazzartene. Se vuoi un'altra creatura come schiavetta barra geisha puoi anche scegliertela meglio! Quella non mi va proprio. Dovremo uscire per pranzo appena hai un attimo di tempo da dedicarmi. Vedi quanto sono brava? Ti aspetto pazientemente. Alfred ci ha lasciato qualche sacca di scorta nel frigo, però lo sai anche tu che non è la stessa cosa.»

«Al momento mi sta bene lei.» Ryan scrollò le spalle e fissò lo sguardo sul fuoco che ardeva scoppiettante nel camino di fronte a sé. «Più tardi andremo. Sono contento che tu non abbia combinato guai.»

Amelie era convinta che Ryan si procurasse quelle creature soprannaturali a Strawberry Hill solo per divertimento, per assoggettarle e sottometterle alla propria indole di dominatore. Non sospettava che per lui si trattasse di un bisogno vitale. Non era a conoscenza del fatto che il fratello, privato della linfa vitale di un essere soprannaturale, non sarebbe sopravvissuto a lungo nella loro città d'origine. Che aveva acconsentito a quel patto per permettere a lei di condurre un'esistenza il più normale possibile, alla luce del sole. Tramite un sortilegio di cui lui, la sorella e la loro prima discendenza erano i soli beneficiari. Fornendo in cambio al loro creatore un mezzo di controllo su di lui. Se avesse trasgredito le regole, sarebbe stato davvero facile annientarlo. Bastava far sparire dalla sua portata tutte le creature soprannaturali di Strawberry Hill e Ryan si sarebbe indebolito fino a morire. Oltretutto la linfa vitale delle creature soprannaturali aveva una durata limitata. E Ryan aveva la netta sensazione che il suo bisogno crescesse con il passare degli anni.

Il suono di timidi passi risuonò dal corridoio al piano di sopra che conduceva alle scale. Fu Amelie ad accorgersene per prima.

«Si parla del diavolo!»

Voltandosi lanciò uno sguardo sarcastico e sprezzante a Dorothy che, apparsa in cima alle scale, restava appoggiata al corrimano.

Anche Ryan si voltò a guardarla, dipingendosi sul viso un sorriso rassicurante. Dorothy, scalza e con i capelli biondi scarmigliati, indossava una sua camicia che le arrivava fino alle cosce e le scivolava sensualmente su un lato a scoprirle una spalla.

«Vieni pure avanti, tesoro.» Ryan tese il braccio verso di lei. «Immagino che tu non abbia ancora conosciuto la mia cara sorellina Amelie.»

«No, non ancora.» Dorothy scese le scale, avanzò timidamente verso di loro e una volta raggiunti porse la mano ad Amelie, schiarendosi la voce e presentandosi con tono melodioso. «Molto piacere, io sono Dorothy.»

«Sì, sì... e io sono il mago di Oz!» Amelie ignorò la sua mano tesa e le offrì invece la bottiglia. «Bevi con noi, tesorino, immagino che tu ne abbia un gran bisogno.»

Dorothy si ritrovò la bottiglia in mano e guardò Ryan indecisa sul da farsi.

«Più che il mago di Oz mi sembri la perfida strega dell'ovest.» Ryan lanciò un'occhiata obliqua alla sorella e batté la mano sul divano per invitare Dorothy a sedersi accanto a lui. «Vieni qui, cara!»

«Non mi parlare di streghe! Le ammazzerò quelle streghe maledette!» Un'ombra di odio allo stato puro attraversò la fronte di Amelie. I suoi occhi si venarono di rosso e incurvò le dita sottili come se avesse artigli al posto delle unghie.

Dorothy si strinse tremante al braccio di Ryan e lui le sfiorò la fronte con le labbra per rassicurarla.

«Io esco prima di vomitare!» La voce di Amelie li raggiunse quando era già arrivata alla porta d'ingresso.

«Non combinare guai…» replicò Ryan automaticamente, per abitudine, mentre stringeva le braccia intorno alla vita di Dorothy. In risposta ottenne da Amelie solo il frastuono di una porta sbattuta troppo energicamente.

Dorothy, intanto, si era accovacciata sulle sue ginocchia e trattenendogli il viso tra le mani gli baciava lo zigomo. Ryan le fece scivolare le mani sotto la camicia, mentre lei si impossessava delle sue labbra accarezzandogli le spalle. Stava incominciando a intuire a che genere di creatura soprannaturale appartenesse Dorothy Hansen. La sua voluttuosità, la bramosia di contatto fisico, la voce carezzevole. Non aveva altra scelta per il momento che prestarsi a quegli amplessi se voleva trattenerla fino a renderla sufficientemente succube, spingendola a fidarsi di lui.

Era una creatura soprannaturale ancora in embrione. Quindi era meglio non forzare troppo la situazione. Comunque le novelline erano da sempre le sue preferite. Quelle più indifese e quindi più propense ad affidare a lui la propria esistenza. Quelle da cui poteva ottenere tutto. Fedeltà, riconoscenza, cieca obbedienza e linfa vitale, se non addirittura affetto.

Tranne la streghetta. Ecco, Faith Chandler era il classico esemplare di novellina da evitare. Anche se con quegli occhi, quel corpicino e quella grinta sarebbe stato divertente averci a che fare.

Ryan trattenne il viso di Dorothy e le posò le mani sulle tempie. Intanto la camicia le era ormai scivolata a livello dei fianchi, scoprendole totalmente le spalle e il petto. La gola candida risaltava alla luce del fuoco che ardeva nel caminetto mentre Dorothy, sopraffatta dalla passione, buttava indietro la testa. Ryan non fu più in grado di trattenersi e spostò le mani per reggerle la nuca. Dopo una serie di baci leggeri che si trasformarono in morsi delicati, affondò i canini nella gola della ragazza.

* * *

Faith Chandler era seduta al tavolo del soggiorno di casa Cohen. Rosalie le stava di fronte e Danielle di fianco. Tratteneva tra le mani la tazza, ormai vuota, della tisana che Rosalie aveva preparato.

«Questo è tutto…»

Tutto quello di cui lei era a conoscenza, per lo meno. Non era ancora certa di aver fatto la cosa giusta. Ma era certa di non essere più in grado di reggere da sola il peso di quella sua esistenza che stava precipitando sempre di più verso l'abisso.

Con il quasi assassinio di quel vampiro, aveva toccato il fondo. Ora l'unico suo desiderio era risalire, riemergere a una vita normale, accettabile. Desiderio probabilmente irrealizzabile. Il vampiro aveva segnato una sorta di punto di non ritorno per lei. Un po' come l'avversione che però si mescolava a un insensato istinto di attrazione che provava nei suoi confronti. Ma questo aveva evitato di raccontarlo. Aveva difficoltà a confessarlo anche a se stessa per cui continuava con tutte le sue forze ad allontanare il pensiero di quegli occhi verdi fissi sulle sue labbra.

Rosalie osservava la giovane strega, impaurita e afflitta all'altro lato del tavolo. Una potente strega nera. Sua acerrima nemica, rivale da tempo immemorabile. Avrebbe dovuto annientarla solo per aver osato varcare il cancello di casa sua. Distruggerla per aver avvicinato Danielle. Invece, dopo il primo impatto, aveva raccolto le sue confidenze, i suoi timori, le sue ansie e le aveva preparato una tisana calmante a base di passiflora, camomilla e biancospino.

«Non sei più sola, Faith.» Danielle appoggiò delicatamente la mano su quella che Faith aveva lasciato ricadere sul tavolo e guardò le loro mani unite, per poi lanciare un'occhiata significativa alla nonna.

Rosalie sospirò, annuì debolmente e posò la sua mano scarna e nodosa su quelle delle due ragazze. Stava trasgredendo tutti i principi e gli ordini secolari di guerre tra streghe bianche e streghe nere. Millenni annientati in pochi istanti, in quelle tre mani unite. Ma oltrepassati i centotrenta anni di età Rosalie Cohen poteva ammettere con se stessa, in tutta tranquillità, che di rispettare regole e leggi stregonesche stabilite agli albori della civiltà non le era mai importato nulla. Nemmeno all'inizio. Ora meno che mai.

CAPITOLO 31

Con un po' di fortuna si sarebbe trovato tra le mani qualcosa di veramente prezioso. Ryan Norwest, cingendosi il lenzuolo intorno alla vita, si alzò e si affacciò alla porta finestra della sua stanza, soffermandosi a seguire il volo di una rondine in lontananza.

La donna bionda che giaceva nel suo letto dormiva scompostamente. Era di una bellezza notevole, con le sue forme perfette e la pelle levigata. Ma di bellezze notevoli ne aveva viste e avute tante nel corso dei secoli.

Le attrattive fisiche di Dorothy Hansen erano per lui un'abitudine, la sua linfa vitale una necessità. Ryan le lanciò un'occhiata distratta, poi tornò a concentrare l'attenzione fuori dalla finestra. La giornata appena cominciata si prospettava grigia e umida. Probabilmente era in arrivo un temporale.

Acqua. Certo, poteva anche funzionare se quello fosse stato il suo elemento. Una splendida creatura sua succube e fedele amante. Una meravigliosa sirena di cui nutrirsi e a cui strappare ogni più intimo segreto, oltre alla linfa vitale.

In seguito si sarebbe lanciato alla conquista della rossa, Annie. Rinvigorito di energia e vitalità, Ryan avrebbe provato più gusto nell'impresa. Un lampo di entusiasmo e di eccitazione brillò nei suoi occhi verdi.

«Ryan...»

La voce dolce e armoniosa di Dorothy lo colse di sorpresa, interrompendo i suoi sogni di gloria e seduzione.

«Buongiorno, mia cara.» Si voltò verso di lei sorridendo. «Dormito bene?»

Dorothy annuì passandosi la lingua sulle labbra e si portò una mano alla gola. Ryan la osservò soddisfatto. Nessun segno dei suoi canini era rimasto sulla pelle candida della ragazza. Aveva provveduto a guarirla con qualche goccia del suo sangue subito dopo essersi nutrito di lei. Poi aveva modificato i suoi ricordi. Essendo una novellina era stato facile. Come con gli umani. Almeno esteriormente non era rimasto alcun indizio del suo passaggio, a parte un lieve pallore diffuso sulle guance.

«Sì, dormito bene davvero.» Dorothy si passò la mano tra i capelli biondi. «Però... mi sento stanca.»

«Riposa ancora un po', allora...» Ryan increspò le labbra nervoso. Con lei aveva appena iniziato, non poteva essere già debole e spossata. L'avrebbe consumata troppo in fretta e aveva bisogno di più tempo! Tentò comunque di non mostrarsi troppo brusco e di trattenere la stizza che sentiva nascere nei suoi confronti. Le sorrise con una dolcezza che non riusciva a provare. «Poi chiederò ad Alfred di prepararci una buona colazione, così ti rimetterai in forze.»

* * *

Faith doveva assolutamente delineare un piano d'azione. Era una strega nera, che le piacesse o no. Non era in suo potere alterare gli eventi, poteva solo conviverci.

Rosalie Cohen era stata chiara in proposito. Come era stata chiara quando le aveva spiegato che sua madre Susan aveva rinunciato a gran parte dei suoi poteri per diventare anche qualcos'altro. Per concedere spazio dentro di sé a una creatura che non faceva parte della loro origine. Ma questo Faith lo aveva già capito da tempo. Per il suo sogno di vita eterna, la sua smania di eterna giovinezza e bellezza.

Ora Faith, seduta a un tavolo della biblioteca cittadina, riempiva di parole rassegnate e rabbiose le pagine del suo diario. Intanto il disprezzo per sua madre cresceva al punto tale che spesso non si riferiva più a lei come "mamma", ma come "Susan".

Che ne era stato di suo padre? A questo punto Susan e l'alchimista von Klausen potevano anche averlo eliminato per evitare che interferisse nei loro piani diabolici. Piani che lei non riusciva a intuire, ma che era intenzionata a scoprire al più presto. Anche se non sapeva ancora come e da che parte iniziare.

Ryan Norwest era un vampiro di quasi mille anni e lo aveva quasi ucciso. Senza che lui avesse la forza di reagire al suo attacco. Nel farlo aveva provato un entusiasmo quasi sfrenato, inarrestabile. Unito però a un dolore terrificante.

Faith aveva notato l'espressione esterrefatta e turbata di Rosalie al suo racconto di quella serata. Non si sapeva ancora spiegare come fosse improvvisamente diventata così potente. Come se qualcosa si fosse risvegliato in lei. Di essere una strega lo sapeva da tempo, però… non era mai stata così.

Sbuffò giocherellando con la penna tra le dita. Doveva prestare attenzione e giocare per bene le sue carte. Ottenere le informazioni che le servivano e poi pretendere che la lasciassero in pace. Difficile considerando ciò che era, ma non impossibile.

Non aveva ucciso Ryan Norwest. Non era diventata un'assassina, anche se era mancato davvero poco. Quindi poteva ancora fermarsi, tornare indietro. Reprimere il proprio istinto e cercare in se stessa un po' di normalità. Doveva anche ammettere, e le costava molto, che se si era fermata in tempo lo doveva a quella piccola e sadica vampira. Amelie Norwest. Salvando Ryan aveva impedito a lei di diventare un'assassina.

Controllò l'orologio e sospirò. Basta, aveva assoluto bisogno di pensare ad altro. Ripose con calma il diario e tutto il resto nello zaino, lo afferrò e si alzò. Accostò la sedia al tavolo e uscì silenziosamente dalla biblioteca.

Una volta fuori si accarezzò le braccia, percorsa da un brivido di freddo. Guardò il cielo e sbuffò. Era grigio e l'approssimarsi di nuvoloni neri minacciava temporale. Sicuramente non sarebbero andati al Luna Park come avevano programmato.

«Scusa il ritardo, piccola!»

Le bastò il suono della sua voce per aprirsi a un sorriso radioso mentre si voltava verso di lui.

«Niente Luna Park.» Si sollevò sulle punte per ricambiare il suo bacio. «Sta per arrivare un temporale, temo. Dove andiamo?»

«A bere qualcosa, al cinema… Oppure a casa mia.» Philip le accarezzò i capelli e il viso con tenerezza. «Sono arrivati i due nuovi coinquilini, quindi regna un po' di caos al momento. Però oggi dovrebbero essere al lavoro…»

Faith si sentiva stanca. Non aveva voglia di andare in un luogo pubblico e chiuso. Temeva di fare brutti incontri e di non avere la possibilità di allontanarsi in fretta. E non si sentiva nemmeno dell'umore adatto per seguire la trama di un film.

«Allora andiamo a casa tua.»

Era stata a casa di Philip solo una volta. Si trovava nel quartiere universitario. Come la maggior parte degli appartamenti affittati da studenti era un po' spoglio ma abbastanza ampio. Philip ci viveva da un anno e divideva l'affitto con un cugino che però si era laureato alcuni mesi prima trasferendosi nel centro di Londra. Ora aveva trovato due nuovi coinquilini con cui dividere affitto e spese per riuscire a risparmiare ancora di più.

Philip annuì e la prese per mano. Attraversarono il centro dirigendosi verso l'università. Faith si guardò intorno un po' a disagio e con la scusa di sistemarsi meglio lo zaino sulla spalla lasciò la mano di Philip.

Non voleva che sua madre o altre persone di sua conoscenza la vedessero in un atteggiamento così intimo con un ragazzo. Non perché se ne vergognasse, ma la situazione era diventata pericolosa e preferiva non fornire a Susan, a von Klausen o ai vampiri una prova evidente della sua debolezza. Fare del male a Philip poteva essere per loro un mezzo per colpire lei.

Il ragazzo le rivolse uno sguardo perplesso ma non sembrò prendersela per il suo improvviso distacco. Erano ormai a pochi passi da casa sua e procedevano in silenzio. Faith meditava sul fatto che prima o poi avrebbe dovuto rivelargli la verità su chi fosse. E soprattutto sui poteri che, indipendentemente dalla sua volontà, si era ritrovata addosso.

«Ecco, siamo arrivati.»

Philip cercò le chiavi in una tasca interna del giaccone e sorrise. Aprì la portina in vetro e attraversarono l'atrio della portineria, sostando poi di fronte all'ascensore. Le accarezzò la schiena invitandola a salire per prima. Faith, finalmente libera da sguardi indiscreti, gli prese la mano mentre uscivano dall'ascensore. Gliela lasciò solo per permettergli di aprire la porta dell'appartamento.

La luce di un lampo illuminò il salottino, seguita dal fragore di un tuono. Faith non aveva paura del temporale, ma le infondeva una strana sensazione di inadeguatezza, di disagio.

Philip si lasciò cadere stancamente sul divano e l'attirò a sé. Faith ridacchiò rannicchiandosi al suo fianco, con la testa posata sulla sua spalla. Poteva essere il momento ideale per parlargli. Erano soli e si sentiva finalmente tranquilla. Doveva solo riordinare le idee per capire da che parte iniziare il suo racconto.

Forse, tutto sommato, non era proprio il momento adatto. Sarebbe stato un discorso lungo e complicato e lei era davvero troppo stanca. Oltretutto si frequentavano da poco tempo, rischiava di perderlo. Aveva bisogno di riposare e pensare ancora un po' prima di parlare con lui.

Magari poteva chiedere consiglio a Danielle. Anche lei aveva un ragazzo. Chissà se era a conoscenza della vera natura di Danielle? Faith socchiuse gli occhi per un istante, poi li riaprì e fissò Philip con aria seria e riflessiva.

«Tutto bene?» Lui la osservava disorientato. «Sei un po' strana oggi.»

«Sì, certo. Solo che ci sono alcune cose che vorrei dirti.»

«Sono qui apposta, tutto tuo!» Philip sorrise sfiorandole le labbra con le sue.

«Ecco, c'è qualcosa di me che tu non sai ancora.»

Colta da un istinto irrefrenabile Faith aveva cominciato a parlare, tanto da stupire anche se stessa. Aveva agito quasi contro la sua volontà.

«E sarebbe?»

Philip la guardò confuso dal suo tono serio. Da come il ragazzo strinse gli occhi osservandola, Faith comprese che doveva avere un'espressione davvero poco rassicurante.

Qualcosa la trattenne. Stava veramente per raccontare tutta la verità a Philip? Come avrebbe reagito? Sarebbe stato in grado di accettarla?

Lo avrebbe davvero perso per sempre. Ma forse era meglio lasciarlo libero, prima che la loro storia diventasse troppo importante.

Aprì la bocca per parlare ancora ma ne uscì solo un mormorio indistinto. Proprio in quel momento sentì le chiavi girare nella serratura della porta d'ingresso.

«Qualcuno...»

Philip annuì tranquillo e sorrise.

«Sarà uno dei ragazzi.»

Faith si sforzò di rispondere al sorriso. Evidentemente non era destino, non era il luogo e non era il momento adatto per confessargli la verità.

«Scusate ragazzi, non disturberò per molto, sono solo passato a cambiarmi.»

Il nuovo arrivato si affacciò all'ingresso del salottino, con la mano alzata in cenno di saluto.

Faith, che si trovava girata verso l'ingresso, lo riconobbe immediatamente. Senza però riuscire a collegare dove e quando avesse già visto quel ragazzo alto e dai muscoli ben scolpiti. Sapeva solo di conoscerlo, di averlo già visto.

Poi la scena fu di fronte ai suoi occhi, implacabile e sconvolgente. L'amico della giovane, sadica vampira! Quello che a scuola l'aveva afferrata per le spalle aiutando la piccola perfida adolescente a farle del male!

«Ciao Thomas, non ti preoccupare…» Philip restò seduto sul divano e voltò la testa verso di lui, accarezzando la spalla a Faith. «A proposito, ti presento Faith, la mia ragazza.»

CAPITOLO 32

Lo odiava davvero. C'erano poche cose al mondo che odiava di più. Svegliarsi la mattina forse, ma essendo diventata un'abitudine non la spaventava così tanto.

La stanza di Maggie si trovava completamente al buio. Sembrava deserta se non fosse stato per qualche mugolio soffocato proveniente da un ammasso di coperte al centro del suo letto.

Al lampo seguiva il tuono. Questo ormai le era ben noto. Per cui dopo ogni tuono sbirciava da sotto le coperte per scoprire la luce del lampo che avrebbe preannunciato il tuono successivo.

E, cosa peggiore, era sola in casa. Quello era l'unico caso in cui avrebbe accettato di buon grado anche la presenza della Perfida Sventura o dei malefici gemelli.

Quando l'ennesimo tuono fu più fragoroso e assordante del precedente decise che ne aveva abbastanza. E che era troppo giovane per morire di paura. Estrasse rapidamente una mano dall'agglomerato di coperte sotto cui si era rifugiata e afferrò il cellulare che aveva lasciato sul comodino.

Nathan. Doveva chiamare Nathan. Nathan non aveva mai avuto paura del temporale. Mai, nemmeno da bambino. Come sempre sarebbe corso da lei e le avrebbe tenuto compagnia, raccontandole qualcosa di divertente per distrarla.

Ma il telefono di Nathan continuava a suonare a vuoto e lui non rispondeva. Davvero strano. Di solito durante i temporali cercava sempre di raggiungerla. Sapeva che li detestava e ne aveva un terrore incontrollabile.

Forse il suo telefono non funzionava. Maggie sospirò sconfortata. Poteva provare a chiamare Bliss. Bliss un po' di paura l'aveva ma non quanto lei.

Il telefono di Bliss squillò quattro volte prima che lei rispondesse. Si trovava in caffetteria, quindi non poteva raggiungerla.

Dopo qualche minuto, Maggie teneva ancora in mano il cellulare. Sentendolo squillare quasi in corrispondenza di un tuono sobbalzò. Però riuscì a rispondere.

«Pr...pronto...»

Non riconobbe immediatamente la voce dall'altro capo. Al nome James rimase ancora dubbiosa. Poi comprese.

«Jimmy James! Ciao. Sì, sto bene. Cioè insomma, in realtà io... io...» Maggie sospirò senza sapere come proseguire.

Quattro semplici parole avrebbe voluto dire al nuovo amico: per favore vieni qui. Dovette lottare tra la vergogna di dover ammettere di essere terrorizzata da un temporale primaverile e la necessità. Non lottò a lungo.

«Puoi... potresti passare da casa mia? Sì, dove mi hai accompagnata ieri sera... perché io...»

Maggie respirò profondamente pensando a come terminare la frase. Ma prima che lei potesse continuare o inventarsi una scusa plausibile e meno imbarazzante James aveva accettato di raggiungerla.

«Grazie James, ti lascio la porta aperta. Sali direttamente le scale quando arrivi.»

Dopo aver riagganciato Maggie sbucò fuori velocemente dal suo nascondiglio e corse giù dalle scale come un razzo. Aprì la porta d'ingresso, lasciandola accostata e si precipitò nuovamente al piano superiore, nella sua stanza, nel suo letto, nel suo groviglio informe di lenzuola e coperte. Almeno una cosa era fatta, aveva aperto la porta e non ci doveva pensare più! Ora non le restava altro che aspettare che James arrivasse da lei.

In effetti, riflettendoci, era stata una cosa sciocca correre giù ad aprire la porta. Ma il temporale le toglieva anche la scarsa razionalità che possedeva abitualmente. Chiuse gli occhi nell'attesa e si sforzò di pensare a qualsiasi cosa che non fosse quell'orribile frastuono.

Magari poteva raccontarsi una delle sue storie, una di quelle che si inventava e un giorno avrebbe voluto scrivere ma era troppo pigra per farlo. Storie di fantasmi e di folletti. Di mostri e di fate. Però pensare a fantasmi e ad altre creature simili in quel momento non le era di aiuto.

Forse poteva raccontarsi la storia dell'orso della libreria. Ecco, quella storia non era poi tanto spaventosa, ma confortante più che altro. Un grande orso dagli occhi dolci che stava nascosto nella libreria di Herr Flick e usciva fuori nei momenti più impensati. Magari un antico incantesimo aveva costretto l'orso dentro un libro da cui poteva uscire solo di notte. O quando accadeva qualche evento straordinario. Il compito di Maggie, eroina della vicenda, sarebbe stato quello di trovare il libro in cui l'orso era imprigionato e poi annullare l'incantesimo che lo costringeva tra quelle pagine durante il giorno. Ma chi era responsabile di un sortilegio tanto crudele? E perché? Che cosa aveva fatto l'orso per meritarselo? Forse poteva essere una storia simile a quella di *La Bella e la Bestia*. Anche se lei non si sentiva tanto Bella, purtroppo.

James, nel frattempo, si stava incamminando a passo spedito verso l'abitazione di Maggie Pennington.

Dopo una corsa rigenerante lungo la riva del fiume, aveva recuperato gli abiti lasciati in un vicolo dietro casa ed era risalito nell'appartamento sopra la libreria. Seduto sul divanetto di fronte alla televisione aveva incominciato a fissare insistentemente il cellulare che aveva acquistato solo pochi giorni prima. Solo un numero vi era inserito al momento. Quello di Maggie. Dopo aver lottato contro le mille ragioni per non chiamarla, aveva selezionato il numero. Quando lei gli aveva chiesto di passare da casa sua aveva acconsentito senza chiedere spiegazioni. In fondo era proprio quello che desiderava. Rivederla.

«Maggie?»

Raggiunta la casa, James era entrato dalla porta principale ed era salito su per le scale, come lei gli aveva chiesto.

«James, sono qui...»

Seguendo la voce trovò la sua stanza. Della ragazza non c'era traccia, solo un enorme ammasso di coperte al centro del letto poteva essere testimonianza della sua presenza. Maggie litigò con un lenzuolo che le si era attorcigliato intorno, prima di riuscire a emergere dalla montagna di coperte, per lanciare un'occhiata al nuovo arrivato.

«Che ci fai lì sotto Maggie May?» James sorrise avvicinandosi al suo letto. «Non fa così freddo!»

«No, ma... insomma è per non sentire!»

«Non sentire cosa?»

James si passò una mano tra i capelli bagnati. Non possedeva un ombrello e aveva percorso la strada tra il suo appartamento e la casa di Maggie sotto la pioggia scrosciante.

«Il tempo... rale...»

Proprio a metà della parola il boato di un tuono sembrò far fremere le fondamenta, fino alla cavità della terra. I vetri della finestra tremarono per alcuni secondi e Maggie lanciò un urlo.

«Ehi, non ti preoccupare Maggie May...» James afferrò l'estremità di una coperta e cercò di rimuoverla spostandola ai piedi del letto. «Sai cos'è? È solo il dio Thor che gioca con il suo martello!»

«Che cosa?»

Maggie respinse le coperte e fissò lo sguardo su James, confusa.

«Non dirmi che non ne hai mai sentito parlare?»

James rimase in piedi a guardarla, mentre gocce di pioggia gli scendevano ancora dai capelli lungo il viso e il collo.

«Sei bagnato, Jimmy James.» Maggie aggrottò la fronte sgranando leggermente gli occhi. «Perché non hai preso l'ombrello?»

«Perché non lo avevo. Detesto gli ombrelli.»

James si strinse nelle spalle e si tirò indietro i capelli vigorosamente, cercando di asciugarli.

«Togliti la maglietta o prenderai un brutto raffreddore!»

Maggie afferrò i lembi della sua maglietta con entrambe le mani e li sollevò.

James arrossì cercando di trattenerla. Intanto le loro mani si sfiorarono. Si arrese e si sfilò la maglietta dalla testa. Rimase in piedi a guardare la ragazza per un attimo. Si rese conto che non c'era malizia nel suo gesto. Maggie era davvero così, naturale e spontanea senza secondi fini. E aveva fiducia in lui, anche se era poco più di un estraneo.

«Ecco fatto…» James sorrise e le sfiorò il viso con le dita.

«Puoi sederti se vuoi.» Maggie ricambiò il sorriso facendogli un po' di posto nel suo letto.

James si sedette sul letto e si tolse le scarpe. Osservando la sua schiena nuda Maggie notò dei segni violacei su entrambe le spalle.

«Che ti è successo qui?»

Appoggiò la mano sulla sua spalla e premette leggermente.

«Oh, lì… è stata la palestra! I pesi!» James replicò con prontezza.

Il peso della libreria che gli era crollata addosso, pensò tra sé. Aveva sentito dolore al momento dell'impatto, ma non si era accorto che gli avesse lasciato quei lividi.

Maggie annuì, sembrava convinta della sua spiegazione. Del resto, come poteva dubitarne?

«Sai che facciamo ora?» James decise comunque di cambiare completamente discorso, per evitare inconvenienti. «Ti racconto la storia di Thor, il dio del tuono.»

Così dicendo sollevò il cuscino e vi si appoggiò con la schiena, in modo che i segni diventassero invisibili agli occhi di Maggie.

«Davvero, Jimmy James? Sai… a me piacciono davvero tantissimo le storie.»

Sul viso pallido di Maggie si dipinse un sorriso entusiasta.

«Certamente.» James la circondò con un braccio e la attrasse a sé facendole appoggiare la testa al suo torace. «Vedrai che alla

fine della storia non avrai mai più paura del temporale, Maggie
May. Fidati di me.»

CAPITOLO 33

Se n'era andata senza una parola. Si era semplicemente alzata ed era scappata via. Ora si rendeva conto dell'assurdità della sua azione. Ma ormai era troppo tardi per rimediare. E comunque non sapeva neanche come rimediare. Era troppo sconvolta dalla notizia.

Uno dei nuovi coinquilini di Philip era il tirapiedi di una sadica vampira millenaria. Probabilmente lui stesso era un vampiro. E lei aveva lasciato Philip da solo con lui. Aveva sbagliato tutto! Ma cosa poteva fare? Tornare indietro e trascinarlo fuori?

Faith si fermò con una mano sul petto, respirando affannosamente. Era fradicia e le mancava il fiato. Si guardò intorno. Sapeva solo di essersi precipitata fuori dall'appartamento di Philip e di aver iniziato a correre sotto la pioggia battente. Non aveva nemmeno idea della direzione che aveva preso.

Si concentrò per riconoscere il luogo dove si trovava. Era in prossimità del laghetto di Strawberry Hill. Tentò di schiarirsi le idee per decidere cosa fare e dove andare. Analizzò le sue possibilità, una dopo l'altra. Le prese in considerazione e le accantonò.

Solo una era attuabile e sensata. Doveva tornare da Rosalie Cohen. Doveva raccontarle cosa aveva appena scoperto. Un vampiro viveva insieme al suo ragazzo. Così, come nulla fosse. E se non era proprio un vampiro ne frequentava una, molto pericolosa. Rosalie avrebbe saputo cosa fare.

Faith non poteva più perdere tempo, doveva affrettarsi. Fece un respiro profondo e riprese a correre, più veloce che poteva, verso l'abitazione di Danielle e Rosalie Cohen.

* * *

Il momento di tornare. Lui ci credeva fermamente. Lo comunicò a lei. E lei, come sempre del resto, si trovò d'accordo.

Tutto ha un inizio, un centro e una fine. Lui le inviò questo nuovo messaggio.

E la loro fine doveva essere lì, replicò lei.

L'aveva convinta. Una fine che segnava anche un nuovo inizio. Un nuovo mondo, dove essere felici finalmente. Dove mettere radici. Ormai la comunicazione di pensiero era diventata talmente intensa tra loro che parlavano le stesse parole.

Parlare le stesse parole. Lui rise tra sé. Era un'espressione buffa che lei usava spesso. Sapeva che lui capiva, che comprendeva perfettamente cosa lei intendesse dire. Perché provava lo stesso.

Si stava facendo buio, era sera ormai. Ma un lampo rischiarò la foresta quasi a giorno. Il tuono che pochi istanti dopo lo seguì come un richiamo fu roboante, fragoroso, tanto che il boato fece tremare gli alberi più fragili fin nelle radici.

Entrambi lo accolsero come un segnale di approvazione. Una fine, un inizio, il presagio che qualcosa di essenziale, di determinante stesse per cominciare per loro. Si affiancarono e osservarono il cielo. I loro profili sovrapposti, i loro sguardi carichi di speranza, di ideali di libertà.

Un altro lampo prolungato illuminò il cielo. Il tuono successivo si fuse con una coppia di ululati intensi e modulati, testimonianza di un'abilità raggiunta da tempo. Un'ode propiziatoria alla luna momentaneamente nascosta dalle nubi. Un canto in cui le voci si intrecciavano sapientemente. Un'invocazione alla madre terra per ottenere benevolenza e favore. Il sogno era più vicino che mai. E la visione che ne derivava per loro sarebbe stata splendida.

CAPITOLO 34

Finalmente splendeva di nuovo il sole. Il temporale del giorno precedente era stato davvero spaventoso. O forse era tutto ciò che stava accadendo troppo in fretta a farlo apparire tale.

Danielle si aggirava per il Luna Park. Si sforzava di mantenere un'espressione serena. Tanto accigliare lo sguardo non le sarebbe servito, non avrebbe cambiato la realtà dei fatti.

Si avviò verso il carretto dello zucchero filato. Ne aveva una gran voglia. Però avrebbe aspettato che lui arrivasse. Sperava solo che le sue condizioni non si fossero aggravate. Quando andava tutto bene rispondeva immediatamente ai messaggi o almeno entro pochi minuti. Se aspettava troppo tempo era segnale che qualcosa stava andando storto.

«Danielle...»

Danielle sorrise, prima ancora di voltarsi. In realtà era il suono della sua voce a farla fremere ogni volta che si incontravano, non quello che diceva.

«Ciao, Alexander.»

Adorava il suo nome per intero. Il suono profondo e regale, così appropriato all'immagine di quel giovane gentile, dello splendido uomo che ben presto sarebbe diventato.

«Scusa per il ritardo. Ultimamente arrivo sempre dopo di te a tutti i nostri appuntamenti.»

«Non importa» Danielle ridacchiò nervosamente, come se i suoi pensieri su di lui fossero diventati un po' troppo palesi. «In realtà sono sempre io a essere in anticipo.»

«Importa invece. L'uomo dovrebbe arrivare sempre prima!»

«Allora la prossima volta cercherò di tardare un po', va bene?» Danielle rise, questa volta più apertamente, e gli baciò la guancia. «E comunque sono io a dovermi scusare. Non mi sono presentata al nostro ultimo appuntamento.»

«Ho ricevuto il messaggio.» Alexander annuì, prendendola per mano. «Mi dispiace averti risposto così tardi.»

«Non ha importanza, sei qui ora! È quello che conta.»

Non aveva voglia di pensare a tutti i problemi che si stavano accumulando. Faith, la nonna, i vampiri…

«Cosa ti preoccupa? Vuoi dirmelo?»

Alexander le sollevò il mento per guardarla negli occhi. Danielle era consapevole che ogni volta che la guardava negli occhi in quel modo non sarebbe stata in grado di negare o mentire. Ma raccontargli tutto avrebbe significato opprimerlo e aggiungere altri problemi a quelli che già aveva.

«Vorrei tanto comprare dello zucchero filato!»

Danielle sorrise e indicò il carretto di fronte a loro.

«Ci siamo promessi di raccontarci tutto…» Alexander le strinse la mano incrociando le dita con le sue. «Io compro lo zucchero filato solo se tu inizi a raccontare.»

Danielle sapeva che non l'avrebbe lasciata in pace. Così iniziò a raccontare l'incontro con Faith, il suo potere di strega nera, lo scontro con i vampiri, la storia dell'alchimista. Gli rivelò, oltre ai fatti, ogni suo pensiero e preoccupazione. Ogni sua emozione in proposito.

«Forse dovresti stare lontana da quella ragazza.» Alexander sospirò profondamente, pulendole le labbra da una sbavatura di zucchero filato.

«Non posso, è mia amica. Sì, lo so che l'ho appena conosciuta ma io… sento già una connessione con lei. Io non sono mai riuscita a fare davvero amicizia e a creare legami con le persone della mia età. A parte te, ovviamente. Mi sono sempre sentita diversa e poi mia nonna si è sempre preoccupata che io non mostrassi troppo chi sono, ecco. Per questo ha preferito che avessi insegnanti privati invece di frequentare il liceo. Ma con Faith è tutto diverso. Noi siamo uguali.» Danielle respinse l'idea con decisione. «E comunque non posso lasciarla sola e non voglio abbandonarla. Non sa cosa fare e non ha nessuno che possa aiutarla a parte me e mia nonna.»

179

«Hai ragione, sono un egoista.» Alexander increspò le labbra e abbassò lo sguardo. «Del resto la prima persona da cui tu dovresti stare lontana sono proprio io!»

* * *

A breve non sarebbe più stato in grado di avere una vita sociale. Altrimenti avrebbe dovuto spiegare come gli oggetti continuavano a spostarsi intorno a lui senza alcun controllo. Una spiegazione plausibile, possibilmente, non da cartone animato.

Fosse almeno stato in grado di controllarsi e di spostare le cose che gli servivano! Pulire, cucinare, mettere in ordine la stanza! Invece tutto accadeva in modo puramente casuale.

«Schifosamente casuale…» mugugnò stizzito. «Pallosamente casuale…»

Nathan Castle restava steso sul suo letto a fissare il soffitto. Forse così riusciva a non combinare disastri. Aveva deciso che non si sarebbe più mosso da lì. Esplorare a fondo i suoi poteri gli stava bene. Perdere il controllo e rischiare di impazzire invece no. Mostrarsi agli altri e finire in una clinica psichiatrica ancora meno.

Aveva visto la chiamata di Maggie del giorno prima. Altre ne erano seguite, ma Nathan non aveva risposto. Gli faceva male non risponderle e pensare a lei sola, triste, spaventata forse. Lo logorava. Ma come poteva incontrarla rischiando di terrorizzarla a morte? Che spiegazione le avrebbe fornito?

Se ne sarebbe andato da lì per fuggire lontano, se non fosse stato per lei. In fondo non doveva spiegazioni a nessuno. I suoi genitori vagavano per il mondo su un panfilo milionario, in perenne crociera. Ognuno per conto suo, probabilmente. Appena lui era diventato maggiorenne avevano deciso che Strawberry Hill per loro era diventata troppo stretta. Non erano fatti per la vita di provincia.

A Nathan non era importato vederli andare via. In realtà non aspettava altro. Era stato come vedere due estranei fare le valigie e partire. Non li aveva mai considerati una famiglia. Loro non tenevano a lui e lui non teneva a loro. Un rapporto assolutamente paritario, in cui non rischiava di venire risucchiato o ferito. Avevano vissuto con lui in quella casa fino a quando era diventato abbastanza grande per stare solo. Nessuno al mondo poteva ferirlo, questo era un grande vantaggio per lui. A parte Maggie. Sì, perdere Maggie lo avrebbe davvero ferito.

Era quasi riuscito ad assopirsi quando lo squillo del campanello lo risvegliò. Maggie? Oppure di nuovo Bliss. Forse aveva ricevuto notizie a proposito della sorte del padre e aveva bisogno di parlarne con lui.

Era stato tentato di confidarsi con Bliss. Ma poi ci aveva ripensato. Bliss aveva già i suoi problemi, non c'era motivo di caricarla di un altro peso.

Nathan si alzò dal letto e sbirciò dalla finestra che dava sul cortile davanti a casa, scostando appena la tenda. Non era Maggie e nemmeno Bliss. Riconobbe una testa rossa. Annie?

Non poteva aprirle e farla entrare. Non nelle sue attuali condizioni. Già era stupito del fatto che una ragazza come Annie avesse perso tempo per cercare casa sua e andare a trovarlo. Soprattutto dopo come l'aveva abbandonata alla caffetteria qualche giorno prima.

Non ottenendo risposta Annie suonò nuovamente il campanello. Nathan aveva sperato che desistesse e se ne andasse al primo tentativo. Invece era ancora lì e continuava a suonare, implacabile. A un certo punto sollevò anche il viso verso la sua finestra e gli parve che si accorgesse della sua presenza, dietro la tendina.

Nathan istintivamente si scostò. Quando si avvicinò di nuovo, la vide estrarre un quaderno e una penna dalla borsa e cominciare a scrivere. Poco dopo la ragazza strappò il foglio con decisione, lo piegò in due e infilò il messaggio sotto la porta. Quindi voltò le spalle come intenzionata ad andarsene. Invece si sedette sugli scalini in mattoni che dal cortile conducevano all'ingresso della casa di Nathan.

Ragazza testarda! Ma cosa voleva da lui? La loro conoscenza era troppo superficiale perché si trattasse di qualcosa di importante. L'avrebbe fatta entrare in casa se avesse potuto. Non solo. L'avrebbe invitata ad uscire. Ma non poteva. Nathan scosse la testa irritato. Una cena intima in cui piatti, bicchieri e magari anche il cameriere volavano tra loro. Certo, molto romantico!

Nathan sbirciò ancora una volta da dietro la tenda della finestra. Annie non si era stancata, era ancora lì ad aspettare pazientemente che scendesse ad aprirle. Come se sapesse per certo che lui era in casa.

Forse poteva andare a vedere cosa aveva scritto sul biglietto. Giusto per farsi un'idea delle sue intenzioni. Dopo aver percorso la sua stanza in lungo e in largo, la curiosità vinse sulla determinazione a non cedere.

Scese le scale con lentezza, sollevando i piedi e cercando di non fare rumore. Sperando di non spostare niente inconsapevolmente. Si ritrovò di fronte alla porta d'ingresso e chinandosi afferrò il biglietto piegato in due.

Si allontanò per andare a leggerlo. Sul foglio erano scritte solo poche parole, in una calligrafia minuta e sottile.

"Credo di sapere cosa ti sta succedendo. Posso aiutarti."

Nathan si rigirò il biglietto tra le mani. "Credo di sapere cosa ti sta succedendo." Ma se nemmeno lui stesso lo sapeva!

Fissò nuovamente il biglietto, poi la porta, tentato di aprirla. Si sentì avvolgere da un'ondata di sudore freddo e gli tremarono le mani. Colto da un impeto che non gli consentiva più di ragionare lucidamente diresse i suoi passi verso la porta e la spalancò con un colpo secco.

La ragazza dai capelli rossi, restando seduta sullo scalino, si girò verso di lui e gli sorrise.

«Finalmente ti sei deciso!»

«Cosa ci fai qui fuori, Annie?» Nathan non rispose al sorriso, ma corrugò la fronte guardandola sospettoso. «E soprattutto… perché sei qui?»

Annie Stevenson si alzò, raccolse la borsa e lo raggiunse sulla porta.

«Come ho scritto sul biglietto che hai in mano... credo di sapere cosa ti sta succedendo e posso aiutarti.»

«Mi sta succedendo...» Nathan rimase perplesso per la seconda volta dopo aver letto il biglietto e non ebbe la prontezza di replicare. «L'unica cosa che mi sta succedendo è che credo di avere un po' di febbre, influenza di stagione, tutto qui! Me la posso cavare, non è la prima volta!»

Così dicendo spinse la porta intenzionato a richiuderla.

«Lo sappiamo entrambi che non è vero, Nathan.» Annie si spostò agilmente, mettendosi in mezzo prima che lui potesse chiuderla fuori. «Perché non vuoi che io ti aiuti? Perché non mi permetti di fare qualcosa per te?»

«Ci conosciamo appena... mi sembra un'ottima ragione!» Nathan alzò la voce guardando la ragazza quasi con rabbia. Sperando di essere ancora più convincente rincarò la dose. «Comunque tu non sei nessuno per me! È abbastanza chiaro ora?»

Annie annuì abbassando lievemente lo sguardo. La pelle candida del suo viso si era improvvisamente arrossata. Nathan comprese di averla offesa. Non era stata sua intenzione, ma non gli aveva lasciato scelta. Cercò comunque di riprendere l'atteggiamento duro e sferzante di poco prima. Doveva riuscire ad allontanarla, a mandarla via.

«Allora, buona giornata!»

Cercò per la seconda volta di chiudere la porta, ma le sue mani tremavano visibilmente.

«È chiaro che non ti importa di me.» Annie sollevò lo sguardo su di lui, gli occhi erano diventati ancora più luminosi. «È chiaro che per te io non sono nessuno. Va bene, lo accetto. Però io ti aiuterò comunque perché... perché mi importa di te. Perché per me invece tu sei qualcuno. Perché è mio dovere farlo.» Poi cercò di sdrammatizzare alleggerendo la tensione. «E perché porto con me gli appunti di fisica che ti sei perso e due brioches appena sfornate.»

Le parole di Annie lasciarono Nathan Castle totalmente disarmato. Non era abituato a ricevere aiuto. Non era abituato ad avere qualcuno che si occupasse di lui. E forse non era nemmeno abituato a essere qualcuno per qualcun altro.

Aveva Maggie. Aveva sempre avuto Maggie. Ma era sempre stato lui ad aiutare lei. Era sempre stato lui a occuparsi di lei. Perché così doveva essere. Perché lei era la piccola Penny e lui quel cattivaccio di Castle.

Annie approfittò dell'attimo di smarrimento di Nathan per infilarsi sotto il suo braccio, varcare la soglia ed entrare in casa.

«Tuo dovere? Tu non hai doveri nei miei confronti!»

Nathan, arrendendosi al fatto che la ragazza non si sarebbe lasciata scoraggiare tanto facilmente, comprese che non gli restava altro da fare che affrontare il discorso.

«Io ho il dovere di prestare aiuto a chiunque ne abbia bisogno.»

Annie afferrò una delle sue mani fredde e tremanti. Nathan percepì un calore intenso provenire dalla pelle della ragazza e si accorse con stupore che le sue mani avevano improvvisamente smesso di tremare.

«Chi sei?» La voce gli uscì come un mormorio sommesso.

Annie lo guardò e fece un respiro profondo. Sembrava consapevole che le sue parole avrebbero cambiato per sempre il loro rapporto, che non sarebbero state più due persone comuni, pronte a conoscersi, a frequentarsi, a iniziare una storia.

«Sono una guaritrice, la discendente di una vestale. Capisco che ti sembra folle e forse ora vorrai buttarmi fuori di casa…»

Si sbagliava. Nathan Castle non la buttò fuori di casa. Non perché non volesse farlo, ma probabilmente perché era rimasto troppo incredulo e stordito per essere in grado di reagire. Per un istante sulle labbra del giovane si delineò un sorrisetto vago, quasi di scherno.

Annie comprese che una parte del suo cervello stava ricevendo ogni parola da lei pronunciata come una burla di fronte alla quale si supponeva che lui dovesse scoppiare a ridere. Solo una parte però. Lo sguardo di Nathan, divenuto in seguito assorto e concentrato, le rivelò che un'altra parte di lui, forse più profonda, più intima, le credeva, voleva e aveva bisogno di crederle. E sperava che lei potesse veramente aiutarlo.

CAPITOLO 35

Erano partiti alle prime luci dell'alba. Strawberry Hill presentava troppe distrazioni perché lui potesse realizzare pienamente i suoi obbiettivi e agire indisturbato. Meglio non rischiare.

Dorothy Hansen stava canticchiando seduta sul sedile accanto a lui. Era un concentrato melenso di "me and you" e "i love you" che lui non conosceva. Percepiva solo la voce fastidiosa della donna che aveva un effetto quasi perforante sui suoi timpani.

Quando si voltò a guardarlo, Ryan le strizzò l'occhio accennando un sorriso. Si augurò di non sembrare troppo forzato, ma la sua resistenza stava oltrepassando i limiti. Dorothy canticchiava da quando erano partiti, controllandosi ripetutamente lo smalto vermiglio sulle unghie. E inclinando la testa nella sua direzione si mordeva il labbro inferiore in un modo che ambiva ad essere seducente e provocante ma che a lui risultava solo irritante.

La mente di Ryan rievocò l'immagine di centinaia di labbra inferiori mordicchiate sensualmente e di sguardi ammiccanti fissi su di lui. Sospirò stringendo il volante tra le mani. Se Dorothy l'avesse fatto di nuovo avrebbe avuto motivi sufficienti per ucciderla. E ci avrebbe provato gusto.

Avrebbe preferito che la ragazza gli risultasse almeno un po' più simpatica. Invece, nonostante l'innegabile bellezza, provava per lei una sorta di inspiegabile avversione, di ostilità. Questo gli faceva desiderare che seduta al suo fianco ci fosse un'altra, una qualsiasi. Ma non lei. Anche una delle streghe gli sarebbe andata bene, se fosse stata inoffensiva, ferma e zitta. Esclusa Rosalie, ovviamente. Ed esclusa anche Danielle. No, indipendentemente dalle minacce di Rosalie, la copia vivente di Shirley non gli stava bene. Di donne come Susan Chandler ne aveva avute fin troppe. Appariscenti, sensuali, sicure.

Quindi, un po' per esclusione, il pensiero tornò a lei. Faith. Sorrise tra sé passandosi la lingua sui canini. Era solo una ragazzina, eppure... Quanti anni poteva avere? Frequentava ancora il liceo. Diciassette, diciotto, non di più. Sarebbe cresciuta, comunque. Diventando sempre più potente. Probabilmente anche sempre più incazzata con il mondo. Sempre più incazzata con lui.

Ryan scosse la testa, impercettibilmente. Faith Chandler sarebbe diventata soprattutto sempre più un pericolo per lui. Sarebbe stato come giocare col fuoco restando sospeso tra la vita e la morte. Eppure ne era tentato. Forse proprio per quella ragione.

In ogni caso gli era di immenso aiuto pensare che al posto di Dorothy ci fosse un'altra. Neanche a farlo apposta proprio in quel momento la mano di Dorothy sfiorò il suo ginocchio. Poi la presa si fece più salda, più insistente e risalì fino alla coscia per raggiungere l'inguine.

Ryan si dovette trattenere per non schiaffeggiarla e spiaccicare il suo volto truccato contro il finestrino. Si gustò anche la scena, ma solo mentalmente purtroppo.

«Non ci possiamo fermare per rilassarci un po'?»

La ragazza avvicinò le labbra al suo viso soffiando nel suo orecchio.

Fermarci per abusare di me sulla mia macchina nuova, pensò Ryan. Quella bionda insaziabile se lo poteva scordare!

«Siamo quasi arrivati, mia cara.»

Raccolse l'insinuante mano dotata di piccoli e affilati artigli rossi e se la portò alle labbra. Trovandola viscida e sudaticcia la lasciò andare quasi immediatamente.

Ne approfittò per cambiare frequenza della radio. Si sintonizzò sul suo programma preferito di musica classica. Perfetto. Almeno non avrebbe potuto cantarci sopra. Cantare su Rachmaninov sarebbe stato un sacrilegio.

Ryan cercò di rilassarsi e di controllare l'irritazione che la ragazza suscitava in lui. Le aveva proposto una gita al mare e ne era stata entusiasta. Probabilmente lei stessa non aveva ancora piena consapevolezza di ciò che le stava accadendo. Ma lui sì. Non era la prima di quella specie che gli capitava. E anche nei confronti dell'altra non era riuscito a provare un'autentica passione, un reale coinvolgimento. Però la situazione era più accettabile. Probabilmente con il passare dei secoli stava diventando sempre più intollerante e stizzoso. Quando iniziava l'andropausa per i vampiri?

Riuscì a ritrovare la calma appena entrarono nella ridente e soleggiata cittadina di Bournemouth. Si guardò intorno soddisfatto. Qualche cambiamento ma nulla di eccessivo. Sperò che la Baia di Poole fosse sufficiente perché si attuasse la trasformazione. Non era il caso per lui di allontanarsi troppo da Strawberry Hill. E non aveva voglia di trascinarsi la bionda fino all'Oceano Atlantico se era possibile evitarlo.

CAPITOLO 36

Era sicuramente più avvincente di un best seller. Anche se la forma lasciava un po' a desiderare. Però era sentito, intenso. Vissuto. Ecco la parola esatta. Vissuto.

Philip Sheldon sorseggiò il suo caffè mentre rileggeva per la seconda volta il diario di Faith. Non le prime pagine, in cui erano concentrati tutti i sogni di una comune diciassettenne. Nulla di straordinario rispetto a qualsiasi altra comune diciassettenne sulla faccia del pianeta. Con l'aggiunta di troppi punti esclamativi e uno smodato abuso di puntini di sospensione. Come se l'esistenza della ragazza fosse perennemente sospesa.

La seconda metà del diario invece era tutta un'altra cosa. Ritmo incalzante, serrato, che dava un senso di vertigini. Ed era anche piuttosto brava con le descrizioni. Personaggi controversi e misteriosi, ognuno munito del proprio bagaglio di oscuri segreti e propositi.

Soprattutto l'alchimista von Klausen e la vecchia strega Cohen. Ma anche il ritorno dei vampiri in città non era da sottovalutare. Poi c'era la madre di Faith, Susan, che possedeva una doppia natura. E Thomas Jones, il suo nuovo coinquilino, coinvolto nella vicenda. Dalla descrizione così accurata non poteva essere che lui. Faith era fuggita sconvolta appena lo aveva visto, confermando i suoi sospetti. Tutto quadrava alla perfezione.

Philip era stato tentato di chiedere direttamente a lui. Poi aveva deciso che sarebbe stato meglio attendere un ulteriore sviluppo degli eventi. Era stato l'unico a non capire il motivo della fuga di Faith, al momento. Di sicuro anche Thomas l'aveva riconosciuta ma ovviamente aveva preferito tacere.

Quindi Faith era una strega. Una strega nera per la precisione, con straordinari e devastanti poteri.

Tutto quel potere occulto... Appropriarsene avrebbe reso la vita di Philip una nuova incredibile avventura, un'interessante e continua scoperta di nuovi universi, infinite possibilità. Non poteva lasciarsi sfuggire l'occasione. Perché era la sua occasione. La sua opportunità di realizzare finalmente qualcosa di grande.

Il suono del campanello lo distolse dalla lettura. Velocemente rimise il diario nel suo zaino, nella stessa posizione in cui lo aveva trovato, e lo richiuse. Philip si alzò dal letto, cercò di ricomporsi passando le mani sugli abiti sgualciti e si avviò verso il soggiorno con lo zaino di Faith.

Faith, in piedi davanti alla porta, attendeva che Philip le aprisse. Si mangiava le unghie dalla tensione, nel timore che fosse invece Thomas ad aprire. Si sbagliava in entrambi i casi perché si trovò di fronte il terzo coinquilino.

Lo guardò in silenzio per qualche istante prima di ritrovare il controllo.

«Avrei bisogno di parlare con Philip. È in casa?»

Lo aveva chiamato al telefono. Lui sapeva che sarebbe passata, per cui doveva essere in casa. Faith non aveva motivo di sospettare del tipo bruno con profondi occhi azzurri che le aveva aperto la porta. Ma ormai diffidava di chiunque.

«Certo.» Il giovane con gli occhi azzurri annuì con un sorriso. «Entra pure...» Aprì la porta e si spostò per farla passare. «Io sono Mark.»

«Ah, ciao...» annuì con un sorriso di circostanza, guardandosi intorno con circospezione. Prima di rendersi conto di non essersi nemmeno presentata. «Io sono Faith.»

Non era in casa. Se tutto andava bene il tirapiedi della sadica vampira adolescente non era in casa. Sussultò sentendo dei passi alle sue spalle, ma si rilassò quando voltandosi vide Philip. Mark, intanto, con un pretesto si era allontanato verso la cucina.

«Tutto bene, piccola?»

Philip l'accolse tra le braccia e le baciò le labbra teneramente. Faith annuì stringendosi a lui. Aveva voglia di piangere. Ancora di più aveva davvero voglia di raccontargli tutto questa volta. Così lui avrebbe compreso il motivo del suo assurdo comportamento. Ma con un estraneo in casa non poteva iniziare una conversazione così delicata.

«Mi dispiace di…» Faith si interruppe, arrivava la parte in cui doveva spiegargli come mai era scappata via da casa sua come se avesse appena visto il diavolo in persona. In effetti era stato proprio così. «Avevo dimenticato un impegno urgente. Un allenamento con la squadra… Stanno facendo le selezioni e io non potevo mancare. Rischio di essere esclusa.»

«Va tutto bene.» Philip le accarezzò la schiena senza chiedere ulteriori spiegazioni. Non poteva aver creduto davvero alla sua scusa patetica. Doveva raccontargli tutto al più presto, era costretta ormai. «Sono uscito a cercarti ma eri già andata via. E hai dimenticato questo!»

Così dicendo sollevò il suo zaino, che aveva appoggiato a terra.

«Oh… già…»

Faith annuì. Certo, lo zaino… Sapeva di averlo lasciato lì. Poi impallidì rammentando ciò che conteneva. Una cosa in particolare. Il suo diario. Il diario su cui aveva scritto tutti gli eventi dell'ultima settimana.

Ma il volto di Philip era disteso e sereno. Le sorrideva stringendola tra le braccia. Non lo aveva letto! Ovviamente non lo aveva letto! Philip non era certo il tipo di persona che spiava in modo tanto subdolo nell'intimità della gente. Era troppo corretto e onesto per farlo. E comunque se lo avesse letto non sarebbe mai riuscito a mantenersi così calmo e pacato. Totalmente indifferente.

Faith sorrise rilassata e si lasciò andare ancora di più nel suo abbraccio. Doveva persuaderlo a lasciare quella casa. Trovare il modo, una scusa. Non poteva permettere che continuasse a vivere con quel meschino scagnozzo di vampiri.

Calcolò approssimativamente quanto tempo le mancasse al compimento del diciottesimo compleanno. Tre mesi circa. Tre mesi e sarebbe stata abbastanza grande per vivere con un uomo. Un passo importante. Nel suo caso un passo più che altro necessario. Forse sarebbe stato l'unico modo per salvarlo, per riuscire a proteggerlo, anche a costo di usare i suoi poteri. Forse tutto dipendeva proprio da lei. Sperando che in quei tre mesi non accadesse nulla di irrimediabile.

Philip lasciò scivolare le mani sui suoi fianchi e le baciò appassionatamente le labbra. Faith resistette per un istante, troppo a disagio per lasciarsi andare, poi cedette e ricambiò il bacio. Quando lui prese la sua mano per condurla nella sua stanza lo assecondò e lo seguì senza esitazione. Doveva trovare il modo di salvarlo e allontanarlo da lì al più presto. E forse quella era l'unica possibilità che aveva per convincerlo.

* * *

«La discendente di chi?»

Dopo aver assorbito l'informazione e averla tramutata in speranza Nathan Castle aveva bisogno di ulteriori dettagli a riguardo.

«Di una vestale, Nathan. Le vestali erano sacerdotesse dell'antica Roma, consacrate alla dea Vesta.»

«Oh… wow…»

Fu tutto ciò che Nathan fu in grado di dire in risposta alla pacata spiegazione di Annie. Non riusciva a comprendere come una… non aveva ancora imparato a formulare il nome corretto, neanche nella sua mente, insomma come una persona del genere potesse essere di aiuto a lui.

«Potrei rivolgermi alla mia sacerdotessa madre e ottenere da lei indicazioni su come procedere nel tuo caso.»

Ciò che Nathan trovava sconvolgente era che Annie credeva fermamente in quello che stava affermando.

I casi erano due. O Annie Stevenson frequentava una scuola di recitazione, con ottimi risultati da quel che poteva constatare, e il suo scopo era semplicemente quello di prenderlo in giro…

oppure era completamente squilibrata. Dallo sguardo convinto, troppo convinto, della ragazza, Nathan stava incominciando a propendere per la seconda ipotesi. Lei ci credeva fermamente, non stava recitando.

«Lo so, lo so cosa stai pensando.» Annie sospirò, il silenzio di Nathan era più eloquente di mille parole. «Pensi che io sia pazza, vero?»

«Per la verità la parola che mi è passata per la mente è squilibrata...» confessò Nathan, stringendosi nelle spalle.

Però, meditò tra sé, il giudizio arrivava da uno che spostava gli oggetti col pensiero e la cui massima aspirazione era vivisezionare cadaveri nel laboratorio medico dell'università. Un piccolo dottor Frankenstein e una sacerdotessa dell'antica Roma riuniti nella stessa stanza. Tutto normale, ovviamente.

«Vada per squilibrata.» Annie sorrise, poi tornò a fissarlo con espressione severa. «Però questa squilibrata ha visto cosa ti è successo alla caffetteria.»

Ecco, come non detto. Colpito e affondato!

«E cosa mi è successo?» Nathan la guardò negli occhi facendosi improvvisamente serio, mentre un'ombra tenebrosa gli attraversò lo sguardo. «Perché io non lo so.»

«Non lo controlli, ancora.» Annie socchiuse leggermente gli occhi. «Ma puoi imparare. Questo tuo potere è importante, Nathan. Un dono riservato a pochi.»

«Chi sono io per essere uno dei pochi? Perché sta accadendo proprio a me?» Nathan non riusciva più a trattenersi. Aveva bisogno di sapere. «Sono anche io un... vestale o quello che hai appena detto, insomma... Comunque hai ragione, ultimamente è sempre peggio. Non so perché ma non riesco più a controllarmi.»

«Non so da quale fonte ti derivi questo potere, ma tu non sei un vestale» Annie scosse la testa e gli sfiorò la guancia con le dita. «Per il semplice motivo che le vestali sono solo donne.»

«Ah, chiedo scusa.» Nathan sorrise e sollevò le mani in segno di resa. «Non ho frequentato l'antica Roma recentemente.»

«Non importa.» Annie accennò un sorriso vago, poi il suo sguardo divenne quasi solenne.

«Potrei farti del male, considerando che non so cosa mi sta accadendo e temo di non riuscire più a controllarmi.» Nathan la guardò negli occhi, sospirò e scosse la testa. «Non vorrei ferirti.»

«Lo so.» La ragazza ricambiò lo sguardo con decisione. «Ma io ti voglio aiutare.»

«Perché?»

«Te l'ho già detto, Nathan. Perché è mio dovere. E perché mi importa di te.»

CAPITOLO 37

Ryan Norwest era un abitudinario. Nonostante il trascorrere degli anni, dei decenni, dei secoli, provava piacere a ritrovare le cose esattamente come le aveva lasciate. Considerando il fatto che era impossibile si accontentava di una parvenza di ciò che aveva lasciato tempo prima.

L'alloggio dove aveva pensato di trattenersi con Dorothy durante il loro soggiorno a Bournemouth era il medesimo in cui aveva alloggiato in tempi remoti, per i motivi più svariati. Si rendeva comunque conto che il suo modo di agire e considerare i cambiamenti era stato per lui fonte di disagio in più occasioni.

Era un essere di quasi mille anni con difficoltà ad accettare e ad apprezzare le innovazioni che la modernità e la tecnologia offrivano continuamente. Antiquato, lo chiamava Amelie, che invece nella modernità ci sguazzava e trovava continui stimoli. Ryan invidiava lo spirito di adattamento della sorella, anche se non sarebbe mai stato disposto ad ammetterlo. L'unica sua "debolezza moderna" erano le auto, che cambiava in continuazione anche per riuscire a nascondersi meglio e far perdere le tracce. Questa era la sua giustificazione ufficiale.

Parcheggiò la sua nuova BMW nera di fronte all'albergo che aveva prenotato. Ridente, comodo, rimodernato ma non in modo esagerato. L'idea di trascorrere troppo tempo solo con Dorothy, lontano da Strawberry Hill, lo frustrava. Si chiedeva cosa avrebbero combinato gli altri, nel frattempo. Von Klausen, le streghe, Amelie soprattutto.

Ryan si preparò con rassegnazione alle tappe necessarie che avrebbero reso Dorothy sempre più docile e ben disposta nei suoi confronti. Doveva ottenere non tanto il suo amore, quanto la sua fedeltà. Una creatura fedele ubbidisce ciecamente al suo padrone, una creatura innamorata troppo spesso agisce di testa sua. E aveva già sperimentato in passato quanto poteva essere mutevole l'amore di una donna.

Conoscendo ormai sufficientemente la creatura con cui aveva a che fare, Ryan acconsentì a un'abbondante colazione nella loro suite, dove Dorothy ordinò quasi ogni piatto presente nel menù, dichiarando che si sentiva debole e spossata per il viaggio e aveva bisogno di rimettersi in forze.

Seguirono parole dolci e insinuanti pronunciate al suo orecchio e l'obbligo da parte sua di sottoporsi agli abbracci e ai baci della bionda. Ormai sapeva esattamente come si sarebbe mossa e ripeteva ogni gesto meccanicamente, in attesa della fine. L'unico aspetto positivo per Ryan era ricevere la sua dose necessaria di linfa vitale.

Quando le propose un bagno, nel modo più seducente possibile, cercando di vincere il rifiuto che provava nei suoi confronti, Dorothy si morse il labbro e indicò la vasca idromassaggio nella stanza adiacente.

Ryan scosse la testa. Non aveva bisogno di acqua corrente per attuare la trasformazione della creatura. Aveva bisogno del mare. Dorothy impallidì all'idea e rifiutò la proposta energicamente, come mai aveva fatto da quando l'aveva incontrata.

Tipico. Pensò Ryan. Esattamente quello che si aspettava. L'altra creatura di quella specie con cui aveva avuto a che fare aveva reagito più o meno allo stesso modo. E anche per lei, sebbene con minore intensità, aveva provato la stessa sorta di irrefrenabile repulsione. Come se si trovasse tra le mani una gelatina appiccicosa e viscida invece che una donna bella e provocante.

Incompatibili. Evidentemente quella era la parola adatta quando si trattava di lui e di creature di quella specie. Incompatibili.

«Sarà un'esperienza meravigliosa, mia cara...» sorrise accarezzandole teneramente il viso. «Non devi avere paura, ci sono io con te.»

«No, no, no...»

Sembrava che Dorothy non riuscisse a formulare altre parole oltre a quel monosillabo strozzato.

«Non ti lascerò nemmeno un istante, te lo prometto.»

Ryan le afferrò la mano guardandola serio e quasi rabbioso negli occhi.

Tutto aveva un limite, la sua pazienza quel limite l'aveva superato da un pezzo. Se avesse dovuto ammaliarla per ottenere ciò che voleva da lei, lo avrebbe fatto. Anche se preferiva convincerla e ottenere il suo consenso.

«Ma io… è come…» Dorothy prese a singhiozzare convulsamente. «Non capisco questa mia fobia… l'acqua di mare… Non voglio! Non è mai stato così prima, ma io…»

«Le fobie esistono per essere superate. Sono solo limiti che la nostra mente impone a noi stessi, non sono reali. Per questo siamo qui.»

Ryan ringraziò mentalmente la sua laurea in psicologia, presa a Boston negli anni Cinquanta.

«Davvero?» La bionda sospirò puntando su di lui un'espressione disperata. «Ma io… non so se riesco a…»

«Io voglio oltrepassare tutti i limiti con te, Dorothy.» Ecco, ora arrivava lo sguardo intenso e quasi innamorato che aveva imparato dalle commedie romantiche di fine secolo scorso. «Ti prego, lascia che io ti aiuti, lascia che io…»

No, oltre a quello non si poteva spingere o le sarebbe scoppiato a ridere in faccia. L'unico limite che stava oltrepassando con quella donna era la sua sopportazione. Ma avrebbe persistito fino a ottenere la sua totale resa.

«Va bene…»

Erano le uniche due parole che voleva sentirsi dire e che lei finalmente pronunciò.

La trascinò con furia verso la Baia di Poole, nella spiaggetta formata da una cavità nascosta, al riparo da sguardi indiscreti. Era il crepuscolo, ormai. Perfetto. Non avrebbe potuto desiderare di meglio. Quel cielo ambrato che si tingeva di viola oscurando sempre di più il sole fino a renderlo poco più di un pallido astro splendente in lontananza era assolutamente perfetto.

Ryan stringeva energicamente il polso di Dorothy, premendo le dita con forza sulla sua pelle. Si voltò verso il mare a cui il cielo stava donando una lucentezza di ametista, si arrestò per un attimo trattenendo il fiato in contemplazione.

Nel mondo esisteva ancora tanta bellezza. E non mutava né si offuscava con il trascorrere del tempo. Tanta incantevole perfezione. E lui ancora se ne stupiva e ne restava affascinato, travolto. Ma cosa aveva a che fare tanta meraviglia con uno come lui? Che diritto aveva un essere della sua specie di compiacersene, di gioirne?

«Ryan...»

La vocetta stridula di Dorothy lo richiamò bruscamente alla realtà.

Certo che ne aveva diritto! Aveva diritto a tutto ciò che desiderava, perché per quello era stato creato. Per compiacersi e gioire della sua eternità. Per prendersi il meglio. C'erano dei prezzi da pagare, ovviamente, e li aveva pagati e li stava ancora pagando tutti, uno dopo l'altro.

Si voltò verso Dorothy con un lampo perverso nello sguardo. Con pochi gesti meccanici la spogliò degli abiti e si spogliò lui stesso. Lei fraintese le sue intenzioni e si strusciò languida su di lui, baciandolo con foga. Ryan la respinse con un gesto brusco, la sollevò tra le braccia e la trasportò in acqua.

La bionda si divincolò freneticamente. Con la furia disperata di una vittima che lotta per difendersi dal proprio aggressore, per salvarsi la vita. Divenne viscida a tal punto da ricordargli un'anguilla che gli sgusciava tra le mani. Ma nulla poté contro la ferma presa di Ryan. La tratteneva saldamente a sé, come stretta in una morsa. Quando l'acqua gli lambì i glutei la gettò in mare, lieto di liberarsi del suo peso. Dorothy lanciò un unico urlo strozzato che si smorzò al suo contatto con l'acqua.

Ryan Norwest incrociò le braccia al petto e assistette alla lenta e dolorosa trasformazione della bionda e noiosa Dorothy Hansen in splendida sirena.

CAPITOLO 38

Bliss Sanders continuava a girare il cucchiaino nel cappuccino con doppio strato di crema che si era appena preparata. Era quasi orario di chiusura allo "Strawberry Dream" e come sempre quel turno toccava a lei.

Era giunta a un tacito accordo con Jenevieve, considerati i suoi problemi di ritardo mattutino. Poi al normale ritardo si erano aggiunte le preoccupazioni degli ultimi giorni. Non era quasi più riuscita a dormire.

Nonostante le insistenze di Jonathan Miller era voluta tornare a casa. Non avrebbe abbandonato la sua casa e le sue abitudini, non era disposta ad accettare di avere paura. Paura di cosa, poi? Aveva solo bisogno di ottenere qualche risposta.

E poi c'era "l'affare Nathan". Lo aveva registrato così, in un angolo del cervello. Come una missione segreta o il titolo di un film poliziesco. O forse era più adatto a un thriller psicologico?

Era evidente che il ragazzo aveva qualcosa che non andava. E non si trattava delle semplici e innocue malefatte di cui Maggie lo accusava da sempre. Era qualcosa di più grave, di più profondo delle solite birichinate alla Nathan Castle.

Spostava gli oggetti. Oppure gli oggetti si spostavano da soli intorno a lui. A meno che fosse del tutto impazzita e vedesse qualcosa che non esisteva. Ma il turbamento di Nathan le aveva confermato che non era solo una sua sensazione. Gli stava accadendo qualcosa. Non aveva voluto parlarne e aveva preferito non forzarlo, ma Bliss e il suo sesto senso se n'erano accorti.

Perché la situazione non poteva essere tranquilla o normale? Perché stavano accadendo quegli strani fenomeni? Poteva chiamarli fenomeni? Oppure era più adatto il termine manifestazioni? A lei e a Nathan poi? Per quale motivo? Perché il mondo non poteva essere semplice come in un libro di Maggie?

Bliss ricordò che Maggie, oltre ai classici, leggeva per lo più fantasy, fantascienza e mistero. No, forse meglio non come un libro di Maggie. Magari come in quei deliziosi libri di letteratura femminile dove tutto si risolveva sempre nel migliore dei modi. La situazione si complicava un po', solo un po' però, senza esagerare. Poi tutto tornava come prima. O anche meglio di prima, perché la fanciulla protagonista risolveva i suoi drammi, trovava il grande amore e una famigliola felice. Ma in nessuno di quei romanzi il padre della protagonista spariva nel nulla per giorni, un misterioso individuo si presentava offrendole protezione da qualche occulta potenza e un amico d'infanzia della ragazza manifestava doti telecinetiche.

Girò il cucchiaino nella tazza ancora una volta, poi si decise a sorseggiare il cappuccino. Poteva anche chiudere. Gli ultimi due clienti si erano alzati e si stavano dirigendo verso l'uscita.

Bliss finì di bere il suo cappuccino, lavò la tazza nel lavello, raccolse i suoi effetti personali e chiuse la caffetteria. Passò in rassegna le persone a cui poteva rivolgersi. Escluse Nathan per ovvi motivi. Si soffermò su Maggie per un istante, guardandosi intorno per decidere verso quale destinazione incamminarsi.

Tentò di visualizzare la reazione di Maggie alla notizia della sparizione di suo padre, il suo legame con Jonathan, gli strani fenomeni che stavano accadendo a Nathan. L'interpretazione di Maggie poteva essere anche più fantasiosa degli eventi stessi.

La reazione di altri suoi conoscenti a cui stava pensando di rivolgersi invece sarebbe sicuramente stata di incredulità e scetticismo. Da un estremo all'altro, insomma, senza una sana e utile via di mezzo.

Jonathan Miller. Forse solo lui poteva essere quella sana e utile via di mezzo di cui Bliss aveva urgente bisogno. Conosceva già la situazione di suo padre, anzi probabilmente sapeva molto più di quanto volesse farle credere in proposito. E per quanto riguardava Nathan… poteva affrontare il discorso alla lontana. Come se ne avesse sentito parlare in tv o letto su qualche rivista.

Bliss si avviò quindi verso l'abitazione del professor Miller. Prese l'iPod dalla borsa per distrarsi un po' mentre camminava. Stranamente le frequenze erano alterate e il lettore non funzionava bene. Con una smorfia decise di lasciar perdere e lo ripose, pensò però fosse meglio allungare il passo.

Jonathan viveva in una zona un po' decentrata ma abbastanza elegante della cittadina. Un quartiere appartato e tranquillo, frequentato più che altro da intellettuali. Sede di ritrovi culturali e club privati. Il luogo adatto a un tipo come Miller.

Durante il percorso Bliss si era ripetuta mentalmente le parole che avrebbe usato per spiegargli la situazione di Nathan. Non desiderava che il professore pensasse che una persona di sua conoscenza avesse realmente quel problema, se problema si poteva chiamare, quindi doveva sforzarsi per non mostrarsi eccessivamente inquieta.

Arrivata di fronte all'abitazione oltrepassò il cancelletto, raccolse il coraggio e premette il campanello di lato alla porta. Un unico squillo prolungato. Poi staccò il dito e attese.

Jonathan Miller aprì immediatamente, come se fosse stato proprio dietro l'uscio ad aspettarla. Bliss rimase per un attimo senza parole, aveva creduto di avere ancora un po' di tempo per pensare a cosa dire.

«Ti aspettavo, Bliss. Vieni pure avanti.»

«Io…» Improvvisamente Bliss si rese conto di essere rimasta davvero senza parole. Anzi, in realtà ne aveva fin troppe, ma non sapeva da che parte incominciare. Ritenne più opportuno tornare alla questione che la coinvolgeva direttamente. «Notizie di mio padre?»

«Non ancora.» Dopo averla fatta entrare, Jonathan la indusse a seguirlo e la fece accomodare sul divanetto del soggiorno che fungeva anche da biblioteca e da studio. «Ma sono contento che tu sia tornata, Bliss.»

Bliss annuì e lasciò vagare lo sguardo verso i mobili alti fino al soffitto e stracolmi di vecchi libri. Nonostante la situazione stravagante e confusa cominciava a sentirsi meno a disagio in presenza di Jonathan Miller.

«Ho paura.»

Le due parole le sfuggirono prima che riuscisse a controllarsi.

«Lo so.» Jonathan sospirò sedendosi su una sedia foderata di fronte a lei. «Puoi restare qui quanto vuoi, te l'ho già detto.»

«Io ancora non capisco.» Bliss gli rivolse uno sguardo supplichevole. «La prego, mi aiuti a capire.»

Miller si tormentò le mani chiudendole a pugno per un attimo, poi le unì e incrociò le dita senza replicare. Strinse gli occhi scuri puntandoli su di lei.

«Qualsiasi cosa mi dirà non mi sconvolgerà...» aggiunse Bliss, per convincerlo a parlare. «Perché... sono già sconvolta, sono già spaventata. Quindi ormai mi aspetto di tutto.»

«È successo qualcosa che io non so, Bliss?»

Jonathan incrociò il suo sguardo con aria sospettosa.

«No...»

Non voleva raccontargli di Nathan. Se avesse iniziato a parlare il professore avrebbe compreso immediatamente che si trattava di un problema reale, non di una sua semplice ipotesi o curiosità. Era troppo acuto, troppo scaltro, non sarebbe riuscita a fregarlo.

«Parlami, Bliss. Che cosa ti turba?»

Jonathan le afferrò la mano e la strinse. Quel contatto tiepido riuscì a placare il turbamento di Bliss. Raccontargli tutto? Forse poteva fidarsi di lui. Forse Jonathan avrebbe saputo come agire, cosa fare.

«Le è mai capitato...»

Bliss introdusse il discorso, poi si bloccò. Come poteva continuare? Le è mai capitato di spostare gli oggetti senza toccarli? Le è mai capitato di vedere qualcuno in grado di farlo?

Jonathan strofinò il pollice sul dorso della sua mano per incoraggiarla a proseguire.

«Ha mai conosciuto qualcuno...» Bliss ci riprovò, riformulando la frase «qualcuno con poteri strani...?»

«Del tipo?» domandò Jonathan semplicemente, senza scomporsi.

«Del tipo muovere le cose senza toccarle, oppure... fare cose strane, ecco...»

«Conosci qualcuno in grado di farlo, Bliss?»

Ovvio che non ci sarebbe cascato. Non era uno sciocco. Ovvio che avrebbe capito che si riferiva a qualcuno di reale, qualcuno che conosceva personalmente!

«È solo una domanda...»

Bliss si strinse nelle spalle evitando di rispondere direttamente.

«Che merita una risposta» annuì Miller, scrutandola attento. «Certo sarebbe più utile sapere se è un pensiero che ti è giunto così all'improvviso, oppure se riguarda una persona che conosci e hai visto all'opera. Comunque sì, ci sono persone dotate di quel particolare potere.»

«E che cosa possono fare? Voglio dire... Sono pericolose?»

«Dipende.»

Jonathan si alzò e lasciò scorrere lo sguardo sui vecchi libri riposti sugli scaffali della libreria. Poi improvvisamente si soffermò su uno di essi e si mosse per andare a prenderlo. Lo aprì su un tavolino in legno poco distante. Bliss si alzò dal divanetto e lo raggiunse.

Sfogliò il libro girando le pagine lentamente. Si fermò su un'immagine e richiamò l'attenzione di Bliss. Il disegno, in bianco e nero, era confuso e intricato. Bliss non riusciva a comprendere cosa rappresentasse. Poi, in quella sorta di labirinto, incominciò a identificare alcune figure.

«Potrebbe essere un dono.» Jonathan le rivolse uno sguardo, per poi puntare il dito al centro dell'immagine. «Oppure potrebbe trattarsi di possessione.»

«Possessione?»

Bliss corrucciò la fronte. Non riusciva ancora a interpretare quella strana figura, quelle lettere che la circondavano e che erano magicamente apparse davanti ai suoi occhi.

«Possessione demoniaca» annuì Jonathan scrutandola cupo. «Una persona posseduta diventerebbe in tal caso il contenitore del potere oscuro, dotata di poteri occulti. Un'arma contro il bene, insomma.»

Bliss si sforzò di rammentare tutto ciò che conosceva in fatto di "possessione". Ben poco. Tutte le sue conoscenze derivavano da qualche film dell'orrore che aveva seguito con scarso interesse.

«Un'arma contro il bene…» ripeté automaticamente.

«Contro di te, Bliss» sospirò Jonathan Miller fissandola negli occhi. «Un'arma contro di te.»

CAPITOLO 39

Era stato incaricato di ristrutturare la villa gotica di Strawberry Hill nella sua interezza. Ma, per un motivo o per l'altro, Mark Anderson si ritrovava sempre nella sala del ritratto al piano superiore.

Branwell Hamilton, il giovane condottiero, con il volto e lo sguardo del discendente Alexander Hamilton, occupava gran parte della parete e lo scrutava imbronciato, severo. Come se lui fosse un intruso, un invasore. E in effetti, in un certo senso, lo era.

Mark distolse lo sguardo dal ritratto. Non poteva di certo aspettarsi che fosse Branwell Hamilton ad abbassare gli occhi per primo. Sogghignò e decise di tornare al suo lavoro. L'indomani tutta la squadra lo avrebbe raggiunto per iniziare finalmente l'opera di restauro. Il sopralluogo poteva dirsi concluso.

Si voltò verso la parete opposta. Il mosaico raggiungeva il soffitto a cupola. Sala del ritratto, sala del mosaico, non sapeva più nemmeno lui come chiamarla. L'unica certezza era che da quando aveva accettato di occuparsene, aveva difficoltà ad allontanarsi. Come se qualcosa lo trattenesse. Le ore passavano e lui era ancora lì, in quella villa, in quella sala, attratto da una forza magnetica e invisibile contro cui non riusciva a combattere.

Respirò profondamente avvicinandosi al mosaico, sfiorò alcuni tasselli con le dita, con estrema reverenza, con rispetto. Aveva scoperto che alcuni di essi erano in un certo senso "mobili". Si era chiesto se questa mobilità fosse causata dall'incuria dei proprietari della villa, dall'opera devastatrice del tempo, oppure se fossero già stati posizionati in quel modo fin dall'inizio e quindi fosse stata intenzionale. Ma per quale motivo? Per nascondere qualcosa, rispose a se stesso. Ma che cosa?

L'istinto indagatore non gli dava tregua. Desiderava sapere, scoprire. Si voltò nuovamente verso il ritratto di Branwell Hamilton, stringendo gli occhi azzurri con irritazione, lo sdegno di un uomo che non trova una soluzione.

«Che diavolo hai combinato, vecchio mio?» mormorò tra i denti, sfidandolo con lo sguardo. Quasi in attesa di una risposta che ovviamente non giunse.

Albert Hamilton era morto. La notizia aveva colpito Mark come un macigno. Ancora non riusciva ad arrendersi, ad accettare l'idea. Ma perché era morto?

Una vocina, appartenente alla dea interiore della razionalità che albergava in lui, gli fornì immediata la spiegazione: ha avuto un incidente, la macchina è uscita di strada e pum… morto Albert!

Mark scosse il capo irritato. Non era quella la risposta alla sua domanda.

«Se la risposta non ti piace, cambia la domanda…» pensò ad alta voce, tornando a dialogare con il ritratto di Branwell Hamilton. «Perché Albert è morto e Alexander è vivo? Non sarà perché il caro Alexander è la tua immagine vivente, vecchio mio?»

Gli parve per un istante che il giovane nel ritratto annuisse. Distolse lo sguardo, si voltò verso il mosaico ma non trovando conforto neppure lì si avviò verso l'ampia finestra laterale in cerca di un attimo di sollievo.

«Io lavoro troppo» sbuffò passandosi le mani sul volto. «Penso troppo. Bevo troppo. Ma tu non mi fregherai, come hai fregato quel poveraccio di Albert. È una promessa. Deve ancora nascere l'essere che riuscirà a fregare me.»

* * *

«Non credo di averti mai ringraziato abbastanza, tutto qui…»

207

James si strinse nelle spalle e afferrò la sedia che Andres Flick gli stava porgendo, voltandola e sedendosi di fronte a lui dall'altra parte del bancone. Appoggiò le braccia sullo schienale, poi si passò una mano tra i capelli.

Herr Flick tornò a sedersi e a sfogliare distrattamente uno dei suoi libri antichi. Con l'atteggiamento dell'intenditore che sapeva considerare e valutare con precisione ogni volume che gli capitava davanti. Sollevò lo sguardo dal libro e si raddrizzò gli occhiali che come sempre gli penzolavano da un lato.

I tre locali della libreria, nella penombra della sera, sembravano luoghi fuori dal tempo. Un piccolo labirinto dove perdersi e confondersi in epoche passate.

«E io non capisco perché ti senti in dovere di farlo, proprio ora.»

Herr Flick scrutò sospettoso il giovane seduto di fronte a lui.

James sollevò la gamba lateralmente e si alzò dalla sedia per distogliere lo sguardo.

«Perché sei l'unico che abbia tentato di aiutarmi, in qualche modo. Ecco perché!»

Si guardò intorno, come alla ricerca di qualcosa, afferrò lo schienale della sedia stringendolo tra le mani, per poi lasciarlo andare. Tornò a sedersi, tamburellando le dita di una mano sul bancone. Con l'altra si respinse il ciuffo di capelli lontano dagli occhi.

«Forse sono l'unico che sa esattamente chi sei in realtà, questo sì» replicò Andres Flick con tono asciutto, tornando a sfogliare il volume che aveva di fronte.

«Già… l'unico…» confermò il giovane, con una smorfia impercettibile. «Visto che a quanto pare gli altri sono tutti scomparsi.»

«James… sei sempre andato e tornato senza particolari problemi, mi risulta. Sei cresciuto lontano da qui, poi hai avuto il desiderio di tornare. Ma non sei mai rimasto a lungo. Non oltre qualche mese o qualche settimana.»

Flick chiuse il libro, tenendo il segno con la mano.

«Ho accettato di essere affidato ad altri solo perché speravo di riuscire a integrarmi, ad affezionarmi a qualcuno. Però non è mai durata. Con nessuno. Continuavo a trasformarmi per scappare, anche da bambino, per cercare qualcosa, qualcuno... E comunque quello che ho fatto in questi ultimi anni...» James sospirò buttando la testa indietro. «Andare, tornare a vivere un po' qui, riprendere ciò che è mio, portare a termine qualche progetto, divertirmi con chi capitava occasionalmente, sparire, ritrovare il mio rifugio, la mia musica...»

«Una gran bella vita!» Andres Flick aggrottò la fronte, mostrando così molte più rughe di quelle che effettivamente aveva. «In molti te la invidierebbero, James. E i tuoi antenati ti hanno garantito una rendita costante. Sei libero.»

«Infatti, è arrivato il momento di andarmene» dichiarò James con un tono privo di emozione, puntando gli occhi su di lui.

«Credevo fossi appena tornato e intenzionato a restare per un po'. Non è così?»

«Devo sparire, comunque.» James evitò di rispondere alla domanda.

«Questa decisione così repentina non ha per caso a che fare con una certa signorina, la piccola valanga rosa che svolge un'occupazione part-time proprio in quest'amena sede di antichi tesori?»

James sollevò le braccia e si alzò nuovamente dalla sedia, iniziando a passeggiare avanti e indietro.

«Non è successo niente!»

«È la persona più innocente e pura che io conosca.» Flick riaprì il libro e fissò lo sguardo su alcune righe mostrando un interesse esagerato. «Non merita di soffrire.»

«Infatti, non la vedrò più. Non la cercherò più, non la chiamerò e non le risponderò. Anzi...» James cercò qualcosa nella tasca interna della giacca che aveva appoggiato sul bancone. «Ora cancello anche il suo numero. Ecco, cancellato!»

Sollevò il cellulare per dimostrare che lo aveva fatto davvero.

«Nemmeno tu meriti di soffrire.» Flick scosse la testa con un sospiro profondo.

«E cosa merito io?» James scrollò le spalle. «Cosa merita uno come me?»

«Uno come te… merita di vivere e di cercare la felicità. E di raggiungerla e afferrarla se ha la fortuna di trovarsela davanti. E di non lasciarsela sfuggire per nessuna ragione al mondo.»

«Io stesso sono la ragione, un'enorme, terribile, deplorevole ragione… e tu lo sai!»

«Uno come te merita di vivere la vita che io stesso ho vissuto con la tua trisnonna. Gli anni più sereni, felici e appaganti della mia esistenza, per tutto il tempo insieme che ci è stato concesso.»

«La trisnonna sapeva chi eri… e lo accettava, da quanto mi hai raccontato…» borbottò James fissando tristemente il cellulare da cui era scomparso quell'unico numero che conservava in rubrica. «Perché anche lei aveva circostanze ingombranti da nascondere. Maggie è solo una ragazza comune, con una vita comune e aspirazioni comuni. Convinta che io sia un ragazzo comune.»

«Forse sottovaluti troppo le aspirazioni di una ragazza comune, James. In ogni caso non puoi davvero andartene ora, mi dispiace.»

«Perché no?»

«Perché si sta avvicinando per me il momento di tornare nel sottosuolo per rigenerarmi.» Herr Flick tossicchiò e chiuse definitivamente il libro. «E ho bisogno che tu rimanga qui a occuparti della libreria. Almeno momentaneamente, in attesa che il solito sostituto si decida a farsi vivo.»

«Non credevo fosse già arrivato il momento.» James aggrottò la fronte, pensieroso. «Me ne hai sempre parlato come qualcosa di lontano e soprattutto di non definitivo.»

«Questa volta sarà diverso. Non sarà un addio definitivo ma dovrò stare lontano per un po'. Ho aspettato troppo questa volta, quindi ormai è diventato inevitabile. Non mi basta più tornare periodicamente per qualche ora, qualche giorno. Mi dispiace ma non ho alternativa.»

Andres Flick si alzò e ripose il libro su uno scaffale dietro al bancone.

«Capisco…» In realtà l'imminente partenza di Andres lo sconvolgeva più di quanto sarebbe stato in grado di ammettere. Per lui era stato sempre un rifugio, una corazza dietro a cui affrontare il resto del mondo. Non aveva mai parlato di andarsene via a lungo termine. Da quando lui era al mondo non era mai accaduto, per lo meno. «E capisco che ognuno ha il suo destino.»

«Questo è il mio. Lo devo accettare anche se significa staccarmi da alcune persone e da un luogo a cui tengo. È così da sempre, per me. Amaro destino di un eterno, mio caro ragazzo.» Flick sospirò e lasciò scivolare le dita sui dorsi dei libri, tra cui aveva appena riposto quello che stava consultando. «Amaro destino di un eterno.»

CAPITOLO 40

Era come sempre un po' in ritardo. Ma almeno quella mattina non avrebbe perso tempo a cercare l'aula, rischiando di perdere oltre al tempo anche la lezione.

«Laura!»

Maggie stava correndo verso l'ingresso dell'università agitando il braccio per richiamare l'attenzione dell'amica. Laura Hernandez annuì e sorrise.

«Siamo in orario Maggie, non correre.»

«Sai che questa proprio non me la voglio perdere» Maggie la raggiunse respirando affannosamente e trattenendosi una mano sul petto. «Non me la voglio mai perdere! Pensa che non vado nemmeno a letto la sera prima per paura di non svegliarmi in tempo la mattina.»

«Tu sei tutta matta, lasciatelo dire!» Laura ridendo indicò il corridoio che conduceva all'aula dove si sarebbe svolta la loro lezione. «Come fai a essere sveglia senza aver dormito?»

«Faccio sonnellini nel pomeriggio precedente. E poi fra due ore avrò filologia e io non sono un'appassionata. Sai che prendono le presenze... Io firmo e poi mi sistemo in un banco dell'ultima fila. Filologia concilia il sonno.»

«Tu sei tremenda! Però hai proprio ragione.»

Laura, entrando in aula, le indicò due posti liberi in una delle prime file e Maggie annuì soddisfatta.

Trascorsero solo pochi minuti, il tempo necessario alle due ragazze di sistemarsi e di prendere dalla borsa il quaderno per gli appunti, prima che il professor Jonathan Miller facesse solennemente il suo ingresso in aula, in jeans e cardigan color crema. Pochi istanti dopo, la lezione di letteratura mitica ebbe inizio.

«Cross Irizarry, signore e signori» annunciò Miller con tono ufficiale. «Oggi parleremo di Cross Irizarry.»

Maggie si protese con il busto in avanti come per sentire meglio. Si voltò dubbiosa verso Laura che però si strinse nelle spalle, confermando che nemmeno lei ne aveva mai sentito parlare prima.

Il tono di voce di Miller divenne ancora più ufficiale.

«Cross Irizarry, sebbene sconosciuto alla massa e anche a gran parte degli addetti ai lavori, è uno dei più grandi autori di letteratura mitica, fantastica e non solo. Di letteratura in generale, a mio parere.»

Jonathan Miller si appoggiò alla cattedra trattenendosi con le mani e sfidò i suoi studenti con lo sguardo, come se intendesse soffermarsi su ognuno di loro. Miller, a differenza degli altri insegnanti, non si sedeva mai dietro la cattedra. E non portava mai con sé appunti, schedari, volumi, programmi. Ogni volta era come se decidesse l'argomento delle lezioni per divina ispirazione. E conosceva tutto perfettamente a memoria. Nomi, date, eventi. Del resto era la sua materia, la sua specializzazione, abbastanza ovvio quindi. Però a Maggie dava comunque l'impressione di un mago che pescava nel suo cilindro magico. Prima o poi avrebbe estratto un coniglietto con il fiocco legato intorno al collo. Quel giorno aveva estratto un Cross Irizarry.

«Uno dei motivi della grandezza di questo autore…» proseguì Miller deciso «è il fatto che conoscesse perfettamente ciò che descriveva, ciò che narrava. E conosceva perfettamente ogni dettaglio perché lo aveva vissuto e sperimentato in prima persona.»

Certo, pensò Maggie. Racconta ciò che conosci. Un po' come Jane Austen. Con la differenza che Jane Austen era una cara signorina inglese vissuta durante la fine del diciottesimo secolo che descriveva con sapiente maestria la società a lei contemporanea. Cross Irizarry era… chi era? Il professor Miller non aveva specificato ancora se si trattasse di un uomo o di una donna, anche se parlando di "autore" probabilmente intendeva un uomo. E poi... vivere la letteratura mitica e fantastica? Come?

Maggie tornò a concentrarsi, focalizzando la propria attenzione su Jonathan Miller e soprattutto sulle sue parole a proposito di Cross Irizarry. La sua penna intanto correva impazzita lungo il foglio, annotando luoghi, date, citazioni. Temette di essersi confusa come al solito e aver sbagliato a prendere nota quando, durante una breve sosta, si rese conto di aver riportato le date di due opere che non potevano avere a che fare tra loro e sicuramente non potevano riguardare lo stesso autore. Una era a metà del tredicesimo secolo, l'altra nel 1852.

Sospirò e si tamburellò la penna sulla fronte, ritmicamente. Guardandosi intorno notò che gli altri studenti continuavano a prendere appunti, oppure ascoltavano il professor Miller senza mostrare di aver notato qualcosa di strano nelle sue parole.

Forse era stata lei a capire male. Anzi, senza dubbio. Quando tutti credevano una cosa e lei un'altra era ovvio che fosse lei a sbagliare, a non capire. Se erano così convinti non potevano essere tutti stupidi, insomma! Molto più probabile che la stupida fosse lei!

Quando, voltando la testa di lato, vide Laura che continuava tranquillamente a scrivere ogni parola pronunciata dal professor Miller, non ebbe più dubbi. Era lei ad avere capito male, era lei la stupida, sciocca, con la testa perennemente tra le nuvole. Forse era confusa per aver dormito poco, forse stava pensando troppo, davvero troppo a James. Non faceva altro o quasi da quando lo aveva incontrato. Ma per il momento doveva rimuovere il pensiero e concentrarsi.

Intanto continuava a scrivere. Era brava a scrivere anche mentre la sua mente vagava in un'altra direzione. E avvenne di nuovo. Ancora una volta riportò due citazioni di Cross Irizarry; una risalente al 1473, l'altra al... al 1912...

Maggie sbuffò risentita. Eh no, insomma! Allora non era solo stupida. Era di una stupidità recidiva. Sollevò il viso e incrociò lo sguardo sereno e compito del professor Miller. Gli rivolse un'occhiata interrogativa, mentre lui evocava con quella sua voce tenorile e profonda, l'importanza che le opere di Cross Irizarry avevano raggiunto durante il Rinascimento europeo. Ebbe l'impressione che il professore, accennando un sorriso ironico, annuisse al suo muto interrogativo. Intanto gli altri studenti, come ridotti a uno stato ipnotico, continuavano ad ascoltare e a prendere appunti.

La lezione si stava avviando alla conclusione. Maggie era decisa a impossessarsi al più presto di ogni volume esistente al mondo che riguardasse Cross Irizarry. Aveva bisogno di prove concrete. Mentre meditava su come agire, la lezione arrivò alle sue battute conclusive. Gli studenti si alzarono e il professor Miller salutando si avviò verso l'uscita dell'aula. Maggie era ancora seduta al suo posto, con il quaderno aperto sul banco e la penna oscillante tra le dita.

«Maggie?» Non sentiva la voce di Laura che la chiamava. «Maggie?»

Laura fu costretta a toccarle la spalla per richiamare la sua attenzione.

«Eh... cosa?»

Maggie le rivolse un'occhiata confusa.

«Io devo andare a lezione di storia contemporanea.»

«Ah sì...» annuì Maggie. «Io invece devo trovare Cross Irizarry!»

Si alzò di scatto e si precipitò fuori di corsa, dimenticando appunti e borsa in aula.

«Ma... dove corri?»

La domanda di Laura non ottenne risposta, Maggie aveva già raggiunto Miller che si avviava con passo strascicato lungo il corridoio.

«Professor Miller...» Maggie gli si piazzò di fronte, affannata per la corsa. «Vorrei... vorrei sapere di più su... su... Cross Irizarry!»

«Ho un impegno al momento.» Jonathan Miller sorrise ma la oltrepassò senza darle ulteriori spiegazioni. «La prossima volta, magari...»

«Mmh...» Maggie sbuffò e increspò le labbra, gli angolini le piombarono repentinamente verso il basso per la delusione, tanto che per un momento sembrò un buffo clown offeso. «Ma io... voglio i suoi libri... i libri di Cross Irizarry e... subito! Adesso, ora, qui...» Continuò a mugugnare tra sé. «Io li cercherò in tutte le librerie, in tutte le biblioteche dell'universo e...»

Meditò di proseguire la frase con parole abbastanza vigorose da mostrare tutta la forza e l'intensità delle sue intenzioni. Poi si arrese anche perché comunque nessuno le stava prestando attenzione.

Ma si sbagliava. Perché Ryan Norwest non si era perso una sola parola. Dopo essere tornato a Strawberry Hill dal suo viaggio, vagava per l'università alla ricerca di una nuova creatura, la rossa Annie possibilmente. Invece si era imbattuto in Cross Irizarry. E in quella buffa ragazzina intenzionata a cercarlo in tutte le librerie, in tutte le biblioteche dell'universo.

CAPITOLO 41

Non aveva mai avuto molta chiarezza a proposito del suo futuro. Ora, in pochi giorni, il suo futuro sembrava diventato immenso, senza limiti. Questa poteva essere la prospettiva, per lo meno. Un'ottima prospettiva. Dipendeva tutto da lui, da come avrebbe agito e sfruttato la situazione a suo vantaggio.

Philip Sheldon aveva iniziato a seguirla. Prima timidamente, poi con maggiore audacia, quasi desiderando che lei lo notasse. Voleva carpirne i segreti. Per il momento aveva ottenuto ben poco, ma non era propenso ad arrendersi. Il futuro. Doveva concentrarsi sul futuro. E sull'abissale differenza tra ciò che poteva ottenere e ciò che avrebbe ottenuto se fosse stato in grado di modificare il proprio destino.

Nel corso di un anno di università era riuscito a dare solo un esame. E con una votazione appena sufficiente. Si era ripromesso di mettersi d'impegno per l'anno successivo, ma non ne aveva molta voglia. Memorizzare leggi e codici non faceva per lui. In realtà nessuna disciplina di studio faceva per lui. Ma suo padre gli aveva imposto di prendersi un titolo accademico. Inizialmente era stato irremovibile nell'esigere che il figlio si laureasse in economia. Poi, considerata la scarsa attitudine del ragazzo con i numeri, aveva optato per giurisprudenza. Poteva essere un compromesso accettabile.

Sì, Philip si era davvero ripromesso di mettersi d'impegno nel corso del secondo anno. Gli piacesse o meno. Non voleva tornare nel paesino del Kent dove era nato e aveva trascinato stancamente quasi vent'anni di vita. Desiderava il successo, la ricchezza, il divertimento. Girare il mondo e vivere la vita come un'eterna festa. Cogliere l'attimo, ogni momento. Ma lui, tutto sommato, era troppo svogliato e pigro anche per cogliere l'attimo. Preferiva di gran lunga che fosse l'attimo a cogliere lui.

L'ambiente universitario gli piaceva comunque, gli era congeniale. Ma aggirarsi per i corridoi e per la mensa lo attraeva di più che rimanere bloccato per ore nelle aule universitarie o nelle sale lettura a studiare. Anche la biblioteca però non era male come luogo di ritrovo.

Era stato lì, nella biblioteca universitaria, che aveva incontrato per la prima volta Faith Chandler. Aveva creduto che fosse una studentessa universitaria e si era prestato per aiutarla a orientarsi. Invece aveva scoperto che la ragazza frequentava ancora il liceo. Gli era parsa più grande di una comune liceale, più matura. E aveva quegli occhi nocciola, allungati e screziati di verde, che sembravano nascondere oscuri segreti. Si trovava lì per una ricerca sulle piante, le erbe medicinali e il loro utilizzo in tempi remoti. Ovviamente lui non aveva prestato molta attenzione alla ricerca, quanto alla ragazza. Certo, ora che aveva sbirciato nel suo diario e conosceva la verità su di lei, tutto assumeva un senso diverso.

Philip era diventato davvero bravo nel dare indicazioni all'interno dell'ateneo. Era bravo anche a seguire le tracce di qualcuno. Sarebbe potuto diventare un ottimo pedinatore. Pensandoci, anche la carriera di detective o investigatore privato non era da escludere.

Seguire una donna bella e provocante era senza dubbio piacevole. Però per il momento non aveva notato nessuno strano collegamento. Sembrava la normale e piatta vita di una casalinga. Bellissima, sensualissima, visibilmente molto più giovane di quello che avrebbe dovuto essere, ma sempre una casalinga. Con tutte le creme, i ritrovati e le nuove tecniche che si erano inventati, magari era solo quella la pura e semplice spiegazione.

Magari Faith si era inventata tutto. Magari non era la verità quella che aveva descritto nel suo diario, ma una storia di fantasia, il tentativo di colmare qualche aspirazione letteraria. Utilizzando il rapporto conflittuale con la madre, la rabbia nei confronti di un probabile amante dopo la scomparsa del padre, a cui lei aveva dato il nome di alchimista von Klausen. Poi streghe e vampiri a fare da contorno.

Certo... ma Thomas, il suo coinquilino? Perché coinvolgerlo in questo racconto di fantasia? Giusto per aggiungere un tocco di realtà, per rendere la trama più intricata e contorta! Ecco, poteva anche essere, però... Però la verità era che Faith non aveva aspirazioni letterarie! La frequentava quasi quotidianamente, lo avrebbe saputo insomma! No, era davvero improbabile. E non avrebbe comunque potuto descrivere Thomas così bene se non lo avesse già incontrato prima.

Susan Chandler. Philip sospirò mentre la donna selezionava con estrema cura il rifornimento di radicchio rosso del locale supermercato. Era tutto lì il grande segreto? Una donna che faceva la spesa e probabilmente comprava verdura per rendere la pelle del viso più luminosa?

Philip sbuffò e finse di concentrarsi su alcune diverse qualità di insalata. Susan, nel frattempo, si stava spostando nel settore insaccati, sfiorando le confezioni con le dita smaltate. Concentrata e assorta come se stesse scegliendo capi di abbigliamento firmati o gioielli preziosi. Non prosciutti.

A quel punto Philip decise di avvicinarsi di qualche passo. Del resto nulla di strano, era solo uno studente che faceva provviste per la settimana. Qualche passo ancora, ancora più vicino. Nessun altro intorno.

Il settore insaccati era adiacente al deposito del magazzino. Solo un pesante tendone in plastica opaca li separava. Philip in una frazione di secondo, prima di rendersene conto ed essere in grado di reagire, si trovò schiacciato contro al muro del magazzino, con la mano di Susan Chandler che si stringeva come una morsa intorno alla sua gola.

«Chi sei?» sibilò la donna tra i denti. «Perché mi stai seguendo? Chi ti manda?»

Philip cercò di deglutire ma non fu in grado di articolare nemmeno una parola.

«Allora?»

La morsa in cui la donna stringeva la sua gola stava diventando più opprimente. Philip temette danni permanenti alla trachea.

Susan si stava sforzando per indagare nella sua mente. Non ci riusciva. Possedeva quel potere ma solo limitatamente. L'unica sua certezza era l'umanità del ragazzo. Perfettamente umano, senza ulteriori aneddoti o clausole. Quando si accorse che il giovane stava cercando di rispondere alla sua domanda senza riuscirci, allentò la stretta.

«Io... io ti conosco...» mormorò Philip tentando di accarezzarsi la gola, posando la mano su quella di Susan.

«Mi conosci? Come mi conosci?»

Susan aggrottò la fronte nervosa, tentata di stringere nuovamente la mano attorno alla gola del ragazzo.

«Io...» Philip indicò con lo sguardo lo zaino che gli penzolava dalla spalla.

Susan sospirò e gli strappò lo zaino, lo aprì lei stessa. Philip le indicò un'agenda rilegata in pelle e lei l'afferrò. Sfogliò qualche pagina. Qualche annotazione sulle lezioni universitarie, il resto righe lasciate in bianco.

«Più avanti...» Philip la aiutò a sfogliarla velocemente.

Nel centro l'agenda si aprì su un foglio colorato che era stato inserito. Sembrava un'immagine stampata dal computer. Susan si accorse che era la fotografia di una donna. E quella donna era lei. Una fotografia tratta dal servizio delle sue recenti campagne pubblicitarie per una marca di rossetti indelebili. In quella indossava il "frutto della passione".

Philip sorrise compiaciuto del fatto di aver colto di sorpresa la modella, che ora aveva abbandonato totalmente qualsiasi tentativo di aggressività o minaccia nei suoi confronti.

«Io... ti ho riconosciuta... per questo ti ho seguita...» sospirò sgranando gli occhioni scuri da cucciolo ingenuo. Quello stesso sguardo che aveva sempre funzionato con le ragazze del Kent. Non era sicuro funzionasse anche con le top model ma non aveva altra arma a disposizione, al momento.

Quando Susan Chandler inclinò leggermente il viso accennando un sorriso vago e quasi intenerito, Philip Sheldon ricambiò con un'espressione tra l'innocente e il sensuale. E si rese conto che sì, lo sguardo da cucciolo ingenuo che aveva sempre funzionato con le ragazze del Kent, avrebbe potuto funzionare anche con una splendida top model, metà strega metà vampira.

* * *

Jonathan Miller le aveva permesso di restare per tutto il tempo che voleva, anche se lui non era in casa. E le aveva lasciato libero accesso alla sua biblioteca. Tutti quegli enormi volumi ricolmi di scritte e immagini misteriose erano dunque a sua disposizione. Perfetto. Se solo Bliss fosse stata in grado di interpretarli, ovviamente.

Possessione. Continuava a ripetersi. Possessione. Nathan Castle posseduto. Posseduto da un demone.

Aveva sfogliato più volte il libro che Jonathan aveva posato sul tavolino della sua biblioteca personale. Per un momento immaginò Nathan assumere le occulte sembianze di un demone. Scosse la testa, negando decisamente l'ipotesi di una tale eventualità. Le risultava più accettabile e credibile l'idea di un gatto astronauta che intraprendeva un viaggio nello spazio o di un tricheco che improvvisava una danza scozzese. Ma non Nathan Castle posseduto da un demone!

Bliss abbandonò il libro sul tavolino e si spostò a sedere su una delle poltroncine imbottite adiacenti alla finestra. Si tolse le scarpe e tirò su le gambe, circondandole con le braccia. Sospirò appoggiando la fronte sulle ginocchia. Poi si massaggiò una spalla stancamente. Era troppo tempo che non riusciva a dormire bene.

Che altro aveva detto Miller? Un'arma contro il bene? Un'arma contro di lei? Cosa lo induceva a credere che lei fosse il bene? Le sembrava un'assurdità.

Bliss sollevò lo sguardo verso l'alto mobile che aveva di lato. La biblioteca personale del professor Jonathan Miller. Quasi interamente composta da libroni vecchi e forse ammuffiti. L'odore della carta era talmente intenso e penetrante da averle provocato il mal di testa.

Si alzò e si avviò pigramente verso il mobile, sollevò il capo tentando di capire di cosa trattavano i volumi posti sullo scaffale più alto. Ci passò sopra le dita sbadigliando. Aveva davvero bisogno di dormire bene quella notte! E anche quelle successive!

Continuò a sfiorare il dorso dei libri finché percepì una fitta intensa che dalle dita si propagava alla mano, al polso, fino a raggiungere l'avanbraccio. Sforzandosi di non cedere al dolore, raccolse le forze ed estrasse il libro, che le soffiò sul viso un po' di polvere residua proveniente dal bordo del mobile.

Era rilegato con una copertina in tinta avorio che al tatto sembrava soffice come seta. Le scritte dorate erano in carattere gotico e formavano il titolo, composto da due sole parole, che Bliss pronunciò mentalmente: *Angeli Radianti*.

CAPITOLO 42

«Equilibrio e ordine, questo è il segreto, miei cari allievi.»

Atteggiamento paterno e condiscendenza, miei piccoli sciocchi. Pensava invece l'alchimista von Klausen durante una delle lezioni di approfondimento che quotidianamente impartiva ai suoi adepti. Li stava istruendo su come mantenere i rapporti con il resto della cittadinanza, della popolazione urbana, del mondo che non fosse lui e loro.

Era certamente una seccante perdita di tempo, quella massa ignorante di cafoni che gestiva il resto del mondo, ma mantenere rapporti civili era da sempre un obbligo a cui non poteva sottrarsi.

«Ordine ed equilibrio...» ripeté von Klausen variando semplicemente la disposizione delle parole ma con tale solennità da imprimere nella mente dei piccoli sciocchi l'impressione di aver aggiunto qualcosa di fondamentale «...nei rapporti con la cittadinanza. Questo è l'unico modo per essere lasciati liberi di perseguire i nostri studi, il nostro stile di vita, il nostro credo.»

Jean Claude von Klausen mosse impercettibilmente gli angoli delle labbra verso l'alto, in quello che poteva sembrare l'accenno di un sorriso. Una concessione ai suoi cari allievi. Dodici teste annuirono meccanicamente come se, al di sopra, dei fili fossero stati tirati per farle muovere in contemporanea.

Anzi no. Undici teste per l'esattezza. Una testa bionda rimase immobile, mentre il paio di occhi cerulei che le appartenevano lo fissavano austeri, senza scomporsi, senza manifestare alcuna sorta di emozione. Era la testa del suo adepto più fervente e attivo, Dorian Green.

Piccolo arrivista rompiscatole, meditò tra sé l'alchimista. Stringerò quella stupida testa tra le mani tanto forte da far esplodere il tuo inutile sciocco cervello prima che tu possa solo accarezzare l'idea di poter prendere il mio posto!

Von Klausen cambiò discorso, concluse il sublime insegnamento borbottando qualche parola a proposito di numeri alchemici e liquidò gli adepti con un irritato gesto della mano. Che si poteva interpretare chiaramente come "non sono al momento disponibile per quesiti, richieste, approfondimenti o suppliche, quindi sparite senza fiatare."

Abbassò lo sguardo concentrato, aspettando che i piccoli seccatori togliessero il disturbo. Dieci secondi più tardi, quando lo rialzò, il suo desiderio era stato esaudito. Ma dall'angolo della parete alla sua sinistra sopraggiunse, inopportuno, lo scroscio di un applauso. Ripetuto per tre volte.

Jean Claude von Klausen roteò seccato gli occhi da falco.

«Ryan Norwest.» Congiunse le mani e intrecciò le dita con un tale vigore che sembrava intendesse davvero schiacciare la testa di qualcuno nel mezzo. «A cosa devo l'onore di una visita? Come procede la conquista e la sottomissione di creature? Mostrano sufficiente fedeltà e ubbidienza?»

«Quasi quanto i tuoi inutili vassalli, direi» sogghignò Ryan. «Li produci in serie a quanto vedo. Dove li trovi? C'è qualche fiera particolare a cui partecipi?»

«L'ironia non è mai stata la tua dote migliore, caro Norwest.» Von Klausen atteggiò le labbra in una smorfia. «Però puoi sempre migliorare. Se c'è una cosa che non ti manca è il tempo. Forse.»

«Grazie del suggerimento.» Ryan tornò serio e si avvicinò al tavolone che fungeva da cattedra del maestro. «Ci lavorerò.»

Perché era lì? Che cosa voleva dimostrare a von Klausen? Che poteva ottenere una creatura come e quando la desiderava? Per vantarsi del diritto di proprietà che aveva assunto sulla sirena? Per mostrargli il tesoro di cui l'aveva privata, le meravigliose squame che le aveva sottratto e che ora appartenevano solo a lui?

«Perché sei qui, Ryan Norwest?» ribadì von Klausen come se gli avesse letto nel pensiero. «A cosa devo la tua visita?»

«Per la stessa ragione con cui stavi riempiendo quelle vuote testoline dei tuoi servetti.» Come pretesto era ottimo e glielo aveva fornito lui stesso su un piatto d'argento. «Equilibrio e ordine nella cittadina. Perché a nessuno, umano o soprannaturale, venga la malsana idea di mettersi in mezzo.»

«Su questo siamo d'accordo» concordò l'alchimista con tono pacato ma decisamente finto.

Ecco, appunto. Ryan era un ingenuo a volte ed era lui il primo a riconoscerlo. Von Klausen certamente non era stupido. Non sarebbe caduto nel tranello di una motivazione buttata lì solo per pararsi le spalle. Avevano contrattato e patteggiato a proposito di quel discorso sull'ordine e sull'equilibrio fino allo sfinimento nel corso degli anni.

«E il vero motivo?» lo incalzò von Klausen incrociando le braccia al petto e muovendo le lunghe dita sul mantello nero.

Il vero motivo erano le streghe. Quelle dannate impiccione! Chandler e Cohen in ugual misura. Ryan aveva raggiunto il punto in cui lo irritavano entrambe, nere o bianche che fossero.

Poco importava che la Chandler più giovane non fosse effettivamente intenzionata a fare del male né a lui né a una fastidiosa zanzara che minacciava di pungerla. Poco importava che odiasse i suoi nuovi grandiosi poteri di streghetta nera con tutta la forza e la rabbia di cui era capace. Ed era davvero tanta quella rabbia. E sfrenata.

E poco importava anche delle Cohen, alla fine! La sua avventuretta romantica con la dolce Shirley apparteneva al passato. Passato remoto. Molto remoto. E Rosalie non poteva stare lì a fissarlo con quell'aria superiore da strega madre che scruta con disprezzo un ragazzotto idiota, solo perché lei ora aveva l'aspetto altezzoso di una donna matura e lui ancora quella di un giovanotto sexy e provocante. Quando l'aveva incontrata aveva dodici anni. Lui invece si avviava verso i novecento. E poi Danielle... Che gli importava di Danielle Cohen? Oltre ad avere la faccia graziosa di Shirley chi era quella ragazzina per lui?

Nessuno! Non la trovava neanche particolarmente eccitante quanto lo era stata la sua antenata.

L'altro vero motivo, ancora più vero del precedente, era che questa volta non avrebbe permesso neanche al diavolo in persona di allontanarlo da Strawberry Hill. Era casa sua, il luogo dove era nato. Dove tutto aveva avuto origine. Nonostante la sua dipendenza da creature soprannaturali che si attivava periodicamente e lo costringeva a tornare, era deciso a restare. Anzi... era deciso a trovare il modo di non essere più asservito, succube di quella dipendenza. Di essere finalmente libero. Completamente libero. Di ottenere questa concessione da parte del suo creatore, di von Klausen... di chiunque aveva imposto la sua supremazia su di lui. Aveva scontato a sufficienza il suo castigo, la sua condanna.

«Questa volta non me ne andrò» disse finalmente in tono perentorio con un lampo d'ira negli occhi verdi. «Nemmeno allo scadere del tempo stabilito. Questa volta intendo restare.»

Jean Claude von Klausen aprì la bocca per replicare ma Ryan non gliene diede il tempo. In un istante era scomparso, ormai lontano dall'antro dell'alchimista.

* * *

Un nuovo inizio. La nuova, entusiasmante visione che avevano del mondo e della loro esistenza. Era il momento di ricominciare a vivere e quello era il luogo adatto. Lo sentivano entrambi con tale forza, con tale energia che non poteva essere solo un'illusione.

«Abbiamo fatto bene, vero?» Vivian appoggiò la tazzina del caffè sul piattino e puntò gli occhi scuri su Spencer attendendo una risposta incoraggiante. Rendendosi conto che lui esitava, lo pungolò. «Dimmi che abbiamo fatto bene, per favore!»

«A lasciare tutto ciò che avevamo per stabilirci qui?» Spencer la fissò serio poi sorrise, pizzicandole teneramente la guancia. «Certo che abbiamo fatto bene!»

«Anche se non abbiamo ancora trovato una casa che faccia per noi. Solo un insignificante dettaglio, vero?»

Vivian abbassò lo sguardo e passò l'indice sul bordo della tazzina, concentrandosi sul fondo del caffè.

«Tanto non lo sai leggere!»

Spencer non staccava lo sguardo da lei, da ogni suo minimo gesto.

«Potrei fare un corso.» Vivian si strinse nelle spalle, poi sollevò il viso. «Comunque non potevamo più stare con loro. I nostri ideali, i nostri progetti sono del tutto diversi. Solo una cosa ci accomunava, quella di essere... ciò che siamo...»

«Lo so.» Spencer annuì e tese l'altra mano sul tavolino a cercare quella di Vivian. «Se fossimo rimasti avremmo dovuto adeguarci al loro stile di vita in modo definitivo. Ci hanno chiarito fin troppo bene il concetto che non accettano situazioni a metà.»

«Io detesto il loro stile di vita» Vivian corrucciò la fronte stringendo dolcemente la mano che lui le offriva. «Non è quello che vorrei per noi. Non l'ho mai voluto, nemmeno prima di incontrarti.»

«Non possiamo rinnegare il nostro passato.» Spencer le baciò il palmo della mano, poi la lasciò andare e si stirò, alzando le braccia sopra la testa e trattenendo uno sbadiglio. «Ma staccarci dal branco era essenziale se volevamo provare a vivere una vita tutta nostra.»

«Ted crede che non saremo mai in grado di cavarcela da soli» sospirò Vivian mordendosi un'unghia nervosamente. «Crede che sia stata una pessima idea abbandonare tutto e andarcene. Continuava a ripetere che non ce la faremo mai a resistere senza protezione. Che io, soprattutto... non ne sono abituata.»

«E noi dimostreremo a Ted che si sbaglia.» Spencer decise che era inutile continuare a recriminare o affossarsi nella negatività. Ormai era fatta, la decisione era stata presa. «Avevamo protezione, questo è vero... E la protezione del branco comporta privilegi, non lo nego. Ma anche regole. Se a Ted e agli altri queste regole stanno bene, a noi no. Non più.»

Vivian annuì soddisfatta. Esattamente la risposta che si aspettava e desiderava da lui. Lo aveva portato a dubitare ancora una volta proprio per ricevere un'ulteriore conferma. Per quel motivo lui era il suo compagno. Lui e nessun altro. Erano anime gemelle, compagni per la vita e oltre la vita. Nel bene e nel male. Questo intendeva quando affermava che "parlavano le stesse parole."

«Pronta per riprendere la nostra ricerca? Se sei stanca possiamo riposare ancora un po' e ricominciare più tardi.»

Spencer voleva il meglio per lei, lo aveva sempre voluto. Da quando l'aveva incontrata, dalla prima volta che il suo sguardo si era posato su di lei.

«Non sono stanca.» Vivian spostò la sedia per alzarsi. «Sono prontissima.»

«Se non avremo fortuna so a chi chiedere aiuto, comunque.»

Spencer aveva bisogno di tranquillizzarla, oltre che di tranquillizzare se stesso. Si alzò e sorrise sforzandosi di mostrarsi convinto.

«Tu credi che ci aiuterà?» Vivian raccolse la sua borsa e se la appoggiò sulla spalla, cercando un elastico con cui legare i capelli lunghi e folti. «Credi che sia opportuno farti rivedere da quel tuo amico?»

«Sì, ne sono certo!» Spencer annuì sereno. «Mark Anderson è il migliore amico che io abbia mai avuto. Ci siamo sempre aiutati, nei momenti più bui della nostra vita. Non mi tradirebbe mai. In ogni caso come lui conosce il mio segreto, io conosco il suo. E a parte questo, mi fido ciecamente di lui.»

CAPITOLO 43

Non era quasi rimasto angolo della biblioteca universitaria dove non avesse cercato. Se non si trovavano lì, difficilmente sarebbe riuscita a trovarli nelle librerie.

E il professor Miller se n'era andato. Sparito. Volatilizzato. Avrebbe dovuto attendere una lunga, estenuante settimana prima di rivederlo. Una settimana senza sapere dove poter trovare Cross Irizarry.

Maggie si stirò e appoggiò la fronte sul tavolo della biblioteca. Sempre così. Cercava sempre qualcosa che non riusciva a trovare. La storia della sua vita. E la sua vita si trasformava in una perenne ricerca di qualcosa che non c'era o se c'era non si trovava. Posò sconsolata entrambe le mani sul tavolone in legno. Si stava facendo tardi. Doveva per forza alzarsi da quella sedia e andare a casa.

Almeno aveva imparato la suddivisione esatta e precisa dell'archivio della biblioteca. Non che le sarebbe servito a qualcosa in futuro, ma meglio di niente. A meno che avesse voluto diventare bibliotecaria.

«Forse potrei anche...» meditò ad alta voce «fare sonnellini tra le lettere dell'alfabeto... Però ci sono un po' troppe ali... ala est, ala ovest...»

«Non sei riuscita a trovare quello che cerchi?»

La voce proveniva dal suo lato sinistro. Maggie sollevò la testa, aprì gli occhi e vide una ragazza bassina dall'aria gentile. Scosse la testa meccanicamente.

«Neanche per idea. Proprio per niente!»

L'espressione corrucciata mostrava apertamente tutta la delusione e la frustrazione che stava provando in quel momento.

«Che cosa cercavi di preciso?»

La ragazza spostò la sedia libera e si sedette di fianco a Maggie.

«Un autore oppure un'autrice, non so…» Maggie si appoggiò su un gomito voltandosi verso di lei. «Ma non si trova nulla. Il professor Miller ne ha parlato tanto a lezione, ma se n'è andato prima di dirmi dove trovare qualcosa!»

La ragazza l'ascoltò attentamente annuendo.

«Come si chiama?»

«Professor Miller, l'ho già detto.» Maggie sospirò roteando gli occhi insofferente. «Professor Jonathan Miller!»

«No, non il professore.» La ragazza ridacchiò brevemente ma con vivacità. «Intendevo l'autore o l'autrice che stai cercando.»

«Ah, sì scusa… Cross Irizarry.»

Maggie tolse dalla borsa il quaderno dei suoi appunti, lo aprì poi cambiò idea e lo richiuse. Non voleva mostrarle tutto ciò che aveva scritto. Come poteva spiegare di aver capito che Cross Irizarry aveva lasciato tracce del suo passaggio sia durante il medioevo sia nei primi anni del ventesimo secolo?

Sicuramente aveva capito male. E non voleva che quella ragazza vedesse con i suoi occhietti indagatori quanto male lei avesse capito. Quanto era stata sciocca. E magari facesse di nuovo quella risatina per prenderla in giro.

«Scusa se te l'ho chiesto. In realtà ho sbirciato tra le tue richieste nel motore di ricerca al computer. Lo avevi lasciato aperto. Io sto cercando informazioni su Audren Cross. Per questo mi sono incuriosita.»

«E perché le stai cercando?»

Maggie, con la testa appoggiata sul palmo della mano, continuava a guardarla con aria un po' assente, un po' assonnata. Le palpebre le calavano continuamente sugli occhi azzurri.

«Perché sono una ricercatrice» rispose la ragazza con naturalezza.

«Ah…»

Maggie annuì non eccessivamente convinta e per nulla impressionata. Non le sembrava molto esaustiva come risposta.

«Potrebbero essere collegati» proseguì la ragazza, tentando comunque di ottenere un coinvolgimento da parte sua.

«Collegati...» ripeté Maggie sgranando leggermente gli occhi. «Ma come? Cross Irizarry e...»

«E Audren Cross» annuì la ragazza, passandosi la mano tra i capelli sottili castano chiaro che le arrivavano fino alle spalle. «Potrebbero essere anche Cross Audren e Irizarry Cross in effetti. Cambiando l'ordine potrebbe cambiare la ricerca.»

«Io sono sicura che il professor Miller abbia parlato di Cross Irizarry» replicò Maggie corrucciando le labbra in una smorfia. «Non di... Irizarry Cross. E poi, inserendo le due parole, il computer dovrebbe comunque avviare la ricerca, indipendentemente dall'ordine.»

«Certo, ma non ci costa nulla tentare comunque.»

«Tentare cosa?»

«Di trovarli.»

«Qui non c'è proprio niente... neanche il minimo accenno, neanche una riga, neanche una parola!» Maggie scosse la testa delusa. «Magari in una biblioteca più grande, ma...»

«Sì, potremmo» annuì la ragazza con un sorriso vago ma scaltro allo stesso tempo. «Però non intendevo questo, Maggie.»

Maggie non ricordava di essersi presentata e di averle rivelato il proprio nome. Ma come sempre era talmente sbadata che poteva anche averlo fatto e poi dimenticato. In ogni caso non diede importanza alla cosa. Diede invece importanza a ciò che la ragazza aveva detto precedentemente.

«Cosa intendevi?»

«Intendevo trovarli davvero.»

La ragazza, che si era definita ricercatrice, si alzò in piedi e si guardò intorno. Erano rimaste ormai completamente sole nella biblioteca che avrebbe chiuso a minuti.

«Intendi trovarli come... trovarli?»

Maggie non era sicura di aver capito. Non era mai sicura di capire quello che le dicevano e di intendere quello che gli altri intendevano quando parlavano. Ma dopo questo ora... le sembrava ancora meno probabile di avere inteso esattamente ciò che la ragazza bassina dai capelli castano chiaro intendeva dire.

«Certo, trovarli!»

Ma il volto le si illuminò di un sorriso sincero. Allora Maggie comprese che non stava affatto scherzando e l'idea di prenderla in giro non l'aveva nemmeno sfiorata.

Mille domande affluirono contemporaneamente nella sua mente. Come? Dove? Quando iniziamo? E poi che facciamo? Dobbiamo mantenere la massima riservatezza come i servizi segreti? Ma riuscì solo a sospirare un po' persa.

«Mmh…»

«Si è fatto tardi, meglio andare.» La ragazza afferrò la borsa e indossò la giacca che teneva penzolante su una spalla. «A proposito, io sono Ariella Thompson.»

«Maggie Pennington» replicò Maggie in automatico, alzandosi dalla sedia e guardandosi intorno.

Sembrava proprio che Ariella si aspettasse che anche lei uscisse da lì. Quindi non poteva andare a nascondersi tra le file e gli scaffali della biblioteca per cercare di farsi chiudere dentro. Chissà, magari se le fosse successo avrebbe incontrato un topo. E poi chissà se con il detto "topo da biblioteca" intendevano topolini veri. Maggie si immaginò un topolino grigio con gli occhiali seduto placidamente su una seggiola della biblioteca a leggere un libro. Poteva somigliare vagamente a Herr Flick, con gli occhiali sempre penzolanti sul naso. E con una montagna di altri libri intorno, in attesa di essere letti. Magari ora le stava spiando aspettando solo che togliessero il disturbo per occupare un banco e iniziare finalmente a leggere.

«Lo so.» Ariella Thompson sorrise puntando il dito sulla copertina del quaderno di appunti di Maggie, in cui era riportato in bella vista il suo nome in un angolo.

Maggie annuì con un sorrisetto di circostanza. Ma la sua mente ormai vagava tra l'immagine del topo da biblioteca in lettura che somigliava a Herr Flick e quella di lei e di Ariella Thompson che giravano il mondo in lungo e in largo, arrivando addirittura sulla cima dell'Everest e nel deserto del Sahara in groppa a un cammello, alla ricerca dei due tanto ambiti e misteriosi Cross.

* * *

Si era rifugiato nella biblioteca del palazzo, uno dei luoghi che solitamente evitava, da almeno tre ore. Era ancora di cattivo umore. Anzi, di pessimo umore. E percorreva la stanza avanti e indietro, come un'anima in pena.

Gli incontri con von Klausen avevano sempre avuto questo effetto devastante su di lui. Oltre alla sua dipendenza da linfa vitale che lo rendeva succube di tutto ciò che detestava. Aveva sbagliato, ne era convinto. Aveva sbagliato ad esprimere così chiaramente le sue intenzioni. Era stato completamente folle. Ma non aveva saputo resistere. Aveva resistito per secoli. Sottomesso per secoli.

E poi c'era lei. Dorothy Hansen, la sirena incantatrice. Che però non lo incantava affatto, anzi ora lo affliggeva e lo logorava con il suo perpetuo e insopportabile canto.

«Se non la smette io le taglio la gola...» sospirò passandosi una mano sulla fronte, esasperato.

Doveva al più presto trovare un'altra creatura soprannaturale. Una qualsiasi a questo punto, non necessariamente la rossa dei suoi desideri. E liberarsi della sirena.

Le aveva sottratto le squame migliori. Erano preziose per i collezionisti e probabilmente anche per gli studiosi di alchimia. Poteva sempre barattarle in caso di bisogno. Se non con von Klausen, con qualcun altro. Tanto a lei, la sirena, sarebbero ricresciute. Non splendide come le prime, ma che importanza aveva?

Appena trovata una sostituta poteva anche disfarsi di lei. Esaurita la linfa vitale, esaurite le squame, cessava la sua utilità. Anche come amante era sempre stata più un assillo che un piacere.

233

«Posso tagliarle via tutta la testa direttamente?» Amelie spalancò la porta e in un attimo si trovò di fronte a lui con le braccia incrociate sul petto. «Ti sei nascosto qui per tentare di non sentirla o per qualche altro oscuro e misterioso segreto?»

«Per non sentirla, motivazione ufficiale.» Ryan increspò le labbra in un sorriso ironico. «Se avessi qualche altro oscuro e misterioso segreto e lo rivelassi a te, non sarebbe più un oscuro e misterioso segreto.»

«Comunque, se quella non la smette di cantare io l'ammazzo, semplice! Prometto di essere rapida e indolore, non la farò soffrire. Anzi no, ripensandoci voglio che soffra atrocemente!» Amelie si spostò verso la scrivania e si sedette sopra a gambe incrociate. «Sono ore che canta e sguazza nella vasca idromassaggio! Alfred ha preso la scusa di un parente da visitare per andarsene, ma la verità è che non sopportava più di sentirla. Quindi se quella non la smette ci siamo giocati anche il maggiordomo! Pensi di essere in grado di fare qualcosa in proposito?»

Ryan sospirò e annuì stancamente.

«Ora sono impegnato, poi me ne occuperò.»

«Impegnato in cosa, precisamente?» Amelie lo guardò stringendo gli occhi. Sembrava volesse scagliare frecce acuminate contro di lui. «Sono ore che stai chiuso qui. Ah già, dimenticavo… l'oscuro e misterioso segreto, certo…»

Ryan lottò per qualche istante, indeciso se parlare o meno.

«Non sai per caso dove siano finiti i libri di… Cross Irizarry?»

Ovviamente non si aspettava che lei lo sapesse. Ma Amelie era riuscita a sorprenderlo altre volte nel corso della loro lunghissima, travagliata esistenza. Quindi non poteva mai essere sicuro di qualcosa quando si trattava di lei.

«Ho l'aria di una che passa il suo prezioso tempo a leggere quella roba?» Amelie saltò giù dalla scrivania con uno scatto quasi felino. «Anzi, riformulo: ho l'aria di una che passa il suo prezioso tempo a leggere? Non sono te, fratellino!»

«Va bene, va bene… Hai chiarito sufficientemente il concetto.»

«Chiedi ad Alfred, lo saprà sicuramente» Amelie si strinse nelle spalle indifferente, poi inclinò il viso rammentando qualcosa. «Ah no, non puoi chiedere ad Alfred, perché Alfred non c'è. E non c'è per colpa della tua sirenaccia che con la sua insopportabile vociaccia gli stava facendo scoppiare i timpani, pover'uomo! Quindi niente libri per te e niente torta di mele fatta in casa per me, maledizione!»

Amelie pestò il piede sul pavimento con forza, quasi con la rabbiosa disperazione di una bimba capricciosa a cui era stato negato un giocattolo che desiderava. Ryan se ne accorse. In quel preciso istante rammentò la bambina che era stata secoli prima. La bambina umana. Capricciosa e volubile, essendo la più giovane in famiglia. Ma con quella dolcezza nei modi e nello sguardo che le consentiva di ottenere sempre ciò che voleva dagli altri. Ora la dolcezza se n'era andata, svanita per sempre. I capricci invece erano rimasti, costanti e incorruttibili nel tempo.

«Comunque io me ne vado, esco!»

Amelie si avviò alla porta con espressione insofferente.

«Dove vai?»

Ryan sapeva che se non avesse voluto che lui chiedesse avrebbe evitato di dire che usciva, come faceva sempre del resto. Andava e tornava fregandosene di lui.

«A scuola, ho gli allenamenti. Sono riuscita a entrare nella squadra di ginnastica ritmica!»

Amelie sogghignò con uno strano entusiasmo che lasciò Ryan perplesso.

Da quando si interessava di ginnastica ritmica? Aveva sempre detestato qualsiasi tipo di sport. Sicuramente pianificava qualcosa di subdolo e perverso, lo leggeva chiaramente nel suo sguardo malizioso.

«Ah bene… Non mangiarti la squadra, mi raccomando!»

Ryan non aveva voglia di andare a fondo alla situazione. Se anche l'idea di Amelie non gli fosse piaciuta, non sarebbe cambiato nulla. Anzi, avrebbe continuato con maggiore tenacia solo per fargli dispetto. La conosceva bene, da quasi mille anni. Forse bene non rendeva nemmeno l'idea.

Amelie se ne andò sbattendo la porta, irritata dal disinteresse del fratello. Ryan sollevò le spalle e voltò la testa passando in rassegna le grandi pareti della biblioteca, dove riposavano da secoli migliaia di libri.

«Devi pur essere da qualche parte. A meno che qualcuno ti abbia dato alle fiamme o portato chissà dove, io ti troverò!»

CAPITOLO 44

La farsa non poteva continuare a lungo. Doveva arrivare al punto. Riuscire a scoprire e a ottenere ciò che desiderava. Era stanco di farsi trattare da imbecille, di essere preso in giro. Lo avrebbe affrontato, rivelandogli che conosceva il suo piccolo segreto. Costringendolo ad arrendersi al fatto che lo aveva in pugno. E probabilmente non solo lui. Tutti quanti.

Philip Sheldon aveva preso una decisione. Non avrebbe trascorso un altro giorno fingendo che tutto fosse normale, che il mondo fosse sempre lo stesso luogo in cui era cresciuto e aveva trascinato la sua vita monotona e senza prospettive.

Lo stava aspettando al varco, con la verità in tasca da sbattergli in faccia. Annoiato davanti alla televisione, continuava a cambiare canale. Non aveva nemmeno avuto voglia di andare in università quella mattina. Di studiare nemmeno a parlarne, aveva troppo a cui pensare. E poi si doveva preparare psicologicamente.

Di Susan non avrebbe parlato, aveva deciso. Non serviva. Non era assolutamente necessario al suo scopo. Magari poteva servirsi di lei in un altro momento, quando fosse stata più utile. Meglio non svelare tutte le carte subito.

Philip aveva meticolosamente fotocopiato tutto il diario di Faith, prima di consegnarglielo insieme allo zaino che aveva dimenticato a casa sua. Tutto, compresa anche la parte in cui non diceva granché a proposito di ciò che aveva suscitato il suo interesse. Anche la parte in cui parlava semplicemente dei suoi sogni adolescenziali e di lui.

Sogni che mai si sarebbero realizzati. A questo servivano i sogni adolescenziali. A non essere mai realizzati, a venire perennemente delusi e frustrati finché uno si arrendeva e lasciava perdere. Per questo restavano sogni. Probabilmente anche lui era un sogno.

Infine, per scrupolo, aveva scritto una lunga e dettagliata lettera. Senza destinatario. A se stesso, forse. Una lettera in cui narrava con precisione tutto ciò che aveva scoperto. Quando l'aveva riletta ne era stato orgoglioso. Era scritta molto bene, molto accurata ma anche formale. Senza la rabbia e l'irruenza con cui Faith aveva riempito il proprio diario. Senza tutti quei punti esclamativi e puntini di sospensione.

Aveva forse guardato troppi film e telefilm in cui uno dei personaggi, temendo per la propria incolumità, depositava uno scritto, una confessione da qualche parte. Solitamente in una cassetta di sicurezza. Nel caso gli succedesse qualcosa.

Lui una cassetta di sicurezza non l'aveva ancora. Ma aveva piazzato una copia della lettera sotto al suo letto, almeno per il momento. Un'altra copia l'aveva spedita a casa sua, nel Kent, indirizzata a se stesso. Non sarebbe tornato per un po' quindi la lettera sarebbe rimasta lì ad aspettarlo. Intanto poteva pensare dove altro nasconderne una terza copia. Sempre nel caso che gli accadesse qualcosa. Ma si sentiva abbastanza tranquillo. Quel famoso "qualcosa" non sarebbe mai accaduto. Non a lui. Anche se sapeva troppo. Anche se non si sarebbe arreso pur di arrivare dove voleva.

Era sempre stato un osservatore perspicace. Aveva imparato a conoscere nel dettaglio i movimenti delle persone. Ora si stava concentrando sui due nuovi coinquilini. Thomas Jones, soprattutto. Mark Anderson non destava in lui il minimo sospetto. Era talmente normale da risultare quasi noioso e prevedibile. L'unico suo interesse e occupazione era il lavoro. Non si concedeva spazio né per le donne né per il divertimento. Contento lui!

Philip sbadigliò. Stava tardando. E lui doveva affrontarlo, ricattarlo e corromperlo. Non rischiare di addormentarsi sul divano. Era l'ora in cui solitamente Thomas rientrava dall'università, pranzava e si cambiava per andare in palestra.

Philip non si soffermò a riflettere sul fatto che il tipo di cibo ora gradito a Thomas potesse essere proprio lui.

Si era steso sul divano con la televisione accesa. Stava già cedendo al sonno, quando udì il rumore della chiave girare nella serratura e la porta aprirsi. Si strofinò gli occhi e si mise a sedere, afferrò il telecomando e spense la televisione.

Chiunque fosse entrato si era affrettato verso la cucina evitando di passare per il soggiorno. Philip sospirò e si posò una mano sulla fronte e sui capelli resi un po' ispidi dal gel. Poi si accarezzò il mento, sorpreso della barba incolta che si era lasciato crescere negli ultimi giorni.

L'orario e i movimenti della persona in cucina sembravano corrispondere a Thomas, non a Mark. Sperò che si trattasse veramente di Thomas, perché non vedeva l'ora di liberarsi del peso della rivelazione. La grande rivelazione di aver scoperto la tremenda, devastante verità sulla sua natura.

Il fatto che si trattenesse così a lungo in cucina lo stava infastidendo però. Si era immaginato che la scena si sarebbe svolta in salotto. L'aveva proiettata nella mente come un film in cui lui risultava vincitore, con le battute più felici e d'effetto. Un vero protagonista.

Certamente la scena avrebbe perso d'intensità in cucina, mentre l'altro si preparava ai fornelli una bistecca prima di andare al lavoro. Magari gli avrebbe risposto "Ah davvero? Credi che io sia un vampiro?" sghignazzando tra un boccone e l'altro.

Sì, in cucina il dramma della rivelazione avrebbe perso d'intensità. L'ambientazione era importante, accidenti!

Philip si trattenne ancora per un attimo sul divano, in trepida attesa. Poi si rassegnò al fatto che quella scena fondamentale nel film della sua vita non si sarebbe svolta come lui aveva immaginato e pianificato. Si alzò, cercò di riacquistare fiducia con un paio di respiri profondi e si avviò verso la cucina, tentando di distendere il volto per mostrarsi assolutamente rilassato e sereno.

Trovò effettivamente la scena che si era immaginato. Quella in cucina però! Thomas Jones che si cucinava una bistecca. Tranquillo, placido, un giorno come un altro per lui.

«Ciao!» Thomas gli lanciò un'occhiata, prendendo un piatto dalla dispensa. «Tutto bene?»

Philip rimase in silenzio per un attimo, poi si decise a rispondere.

«Sì. Io sto bene, grazie.»

«Ne vuoi una anche tu?» chiese Thomas con naturalezza, indicando la bistecca.

«Continui a mangiare quella roba, nonostante tutto?» lo interrogò Philip, lasciando scivolare lo sguardo sulla bistecca e poi spostandolo nuovamente su di lui.

Thomas non rispose e lo scrutò confuso, come se non arrivasse a comprendere cosa intendesse dire. Philip si rese conto che probabilmente si era spinto troppo oltre e troppo in fretta. Ma ormai sarebbe stato inutile tergiversare. Ormai aveva lanciato il sassolino, non poteva più ritirare la mano e fare marcia indietro. Era il momento. Il momento che si era immaginato diversamente, intriso di maggiore drammaticità e pathos, ma non aveva importanza.

Così Philip Sheldon si preparò a far esplodere la bomba su Thomas Jones.

«Io so» disse semplicemente, osservando la reazione dell'altro prima di proseguire.

«Come?»

Thomas lo scrutò e rimase immobile, come se necessitasse del tempo per poter comprendere e assimilare quelle due semplici parole.

«So chi sei. Anzi cosa sei, cosa sei diventato.»

Ecco, l'aveva detto. Gli aveva scagliato addosso la verità in pochi secondi. Lui sapeva. Sapeva tutto. E ora?

Thomas continuava a fissarlo immobile, con espressione ancora più attonita, come allucinato. Aprì la bocca un paio di volte per parlare, ma restò in silenzio. Chiedendosi probabilmente se Philip intendesse proprio quello.

Lo sguardo di Philip, ancora più delle sue parole, era palese. Lui sapeva. E intendeva proprio quello. Perché poi, Thomas se ne rammentò improvvisamente e questo lo convinse ancora di più... perché poi c'era la ragazza. Quella strega che aveva scoperto essere la ragazza di Philip. Era scappata via come una furia appena lo aveva visto comparire. Forse non subito ma in seguito, era evidente, doveva aver parlato, raccontato tutto al suo ragazzo. In questo modo Philip aveva saputo.

«Chi è stato? Chi ti ha trasformato?» lo incalzò nuovamente Philip mentre lui continuava a restare in silenzio, come sospeso in una bolla d'aria.

Thomas decise di non rispondere. Decise invece che era arrivato il suo turno di fare domande. Del resto, meglio chiarire questo punto subito, era indubbiamente lui il più forte tra i due. Era lui in una posizione di vantaggio.

«Chi te l'ha detto? La tua ragazza, vero? E sai che lei è una strega?»

Intanto non riusciva a fare a meno di pensare che se lo avesse saputo Amelie sarebbe stata la fine, per tutti. Per lui, principalmente. Proprio come lo aveva creato, lo avrebbe distrutto.

«Non ha importanza» replicò Philip alzando le spalle. «L'ho saputo. E voglio farne parte anch'io. Voglio essere trasformato, voglio essere libero. Quindi ora tu mi porterai dalla persona che ti ha...»

«Tu sei pazzo!» lo interruppe Thomas, gli occhi iniettati di sangue per la tensione e non solo. «Tu non sai cosa significa...»

«No, non lo so ancora. Ma vorrei saperlo. Cosa significa vivere in eterno?» lo incitò Philip stringendo i pugni. Voleva quel potere, voleva raggiungere la consapevolezza di ottenere ogni cosa desiderasse. «Cosa significa essere finalmente liberi?»

«Non so ancora cosa significhi vivere in eterno, non è passato abbastanza tempo per me.» La fronte di Thomas si oscurò. Noia, da quel che sapeva osservando Amelie, vivere in eterno significava noia e rabbia perpetue. Una frustrazione senza fine. «Ma una cosa l'ho imparata. Questa non è assolutamente libertà. Questa è schiavitù. E se credi davvero di volere tutto questo... allora sei completamente pazzo.»

* * *

Non si sentiva in piena forma. Per tutto quello che era accaduto nelle ultime settimane. E per altre ovvie ragioni, tra cui stanchezza, mancanza di allenamento, preoccupazione. In effetti, con la mente era ovunque, ma non lì.

«Fra poco tocca a te, Faith, proviamo il tuo pezzo con il nastro.»

Sentendosi chiamare da Veronique, l'allenatrice, Faith alzò la testa e annuì. Non era neanche totalmente sicura di ricordarlo il suo pezzo con il nastro. Lo ripassò mentalmente. Non riusciva a rammentare chiaramente alcuni passaggi, ma non aveva importanza. Magari poi, durante lo svolgimento dell'esercizio, il suo corpo li avrebbe ricordati automaticamente.

Praticava la ginnastica ritmica da quando era bambina, nonostante i continui spostamenti. Amava quel misto di danza, sport e coordinazione. Grazia, eleganza, ma anche tecnica e sincronia. Disciplina, costanza e la sensazione di essere parte di una squadra. Ciò che in effetti era sempre mancato nella sua vita. Perché lei era sempre stata sola.

«Ciao!»

Una voce nota alle sue spalle la indusse a voltarsi.

«Come mai sei qui?»

Faith si voltò e sorrise, lieta di vedere un volto amico.

«Sono venuta a vedere la tua prova, grande campionessa!»

Danielle scavalcò la trave dove Faith aspettava il suo turno e si sedette al suo fianco.

«Non credo che andrà bene» sbuffò Faith, stringendosi nelle spalle. «Non mi sono allenata per niente in queste settimane. Non ricordo nemmeno tutto il pezzo, solo a stralci!»

«Io sono sicura che ricorderai tutto!» Danielle raccolse il nastro di Faith da terra e lo consegnò nelle sue mani. «Ho visto le altre, niente di speciale…»

«Danielle, mi hai vista allenarmi solo una volta, lo sai che come me ce ne sono… Praticamente quasi tutta la squadra è come e meglio di me. Con la differenza che loro con gli allenamenti sono costanti, io invece no!»

«Ma tu possiedi più grazia, più stile, più…» Danielle si bloccò improvvisamente sgranando gli occhi scuri, incredula. «Oh no, non può essere vero!»

Faith, che mentre l'ascoltava stava seguendo l'esercizio di una delle compagne di squadra, si voltò verso di lei.

«Cosa non può essere vero?»

Danielle non replicò subito, ma puntò l'indice verso l'angolo della palestra che conduceva agli spogliatoi femminili.

«Da quando quella piccola viziata succhiasangue fa parte della tua squadra di ginnastica ritmica?»

«Cosa?» Faith non comprese inizialmente ciò che Danielle intendesse, ma si voltò verso l'angolo da lei indicato per vedere chiaramente Amelie Norwest a diretto colloquio con l'allenatrice della squadra. «Ma che…» Strinse i pugni senza terminare la frase.

«Sono sicura che la sta manipolando.» Danielle posò entrambe le mani sulla trave con gesto di stizza.

«E perché dovrebbe farlo?» Faith corrugò la fronte e si sistemò la spallina della divisa. Pochi minuti e sarebbe stato il suo turno.

«Conoscendola potrebbe anche soggiogarla per farsi ammettere in squadra!» Danielle espresse la sua sensazione. Poteva sbagliarsi ma era altamente probabile che avesse ragione.

«Non credo che le importi di entrare nella squadra di ginnastica ritmica!» Faith scosse la testa con una risatina nervosa. «Immagino che avrà di meglio da fare nella sua non vita!»

Di meglio da fare che dare fastidio a lei e presentarsi ai suoi allenamenti? Faith si sciolse i capelli stizzita, prese l'elastico tra le mani, lo tirò come per giocarci e legò nuovamente i capelli in una coda ancora più stretta.

E se la piccola vampira perversa avesse deciso di sfogare la propria paranoia secolare su di lei? Solo per infastidirla, per tormentarla, per rovinare qualcosa a cui lei teneva. E se dopo la ginnastica ritmica si fosse spinta oltre? Verso qualcosa o qualcuno di ancora più importante. No, non poteva permetterlo.

«Andiamo» disse con tono asciutto.

«Andiamo dove?»

Danielle la guardò perplessa, senza comprendere le sue intenzioni.

«Hai ragione, sta cercando di farsi ammettere in squadra. Che altro motivo potrebbe avere per parlare con l'allenatrice? La sta soggiogando. Però la squadra è al completo. Ma non lo sarà più se io l'abbandono.»

Faith espose i fatti con tono ancora più indifferente, come se stesse parlando di qualcun altro.

«Ma no… magari mi sbaglio! Magari sta solo…»

Danielle non sapeva come proseguire. Cosa stava facendo Amelie? Corrompendo l'allenatrice? Minacciando di mangiarsela? Rivelandole che Faith era una strega tanto cattiva e quindi doveva cacciarla?

Proprio in quel momento, l'allenatrice Veronique si mosse verso di loro e il resto della squadra accompagnata da Amelie Norwest che saltellava allegramente al suo fianco, con aria vittoriosa.

Faith e Danielle compresero che qualunque cosa la piccola vampira sadica e perversa volesse l'aveva ottenuta o era molto vicina all'ottenerla.

CAPITOLO 45

Mark Anderson aspettava pazientemente seduto al bancone del "Magic Hill". Sorseggiava il suo drink con calma, molto lentamente. Fu per un attimo tentato di ordinare un secondo giro, ma avrebbe atteso di berlo in compagnia. Poi era intenzionato a lavorare ancora un po' nel tardo pomeriggio, quindi gli conveniva mantenersi lucido.

Appoggiò il bicchiere al bancone del bar e si voltò verso l'ingresso. Certe abitudini non cambiavano mai. Prese il cellulare dalla tasca della giacca. Niente nemmeno lì. Non aveva alternativa, poteva solo aspettare.

Ancora si chiedeva come avesse fatto a trovarlo. Si spostava talmente spesso con il suo lavoro e si portava dietro talmente poco ogni volta da non lasciare tracce.

Del resto era la soluzione più conveniente. Spostarsi spesso. Non lasciare tracce. Abolire ogni sorta di legame. Invece era stato rintracciato sia il suo numero di cellulare sia il suo indirizzo.

Mark sollevò il bicchiere e lanciò un'occhiata sdegnata al liquido ambrato. Ne era rimasto solo un goccio. Sospirò afflitto. La doveva smettere con i superalcolici. Prima o poi. Si strinse nelle spalle e bevve quel che restava del suo whisky in un'unica sorsata.

«Come vedo continui a darti alla pazza gioia!»

Erano passati anni, ma la voce non era cambiata. Lo stesso tono svagato e canzonatorio.

«Sono ancora lontano dal mettere la testa a posto.» Mark appoggiò il bicchiere sul bancone senza voltarsi. «Ma almeno il ritardo non è uno dei miei difetti. Non si può dire altrettanto di te, Spencer Bachman.»

«Certe abitudini non cambiano mai.» Spencer Bachman si sedette al suo fianco, appoggiandosi allo sgabello con un ginocchio piegato e stendendo l'altra lunga gamba lateralmente. «Ma probabilmente è giusto così.»

Mark si voltò verso di lui. Non era cambiato nemmeno fisicamente. Stesso sguardo intenso e un po' truce, stesso fisico asciutto e tonico, come se fosse dedito ad allenamento costante.

«Mi chiedo ancora come tu abbia fatto a trovarmi.»

Mark increspò le labbra e passò un dito sul bordo del bicchiere.

«Considerato il fatto che il tuo vecchio numero di telefono è fuori servizio da anni e non rispondi mai alle e-mail private perché usi un altro indirizzo solo per il lavoro?» Spencer si passò le dita tra i capelli castani e folti, poi sogghignò. «Semplice, sono un genio! E con un computer in mano arrivo ovunque.»

«Hai sempre il fiuto di un segugio, a quanto pare.» Mark richiamò l'attenzione del barman con un cenno della mano, sollecitandolo a riempirgli nuovamente il bicchiere. «Hai mai pensato di sfruttare questa tua dote per diventare investigatore, detective...»

«Un buon cane da caccia vuoi dire?» Spencer con un'occhiata ordinò lo stesso drink. «No, non è il mio stile, lo sai.»

Mark sollevò il bicchiere e lo inclinò leggermente.

«Trovi ancora un doppio senso in ogni cosa che dico.»

«Questo non è un doppio senso.» Anche Spencer sollevò il bicchiere che il barman gli aveva messo di fronte e lo inclinò a sua volta in modo da sfiorare quello di Mark e ottenere un tintinnio cristallino. «Questa è un'allusione neanche troppo velata.»

«E va bene, mi hai beccato. Comunque, sei riuscito a trovarmi.» Mark sospirò corrugando leggermente la fronte, pensieroso. «Non credevo che avresti mai lasciato il branco, dicevi di sentirti al tuo posto insieme a loro. A casa tua, con la tua...»

«La mia specie... Sì, è quello che dicevo.» Spencer sorseggiò il suo whisky con una smorfia. «Non sono più abituato a questa roba! Comunque... Puoi definirmi come vuoi, non è più un problema ormai. Sto bene con me stesso.»

«Sono contento per te.» Mark annuì lanciandogli un'occhiata di sbieco. «Sei riuscito a convivere con quello che sei, buon per te. La mia è solo invidia, io non credo che ci riuscirò mai.»

«È comprensibile.» Spencer continuò a bere, questa volta sforzandosi di trattenere la smorfia di disgusto. «Il peggio che io possa fare è ululare alla luna. Tu incenerisci le tue vittime con il tuo sguardo assassino!»

«Il peggio che tu possa fare è ululare alla luna?» Mark finì il suo whisky appoggiando il bicchiere sul tavolo e imitando sottovoce l'ululato di un lupo. «Ma almeno tu hai un branco con cui condividere i tuoi ululati. Io sono una povera anima solitaria.»

«Per fortuna. Non ne vorrei davvero altri come te a strisciarmi intorno!»

Spencer si coprì gli occhi con la mano fingendo di rabbrividire.

«Vedi che ti sbagli, non mi conosci affatto! Io non striscio...»

Mark appoggiò entrambe le mani sul banco e le unì intrecciando le dita, raddrizzando poi la schiena e sollevando il mento con aria quasi altezzosa.

«Già, dimenticavo. Tu non strisci...» annuì Spencer voltandosi per un istante verso di lui. «Tu avanzi guardando dritto negli occhi la tua preda. E chiunque abbia la sventura di incrociare il tuo sguardo azzurro e malefico, muore sul colpo.»

«Sono un basilisco, che ci vuoi fare? L'unico serpente al mondo che non striscia. La cosa buona, per chi incrocia il mio sguardo azzurro e malefico... è che non lo sono sempre. Ma la mia forma umana può essere altrettanto nociva, te lo garantisco.»

* * *

«Ragazze, lei è Amelie Norwest.» Ecco, l'allenatrice Veronique stava presentando la piccola succhiasangue sadica. «Mi ha appena raccontato tutti i suoi trascorsi e successi nelle squadre delle scuole che ha frequentato prima di arrivare qui. Una giovane campionessa, proprio ciò di cui abbiamo bisogno!»

Una piccola bugiarda perversa e manipolatrice. Faith e Danielle si scambiarono uno sguardo, attraversate dallo stesso pensiero.

Era altamente probabile che Amelie non avesse mai avuto tra le mani un attrezzo di ginnastica ritmica. Forse aveva frequentato parecchie scuole, più di quante l'allenatrice potesse immaginare. Però che avesse praticato la ginnastica ritmica o qualunque altro sport non sembrava assolutamente credibile.

Troppo furiosa e facilmente irritabile, pensò Faith. Se le girasse storta sarebbe capacissima di mangiarsi tutta la squadra, allenatori, giudici e pubblico compresi. Pur non avendone l'intenzione non poté fare a meno di visualizzarsi la scena davanti agli occhi. Sospirò nervosa al pensiero dei piccoli canini appuntiti di Amelie.

«Quindi ora farà una prova dimostrativa.» L'allenatrice Veronique si mordicchiò le labbra, forse per trovare le parole adatte. «Come sapete la squadra è al completo, però…»

Però sbatterai fuori allegramente una di noi per prendere lei. Faith concluse la frase mentalmente. Magari qualcuna che ultimamente non si è allenata perché ha avuto altro da fare.

Lo sguardo che Danielle lanciò ad Amelie e poi a lei, le comunicò che stava pensando lo stesso. La vampira le voleva rubare il posto nella squadra di ginnastica ritmica. La vampira voleva qualcosa che le apparteneva. E la voleva principalmente per farle dispetto. Non aveva alcun interesse autentico.

«Non è necessaria una prova.» Faith puntò lo sguardo deciso sull'allenatrice Veronique. «Io lascio, tanto ultimamente non ho più tempo. Quindi il mio posto è libero. Buon proseguimento.»

«Ma Faith…»

L'allenatrice la fissò intontita, con lo sguardo assente e un po' vacuo.

Faith non replicò, raccolse il suo nastro e si voltò dirigendosi spedita verso gli spogliatoi femminili.

Non le sfuggì il sorrisetto vittorioso che si era dipinto sul viso di Amelie, mentre l'allenatrice le stringeva la mano per congratularsi, consegnandole la divisa della squadra e gli attrezzi. Amelie accarezzò il nastro bianco e lucente come se fosse un trofeo.

«Io proprio non ti capisco! Quella vipera ha chiaramente ammaliato l'allenatrice, altrimenti non l'avrebbe mai ammessa in squadra!»

Danielle aveva seguito Faith negli spogliatoi e la guardava severa con le mani posate sui fianchi.

«Credi che non lo sappia?» Faith sospirò indossando i jeans e la felpa che aveva riposto nel suo armadietto. «C'ero anch'io!»

«E allora perché gliel'hai data vinta così? Non è giusto! Secondo me avresti potuto sconfiggerla e…»

«E cosa, Danielle?» Faith finì di vestirsi e raccolse tutte le sue cose nello zaino, svuotando completamente l'armadietto. «Si sarebbe presa il posto di un'altra, quando è chiaro che voleva il mio!»

Danielle non replicò, si limitò a sospirare e poi annuì.

«E comunque se avessi lottato per mantenere il mio posto scatenando una guerra contro di lei… magari quella sadica creatura si sarebbe rifatta su qualcun altro! Il suo tirapiedi Thomas vive ancora con Philip. Non sembra intenzionato a fargli del male, ma quanto tempo credi che passerà prima che lei scopra chi è Philip per me? Comunque, sto sbagliando anche io. Dovrei dirgli tutto e metterlo in guardia…» Faith si morse il labbro percorsa da un fremito di rabbia e tristezza insieme, mentre strappava con gesto deciso e risoluto il proprio nome dall'armadietto. Sentì le lacrime bruciarle gli occhi ma le ricacciò indietro. Si passò la lingua sulle labbra velocemente, lottando per ricomporsi. «Andiamocene da qui!»

Danielle annuì, restando ancora in silenzio. Faith aveva ragione. Ma lei proprio non sapeva cosa dire per confortarla. Si sentì a disagio. Era una strega bianca, votata a fare del bene. Eppure non sapeva cosa dire per consolare l'unica amica che aveva. E proprio quell'amica, Faith Chandler, era una potente strega nera. Che ora si sforzava di non piangere perché una piccola infida vampira dispettosa le aveva sottratto con l'inganno il posto nella squadra di ginnastica ritmica, sport che praticava fin da bambina.

Se Faith avesse lottato, usando i suoi poteri come li stava usando Amelie, sicuramente avrebbe vinto. Probabilmente anche senza usare i suoi poteri avrebbe vinto. Ma Faith non voleva che un'altra perdesse il posto a causa sua. E non voleva che Amelie facesse del male a Philip o ad altre persone.

Non era un atteggiamento da potente strega nera, il suo. Come non era un atteggiamento da strega bianca quello che lei, Danielle, decise di mettere in pratica appena Faith ebbe voltato l'angolo della palestra per raggiungere il corridoio.

Danielle Cohen lanciò un'occhiata verso la squadra di ginnastica ritmica unita ad ammirare la sorprendente bravura del nuovo acquisto, Amelie Norwest. La ragazzina, con sorriso smagliante, saltava, volteggiava e faceva roteare il nastro bianco con maestria. Sul volto dell'allenatrice e delle compagne di squadra si era dipinta una "O" di stupore ed estasi. Mai avevano assistito a una prova tanto perfetta. Mai avevano riscontrato doti talmente eccezionali in un'atleta così giovane.

Se solo quelle doti fossero state umane! Una lezione. La piccola vampira perversa e sadica, il piccolo mostro sleale meritava una lezione. E, strega bianca o no, lei gliel'avrebbe data con piacere.

Il nastro bianco e splendente volteggiava armonioso attorno al corpo snello e leggiadro di Amelie, mentre la ragazzina sollevava una gamba e inclinava il busto in una spaccata laterale. Il braccio esile e la piccola mano si muovevano con destrezza, in uno spettacolo di grazia, eleganza e coordinazione.

«Ora!» sussurrò Danielle a fior di labbra, alzando la mano verso Amelie e oscillando leggermente le dita, mentre il suo sguardo oscurandosi lanciò un'ondata di potere verso il nastro, che da bianco divenne rosa, rosso e infine nero.

Quando ebbe terminato la strega bianca voltò l'angolo rapidamente e raggiunse Faith.

Quello che udirono le due streghe, la bianca e la nera, mentre si incamminavano lungo il corridoio che dalla palestra portava all'uscita della scuola, fu un tonfo e un urlo femminile che risuonò acuto e furioso contro i muri.

Amelie Norwest, con il nastro di ginnastica ritmica arrotolato tutto intorno al corpicino minuto, gridava di rabbia intimando al resto della squadra di aiutarla a liberarsi. Ma sul volto dell'allenatrice Veronique e delle altre compagne di squadra permaneva dipinta quella "O" non più di stupore ed estasi, ma di perplessità che stava lentamente ma inesorabilmente trasformandosi in scherno. E più Amelie lottava per liberarsi dal nastro e dal suo sortilegio, più il nastro, spinto da una forza superiore che andava oltre la propria natura, si aggrovigliava e si intricava annodandosi intorno a lei fino a bloccarle i movimenti, come se fosse incatenata da una camicia di forza.

Amelie, come sempre in situazioni del genere, giurò atroce e tremenda vendetta sulle streghe, sulla squadra, sul nastro, sulla ginnastica ritmica, sulla scuola, sulla città, insomma su tutto il pianeta e su tutto il creato. In pratica su ogni cosa e persona, umana o soprannaturale, che non fosse lei stessa. E che era da considerarsi quindi un nemico da combattere.

CAPITOLO 46

«Sei più tornato al nord?»

Spencer divenne improvvisamente serio inchiodando lo sguardo al bancone del bar.

«Non dall'ultima volta.»

Mark non aggiunse altro. Sembrava che la sua risposta fosse dettata più dalla semplice cortesia che dalla voglia di fare conversazione.

Spencer annuì e si strofinò una tempia.

«Era una domanda stupida, scusa.»

«No, non lo era.» Mark sollevò le spalle e incrociò le braccia sul petto voltandosi deciso verso di lui. «Probabilmente mi è mancato il tempo, la voglia, il coraggio…»

«Tu hai coraggio da vendere, credimi.»

Spencer guardò verso il barman, tentato di ordinare un altro bicchiere di quel liquido sicuramente nocivo alla salute, ma di cui riteneva di avere bisogno in quel momento.

«In realtà faccio solo finta.»

Mark si sforzò di ridere e buttò la testa indietro. Riuscì a produrre solo un ghigno forzato.

«Quel che volevo dire…» Spencer strinse gli occhi, come per cercare le parole adatte. «Non è rimasto anche a te questo senso d'incompiutezza? Come la netta sensazione di aver lasciato qualcosa a metà, interrotto…»

«Ho questa sensazione ogni giorno, appena apro gli occhi il mattino.» Gli occhi chiari di Mark guardavano avanti ma fissavano il vuoto. «E quando li chiudo la sera. Il mio primo e ultimo pensiero è sempre là. A volte mi sembra di non esserne mai uscito. Così cerco di tenermi impegnato durante la giornata. Sperando sempre di trovare un pensiero che superi quello… E di solito quando lavoro lo trovo, ci riesco. Sono abbastanza fortunato perché il mio lavoro mi piace davvero.»

«È stato così anche per me, per tanto tempo.»

Spencer annuì, il suo sguardo si perse nel vuoto. Come stava accadendo a Mark per un attimo fu lontano da lì, in un altro luogo, in un altro tempo.

«Uno spazio riservato a piccoli mostri, piccoli scherzi della natura.»

Mark si agitò sullo sgabello del bar, cercando inutilmente di ricomporsi e placare la rabbia, la frustrazione.

«Oppure portatori del gene» sospirò Spencer abbassando lo sguardo. «Continuo a pensare che forse non avremmo mai sviluppato questo... questo... se non ci avessero forzato...»

«Questo difetto? Questa mostruosità? E chi può dirlo, magari essendo già innata in noi sarebbe esplosa comunque prima o poi, in un modo o nell'altro.»

Le parole di Mark volevano essere confortanti, ma il tono non riusciva affatto a infondere consolazione in quello che aveva appena detto.

«Sì, forse hai ragione» ammise Spencer, poco convinto.

Nel suo caso forse era anche vero. Ma non riusciva a rassegnarsi al fatto che per quanto lo riguardava sarebbe potuto accadere in modo diverso, più serenamente, con il branco ad aiutarlo in ogni passaggio, ogni trasformazione. Seguendo le leggi della natura, non l'imposizione altrui.

Questo comunque poteva valere per lui, ma per Mark? Forse se non fosse stato forzato non avrebbe mai sviluppato quella... non sapeva nemmeno lui come chiamarla, quella seconda natura, quella particolarità. Erano talmente poche le creature della sua specie! In realtà, da ciò che Spencer sapeva, probabilmente Mark era l'unica creatura ancora esistente di quella specie. L'unica che lui avesse mai incontrato, almeno. E in Amazzonia, dove aveva trascorso gli ultimi sei anni con il branco, di creature di ogni tipo ne aveva incontrate tante!

«Comunque, non mi hai ancora detto perché sei tornato in Inghilterra.»

Mark sfruttò abilmente il suo silenzio per cambiare discorso.

«Ho deciso di lasciare il branco» rispose Spencer, diretto. «Voglio cercare di ricostruirmi una nuova vita qui. Del resto, i tempi dell'università a Londra sono stati tra i migliori per me, quindi…»

«Cosa c'era che non andava nel branco? Qualche competizione tra cani su chi dovesse essere il grande capo? Insomma, questioni di regole licantropiche o qualcosa del genere?»

Sul viso di Mark affiorò un sorrisetto beffardo.

«No, niente affatto. Nessuna competizione. Lo sai che non ho manie di grandezza.» Spencer si batté una mano sul petto con una smorfia che tentava di mostrare la sua innocenza. «Però c'entrano le regole, questo è vero in un certo senso.»

«In quale senso, precisamente?»

«Nel senso che ho conosciuto una ragazza e… per farla breve vogliamo vivere a modo nostro. Una vita tranquilla, normale per quanto possibile. Senza che ogni nostro dubbio, scelta e pensiero venga analizzato e sottoposto al giudizio del branco e al sommo consiglio del capo.»

Ecco, questa era la situazione più o meno e Spencer si ritrovò sollevato dopo averla condivisa con l'amico. Ma preferì non scendere nei dettagli, al momento.

«Così però sarete più esposti. Resterete isolati e senza protezione. Lo sai, vero?»

La replica di Mark era quella che si aspettava. Aveva lasciato Londra tempo prima proprio per non sentirsi così esposto, solo, incompreso. Per avere la protezione di un branco, qualcuno con cui condividere i timori, le incertezze della sua condizione. Qualcuno che potesse capirlo, essendo esattamente come lui.

«Lo so» rispose Spencer annuendo.

Si sentì in colpa. E il senso di colpa lo attraversò come una fitta in pieno petto. Aveva abbandonato l'amico d'infanzia accusandolo di non essere in grado di comprenderlo. Perché in effetti le loro situazioni, benché simili, erano diverse. Lui era un licantropo. Mark un basilisco. Un lupo e un serpente. Entrambe le condizioni erano devianze rispetto alla natura umana, ma avevano ben poco a che fare tra loro. Possedevano caratteristiche diverse, peculiarità diverse, problematiche diverse. Con in aggiunta la differenza che Mark sarebbe stato realmente solo. Completamente solo. E ora, dopo essersene andato senza preoccuparsi di cosa ne sarebbe stato di lui, Spencer era tornato a vivere nella sua stessa città e aveva bisogno del suo aiuto.

«Bene allora.»

Mark lo guardò con un mezzo sorriso, senza aggiungere altro.

Spencer ebbe la sensazione che la loro conversazione stesse per giungere al termine. E non era nemmeno il momento adatto per scusarsi e ammettere i propri errori. Conoscendolo, Mark avrebbe reagito con una scrollata di spalle e sarebbe uscito dal locale di cattivo umore, probabilmente mandandolo al diavolo. Non era il tipo da rimpianti e rimorsi.

«Posso contare ancora su di te?»

Ecco, forse quella era la formula giusta con cui affrontare il discorso.

«Certamente.»

Mark si alzò dallo sgabello del bar, prese il portafoglio dalla tasca dei jeans, lo aprì e lasciò delle banconote sul bancone.

«Grazie» sospirò Spencer riconoscente, guardandolo negli occhi.

«È solo un drink!»

Mark si strinse nelle spalle, senza ricambiare lo sguardo.

«Non intendevo quello…» Anche Spencer si alzò, deciso a cambiare argomento mentre si avviavano verso l'uscita del "Magic Hill". Quel vago imbarazzo che si era creato tra loro irritava Mark, ne era certo. Detestava che qualcuno fosse mortificato nei suoi confronti o riconoscente. Era sempre stato così. Per cui tentò di cambiare discorso, aggrappandosi a un improvviso frammento del loro comune passato. «Se non ricordo male, anche il nostro amico Albert Hamilton è di questa zona. L'hai più sentito dai tempi dell'università? Eravamo un bel trio di orride creature, anche se lui non era ancora...»

«Albert Hamilton è morto.» Mark lo interruppe e sospirò profondamente aprendo la porta del locale. Uscì per strada, voltandosi verso di lui dopo pochi passi. Scosse la testa e si strinse nelle spalle. «Incidente automobilistico, a quanto pare.»

«Oh, no...» Spencer aggrottò la fronte, sinceramente dispiaciuto.

«Quindi di orride creature restiamo solo noi due, nella zona.»

Mark si sforzò di far emergere una specie di sorriso da quell'oscurità in cui era precipitato. Spencer comprese che, pur non avendo dimenticato il suo abbandono, tra loro non era tutto finito. Poteva ancora contare sulla loro amicizia. Mark Anderson era pronto a riaccoglierlo nella sua vita.

CAPITOLO 47

Ryan Norwest vide, nel giardino del palazzo divenuto residenza sua e di Amelie, qualcosa che non avrebbe mai immaginato che i suoi occhi vedessero nel corso di quasi mille anni di vita. O meglio, non vita.

La sorella Amelie che buttava per aria un cerchio di colore giallo chiaro e si lanciava forsennatamente in tutte le direzioni cercando di riprenderlo. E mentre lo faceva simulava salti e passi di danza.

Ryan incrociò le braccia e si appoggiò con la spalla alla quercia poco distante. Non si sarebbe mai aspettato che l'avrebbe presa così seriamente. Amelie non aveva mai preso nulla seriamente, nemmeno faccende decisamente più importanti.

«Cosa vuoi?»

Amelie si fermò lasciando cadere il cerchio a terra. Gli rivolse un'occhiata quasi furiosa.

«Scusa, non volevo distrarti o interromperti.» Ryan sollevò le mani e fece cenno di andarsene. Meglio lasciarla esercitare tranquilla, intanto che aveva trovato qualcosa di innocuo con cui intrattenersi. Anche se tranquilla rivolto ad Amelie era un eufemismo. «Continua pure il tuo... allenamento...»

«Quel maledetto nastro non fa per me!» Amelie raccolse il cerchio da terra e lo strinse tra le mani. «Ho chiuso io con il nastro! Lo odio! Se lo tenga pure lei il nastro come specialità. Io mi prenderò il cerchio. O la palla. O le clavette. O la fune. Il nastro se lo può anche tenere quella maledetta strega! Non lo voglio più vedere per tutto il resto della vita! Per sempre, insomma.»

La situazione cominciò a delinearsi e a farsi più chiara per Ryan mentre Amelie continuava a inveire. Quindi non era stata la nascente passione per il nuovo sport a indurla a quell'inconsueto allenamento in giardino. In effetti sarebbe stato veramente troppo strano per essere vero.

«Mi vuoi spiegare cosa è successo, per favore?»

Era evidente che la sorella non aspettasse altro che sfogare su di lui le proprie frustrazioni.

«L'associazione malefiche stregacce unite, ecco cos'è successo!»

Amelie, con un furore incontrollato, gli lanciò contro il cerchio che reggeva tra le mani. Ryan dovette spostarsi per evitarlo e il cerchio andò a colpire la quercia.

«Potresti essere più precisa e meno violenta, per favore?»

Amelie, sempre con toni accesi, si apprestò a raccontare tutti i retroscena dell'inizio della sua carriera sportiva. Ryan ascoltandola annuì, sospirò, corrugò la fronte, incrociò le braccia al petto, roteò gli occhi con aria spazientita, si morse le labbra per cercare di trattenersi... ma infine scoppiò a ridere.

«Si può sapere perché diavolo stai ridendo come un cretino, ora?»

Amelie gli puntò gli occhi addosso come se volesse sbranarlo.

«No è che...» Ryan si portò una mano sulle labbra, cercando di nascondere che stava ancora ridendo e abbassò lo sguardo a terra nel vano tentativo di smettere. «Mi immagino la scena, è troppo divertente!»

«Ah, davvero?» Amelie strinse i pugni e il suo volto divenne una maschera di furia e rancore. «Immaginati allora quando le farò a pezzi, una dopo l'altra, quelle maledette streghe! Vedrai come sarà divertente. Le voglio morte! A cominciare da Faith Chandler! È lei la causa di tutto! E tu dovresti volere lo stesso se non fossi tanto stupido. Ma invece a quanto pare lo sei! Quella ha tentato di ucciderti, di ammazzarti, di farti fuori, di eliminarti per sempre, di... Potrebbe farlo ancora... e tu ridi!»

Mentre cercava di trovare sinonimi del verbo "uccidere" per rendere ancora più chiaro il concetto, Amelie si lanciò verso l'albero e recuperò il cerchio giallo.

«Non lo avrebbe mai fatto intenzionalmente. Io credo che con le streghe sia meglio scendere a patti, non farci la guerra. E comunque, per quanto riguarda Faith… Dovresti restituirle il posto in squadra, Amelie…» azzardò Ryan con tono pacato.

«Ma neanche per idea!» Amelie scosse la testa energicamente. «Lotterò per quel posto, lotterò fino alla fine dei tempi! La farò soffrire quella maledetta. Poi la ucciderò! E proprio non ti capisco… Posso anche comprendere scendere a patti con le streghe bianche, ma quella ti ha quasi ucciso. E tu la difendi! Sei proprio un cretino, allora.»

Aveva preso il cerchio e lo stringeva forte tra le mani, poi lo brandì quasi come fosse Excalibur nelle mani di re Artù.

Ryan per un attimo temette che la sorella volesse usarlo per scagliarsi contro di lui, che aveva osato ridere della sua disavventura, e prenderlo a cerchiate. Amelie invece si spostò e lanciò in aria il cerchio per poi tentare di recuperarlo. Stranamente non stava usando i suoi poteri. Forse perché per lei sarebbe stato troppo facile.

Chissà, era anche probabile che il suo smisurato orgoglio la spingesse a voler sfidare e sconfiggere la stregaccia in maniera "onesta". Ryan si immaginò Amelie e Faith Chandler che brandivano una il cerchio e l'altra il nastro come armi del loro grande potere. Entrambe pronte a lottare fino alla fine dei tempi per salvare il proprio posto in una squadra liceale.

* * *

Lo aspettava seduta sul primo gradino che conduceva alla villa. Aveva sbagliato. Lo scherzo ad Amelie Norwest non era stata la sua mossa più intelligente, lo sapeva bene. Ma in quel momento era scattato qualcosa in lei, come un impulso ad agire a cui non era riuscita a resistere. Aveva assecondato l'istinto. E se solo avesse potuto l'avrebbe legata ancora più stretta con quel nastro, fino a farla sparire.

Danielle si portò le ginocchia al petto e vi appoggiò il mento. Non era da lei comportarsi così. O meglio non doveva essere da lei, la discendente di una strega bianca. Avrebbe dovuto combattere quell'istinto diabolico che l'aveva spinta a punire la piccola perfida vampira per le sue malefatte.

Anche Faith, che era stata colpita personalmente, si era trattenuta. Ma proprio perché Faith si era trattenuta, lei aveva agito! Cosa poteva farle Amelie del resto?

Danielle si portò le mani sulle orecchie per evitare di sentire ciò che la sua mente le stava suggerendo.

Non aveva osato tornare a casa dalla nonna, dopo aver salutato Faith. Non aveva voglia di rivelarle ciò che aveva combinato e ricevere i suoi rimproveri. Sapeva di meritarli. Però anche quel crudele mostriciattolo di Amelie Norwest meritava di finire legata come un salame davanti a tutti facendo una figuraccia! Doveva essere punita.

Così aveva deciso di recarsi alla villa di Alexander e anticipare il loro appuntamento. Per fortuna lui le aveva lasciato le chiavi del cancello principale.

«No, non può essere successo di nuovo!»

Danielle sollevò lo sguardo ritrovandosi il ragazzo di fronte. Ne aveva riconosciuta l'ombra ancora prima di udire la sua voce. I pensieri si acquietarono improvvisamente e Danielle sorrise.

«Che cosa non può essere, Alexander?»

Si alzò per andargli incontro e stringersi a lui, poi lo guardò negli occhi.

«Ancora una volta sei arrivata prima di me!»

Alexander fece una smorfia e le accarezzò la schiena.

«Non sei in ritardo» ridacchiò Danielle prendendogli le mani. «Sono io molto in anticipo. Non avevo voglia di tornare a casa per poi uscire di nuovo. Quindi sono venuta qui direttamente.»

Alexander la guardò un po' perplesso, come se intuisse qualcosa oltre le parole di Danielle. Decise però di non forzare la sua volontà e di aspettare che fosse lei a raccontare. Avevano deciso di comune accordo di raccontarsi tutto, ma allo stesso tempo di non forzarsi.

«Tutto bene, vero?» si limitò a chiederle.

«Me la cavo.» Danielle annuì e si sollevò sulla punta dei piedi per baciargli una guancia. «Grazie, comunque.»

«Grazie per cosa?»

Alexander spostò il viso di lato e le sfiorò le labbra con dolcezza.

«Perché rispetti le mie scelte, anche se a volte non è facile capirmi.»

Danielle ricambiò il bacio, sorrise ma poi divenne improvvisamente più seria.

«Mi costa non chiederti cosa stai combinando, lo ammetto.»

Alexander le posò una mano sulla guancia guardandola negli occhi, come nel tentativo di scrutare nella sua anima, nella sua mente. Ma non riuscì a trovare le risposte che cercava.

«Lo so.»

Danielle ricambiò lo sguardo, poi socchiuse gli occhi respirando profondamente. Avrebbe voluto che quell'attimo durasse per sempre.

Alexander invece avrebbe voluto essere ovunque con lei, ma non lì. Con quella villa e quella maledizione che incombevano sul suo capo come una minaccia inesorabile. Danielle percepì la tensione e aprì gli occhi, corrucciando la fronte con un sospiro lieve.

«Ho fatto iniziare la restaurazione. Alla fine mi sono deciso.»

Alexander tentò di mantenere un tono distaccato. Quasi come se non gli importasse affatto di cosa ne sarebbe stato della villa gotica appartenente alla sua famiglia da generazioni.

«Mi sembra una buona cosa.»

Danielle si impegnò per mostrarsi partecipe ma non seppe che altro aggiungere.

«L'architetto che se ne sta occupando, Mark Anderson, conosceva mio fratello. Sono stati all'università insieme. Non sapeva che fosse... Però a parte questo, mi sembra bravo e competente. Mi ha spiegato cosa faranno per mantenere la struttura della villa senza snaturarne le caratteristiche e il valore. Insomma, forse non ho capito tutto. Ma mi fido di lui. Anche perché io… non voglio conoscere proprio tutti i dettagli, non mi interessano.»

Danielle non replicò. Si strinse a lui appoggiando la testa nell'incavo della sua spalla. Alexander le baciò la tempia e le accarezzò il braccio.

«Sono certa che farà un buon lavoro. Hai preso la decisione giusta.»

«Entriamo?» propose Alexander con tono rilassato.

Era il loro principale luogo d'incontro. Nonostante tutto, nonostante ciò che rappresentava. Non lo facevano per nascondersi, ma perché lì potevano stare tranquilli. Senza essere costretti a esporsi, senza forzarsi per far prendere alla loro storia una direzione ben precisa. Una storia nata da un'amicizia, da una conoscenza infantile dovuta alla partecipazione delle loro nonne a un circolo di lettura organizzato saltuariamente nell'antica libreria cittadina.

«Certo, se vuoi entriamo.» Danielle sollevò il mento e accennò un sorriso. «Così potrò vedere l'inizio dei lavori, magari.»

Alexander le prese la mano. Mentre entravano si chiese come sarebbe stato vivere lì, insieme a lei, una volta terminata la ristrutturazione. Poi immaginò se stesso dopo cinque, dieci, vent'anni. Si chiese se sarebbe riuscito a sopravvivere, a sopportare. Altri prima di lui avevano sopportato.

Il pensiero successivo fu per Danielle, mentre salivano la scalinata della villa mano nella mano. Lei gli sarebbe stata accanto, lo sapeva. Ma era davvero questo ciò che voleva? Forse presto la situazione sarebbe cambiata. Lui sarebbe cambiato.

Danielle probabilmente avrebbe continuato a stargli accanto per affetto, devozione, senso del dovere. Magari anche pietà, alla fine. Alexander la conosceva. Sapeva che lei non lo avrebbe abbandonato. Però Danielle meritava di meglio.

Raggiunsero il piano superiore. Aprendo la sala del ritratto, Alexander incrociò immediatamente lo sguardo di Branwell Hamilton e comprese che prima o poi avrebbe dovuto iniziare a prepararsi a lasciarla andare.

Anche Danielle, seguendo la direzione verso cui si era rivolto Alexander, incrociò lo sguardo di Branwell Hamilton. Erano così sfacciatamente uguali, l'uomo di quel ritratto e il ragazzo che in quegli ultimi anni, poco alla volta, aveva conquistato il suo cuore. Ma mentre per Alexander provava amore, tenerezza e senso di protezione, i suoi sentimenti nei confronti dell'uomo del ritratto erano decisamente ostili. Provava irritazione, rabbia, disprezzo e una tensione che scuotevano la sua anima fin nel profondo. Aveva gli stessi occhi verdi e intensi di Alexander. Ma quelli di Alexander erano dolci, affettuosi, gentili. Negli occhi di Branwell divampava un fuoco, una fiamma devastatrice pronta a corrompere e annichilire ogni cosa o persona su cui si posavano.

Le tenebre in quello sguardo la costrinse ad abbassare il viso. Eppure era solo il ritratto di un uomo in posa da cavaliere. Un cavaliere medievale, immortalato in tutto il suo splendore. Affascinante ma corrotto. Che ora tentava di spaventarla e di mandarla via, di farla fuggire, di allontanarla da Alexander perché lui restasse solo, sotto il suo controllo totale. Ma si sbagliava, perché lei non lo avrebbe permesso.

Danielle strinse la mano di Alexander e sollevò nuovamente lo sguardo decisa, audace, lanciando a Branwell Hamilton un'occhiata di sfida. No, non avrebbe abbandonato Alexander, qualunque cosa il destino avesse in serbo per lui, per loro. Perché il suo sentimento era sincero e in quel momento comprese che sarebbe stato più forte di tutto, anche del destino. Anche della maledizione del drago che Branwell Hamilton aveva scatenato su di sé e sulla propria discendenza.

CAPITOLO 48

Era giunto il momento di tornare a farle visita e stipulare con lei un accordo. Mettere da parte i dissapori e i tentati assassinii e incominciare a collaborare. Conveniva a entrambi.

Una sorta di patto di non belligeranza, di duplice intesa, di santa vampiresca-stregonesca alleanza. A differenza di Amelie, Ryan era un esperto in questo. Dominare e abusare dei più deboli. Ma patteggiare e allearsi con chi poteva causargli fastidi. Cercare di tener buone le streghe cattive, in questo caso.

Considerato il fatto che l'associazione malefiche stregacce unite, come l'aveva denominata Amelie, poteva addirittura decidere solennemente di sbarazzarsi di lui, andava oltre il semplice fastidio.

Aveva vissuto più che a sufficienza e l'idea di una morte definitiva non lo scandalizzava. Ma non sarebbe caduto vittima di una nervosa streghetta nera affetta da eccessi di collera, frustrazione latente e chissà quale altra inquietudine adolescenziale, pronta a sfogare i suoi poteri incontrollati su di lui.

Quando Susan Chandler gli aprì la porta, Ryan inclinò il viso di lato, sfoggiando uno dei suoi sorrisi più disarmanti.

«Cosa vuoi?»

Furono le due sole parole che la donna, insensibile al suo fascino, gli rivolse.

«Parlare» replicò Ryan, ancora più sintetico.

Susan chiuse per un istante gli occhi. Poi si spostò di lato aprendo appena la porta per lasciarlo passare.

«Cerca di essere breve.»

Ryan entrò, fece qualche passo nell'atrio e attese che Susan lo guidasse verso il soggiorno, la cucina o dove riteneva più opportuno. Sperò che non tentasse nuovamente il lancio dei coltelli. Questo gli suggerì immediato un altro pensiero. Sperò che la figlioletta adorata non fosse in casa.

Secondo i suoi calcoli la strega Chandler junior doveva essere ancora a scuola. Comunque gli conveniva sbrigarsi. Anche questo pensiero immediatamente ne trascinò con sé un altro. Amelie e quel che gli aveva appena raccontato sul nastro, il cerchio e la compagnia degli attrezzi di quello strano sport in cui si era imbattuta. Amelie e la streghetta Chandler nella stessa scuola, nella stessa squadra. Magari anche nella stessa classe. No, forse no. Amelie, almeno in teoria, era più giovane. Comunque, solo l'idea dell'immane disastro che quelle due adolescenti irrequiete avrebbero potuto causare in città fu sufficiente a dargli i brividi.

Susan intanto lo condusse verso il soggiorno, indicandogli un divanetto dalla fodera azzurra dove accomodarsi. Sedendosi Ryan si sentì sprofondare un po' e si raddrizzò con la schiena.

Susan occupò la poltrona dello stesso colore di fianco a lui e incrociò le braccia fissandolo.

«Allora?»

«Allora sono entrato a far parte del comitato organizzativo delle feste della città.»

Prima di proporre il patto di non belligeranza aveva creduto opportuno prendere la situazione alla lontana, per dimostrare la propria buona fede.

«Congratulazioni» replicò Susan sollevando le spalle e intrecciando le mani intorno al ginocchio penzolante sulla gamba accavallata.

Non sembrava particolarmente impressionata dalla notizia. Anzi, lo guardava come per chiedergli che cosa avesse a che fare con lei.

«Vorrei che anche tu entrassi a farne parte. Sto pensando di proporre la tua partecipazione e magari anche quella di Rosalie Cohen.»

In realtà Ryan non ci aveva pensato prima. Ma per evitare di destare in lei troppi sospetti aveva deciso repentinamente di coinvolgere anche Rosalie.

Susan parve riflettere per un istante, poi scosse la bella testa facendo ondeggiare i capelli castani.

«Non ne comprendo proprio il motivo.»

Ryan strinse leggermente gli occhi e si schiarì la voce.

«Il motivo è che credo sia utile per entrambi raggiungere una sorta di patto, di accordo.»

«A quanto pare ti sei preso un bello spavento l'altra volta che sei venuto a farci visita.» Susan appoggiò le mani sui braccioli della poltrona e inclinò il viso con aria canzonatoria. «Stai cercando di tenerci a bada, vero?»

Ryan corrugò la fronte irritato. Avrebbe tanto desiderato far sparire quel sorrisetto di scherno dal bel volto della strega vampira. Ma si trattenne. Aveva più bisogno di un'alleanza che di cedere ai suoi istinti.

«Vuoi farmi credere che non ti sei spaventata tu stessa dopo l'esplosione di potere oscuro della tua streghetta? Non ne eri consapevole, vero? Forse non le era mai accaduto prima, non così.»

Comprese di aver colpito nel segno perché l'espressione del volto di Susan cambiò radicalmente e il sorrisetto di scherno si smorzò fino a spegnersi del tutto.

«Faith è stata male tutta la notte.» Susan afferrò i braccioli della poltrona con forza, quasi come se ci si stesse aggrappando. «Ancora adesso sta male anche se lo nasconde. Io non credevo, ma… per lei è un problema. Per me non lo era mai stato, quando è arrivato il mio momento. Lei si sente come un'assassina, come avesse quasi ucciso una persona vera. Insomma, un essere umano…»

«Un problema?»

Ryan tralasciò il commento di Susan sul fatto di non essere considerato una "persona vera". Quella donna era fragile e stava per cedere, questo era importante. Era l'occasione giusta per indagare ancora più a fondo ed estorcerle informazioni. Un attimo prezioso e irripetibile per approfittare della sua debolezza. E del suo senso di colpa per aver agito egoisticamente lasciando tutta la responsabilità di strega nera alla figlia. Conquistarne la fiducia sarebbe stato un grande passo avanti. Mostrare empatia nei suoi confronti. Magari avrebbe potuto circuire anche Faith, in seguito. E poi, in conclusione… convincerle ad allearsi con lui contro von Klausen. Ma non era ancora il momento per i sogni di gloria. Doveva avere pazienza, aspettare e agire con cautela. Ecco, pazienza era la parola chiave.

«Essere diventata quello che è…» Susan lo guardò con occhi tristi e colpevoli. «Sono stata io la causa. Non mi perdonerà mai.»

Ryan annuì. Perfetto, semplicemente perfetto! Susan Chandler aveva abboccato ed era caduta nella sua rete. Probabilmente lui era l'unico a conoscenza del piccolo problema della ragazzina. A parte von Klausen, ovviamente. Però non si poteva certo definire il tipo adatto con cui confidarsi. L'esperienza con Amelie aveva dotato Ryan di una pazienza sconfinata che spesso gli tornava utile. Qualcosa di cui von Klausen era del tutto privo.

«Io… non voglio farle del male, davvero. E neanche a te…»

Ecco, doveva spingere su quel tasto per ottenere ciò che voleva. Poche semplici parole in difesa della streghetta Chandler junior e la strega vampira Susan Chandler sarebbe stata dalla sua parte. Era il mezzo per arrivare al fine. Anche perché era abbastanza chiaro che la ragazza aveva una serie di problemi irrisolti con la madre. E finché fossero rimasti irrisolti lui avrebbe avuto il potere di manipolarla a suo piacimento. Più avanti anche contro Jean Claude von Klausen. Ora doveva agire con astuzia per tentare di convincerla ad assecondarlo e a collaborare con lui.

«Grazie…» rispose Susan mordendosi le labbra. «Lei… lei…»

Un nodo in gola sembrò impedirle di proseguire.

Ryan annuì con espressione comprensiva e posò la mano sulla sua, accarezzandola con gesto partecipe, quasi complice. Susan sollevò il viso e gli rivolse uno sguardo riconoscente. Una donna sola e disorientata diventava una preda facile. Era un principio che non si smentiva mai, nel corso dei secoli.

Fu qualche istante più tardi che Ryan e Susan si resero conto di non essere soli. E lo sguardo che Faith Chandler stava rivolgendo a entrambi non era né complice né riconoscente. Nemmeno disorientato. Ma solo e semplicemente schifato.

«Ma prego, andate avanti. Fate pure come se io non ci fossi! Oddio, che schifo...»

In un lampo la ragazza era sparita, volatilizzata. Si sentì solo lo sbattere energico della porta della sua stanza.

Susan e Ryan si guardarono per un attimo, come inconsapevoli di ciò che era appena accaduto.

«Faith...»

Susan si alzò di scatto muovendosi verso la stanza della figlia.

Ryan ebbe un tempo di reazione più lento. Sospirò e si incamminò adagio verso l'ingresso del soggiorno, in attesa dello sviluppo degli eventi. Dannazione, l'inopportuna e inaspettata entrata in scena della streghetta rischiava di rovinare tutti i suoi piani!

Pochi istanti dopo ci fu un nuovo sbattere di porta rabbioso. La ragazza aveva un futuro come demolitrice di porte, pensò Ryan. Anche in quello poteva fare concorrenza ad Amelie.

«Anzi...» La voce di Faith prima acuta aveva ora raggiunto un tono basso, quasi soffocato. «Io non ci sarò proprio!»

Ryan la vide sulla porta d'ingresso. Aveva riempito lo zaino fino all'inverosimile, tanto che sembrava dovesse esplodere da un momento all'altro.

«Faith...» Il tono di Susan era invece supplichevole, sospiroso di tensione repressa. «Dove hai intenzione di andare?»

«Fatti miei!» Faith lanciò un'occhiata sprezzante a Ryan, come se vedesse in lui il diavolo in persona o l'essere più ripugnante del creato. «Certo che potresti anche sceglierteli un po' meglio i tuoi amanti! Con questo hai proprio toccato il fondo!»

«No Faith, non è come credi…»

«Ragazzina, guarda che ti sbagli!»

La reazione di Susan e Ryan fu simultanea e di totale negazione di ciò che Faith era convinta di aver visto. Faith sospirò profondamente sollevando il petto sdegnato e scrutò entrambi. L'espressione mista di disgusto e disprezzo coinvolse anche Susan questa volta.

«Non me ne frega niente, comunque!»

Si girò di scatto spalancando la porta d'ingresso. Poi cambiò idea e si voltò con un sorrisetto sadico rivolto esclusivamente a Ryan.

Per un attimo Ryan temette che volesse di nuovo tentare di ucciderlo, oppure… Quel sorrisetto sadico e un po' perverso sul viso di una ragazza non era affatto rassicurante. A meno che non si trovassero in una situazione particolare e intima e la ragazza meditasse qualche nuovo gioco erotico. Ma non sembrava né il luogo né il momento, effettivamente. E conoscendo Faith Chandler, per quel poco che la conosceva, non prometteva nulla di buono. Sicuramente se gli fosse saltata addosso non sarebbe stata spinta da quel tipo di desiderio sfrenato nei suoi confronti.

Faith inclinò il viso guardandolo con i suoi occhi nocciola in cui in quel preciso istante brillava una fiamma verde, quasi crudele. Poi abbassò lo sguardo alle labbra di Ryan, alle spalle, al torace, alla vita.

Ryan sentì un brivido lungo la schiena quando la vide soffermarsi sul cavallo dei suoi pantaloni e il sorrisetto della strega divenne prima malizioso, poi quasi feroce. No, la ragazzina non poteva essere perversa fino a quel punto, qualsiasi cosa sfiorasse la sua mente in quel momento. Sospirò di sollievo mentre lo sguardo di Faith scendeva alle sue gambe e infine ai suoi piedi.

A quel punto Ryan tentò di muoversi. Meglio levarsi di mezzo o qualcuno lì si sarebbe fatto male. Per difendersi avrebbe dovuto necessariamente attaccare la streghetta e sarebbe stato controproducente.

Non riuscì a muovere un passo, però. Quindi abbassò lo sguardo e osservò confuso i bizzarri lacci che gli fuoriuscivano dalle scarpe. Davvero strano perché quelle che indossava erano scarpe senza lacci. Poi vide i lacci neri legarsi e annodarsi, in uno strano gioco di figure e intrecci. Sembravano divertirsi tra loro e aver assunto vita propria. Diventati più spessi e più resistenti, salirono vorticosamente fino alle caviglie di Ryan, poi ai polpacci e sempre più su.

Ryan fece l'errore di muoversi di scatto per tentare di liberarsi e cadde a terra come un sacco. Perché nel frattempo i malefici lacci magici avevano raggiunto i suoi glutei trasformandosi in corde.

«Non è divertente, strega!» le ringhiò contro furioso. «Non è affatto divertente!»

«Invece sì, vampiro! È molto divertente. E questo è solo l'inizio, un assaggio di ciò che ho intenzione di farti!»

«Ah, sì? E cosa vorresti farmi? Io te la farò pagare, lo sai? Io ti… ti…» Ryan si costrinse a trattenersi per non cedere alla provocazione. Rischiava di rovinare tutto.

«Tu cosa? Sentiamo!»

Dopo l'istigazione del vampiro, la magia della strega non fece altro che aumentare velocità. Ryan si ritrovò immobilizzato a terra, praticamente legato da capo a piedi.

Allora era diventato un vizio! La punizione per aver deriso Amelie lo colpiva allo stesso modo! In ogni caso non avrebbe mai più indossato un paio di scarpe coi lacci. Poco importava che la strega fosse riuscita a crearli dal nulla. Il ricordo sarebbe bastato a mantenerlo a distanza.

Quando sentì nuovamente la porta sbattere, cercò di sollevare lo sguardo e vide che la strega Chandler junior aveva raccolto il suo zaino ed era uscita di casa. Susan fissava tristemente la porta d'ingresso senza badare a lui che si divincolava tentando di slegarsi.

«Ma di che diavolo sono fatte ste maledette corde? Materiale stregonesco e sputo di lama?»

Riuscì ad attirare l'attenzione di Susan che scrollò le spalle e tornò a sedersi sulla poltroncina azzurra.

«Non ti lamentare tanto, almeno questa volta non ha tentato di ucciderti. Faith ha sempre avuto un carattere un po' impetuoso. Con te però tira fuori il peggio. In questo mi fai quasi concorrenza, complimenti Ryan Norwest.» Lo guardava mentre a fatica si scioglieva districandosi dalla corda magica. Susan sembrava stesse riflettendo su un'idea brillante che aveva appena avuto. «Cosa mi dicevi a proposito del comitato organizzativo delle feste della città?»

CAPITOLO 49

Le leggeva dentro. Per questo tentava di evitare il suo sguardo. Il suo cambiamento era così evidente? Perché in effetti si sentiva cambiata. Aveva sfidato, nello stesso giorno, Amelie Norwest e Branwell Hamilton. Il ritratto di Branwell Hamilton in realtà, ma pur sempre di una sfida si trattava. E lei non era mai stata abituata a sfidare nessuno.

Danielle sospirò davanti al piatto della colazione lasciato quasi intatto. Faith e Alexander erano le due persone a cui si sentiva più legata. Ad Alexander era legata da anni, a Faith da poche settimane. In ogni caso non avrebbe mai potuto permettere che soffrissero senza intervenire.

«Tu stai passando troppo tempo con quella ragazza.» Rosalie spostò la sedia dal tavolo, sedendosi di fronte a lei. «Che oltretutto non dovrebbe esserti assolutamente amica, anzi… l'esatto contrario.»

«Invece è l'unica amica che ho! Lo sai anche tu che ho tentato di fare amicizia con altre, tante volte, ma quello che sono non è… non mi è d'aiuto, ecco. Insomma, ci ho sempre provato senza mai sentirmi a mio agio. Così mi sono allontanata. Con Faith non devo fingere. E anche per lei è lo stesso. Averla incontrata è stata la cosa migliore che mi potesse accadere.»

Danielle prese la tazza del latte, ne bevve un sorso, poi la posò sul piattino. La nonna era a conoscenza della sua amicizia con Faith, ma non aveva sospetti riguardo al suo legame con Alexander. Sapeva che con lui aveva una conoscenza superficiale, come con altre persone della sua età. Non che il loro rapporto si era approfondito, soprattutto negli ultimi mesi. Altrimenti avrebbe dovuto rivelarle anche la verità su di lui. Danielle sapeva che Rosalie avrebbe cercato di convincerla a lasciarlo. Quindi, almeno per il momento, era meglio tacere.

«Faith è una strega nera. Non puoi considerarla la cosa migliore per te.» L'espressione del volto di Rosalie era seria, decisamente preoccupata. «E nemmeno di seconda generazione. Una strega nera con pieni poteri. Potrebbe distruggerti prima di concederti la possibilità di batter ciglio, Danielle.»

«Potrebbe, lo so. Me l'hai ripetuto già abbastanza volte, nonna» Danielle annuì e si sforzò di mangiare la fetta di torta che aveva davanti. «Però in realtà Faith non sembra così potente. Oppure lo è e non usa i suoi poteri, forse non sa nemmeno come fare. Perché...»

Decise di evitare il racconto di ciò che era avvenuto in palestra con Amelie Norwest. Altrimenti avrebbe dovuto raccontare anche cosa lei aveva fatto contro la vampira, mentre Faith si era limitata a soccombere e allontanarsi. Ultimamente sembrava proprio che una verità attirasse un'altra, ancora più scomoda e inopportuna della precedente. La sua vita da strega stava diventando decisamente complicata.

«Perché?»

Rosalie cercò lo sguardo della nipote che sminuzzava la torta con il cucchiaino.

«Perché non li usa nemmeno contro chi lo meriterebbe!» Danielle la guardò negli occhi e sospirò profondamente. «Neanche contro chi le fa del male. Perché dovrebbe usarli contro di me che le sono amica?»

Non ci aveva mai riflettuto seriamente. Sarebbe stata in grado Faith, volendo, di uccidere Amelie? Sapeva che ci era andata molto vicina con il fratello, Ryan. Però poteva essere stato un caso. O forse no. Avrebbe potuto sbarazzarsi di quella vipera per sempre. Liberare la città e il mondo della sua nefasta presenza. Danielle stava iniziando a chiedersi cosa avrebbe fatto lei al posto di Faith.

«A cosa stai pensando ora, Danielle?»

Rosalie aveva notato una luce oscura e ambigua nello sguardo della nipote.

«Faith potrebbe con i suoi poteri... uccidere un vampiro?»

273

Danielle posò il cucchiaino e guardò la nonna con aria assorta.

«Sì, potrebbe.» Rosalie rispose, senza indagare sui motivi della domanda.

«Anche un vampiro molto vecchio? Diciamo uno che abbia più di… cinquecento anni?»

«La risposta è ancora sì» annuì Rosalie. Sì, Faith Chandler avrebbe potuto uccidere un vampiro, anche un millenario. Forse non i primi creatori, per cui sarebbe stata comunque estremamente pericolosa. Ma i millenari senza dubbio. Esattamente come avrebbe potuto farlo lei stessa, se avesse voluto. «Potrebbe farlo, se sapesse usare correttamente i propri poteri. Avrebbe bisogno di tutta la sua energia che scaturisce da una molteplicità di emozioni. Dovrebbe incanalarle tutte quante a quello scopo, contemporaneamente. Dubito che sia in grado di farlo, senza una guida. Non è così facile.»

«Ci sono tante cose che non mi hai mai spiegato, nonna…»

Danielle stava riflettendo. Seriamente, come mai prima d'ora. Forse con una maggiore consapevolezza avrebbe trovato il modo di sfidare realmente Amelie Norwest e Branwell Hamilton. Forse avrebbe potuto difendere Faith, visto che lei si faceva problemi a difendere se stessa. Forse avrebbe trovato anche una soluzione per aiutare Alexander, per annientare Branwell Hamilton e la maledizione del drago. Se avesse avuto lei stessa i pieni poteri…

Un pensiero scaturì spontaneo nella mente di Danielle. Forse se ci fosse stata lei al posto di Faith, se fosse stata lei investita di tutto quel potere oscuro… avrebbe agito diversamente. Forse l'avrebbe usato in tutta la sua manifestazione, in tutta la sua forza, incanalando le emozioni. Senza tutti gli scrupoli di coscienza che affliggevano continuamente Faith e che le stavano causando solo tormento e sofferenza.

«Devi avere pazienza, Danielle, poco alla volta.»

Rosalie notò qualcosa di strano nell'espressione della nipote. Stava cambiando. E questo cambiamento iniziava a preoccuparla.

«Va bene, nonna. Avrò pazienza.»

Danielle si alzò e sorrise. La riflessione di poco prima, il sentimento così vicino all'invidia nei confronti di Faith e del suo potere la fecero vergognare di se stessa. Doveva distrarsi, non pensarci più.

«Stai per uscire?»

Rosalie notò lo sbalzo d'umore di Danielle, l'imbarazzo che l'aveva fatta arrossire. Era suo dovere scoprire cosa le stava succedendo. E ancora di più era suo dovere salvaguardare la sua vita.

«Sì nonna, vado a fare una passeggiata.»

«Stai attenta, Danielle.»

Rosalie le sorrise conciliante. Non poteva legarla in casa. Però poteva proteggerla, questo sì. La vide prepararsi per uscire, attraversare il vialetto che conduceva al cancello d'ingresso della casa. Danielle, giunta a quel punto, si voltò e la salutò sorridendo con un cenno della mano, come faceva sempre.

Fu quello l'attimo in cui Rosalie Cohen decise di agire. Strinse gli occhi per un istante e la seguì con la mente, stabilendo una connessione con lei. Ecco, ci era riuscita. Da quel momento avrebbe visto e sentito tutto ciò che Danielle vedeva e sentiva. Non era giusto, non era onesto. Rosalie aveva sempre odiato quel tipo di incantesimo. Ma in quel momento per lei era essenziale sapere.

* * *

Da alcune mattine Bliss riusciva a essere puntuale. Non era facile, ma non voleva fornire a Jenevieve motivi per rimproverarla. Per cui era pronta a pulire e preparare prima dell'arrivo della collega. Anche se era già quasi tutto sistemato dalla sera precedente.

Quando aprì la porta sul retro per appoggiare la borsa e la giacca nello stanzino del personale, sobbalzò vedendo che

Jenevieve era già arrivata. E la guardava sgranocchiando uno snack ai cereali.

«Ciao!»

Bliss sorrise cercando di essere naturale e appoggiò la borsa dentro al suo armadietto. Le voltò le spalle del tutto per appendere la giacca. Jenevieve aveva la tipica aria di qualcuno che ha qualcosa da dire. Bliss stava pensando a come evitarla.

«Ciao.» Jenevieve addentò l'ultimo pezzetto del suo snack e buttò via la carta. «Sei stranamente puntuale ultimamente. Da qualche giorno stai arrivando addirittura prima di me.»

«La mia sveglia sta funzionando.»

Bliss accennò un sorriso e si mosse verso la porta dello stanzino, con l'intenzione di dirigersi verso il locale per aprire.

«Non ho voglia di girare troppo intorno alle parole.» Jenevieve si spostò mettendosi davanti e bloccandole il passaggio. «Ti dico solo che sono a conoscenza della relazione tra te e un certo professor Miller.»

«Ma no, io…»

Bliss sgranò gli occhi per la sorpresa, poi arrossì violentemente.

Come aveva fatto Jenevieve a scoprirlo? E poi cosa credeva di aver scoperto esattamente? Con il termine "relazione" intendeva…?

«Certo che se ti iscriverai all'università, una storiella con un professore non è la migliore delle idee.» Jenevieve scrollò le spalle e sogghignò. «Viverci insieme poi!»

«Io non voglio iscrivermi all'università!» Bliss strinse i pugni fino a farsi quasi male. «E poi non ho nessuna relazione con Jonathan. Comunque, non sono affari tuoi!»

«Lo chiami per nome, addirittura!»

«Il professor Miller è solo un amico di mio padre.»

Bliss sentiva le lacrime bruciarle gli occhi ma non voleva piangere. Anche perché non ci sarebbe stato in effetti nessun motivo per farlo. Perché stava diventando così suscettibile nei confronti di un'accusa ridicola? Non aveva mai prestato eccessiva attenzione agli attacchi di Jenevieve, diretti o velati che fossero.

«Bene, come preferisci.» Jenevieve allargò le braccia lungo i fianchi con aria condiscendente. «Visto che sei diventata tanto brava e puntuale non ti dispiacerà servirmi la colazione prima di aprire. Poi io mi prenderò una giornata libera oggi e tu farai il doppio turno fino a stasera.»

«Stai scherzando?»

Bliss s'incupì e fissò la collega sconvolta. Si sentiva le guance in fiamme.

«Niente affatto!» Jenevieve replicò senza scomporsi. «Perché se resto qui oggi, chissà... Potrei anche parlare con qualche cliente. E a te non importa che racconti in giro che tu vivi in casa con il professor Miller... o Jonathan, come lo chiami tu!»

«Tu mi stai...» Bliss lottò con le parole nella sua testa, non trovando il termine che cercava. Poi lo trovò. Era fin troppo chiaro, fin troppo meschino e subdolo. «Mi stai ricattando!»

«Ricattando? Ma che brutta parola!» Jenevieve scosse la testa piegando le labbra all'ingiù con aria indignata. «No, diciamo che stiamo solo raggiungendo un accordo. Allora?»

«Va bene...» sospirò Bliss.

Jenevieve poteva anche diffondere la notizia della sua convivenza con Jonathan Miller. Non le importava. Nemmeno che l'accusasse di avere una relazione con lui. Era grande abbastanza per avere una relazione con un uomo e non era intenzionata a frequentare l'università, quindi Miller non sarebbe mai stato un suo professore. Nonostante la differenza d'età non ci sarebbe stato nulla di così scandaloso e sconveniente.

Però... però era tutto il resto che doveva tenere nascosto. E di quel resto nemmeno lei stessa aveva assunto piena consapevolezza.

Non aveva ancora capito chi fosse in realtà Jonathan Miller. Non sapeva cosa avesse nascosto suo padre per tutti quegli anni e perché fosse sparito senza lasciare traccia. Aveva dubbi anche su se stessa e addirittura su Nathan Castle e su ciò che era convinta di aver visto. Di tutto questo Jenevieve e tanti altri dovevano rimanere all'oscuro.

Solo una questione in quel momento era indubbiamente chiara nella mente di Bliss; Jenevieve era una spregevole, meschina ricattatrice e lei era stata costretta a cedere alla sua minaccia.

CAPITOLO 50

La voce stridula e irritante di quella donna le stava trapanando i timpani penetrandole nel cervello. Maggie incominciò a temere che avrebbe sofferto di danni cerebrali permanenti se non si fosse allontanata da lì immediatamente.

Il tutto perché secondo lei aveva messo in disordine la cucina. Ma per cucinare, o tentare di farlo, la cucina andava messa un po' in disordine ogni tanto.

Patricia Stonewood Pennington la stava guardando invece come se fosse stata la responsabile dello scoppio della terza guerra mondiale nella cucina di casa. Le aveva urlato alle spalle, lei si era spaventata e le era caduto un uovo. E Maggie lo aveva guardato desolata, come se l'uovo avesse potuto avere un'anima e farsi male.

Così, mentre la perfida matrigna s'infervorava, Maggie continuava a osservare l'uovo a terra, la parte gialla. Non ricordava più il nome. Albume? No, tuorlo. Forse tuorlo, sì. L'albume era la parte bianca. E poi c'era il guscio. Ma...

Maggie aggrottò la fronte e sollevò il volto dall'uovo spiaccicato a terra. La bocca della matrigna continuava a muoversi articolando parole. Intanto era arrivato in cucina anche suo padre, Wade Pennington, direttamente dal suo studio. E continuava ad annuire a ogni parola che usciva dalla bocca scarlatta di Patricia. Che si era messa il rossetto un po' storto quella mattina, magari andava di fretta. Maggie si era sempre chiesta come riuscisse a non mangiarselo. Quando lei se lo metteva, dopo pochi minuti era già sparito dalle sue labbra. Forse le finiva in bocca quando mordicchiava le unghie o la penna. O quando mangiava qualcosa di dolce e si leccava le labbra. O si mangiava direttamente il rossetto, perché quello alla fragola o alla ciliegia era veramente delizioso!

Ma... Maggie tornò al "ma" che l'aveva bloccata dopo aver definito le parti che componevano l'uovo. Ma... il pulcino... che fine aveva fatto il pulcino?

E mentre Patricia continuava a lamentarsi e inveire contro di lei, Maggie si interrogava sulle sorti del pulcino. Sospirò desolata, si chinò a raccogliere l'uovo e pulì. Poi, senza dire una parola, prese la giacca e la borsa che aveva lasciato su una delle sedie della cucina e corse fuori di casa.

Appena varcato l'uscio si voltò e rimase immobile per qualche istante. Poteva chiedere a Nathan. Maggie si voltò verso la strada e guardò di fronte a sé. Lui era sempre stato il suo rifugio quando la Perfida Sventura l'aggrediva. E quando suo padre dava sempre ragione a quella donna e ai suoi figli.

«Ciao!» gli sorrise appena lui aprì la porta.

Da qualche giorno non lo incontrava, neanche in università. Avrebbe dovuto passare a trovarlo prima, ma era stata tutto il tempo con James, in libreria o in biblioteca alla ricerca di quel misterioso Cross Irizarry. Non aveva ancora rinunciato a cercarlo.

Nathan Castle, intanto, la guardava un po' stupito. Sembrava strano. Più strano di quanto fosse già naturalmente strano. Forse si era appena svegliato. Ma Maggie sapeva bene com'era Nathan appena sveglio e quello era uno strano diverso.

«Ciao, Penny.»

Nathan si ricompose, o almeno ci provò. Aspettava Annie, non lei. Così aveva aperto la porta senza pensare, senza chiedere chi fosse.

Maggie sembrava occupata negli ultimi giorni e probabilmente era meglio così. Per lei. Non voleva che lo vedesse in quelle condizioni. E non si trattava solo dello spostamento incontrollato di oggetti. Aveva sempre detestato che la piccola Penny lo vedesse stare male, fin da bambini. Perché lei poteva aver bisogno di lui e lui doveva essere sempre pronto ad aiutarla. Non poteva e non doveva avvenire il contrario.

«Posso entrare?» Maggie sospirò con un fremito negli occhi azzurri. Cercò di fare un riassunto mentale prima di esporlo a lui. «Sai, è successa una cosa. Anzi, più cose...»

«Penny, io non mi sento molto bene oggi... e ho mal di gola...»

Detestava l'idea di mandarla via, ma che altro poteva fare? Magari aveva bisogno di lui. Magari le era successo qualcosa in casa con quella donna orribile che aveva per matrigna. E con quell'inetto di suo padre che taceva e l'assecondava!

Nathan sospirò e abbassò il viso per non guardarla. Lei lo stava fissando con quegli occhioni teneri e un po' smarriti che conosceva fin troppo bene. Doveva farsi forza per non cedere.

«Mmh...» Maggie sospirò e abbassò il viso esattamente come lui, nel tentativo di incrociare il suo sguardo.

Nathan comprese che nonostante tutti gli sforzi avrebbe ceduto. Maggie Pennington era sempre stata la sua debolezza, la sua anima sensibile. La sua umanità. Colei che gli donava pace con se stesso e con il resto del creato. Con lei accanto la vita tornava a essere degna di essere vissuta e il mondo era ancora un bel luogo in cui vivere.

Maggie era ancora lì, di fronte a lui, come sospesa. Attendendo che decidesse che cosa fare. Nathan stava lottando con se stesso tra il desiderio di farla entrare e la necessità di mandarla via.

Quando si decise a spingere la porta per aprirla di qualche centimetro, si rese conto che Maggie non era più sola là fuori. Pochi passi dietro a lei sostava anche Annie. Colei che l'avrebbe aiutato a guarire da... da quella cosa che si era impossessata di lui e che non sapeva ancora definire. Stava per chiamarla malattia nella sua mente. E forse lo era. Una malattia della mente, una devianza pericolosa che gli consentiva di spostare le cose, di far assumere agli oggetti una vita propria e muoversi al di là del suo controllo.

Poi era comparsa Annie Stevenson nella sua vita. Una vestale. Si era informato, aveva cercato su internet cosa, o meglio, chi fosse una vestale. Non che quelle poche informazioni lo rassicurassero, ma era tutto ciò che aveva. Annie avrebbe fatto il possibile per aiutarlo. Lo aveva promesso.

«Ciao, Nathan.»

La voce di Annie soffiò lieve dietro la spalla di Maggie.

Mentre Nathan accennò un sorriso imbarazzato, Maggie si voltò verso Annie. Aprì la bocca per dire qualcosa, poi rimase in silenzio. Nathan si chiedeva cosa stesse pensando in quel momento. In condizioni normali probabilmente le avrebbe invitate entrambe a entrare e si sarebbe messo a cucinare qualcosa per loro. Ma purtroppo quelle non erano condizioni normali.

«Ciao, Annie.»

Nathan salutò Annie inclinando appena il capo in cenno di saluto. Con uno sguardo lei gli diede conferma di aver compreso quale fosse il problema. Maggie era il problema. Maggie che non doveva scoprire quella parte oscura che lui non era ancora in grado di dominare, di gestire. Maggie che andava protetta dal Mr. Hyde che stava prendendo sempre più il sopravvento. Maggie che si aspettava di trovare, nella casa di fronte alla sua, Nathan Castle. Solo il suo Nathan Castle e tutto ciò che era stato per lei nel corso di tutti quegli anni insieme. Non un altro. Non un mostro.

«Sono passata a portarti gli appunti di fisica, Nathan.»

Le labbra di Annie si aprirono in un sorriso spontaneo e tranquillo, come se tutto fosse normale. Grandiosamente normale.

«Grazie, Annie» annuì Nathan riconoscente. «Mi sono preso un'influenza, ma non posso rimanere indietro! L'esame è tra una settimana.»

Maggie lasciò vagare lo sguardo da uno all'altra, parve riflettere per qualche istante poi piegò le labbra in un piccolo sorriso. Decise di soffermarsi su Annie.

«Sei qui per aiutarlo?»

«Sì, questo esame è molto difficile!»

Annie aveva un'espressione davvero credibile. Sembrava sinceramente preoccupata per l'esame. Non tanto per lui, quanto per l'esame.

«Allora, io vado...» Maggie appariva convinta. Senza alcun dubbio in proposito. «Così vi lascio studiare fisica. Però...» Rivolse uno sguardo a Nathan «Tu chiamami quando hai finito, se hai bisogno.»

«D'accordo!» Nathan annuì sforzandosi di sorridere. «Grazie, Penny.»

Così in pochi secondi Maggie si era allontanata ed Annie era entrata in casa sua. Era brava. Davvero brava, pensò Nathan. Lui stesso non sarebbe riuscito così abilmente a convincere Maggie ad andarsene senza ferirla.

Maggie raggiunse il cancelletto e si voltò a guardare la porta della casa di Nathan, che si era ormai richiusa. Nathan doveva studiare per l'esame di fisica. Era giusto così. Annie la rossa poteva aiutarlo, lei invece no.

Lanciò un'occhiata oltre la strada e l'attraversò raggiungendo il cancello di casa sua. Sostò davanti pensierosa. Tornare dentro, neanche a parlarne. C'era la Perfida Sventura. E suo padre che probabilmente era rientrato nel suo studio e stava lavorando. Come sempre stava lavorando, oppure stava progettando di andare a qualche convegno da qualche parte del mondo.

Decisamente meglio andare. Forse a cercare Bliss alla caffetteria, oppure nella biblioteca dell'università. Magari ci sarebbe stata Ariella alla ricerca del suo Cross. Oppure poteva passare dalla libreria di Herr Flick anche se non era il suo turno di lavoro.

Aggrottò la fronte guardando nuovamente la casa. Poi si voltò di scatto pronta a correre via, andando però a sbattere contro un passante che arrivava dalla direzione opposta.

Era un uomo anziano, un po' curvo, che reggeva in mano un pacchetto avvolto in una carta color ocra, con legato intorno un nastro di una gradazione più scura. Maggie stava per scusarsi per lo scontro, ma l'uomo parlò per primo.

«Sto cercando l'abitazione della signorina Maggie Pennington.»

«L'abitazione è quella...»

Maggie alzò il braccio lateralmente per indicare la casa.

«E la signorina...?» La interrogò l'uomo con un tono deferente.

Maggie adorava il modo in cui l'ometto pronunciava la parola "signorina". Glielo avrebbe fatto ripetere altre venti volte solo per il piacere di sentirlo.

«La...»

«La signorina Maggie Pennington?» ripeté l'uomo con l'accenno di un sorriso sulle labbra.

Ecco, lo aveva detto un'altra volta! Forse poteva essere sufficiente, il suo accento era delizioso, così perfetto! Quasi da maggiordomo inglese al cento per cento, con garanzia di autenticità. Ma non poteva tenerlo in sospeso solo per fargli ripetere "signorina" ancora una volta.

«Sono io... Maggie Pennington» rispose Maggie, inclinando lievemente il capo. Gli avrebbe fatto anche un inchino sollevando la gonna e la sottogonna, ma purtroppo indossava i jeans.

«Allora questo è per lei, signorina Pennington.»

Anche l'ometto sorrise, rifilandole il pacchetto tra le mani.

A Maggie parve di aver vinto alla lotteria, non tanto per il pacchetto misterioso ma perché aveva ottenuto in regalo un altro "signorina".

«Grazie, signore.» Maggie ricambiò il sorriso, facendo veramente un breve inchino questa volta. Ancora le dispiacque di non avere una bella gonnellona ampia al posto dei pantaloni. A un tratto si sentiva Alice e l'uomo sembrava provenire dal paese delle meraviglie. «Che cosa c'è dentro?»

Magari una bella torta di non compleanno? Sarebbe stato appropriato, a quel punto.

«Lo apra e lo scoprirà.» L'uomo si voltò e solo in quel momento Maggie si accorse che poco distante c'era un'elegante auto nera che lo attendeva sul ciglio della strada. «Buona giornata, signorina Pennington.»

Così l'ometto dal "signorina" perfetto sparì nella sua macchina nera e Maggie rimase lì in piedi con il pacchetto in mano a guardarlo allontanarsi. Se lo rigirò tra le mani, lo scosse e avvicinò l'orecchio per sentire se dall'interno proveniva qualche rumore strano. No, sembrava qualcosa di estremamente compatto e solido.

«Cosa sarà?»

Maggie cercò un posto dove sedersi, voleva compiere l'operazione di apertura pacchetto nel migliore dei modi, con tutte le cure possibili. Sfilare il nastro, ripiegare la carta per bene.

Pensò di andare alla caffetteria da Bliss o in biblioteca, ma si rese conto di non poter aspettare. Voleva sapere subito cosa conteneva. Si sedette sul marciapiede e lo appoggiò sulle ginocchia. Sfilò accuratamente il nastro e lo ripose nella borsa, poi fece del suo meglio per aprire il pacchetto senza sgualcire troppo la carta. Sospirò e la ripose con cura nella borsa.

Si trovò tra le mani un libro. Il colore era quasi simile a quello della carta che l'aveva avvolto e anche a quelli più antichi che Herr Flick aveva nella sua libreria e a cui teneva di più. Quelli più preziosi, conservati sulla mensola speciale e sottochiave.

Maggie non riusciva a leggere il titolo scritto in caratteri dorati, poi si rese conto di avere in mano il libro nel verso sbagliato. Quando lo girò lesse finalmente *Creature nel mondo*. Più in alto, leggermente più in piccolo, c'era il nome dell'autore. Maggie ebbe un sussulto. Il nome dell'autore era Cross Irizarry.

CAPITOLO 51

Alla fine era riuscita a prendere sonno. Aveva trascorso gran parte della nottata a pensare. Questa volta non era stata propensa a ucciderlo anche se la tentazione era sempre presente. Di solito riusciva a mantenere il controllo, o almeno ci provava. Anche con Amelie ci era riuscita. Ma con lui lo perdeva del tutto, inesorabilmente.

Cosa ci faceva quel vampiro in casa sua, di nuovo? Seduto sul divano mano nella mano con sua madre, oltretutto!

Faith aprì gli occhi e la prima immagine che si ripropose alla sua memoria, nonostante avesse tentato di cacciarla in tutti i modi, fu proprio quella. Ryan Norwest che accarezzava teneramente la mano di sua madre nel loro salotto.

Si strofinò gli occhi con una smorfia disgustata. Poi appoggiò le mani sullo stomaco e lo sentì brontolare. Non aveva mangiato nulla dal pomeriggio del giorno precedente. Dopo l'apparizione di Amelie in palestra e dopo aver sorpreso sua madre con il nuovo "amico", aveva vagato per la città, aggirandosi tra i negozi del centro finché erano rimasti aperti. Senza comprare nulla.

Poi, in seguito a una breve rassegna dei luoghi dove sarebbe potuta andare ma aveva ritenuto meglio evitare, si era ritrovata lì. Non era la prima volta che si rifugiava in quella capanna sulla riva del laghetto di Strawberry Hill.

Probabilmente apparteneva a qualcuno, ma era lasciata incustodita oltre ad essere disabitata chissà da quanto tempo. Magari avrebbe potuto informarsi e trasferirsi lì definitivamente. Tanto a casa, con quell'essere che girava indisturbato, non ci sarebbe tornata.

Faith si stirò per sgranchirsi le braccia e la schiena. Sentì qualche osso scricchiolare e si massaggiò le spalle, poi i fianchi e i glutei. Era davvero duro il pavimento in legno di quella casupola, così come lo erano le pareti. Se avesse deciso di trasferirsi avrebbe dovuto calcolare la spesa di un lettino, una sedia, un tavolo. Sospirò dando un'occhiata intorno. Avrebbe dovuto calcolare la spesa praticamente di tutto. E lei non aveva soldi da parte. Un bel problema.

Poteva provare a guadagnare qualcosa con qualche incantesimo. Si immaginò la fila di persone lungo la sponda del laghetto, pronti a pagare per i suoi trucchi magici e sortilegi. Per completare il quadro le mancavano soltanto una sfera magica, le carte, imparare a leggere la mano. Anzi, meglio... Magari lasciare tutto, unirsi a un circo, vagare per il mondo. E legare vampiri o altri mostri come sua specialità!

Controllò il cellulare che era rimasto sepolto nel fondo dello zaino e vide un paio di messaggi di Danielle, una chiamata e un messaggio di sua madre, un messaggio di Philip.

Rispose a Danielle proponendole di raggiungerla. Evitò di ascoltare il messaggio in segreteria di sua madre e anche di leggere il lungo messaggio di testo che le aveva lasciato. Sospirò leggendo il messaggio di Philip. Aveva voglia di vederlo, ma stava diventando sempre più complicato stare con lui e dover mantenere il segreto su troppe questioni. Decise di aspettare e di rispondergli più tardi, con calma. Soprattutto con le idee più chiare.

Sbuffò stringendosi le ginocchia al petto. Poi si prese il viso tra le mani affondando le dita tra i capelli. Aveva bisogno di un bel bagno. Con dei sali profumati. Rinfrescanti, energizzanti. No, non energizzanti. Di energia ne aveva già fin troppa! Rilassanti, meglio.

La sensazione di fame intanto aumentava, la stava invadendo. Faith cercò nello zaino e trovò una barretta di cioccolato fondente.

Si alzò in piedi e uscì dalla capanna per andare a sedersi in riva al lago. Si distese per un istante. Il cielo era sereno anche se il sole splendeva pallido e non ancora molto caldo.

Faith chiuse gli occhi, lasciando correre i pensieri e l'immaginazione lontani da quella fastidiosa realtà che era la sua vita quotidiana. Poi sospirò tirandosi su con i gomiti, scartò la barretta di cioccolato e incominciò a mangiucchiarla un pezzettino per volta.

Per ingannare l'attesa di Danielle estrasse dallo zaino il suo diario. Osservò la copertina arancione con il disegno di una gattina con un costume da ballerina. Sorrise ripensando al momento in cui l'aveva trovato carino e acquistato. Sì, appunto. L'esterno del diario era davvero molto carino, tenero, innocente. L'interno molto meno. Perché l'interno era la sua vita. Ed era caotica, inquieta, disordinata, a tratti anche sconvolgente. Era tante, troppe cose. Ma non carina.

Faith ripose il diario. Aprirlo significava dover scrivere cosa era successo la giornata precedente. I Norwest avrebbero invaso il suo diario dalla copertina carina. Poi sarebbe subentrata la preoccupazione per Philip. L'incoscienza di sua madre, il suo modo di agire superficiale e sconsiderato. L'ansia degli ultimi giorni unita all'aggravarsi di ogni situazione che la riguardava.

«Pensieri pesanti?»

Danielle si sedette al suo fianco accarezzandole la schiena con una mano.

«Insomma...» Faith sospirò inclinando lievemente la testa. «Ieri sera ho legato Ryan Norwest dopo averlo trovato in atteggiamenti...» Guardò Danielle con una smorfia disgustata. «Voglio dire, in atteggiamenti "intimi" con mia madre. Poi me ne sono andata. Ora sto pensando a cosa fare con Philip che vive con quell'energumeno tirapiedi di Amelie...»

«Aspetta un attimo!» Danielle sgranò gli occhi incredula facendole segno con la mano di fermare l'evolversi degli eventi nel suo racconto. «Ryan Norwest e... tua madre?»

«Così pare. Si tenevano per mano nel salotto di casa, tu che ne dici?»

Faith si passò le dita sulla fronte e sollevò le spalle tentando di mostrarsi indifferente.

«E tu?» chiese semplicemente Danielle.

«Non ho tentato di ucciderlo, questa volta.» Faith trattenne uno sbadiglio di sonno o di fame, non era sicura. «Però… l'ho legato come un salame con un incantesimo e c'è stato un attimo in cui credo che lui abbia seriamente temuto che qualcosa di brutto potesse succedere al suo…» Evitò di proseguire ma fece un cenno abbastanza eloquente, poi si morse leggermente le labbra. «Aveva un'espressione sconvolta! E io mi sono divertita a lasciarglielo credere. L'ho anche minacciato di fargli di peggio! In effetti, sono davvero tentata. Insomma, mi suscita degli istinti irrefrenabili quel ragazzo… uomo… vampiro… Insomma, quello lì!»

Danielle Cohen la guardò un po' confusa, poi capì e iniziò a ridere e a strofinarsi gli occhi.

«Ma poverino! Comunque… è vero. Con lui sei…» Danielle riprese a ridere e non concluse la frase.

«Poverino un corno!»

«Faith, ti ho osservata quando lo abbiamo incontrato alla caffetteria. Con lui non riesci a trattenerti. Ho visto come lo guardavi, come lo hai sfidato. Con lui sei diversa, ecco. Forse diventi davvero te stessa… e la sensazione ti piace!»

Faith incrociò le braccia al petto con espressione imbronciata e quasi offesa. Non osava ammettere che l'analisi di Danielle combaciava esattamente con la realtà. Aveva ragione. La sensazione le piaceva davvero. Le piaceva fin troppo. Non solo, la faceva impazzire. Si sentiva all'improvviso libera, irrazionale e anche un po' trasgressiva. Perdeva ogni contatto con la sua razionalità. E non poteva permetterselo.

«Comunque, devo imparare a controllarmi. Non va bene, è troppo rischioso. Non posso lasciarmi trascinare.»

«È un ragazzo carino, dopotutto. Secondo me la peggiore è la sorella, quella è davvero una psicolabile pericolosa e non si ferma davanti a nulla! Ma Ryan non sembra così, in lui c'è… qualcosa di affascinante, nonostante tutto.»

«Ragazzo carino? Qualcosa di affascinante?» L'espressione di Faith divenne ancora più sdegnata. Però allo stesso tempo si sentì avvampare. «Ma dico, cos'hai bevuto questa mattina? È un succhiasangue manipolatore con un ego smisurato e... e...» Faith sbuffò, non riuscendo più a trovare parole adatte a descrivere Ryan Norwest. Eppure ce n'erano veramente tante, forse anche troppe. «E poi, prima di tutto, non è un ragazzo! È un vampiro! Ha tantissimi anni, troppi! Un vecchio nella pelle di un giovane... che schifo!»

«Hai finito?» Danielle si posò una mano sulla bocca per non riderle in faccia e offenderla ulteriormente. «Faith... da come ti accalori non mi sembra che ti sia tanto indifferente. Non è che ti sei un po' ingelosita a vederlo con tua madre? A prescindere dai suoi anni come vampiro, è innegabilmente un gran bel pezzo di... Se non si considera quello che è, certo. E gli effetti collaterali.»

«Sì, ho finito! Per me non è un granché, comunque. Figuriamoci se sono gelosa di quell'essere! Mi dà solo fastidio che sia entrato nella mia vita attraverso mia madre. Per me può anche...» Faith si sentì avvampare di nuovo e scattò in piedi. Maledetto Ryan Norwest! «Adesso mi è venuta ancora più fame di quella che avevo! E devo pensare a cosa fare con Philip! Perché Philip è il mio ragazzo, ricordi? Non quel vampiro! E devo decidere se tornare a casa o stabilirmi qui nella capanna sulla riva del laghetto con un mazzo di carte e una sfera di cristallo! Magari anche un turbante da mettere in testa per fare la maga professionista. Poi devo andare a scuola perché sono rimasta indietro! E voglio tornare agli allenamenti perché quella miserabile, spregevole vampira se lo può scordare che io le ceda il mio posto e il mio nastro!»

«Una cosa per volta, cara... una cosa per volta.» Danielle alzò gli occhi al cielo, annuì e si alzò, sorridendo accondiscendente. «Intanto hai bisogno di fare colazione, poi penseremo a tutto il resto.»

CAPITOLO 52

Maggie continuava a rigirarsi tra le mani il libro con il nome di Cross Irizarry. L'aveva aperto tre volte e poi richiuso intimidita, quasi avesse la sensazione di profanare la tomba di un faraone egizio. Seduta sul marciapiede di fronte a casa stava meditando su dove rifugiarsi per poterlo leggere in tutta tranquillità.

In caffetteria, suo luogo abituale di lettura. No, non andava bene. Se ci fosse stata Jenevieve al posto di Bliss avrebbe rischiato di rovinare la fase iniziale della lettura, la più importante. Essenziale, anzi. Il momento magico. Avvicinare il viso per annusare il libro antico, sentire per la prima volta il fruscio delle pagine tra le mani, prendere confidenza con i caratteri, scrutare i segni del tempo lasciati sulla rilegatura. No, la caffetteria non andava bene.

Aveva pensato subito dopo alla biblioteca. Ma in biblioteca rischiava di incontrare Ariella. E vedendo che lei il suo Cross lo aveva trovato, magari avrebbe preteso di vederlo per prima, o di guardarlo e leggerlo insieme.

Un'altra alternativa poteva essere la libreria di Herr Flick. Ma in questo caso avrebbe dovuto concedere a lui il privilegio del primo impatto con il libro. Quindi la questione di dove andare con il Cross Irizarry che aveva appena ricevuto in dono stava diventando piuttosto articolata e complessa per Maggie.

Poi una luce le illuminò lo sguardo. Forse aveva trovato il luogo ideale. Da tanto non ci andava e nemmeno ci aveva pensato recentemente. Si era rifugiata spesso lì quando i fratellastri giravano ancora per casa come cagnacci arrabbiati. E quando suo padre partiva per i soliti convegni lasciandola sola con loro e la matrigna. Aveva dovuto però aspettare di essere abbastanza grande per avere il permesso di uscire di casa da sola. Non poteva andare a nascondersi sempre da Nathan. Altrimenti

Nathan avrebbe capito che la situazione era brutta, tanto più brutta di quanto lei gli aveva fatto credere. E li avrebbe picchiati ancora più forte, i cagnacci. Poi loro sarebbero scappati a piangere dalla matrigna, la loro madre, mettendo Nathan in grossi guai.

Comunque, meglio non pensarci! Aveva il suo Cross Irizarry tra le mani. E il luogo di sogni e di avventura che l'aspettava, come sempre. Così, si era diretta verso la stazione degli autobus di Strawberry Hill, pronta a partire.

Salita sull'autobus sperò di aver preso proprio quello giusto, anche se aveva letto la meta sul finestrone centrale. Maggie del resto, anche nel dubbio, non chiedeva mai all'autista perché si sentiva piccola e sciocca. Quindi restava sempre un po' così, nell'ansia di non aver sbagliato destinazione, scrutando attentamente fuori dal finestrino, fino a riconoscere qualcosa nel paesaggio che le indicasse che stavano andando proprio nella direzione esatta.

Appoggiò la testa allo schienale e chiuse gli occhi. Aveva la borsa sulle gambe e il libro tra le braccia. Lo teneva stretto come se temesse che qualcuno tentasse di portarglielo via o che scomparisse nel nulla da un momento all'altro. Lo aveva aperto, sfogliato tre o quattro pagine, poi richiuso. Non voleva cominciare a leggerlo per poi essere obbligata a interrompersi. Preferiva iniziare in un luogo dove nessuno avrebbe badato a lei. Perché probabilmente nessuno l'avrebbe davvero vista.

Si appisolò per qualche minuto e quando riaprì gli occhi, guardando fuori dal finestrino, si accorse che non mancava molto. Dalla campagna inglese di poco prima il paesaggio era cambiato. Ora intravedeva qualche agglomerato urbano e in lontananza la strada che l'avrebbe condotta in breve alla sua destinazione.

E finalmente erano arrivati. Maggie era scesa dall'autobus entusiasta, percorrendo il breve tragitto che la separava dalla scala mobile. Intanto sapeva di dover incominciare ad assumere quell'atteggiamento, quell'espressione. Quella tipica "Oddio come sono in ritardo, non ho tempo da perdere!" Corrugò la fronte e increspò le labbra imitando l'aria assorta e un po' annoiata delle altre persone che camminavano al suo fianco.

In ogni caso, pur nella necessità di doversi adeguare alla circostanza, sapeva che lì nessuno le avrebbe dato fastidio. Oltrepassata la scala mobile il suo passo divenne ancora più veloce e deciso. Del tipo: "Sono in missione speciale e segreta, prima arrivo e meglio è per il destino dell'umanità."

Poi doveva raggiungere inevitabilmente la postazione "del grande sconforto". E doveva fare la tipica espressione del "Ma non è possibile, sempre a me!", sospirare sdegnata e allargare le braccia lungo i fianchi. In teoria sarebbe anche potuta andare a lamentarsi da qualche addetto al servizio informazioni, ma non lo aveva mai ritenuto necessario. Tanto nessuno lì aveva bisogno di prove inconfutabili. E lei prove inconfutabili in forma di biglietto aereo non ne aveva da mostrare.

La fase finale era sempre cercare un posticino tranquillo tra "gli afflitti dai grandi ritardi". Perché gli afflitti dai grandi ritardi di norma non facevano altro che dormire. Mangiare, talvolta. Ma dormire era spesso la loro principale occupazione. E Maggie sapeva per esperienza che chi dorme è talmente impegnato da dare veramente poco fastidio.

Dopo aver varcato l'ingresso, abitualmente si fermava per qualche istante davanti al cartellone principale. Non quello degli orari, che lei chiamava "del grande sconforto". Ma un altro, dove c'erano le offerte delle compagnie e le immagini delle destinazioni. Parigi, Roma, New York, Los Angeles, Sidney, Honk Hong, Tokyo.

Tutti luoghi che non aveva mai visto. Oppure solo in fotografia, quando suo padre ricordava di portarle qualche cartolina dai suoi convegni. Così la collezione di Maggie si era arricchita sempre di più, mentre lei non si era mai mossa da casa. Ma quante volte aveva sognato di partire… partire davvero, non solo fare finta per giustificare il fatto di trovarsi in aeroporto.

Maggie percorse il corridoio intenzionata a prendersi una cioccolata al caffè dell'aeroporto di Heathrow e poi trovare un posticino tranquillo per sistemarsi con il suo Cross Irizarry. Rimase però bloccata a fissare un cartellone pubblicitario che mostrava le bellezze dell'Australia. In una fotografia una bambina bruna con gli occhi azzurri teneva in braccio un koala. E lei desiderò immensamente essere quella bambina e avere tra le braccia quel koala. Ma il suo era un desiderio irrealizzabile. Non era più una bambina e dubitava di poter trovare un koala in Inghilterra.

Magari uno di peluche… Non male come idea. Ma ci avrebbe pensato più tardi. Intanto ciò che era indispensabile al momento era comprare la cioccolata e andare a cercare il suo angolino, sperando che fosse libero. Aveva comunque a disposizione qualche ora di pace assoluta e nessuno avrebbe cercato di mandarla via da lì. Poteva stare tranquilla.

Il suo angolino era ancora parzialmente libero. Maggie si sedette sul pavimento, sistemando la borsa contro la parete per appoggiare la schiena. Lanciò uno sguardo alle persone intorno, alcune sembravano particolarmente nervose e continuavano a sbuffare e a controllare l'orologio meccanicamente ogni trenta secondi.

Fissò lo sguardo su due uomini d'affari vestiti in giacca e cravatta, anche perché la loro conversazione arrivava fino a lei. Seduti sulle sedie di fronte, sembravano entrambi furiosi, talmente furiosi da alternare ogni parola che pronunciavano con un solenne "Eccheccazzo!" tanto che dava l'impressione di essere una parolona sola e interminabile stracolma di c e di z. Intanto continuavano a controllare l'orologio. Uno dei due batteva freneticamente sui tasti di un computer che reggeva in bilico sulle ginocchia, l'altro maneggiava un cellulare minuscolo con due manone enormi.

Chissà, magari loro avevano davvero il potere di far passare il tempo più in fretta. Magari erano i controllori o i venditori del tempo ed erano così arrabbiati perché le vendite andavano veramente male ultimamente. Magari gli uomini così ricchi e importanti, come sembravano essere quei due, potevano anche comprarselo il tempo, o mangiarselo. Il tempo, la vita, la gioventù, la salute, la felicità, il successo, l'amore. Magari i soldi potevano davvero comprare tutto. Oppure andarci molto vicino, pericolosamente vicino.

Maggie sospirò e aggrottò la fronte. Chissà che sapore aveva il tempo? Tendeva più al dolce o al salato? Quando uno dei due uomini d'affari si accorse che li stava fissando, Maggie simulò un'espressione comprensiva e partecipe e finse di controllare l'orologio che non aveva al polso annuendo e sbuffando da un angolino della bocca e poi dal naso dopo un sospiro profondo.

Intanto pensava tra sé che se i due "eccheccazzoni" non se ne fossero andati presto da lì per lei sarebbe stato difficile concentrarsi sul libro del suo Cross. Inaspettatamente sembrò scattare qualcosa nei due, come un fulmine a ciel sereno. Tanto che chiusero computer e cellulare, si alzarono, si sistemarono i completi, uno beige come la faccia di chi lo indossava, uno grigio topo come la barba incolta di chi lo indossava, e si allontanarono con l'aria di aver perso tutto il tempo del mondo e di voler fare reclamo in proposito.

Quasi tutte le altre persone intorno, da brave, dormivano beatamente, leggevano o mangiucchiavano. Maggie si decise finalmente a estrarre dalla borsa il suo Cross Irizarry.

Con un sospiro profondo accarezzò la copertina e lo aprì. Abbassò il viso per gustare l'odore della carta, mentre si chiedeva a che data risalisse il libro. Tentò di interpretare i pochi elementi presenti nella prima pagina, ma non vide date. Solo il nome dell'autore e il titolo. Il nome dell'editore non sembrava molto chiaro. Era scritto con un inchiostro verde a carattere lievemente arrotondato. Riusciva a riconoscere solo "Press" perché era andata a intuito. La parola prima iniziava con S o con R, ma non ne era certa. Maggie decise di lasciar perdere ulteriori e irrilevanti dettagli e di tuffarsi nella lettura.

Sfogliò alcune pagine bianche e raggiunse la prima pagina stampata. Lesse mentalmente "Primo capitolo". Si soffermò a pensare all'ometto che le aveva lasciato il libro. Probabilmente era stato il professor Miller a mandarlo. In qualche modo doveva aver trovato il suo indirizzo. Maggie sorrise e appoggiò le dita sulla pagina con gesto delicato, quasi ossequioso.

E allora accadde qualcosa. Il titolo del libro era *Creature nel mondo*. Ma Maggie non ebbe bisogno di iniziare a leggere, era bastato quel tocco perché improvvisamente ne percepisse la presenza. Poi le parole le danzarono intorno. Maggie sorrise e accolse l'invito. Sollevò la mano e danzò insieme a loro.

CAPITOLO 53

Jane Ward aveva preparato il pranzo e apparecchiato con l'abituale tranquillità e pacatezza. Questa volta solo per lei e per il nipote Alexander. Cercava di fare in modo che ci fosse sempre pane fresco in tavola. Del resto era figlia di un fornaio e tendeva a non dimenticarlo mai.

Sospirò, diede un rapido sguardo al suo sformato di patate e si sedette sulla poltroncina rigida di fronte alla televisione. Però invece di accenderla raccolse uno dei classici rilegati in pelle verde che aveva posato sul tavolino. *I Miserabili*, di Victor Hugo, lo aveva letto da ragazza e riletto qualche anno prima, quando frequentava assiduamente il club del libro che si teneva ogni settimana nella libreria di Herr Flick. Rileggerlo aveva un sapore diverso. Ogni libro, come ogni situazione, aveva un sapore diverso tanti anni dopo.

«Nonna...» Alexander, proveniente dalla camera da letto, aprì la porta della cucina e la guardò. «Non era il caso che cucinassi, nonna. Potevamo ordinare qualcosa fuori.»

«Lo sai che non è mai stato un problema, Alexander.»

Jane sorrise e lo guardò con tenerezza, tenendo il segno al libro con la mano. Si sentiva invecchiata. Non era una sensazione piacevole ma non se ne lamentava. Stava bene, in pace con se stessa. Poteva fare quasi tutto quello che le piaceva. Doveva solo fare più attenzione a come si muoveva e si abbassava perché le sue ossa scricchiolavano spesso e la schiena tendeva a prendere fastidiosi e inopportuni strappi. Per il resto rifiutava di comportarsi da vecchia signora. Evitava anche di tenere i capelli raccolti da quando aveva scoperto che i colpi di sole le donavano e le ringiovanivano il viso.

«Dorme ancora tranquillo.»

297

Alexander andò a sedersi sul divanetto lasciando libera la poltroncina dall'altra parte del tavolino, quella abitualmente usata dal nonno.

Jane lo guardò con un sorriso appena accennato.

«Se la caverà anche questa volta, non ti preoccupare Alexander.»

«Io però vorrei... poter fare qualcosa...» Alexander incrociò le mani e appoggiò i gomiti sulle ginocchia respirando profondamente. «Trovare una cura, magari.»

«Lo so.» Jane Ward socchiuse gli occhi grigi e un po' stanchi, poi tornò a fissare il nipote con dolcezza ma anche con fermezza. «Ma io credo che dovremmo lasciare che le cose vadano come devono andare. Noi non possiamo cambiare il destino delle persone. È quello che pensa anche lui e tu lo sai.»

«Capisco cosa vuoi dire nonna e potrei anche essere d'accordo, però... Io sono il primo a essere costretto ad affrontare un destino che non era il mio, quindi...»

Quindi perché non cercare di salvare il nonno dalla sua malattia cardiaca, dalle sue continue crisi? Perché non intervenire per trovare un rimedio? Con tutto quello che Alexander avrebbe dovuto sopportare a breve, chi lo avrebbe rimproverato per aver cercato un intervento magico o soprannaturale per salvare una persona a lui cara, dopo averne perse tante così in fretta?

Jane rimase in silenzio, immersa nelle sue riflessioni, quasi assente. Poi tornò in sé, chiuse il libro, lo posò sul tavolino e guardò il nipote con un sorriso sereno.

«Hai fame, caro?»

«Sì, abbastanza!» Alexander ricambiò il sorriso e lanciò uno sguardo entusiasta verso la tavola apparecchiata. «Hai preparato il tuo pasticcio di patate. Oggi sarà una giornata fantastica, lo sento!»

Jane annuì e si alzò dalla poltroncina. Mentre Alexander stava per imitarla fu pervaso da un fremito che gli percorse la schiena. Tentò di ignoralo, ma la sensazione fu ancora più forte, devastante, come se qualcosa lo squarciasse lungo la spina dorsale.

Quando la fitta si attenuò il dolore si concentrò lungo il braccio destro, in particolare il gomito e la mano dove sentì i nervi estendersi, le ossa cambiare quasi posizione e le vene pulsare nell'articolazione.

Per un istante non vide più la sua mano. Non sapeva bene come identificarla ma sembrava parte del corpo di un animale. Animale lo chiamava dentro di sé. Non voleva chiamarlo con il nome di quel destino che rifiutava con tutto se stesso. Qualcosa stava accadendo. E stava accadendo sempre più in fretta, al di là di ogni suo possibile controllo e dominio. Perché faceva male, troppo male per poterla controllare e dominare.

«Alexander?»

La nonna si voltò per chiamarlo e lo vide ancora seduto sul divanetto.

«Arrivo subito!»

Alexander si alzò, sperando che il suo volto non tradisse la fitta da cui era appena stato colto, e si accomodò a tavola, al suo posto.

* * *

Proprio come aveva minacciato, Jenevieve aveva fatto colazione e se n'era andata, lasciando Bliss sola in caffetteria.

Era stata una giornata particolarmente intensa. Bliss non era riuscita a sedersi un attimo. Altri cappuccini e caffè in arrivo. Poi cioccolate. Doveva preparare il ripieno per le brioches, tagliare le torte. Pulire i tavolini. Ecco, gli ultimi due tavolini sul fondo della sala erano rimasti sporchi e pieni di briciole da troppo tempo. Bliss raccolse lo straccio e il detergente per andare a pulirli.

Aveva appena lasciato il bancone e percepì una lieve stilettata alla scapola sinistra, come una puntura ma più intensa. Una specie di crampo.

Bliss sollevò la spalla e spostò la testa verso destra distendendo il collo. Restò esterrefatta quando la schiena si inarcò senza la sua volontà ed ebbe la sensazione di un corpo estraneo che penetrava sotto la sua scapola, oppure… oppure che ne usciva. Fu in quel momento che cominciò a farle davvero male.

Subito dopo il dolore divenne sempre più intenso, travolgente. Tanto che Bliss non riuscì a trattenere un grido e si ritrovò gemente a terra, in preda a violenti spasmi.

* * *

Più la guardava più non accettava di essere stato veramente lui a ferirla così. Con intenzione e volontà di farla soffrire, oltretutto!

Lei gli rivolgeva comunque quel sorriso sereno, quasi etereo. Per tranquillizzarlo, per fargli capire che sarebbe andato tutto bene, si aspettava che non sarebbe stato facile. Stesa sul letto di una delle camere degli ospiti, lunghi graffi le percorrevano le braccia scoperte, il collo e parte del viso. L'altra parte era celata dai capelli rossi ondulati che le coprivano un occhio e metà del volto.

«Te ne devi andare, Annie.» Nathan continuava a camminare per la stanza, avanti e indietro. «Hai visto cosa ti ho fatto? Posso rifarlo in qualsiasi momento. La situazione sta diventando troppo seria. È sempre peggio.»

Annie sospirò portandosi una mano sul petto.

«Lo sapevamo che non sarebbe stato facile, Nathan. Dobbiamo solo essere costanti e riprovare. Possiamo mandarlo via, ne sono certa.»

«Non facile? Non facile, dici?» Nathan si fermò di fronte al letto, mantenendo comunque le distanze. «Per l'amor del cielo, Annie! Vuoi farti uccidere da me? Dal mio… da…»

Si voltò per dare un calcio all'armadio che aveva alle spalle con tutta la violenza e la rabbia che provava nei confronti dell'altro se stesso.

«Al tuo alter ego non sto particolarmente simpatica, a quanto pare. Lo abbiamo capito.» Annie si sollevò sui gomiti e lo guardò con espressione risoluta. «Ma ora che lo sappiamo imparerò a difendermi.»

«Tu dovresti solo scappare via da qui e non tornare mai più!» ringhiò Nathan. Stava tornando, lo sentiva esplodere nelle vene, di nuovo. Stava tornando a distruggerlo, a fargli male. «Il tuo dovere di vestale lo hai fatto. Sei in pace con la tua coscienza. Ora vattene Annie, vattene!»

«Io non ti abbandono.» Si era accorta che presto non sarebbe stato più lui, si doveva preparare in fretta per affrontarlo. L'altro stava già tornando. «Non è solo mio dovere. È mia volontà non abbandonarti, Nathan.»

* * *

Stava cercando di riprendere il controllo del respiro. Ogni parola non era solo scritta in quel libro. Ogni parola era ovunque, intorno a lei. E l'insieme delle parole divennero una riga. E non era più solo una riga qualunque di un libro qualunque. Ogni frase, ogni capoverso le danzava intorno ormai.

Poi l'insieme delle frasi divennero una pagina, più pagine. E anche le pagine furono ovunque, intorno a lei. E non erano solo pagine. Erano grandiose, avvolgenti meraviglie.

Infinite creature le soffiavano sul viso e tra i capelli. E la chiamavano con voci dolci e suadenti.

"Maggie… Maggie…" ripetevano il suo nome alternandolo a quello di colui che aveva tanto cercato che era infine giunto a lei. "Maggie… Cross… Maggie… Cross… Maggie…" E la imploravano, la supplicavano con armonia, con una dolcezza tanto dolorosa da spezzare il cuore. Invocavano il suo intervento. "Maggie… riportaci in vita… Maggie… Cross…"

Parole, righe, frasi, pagine. Creature. Creature deliziose, incantevoli. E cercavano lei, volevano lei quelle incantevoli creature.

Tutto ciò che era in embrione stava prendendo forma e vita. A ogni parola letta, a ogni riga, a ogni frase, a ogni pagina. Le creature assumevano il loro antico aspetto, la loro antica forma. La loro reale espressione. Quella autentica. Ne percepiva la sofferenza ma anche la bellezza, l'armonia, l'incanto. La stessa sofferenza di un baco da seta che si trasforma in farfalla.

Maggie percepì un lieve formicolio alla mano destra, poi alla scapola sinistra, infine alle tempie e lungo tutto il corpo. Chiuse d'istinto il libro *Creature nel mondo*. Anzi, le parve che fosse il libro a chiudersi da sé.

Socchiuse gli occhi e sollevò la testa, adagiando la nuca alla parete. Poi li spalancò e guardò il soffitto. Le creature erano anche lassù e la osservavano con espressioni tenere, ingenue. Continuando a invocare il suo nome.

Tutto stava cambiando. Tutti intorno a lei. Li stava osservando. Osservava le loro trasformazioni, le loro sofferenze. Si sentivano frastornati, persi, spaventati. Sconvolti. Ma lei poteva solo osservare senza intervenire. No, non poteva proprio fare nulla per alleviare quel dolore.

Maggie sospirò e si morse le labbra. Fa male sì, certo che fa male. Lo sapeva bene, lo capiva. Strinse Cross Irizarry e le creature nel mondo in un abbraccio protettivo e solenne rammentando una poesia di Karin Boye, una delle sue preferite.

"Certo che fa male quando i boccioli si schiudono.
Perché dovrebbe altrimenti esitare la primavera?
Perché tutta la nostra bruciante nostalgia
dovrebbe restare imprigionata nel pallido e amaro gelo?
Il bocciolo è stato involucro per tutto l'inverno.
Cosa di nuovo irrompe e preme?
Certo che fa male quando i boccioli si schiudono,
male a ciò che cresce
e a ciò che racchiude."

CAPITOLO 54

Aveva perso la cognizione del tempo. Dal momento in cui era svenuta e caduta a terra a quando si era trovata stesa nel suo letto, con quel dolore intenso alle spalle e alla schiena e un mal di testa così devastante che non le permetteva nemmeno di tenere gli occhi aperti.

Bliss li aprì solo per un momento, giusto il tempo di riconoscere la sua stanza e riprendere confidenza con gli oggetti che la circondavano.

«Ti senti un po' meglio?»

Una delle due ragazze, in piedi al lato del letto, la scrutava con aria preoccupata.

Bliss annuì meccanicamente. Intanto i ricordi stavano riaffiorando. Aveva sentito dolore, un dolore intollerabile. Poi era svenuta. Durante il suo turno allo "Strawberry Dream" aveva perso i sensi senza nemmeno avere il tempo di reagire, senza potersi nascondere nel retro.

«Forse dovremmo portarla in ospedale» suggerì l'altra ragazza incrociando le braccia al petto. «Almeno per un controllo…»

Bliss scosse la testa energicamente. No, non poteva andare all'ospedale. Doveva prima trovare una spiegazione logica a ciò che le era successo. Si portò una mano alla spalla e la massaggiò delicatamente. Poi tentò di sollevarsi con la schiena ma ricadde all'indietro.

«Va bene, calmati, niente ospedale! Del resto anche secondo me non è una buona idea.» La prima ragazza sospirò e le fece cenno di stare stesa. «C'è almeno qualcuno che possiamo chiamare?»

«No, non è il caso» rispose Bliss rassegnandosi a mantenere la posizione e stare ferma. «Mi spiegate come sono arrivata fino a casa? Non ricordo nulla.»

«Ti ci abbiamo portata noi» le spiegò la ragazza dai capelli lunghi e scuri, che aveva proposto il controllo in ospedale.

«Ma chi siete voi?»

Bliss aveva bisogno di conferme, aveva bisogno di sapere. Perché non l'avevano condotta subito in ospedale? Era certa di aver già incontrato quelle due ragazze in caffetteria, ma non conosceva i loro nomi.

«Io mi chiamo Faith e lei è Danielle» spiegò la prima ragazza, sbrigativa. «Eravamo in caffetteria e ti abbiamo vista stare male.»

«La caffetteria... Non c'è nessun altro oggi, devo tornare subito!»

Si agitò nel letto. Jenevieve l'avrebbe fatta licenziare per aver abbandonato la caffetteria.

«Non è proprio il caso, sei stata davvero male» replicò Faith, perentoria.

«Abbiamo rintracciato la tua collega. Conosciamo il suo nome e abbiamo trovato il suo numero tra i contatti del personale» la informò Danielle, con calma. «Lei è arrivata e noi ti abbiamo portata a casa, dopo aver avuto il tuo indirizzo.»

Bliss annuì con gratitudine. Le mancavano ancora alcuni passaggi ma non aveva importanza.

«Se ti stai chiedendo perché non ti abbiamo portata in ospedale o chiamato un medico c'è una ragione.» Faith scambiò una rapida occhiata con Danielle, poi tornò a osservare Bliss. «Mentre eri a terra, dopo che sei caduta, hai avuto una crisi.»

«Crisi?»

Bliss aggrottò la fronte. Ne era consapevole. Ma sentirselo dire così era un'altra cosa.

«Sì, sembrava quasi una crisi epilettica...» confermò Danielle parlando lentamente e mantenendo un tono di voce basso. «Ma non lo era esattamente.»

Bliss impallidì, si sentì pervasa da un sudore freddo e cominciò a tremare.

«Io non ne avevo mai avute... Mai, in vita mia.»

Faith le afferrò la mano e la guardò negli occhi. Il fatto che qualcosa non fosse accaduto prima non era una garanzia che non accadesse mai.

«Parlavi di creature, di demoni e di possessioni...» Si decise a dirle la verità, tanto prima o poi avrebbe dovuto affrontarla. «Per questo abbiamo pensato che avresti preferito evitare medici e ospedali. Abbiamo creduto che fosse meglio gestire la situazione diversamente. Oppure avrebbero potuto pensare male. Invece noi sappiamo che queste cose possono davvero esistere. Ecco perché ti abbiamo portata a casa, prima.»

Bliss annuì e chiuse gli occhi per un istante. Aveva ragione. Cosa avrebbero potuto farle i medici dell'ospedale? Rinchiuderla? Analizzare la sua mente? Prepararla per un elettroshock? Avrebbero creduto che fosse pazza? Probabilmente sì.

«Però dobbiamo chiamare qualcuno, non puoi rimanere sola» intervenne Danielle, preoccupata.

«Io non ho nessuno, in questo momento.»

Dopo una breve analisi della situazione e delle persone di sua conoscenza, Bliss era giunta a questa conclusione. Non aveva nessuno. Nessuno che potesse aiutarla e comprenderla. Nemmeno Jonathan Miller. Si sarebbe sentita troppo a disagio con lui.

«Allora se vuoi resterò io finché non ti senti un po' meglio e decidi cosa fare.» Faith scrollò le spalle. «Tanto al momento anche io non ho nessuno.»

Danielle però le tamburellò un dito sulla spalla.

«Faith, ti ricordo che tu devi andare a scuola per quella faccenda. Ricordi? La squadra, gli allenamenti, il nastro... Posso restare io con Bliss per tutto il tempo che sarà necessario.»

«Davvero, io vi ringrazio ma non vorrei darvi troppo disturbo. Mi sento...»

Se doveva essere sincera Bliss non poteva affatto dire di sentirsi meglio. Ma non voleva essere di peso a quelle due ragazze che conosceva appena.

«Io credo che sia meglio capire cosa ti sta succedendo.» Faith sospirò e raccolse lo zaino che aveva posato sul pavimento. «E probabilmente non sarà una cosa facile. Io sto cercando di capirlo da quasi diciotto anni e ancora non ci sono arrivata! Vado a riprendermi quello che è mio, intanto. Ci vediamo più tardi.»

* * *

Nathan aprì gli occhi. Non ricordava quanto tempo avesse dormito. Forse mesi o addirittura anni. Era come se una parte di sé, oscura e ancora ignota, fosse stata risvegliata, mentre quella più intima si fosse addormentata, in modo tale che il vero Nathan Castle prendesse una pausa da se stesso.

Ma il suo era stato un sonno lucido, oppure un sogno. Svegliandosi rammentava perfettamente tutto ciò che era accaduto, ogni dettaglio. Lui era cosciente anche quando l'altro se stesso lo stava vivendo, si impadroniva del suo corpo, della sua mente. Però non c'era nulla che potesse fare per contrastarlo.

Era ancora viva? Nathan sospirò portandosi le mani sul volto, sfiorandosi le guance. Cosa gli stava accadendo? Era come se non gli importasse. Ma non era vero. Gli importava. Doveva importargli. Perché lui non era, non poteva e soprattutto non voleva essere quel mostro che l'aveva ferita. Quindi il vero se stesso doveva svegliarsi completamente e non permettere mai più all'altro di prendere il sopravvento.

«Annie...»

Si sollevò con slancio, guardandosi intorno. Si trovava sul divano del soggiorno. Non aveva idea di dove fosse lei. Forse sul letto nella stanza degli ospiti. Oppure se n'era andata, rinunciando alla folle idea di occuparsi di lui, di guarirlo. Con un sospiro profondo si portò le mani al petto, la maglietta bianca che indossava era inzuppata di sudore.

In qualche modo Annie era riuscita ad affrontare il suo alter ego e a tenerlo a bada. Ma quante ferite era disposta a farsi infliggere, quanto dolore era in grado di sopportare pur di riuscirci?

Nathan guardò le scale, tentato di andare a vedere se lei fosse ancora in casa. Prese coraggio. Salì tre gradini alla volta, raggiunse la camera degli ospiti e spalancò la porta senza soffermarsi a pensare.

Stesa nel letto, Annie riposava tranquilla. Nathan si avvicinò e vide il petto della ragazza alzarsi e abbassarsi in un respiro regolare, sulle labbra un sorriso appena accennato. Allungò la mano per accarezzarle la guancia pallida, ma temette di svegliarla. Allora sfiorò solo i suoi capelli un po' scomposti sul guanciale.

Si sedette ai piedi del letto. L'altro se stesso, il mostro, gli fu immediatamente dinanzi agli occhi con la sua furia selvaggia, pronto a scagliarsi su di lei. L'unica persona che aveva promesso di aiutarlo e continuava a restare al suo fianco nonostante le ferite che le aveva inflitto. Però il fatto che fosse riuscita a placare la bestia con le sue preghiere da vestale, era sicuramente un successo.

Nathan si alzò e uscì dalla stanza in silenzio, richiudendo la porta con estrema cura per non svegliare Annie. Ridiscese in soggiorno, indeciso su cosa fare. Guardare un film? Mangiare qualcosa? Non ne aveva voglia. Si avvicinò alla finestra che dava sulla strada. Decise di uscire a prendere un po' d'aria, senza allontanarsi troppo.

Oltre il giardinetto lanciò un'occhiata verso la casa di Maggie e vide Patricia, la Perfida Sventura come la chiamava Maggie. Stava stesa su un lettino cercando di prendere il primo pallido sole primaverile.

Nathan, con un sorrisetto sadico, sperò che la sua candida pelle di rossa si ustionasse, andasse a fuoco. Si voltò verso la porta di casa, che aveva lasciato aperta, fece qualche passo indietro e guardò le scale che conducevano al piano superiore.

Aveva una rossa nella camera degli ospiti e una rossa nel giardino di fronte. Decise di dedicarsi alla più perfida tra le due.

Rientrò a prendere la felpa che aveva lasciato sulla poltrona e uscì nuovamente di casa. Mentre appoggiava la mano sulla maniglia della porta per richiuderla dietro di sé, pensò che faceva ancora in tempo a ripensarci e cambiare idea.

No, niente da fare. Voleva davvero divertirsi un po', ne aveva bisogno per rilassarsi. Uscì dal cancello e guardò da entrambi i lati della strada. Nessuno in vista. Attraversò e raggiunse la casa dei Pennington. Maggie sicuramente era andata alla caffetteria o in università. Non correva rischi, quindi. Il cancello era chiuso ma Nathan lo scavalcò senza problemi, oltrepassandolo con un salto, e si ritrovò in giardino.

La Perfida Sventura, stesa e con gli occhi socchiusi dietro a un paio di occhialoni neri, non si accorse subito di lui. Almeno finché non le oscurò il sole ponendosi dinanzi a lei.

«Oh, sei tu...» Patricia abbassò e rialzò gli occhiali da sole aggrottando leggermente le sopracciglia rosse e sottilissime. «Mi stai togliendo il sole, spostati.»

«Sì, sono io. Togliere il sole a una donna come lei? Ma che cattiveria!»

«Maggie non è in casa.»

Patricia si sollevò leggermente aspettando solo che lui se ne andasse.

«Lo so. Non sono qui per Maggie.» Nathan puntò lo sguardo sul collo e sulle spalle della donna, poi sul tubetto di crema che si trovava su un tavolino, accanto al bicchiere con un cocktail bevuto per metà e all'edizione tascabile di un romanzo erotico. «Posso spalmarle un po' di crema?»

Patricia riabbassò gli occhiali e lo guardò con espressione confusa, indecisa. Chiaramente si stava godendo un po' di solitudine. Chiaramente la proposta la tentava. Così Nathan sorrise nel modo più ingenuo, affidabile e allo stesso tempo provocante che riuscì a trovare nel suo repertorio di sorrisi.

«E va bene…» acconsentì Patricia, alzando gli occhi al cielo. Come se stesse facendo all'irritante ragazzo che aveva di fronte una grande concessione.

Il sorriso di Nathan si illuminò, mentre inginocchiandosi di fianco al lettino prendeva la crema e premendo il tubetto ne faceva fuoriuscire il contenuto su una mano. Con un cenno del viso fece segno alla donna di voltarsi. Patricia obbedì e si fissò i capelli sulla nuca con una molletta mentre lui le posava entrambe le mani sul collo, sfiorandole la gola con i pollici.

L'occasione poteva essere veramente unica, eccezionale. Da come sospirava, la donna sembrava gradire. Addirittura oltre ogni aspettativa. Tanto che se avesse ecceduto con le attenzioni, molto probabilmente ci sarebbe anche stata. L'altro stava tornando. E ne aveva una gran voglia. Perché non approfittarne?

In quel preciso istante qualcuno era comparso oltre il cancelletto e la siepe del giardino dei Pennington e li stava osservando attentamente. Dorian Green non aveva più dubbi, ormai. Era lui, proprio lui. E quella era la casa in cui viveva, riusciva a percepirne l'odore.

Doveva prepararsi ad agire al più presto, ora che aveva finalmente trovato una creatura della sua specie. Ricongiungersi con il proprio mondo, con tutti gli altri. Per poi offrirli in sacrificio e ottenere il potere e il rispetto che aveva sempre desiderato, più di ogni altra cosa. La ragione della sua esistenza. Non poteva indugiare e rimanere vittima dei propri scrupoli. Era uno dei principi fondamentali e dei reali insegnamenti dell'alchimista von Klausen. Di ogni lezione che Jean Claude aveva impartito Dorian aveva imparato a leggere tra le righe. In fondo era questo il compito di un vero discepolo.

CAPITOLO 55

«Allora Viv, ti piace davvero?» Spencer aveva posato le mani sui fianchi di Vivian e la guardava negli occhi in modo che lei non potesse mentire. «Voglio l'assoluta verità!»

«Lo sai che dico sempre la verità, Spence!»

Vivian rise buttando la testa all'indietro, poi di nuovo in avanti tanto che le loro fronti quasi si scontrarono. Lo baciò sulle labbra circondandogli il collo con le braccia.

«Sempre sempre?»

Spencer ricambiò il bacio e la guardò nuovamente negli occhi, immergendosi in quell'abisso oscuro. Era come annegare in due pozzi profondi e cadere giù, fino a perdersi. Poche altre persone gli avevano fatto quell'effetto. Anzi, una sola oltre a lei. Ma ormai non valeva più la pena pensarci.

«Io sì, sempre sempre!»

Vivian sorrise con dolcezza. Quello era il sorriso in grado di compiere miracoli nell'anima di Spencer. Il ricordo di tutto ciò che di brutto e doloroso aveva subito in una vita intera svaniva in un attimo, in quel sorriso.

«Dovremo dare una bella ripulita e un'imbiancata ai muri.» Spencer le accarezzò il viso e poi girò lo sguardo intorno, soffermandosi sulle pareti della stanza. «Voglio che questa casa sia assolutamente perfetta!»

«Bastiamo noi per rendere tutto assolutamente perfetto, Spence...» Vivian appoggiò la testa alla sua spalla e chiuse gli occhi. «Hai visto che andarcene è stata la cosa più giusta che potessimo fare?»

Era stanca. Molto stanca. Lui lo sapeva, anche se tentava di nasconderlo. Da quando c'era il bambino era diventata così, sempre sfinita e assorta, come se stesse risucchiando giorno dopo giorno tutte le sue energie.

Spencer non sapeva se fosse normale. Ma non riusciva a impedirsi di pensare che forse avrebbero dovuto aspettare prima di allontanarsi dal branco. Vivian però gli aveva fatto presente che dopo la nascita del piccolo sarebbe stato ancora più difficile, se non impossibile, andarsene e iniziare una vita per conto loro in un'altra città, in un altro paese.

«Te lo dicevo che Mark ci avrebbe aiutati.»

Spencer cercò di cambiare discorso. Doveva riuscire a convincerla a vedere un dottore. Ma doveva prima di tutto capire di chi fidarsi a Strawberry Hill.

«Sì, è stato veramente gentile a chiedere alla sua padrona di casa di affittarci questo appartamento! Almeno abbiamo la certezza che sia una persona discreta e fidata.» Vivian prese la sua mano e lo condusse verso la finestra. «Anche la vista sul mercato mi piace, è allegra e vivace. Mette di buon umore.»

«Una bella differenza rispetto alla nostra vita in Amazzonia.» Spencer guardò fuori dalla finestra e le baciò il collo da dietro, soffermandosi poi sulla sua spalla. «Sei sicura che il centro non sia troppo caotico per te? Se vuoi possiamo cercare un posto più tranquillo, in periferia.»

«Lo trovo assolutamente perfetto!» Vivian inclinò il collo appoggiando la testa alla sua. «E ne sono sicura, avevo bisogno di un cambiamento radicale. Non sopportavo più...» sospirò e raddrizzò il capo aggrottando la fronte.

«Ho capito, Viv, non parliamone ora.» Spencer l'abbracciò ancora accarezzandola e soffermandosi sulla curva appena accentuata del suo ventre. «Presto inizierò il nuovo lavoro al bar, così la nostra vita sarà veramente normale, una volta per tutte. È una fortuna che io sia un mago con i cocktail e che fossero alla ricerca di un barista esperto proprio in questo periodo.»

«Anch'io vorrei trovare un lavoro, qualcosa da fare...»

Vivian socchiuse gli occhi appoggiandosi a lui. Era stanca, sempre più stanca. Almeno con se stessa doveva ammetterlo. Però non si sarebbe arresa. Voleva e poteva lottare per diventare forte e autonoma. E smettere di ascoltare la voce di chi le aveva ripetuto tutta la vita che era debole e bisognosa di aiuto e di sostegno.

«Non ora, tesoro… Magari più avanti.»

Spencer sapeva cosa poteva dire a Vivian e cosa era meglio evitare. Era meglio evitare che le chiedesse di riposare, di non affaticarsi, di pensare esclusivamente a se stessa e al bambino. Era meglio non manifestare costantemente la sua preoccupazione nei suoi confronti, se non voleva che Vivian si irrigidisse e si allontanasse da lui. Poteva comprenderla, del resto. Essere sempre la più debole, la più indifesa e fragile non doveva essere piacevole.

«Va bene» si limitò a replicare Vivian.

Discutere con lui e rovinare quel momento così intimo e felice era l'ultima cosa che desiderava. Il loro ingresso nella nuova casa. Se avessero litigato o discusso avrebbero impresso un'ombra di tristezza e malumore incancellabili sul loro primo impatto con il nuovo ambiente. E i muri avrebbero assorbito quella negatività per poi riversarla su di loro successivamente.

Vivian si aggrappò a Spencer. Era stata lei a desiderare un allontanamento, più di quanto gli aveva lasciato intuire. Non era più disposta a subire il controllo di nessuno. E non era nemmeno più disposta a sentirsi la seconda scelta. In famiglia, tra gli amici, nel branco. Perché c'era Ted. C'era sempre stata sua sorella Theodora per prima, in tutto. Anche con lui, anche l'uomo che aveva scelto. C'era sempre stata Ted, per prima.

* * *

Susan Chandler non riusciva a trovare pace. Continuava a passeggiare avanti e indietro per casa fissando furiosamente il telefono che non si decideva a squillare. E aveva anche iniziato a mordersi le unghie, cosa che aveva fatto pochissime volte in vita sua. Solo nei casi più estremi.

La situazione ormai le era sfuggita di mano. E Faith era sempre più vicina ai diciotto anni. Quindi le sarebbe sfuggita del tutto, definitivamente e irrimediabilmente.

Quando finalmente il telefono si decise a squillare, Susan sgranò gli occhi incredula. Tra tutti era proprio l'ultima persona al mondo da cui avrebbe voluto ricevere una telefonata. Premette il tasto per accettare la chiamata e rispose con voce infastidita.

«Che cosa vuoi?»

«Se dovessi darti un voto per l'accoglienza sarebbe gravemente insufficiente.»

Il tono dall'altro lato tentava di suonare offeso, ma risultò invece canzonatorio.

«Scusa. Stavo aspettando un'altra chiamata.»

Susan sospirò e andò a sedersi sulla poltrona azzurra del salotto, appoggiandosi con la schiena nel tentativo di calmarsi. Stava considerando che in realtà avrebbe di gran lunga preferito ricevere una telefonata dal diavolo, direttamente dall'inferno.

«Allora ti lascio andare e ti richiamo in un altro momento. Volevo solo farti un saluto e chiederti come stai, mia cara Susy.»

«Sto bene, Lucas e…» E che cosa? Susan stava pensando che Lucas Eastwood non era proprio il tipo da fare telefonate per salutare una persona, senza un secondo fine. Mai. In nessun caso. A nessuno. Quindi doveva obbligatoriamente avere qualcosa in mente. «E allora ci sentiamo in un altro momento.»

Lucas Eastwood agganciò senza replicare, sogghignando tra sé. La piccola era spaventata. La sua voce tremante e sospirosa era un chiaro segnale. Se la immaginava camminare avanti e indietro per casa fino a consumare la suola delle belle scarpe firmate oppure il pavimento del salotto. Perché sapeva che lui poteva esporla. Quando e come voleva. E non solo lei, tutti quanti. Soprattutto dopo quanto era accaduto.

Tornò alla sua scrivania, alla sua macchina da scrivere. Era pronto e dell'umore adatto per un nuovo articolo.

"Ragazzi scomparsi. Ritrovati cadaveri. Davvero un attacco animale?"

Scrocchiò con vigore le dita di entrambe le mani e si accese una sigaretta. Inserì la carta nella macchina e cominciò a battere le dita sui tasti.

Probabilmente nessun giornalista utilizzava ancora una macchina da scrivere degli anni Sessanta come la sua. Ma lui odiava il computer, aveva l'impressione di non scrivere affatto se non riusciva a toccare la carta mentre scriveva.

Era tempo di tornare a fare qualche visita. Chissà se era mancato a qualcuno? Alla dolce Susan non particolarmente, da quel che aveva intuito dalla telefonata. Lucas inspirò, poi prese la sigaretta tra le dita soffiando dalle labbra una nuvola di fumo. Si accarezzò il mento con l'altra mano. Aveva un conto in sospeso a Strawberry Hill. Ed era arrivato il momento di saldarlo.

CAPITOLO 56

«Allora sono andata in aeroporto… e volevo proprio partire per un bel viaggetto!»

Maggie passeggiava tra le vie del mercato, cercando di non restare indietro e di non perdersi tra la folla che, giungendo dalla direzione opposta, la separava da James.

«Non è una buona idea partire per un bel viaggetto, Maggie May.»

James l'afferrò per un braccio trattenendola per evitare che inciampasse nella bancarella di un fruttivendolo.

«E perché no, Jimmy James?»

Maggie sorrise aggrappandosi alla sua giacca per rimanergli accanto. Era una buona idea, altrimenti con tutta la gente che c'era in giro quel sabato pomeriggio avrebbe finito per raccontare tutti i fatti suoi all'omino che vendeva pappagallini. Peccato che non vendesse anche koala…

«Perché io non voglio che tu vada via.»

James accarezzò la mano che Maggie aveva appena posato sul suo braccio.

Le rivolse un'occhiata, chiedendosi a cosa stesse pensando in quel momento quella ragazzina. Aveva percepito una nuova scintilla di vita animare i suoi occhi azzurri. Poi in fondo tanto ragazzina Maggie non era! Però aveva quella luce. Quella luce magica nello sguardo che la portava a entusiasmarsi ed emozionarsi per situazioni che alla maggior parte delle persone non sarebbero parse nemmeno degne di nota.

Tutto ciò che al resto dell'umanità sfuggiva, assumeva importanza agli occhi di Maggie. Ma come poteva spiegarle, e pretendere che lei capisse, che il solo camminarle accanto faceva sentire vivo anche lui?

«E perché non vuoi?»

Maggie sembrò in un istante lasciar perdere tutto il resto, le mille e più questioni che le frullavano in testa, per concentrare l'attenzione su di lui.

«Perché...» Sembrava che lei gli avesse letto nel pensiero. Ora doveva trovare una risposta sensata, una risposta che lei avrebbe accettato. «Perché questa cittadina diventerebbe un luogo triste e buio senza di te.»

Non era certo a proposito della cittadina, ma non aveva dubbi riguardo a se stesso.

«Mmh...» Maggie rallentò il passo fino a fermarsi e lo fissò diventando improvvisamente seria e compita, sembrava riflettere sulle sue parole. «Pensi che ci sarebbero tanti temporali senza di me?»

«Sì, io dico di sì.» Anche James si fermò e annuì guardandola negli occhi. «Tanti temporali e mai più un raggio di sole.»

Poi riprese a camminare e costrinse anche lei, che restava ancora aggrappata al suo braccio, a seguirlo.

«In aeroporto ho visto la fotografia di un koala davvero carino. Mi piacerebbe tanto averne uno.» Maggie girò intorno lo sguardo come alla ricerca di qualcosa, poi lo rivolse nuovamente a James. «Ma qui proprio non si trova.»

«Purtroppo no, Maggie.» James sorrise e la guardò con espressione desolata. «Magari potresti accontentarti di un cane, un gatto... o un pesce rosso...»

«Ogni tanto passa qualche gattino davanti a casa.» Maggie annuì sorridendo. «Potrei prenderne uno. Però il koala era davvero molto dolce. Invidio la bambina della foto che lo teneva abbracciato.» Maggie sospirò e aggrottò la fronte. Ecco, ora James l'avrebbe considerata una bambina. Stupida! Stupida che non era altro! Meglio cambiare discorso immediatamente e trovare un argomento più adulto. Maggie tossicchiò per darsi un contegno. «Sono riuscita a trovare un libro che cercavo.»

«Di che libro si tratta?»

James cercò di non ridere per l'improvviso cambio di tono. Comprese che il pensiero del koala non l'aveva ancora abbandonata.

«Un libro di Cross Irizarry» spiegò Maggie, cercando di non fare confusione come suo solito. Il fatto che la successione degli eventi fosse chiara nella sua mente non implicava che lo fosse anche nella mente di chi la stava ascoltando e non aveva idea di cosa fosse accaduto. Quindi doveva esporli con rigore e senso logico. O almeno provarci.

«Cross Irizarry?»

James inclinò il viso rivolgendole uno sguardo interrogativo.

«Cross Irizarry è un autore di cui ha parlato il professor Miller a lezione.» Maggie si impegnò per assumere l'atteggiamento della preparata e consapevole studentessa di letteratura. «L'ho cercato in biblioteca, ma non c'era. Non l'ho trovato da nessuna parte. Né un suo libro né un altro che parlasse di lui. Però ho incontrato Ariella!»

«Ariella? E ti ha aiutata?»

James si impegnò per seguire il discorso di Maggie. La trovava adorabile quando si concentrava per darsi un contegno. Nello sforzo di restare seria le si aggrottava leggermente la fronte e si irrigidiva increspando le labbra. Però non durava mai molto. Dopo un po' se ne dimenticava e tornava la solita Maggie.

«Non proprio, ma Ariella cercava un Cross, pure lei!» esclamò Maggie d'istinto. Poi si rese conto che probabilmente James non avrebbe compreso cosa era accaduto, non essendo stato presente. Allora tornò seria, tentando di spiegare coerentemente la situazione. «Ariella è una ragazza che ho conosciuto in biblioteca. Cercava un autore di nome Audren Cross. Ma anche lei, come me, non è riuscita a trovarlo. Quindi ha pensato che i nostri due Cross avessero qualcosa in comune.»

«Ma se per uno di quei due autori Cross è il nome e per l'altro è il cognome forse non c'entrano affatto» suggerì James sollevando le spalle. «Hai provato a chiedere a Herr Flick?»

317

«Comunque entrambi c'entrano con la letteratura mitica, mitologica e fantastica» sospirò Maggie, lasciando il braccio di James per un istante. «Sì, avevo pensato di chiedere a Herr Flick. Però ho incontrato un vecchietto davanti a casa mia. E mi ha portato un pacchetto. E dentro sai che c'era? Un libro di Cross Irizarry. Credo che me lo abbia mandato il professor Miller, perché sapeva che lo stavo cercando. Che sciocca, avrei potuto chiederlo a quell'ometto tanto gentile, continuava a chiamarmi signorina e lo diceva tanto bene, con un accento veramente perfetto!»

«Bene, sono contento che tu lo abbia trovato. E lo hai letto?»

James si voltò verso di lei, Maggie si era fermata e sembrava riflettere su qualcosa di importante.

«Sì, l'ho letto. Però non so se dire ad Ariella di averlo trovato. Se il suo non arrivasse mai sarebbe veramente molto triste!»

La verità era che si sentiva anche un po' gelosa. Se avesse rivelato ad Ariella di aver ricevuto un libro di Cross Irizarry, sicuramente la ragazza avrebbe voluto leggerlo e lei sarebbe stata costretta a prestarglielo. Di solito non aveva problemi nel prestare i suoi libri e qualsiasi altra cosa le appartenesse, ma questa volta la situazione era diversa. Sentiva una sorta di possesso nei confronti di quel libro, che non aveva mai provato prima.

James osservò l'espressione seria e assorta di Maggie e si chiese se quel libro avrebbe dovuto destare preoccupazione.

«Com'è?»

«Com'è cosa, Jimmy James?»

«Il libro, Maggie May.» James sorrise incoraggiante. «Hai detto che lo hai letto. Com'è?»

«È...» Maggie cercò di trovare le parole adatte per esprimere ciò che aveva provato leggendolo. Sospirò tormentandosi le mani. Non sapeva nemmeno da che parte iniziare. Creature. C'erano tante creature. Ma ancora non sapeva spiegare cosa si intendesse esattamente con quella parola. Creature. Tutto ciò che viveva e respirava sul pianeta non era una creatura? Maggie

318

comprese di avere le idee veramente confuse in merito. «È un libro.»

James annuì e abbassò lo sguardo. Era come se una parte di lui fosse stata delusa, tradita, esclusa. Come se Maggie non si fidasse abbastanza per raccontargli tutto ciò che aveva trovato in quel libro e qualcosa in lei opponesse una sorta di resistenza. E questa consapevolezza lo feriva.

«James, io...»

Maggie sentì che improvvisamente qualcosa era cambiato. James era diventato freddo, distante. Forse anche lui stava cambiando. Avrebbe desiderato dirgli tutto, rivelargli ogni suo pensiero. Se solo avesse saputo come raccontargli quello che aveva provato e ancora stava provando. Ma non c'erano parole adatte, o per lo meno lei non riusciva a trovarne.

«Guarda là dentro, Maggie May!» James sorrise indicandole, lungo la strada, una di quelle macchinette pesca regali che si trovano spesso alle giostre, nei mercati o nei magazzini. «Quello non è un piccolo koala di peluche? So che non è lo stesso che averne uno vivo, però...»

«Però è perfetto, Jimmy James!»

Maggie sorrise illuminando il viso di pura gioia ed estasi e si aggrappò saltellando alla sua mano.

«Allora io lo prenderò per te.» James annuì sfiorandole la guancia con una carezza. «Così avrai il tuo koala.»

CAPITOLO 57

L'espressione palesemente annoiata e statica non cambiava mai, nel corso degli anni, dei decenni, dei secoli. Una costante era anche il bicchiere di liquore che reggeva in mano, tra due dita, talvolta guardandoci dentro, come se attraverso quel liquido ambrato potesse scardinare i segreti dell'universo. Quelli che già non aveva conosciuto e sperimentato.

Ryan Norwest, appoggiato con una spalla a una parete, fissava la sorella seduta sul divano, rivolta verso il caminetto ormai spento. Alfred aveva probabilmente pensato che facesse troppo caldo per continuare a tenerlo acceso. Come se a loro cambiasse qualcosa! Ma forse credeva di dover mantenere una parvenza di normalità.

«Il palazzo si reggerà in piedi anche da solo.» Amelie sospirò inclinando il bicchiere. «Non c'è bisogno che tu lo sostenga con la forza dei tuoi muscoli.»

«Non credevo mi avessi notato.»

Ryan si spostò stringendosi nelle spalle.

«E io credo ancora a Babbo Natale.»

Amelie non si scompose e si decise a sorseggiare quel goccio di brandy rimasto nel bicchiere. Ryan si fece avanti e andò a sedersi di fianco a lei. Alla fine, l'immagine di Amelie rifletteva anche la sua.

Quanto tempo aveva trascorso compiendo la medesima azione? Seduto a bere, o far finta di bere, con il bicchiere tra due dita, cercando in quei riflessi qualcosa, qualsiasi cosa che lo estraniasse per un attimo da quell'eterno presente da cui non aveva scampo. In ogni angolo del mondo si trovasse, sempre lo stesso gesto ripetuto. Era probabile quindi che quella posa Amelie l'avesse imparata proprio da lui. Era stato un pessimo esempio.

«Parlami della festa dell'estate, fratellino.»

Amelie appoggiò il bicchiere a terra e si raccolse le ginocchia al petto, raggomitolandosi come una bimba in cerca di attenzioni.

«Non c'è molto da dire.» Ryan le lanciò un'occhiata annoiata scuotendo la testa. «La solita festa dell'estate che si celebra in questa cittadina da prima della nostra nascita, probabilmente. Le tradizioni qui sono dure a morire.»

«Già, anche più di noi» annuì Amelie sollevando un sopracciglio. Era annoiata. Quel giorno era ancora più mortalmente annoiata del solito. «Comunque, tu avrai qualcosa a che fare con la festa dell'estate?»

«Mi sembra evidente che tu conosca già la risposta.»

Ryan si alzò andando alla ricerca di un bicchiere. In realtà temeva qualsiasi richiesta della sorella a proposito di quella dannata festa e stava cercando un espediente per evitarla.

«Voglio entrare nell'organizzazione!» dichiarò Amelie, diretta e senza mezzi termini.

«Non avevi intenzione di diventare la più grande campionessa di ginnastica ritmica del liceo, solo poco tempo fa?»

Ryan evitò di commentare l'affermazione della sorella rivolgendole un'altra domanda.

«Mi sono resa conto che è troppo noioso continuare ad allenarmi. Non fa per me, ho sempre odiato tutti gli sport!» Amelie sbuffò piegando le labbra all'ingiù in una smorfia che appariva quasi dolorosa. «E poi tutte quelle stupide gallinacce mi tengono costantemente sotto controllo, in attesa che io sbagli! Le detesto! Sono tentata di farle fuori tutte dopo aver trangugiato il loro sangue. Sono sicura che parteggiano per la strega, quelle stronze!»

«Amelie! Insomma, usa i tuoi poteri e non sbaglierai... Sarai la più brava. E se non lo sei, soggiogale per convincerle. Non ti sei mai fatta tanti scrupoli. Ma assolutamente non ucciderle! Abbiamo già abbastanza problemi.»

L'unico interesse di Ryan, in quel momento, era che Amelie si concentrasse su altro, dimenticando l'idea di entrare nell'organizzazione della festa dell'estate.

«Scherzavo! Comunque non posso usare i miei poteri, maledizione!» Amelie batté entrambi i pugni sul divano, con furia. Poi lo squadrò con espressione indignata. «E lo sai perché? Tutto a causa di quella maledetta strega! Lei non li usa! Io potrei anche diventare la numero uno del liceo, anzi… di tutti i licei del mondo e tutti mi riconoscerebbero come una super campionessa con tanti complimenti! Ma lei lo saprebbe che non è vero. Insomma, che sto usando i miei poteri, che sto soggiogando e manipolando per ottenere quello che voglio! E mi guarderebbe con quella faccia… con quell'aria superiore e schifata che rivolge sempre a noi, come se fossimo degli esseri abietti e immondi! Lo sai cosa intendo, guarda anche te così… E io non la sopporto!»

«Ma noi siamo degli esseri abietti e immondi, cara sorellina» confermò Ryan senza scomporsi. «È la nostra natura.»

Comunque era vero. Amelie aveva ragione e la sua analisi era corretta. Era proprio così che Faith li guardava e se doveva essere sincero con se stesso, anche se per motivi diversi, infastidiva anche lui. Si chiese perché importasse così tanto ad Amelie cosa Faith Chandler pensasse di loro. Amelie non era mai stata il tipo da preoccuparsi dell'opinione altrui. Del resto, avevano sempre agito senza scrupoli né regola alcuna fregandosene beatamente del mondo intero.

Una parola gli attraversò la mente. Una parola precisa e lineare. Per cui barare o usare mezzi illeciti come i loro poteri avrebbe fatto sentire la piccola, perfida Amelie inadeguata e sporca. Competizione. Una sana, sportiva competizione. Ovviamente se l'avesse vinta imbrogliando sarebbe stato per lei peggio di una sconfitta. Come ammettere che Faith era superiore a lei. E la sola idea la offendeva a morte. Per questo preferiva ritirarsi.

«Comunque...» Amelie archiviò il discorso pronta ad affrontare il nuovo argomento di suo interesse. «Io voglio entrare nel comitato organizzativo della festa e tu mi aiuterai!»

«Sarà una noia mortale, Amelie, nel vero senso della parola.» Ryan sbuffò, sbadigliando per risultare ancora più convincente. «Trovati qualcosa di più divertente da fare! Se ti sei stufata della ginnastica, non so... entra nella squadra di pattinaggio o di atletica... nel giornalino scolastico o in qualche altra attività...»

In qualunque squadra o attività dove non sia implicata Faith Chandler possibilmente, pensò tra sé.

«Mi sono stufata di ogni stupidissima attività in quella stupidissima scuola!» Amelie alzò la voce nervosa, cominciando a battere il piede ritmicamente sul pavimento. «Voglio entrare nell'organizzazione della festa dell'estate, oppure...»

Oppure immagino che mangerai tutti gli organizzatori, pensò Ryan, consapevole del fatto che a ogni "oppure" di Amelie seguiva sempre una minaccia, più o meno velata. In questo caso la mente vulcanica della sorella avrebbe architettato qualcosa di abbastanza diabolico e palese.

«Proverò a parlarne con i responsabili...» la interruppe Ryan prima che lei avesse la possibilità di riflettere sulla minaccia e proseguire «Ma non ti assicuro niente.»

Intanto sperava che nel frattempo Amelie trovasse di meglio con cui dilettarsi. Magari qualcosa di più consono alla sua, apparente, età.

«Potresti sempre soggiogarli e costringerli» suggerì Amelie sollevando il mento con un sorrisetto quasi innocente. «Del resto, non hai sempre agito allo stesso modo per farti ammettere e imporre le tue idee? Per ogni questione riguardante la città avete sempre fatto così. Tu, von Klausen e chi capitava al momento...»

«Non proprio, mia cara.» Ryan si decise a versarsi da bere, era rimasto con il bicchiere in mano dimenticando che fosse tristemente vuoto. «Quel posto mi spetta di diritto, in un certo senso. Indipendentemente da von Klausen e dagli altri, anche dal nostro creatore.»

Meglio evitare di rivelarle che stava cercando di coinvolgere nell'organizzazione anche le streghe Chandler e Cohen senior mentre scoraggiava lei, se non voleva subire un attacco di nervi da parte della volubile sorellina. L'aveva catalogata come parte della componente adolescenziale, insieme alle streghette Faith e Danielle. Ma del resto era sempre stato così e non si era mai intestardita tanto. Cosa c'era di diverso questa volta?

«Allora non ti sarà poi tanto difficile far entrare anche me!» Amelie sfoderò un altro sorrisetto innocente.

Ma era in realtà un sorrisetto quasi perverso, a Ryan ricordava il sorriso stampato con il pennarello rosso sulle bambole di cera. Quelle che avrebbero continuato a sorridere anche con la testa staccata. La differenza era che la testa staccata non sarebbe stata quella di Amelie, ma di chiunque si fosse opposto alla sua volontà.

Doveva fare più attenzione a lei, seguirla di più, soprattutto lì. A Strawberry Hill Amelie riusciva a dare sempre il peggio di sé. Quando andavano a nutrirsi la teneva a bada, ma poi... Non poteva esserci sempre, controllare ogni suo spostamento.

«Ci proverò...» borbottò Ryan, cercando disperatamente un qualsiasi altro discorso che potesse distrarla. Ma dopo l'accumulo di decenni trascorsi insieme era da fin troppo tempo a corto di idee.

Fu Amelie a trovare al suo posto il nuovo argomento di conversazione.

«Che intenzioni hai con la sirenaccia?» Lo guardò mantenendo l'espressione scontenta e annoiata. «Finire di mangiartela? Tagliarle la testa e giocarci a bowling?»

Ryan si immaginò effettivamente la testa bionda di Dorothy Hansen rotolare lungo una pista da bowling e colpire uno dopo l'altro tutti i birilli. Sollevò lo sguardo al soffitto per distogliersi da quell'idea. Era troppo allettante.

«Fra poco non avrò più bisogno di lei» disse semplicemente.

L'aveva quasi finita. La riserva di linfa vitale della sirena era quasi esaurita e in pochi giorni la bionda sarebbe stata del tutto inutilizzabile per lui.

«Te ne cercherai un'altra? Che non canti come una quaglia con la raucedine questa volta, per favore!»

Amelie sbadigliò stendendosi sul divano per stirarsi gambe e braccia.

«Non ti preoccupare.» Ryan sorrise strizzandole l'occhio. «Questa non canterà.»

Meditò tra sé sulle altre doti della rossa Annie, ma evitò di condividere i suoi poco casti pensieri con la sorella.

Aveva intenzione di prendersi Annie prima della festa dell'estate e ci sarebbe riuscito. Presto sarebbe stata sua, solo sua. Ryan Norwest sorseggiò lo sherry che si era versato nel bicchiere e si passò la lingua sui denti. A costo di rapirla, a costo di prenderla con la forza, sarebbe stata sua. Anche se una domanda si stava insinuando nella sua mente, sempre di più. La desiderava davvero o era semplicemente annoiato? In ogni caso aveva bisogno della sua linfa vitale ed era probabilmente la più indicata ai suoi bisogni al momento.

E comunque il fatto che non smaniasse per lui come la sirena e tante altre prima di lei lo attirava ancora. Ovviamente se lei avesse cambiato opinione gli sarebbe venuta a noia, proprio come tutte le altre. Qualcuno diceva che l'attesa del piacere è il vero piacere. Almeno nel suo caso, quel qualcuno aveva proprio ragione.

CAPITOLO 58

Bussò alla porta dell'ufficio con un colpetto delicato, appena accennato. Quell'ambiente le metteva soggezione. Incrociò le mani e si morse il labbro inferiore nell'attesa.

«Avanti.»

Riconoscendo la sua voce, Bliss entrò con più decisione nello studio universitario del professor Miller. Lo guardò restando sulla porta, poi si voltò per richiuderla. Lui era in piedi di fianco alla scrivania, con alcuni fogli stampati tra le mani. Appena la vide li appoggiò e concentrò l'attenzione su di lei.

«Io...» Bliss sospirò rimanendo immobile nella sua posizione, con le mani giunte e le dita incrociate come in una supplica. «Io ho bisogno di parlare con qualcuno.»

«Accomodati, Bliss.»

Jonathan annuì indicandole la sedia di stoffa imbottita davanti alla scrivania. Lui non si accomodò al suo posto dall'altro lato ma si spostò, appoggiandosi al tavolo da dietro con entrambe le mani.

Bliss non sapeva esattamente da che parte iniziare. Ma sapeva che doveva raccontargli tutto. E così fece, nel modo più preciso e dettagliato che le riuscì.

«Ti sta succedendo qualcosa, Bliss. Me lo aspettavo» disse calmo, dopo aver ascoltato in silenzio il racconto della ragazza. «Inutile negarlo, perché ormai credo che tu stessa ne sia consapevole. Quello che è accaduto è stato il principio.»

Bliss annuì non staccando gli occhi dal suo volto. Non l'aveva mai visto così serio. E le parve che la sua pelle avesse un aspetto più luminoso e brillante del normale. Ripensò all'accusa di Jenevieve nei suoi confronti. Era l'unico dettaglio che aveva preferito tralasciare e si sentì arrossire fino alla radice dei capelli. Forse l'accusa di Jenevieve non era poi così infondata.

«Io vorrei solo sapere... è qualcosa di reale? Qualcosa che posso affrontare con quello che ho, quello che sono? Non posso stare sempre così, nel timore che mi succeda di nuovo. E non posso nemmeno avere qualcuno che stia con me ogni momento. Sono stata fortunata che quelle due ragazze si siano prese cura di me senza... senza mettermi nei guai, ecco.»

«Sì, è qualcosa di reale. Il soprannaturale è reale, Bliss. E tu stessa lo avrai compreso, ormai. Quello che sta accadendo all'amico di cui mi hai parlato è reale. Quello che sta accadendo a te è reale. Io sono reale. E quello che credi di intuire, di sapere, quello che hai trovato e letto nei libri a casa mia... anche quello è reale.»

«Questa nuova realtà non è molto rassicurante, Jonathan.» Bliss si morse di nuovo il labbro, quasi con forza, dopo aver pronunciato il suo nome. «Anzi, non lo è affatto. Le favole e la magia preferisco leggerle nei libri o vederle nei film. E anche in quei casi non mi hanno mai particolarmente attratta.»

«Lo capisco.»

Jonathan le rivolse un sorriso vago senza aggiungere altro. Bliss intanto stava meditando sulla necessità o meno di renderlo partecipe delle accuse di Jenevieve nei loro confronti. Forse anche il semplice fatto di recarsi lì, a cercarlo nel suo studio, era un'ammissione di colpa. E lo sapeva. Allora perché ci era andata? Non sarebbe stato meglio recarsi a casa sua o mandargli un messaggio per vederlo altrove?

Bliss non sapeva cosa rispondere. Abbassò il viso. Non sapeva nemmeno più cosa provare. Anche se in fondo era un dettaglio rispetto a tutto il resto. L'elemento meno anormale della storia, ma probabilmente quello che la faceva sentire più a disagio, era la sua possibile ed eventuale relazione con Jonathan Miller.

«A cosa stai pensando ora, Bliss?»

Jonathan ruppe il suo silenzio, obbligandola a sollevare lo sguardo su di lui e a rispondere. Aveva comunque bisogno di togliersi quel peso.

«La mia collega della caffetteria crede che noi due abbiamo una relazione.»

Bliss comunicò la notizia senza troppi giri di parole. E io non sono del tutto certa che non abbia ragione, pensò tra sé.

«E tu cosa credi?»

Miller si staccò dalla scrivania muovendo un passo verso di lei. Bliss sollevò le mani per appoggiarle sul suo petto. Non era ancora del tutto sicura se fosse per accettarlo o per respingerlo.

«Io credo che… potrebbe avere ragione.»

* * *

«Allora ti piace?»

James si stava incamminando con Maggie verso il parco.

«Mi piace tantissimo.»

Maggie si appoggiava da una parte al braccio di James, dall'altra reggeva la borsa e il piccolo koala di peluche che lui aveva vinto per lei alla macchinetta pesca regali.

«Sono contento.»

James sorrise voltando la testa e abbassandola verso di lei. Fu tentato di allungarsi e depositarle un bacio sulla fronte. Maggie tese le braccia in avanti e sollevando il koala tra le mani lo guardò sorridendo.

«Come ti chiami?»

«Ti aspetti veramente che ti risponda?» rise James posandole una mano sulla nuca.

«Ma no, sciocchino.» Maggie rispose con un colpetto sulla spalla. «Era una domanda retorica. Però…» Tornò a fissare il koala negli occhi di plastica neri. «Dimmelo, dimmelo come ti chiami!» Appoggiò il peluche all'orecchio. «Ah… ah, capito!»

«Come si chiama?»

James incrociò le braccia al petto continuando a camminare.

«Dice di chiamarsi Jimmy James» dichiarò Maggie sollevando le spalle. «Magari lo chiamerò semplicemente Jimmy per non confonderlo con te!»

«Ah certo!» James annuì con una smorfia. «Perché ci somigliamo talmente tanto che rischi di confonderti!»

Maggie lo guardò seria poi iniziò a ridere forte e a danzargli intorno.

«Sei di ottimo umore oggi, a quanto vedo.»

Anche James iniziò a ridere e l'attirò a sé. Maggie appoggiò la testa sulla sua spalla.

«Sì, oggi sono contenta. Ogni tanto mi capita. E sento che andrà tutto bene da ora in poi, così anche domani potrò essere contenta.»

«Mi fa piacere. Ti va un gelato?»

James le indicò un venditore di gelati all'angolo della strada che immetteva lungo il viale principale del parco. Maggie annuì sorridendo e James vide una panchina libera poco distante.

«Siediti lì con il tuo koala, te lo vado a prendere!»

«Cioccolato e crema, per favore.»

Maggie sorrise andando a sedersi sulla panchina.

Era una bella giornata primaverile. James si sentiva bene, in forza. Con lei riusciva sempre a sorridere e a dimenticare. E poi ci voleva così poco per farla contenta. Un vecchio libro. Un koala di peluche pescato a una macchinetta del mercato. Un gelato. E lei era soddisfatta e rideva felice, contagiando con la sua gioia innocente e spontanea chiunque la circondasse.

Comprò i gelati e voltandosi verso la panchina la vide accarezzare la testa del koala di peluche e inclinare il viso come per riflettere su qualcosa. Si incamminò deciso a raggiungerla, ma qualcuno gli bloccò il passaggio mettendosi davanti. Fece per scansarlo credendo che non fosse intenzionale, ma si sbagliava.

«Scusa…»

James si spostò di lato, tentando ancora di passare per raggiungere la panchina dove Maggie lo aspettava.

«Dobbiamo parlare.»

Il tono del ragazzo era deciso, arido. Aveva un'espressione seria e un po' afflitta. James non credeva di conoscerlo, anche se il volto gli era vagamente familiare. Poteva averlo visto nella libreria di Flick? Forse. Lo scrutò confuso.

«Non mi sembra di conoscerti e la mia amica mi sta aspettando.»

Indicò Maggie con un cenno del capo.

«Mi chiamo Alexander Hamilton.» Il giovane allargò leggermente le braccia lungo i fianchi aggrottando la fronte. «E so chi sei.»

«Chi sono?» James non sapeva esattamente come interpretare le sue parole. Sperava di non doverle prendere come una minaccia. «Cosa intendi?»

«Ho visto mentre ti trasformavi.» Alexander decise di non perdersi in chiacchiere e andare al dunque. «Credo che tu sia vittima di una maledizione, esattamente come me.»

James strinse leggermente le mani rischiando di rompere i coni dei gelati. Si sentì stupido in quel momento, inadeguato e ridicolo. Se avesse potuto sarebbe fuggito, scomparendo in un istante. Ma non poteva. Maggie lo stava aspettando.

«Davvero non capisco cosa intendi.» Si mosse lateralmente per oltrepassare Alexander. «Stai dicendo un'assurdità.»

«Ti ho visto» ribadì Alexander, determinato. «In riva al fiume. Non puoi negare! Eri tu.»

James sospirò nervoso, poi iniziò a respirare più rapidamente. Come aveva potuto essere così sconsiderato e stupido? Cosa ne sarebbe stato di lui ora che questo tizio lo aveva visto trasformarsi?

Poteva negare. Ma se il ragazzo avesse raccontato in giro che era un mutaforma per lui lì non ci sarebbe stato più posto. C'era sempre la possibilità che nessuno gli credesse, anzi che lo prendessero per pazzo. Però ci sarebbe andato comunque di mezzo se questo Alexander avesse dimostrato un accanimento esagerato. Per evitare passi falsi avrebbe dovuto dire addio al mondo esterno, addio alla città in cui stava nuovamente imparando a vivere e soprattutto addio a Maggie.

Improvvisamente sentì una stretta alla bocca dello stomaco. Come poteva dire addio a Maggie? Raggiungerla alla panchina dove lei lo aspettava, consegnarle il suo gelato e salutarla per sempre? Oppure semplicemente sparire senza dirle niente, approfittando del fatto che fosse distratta e non guardasse nella sua direzione? E lasciarla lì ad aspettare qualcuno che non sarebbe tornato più.

«Per favore...» James decise che non poteva sparire e lasciarla sola ad aspettare. Perché, conoscendola, lei lo avrebbe aspettato seduta su quella panchina, chissà per quanto tempo. Non si sarebbe semplicemente rassegnata. «Lei non c'entra niente, non voglio coinvolgerla. Io posso spiegare...»

Proprio in quel momento Maggie guardò nella loro direzione. Sembrò indecisa sul da farsi, poi nascose il piccolo koala nella borsa, si alzò e corse verso di loro.

James lanciò un'occhiata implorante ad Alexander augurandosi che tacesse.

«Ciao.» Maggie sorrise ad Alexander e poi guardò James. «Un tuo amico?»

James si stava preparando a negare e a inventare una qualsiasi scusa, magari la richiesta di un'informazione. Ma Alexander lo precedette.

«Sì. Non ci vedevamo da un po', vero?» Tese la mano a Maggie. «Io sono Alexander. Aspetta, mi sembra di averti già vista... Tu sei la ragazza che lavora alla libreria, vero?»

«Sì, sono proprio io! Mi chiamo Maggie.» Strinse la mano di Alexander con naturalezza. «Forse ti ho visto anche a qualche corso in università, ora che ci penso...»

«Sì, forse. Sono iscritto al primo anno di lettere classiche, ma non frequento al momento. Io... ho avuto dei problemi di salute.»

Alexander aveva iniziato a fare conversazione con Maggie, mantenendo un tono rilassato e disinvolto. James sorrise forzatamente. La sua vita era nelle mani di un estraneo che avrebbe potuto decidere di raccontarle tutto da un momento all'altro. Così l'avrebbe persa per sempre. Tentò di immaginare il viso dolce di Maggie mentre esprimeva tutto il ribrezzo nei suoi confronti. Non ci riuscì, oppure non volle.

«Vuoi prendere il gelato con noi, Alexander?» Così dicendo Maggie prese il cono dalla mano di James. «Mmh… cioccolato e crema, questo e mio! Grazie, James!»

«No grazie, magari un'altra volta» rispose Alexander, sfoderando un sorriso tranquillo e amichevole. «Vi lascio alla vostra passeggiata. Ci vediamo in giro.»

«Grazie.» James comprese che la sua conversazione con Alexander non era conclusa, ma solo rimandata.

Forse sarebbero potuti giungere a un compromesso. Forse non era tutto perduto. Ma che qualcuno di troppo conoscesse la sua vera natura non era certo un elemento positivo per la sua permanenza in città. A questo punto probabilmente Andres Flick lo avrebbe incoraggiato ad andarsene al più presto. Soprattutto se avesse saputo che il suo legame con Maggie si stava consolidando ogni giorno di più. E più si consolidava più sarebbe diventato difficile e doloroso farne a meno e dirle addio.

CAPITOLO 59

La stava aspettando. Era sicuro che non avrebbe tardato. La conosceva bene, da tanto tempo. Susan Chandler era tanto bella quanto prevedibile. Fin da quando si chiamava ancora Susan Armstrong e l'aveva incontrata in un paesino dello Yorkshire del nord. Una streghetta deliziosa, affamata di gloria e potere. Sicura di ottenere tutto ciò che desiderava. Il potere supremo della strega nera, in particolare. E lui, Lucas Eastwood, era stato lì ad aiutarla passo dopo passo a raggiungere e soddisfare i suoi desideri giovanili.

Ed eccola che entrava al "Magic Hill" con quell'aria falsamente innocente, voltando lo sguardo intorno in cerca di lui, mentre giocherellava con una ciocca di capelli che le pendeva da una spalla.

«Sono qui, Susy.»

Lucas si alzò dal tavolino nell'angolo per andarle incontro.

Lei gli sorrise, quel sorriso radioso e dalle labbra provocanti che aveva riconosciuto spesso sulle copertine. Fece qualche passo verso di lui e lo abbracciò con slancio.

Lucas era esattamente come lo ricordava. Con l'aria un po' costruita da scrittore fallito costantemente in cerca di un'ispirazione che non arriva mai. Barba incolta, camicia allacciata un po' storta e maniche rimboccate da cui si intravedeva un tatuaggio tribale. Questa volta sembrava anche aver dimenticato un buon taglio di capelli, considerato che spiovevano ondulati su un occhio raggiungendogli quasi le spalle.

Susan lo osservò con un sorrisetto malizioso, lo stesso che gli aveva rivolto tanti anni prima.

«Avresti bisogno di una ripulita, Lucas. Un buon taglio, soprattutto.»

«Lo sai che fa tutto parte del mio fascino, Susy. Ma per te lo farò sicuramente.» Sì, probabilmente lei lo sapeva. Come lui sapeva che quella non era più l'ambiziosa ma ingenua Susan Armstrong e tutto il suo fascino da scrittore dannato su di lei non avrebbe più avuto effetto. «Vogliamo accomodarci, mia cara? Prendi qualcosa?»

«Un gin tonic, grazie.»

Lucas, dopo essere passato dal bancone, guidò Susan verso il suo tavolino, allontanò la sedia per permetterle di sedersi e occupò il posto di fronte a lei.

«Eccoci qui!»

Le lanciò un'occhiata maliziosa.

«Già, eccoci qui!» ripeté Susan nel tentativo di mostrarsi il più naturale possibile.

Ma era chiaro che quella non fosse assolutamente una rimpatriata con un vecchio amico.

«Sono pronto, Susy.»

La guardò negli occhi, poi rivolse un sorriso di circostanza al cameriere che stava appoggiando sul tavolino il gin tonic per Susan e un nuovo bicchiere di bourbon per lui.

«Pronto per cosa?» Susan sfiorò con le unghie il bicchiere che aveva di fronte.

«Pronto per esporre tutti, questa volta ho finalmente quello di cui avevo bisogno. Qualcuno ha perso il controllo, recentemente.» Lucas sorseggiò il suo drink senza staccare gli occhi da lei. «I pesciolini abboccheranno tutti all'amo, uno dopo l'altro.»

«Non capisco di cosa tu stia parlando. Comunque, mi sembra una pessima idea.» Susan sospirò profondamente e si inumidì le labbra con il gin. «Come se tu non ricordassi più con chi hai a che fare! Qualunque cosa sia accaduta, io non c'entro.»

«È perché me ne ricordo che so cosa posso fare e cosa posso ottenere. So anche cosa sei diventata, quindi potresti davvero essere coinvolta.» Lucas appoggiò il bicchiere e si tirò indietro con la sedia per accavallare la gamba e stendere le braccia per stirarsi. «Vedi, mia dolce Susy, io non pretendo tanto. Solo una vita tranquilla e pacifica, con il posto che è mio di diritto e tutti i riconoscimenti che mi spettano.»

«Perché qui, Lucas? Perché proprio qui?»

Susan aveva posto la domanda ma non era assolutamente certa di voler ascoltare la risposta.

«Perché qui c'è qualcosa che mi interessa... anzi qualcuno.» Lucas si protese verso Susan e accarezzò la sua mano con dolcezza, fissando gli intensi occhi verdi nei suoi. «E tu sai esattamente chi intendo, vero? Eri una fanciulla deliziosa diciotto anni fa. Sono certo che anche tu non hai dimenticato.»

* * *

Era riuscita, per una volta, ad alzarsi presto. Evidentemente qualcosa in lei stava cambiando. Forse era stato quel libro, forse tutte quelle creature di cui narrava così diffusamente. Tanto che Maggie se ne sentiva costantemente attorniata. Non che fosse una sensazione negativa o spiacevole. Inconsueta, più che altro.

E proprio quella mattina era arrivato un altro libro. Anche quello di Cross Irizarry, era pronta a scommettere. Ma non era stato quell'ometto gentile a consegnarlo. Peccato perché avrebbe avuto qualche domanda da rivolgergli.

Questa volta Maggie aveva trovato il libro nella posta. Per fortuna era stata lei a ritirarla e a depositare tutto sul mobiletto del soggiorno. Poi, riconosciuto il pacchetto avvolto nella carta color ocra con il suo nome scritto sopra, lo aveva nascosto immediatamente nella borsa ed era corsa fuori senza nemmeno fare colazione.

Seduta al solito tavolino della caffetteria, lo aveva posizionato di fronte a sé e lo fissava con i gomiti appoggiati e il volto tra le mani. Come se si aspettasse che il pacchetto da un momento all'altro prendesse vita e si decidesse a muoversi e a parlare.

335

«Maggie...» Bliss la raggiunse e le lanciò un'occhiata perplessa, poi rivolse lo sguardo al pacchetto. «Stai aspettando che succeda qualcosa con quel pacchettino?»

«Forse sì!» Maggie sospirò avvicinando lentamente il viso all'involucro. «Magari intanto prendo una cioccolata con la panna, per favore.»

Era stata tentata di raccontare la storia di Cross Irizarry a Bliss. Ma le sembrava tutto troppo complicato. E non era neanche il momento più adatto. Con una mano spostò il pacchetto in un angolo del tavolo e guardò Bliss con un sorriso che si sforzava di apparire tranquillo.

«Sì, certo.» Bliss annuì, convinta che Maggie le nascondesse qualcosa. Ma forse erano solo le solite fantasie alla Maggie, nulla di cui preoccuparsi. «Te la preparo subito.»

Bliss tornò al bancone un po' frastornata. La verità era che Maggie le sembrava più strana del solito. A meno che fosse lei a essere diventata strana quindi non riusciva più a considerare gli altri lucidamente. E poi si sentiva in imbarazzo per la sua storia con Jonathan Miller. Come poteva confessarla a Maggie? E sperare che capisse, soprattutto.

Maggie intanto si sforzava di sorridere e tamburellava le dita di entrambe le mani sul tavolo. Durante la notte aveva avuto il sonno popolato di creature. E poi era caduta dal letto avvolta nella coperta. Le capitava ogni tanto, ma questa volta non riusciva proprio a uscirne, a liberarsi. Si trovava come una farfalla rinchiusa in un bozzolo.

In qualche modo aveva poi raggiunto il bagno per la doccia mattutina. E guardandosi allo specchio sopra il lavandino aveva scoperto quella cosa orribile. Quella cosa orribile era un brufolo posizionato proprio al centro della sua fronte. Sgranando gli occhi aveva cominciato a scuotere la testa incredula.

Il volto di Maggie aveva assunto l'espressione sconfortata e avvinta di quando la situazione si metteva male e lei non riusciva a escogitare alternative valide. La bocca aveva preso una piega all'ingiù. Aveva sospirato pesantemente, buttando fuori tutta l'aria che aveva nei polmoni. Ma al brufolo che aveva al centro della fronte non importava la sua indignazione. Continuava a persistere indifferente sempre nello stesso posto, che lei lo accettasse o meno.

Maggie allora aveva deciso di ricorrere a ciò che si potrebbe definire un rimedio estremo. Aveva aperto l'armadietto laterale e aveva preso le forbici. Poi era tornata a fissare con sguardo serio e minaccioso il brufolo allo specchio. L'avrebbe sistemato, l'avrebbe fatto sparire dalla sua vista. A mali estremi...

Sciolti i capelli che teneva legati in una coda bassa, aveva raccolto tra le dita le due ciocche laterali e tagliandole di netto aveva creato una frangetta che andava a coprire completamente il brufolo. Un po' stortina come frangetta, aveva pensato movimentandola un po' con la punta delle dita. Ma poteva andare bene. Un colpo di forbici (anzi due) e aveva salvato la giornata.

Bliss non si era nemmeno accorta del suo nuovo look. Ma del resto neanche lei si era ricordata di farglielo notare. E poi avrebbe dovuto spiegarle il motivo e sollevare la frangetta mostrando il perfido brufolo. Quindi meglio così! Maggie tentò di ignorarlo, poi la sollevò appena e lo sfiorò con l'indice. Era ancora lì, fermo immobile, quel rigonfiamento inopportuno, quel corno malefico. Sembrava quello di un unicorno, in mezzo alla sua fronte.

Maggie scosse la testa. No, sicuramente non si sarebbe trasformata in un unicorno. Non era una creatura, lei. Inclinò il viso per guardare il pacchetto posto al lato del tavolo. Non sapeva spiegarsi perché ma aveva quasi timore ad aprirlo. Forse sentiva che Cross Irizarry era tornato. Ma allo stesso modo sentiva che qualcosa in lei sarebbe irrimediabilmente cambiato. Si stava trasformando. Ne era attratta, ma allo stesso tempo spaventata. Avrebbe perso la sua corazza protettiva, ne era consapevole. E rifiutava di cedere, di arrendersi.

Anche lei avrebbe provato tutto quel dolore? Non ne aveva idea. Ma non riusciva ad abbandonare quel vortice in cui, suo malgrado, era entrata. Quell'appassionante ricerca della verità.

E provava nostalgia. Una nostalgia bruciante, dolorosa. Di un mondo lontano. Di qualcosa. Senza sapere cosa. Soprattutto senza sapere perché.

* * *

La stava osservando da un po'. Era una ragazzina buffa. Con tutti quei mutamenti di espressione mentre si vedeva che si poneva domande e si dava risposte da sola. Forse avrebbe potuto avvicinarsi per sentirla vivere e chiacchierare. Anche se effettivamente era più interessato al suo incessante monologo interiore, quello che non avrebbe mai rivelato a nessuno.

Ryan Norwest fu tentato di entrare nella mente della ragazza, solo per divertirsi un po'. C'era più fermento in quella testolina che nell'intera caffetteria. Aveva ragionato a proposito di quel brufolo che le era comparso sulla fronte e lo aveva nascosto con una frangetta improvvisata. Non era stato nemmeno necessario indagare tra i suoi pensieri per capirlo. I suoi occhi e le espressioni del suo viso erano un libro aperto. Ora stava fissando il pacchetto che aveva di fianco trasformandolo in un suo personalissimo vaso di Pandora. Come nel timore che ne uscisse qualcosa di malvagio e terrificante se si fosse decisa a scartarlo.

Poi aveva distolto l'attenzione per focalizzarla sulla cioccolata e la torta che la cameriera le aveva portato al tavolino. Anche la cameriera sembrava un soggetto interessante. Ma per ora tutta la sua attenzione era concentrata sulla ragazza. Era stato facile scoprire il suo nome: Maggie Pennington.

Maggie gustava la sua cioccolata leccandosi le labbra con la punta della lingua. Si stava sforzando di resistere. Il libro la stava implorando di aprirlo e sfogliarlo. Era una sensazione strana e in un certo senso assoluta che pervadeva l'intero suo essere. Continuò a ignorarlo, a non lasciare che fosse lui a vincere.

Come aveva aspettato quando era andata in aeroporto. Non voleva diventarne dipendente. C'era una parte di lei che lo rifiutava, un'altra invece se ne sentiva irresistibilmente attratta. Quella parte la supplicava di arrendersi e scartare il libro immediatamente.

Ryan finì il suo caffè e ripose la tazza sul piattino. Avvicinarsi a lei. Ma con che scusa? Non si decideva nemmeno a scartare il libro. Eppure ne era tentata, si vedeva che non sapeva più resistere. Ryan sospirò e si passò una mano sulla fronte. Doveva proprio essere mortalmente annoiato per perdersi a osservare i gesti di una ragazza tanto comune.

Improvvisamente la vide abbassarsi e rovistare nella borsa che aveva appoggiato sul pavimento. Aveva estratto un altro libro. Mentre lo sollevava e lo posava sul tavolo riuscì a scorgere il titolo, *Cime Tempestose*.

Ryan sogghignò, lo conosceva a memoria quel libro! Forse era arrivato il momento di entrare in scena e stupire la ragazzina con effetti speciali? Si alzò dal tavolino, posizionato sul lato destro rispetto a quello dove era seduta Maggie, e percorse pochi passi nella sua direzione.

« *"In ogni nuvola, in ogni albero, riempiendo di sé l'aria della notte e scorgendola in ogni oggetto durante il giorno, io sono circondato dalla sua immagine! I volti più comuni di uomini e di donne, i miei stessi lineamenti, si prendono gioco di me rassomigliandole. Il mondo intero è una spaventosa collezione di ricordi che lei è esistita e che io l'ho persa!"* »

Così la raggiunse e sostò di fronte a lei, restando in piedi, con le mani appoggiate allo schienale della sedia vuota. In attesa della sua risposta.

Maggie sollevò il viso e scrutò in silenzio il ragazzo che aveva di fronte. Due pensieri attraversarono la sua mente. Il primo fu che era praticamente impossibile trovare una persona di sesso maschile che conoscesse a memoria una citazione tratta da *Cime Tempestose*. Il secondo che, osservandolo bene, il ragazzo le ricordava quel tizio che aveva incontrato proprio lì in caffetteria e aveva allagato il bagno che lei aveva pulito. Anzi, non solo glielo ricordava. Era proprio lui.

«*"Mi degraderebbe sposare Heathcliff, ora; così non saprà mai quanto io lo ami; e non perché sia bello, Nelly, ma perché lui è più me stessa di quanto non lo sia io. Di qualunque cosa siano fatte le nostre anime, la mia e la sua sono uguali; e quella di Linton è diversa come può esserlo un raggio di luna da un lampo, o il ghiaccio dal fuoco..."*»

Il primo pensiero, l'ammirazione verso qualcuno che conosceva frasi a memoria tratte dal suo libro preferito, l'ebbe vinta sull'allagamento del bagno dello "Strawberry Dream".

Maggie, dopo avergli risposto per le rime, guardò il ragazzo negli occhi con aria di sfida. Gli fece cenno con la mano di accomodarsi pure sulla sedia di fronte a lei. *Cime Tempestose* non era un campo di battaglia in cui sarebbe stata disposta a perdere.

CAPITOLO 60

Aveva continuato a seguirlo, tentando di non farsi notare. Ma sapeva che lui lo aveva visto già da un po'. A questo punto uno dei due avrebbe dovuto fare la prima mossa. Aveva scoperto dove viveva, come trascorreva le sue giornate. Non aveva parlato quasi con nessuno a parte il vecchio libraio e la ragazza di nome Maggie.

Alexander aveva deciso di aspettarlo di fronte alla libreria. Sapeva che occupava l'appartamento del primo piano.

James scese le scale, uscì dall'edificio e lo raggiunse, posizionandosi di fronte a lui con le braccia incrociate sul petto.

«Insomma, che cosa vuoi?»

«Sapere» rispose Alexander fissandolo negli occhi deciso.

«Sapere cosa?»

James iniziò a camminare senza una destinazione precisa.

«Ho assistito alla tua trasformazione lungo il fiume.» Alexander lo raggiunse camminando al suo fianco, tentando di tenere il passo. «Non negarlo, perché ti ho visto. Voglio sapere come ti è successa questa... cosa. E qual è la tua maledizione.»

«Maledizione?» James si fermò per un istante voltandosi verso di lui e aggrottando la fronte. «La mia non è una maledizione!»

«E allora cos'è?»

Alexander non aveva intenzione di arrendersi. Voleva sapere come fosse possibile convivere con quelle trasformazioni, ne aveva bisogno. Sentiva la necessità di confrontarsi con un essere soprannaturale simile a quello che lui stesso sarebbe presto diventato.

James si rese conto di non avere alternativa. Si fermò e guardò il ragazzo. Non lo aveva mai osservato davvero. Si era talmente preoccupato per la sua interferenza con Maggie da non accorgersi di quanto fosse tormentato e avvilito.

«Non è una maledizione. È un modo di essere al sicuro. Così l'hanno sempre definito i miei avi.» James sospirò allargando le braccia lungo i fianchi. «Così l'ha chiamato chi diede questo dono al primo della mia famiglia.»

Alexander lo ascoltò in silenzio, poco convinto della frettolosa spiegazione.

«La tua ragazza… Maggie, lo sa?»

«Maggie non è la mia ragazza.» James distolse lo sguardo e fissò il vuoto. «E comunque no, non lo sa.»

«Non credi che sia il caso di dirglielo?»

«Non credo che siano affari tuoi.»

Solo al pensiero James si vide davanti gli occhioni sgranati e disgustati di Maggie.

«Hai ragione, scusa» ammise Alexander. «Però… cosa sei esattamente?»

«Sono un mutaforma.» James comprese che ormai era inutile tentare di celare la propria natura. Ma ogni parola usata per confessare la verità gli provocava dolore e un moto di stizza. Lo portava irrevocabilmente sempre più vicino al momento in cui avrebbe ritenuto opportuno prendere le distanze, allontanarsi da lì. Da lei. «Tu, invece? Perché mi pare evidente che anche tu abbia qualche problema.»

«Non ti metterai a ridere se te lo dico?»

Alexander avrebbe quasi preferito che ridesse. Forse era incredibile ma temeva che James, un mutaforma, provasse orrore nei suoi confronti.

«Non riderò, tranquillo.»

James pensò tra sé che non avrebbe riso neanche se il ragazzo gli avesse confessato di essere in realtà uno dei topini di Cenerentola trasformato in principe e di non voler tornare a essere topino. Sospirò scuotendo leggermente la testa. Da quando aveva iniziato a frequentare Maggie aveva anche pensieri alla Maggie. Quello era un tipico pensiero alla Maggie.

Sembrava così innocente, così ingenua, così infantile a volte… ma lei lo coinvolgeva, lo influenzava e non riusciva a impedirlo. Aveva un potere incredibile, quasi inspiegabile.

«Sono un drago. Anzi, lo diventerò presto. A causa della maledizione che ha colpito un mio antenato. La maledizione sarebbe dovuta passare a mio padre e poi a mio fratello maggiore. Ma sono morti entrambi, quindi ha colpito me.»

Alexander aveva bisogno di raccontare la sua storia a qualcuno. Non meditò sul fatto se fosse conveniente o meno dirlo a James, se potesse fidarsi. Seguì l'istinto, forse anche una buona dose di incoscienza. Si rendeva conto di essere avventato e imprudente. Ma anche lui era stato colpito da un incantesimo che aveva avuto inizio con un suo antenato. Per cui avevano qualcosa in comune, qualcosa da condividere.

James Foster, in ogni caso, mantenne la sua promessa a proposito della confessione di Alexander. Non rise.

* * *

« "Spiegami ora quanto sei stata crudele, crudele e falsa. Perché mi disprezzasti? Perché tradisti il tuo stesso cuore, Cathy? Tu mi amavi, allora che diritto avevi di lasciarmi? Rispondimi. Per quel miserabile capriccio che sentivi per Linton? Perché né la miseria, né la degradazione, né la morte, niente che Dio o Satana potessero infliggere ci avrebbe separato, tu, di tua volontà, lo hai fatto. Non ti ho spezzato il cuore, tu l'hai spezzato; e spezzando il tuo, hai spezzato il mio. Tanto peggio per me, che sono forte. Voglio vivere? Ti piacerebbe vivere con la tua anima nella tomba?" »

Ryan recitò con passione crescente a ogni frase, a ogni parola. Concluse la parte con uno sguardo tormentato degno del personaggio del romanzo. Poi sorrise soddisfatto della propria interpretazione. La ragazzina non avrebbe potuto competere con quasi mille anni di esperienza nel recitare una parte non sua.

Maggie sospirò, si posò una mano sul petto, come costretta a trattenere i battiti accelerati del cuore, poi abbassò il viso meditando all'apparenza su una questione di estrema importanza. Infine lo rialzò lentamente, fissando gli occhi su di lui. Erano azzurri e lucidissimi, mentre gli rispondeva.

«*"Le mie grandi sofferenze in questo mondo sono state le sofferenze di Heathcliff, e le ho viste e sentite tutte fin dall'inizio; il mio pensiero predominante nella vita è lui. Il mio amore per Linton è come il fogliame nei boschi. Il tempo lo cambierà, ne sono cosciente, come l'inverno cambia gli alberi. Il mio amore per Heathcliff somiglia alle eterne rocce sotterranee... una fonte di gioia poco visibile, ma necessaria. Io sono Heathcliff. Lui è sempre, sempre nella mia mente... non come un piacere, come io non sono sempre un piacere per me stessa, ma come il mio stesso essere. Così non parlare più di separazione, è impossibile."*»

Ryan rimase in silenzio a fissarla per un istante, prima di riprendere la parola. I suoi occhi verdi, entrati in contatto con gli occhi azzurri di Maggie, sembrarono animarsi di una nuova luce, più vivida e intensa. Ma quasi tragica.

«*"Bugiarda fino alla fine! Dov'è? Non in paradiso, non morta, dov'è? Oh, dicesti che non ti importava delle mie sofferenze! E io innalzo una sola preghiera, la ripeterò finché mi si seccherà la lingua. Catherine Earnshaw, possa tu non trovare pace finché io vivrò! Dicesti che io ti ho uccisa, perseguitami allora! Gli assassinati perseguitano i loro assassini. Io credo... so che i fantasmi hanno vagato sulla terra. Sii sempre con me... prendi qualunque forma, fammi impazzire! Solo non lasciarmi in questo abisso dove non posso trovarti! Oh, Dio! È inconcepibile! Non posso vivere senza la mia vita! Non posso vivere senza la mia anima!"*»

Mentre lui parlava Maggie sentì le guance ardere, sospirò e aggrottò lievemente la fronte. Il ragazzo era decisamente bravo. Poco importava lo scherzo del bagno, ormai. Lo poteva anche perdonare per quello. Era bravo. Posò entrambe le braccia sul tavolino, allungandosi verso di lui.

«*"Vorrei essere ancora una ragazza, quasi selvaggia, ardita e libera, e ridere dei torti senza impazzirne! Perché sono tanto mutata? Perché il mio sangue si infiamma tumultuoso per poche parole?"*»

Sangue. Lei stava parlando di sangue. E Ryan ora, inaspettatamente, ne sentiva una gran voglia, un gran bisogno. Poteva percepire le sue vene pulsare. E le sue gote così tenere si erano colorate di rosso, come se un pittore fosse appositamente passato a dipingerle.

Sì, la ragazzina sembrava uscita da un dipinto. Ma era fin troppo viva e vera. E Ryan sentiva una voglia irrefrenabile di stringerla. Forse neanche di morderla o farle del male. Solo di stringerla, per fondersi con lei. Con la sua noncuranza. Con la sua inconsapevolezza. Con il suo essere solo una ragazza comune in un villaggio comune. Come le ragazze comuni di quasi un millennio prima. Non era solo lui, era la sua umanità risvegliata a volerla stringere.

«Devo andare.» Ryan si alzò tentando di riprendere il controllo delle proprie azioni e dei propri pensieri. Si sentiva quasi irretito dalla sua presenza, dalla sua vicinanza. «Alla prossima, Maggie.»

«Alla prossima…»

Maggie si rese conto di non sapere come il ragazzo si chiamasse. O di non ricordarlo, cosa più che probabile. E di non ricordare neanche di avergli detto il suo nome.

«Ryan, mi chiamo Ryan.»

Maggie annuì ma prima che potesse replicare il ragazzo si era già precipitato fuori dallo "Strawberry Dream".

«Ciao, Ryan.»

Maggie guardò la copia che aveva di fronte di *Cime Tempestose*, poi il pacchetto posato lateralmente. Con un gesto repentino lo aprì e sfilò il libro. Cross Irizarry, di nuovo, proprio come si aspettava. *Tempesta tra i mondi*, questa volta. Ebbe la netta sensazione di intraprendere un viaggio. Pur senza muovere un passo da Strawberry Hill. Il suo viaggio sarebbe stato molto lungo. Forse non sarebbe mai più stata in grado di tornare indietro. E forse ormai era troppo tardi per decidere se voleva davvero partire oppure no.

CAPITOLO 61

Restava steso con gli occhi chiusi mentre aspettava. Si era stancato anche di lanciare sassolini nel fiume. Era stato tutto inutile. Si era convinto di poter trovare una soluzione. Non riusciva ancora a rassegnarsi al suo destino. Gli appariva sempre più intollerabile, vigliacco e crudele. Ingiusto soprattutto.

Alexander si era davvero illuso di trovare conforto nella condizione del mutaforma, solidarietà tra esseri colpiti da un destino di trasformazioni soprannaturali. Era consapevole del fatto che la loro situazione fosse differente, però sperava comunque in una soluzione.

Credeva che James potesse offrirgli un espediente per alleviare il dolore. O che potesse condividerlo. Invece si trovava nuovamente solo. Non proprio solo, ma con persone su cui non voleva far pesare il suo dramma. I nonni e Danielle.

Prese un sassolino e lo lanciò in acqua senza nemmeno provare a farlo rimbalzare.

«Puoi fare di meglio, ne sono sicura.»

Danielle sorridendo si sedette al suo fianco.

«Davvero ne sei sicura?»

Alexander inclinò il viso verso di lei e le massaggiò la schiena con una mano.

«Assolutamente!» Danielle si allungò per baciarlo sulle labbra. «Ora dimmi qual è il problema.»

«Il problema?»

Alexander ricambiò il bacio sfiorandole la gota con un dito.

«Sì, il problema» annuì Danielle mantenendo il viso vicino al suo. «Ti conosco abbastanza bene da capire che c'è qualcosa che non va.»

«Non ti posso proprio nascondere niente allora...»

Alexander le accarezzò la testa e i capelli.

«Ci puoi provare.» Danielle piegò il viso sulla sua mano, poi rivolse su di lui gli occhi scuri. «Ma lo sai che ti tormenterei fino a costringerti a dirmi tutto, quindi…»

«Ho incontrato un ragazzo, credevo che stesse affrontando una situazione simile alla mia.» Era inutile cercare di nasconderle la verità, Alexander sapeva che non gli avrebbe dato pace. «Invece mi sbagliavo. Perché lui è… un'altra cosa. Gli ho parlato perché volevo sapere, mi ero convinto che potesse aiutarmi.»

«Un'altra cosa? Cosa?»

Danielle strinse leggermente gli occhi, perplessa.

«Lui è…» Alexander meditò se fosse il caso o meno dirle di James. Ma del resto Danielle nemmeno lo conosceva, quindi non lo avrebbe messo in difficoltà. Poi si fidava di lei, ancora più che di se stesso. «È un mutaforma.»

Danielle aggrottò la fronte per un istante, poi rimase in silenzio.

«Può trasformarsi come vuole, quando vuole» proseguì Alexander stringendosi nelle spalle. «Almeno credo. Da quel che ho capito è come una protezione per lui.»

«Una protezione da cosa?»

Danielle riprese la parola ma continuava a sembrare assente.

«Non saprei, dal resto del mondo immagino. Mi sembra di aver capito che questa capacità di trasformarsi gli è stata trasmessa da un suo avo che l'ha ricevuta da… Non so da chi, forse nemmeno lui lo sa…»

«Ho capito.» Danielle annuì pensierosa. «Insomma è anche comoda come situazione, quando ne ha voglia si trasforma ed evita situazioni spiacevoli.»

«Deve fare attenzione a non farsi vedere, comunque… Perché io l'ho beccato mentre si trasformava proprio qui in riva al fiume. E poteva essere chiunque altro al mio posto. Poi sta frequentando una ragazza che ancora non conosce la verità, quindi ho la sensazione che non conviva bene con questa sua natura.»

«Il mondo è strano.»

Danielle sospirò e sfiorò l'erba con le dita, poi sollevò lo sguardo oltre il fiume. Non riuscì ad aggiungere altro, oltre a quella sua conclusione.

«Vorrei tanto che non lo fosse.»

Alexander si allungò verso di lei per baciarle le labbra, poi qualcosa lo trattenne. Come un improvviso senso di disagio che non sapeva spiegare. Allora piegò le ginocchia e vi appoggiò sopra le braccia.

«Io vorrei…» Danielle si posò una mano sul petto e sospirò. Le girava la testa.

«Che cosa?»

«Niente. Solo che… ti prego, non essere così negativo. Troveremo una soluzione, senza coinvolgere altre persone e altri…»

«Altri elementi soprannaturali, oltre ai nostri? Ci proverò.» Alexander accennò un sorriso appoggiando la mano sulla sua. «Per te, prometto che ci proverò.»

«E io sarò con te.» Danielle rigirò la mano per stringere quella del ragazzo. «Sempre, qualunque cosa accada.»

«Sempre è tantissimo tempo, Danielle.»

Alexander intrecciò le dita con le sue e appoggiò le labbra sul suo zigomo.

«Sempre, Alexander. Qualunque cosa accada. Te lo prometto.»

* * *

Aveva ancora tutte quelle citazioni di *Cime Tempestose* che le frullavano nella testa. E si trascinava in giro, con quel peso nella borsa. Un altro libro di Cross Irizarry. Ne era stata convinta ancora prima di scartarlo, ma ora la certezza era diventata assoluta. Aveva visto il suo nome stampato e il titolo del libro.

Aveva deciso di andare a seguire le ultime lezioni del semestre prendendo appunti meccanicamente, senza prestare molta attenzione. La mano correva veloce sul foglio bianco ma la mente era rivolta altrove. Poi avrebbe avuto un paio di ore libere prima di andare al lavoro, alla libreria di Herr Flick.

Maggie si sentiva troppo stanca e spossata per continuare a vagare. Meglio rifugiarsi nella biblioteca dell'università e iniziare a leggere il nuovo libro.

Tempesta tra i mondi. Detestava le tempeste. Le facevano paura. Anche *Cime tempestose*, del resto, le aveva fatto paura. Quella sensazione tra fascinazione e terrore, smarrimento e desiderio.

Entrò in biblioteca e si guardò intorno. Non voleva essere egoista, ma sperò che Ariella non fosse lì intorno. Era gelosa del suo nuovo libro. E voleva crogiolarsi ancora un po' nel ricordo di quel tipo della caffetteria, Ryan. Chiudere gli occhi e immaginare che fosse veramente Heathcliff a pronunciare quelle parole. Ryan non era affatto come lo aveva sempre visualizzato mentre leggeva il libro, aveva gli occhi verdi e i capelli troppo chiari. E poi era troppo curato, troppo ordinario. Heathcliff invece aveva occhi neri, capelli scuri e arruffati, l'aria da selvaggio. Ma il tono di voce e quella rabbia così vibrante erano quasi perfetti.

Maggie trovò un posticino isolato accanto alla finestra. Tolse dalla borsa i due libri e li pose entrambi di fronte a sé. Poi spostò di lato il classico di Emily Brontë e sospirò profondamente sul libro di Cross Irizarry appena ricevuto.

Chiuse gli occhi e lo aprì. Vi appoggiò sopra la mano. Fu percorsa da un brivido e poi ebbe un lieve capogiro, anche da seduta. Non andava affatto bene. Quei libri la indebolivano. Ciò che la coglieva non era semplice stanchezza o sonno. Era come una spossatezza inspiegabile, una mancanza temporanea di energia vitale. E poi quei personaggi, quei personaggi non potevano uscire dal libro più di quanto facessero i soliti personaggi di tutti i libri che aveva letto nel corso della sua vita! Non potevano diventare vivi, reali, conosciuti. Perché con gli altri era abituata. Sapeva che una volta terminata la storia se ne sarebbero tornati da bravi nello spazio limitato del loro libro, senza assurde pretese, smettendo di ronzarle intorno.

Invece con questo autore, questo Cross Irizarry era tutto diverso. Perché i personaggi uscivano e restavano in giro, non rientravano più. Ed erano talmente tanti che Maggie se ne sentiva circondata. Non era una sensazione spiacevole. Però era come se avessero continue richieste da rivolgerle. Come se quelle creature vivessero intorno a lei con la pretesa e la supplica di entrare a far parte della sua vita. E le chiedessero di diventare una di loro. Ma tutto ciò era impossibile. Perché lei era solo Maggie Pennington di Strawberry Hill. E così sarebbe continuata a restare. Solo Maggie Pennington di Strawberry Hill. Fino alla fine dei suoi giorni.

CAPITOLO 62

Parcheggiando la macchina si rese conto che forse stava sbagliando. Quello era l'ultimo posto dove sarebbe dovuta andare. Era ancora in tempo a ingranare la retromarcia, svoltare nel vialetto e allontanarsi da lì senza creare ulteriori danni.

Susan invece si fermò a riflettere. Quale tra i due era il male minore? Nessuno. Non c'era un male minore in quel disastro che lei stessa aveva causato per ingenuità, ambizione, noncuranza. Pensò che se tanti anni prima fosse stata un po' più simile a sua figlia Faith non avrebbe provocato tanti guai. Se tanti anni prima fosse stata un po' più simile a sua figlia Faith, probabilmente sua figlia Faith non esisterebbe affatto.

Tamburellò le dita della mano sul volante e rivolse un'occhiata dubbiosa verso la roccia che occultava l'antro dell'alchimista. Tra lui e Lucas Eastwood qual era il male minore?

Entrambi erano il male assoluto, a suo parere. Allora forse avrebbe potuto rendere note a Jean Claude von Klausen le pretese di Lucas, metterli uno contro l'altro e approfittare dell'attimo di distrazione di entrambi per uscire di scena. Portandosi dietro Faith, ovviamente.

Portandosi dietro Faith? Il problema era che Faith non era un pacco o una valigia che si sarebbe potuta portare dietro a piacere. E non aveva più tre anni. Non poteva più rifilarle in mano un giochino, vestirla come una bambolina e trascinarsela ovunque reputasse necessario andare a nascondersi. Quei bei tempi erano finiti da un pezzo, purtroppo!

Susan decise di seguire l'istinto e scese dalla macchina. Raggiunse la grotta che conduceva all'antro. Si trovò immediatamente di fronte uno dei seguaci di von Klausen che la guardava come se la stesse attendendo, per nulla sorpreso.

«Il mio maestro la sta aspettando» la esortò con tono piatto il ragazzino biondo.

A Susan ricordò un automa. Programmato per obbedire. Non replicò e lo seguì. Si chiese come Jean Claude potesse resistere in quella sorta di labirinto oscuro. Ma nulla di cui stupirsi, in fondo. Anche la mente di Jean Claude era un labirinto oscuro.

In un attimo il servetto era sparito e Susan si trovò davanti l'alchimista ancora prima di raggiungere il centro vitale del suo antro.

«Cara Susan.»

Von Klausen si chinò lievemente inarcando un sopracciglio.

«Jean Claude...»

Dirgli tutto o tacere? Si trattava di fidarsi oppure no. Anzi, fidarsi era una parola troppo grossa nel suo caso. Chi avrebbe potuto sfruttare meglio a suo vantaggio? Certamente non Lucas, che non vedeva nulla oltre se stesso. Per lo meno Jean Claude aveva quel carrozzone di antro e discepoli da mantenere in piedi. E l'equilibrio della città e delle creature.

«Ti vedo preoccupata.»

Von Klausen le fece un cenno con la mano, invitandola a precederlo nel suo salone principale.

«Forse perché lo sono.» Susan raggiunse la stanza magica dell'alchimista e si voltò di scatto verso di lui, costringendolo a fermarsi. «Lucas è in città.»

L'alchimista non replicò, ma mosse impercettibilmente una spalla, sporgendo per un attimo gli occhi da falco. Susan interpretò quei cenni come lieve irritazione, ma nulla di cui preoccuparsi. O almeno era ciò che voleva far credere a lei.

«Dice di essere pronto a esporre tutto» proseguì Susan, diretta. «Anche se non ha specificato chi intende con tutti. Però temo che voglia spingersi abbastanza oltre. Non so cosa crede di aver scoperto, ma è successo qualcosa.»

«E ovviamente tu ti preoccupi per te stessa» annuì l'alchimista con un sorrisetto condiscendente.

«Per me stessa e per Faith» specificò Susan, tralasciando di dire che ormai non aveva più alcun controllo sulla figlia. Ma l'alchimista probabilmente lo aveva già dedotto dal suo primo e unico incontro ufficiale con la ragazza.

«Sono certo che non abbia alcuna intenzione di esporre te e Faith.» Jean Claude la guardò negli occhi e divenne improvvisamente serio e risoluto. «Per quanto riguarda gli altri possiamo fare in modo che ad andare di mezzo siano quelli che danno fastidio a noi, se Lucas Eastwood ci tiene tanto a divertirsi. Non credo che voglia andare oltre. So bene cosa intende e so altrettanto bene chi ne è responsabile.»

«Ne sei sicuro?»

Susan era certa che in ogni caso von Klausen non avrebbe pensato al bene suo e di Faith. Buttò comunque lì la domanda, tanto per dire qualcosa.

«Se avesse voluto veramente esporti non sarebbe venuto a raccontartelo, non credi? Avrebbe semplicemente agito.»

Von Klausen rifletteva su quando e come avrebbe potuto ancora utilizzare le streghe Chandler, la figliola ribelle soprattutto. Perché sicuramente esisteva un modo efficace per convincerla a stare dalla sua parte e diventare una piccola strega nera ubbidiente e remissiva. Doveva solo trovarlo.

* * *

Finalmente era arrivato il momento di liberarsene. Ciò significava che avrebbe al più presto avuto bisogno di una nuova e fresca fonte di linfa vitale.

Ma questo era nulla paragonato all'immensa gioia di liberarsi per sempre di quella bionda petulante. E pensare che di norma gli piacevano le bionde. Aveva fatto un periodo a metà del Settecento in cui si cercava solo bionde, per ogni tipo di esigenza. Erano le sue predilette. Senza un particolare motivo. Forse era attratto dalle acconciature che assumevano una grazia particolare sui capelli dorati. Bionde e francesi. Erano una buona combinazione a quei tempi.

Ryan aveva guidato fino al limitare del bosco, ben oltre Strawberry Hill. Forse era stata una pessima idea mantenerla in vita. Avrebbe dovuto eliminarla, di solito era la soluzione migliore. Tanto a finirla non ci sarebbe voluto molto. Ma per una strana e inconsueta ragione questa volta non ci era riuscito, non gli andava di farlo, si sentiva a disagio. E detestava sentirsi a disagio.

Arrestò l'auto e si voltò a guardarla. Dorothy giaceva sui sedili posteriori, pallida e disfatta. Privata della linfa vitale e del suo nuovo potere di sirena. Non sarebbe sopravvissuta a lungo. Ryan rifletteva sul fatto di quanto fosse molto più opportuno per lui finirla e seppellirla lì intorno.

Aveva ragione Amelie quando diceva che si stava rammollendo. E la doveva smettere di perdersi dietro a libri e sogni letterari. Erano quelli a renderlo troppo tenero e malleabile, maledizione!

Se Amelie avesse saputo che si divertiva a mandare libri di Cross Irizarry a quella ragazzina dell'università e a intrattenerla in caffetteria lo avrebbe preso in giro da lì alla fine dei suoi giorni. Quindi per tutta l'eternità probabilmente.

Del resto, che valore poteva avere il giudizio di quella Maggie Pennington? Nessuno! Assolutamente nessuno. Quel diavolo di un professore si era divertito con quell'assurda lezione. Riesumare la leggenda di Cross Irizarry. Che idea malsana!

Ryan scese dalla macchina e chiuse la sua portiera con uno scatto nervoso. Aprì quella posteriore, raccolse tra le braccia il corpo di Dorothy e si inoltrò nel bosco, avanti fin dove la vegetazione diventava sempre più fitta. Si fermò e si guardò intorno, chiedendosi se fosse il luogo più adatto e opportuno dove lasciarla.

Nel dubbio decise di proseguire ancora un po', più velocemente. Ucciderla e seppellirla, togliersi il problema una volta per tutte. Quella sirena era stata una spina nel fianco fin dal principio, con tutte le sue continue richieste di attenzioni e prestazioni. Ryan si fermò di nuovo e strinse la mano intorno alla gola di Dorothy. Una lieve pressione. Non ci sarebbe voluto molto e in fin dei conti le avrebbe anche fatto un favore. Non c'era più vita in lei, non c'era più potere.

«Addio, bionda sirena.»

Ryan premette ai due lati della gola di Dorothy, ma improvvisamente sentì le dita irrigidirsi, come bloccate. Si piegò su un ginocchio e la posò a terra. Rimase inginocchiato, sostenendole la testa con un braccio. Stava lottando tra due pensieri. Uccidila e seppelliscila. Lasciala lì e vattene. Poi improvvisamente i pensieri divennero tre. Portala in salvo da qualche parte, assicurati che si riprenda e sparisci.

In altre circostanze l'avrebbe uccisa senza darsi pensiero alcuno. Invece ora una forza misteriosa e invisibile agiva su di lui e lo tratteneva.

Le streghe. La rossa Annie. La ragazzina dell'università. Amelie. Le donne erano una contraddizione continua. Avrebbe desiderato che fossero tutte uguali, create secondo un unico modello. Magari semplici e spontanee come quella Maggie Pennington. Un libro e lei era contenta e soddisfatta. Nessun problema. Nessun dramma. Nessuna pretesa. Solo una ragazza comune in un villaggio comune.

Però era lei, non le altre, lei e tutte le parole che stavano in quel libro, lei e la sua ricerca frenetica di Cross Irizarry, a impedirgli ora di aumentare la pressione delle dita intorno alla gola della bionda sirena. Non si sarebbe arresa. Lo avrebbe trovato comunque. Anche senza il suo intervento, Maggie Pennington avrebbe trovato Cross Irizarry. Con l'ostinazione di chi non accetta di arrendersi. Con quella costanza e quella tenacia che a lui mancavano da tanto tempo ormai.

Ryan si alzò e lanciò un'occhiata alla donna che aveva posato a terra. Lasciala lì e vattene, ordinò a se stesso. O muore o si salva, pensò. Molto più facile che muoia, per salvarsi dovrebbe avere veramente una fortuna sfacciata. Dorothy Hansen non meritava di avere una fortuna sfacciata. E comunque, qualsiasi cosa accadesse di lei, non erano più affari suoi.

«A mai più rivederci, bionda sirena »

CAPITOLO 63

«Molto carina, ma davvero l'hai progettata tu?»

Maggie sorrise aggrappandosi al braccio di James. Sapeva che la palestra era lì da un po', ma non era mai entrata. Tutta quella gente così sportiva e atletica le metteva addosso ansia e disagio. Non si sentiva all'altezza. Preferiva stare sulla porta.

«Sì, ma non ti agitare, Maggie.» James le prese la mano e si avviò con lei verso la reception. «Ho solo in parte aiutato a progettarla, non ho fatto tutto io.»

Ovvio che avesse aiutato a progettarla. Nascosto là sotto c'era il suo mondo. Un mondo che doveva tenere celato a occhi indiscreti. E quando aveva saputo che da quel vecchio capannone in disuso stavano pianificando di costruire una palestra, aveva dovuto agire in fretta. Utilizzare tutte le risorse e le conoscenze che aveva del sottosuolo. Sfruttare l'aiuto di Andres Flick per entrare nel progetto mostrandosi fresco di laurea in ingegneria civile, con numerose esperienze all'estero.

Avevano mentito a proposito delle sue competenze, avevano ingannato e costruito prove e documentazioni di esperienze precedenti. Ma non c'era stata altra scelta. Una volta abbattuto il capannone avrebbero rischiato di scoprire tutto ciò che i suoi antenati avevano celato per secoli. E per lui non ci sarebbe più stato un luogo sicuro dove nascondersi nei periodi bui. Non poteva e non doveva permetterlo.

«Tu sei davvero bravo» sospirò Maggie. «Sai fare così tante cose!»

Invece lei non sapeva fare niente di veramente buono. Lei sapeva dormire, mangiare, leggere, scribacchiare, andare alla caffetteria, andare all'università e perdersi mentre cercava l'aula dove aveva lezione. Andare in aeroporto e fare finta di partire. Essere indietro con gli esami. Ecco, tutto quello che sapeva fare!

Si sentiva avvilita. Non meritava che un tipo in gamba come James le rivolgesse attenzioni. Era una ragazza inutile e sciocca. Prima o poi lui se ne sarebbe accorto. Magari se n'era già accorto, ma era troppo gentile per comunicarle che forse era il caso che non si vedessero più.

«Non così tante.» James si fermò al bancone della reception e si voltò verso di lei. «Se Flick non mi avesse aiutato a entrare nel progetto, non ce l'avrei mai fatta. Poi il mio intervento è stato davvero parziale.»

James aveva imparato a riconoscere quell'espressione afflitta sul volto della ragazza. L'espressione di quando si autoconvinceva di non essere all'altezza di qualcosa o di qualcuno.

«Per me tu resti il numero uno, comunque.» Il viso di Maggie si rianimò mentre lo guardava, gli occhi tornarono a splendere. «Qualsiasi cosa tu sia, qualsiasi cosa tu faccia!»

James Foster accennò un sorriso. Se solo Maggie si fosse resa conto di cosa aveva appena detto! "Qualsiasi cosa tu sia, qualsiasi cosa tu faccia!" Sicuramente non intendeva davvero. Non poteva, perché non sapeva. Le sue parole erano state inconsapevoli.

Maggie intanto stava osservando le persone che si allenavano in palestra. Tutte quelle ragazze con le tutine colorate e aderentissime che sorridevano e saltellavano agilmente da un attrezzo all'altro. Immaginò se stessa fasciata in una di quelle tutine e scosse la testa più volte. Osservò i fondoschiena delle ragazze, poi voltò leggermente la testa per controllare il suo.

«È molto carino anche il tuo, tranquilla!»

James, che aveva seguito la direzione del suo sguardo, rise e le diede una veloce pacca sul sedere.

«Ma... sciocchino...»

Maggie arrossì e sorrise pizzicandogli la guancia. James le bloccò la mano e la tenne nella sua.

«Allora, ti vuoi iscrivere Maggie May?»

«Mmh...»

Maggie tornò a guardare il centro della sala con un sospiro.

«Mmh sì o mmh no?»

Nel frattempo alcune delle ragazze nelle tutine aderentissime si erano voltate verso di loro e guardando James avevano alzato la mano, in cenno di saluto.

«Quelle ragazze ti stanno salutando...»

«Sì, le conosco. Vengo qui ad allenarmi da qualche giorno.» James annuì e rispose al saluto.

«Mmh...»

«Hai intenzione di mugugnare per il resto della giornata?»

Maggie sospirò di nuovo e aggrottò la fronte. Non poteva competere con quelle ragazze. E quelle ragazze guardavano James. Con quei sorrisi smaglianti e tutti i pezzi perfettamente collocati in quelle tutine. Mentre lei non poteva permetterselo. Perché se avesse osato indossare una di quelle tutine si sarebbe notata tutta la cioccolata assorbita durante il lungo e gelido inverno.

«Maggie?» James la stava osservando perplesso, non comprendendo la ragione di quell'espressione frustrata. «Va tutto bene?»

«Io non credo di potere...»

Maggie si passò una mano sulla fronte e guardò a terra, fissando attentamente le mattonelle della zona reception.

«Niente paura, possiamo iniziare con un programma di allenamento leggero.» La voce proveniva da dietro il bancone. «A proposito, io sono Thomas.»

Maggie e James si voltarono verso il ragazzo appena arrivato. James strinse gli occhi e si incupì. Lo aveva già visto quel tipo. E sapeva bene anche dove e quando. Con quella piccola succhiasangue perversa, in università. Se si fosse reso conto nei giorni precedenti che lavorava lì non ci avrebbe portato Maggie. Ma la mattina non lo aveva mai incontrato.

«Io sono Maggie...»

Maggie tentò di ricomporsi e tese la mano verso il nuovo arrivato, che gliela strinse sorridendo.

«Mi occuperò volentieri di te, Maggie.»

«Non se ne parla nemmeno.» James con uno scatto improvviso si impossessò della mano di Maggie. «Ci penso io a Maggie!»

«Ma… Io dovrei prepararle la scheda tecnica degli esercizi, farle vedere un po' in giro…»

Thomas stava stringendo i pugni per mantenere la calma. Una vena sulla sua fronte divenne più accentuata.

«Ho costruito io questa palestra.» James scrutò Thomas con ira intercettando lo sguardo che stava rivolgendo a Maggie. Se avesse solo osato posare una mano su di lei lo avrebbe ucciso proprio lì, non gli importava nemmeno della gente che avevano intorno. «Conosco bene ogni angolo e come funzionano gli attrezzi.»

«Va bene, va bene, non c'è problema!» Thomas allargò le braccia lungo i fianchi. «Tanto il mio turno è quasi finito.»

Non era vero, ma non poteva restare. Aveva fame. Era furioso. Sentì i canini allungarsi e vi passò sopra la lingua, rapidamente. Avrebbe bevuto fino all'ultima goccia di sangue di quella Maggie sotto gli occhi del suo ragazzo possessivo e geloso. E lo avrebbe fatto con gusto spropositato. Quindi era meglio uscire in fretta. Si avviò barcollando verso gli spogliatoi. Magari si sarebbe trovato una ragazza nelle docce. La voce di Maggie lo raggiunse alle spalle.

«Ciao… grazie comunque!»

James si appoggiò al bancone con entrambe le mani e fissò lo sguardo a terra.

«James?»

Maggie lo stava osservando con gli occhi che le bruciavano. Perché all'improvviso era così arrabbiato e triste? Forse per qualcosa che lei aveva detto o fatto?

James risollevò lo sguardo su di lei Era ciò che di più bello e dolce avesse mai visto nella sua vita. Quegli occhioni lucidi, quelle guance rosate e tenere. Avrebbe voluto prenderla per mano e condurla con sé nel suo mondo sotterraneo. Con tutti quei vecchi libri e la sua musica. Le sarebbe piaciuto. E poi, con calma, le avrebbe raccontato tutto. Lasciandola andare per sempre se lei lo avesse rifiutato.

«Non mi piace quel ragazzo…»

Maggie arrossì e con un sospiro profondo indicò lo spogliatoio in cui era entrato Thomas.

«A me non piacciono quelle ragazze…»

James imitò il tono e il cenno di Maggie, che rivolse però verso il centro della palestra.

«Davvero?» Lo sguardo di Maggie si illuminò. «Neanche un pochino?» Sorrise facendo il gesto con le dita.

«Magari mi sarebbero piaciute, ma solo tanto così» rise James, ripetendo il suo stesso gesto. «Però prima di incontrare te.»

«Mmh…»

James sorrise pizzicandole una guancia.

«Facciamo un giro qui intorno poi ti invito a cena, va bene?»

«Va benissimo!» Maggie sorrise trattenendo la mano di James. «Però non farmi mangiare troppo, altrimenti davvero non ci potrò mai stare in una di quelle tutine! Ho deciso che la prossima volta che torniamo qui mi voglio iscrivere.»

CAPITOLO 64

Quel modo di bussare alla porta era unico. Jonathan Miller lo riconobbe all'istante. Un colpo, un altro più forte. Poi pausa. Un colpo più tenue, simile al primo.

Non rispose, non invitò a entrare, ma si alzò dalla scrivania per andare ad aprire la porta. Certo di trovarselo lì di fronte con lo sguardo irriverente e quel ghigno fin troppo noto, purtroppo.

«Ciao, Lucas.»

Lo fissò dritto negli occhi, senza chiedergli di entrare.

«Ciao, fratello.» Lucas Eastwood lo scansò e oltrepassandolo entrò nel suo studio, guardandosi intorno con aria divertita. «Mi piace qui, arredamento essenziale ma di buon gusto. Hai sempre un certo stile, lo devo ammettere!»

«Cosa vuoi?»

Jonathan si voltò e mosse qualche passo verso di lui, al centro della stanza.

«Tutto questo, direi.» Lucas aprì le braccia indicando l'ambiente circostante. «Hai occupato questo posto abbastanza a lungo, fratellino. Ora è arrivato il mio turno, puoi iniziare a fare le valigie.»

«Non credo proprio, Lucas.» Jonathan indicò la porta, come per invitarlo ad andarsene. «E smettila di chiamarmi fratello, noi non siamo fratelli.»

«Certo che lo siamo.» Lucas si passò una mano tra i capelli ridendo. Li aveva tagliati e doveva ancora abituarsi. Perché aveva dato retta a Susan? «Siamo solo dalla parte opposta della barricata. Ma ora che sono arrivato io, tu te ne vai. Conosci già la nostra difficoltà a coesistere, vero? Però abbiamo sempre condiviso tutto… e continueremo a farlo!»

Bliss, appoggiata alla parete adiacente dello studio, ascoltava la conversazione. Stava avvicinandosi per entrare ma aveva visto la porta aperta e sentito una voce proveniente dall'interno. Inizialmente aveva creduto fosse un altro insegnante o uno studente. Poi aveva scoperto che Jonathan aveva un fratello che voleva prendere il suo posto. Un fratello con cui aveva sempre condiviso tutto. Evidentemente era giunto il momento per lei di conoscere la verità. Tutta quanta, dall'inizio alla fine. Non aveva intenzione di essere condivisa.

* * *

Rosalie Cohen si rigirò tra le mani la tazza di tè. Danielle le aveva mentito. Anzi, le aveva nascosto la verità. Era entrata nella sua mente e l'aveva seguita temendo che si mettesse nei guai con Faith e invece aveva scoperto che frequentava quel ragazzo, Alexander Hamilton. Discendente di Branwell Hamilton e depositario della sua maledizione. Non solo lo frequentava. Era innamorata di lui.

Doveva fare qualcosa, agire e trovare il modo per separarli al più presto. Altrimenti rischiava di fare la stessa fine di Shirley. Shirley e la sua folle passione per Ryan Norwest! Shirley che aveva dato la vita per quel vampiro, senza che lui nemmeno si rendesse conto di quanto lei lo amasse e del danno che le aveva causato. Senza che lui muovesse un dito per fermarla, per evitare che commettesse quella sciocchezza. Non sarebbe accaduto anche a Danielle, non di nuovo!

Era solo una ragazzina all'epoca. Non aveva potuto fare nulla per salvare Shirley. Ma ora con Danielle la storia non si sarebbe ripetuta. Lo avrebbe impedito. A costo di legarla, a costo di chiuderla in casa. A costo di allontanare per sempre quel ragazzo e la sua maledizione. Alexander Hamilton, quel mutaforma e tutte le creature che giravano intorno a Danielle, compresi Ryan e sua sorella Amelie. Compresa Faith e la loro amicizia così inopportuna. Non era più il momento di correre dei rischi.

Perché le streghe bianche venivano sempre coinvolte in affari che non le riguardavano? Il loro potere non aveva nulla a che fare con quelle creature soprannaturali. Il loro potere derivava dalla natura e dalla terra, mentre quelle creature non avevano nulla di naturale in loro. In loro tutto era male, così come lo era il potere delle streghe nere.

Aveva già intuito che Danielle, essendo più debole, stava subendo l'influsso del potere oscuro di Faith, legandosi a lei ogni giorno di più. Doveva fare in modo di bloccare e arginare il problema prima che si trasformasse in dramma. Cercare di allontanarla anche da lei, possibilmente.

Non le importava come, non le importava di ferire i suoi sentimenti. Ciò che importava era che Danielle continuasse a vivere. Non le avrebbe permesso di mettersi in pericolo a causa di Alexander. Non le avrebbe permesso di ripercorrere la stessa strada di Shirley. E non avrebbe permesso a quello stesso volto, quello stesso sguardo di spegnersi per sempre a causa dell'amore per un uomo che l'avrebbe portata alla fine.

CAPITOLO 65

Bliss era rimasta nascosta attendendo pazientemente. Aveva anche pensato di andarsene e ripresentarsi più tardi a casa di Jonathan. Ma ormai aveva troppa paura. Era come se tutti si fossero messi d'accordo per spiare ogni suo gesto. Jenevieve, i clienti della caffetteria, persino Maggie. Anche le due ragazze che l'avevano aiutata, Faith e Danielle, sapevano che c'era qualcosa in lei. Anche se non avevano voluto infierire con le domande. Qualcosa che, nonostante tutto, Bliss si intestardiva a negare.

E ora era apparso quel tipo. Bliss aveva sentito un brivido percorrerle la schiena e farle accapponare la pelle quando lo aveva visto lasciare lo studio. Aveva temuto che cercasse proprio lei. Non sapeva perché. Ormai non riusciva più a comprendere che cosa fosse vero e cosa frutto della sua immaginazione. Era tempo di ricevere delle risposte definitive.

«Bliss...»

Jonathan aveva raggiunto l'uscio e la stava osservando. Bliss era rimasta accostata alla parete all'esterno del suo ufficio.

«Io ho bisogno di sapere» Bliss si appoggiò al muro con le mani e con la testa. «Ho davvero bisogno di sapere che cosa sta succedendo. Tutto quanto.»

«Entra.»

Jonathan si guardò intorno prima di farle cenno di entrare. Anche Bliss diede una rapida occhiata da entrambi i lati del corridoio, poi entrò. Incrociò le braccia e scrutò Jonathan, che sembrava riflettere su come introdurre il discorso.

«Allora?» Bliss sospirò, abbassò lo sguardo e poi tornò a fissarlo negli occhi, impaziente.

«Allora…» Jonathan si avvicinò, sempre più vicino, fino a sfiorarla. «Davvero non hai ancora capito cosa siamo? Quei libri non ti hanno dato nessun indizio?»

«Come potrei capire?» Bliss sgranò gli occhi e allargò le braccia lungo i fianchi. «Tutto è così confuso! O forse la verità è che non voglio capire. E poi chi è quell'uomo? Tuo fratello? Perché vuole che tu te ne vada?»

«È complicato, una lunga storia…»

«Raccontamela!» Bliss increspò le labbra protendendo il viso verso di lui.

«Siamo angeli, ecco la verità.» Jonathan sospirò profondamente sollevando il petto. «E non dirmi che non l'hai intuito in questo tempo che abbiamo trascorso insieme, perché non ci credo.»

Bliss si passò una mano sulla fronte e socchiuse gli occhi per un breve istante.

«Sì, lo avevo intuito, ma non volevo. Non volevo arrendermi all'idea.»

«Lo so» annuì Jonathan. «Insomma, so cosa si prova.»

«Anche per te è stato lo stesso?»

«No, non proprio. Però ho assistito ad altri casi» rispose Jonathan.

Bliss ebbe la sensazione che non desiderasse proseguire oltre nella spiegazione. Decise di non forzarlo. C'era altro che le premeva sapere.

«E quell'uomo che ho visto qui? Quello che dice di essere tuo fratello?»

Si guardò intorno spaurita e abbassò la voce, come se temesse che Lucas si trovasse ancora nei dintorni.

«No, non lo è…» Jonathan rispose alla domanda ma ancora una volta non proseguì oltre.

«E allora?»

Lo sguardo di Bliss si oscurò. Stava cominciando ad avere la sensazione di estorcere le parole dalla bocca di Jonathan. E stava anche cominciando a spazientirsi.

«Lucas è un giornalista.» Jonathan sospirò fissandosi la punta delle scarpe opache.

Bliss si strinse nelle spalle. Cosa c'era di tanto sconvolgente nell'essere un giornalista? Da quello che aveva ascoltato della loro conversazione aveva temuto molto peggio. A meno che quell'uomo stesse facendo un'inchiesta su di loro.

Un'inchiesta su di loro? Anche lei faceva parte di quel "loro". Si sentiva come se fosse stata appena ammessa in un club privato di cui nessuno conosceva l'esistenza e di cui non le avevano ancora spiegato le regole.

«Un giornalista e un demone» specificò Jonathan sussurrando appena.

Bliss lo fissò restando immobile, con la bocca semiaperta. Come se avesse appena sentito la frase più assurda al mondo. Jonathan Miller le aveva raccontato che Lucas era un demone oltre che un giornalista. Quasi come se si trattasse di un secondo lavoro.

«E questo cosa comporterebbe?»

«Comporterebbe il fatto che non è esattamente nostro amico.»

«Che cosa vuole?»

Bliss si strinse le mani osservando attentamente l'espressione di Jonathan. Che cosa mai poteva volere un demone da un angelo? Che si bruciasse le alucce all'inferno?

«Una serie di cose che non otterrà.» Jonathan si mosse andando ad appoggiarsi alla scrivania. «Ma tu non ti devi preoccupare. Farò in modo che a te non capiti mai nulla di male.»

«Mi è già capitato. L'altro giorno sono stata male alla caffetteria e sono svenuta.» Bliss si massaggiò le spalle con entrambe le mani e raggiunse la schiena, tra le scapole. «Sento un dolore, qui. Fitte costanti, quasi non riesco più a dormire. Di schiena ormai è impossibile. E per favore dimmi che non è quello che penso. Perché non credo di avere abiti adatti!»

Jonathan Miller accennò un sorriso e si passò le dita sulla fronte e poi tra i capelli.

«Temo che dovrai adattarne qualcuno, in caso di emergenza.»

«Oh accidenti, se lo sapesse Maggie ne sarebbe entusiasta!»

«Non puoi dirlo a nessuno, Bliss!» Jonathan aggrottò la fronte con espressione preoccupata.

«Va bene, va bene... lo so.» Bliss sollevò le braccia in segno di resa. «Comunque, puoi rispondere a un'altra domanda? Vorrei che mi rispondessi sinceramente questa volta, dicendomi quello che sai.»

«Quale domanda?»

«Dov'è mio padre? Quando tornerà? È anche lui un... insomma, uno di noi?» Bliss parlò contando sulle dita. «Scusa. Le domande sono diventate tre.»

* * *

Pochi minuti e finalmente sarebbe stata sua. Agognava la sua linfa vitale. Era giunto il momento di impossessarsene. Sapeva esattamente come funzionava con quelle come lei. Avrebbe opposto resistenza per un po'. Per orgoglio o per astuzia. Per indurlo a desiderarla ancora di più. In seguito sarebbe caduta, diventando sua senza più discutere. Poi la fine. E la fine, con quelle come lei, era sempre la stessa. Lei avrebbe voluto restargli accanto, magari per sempre. Lui si sarebbe stancato, la sua presenza sarebbe diventata fastidiosa e irritante. E avrebbe cercato altro. Una nuova creatura e nuova linfa vitale. Al momento era stato troppo impegnato per dedicarsi alla ricerca di un'altra che gli piacesse abbastanza. Quindi Annie andava più che bene.

Ryan Norwest attendeva pazientemente dietro alla porta del laboratorio universitario. Per lo meno Annie non gli risultava noiosa e irritante quanto era riuscita a diventare Dorothy. La sirena era stata un caso di emergenza estrema, l'aveva presa perché non aveva avuto una scelta migliore. Appena arrivato non aveva avuto il tempo di ambientarsi prima di sentirne la necessità. Colpa della streghetta. Sì, una delle tante colpe di quella stronzetta di Faith Chandler.

Si guardò intorno. L'ambiente era tetro e asettico. Quasi lugubre. In effetti era un laboratorio universitario. Ciò che importava era che lei sarebbe arrivata presto. Ormai la seguiva da giorni. Conosceva i suoi orari, i suoi programmi. Controllò l'orologio. Di solito la splendida creatura dai capelli di fuoco tendeva ad essere puntuale.

Ryan vide la porta dischiudersi leggermente e poi aprirsi. A quell'ora non poteva essere che lei. Il laboratorio di sera diventava il suo regno.

Annie Stevenson varcò la soglia del laboratorio e si guardò intorno. La porta era aperta, di sicuro Nathan la stava aspettando. Del resto quell'ambiente gli era familiare, vi si trovava a suo agio ancor più che a casa. Lì tutto avrebbe funzionato per il meglio. Sarebbe riuscita a liberarlo definitivamente o per lo meno ad aiutarlo a convivere con i propri poteri. Era tutta una questione di controllo. Con il controllo Nathan avrebbe sfruttato le doti telecinetiche a suo vantaggio. Quello che la preoccupava era la sua aggressività, la rabbia che metteva in ogni cosa. Non dipendeva solo dall'influenza dell'altro. Era innata in lui.

Sospirò posandosi una mano sul petto. Non era ancora arrivato. Annie sperò che non avesse avuto contrattempi. Improvvisamente si sentì afferrare da dietro. Inizialmente, colta alla sprovvista, sussultò, poi sorrise. Che razza di scherzo!

«Nathan...»

Ma la sua stretta era diversa. Il modo in cui la reggeva per le spalle era troppo vigoroso, invasivo quasi. Quando la cinse da dietro con entrambe le braccia, uno all'altezza della vita, l'altro del petto, in modo da immobilizzarla, comprese che non era lui.

«Tranquilla tesoro, andrà tutto bene.»

Anche la voce provocante e roca che le sussurrava nell'orecchio non era quella di Nathan Castle. Annie cercò di voltarsi ma la presa era troppo stretta, come una morsa che non si arrendeva. Nonostante la sensazione di pericolo trasalì quando si sentì mordere il collo. Chiuse gli occhi abbandonandosi tra quelle braccia vigorose. Cadde all'indietro appoggiandosi contro il petto di colui che l'aveva imprigionata. Non la lasciava andare ma continuava a succhiare dal suo collo. Poi la rigirò sollevandola tra le braccia.

Nathan sapeva di essere in ritardo. Sapeva che Annie lo stava aspettando. Ma del resto lei aveva imparato a conoscerlo e la puntualità non era il suo forte. Annie lo aveva curato dal suo male. Non dai poteri telecinetici, ma dall'influenza nefasta che avevano su di lui. E dal suo doppio perverso, che finalmente era tornato a sonnecchiare pacifico nei meandri della sua coscienza. Gli aveva anche dato un nome, ma non lo aveva mai rivelato ad Annie. Preferiva tenerlo per sé. Nathan si stava sforzando di restare in equilibrio, si sentiva un po' come un acrobata sospeso su un filo.

Aprì la porta del laboratorio dove aveva appuntamento con Annie, solo per trovarsi spinto contro la parete opposta. Prima di capire e di essere in grado di reagire la sua testa aveva sbattuto contro il muro ed era crollato a terra. Ebbe solo la percezione di un'ombra che si allontanava trascinando con sé un corpo tra le braccia. Poi più nulla.

CAPITOLO 66

Non era riuscito a chiederle di seguirlo nel suo mondo sotterraneo, ma l'aveva invitata nel piccolo appartamento al piano superiore della libreria di Flick, sua abitazione ufficiale. Maggie aveva insistito per preparare una pizza secondo una ricetta speciale. La chiamava pizza pazza. In realtà erano diventati pazzi loro nel cercare di prepararla. Maggie e la cucina non vivevano in simbiosi. Ma era stato divertente comunque.

«Vuoi suonarmi qualcosa?»

Maggie indicò sorridendo la chitarra appoggiata alla parete del minuscolo soggiorno.

«Non sono molto bravo.»

James scrollò le spalle sedendosi al suo fianco, sul divano. In realtà era piuttosto bravo al pianoforte, ma lì lo spazio era troppo limitato per averne uno.

«Io sono sicura che lo sei» sorrise Maggie incoraggiante. «Tu sei sempre molto più bravo di quanto dici e credi di essere, James.»

«E tu sei più dolce della cioccolata che divori…»

James rise accarezzandole leggermente la guancia, poi ritrasse la mano.

«Questo non mi sembra un gran bel complimento, sai?»

Maggie incrociò le braccia e corrugò la fronte.

«Non ti sarai offesa?»

James le passò il braccio attorno alle spalle stringendola a sé. Maggie gli posò la testa sulla spalla socchiudendo gli occhi per un attimo.

«Certo che mi sono offesa!» Appoggiò la testa alla sua. «Smetterò di essere offesa solo se mi suonerai qualcosa di bello. Quindi vedi di darti da fare al più presto.» Indicò la chitarra alla parete.

«Sei davvero una piccola manipolatrice insistente, Maggie May!»

«Una piccola cosa…?» Maggie sgranò gli occhi su di lui con aria innocente. «Se è una cosa cattiva, è totalmente falsa!»

«Piccola manipolatrice insistente» rise James. «Almeno con me. Finisce sempre che faccio tutto quello che vuoi. E spesso nemmeno me ne accorgo.»

«Mmh…»

Maggie inclinò il viso come se stesse riflettendo seriamente su qualcosa. Intanto fissava James con occhi sognanti.

«E lo sai che non mi devi guardare così?» James rise ancora mettendosi le mani sugli occhi. «Lo fai apposta per farmi cedere!»

«Una canzoncina piccolina piccolina, per favore…» Maggie avvicinò il viso sussurrandogli nell'orecchio. «Tanto piccolina che non ti accorgerai nemmeno di suonarla e di cantarla.»

Poi si alzò e in pochi passi raggiunse la parete. Tornò con la chitarra e la posò sulle ginocchia di James.

«Riuscirò mai a dirti di no?» James tolse le mani dagli occhi e imbracciò la chitarra. «Vediamo un po'… cosa ti posso suonare…»

James accordò la chitarra. Maggie osservava rapita le sue mani, aspettando che terminasse e scegliesse la canzone. James, dopo aver accordato lo strumento, rimase un attimo in attesa di un'ispirazione. Lanciò un'occhiata a Maggie, poi la sua scelta ricadde su *Your Song* di Elton John.

Maggie parve gradire. Sorrideva mentre lui cantava, non distoglieva lo sguardo dal suo volto, dalle sue labbra. James era concentrato sugli occhi azzurri di Maggie, come se dalla loro luce scaturissero le parole della canzone.

"And you can tell everybody this is your song
It may be quite simple but now that it's done
I hope you don't mind
I hope you don't mind
That I put down in words

How wonderful life is while you're in the world..."

Quando terminò tacque e la guardò in silenzio. La ragazza aveva congiunto le mani, forse in un tentativo di applauso, ma non osò fare alcun rumore, come se non volesse spezzare l'incanto del momento. James posò la chitarra di fianco, per terra, senza staccare gli occhi da lei. Si creò una sorta di imbarazzo in cui nessuno dei due aveva il coraggio di prendere la parola.

Maggie accennò un sorriso. Mosse la mano nel momento in cui James allungava la sua verso di lei e si sfiorarono per poi ritrarsi entrambi. James arrossì e Maggie si morse il labbro inferiore.

«Molto bella...» Maggie annuì e sorrise più decisa.

«Tu... sei molto bella...» sussurrò James allungando nuovamente la mano verso di lei per sfiorarle la gota con le dita. E lì la trattenne questa volta. Sentiva la guancia di Maggie ardere quasi al suo tocco.

Maggie rimase immobile e chiuse gli occhi. Quando li riaprì vide che James si era avvicinato a lei, ancora di più. Inclinò leggermente il viso, socchiuse gli occhi e poi li riaprì. In tempo per vedere le labbra di James sfiorare le sue. Chiuse gli occhi appena percepì il tepore delle sue labbra, del suo alito. Gli sfiorò la guancia con le dita, con un gesto simile a quello del ragazzo. Dischiuse le labbra sentendo la pressione della sua bocca e istintivamente si aggrappò a lui cingendogli il collo con le braccia. James la strinse a sé circondandole la vita. Poi si staccò da lei e sorrise, sfiorando ancora il suo viso con dolcezza.

Cosa significava tutto questo? Maggie ricambiò il sorriso un po' confusa. Significava forse che lui le apparteneva? Avevano stretto un patto eterno? Forse no. Ma era il primo ragazzo ad averle detto che era bella. E probabilmente scherzava mentre lo diceva. Ma lo aveva detto. Ed era il primo ragazzo per lei.

Perché gli altri, in un certo senso, non lo erano. Erano altro, ma non ragazzi. Non ragazzi nel senso in cui tante altre ragazze li consideravano. Erano stati compagni di scuola, fratellastri,

Nathan Castle. Per la verità di Nathan Castle ce n'era uno solo ed era sufficiente. Gli altri erano conoscenze più o meno superficiali, incontri casuali. In università, al parco, in libreria, in caffetteria.

Poi c'erano i personaggi letterari. Quelli sì che erano ragazzi, irreali ma ragazzi. Nulla a che fare con lei, però. Perché rincorrevano sempre un'altra, la protagonista del libro solitamente. Non lei. James invece era il primo e l'unico che Maggie identificasse come ragazzo e come suo. Solo suo. Ovvio che lui non avesse ancora dato il consenso ad essere solo suo. Ma era quello che lei desiderava. E non aveva mai provato un desiderio tale prima, nei confronti di nessun altro.

Maggie fece un sospiro profondo. Cosa bisognava fare in questi casi? Non ne aveva idea. Cercò qualcosa da dire, ma James sfiorò nuovamente le sue labbra, poi l'abbracciò stringendola a sé. Maggie si ritrovò con la testa sul suo petto. Attraverso la morbidezza della sua camicia sentì il battito del suo cuore. Si inebriò del suo profumo e chiuse gli occhi.

Forse, tutto sommato, non era proprio il caso di dire niente. Maggie sollevò la mano e incontrò quella di James, intrecciò le dita con le sue e sorrisero entrambi scambiandosi un'occhiata. Sorrise ancora mentre lui le baciava la fronte. Poi chiuse gli occhi, in una sensazione di pace e di gioia assoluta che non aveva mai provato prima. Nemmeno davanti a una perfetta cioccolata con la panna. Nemmeno davanti al suo romanzo preferito o a un libro antico a lungo ricercato. Si sentiva a casa. Più di quanto si fosse mai sentita nella casa dove aveva vissuto tutta la vita con la sua famiglia.

CAPITOLO 67

Non era certa avesse un senso continuare a restare nella squadra. Ormai era come se le sue prospettive fossero completamente mutate. Non che le accettasse o ne fosse soddisfatta, ma era un dato di fatto.

Le altre ragazze pensavano alla squadra, agli allenamenti, a vincere le gare, a partecipare alle selezioni, magari sognando le olimpiadi un giorno.

Nella vita di Faith Chandler tutto ciò non trovava più spazio. Fosse stato per lei lo avrebbe trovato, ritagliandolo da altri eventi, per lo più soprannaturali. Ma rischiava di coinvolgere persone innocenti, persone che avrebbero compromesso la propria vita a causa sua, solo per la sua presenza tra loro.

Con Amelie Norwest che girava per la scuola c'era da temere il peggio. Se era irritata rischiava di eliminare l'intera squadra di ginnastica ritmica solo per farle dispetto. Non poteva permetterlo. Per questo doveva arrendersi e lasciare. Anche se le costava rinunciare, la sua carriera sportiva doveva necessariamente terminare al più presto.

Faith uscì dal cortile della scuola, oltrepassò il cancello e sostò per un attimo, pensierosa. Erano giorni che non passava da casa. Era stata nella capanna sul lago e poi per un po' da quella ragazza della caffetteria, Bliss. Però aveva bisogno di andare a recuperare qualche vestito. Avrebbe fatto in fretta. Poteva sperare che sua madre non fosse presente. In ogni caso non si sarebbe trattenuta.

Sospirò e si decise a camminare. Bastava percorrere un passo dopo l'altro. Era bello illudersi ancora. Di essere una ragazza come tante altre, con aspirazioni e sogni comuni. Che cosa avrebbe voluto fare di se stessa se avesse potuto? Dopo il liceo, studiare magari. Ma cosa? Ci doveva pensare seriamente. Aveva tanti interessi, ma quale predominava sugli altri?

Anche se avesse proseguito con la carriera sportiva non sarebbe durata per sempre. Per sempre. Ognuno ne aveva un concetto diverso. Il suo concetto di per sempre era umano e così sarebbe rimasto. Era solo una ragazza che sognava di trovare la sua strada, il suo posto nel mondo, un angolo dove essere felice. Non desiderava essere messa in mezzo in esistenze innaturali che non avevano niente a che fare con lei.

Cercò le chiavi nello zaino e aprì il portoncino principale. Doveva prepararsi a dare spiegazioni e a discutere nel malaugurato caso che Susan fosse in casa. Non poteva più imporle una vita che non accettava e che non aveva mai scelto. Non poteva smettere di essere una strega, ne era consapevole. Ma lo avrebbe fatto se ci fosse stato un modo, una possibilità di liberarsi di tutto quel potere che ormai ristagnava in lei procurandole solo disagio.

Faith salì le tre rampe di scale, arrivata davanti alla porta si sistemò i capelli con le mani, cercando di darsi un contegno sicuro e deciso. Aprì la porta, percorse il corridoio d'ingresso intenzionata ad andare nella sua stanza. A metà strada percepì delle risatine provenienti dal salotto.

Sua madre era con qualcuno. E non l'avevano nemmeno sentita entrare. Faith sospirò sentendosi crescere la rabbia dalla bocca dello stomaco in su, verso il petto, la gola, le tempie. Probabilmente era con quell'idiota di un vampiro. I gusti di sua madre in fatto di uomini erano sempre stati pessimi, non era una novità. Ma frequentare Ryan Norwest era la scelta peggiore, non si era mai spinta così in basso. E lui. . lui era… Continuava a provocarla con il suo sguardo, con quel suo atteggiamento irriverente. Non lo tollerava. Anche perché aveva la sensazione che gran parte del potere che aveva manifestato recentemente fosse scaturito dal suo incontro con lui.

Decise di evitarli e andare diretta nella sua stanza. Se fosse riuscita a non farli accorgere della sua presenza in casa tanto meglio! Avrebbe preso ciò che le serviva e sarebbe sgusciata via il prima possibile.

Intanto dal soggiorno continuava a percepire la voce e la risatina di sua madre. Poi ci fu un attimo di silenzio. Subito dopo una voce maschile in risposta a quella di Susan. Una voce appena sussurrata e un po' rauca, da cui Faith non riusciva ad afferrare le parole.

Di una cosa aveva la certezza assoluta. Non apparteneva a Ryan Norwest, non aveva nulla a che fare con il suo tono caldo e deciso. Ma Faith ricordava bene quella voce suadente e quasi gutturale, quella voce che ti portava a chiudere gli occhi e lasciarti andare, in altri mondi, in altre galassie, mentre sussurrava all'orecchio parole quasi incomprensibili tanto erano mormorate. E ricordava il tepore dell'alito sulla spalla mentre lui pronunciava quelle parole. No, l'uomo di là in salotto con sua madre non era affatto Ryan Norwest, perché era...

«Philip!»

Faith, in piedi sulla porta del soggiorno, li osservava con un misto di incredulità e disgusto dipinti nello sguardo. Vinceva l'incredulità al momento.

Susan Chandler e Philip Sheldon, avvolti in una coperta patchwork sulle tonalità del lilla, giacevano avvinghiati sul divano.

Faith restò lì in piedi a guardarli. Sentì come un calo di pressione e si dovette appoggiare allo stipite della porta per non cadere a terra. Susan aveva dipinta sul viso un'espressione ancora più sconvolta di quella della figlia.

«Faith...» Si aggrappò alla coperta con forza stringendosela al petto scoperto come se qualcuno gliela stesse strappando di dosso.

Faith socchiuse per un attimo gli occhi, sentiva la pressione della nausea che le stava salendo davvero alla bocca dello stomaco. Non avrebbe mai sopportato di sentirsi male lì, davanti a loro. Si passò una mano sulla fronte e la sentì gelida, appiccicosa. Era sudata ma fredda. Doveva muoversi in fretta da lì, andarsene. Si voltò lentamente poi prese la rincorsa lanciandosi verso la porta d'ingresso. Arrancò con le chiavi mentre le tremavano le mani, dimenticandosi di aver lasciato la porta accostata ma non chiusa a chiave.

«Faith!» Susan le fu dietro mentre la ragazza cercava ancora il modo di uscire da quella trappola che era la sua casa. «Mi dispiace Faith, non sapevo che saresti tornata proprio adesso. Io non pensavo…»

«Non pensavi che ti avrei sorpresa a letto con il mio ragazzo, mamma?» Faith si sentiva esplodere la gola dalla rabbia, aveva voglia di gridare ma parlò a bassa voce e con calma, senza voltarsi. «Ti credo, davvero non lo pensavi davvero.»

«Cosa?» Susan fissò la schiena della figlia, incapace di comprendere il senso delle sue parole. Se le ripeté mentalmente un paio di volte prima di capire.

Faith ne approfittò per fuggire via. Quando Susan alzò una mano per fermarla era già uscita di casa. Susan mosse alcuni passi per seguirla, prima di rendersi conto di indossare solo una coperta. Si voltò su se stessa e rientrò in soggiorno, dove Philip Sheldon con calma stava incominciando a rivestirsi.

«Tu lo sapevi…»

Continuava a tenersi aggrappata la coperta al petto, affondandovi le unghie smaltate.

«Io? No, certo che no.» Philip aggrottò la fronte e guardò il pavimento in cerca di una scarpa.

«Menti!» urlò Susan. «Certo che lo sapevi! Te la farò pagare!»

«No, mia cara, tu non farai proprio niente.» Philip sbuffò calzando la scarpa che era nascosta per metà sotto il divano. «Perché io so esattamente cosa sei tu. E anche cos'è Faith.»

Susan, sempre trattenendo la coperta sul petto, si avvicinò al ragazzo e lo schiaffeggiò sul viso con tutta la forza di cui era capace. Philip, che non si aspettava di essere colpito con una tale violenza, barcollò per un istante e ricadde sul divano.

«Tranquilla mammina, tranquilla...» Philip si asciugò una goccia di sangue dal labbro. «Perché potrei anche decidere di far sapere a tutti cosa siete. A meno che non mi aiuterai a ottenere lo stesso potere, mia cara strega vampira.»

«Ottenere lo stesso potere?» La voce di Susan sibilò di rabbia. «Tu non uscirai vivo da qui, te lo garantisco!»

«Mi dispiace per te, tesoro!» Philip le rivolse un sorriso di scherno. «Ma ho un'assicurazione sulla vita a prova di bomba. Lascia che ti spieghi, mia cara...»

CAPITOLO 68

Maggie attendeva seduta su una panchina dei giardinetti di fronte all'università. Era lì che Ariella Thompson le aveva dato appuntamento. Sospirava stringendosi il primo libro di Cross Irizarry al petto. Ancora non era sicura che fosse una buona idea raccontarle tutto. Delle sue strane visioni, dei personaggi che dai libri uscivano e avevano cominciato a ronzarle intorno quando era sola. E sembravano fin troppo reali. Aveva la sensazione che non fosse il tipo di questione di cui parlare in giro.

Osservò la copertina del libro che aveva in mano. Forse era meglio metterlo via, al sicuro nella borsa. Chiuse gli occhi per un attimo.

Erano accadute fin troppe cose negli ultimi giorni. Arrossì pensando a James. Se si concentrava sentiva ancora il tepore delle sue labbra, la stretta delle sue braccia. Anche il battito del cuore nel suo petto riusciva a percepire. Quella sensazione di vita e felicità che non aveva mai sperimentato prima. Stava bene anche con Nathan e Bliss, ma era diverso. Il senso di protezione che provava con James non era equiparabile. Quella sensazione che niente, niente al mondo avrebbe potuto turbarla o ferirla quando stava con lui. James era come un porto in cui Maggie sapeva di poter sempre approdare.

E poi Nathan ora aveva quella ragazza dai capelli rossi di cui occuparsi, Annie. E Bliss era diventata un po' strana e sempre impegnata. Forse Jenevieve le stava dando troppo da fare alla caffetteria. Invece James era suo. Lui non lo aveva detto, ma lei lo sentiva mentre la stringeva. Non ci sarebbe stato nessuno in grado di prendere il posto di James nella sua vita. Nessuno. Mai.

Maggie si chiese se fosse proprio quello l'amore di cui aveva letto tanto nei libri. Non lo sapeva. Perché nei libri in un modo o nell'altro c'era sempre contrasto, rabbia, disperazione, abbandono. Lei invece con James stava bene ed era felice. E le mancava ogni volta che si staccava da lui. Anche se aveva altra gente intorno si sentiva sola senza lui. E questo in realtà lo aveva percepito dalla prima volta in cui si erano incontrati. Cresceva dentro lei la volontà di non lasciarlo andare.

Non era come con Heathcliff. Maggie ripensò allo scambio di citazioni con quel ragazzo alla caffetteria. No, con James non era così. Con James era pace, armonia, gioia, voglia di sorridere e ridere sempre. Voglia di stringerlo e di baciarlo. Voglia di ascoltare la sua voce mentre cantava per lei. Voglia di camminare aggrappata al suo braccio per le strade del mercato.

Quale di queste due emozioni era amore? La gioia o la disperazione? Forse entrambe. Forse nessuna delle due. Maggie non riusciva a decidersi. O forse non lo sapeva e non lo avrebbe mai saputo.

«Maggie?»

Ariella, in piedi di fronte a lei, cercava di richiamare la sua attenzione, oscillandole una mano davanti agli occhi. Maggie tornò in sé e ricordò improvvisamente che stava per nascondere il libro di Cross Irizarry nella borsa perché Ariella non lo vedesse. Ma ormai era decisamente troppo tardi, lei lo aveva già visto.

«Lo hai trovato!» esclamò infatti indicando il libro che Maggie continuava a stringere tra le braccia. Ormai non poteva negare o dire che non era quello.

«Ah sì» replicò dunque con noncuranza.

«Posso vederlo?»

Ariella sorrise compiaciuta allungando una mano verso il libro. Maggie non rispose, si limitò ad annuire e glielo porse. Temette che rispondendo la sua voce sarebbe suonata troppo falsa e forzata. Trattenne il libro tra le mani ancora per un istante prima di lasciarlo andare.

«Bello?» chiese Ariella scrutandola.

«Sì… carino…»

L'avrebbe definito in tanti modi ma non carino. In effetti carino era un termine che non usava quasi mai.

«Io non ho ancora trovato Audren Cross, purtroppo.» Ariella sfogliò il libro velocemente e lo richiuse soffermandosi sulla copertina e sul titolo. «Dove l'hai trovato?»

«Credo che me lo abbia fatto avere il professor Miller.»

Maggie si strinse nelle spalle e guardò il libro tra le mani di Ariella, con una sorta di preoccupazione.

«Ma che fortuna» sorrise Ariella. «E di cosa parla il libro?»

«Di creat... creature soprannaturali.» Maggie tossicchiò e dovette ripetere la parola una seconda volta per riuscire a completarla.

«E cosa hai provato, Maggie?» Ariella si decise a sedersi al suo fianco sulla panchina.

«Cosa avrei dovuto provare?»

Maggie non aveva alcuna intenzione di parlarne, né con lei né con nessuno. Nemmeno con James era riuscita ad affrontare il discorso in modo sensato e coerente, quindi aveva preferito lasciar perdere.

«Io ho la sensazione che questo libro ti aiuterà a scoprire qualcosa su te stessa» sospirò Ariella tirandosi i capelli castani su una spalla. «Qualcosa di vitale.»

«Mmh...» Maggie non aveva ancora capito cosa intendesse e cosa volesse Ariella da lei. Si sentiva a disagio e anche un po' stupida. Sperava ardentemente che la ragazza cambiasse discorso oppure di riuscire a trovarne lei stessa uno nuovo per il tempo che ancora avrebbero passato insieme. Maggie guardò in alto, verso il cielo. «Si è oscurato... È meglio spostarci da qui o ci pioverà in testa. E poi io fra poco devo andare al lavoro.»

* * *

Annie. Nathan doveva trovare Annie. Non si sarebbe arreso finché non l'avesse trovata e riportata a casa. Chi poteva aver rapito una fanciulla così buona e dolce? E soprattutto, perché?

Buona e dolce. Era esattamente ciò che Ryan Norwest pensava di Annie in quel momento. Buona e dolce, così era la sua linfa vitale. Però la ragazza, al contrario della sirena, si era rifiutata di arrendersi a lui. Aveva dovuto rinchiuderla in un sotterraneo del palazzo, perché se le avesse concesso di occupare una delle stanze sicuramente avrebbe tentato di scappare. Ma non aveva importanza. Questione di tempo, poco tempo e si sarebbe sciolta nei suoi confronti. Lo sapeva, agivano tutte così. Spesso nel tentativo di attrarlo ancora di più.

Nathan Castle continuava a vagare per la città in cerca di Annie. Anche perché non sapeva che altro fare per trovarla. Se solo fosse arrivato prima! Se fosse stato più svelto, più sveglio o più veloce in quel momento!

«Annie, dove sei?» Continuava a sforzarsi per mettersi in comunicazione telepatica con lei. In alcuni casi ci erano riusciti, però si trovavano nella stessa stanza. «Annie ti prego, aiutami a trovarti…»

Intanto si sentiva a ogni passo più debole. Non sapeva nemmeno quanto tempo fosse trascorso esattamente. Iniziarono a lacrimargli gli occhi e si passò le mani sul viso. Si ritrovò a passeggiare lungo il fiume. Ma sul ciglio della strada, non sulla riva. Per due volte barcollò e rischiò di essere investito da una macchina. Si ritirò appena in tempo, però la seconda volta inciampò e cadde a terra. Non ebbe la forza di alzarsi. Si sentiva stremato, la mente lontana da lì, persa chissà dove, alla ricerca di Annie. Era come se lei fosse circondata da pareti che non gli consentivano di raggiungerla. Come se avesse eretto un muro tra loro. Nathan si rese conto che stava per perdere conoscenza ma non c'era nulla che potesse o riuscisse a fare per impedirlo.

Quando riaprì gli occhi si trovava in ospedale, steso e con una flebo al lato del letto. Dall'altro lato una giovane infermiera gli chiedeva informazioni dei suoi genitori oppure parenti più prossimi. Nessuno, non voleva che chiamassero nessuno. Voleva solo sapere dove si trovava Annie e andare a riprenderla. L'infermiera annuì, sorrise con espressione compassionevole e disse che avrebbero fatto del loro meglio. Ma doveva stare assolutamente calmo.

Nathan annuì inerme e mentre l'infermiera usciva dalla sua stanza strinse forte nel pugno la coperta del suo letto d'ospedale. Annie era in pericolo, oppure avrebbe di sicuro trovato il modo di raggiungerlo. Di certo non lo aveva abbandonato di sua spontanea volontà. Si concentrò ancora per tentare di comunicare con lei. Ma il dolore divenne troppo intenso, poi sopraggiunse un calore spropositato all'interno del cranio ed ebbe la sensazione che il cervello gli scoppiasse. Senza rendersene conto e soprattutto senza volerlo iniziò a urlare.

L'infermiera appena uscita si precipitò nella stanza, insieme a un'altra.

«Calmo, stia calmo…»

Nathan annuì, comprendendo che gli conveniva non attirare troppo l'attenzione. Doveva riuscire a eseguire l'ordine, a mostrarsi tranquillo.

«Signor Castle, suo cugino è venuto a trovarla» sorrise la seconda infermiera, soddisfatta che si fosse calmato.

«Mio cosa…?»

Cugino? Di chi diavolo stava parlando quella donna? L'infermiera annuì e sorrise ancora.

«Suo cugino. Lo faccio passare.»

Nathan non replicò e chiuse gli occhi. Non aveva cugini. Non aveva parenti nelle vicinanze disposti ad andarlo a trovare. Quando li riaprì, vide un ragazzo biondo e pallido che lo guardava inclinando il viso. Aveva occhi azzurri un po' vitrei, come se oltre quello sguardo non corresse alcuna emozione.

«Chi diavolo sei?» chiese Nathan con voce atona. «Cosa vuoi?»

«Tuo cugino» rispose il ragazzo con cortese freddezza. «E ora ti porto via da qui.»

«Te lo puoi scordare, biondino» sogghignò Nathan. «Io con te non vado da nessuna parte.»

Dorian Green sorrise e il suo volto si illuminò vittorioso. Credeva davvero che il suo consenso fosse necessario? Lo avrebbe mantenuto al sicuro finché non fosse giunto il momento. Era lì, finalmente, di fronte a lui. Senza più la necessità di nascondersi. Il suo rivale, l'unico che aveva riconosciuto come appartenente alla sua specie. Una specie regale e raffinata. Una specie destinata a dominare il mondo.

Nello stesso modo in cui aveva fatto l'alchimista Jean Claude von Klausen, tessendo nell'oscurità del suo antro tutte le sue trame di intrighi, alleanze, intese e favori reciproci. Millenni di sotterfugi, ricatti, promesse. Millenni di un mondo sotterraneo, astuto e perverso. Ora era giunto il suo momento. Von Klausen aveva i giorni contati. Del resto, lui stesso aveva eliminato un appartenente alla sua stirpe annientando il suo predecessore. Per raggiungere quella posizione bisognava non avere scrupolo alcuno e von Klausen aveva dimostrato di non averne.

Dorian conosceva tutta la storia. Jean Claude probabilmente lo credeva stupido e credulone come tutti i suoi discepoli, ma si sbagliava sul suo conto. Lui sapeva cosa aveva fatto. Indietro, indietro nel tempo. In un certo senso anche Dorian era in grado di tessere le sue piccole trame di intrighi e alleanze.

Il sacrificio di Dorian non sarebbe mai stato commensurabile a quello di Jean Claude, perché Nathan Castle per lui in fondo era ancora un estraneo. Dorian, al contrario di Jean Claude von Klausen, non aveva un amato fratello gemello da sacrificare alla causa della grandezza, della nobiltà, della conoscenza assoluta e dell'ascesa al potere nel corso dei secoli e fino alla fine dei tempi.

CAPITOLO 69

Faith non sapeva dove stava andando. Non ne aveva la minima idea. Sapeva soltanto che aveva una gran voglia di camminare, camminare senza fermarsi, per perdere la cognizione di se stessa e diventare solo un corpo in movimento.

Proprio come in quei dipinti futuristici, un corpo in movimento. Non importava che fosse il suo, non importava che contenesse un'anima distrutta e un cuore spezzato in migliaia di piccoli pezzi. E lei li percepiva tutti, come schegge acuminate. Si posò la mano sul petto sperando di riuscire a ricomporlo mentre camminava, ma fu tutto inutile. Il dolore gradualmente la stava invadendo ovunque. Le devastava la mente e il fisico. E nonostante i suoi poteri di strega nera non era in grado di bloccarlo o di ottenere una tregua.

Non aveva una meta. Si era resa conto di essere passata tre volte per la stessa strada, ma non riusciva a fermarsi. Imperterrita continuava a camminare. Forse avrebbe dovuto sforzarsi, concentrarsi per stabilire quale direzione prendere.

Così fece. Si bloccò improvvisamente guardandosi intorno. Appoggiò i palmi delle mani alle tempie. Lago. Capanna abbandonata sul lago. Là non c'era mai nessuno. Là sarebbe stata in pace. Una pace relativa, perché la guerra era dentro di lei e non riusciva ad arginarla o a placarla.

Ricominciò a camminare. Non riusciva nemmeno a nominarli. Rivedeva l'immagine, risentiva le voci, ma non era in grado di dare nomi a quelle due figure stese sul divano di casa. Era come ripensare allo spezzone di un film, con due attori che stavano provando a girare quella scena. Faith se ne sentiva totalmente estranea, come una comparsa entrata sul set al momento sbagliato, per cui le riprese erano state interrotte bruscamente.

Sentiva freddo. Eppure l'estate si stava avvicinando. Ma quel gelo nelle ossa le metteva i brividi. Percorse la stradina che portava verso il laghetto, evitò l'ultimo pezzo e prese la scorciatoia passando attraverso gli arbusti. Si graffiò il braccio che reggeva lo zaino e increspò le labbra asciugando via il lieve strato di sangue con la mano.

Vampiri. Tutto era andato sempre peggio da quando quei maledetti vampiri erano comparsi in città. Era coinciso anche con la visita a von Klausen. Faith lottò per evitarlo, ma il suo pensiero tornò a quei due. Ecco, ora aveva deciso come chiamare chi non voleva più nominare. Quei due. Solo quei due.

Quei due. Cercò di allontanare l'immagine ma proprio quei due non ne volevano sapere di andarsene. Se ne stavano là stesi su quel divano a spassarsela mentre lei avrebbe dovuto essere a scuola.

Era stata un'idiota! Si era convinta che fosse Ryan Norwest il nuovo amante di sua madre! L'aveva addirittura considerato come l'origine di tutti i mali. Sì, in effetti forse lo era davvero. Però mai avrebbe creduto di trovarsi di fronte il peggio. Sì, era il peggio…

Faith diede un calcio ad alcuni ciottoli che si era ritrovata davanti ai piedi, ma colpì prevalentemente l'aria. Senza volontà o consapevolezza si ritrovò con il volto inondato di lacrime. Non le sarebbe mai passata. Non sarebbe mai stata in grado di dimenticare, di rimuovere quella scena dalla mente. Nemmeno se le fosse stato concesso di vivere per mille anni.

Percorse qualche altro passo, trascinandosi come se improvvisamente il suo zaino fosse diventato pesantissimo. Vedeva la capanna sempre più vicina. Ormai non faceva più caso al viso bagnato. Le lacrime continuavano a scenderle lungo le gote, come se i suoi occhi fossero stati due rubinetti rotti dai quali sgorgava acqua ininterrottamente.

«Ehi, tutto bene?» Aveva sentito l'urto, poi la voce. «Faith?»

Faith non sollevò gli occhi ma guardò di sottecchi l'uomo che aveva di fronte. Chi era? Come conosceva il suo nome?

Evidentemente il tipo comprese la sua confusione perché si affrettò a spiegare.

«Sono Mark, il coinquilino di Philip…»

Il sentire pronunciare quel nome le provocò come una lacerazione al petto unita a un senso di ribrezzo, faticò per un attimo a prendere fiato, poi la respirazione tornò quasi normale.

«Ah…» replicò senza riuscire a trovare altro da dire.

«Tutto bene?» insistette Mark, inclinando il viso e stringendo gli occhi azzurri.

Se insisteva così tanto, sicuramente il suo aspetto doveva essere un disastro. Viso disfatto, naso rosso, occhi talmente gonfi da schizzare quasi fuori. Faith aveva un ricordo abbastanza vivido di come appariva quando piangeva. E non era certo l'immagine della salute e della giovialità. Oltretutto quella strana afa che preannunciava l'estate le faceva percepire un'umidità superiore alla norma. Le sembrava che tutti gli abiti le si fossero appiccicati addosso. E sentiva caldo e freddo contemporaneamente.

«Bene.» Faith annuì senza aggiungere altro. Una parola in più l'avrebbe tradita.

Anche perché… che altro avrebbe dovuto aggiungere? Ho sorpreso il tuo caro coinquilino, nonché mio ragazzo, che si faceva mia madre sul divano di casa. Secondo te come dovrei stare?

Si sciolse i capelli e giocherellò con il nastro turchese che li aveva tenuti legati in una coda, tanto per fare qualcosa e non essere obbligata a guardare in faccia Mark.

«Non sembra però…» Mark si era reso conto fin da subito che la ragazza aveva l'aria disfatta. Ma era anche piuttosto chiaro che volesse essere lasciata in pace. «Comunque, se dici che stai bene…» Allargò le braccia lungo i fianchi, se ne sarebbe andato per la sua strada senza discutere.

Faith annuì sforzandosi di mostrare più sicurezza e autocontrollo.

«Sì. Sto bene, grazie.»

Senza aggiungere altro lo oltrepassò diretta alla capanna. Le lacrime, trattenute a forza tornarono a sgorgare dai suoi occhi come un fiume in piena.

Percorse qualche passo e si voltò per vedere la schiena di Mark che si allontanava. Si stava avviando verso la stradina che portava al centro cittadino. Aspettò che si fosse allontanato del tutto, per lasciarsi andare sulla riva del lago. Non era più in grado di trattenersi. Quel pianto silenzioso non era stato sufficiente a esprimere il suo dolore. Faith non volle più reprimerlo o arginarlo e scoppiò in singhiozzi. Si premeva le mani sul petto, nel timore che in una di quelle esplosioni le lacerasse il cuore, uccidendola.

Intanto il cielo si era oscurato. Era già abbastanza buio, nonostante la calura crescente. Il corpo di Faith fremette ancora, questa volta di rabbia, oltre che di disperazione. Nuvoloni neri le stavano scorrendo davanti. Come se tutto il mondo fosse stato inghiottito da un'ondata di malvagità, di odio. Come se quella fosse la fine di tutto. Come se il sole non dovesse tornare a splendere mai più sulla terra.

E forse a lei non sarebbe nemmeno dispiaciuto, che quella fosse la fine di tutto. Forse in quella fine avrebbe trovato la pace, finalmente. Oppure poteva essere lei a finire. Per sempre.

Un lampo squarciò il cielo. Poi un altro. E un altro ancora. Faith si accorse che le sue mani, posate a terra, erano bagnate. Aveva cominciato a piovere. Una leggera pioggia primaverile. Ma con il cielo nero come la pece e quegli squarci profondi e luminosi che sembravano varchi su altri mondi, la leggera pioggia primaverile si sarebbe presto trasformata in altro.

Un frastuono fece vibrare la terra. E la pioggia divenne un rovescio incontrollabile. Faith in pochi secondi si ritrovò bagnata da capo a piedi. Si alzò da terra e sollevò il viso a guardare il cielo, come a sfidarlo. Le si dipinse un sorriso quasi folle mentre i lampi erano diventati scariche di elettricità sempre più intense, che attraversavano tutta la sua visuale. Anche il rumore del tuono crebbe fino a diventare assordante.

«Spazza via tutto…» bisbigliò con una voce che le raschiava la gola, facendole male. «Spazza via questo mondo innaturale e tutte le sue orrende creature, me compresa!»

Un fulmine sembrò ascoltare la sua implorazione e cadde poco distante da lei. Faith automaticamente fece un balzo all'indietro. Poi l'istinto di sopravvivenza la spinse a correre verso la capanna in legno, dove entrò dando un calcio alla porta. Senza riflettere raggiunse la parete di fronte, si lasciò cadere e chiuse gli occhi. Dormire, voleva solo dormire. Non pensare più a nulla. Dormire.

CAPITOLO 70

Avevano programmato una bella corsa nei boschi. Ne sentiva la mancanza da tanto. Dovevano ancora abituarsi alla differenza tra i boschi intorno a quella cittadina inglese e la vegetazione incontaminata dell'Amazzonia.

Però avevano preso una decisione. E Vivian era convinta ogni giorno di più che fosse la decisione giusta. La sua non era stata paura. Paura di perderlo. Paura che sua sorella Ted l'avesse vinta, ancora una volta.

Vivian si posò una mano sul ventre e lo accarezzò dolcemente. Aveva il suo bambino. Qualcosa che Ted non avrebbe mai potuto dargli. E Spencer le aveva detto e ripetuto che l'amava. Amava lei, solo lei. Non importava più la passione che provava per Ted. Del resto, Ted scatenava passione in tutti, in un modo o nell'altro. Ma Spencer amava lei e il loro bambino. Nessun'altra.

Lo avrebbe aspettato lì. Si era scatenato un bel temporale ma loro amavano correre nella pioggia. Li faceva sentire più vivi, a contatto con la natura e la loro vera essenza.

Vivian sorrise guardandosi intorno, chiedendosi se iniziare a trasformarsi o aspettare Spencer. Lo avrebbe aspettato, il suo turno al lavoro sarebbe finito presto. Voleva condividere tutto il possibile con lui. Soprattutto l'ultima trasformazione prima della nascita del bambino. Poi sarebbe rimasta a lungo nella sua forma umana. Si inoltrò ancora di più nel bosco. La pioggia battente non si arrestava. Quella non era di certo paragonabile a una tempesta tropicale, ma la faceva sentire a casa.

Improvvisamente inciampò in qualcosa. Dovette fare attenzione e muoversi agilmente sull'altro piede per non perdere l'equilibrio. Forse si trattava di una radice enorme che fuoriusciva da un albero.

Abbassò lo sguardo e si rese conto che non era così. Riconobbe i contorni di una mano, pallida e un po' raggrinzita. Vivian sgranò gli occhi incredula. Il resto del corpo, nascosto da arbusti e fogliame, era appena visibile. Si inginocchiò per liberarlo, scostando i rami e le foglie. Il corpo apparteneva a una donna bionda. Il trucco troppo intenso le aveva lasciato delle macchie sul viso. Sugli occhi soprattutto, dove emergevano due cerchi scuri, e sulla bocca, un cerchio rosso più esteso.

La sensibilità del lupo le fece udire un movimento alle spalle, anche se ancora distante. Non riconobbe Spencer, ma forse la pioggia battente e lo stupore di avere trovato quella donna sepolta tra le foglie, deviava i suoi istinti e le sue percezioni.

No, non era lui, ne era certa. Non era il suo odore, tanto familiare, quello di cui sentiva invadere l'aria. Però, chiunque fosse, si stava avvicinando velocemente. Fin troppo velocemente per essere umano. Ma non si trattava nemmeno di un animale.

Thomas Jones aveva bisogno di nutrirsi. Un bisogno disperato, tanto da non essere più in grado di ragionare lucidamente. Non poteva più stare tra gli altri, svolgere il suo lavoro. Aveva lasciato anche la sua casa, dopo che Philip lo aveva affrontato. Si era dovuto trattenere per non ucciderlo all'istante.

Ormai classificava ogni persona che incontrava come una possibile preda. Amelie lo aveva abbandonato. Gli aveva detto chiaramente di essere troppo occupata per poter badare a lui. Che era tempo che imparasse a cavarsela da solo, come tutti. Funzionava così, da sempre. Era stanca di fargli da balia. In realtà lei stessa avrebbe avuto bisogno di una balia per quanto era fuori controllo. Comunque gli aveva mostrato la procedura dell'essere un vampiro, ora toccava a lui e buona fortuna.

Thomas nonostante le continue tentazioni aveva avuto paura ad aggredire un essere umano da solo, senza il supporto della sua creatrice. Non ritegno, ma paura. Se qualcuno lo avesse scoperto e fosse intervenuto contro di lui armato di paletto? Quindi continuava a sperare che la sua umanità avesse ancora il sopravvento sulla sua nuova natura. Ma ormai non aveva più speranza, aveva lottato invano.

Con Amelie era tutto facile e divertente. Tutto era possibile. Era tanto brava Amelie a cancellare le prove. Amelie era brava in tante cose, in effetti, soprattutto a impartire ordini e a manipolare la mente di chiunque. Ma da solo Thomas non sapeva come essere un vampiro. Magari avrebbe potuto allenarsi nel bosco, provare con qualche animale. Poi soggiogare e trascinare qualche umano, così da avere più facilità a nasconderli.

Quando vide la giovane inginocchiata ebbe come un'illuminazione e smise di pensare. Era un segno del destino, la risposta ai suoi problemi, ai suoi desideri. Una giovane donna che probabilmente si era persa nel bosco durante il temporale. Thomas non perse tempo a fare le presentazioni. L'istinto, la fame, il desiderio di sangue troppo a lungo trattenuto non conoscevano ragioni. In meno di un istante fu su di lei.

Vivian non riuscì nemmeno a portare le mani in avanti per difendersi da lui, per cercare di toglierselo di dosso. Thomas la spinse a terra, tenendole i polsi serrati e le gambe bloccate con le ginocchia. In un attimo si avventò sul suo collo, sulla sua gola così invitante. Non ne poteva più. Sarebbe morto di fame se non si fosse nutrito. Dopo il primo morso, iniziò a succhiare con rabbia, con esasperazione, nonostante la ragazza lottasse disperatamente per liberarsi, per staccarselo dal collo.

Il fragore della pioggia e dei tuoni coprivano le sue grida. Thomas le udiva come un'eco lontana. Come se non stesse accadendo a lui. Come se il mostro accecato dalla sete di sangue fosse qualcun altro. Beveva con una voracità che non si era mai risvegliata in lui quando si era cibato insieme ad Amelie. Amelie con lui si nutriva per noia, per abitudine, mai per reale necessità. In Thomas invece era cresciuta una fame senza limiti, senza restrizioni, che lo avrebbe ucciso se non l'avesse soddisfatta immediatamente.

Allora era proprio quella la sua fine? Vivian non voleva, non poteva accettarlo. Se solo fosse riuscita a trasformarsi prima, se non si fosse distratta con quella donna bionda stesa a terra, di certo il vampiro non l'avrebbe colta alla sprovvista. Nella sua trasformazione non era così debole e inerme. Invece nel suo aspetto umano, nonostante lottasse con tutte le sue forze, non era in grado di liberarsi di lui. Decise di provarci ancora, ma inutilmente.

Spencer... Perché non arrivava? Il bambino. Non poteva accadere qualcosa di male al bambino. Doveva proteggerlo. Con gli occhi della mente Vivian si stava coprendo il ventre. In realtà il vampiro le teneva stese le braccia a terra, dietro la testa. Ma con gli occhi della mente Vivian continuava a lottare con tutte le forze che aveva in corpo. Con gli occhi della mente riusciva addirittura a trasformarsi, ancora una volta. L'ultima.

«Ti... prego...»

Le parole di Vivian uscirono in un mormorio indistinto, ma il vampiro era troppo affamato per ascoltarla. Non le restò altro da fare che lasciarsi andare.

Spencer. Rivisse il momento in cui lo aveva incontrato la prima volta. Era arrivato dall'Europa al seguito di sua sorella Ted. Lei se l'era trascinato dietro come un souvenir dall'Inghilterra. Si tenevano per mano. Ted aveva quell'espressione vittoriosa che le conosceva tanto bene, orgogliosa della sua nuova conquista.

Vivian aveva amato quel ragazzo silenzioso e un po' smarrito fin dal primo momento. Forse perché anche lei era sempre stata così. Silenziosa, un po' persa e succube di Ted. Aveva atteso che Ted si stancasse di lui, come si stancava sempre di tutto e di tutti, senza eccezioni. Poi si era avvicinata, con cautela, con discrezione. Ma Spencer non voleva avere niente a che fare con lei. Era ferito. Spencer voleva solo andarsene e tornare a casa, in Inghilterra. Vivian chiedeva solo di essere amata e di amare. E aveva scelto lui.

Non poteva finire così. Non ora che erano finalmente felici. Non ora che si erano liberati di tutti i vincoli, di tutti i condizionamenti. Non ora che anche lui l'amava.

Cosa avrebbe fatto se lei non ci fosse stata più? Sarebbe corso da Ted? Era questa la fine, la condanna della sua vita? Che Theodora vincesse sempre, in un modo o nell'altro? Ora se n'erano andati, si erano staccati da lei. Ma lei continuava a vincere. Il suo destino invece era di perdere, sempre. In un attimo stava perdendo tutto. Spencer, il loro bambino e anche la vita. E lui sarebbe tornato da Ted. E Ted avrebbe vinto, ancora una volta.

Vide il sorriso trionfante sul volto della sorella, come se le dicesse: "Te l'avevo detto che era una pessima idea andartene!"

Già, perché Spencer le apparteneva. E sarebbe tornato da Ted. Sarebbe tornato ad amarla, dimenticandosi che lei era esistita. Dimenticandosi la vita che avrebbero potuto avere insieme. Non poteva finire così. Non poteva finire così.

* * *

Approfittava dei temporali per dare libero sfogo al suo istinto di trasformazione. Nascosto tra la fanghiglia che si formava con l'acquazzone e il fogliame intorno al laghetto di Strawberry Hill.

Per fortuna non aveva ancora cominciato a piovere quando aveva incontrato Faith, altrimenti avrebbe rischiato che la ragazza lo cogliesse proprio in quel momento. Ora era finalmente libero. E con una tempesta del genere era difficile, se non impossibile, trovare qualcuno che avesse voglia di farsi una passeggiata in riva al lago.

Sicuramente la ragazza era corsa a casa a ripararsi, oppure in centro città. Si era appartato all'interno della boscaglia e non l'aveva vista passare. Ma nessuno sano di mente sarebbe rimasto all'aperto con un tempo del genere!

Non che Faith sembrasse particolarmente sana di mente quando l'aveva incontrata. Ma del resto l'aveva vista solo una volta di sfuggita. Chi era lui per giudicare? A tutti potevano capitare giornate storte. Certo che per lei sembrava davvero molto storta. E poi quel temporale che dal nulla in un attimo si era trasformato in diluvio universale! Ma anche quello poteva capitare.

Mark Anderson scivolò verso il lago. Sentiva la necessità fisica di uscire dalla propria pelle umana per entrare nell'altra. Anche se il tempo che aveva a disposizione non era mai abbastanza perché ne fosse soddisfatto. La doppia natura poteva essere una tortura, a volte. Sapeva che per Spencer era lo stesso, ne avevano parlato fin dai tempi della scuola speciale, nel nord dell'Inghilterra. Quel bisogno fisico di essere basilisco, o lupo nel caso di Spencer, era irrinunciabile. Non osava ammetterlo, ma sembrava addirittura incrementato nel corso delle ultime settimane.

I fulmini non sembravano voler concedere tregua. Saette di luce accecante spaccavano il cielo in tante fette, come se ogni essere vivente reclamasse la propria porzione, la propria parte di mondo.

Mark avanzò verso il luogo in cui aveva incontrato Faith. Era come se la ragazza avesse trasmesso la sua rabbia e desolazione alla natura circostante. Era evidente che fosse furiosa, come se avesse appena litigato con qualcuno. Non solo disperata. Mark si ripeté, di nuovo, che non erano affari suoi.

Decise di tornare ad appartarsi nella boscaglia. Avrebbe aspettato la fine del temporale per tornare in forma umana. Voltandosi lanciò uno sguardo verso la capanna in legno sulla riva del lago. Strinse gli occhi fino a renderli due fessure sottili. La capanna era stata colpita da un fulmine e stava iniziando ad andare a fuoco. A chiunque appartenesse, l'idea di lasciare una capanna di legno in quelle condizioni era stata una follia. Era ovvio che prima o poi sarebbe successo. Questa era stata la volta buona, la natura si era proprio scatenata.

Proprio appena finito di formulare il pensiero qualcosa di color turchese tra l'acqua e la fanghiglia attirò la sua attenzione, a poca distanza dalla capanna.

Un'immagine mentale si ripropose davanti ai suoi occhi. Faith che si scioglieva i capelli con stizza e giocava con il nastro che li aveva tenuti legati. E il nastro era proprio di quel colore.

Una domanda fulminea attraversò subito la mente di Mark. Poteva quella ragazza essere tanto sciocca da cercare riparo in un'umida e diroccata capanna in legno durante un temporale così forte, invece di correre verso il centro cittadino o verso casa?

Non si concesse il tempo per pensare e rispondere. Scandagliò i dintorni e tornò nella sua forma umana senza nemmeno nascondersi, negandosi anche il gusto e il piacere che provava ogni volta nel corso della trasformazione. Afferrò gli abiti che aveva lasciato poco lontano, rivestendosi mentre correva verso la capanna.

In pochi passi la raggiunse e si ritrovò davanti alla porta. La buttò giù con un calcio e si trovò di fronte il rogo dell'unica stanza di cui la capanna consisteva. Sperava ancora di sbagliarsi, ma l'istinto raramente lo ingannava. Lei era lì.

Faith, profondamente addormentata o svenuta, giaceva in un angolo con lo zaino ancora sulle spalle. Le fiamme le si stavano avvicinando pericolosamente, minacciando di avvolgerla da un momento all'altro.

«Maledizione!» Mark si coprì la bocca con la mano. Non poteva fare altro che tentare di avvicinarsi a lei, afferrarla e trascinarla fuori di lì. «Faith! Svegliati, Faith!»

Faith aprì gli occhi per un istante, poi li richiuse, incapace di tenerli aperti. Le fiamme intanto stavano iniziando a lambire il suo fianco destro. Quando finalmente se ne accorse lanciò un urlo e rotolò verso la parete della capanna. Tentò di alzarsi in piedi ma arrancò e ricadde nuovamente all'indietro. Ci riprovò e scivolò su un ginocchio con tutto il peso del suo corpo e dello zaino che aveva sulle spalle. Il fuoco le aveva quasi sfiorato il viso.

Mark oltrepassò le fiamme e riuscì ad afferrarla per una caviglia trascinandola verso di sé. La sollevò tra le braccia e si rese conto che era svenuta. Doveva riuscire a passare attraverso il fuoco per sperare di uscire vivi da lì. Contò mentalmente fino a tre e poi si lanciò verso la porta.

Appena fuori inciampò in una trave della capanna ormai semidistrutta e cadde a terra con la ragazza. Riuscì a rialzarsi e si allontanò da lì. Raggiunta la riva del lago posò Faith e si stese a poca distanza. Nel frattempo, il temporale era finito e il cielo si stava gradualmente rischiarando. Giurò a se stesso che non avrebbe mai più dato retta a una ragazza in lacrime che gli assicurava che andava tutto bene.

CAPITOLO 71

Per fortuna era riuscita a raggiungere il negozio di Herr Flick prima che scoppiasse il temporale. Nonostante la storia di Thor il dio del tuono e tutte le rassicurazioni di James, Maggie continuava a non provare simpatia per tuoni e fulmini.

Poco dopo il suo arrivo Flick era uscito per un impegno urgente. Aveva sempre tanti impegni urgenti e nessuna spiegazione. Ma non aveva importanza. Era fatto così, soprattutto ultimamente, e Maggie lo sapeva.

James aveva promesso di raggiungerla, per non lasciarla sola. Non sapeva che Maggie era sempre stata sola prima di incontrare lui. Aveva sempre avuto Bliss e Nathan, all'università aveva anche Laura, ma in fondo era sempre stata sola. Forse anche James lo era, anche più di lei. Forse il loro era l'incontro di due solitudini. Perché James c'era. E pensava a lei. Finché James, ovunque fosse, l'avesse sfiorata con il pensiero, Maggie non sarebbe mai più stata sola. E si sentiva protetta e riscaldata da questa consapevolezza.

Era tutto a posto. Si poteva sistemare sulla poltroncina dietro la scrivania, che fungeva da bancone, e continuare a leggere il libro di Cross Irizarry. Non ne aveva ancora parlato con Herr Flick. Inizialmente non aveva voluto, poi era mancata l'occasione. Alla fine non era poi tanto male tenerselo per sé.

Un'oretta o poco più e avrebbe chiuso il negozio. Con quel tempaccio dubitava che qualche cliente avesse voglia di uscire per cercare un libro antico o qualche prima edizione.

Iniziava a chiedersi se avrebbe ricevuto un altro libro di Cross. E comunque chissà quanti ne esistevano, quanti ne aveva scritti? Il professor Miller non aveva specificato. Non aveva avuto ancora modo di ringraziarlo. Non si era presentato all'ultima lezione dell'anno accademico. C'era un avviso attaccato alla porta dell'aula con scritto che Jonathan Miller non avrebbe tenuto la lezione a causa di improrogabili impegni.

Maggie controllò il cellulare. Nessuna chiamata, nessun messaggio. Sia Bliss sia Nathan la stavano evitando ultimamente. Non si spiegava il motivo. Forse erano entrambi troppo impegnati con la loro vita per dar retta a lei. Tutti stavano cambiando. Qualcosa di cui Maggie era consapevole ma non era in grado di controllare nonostante la situazione le provocasse un vivo dispiacere.

Certo che se il mondo fosse stato realmente come descritto nel libro di Cross Irizarry, sarebbe stato un guaio senza fine. Ogni singola creatura lì presentata aveva uno scopo e la tendenza a concentrare tutta l'attenzione su se stessa. Giochi di potere, inganni, tradimenti. Quelle creature così magiche, affascinanti, mitiche, come potevano essere capaci di tanta meschinità? Ricordavano tanto gli umani. Fin troppo. La natura umana e maligna che Maggie aveva sempre tentato di respingere o di rivestire di altro, di dipingere e trasfigurare, perdendosi in altri mondi, altre vite, altre storie. Sforzandosi di non vedere, di non sentire. Di non capire.

Non riusciva a staccare gli occhi dal libro. Tanto da non rendersi conto che qualcuno era entrato in libreria e si era posizionato davanti al bancone, osservandola. Maggie, impassibile, continuava a leggere.

«Dev'essere davvero molto interessante...» Ryan si schiarì la voce e sorrise appena Maggie sollevò lo sguardo, imbarazzata.

«Mi scusi, mi scusi... Non l'avevo vista! E neanche sentita, a dire il vero.»

Maggie chiuse il libro e si sollevò in piedi di scatto. Dopo il primo istante di smarrimento riconobbe il giovane che le stava di fronte.

«Ci siamo già incontrati, Maggie» sorrise Ryan. «In caffetteria... Heathcliff e Cathy? Ricordi?»

Maggie ricollegò immediatamente il volto del ragazzo alle perfette citazioni tratte da *Cime Tempestose* e annuì.

«Sì, certo che ricordo!» Si sforzò per ricordare il suo nome oltre che il volto.

«Ryan Norwest» disse Ryan andandole in aiuto.

Maggie annuì e sorrise.

«Posso aiutarti in qualche modo, Ryan Norwest? Stai cercando qualche libro in particolare?»

Ryan inclinò il viso osservandola. Il volto della ragazza gli infondeva un inconsueto senso di benessere e pace.

«Ecco, la verità è che... c'è un brutto temporale fuori e sono entrato qui per ripararmi e curiosare un po'. Ho una passione per i libri antichi.»

Era bravo a mentire, davvero bravo. Poteva anche avere una passione per i libri antichi, ma l'unica cosa che lo incuriosiva lì dentro era lei.

«Ah, davvero?» Maggie sorrise entusiasta. «Anche io! Qui abbiamo di tutto, ci sono alcuni libri rari davvero bellissimi. Herr Flick li va a cercare personalmente.»

«Cosa stai leggendo ora di bello?»

Ryan indicò il libro che Maggie aveva richiuso e lasciato sul bordo della scrivania.

«Questo?» Maggie aggrottò la fronte e rivolse un'occhiata distratta al libro di Cross. «Mmh... niente di speciale, solo una lettura per l'università...»

«Davvero è così pessimo?» indagò Ryan, mantenendo lo sguardo focalizzato sul libro.

«No, non è pessimo, però...» Maggie si morse il labbro e sfiorò il libro con un dito.

Però cosa? Non sapeva come proseguire. E non le andava nemmeno di approfondire il discorso, altrimenti avrebbe dovuto rivelare proprio tutte le sue sensazioni a riguardo. E non tutte erano piacevoli o positive. Non tutte erano condivisibili, soprattutto.

«Però?»

«Però niente... L'ha consigliato il professore a lezione e tratta di letteratura mitica e fantastica, non a tutti può interessare.»

Maggie si strinse nelle spalle, sperando di distrarre l'attenzione di Ryan da quel volume. «Insomma, i classici sono tutta un'altra cosa!»

«Sono d'accordo» annuì Ryan spostando lo sguardo dal libro al viso di Maggie. «Ma a me interessa molto anche la letteratura mitica e fantastica. Davvero molto.»

«Dovresti seguire le lezioni del professor Miller, allora.»

«Certo, credo proprio che lo farò.»

Maggie attraversò un momento di imbarazzo in cui non seppe cosa dire. Ci pensava. Ma più ci pensava più non aveva idea di come replicare.

«Il prossimo anno accademico però perché ora le lezioni sono finite» disse infine. «E il professor Miller si è assentato, ha saltato l'ultima lezione. Io spero che ci sia ancora il prossimo anno, perché lo seguirò sempre anche se ho già dato il suo esame. Mi piace davvero molto, io adoro il professor Miller, quindi…»

Forse stava esagerando, meglio fermarsi.

«Sei innamorata del tuo professore, Maggie?»

Ryan la guardò inclinando il viso, con un sorrisetto vago ma al tempo stesso malizioso. Ecco, lo sapeva. Aveva esagerato!

«Io? No, no…»

«Non ti preoccupare, può capitare!» Ryan si strinse nelle spalle continuando a sorridere tranquillo. «Anzi, capita spesso direi.»

«Ma no… Io non sono innamorata del professor Miller, cioè non nel senso di… innamorata…» Maggie arrossì corrugando la fronte. «Cioè io sono…» No, non avrebbe rivelato a quel ragazzo i particolari della sua vita sentimentale. «Non sono innamorata!»

«Allora, mi vuoi dire che non c'è proprio nessuno nel tuo cuore?»

Maggie istintivamente abbassò lo sguardo verso il proprio petto, come intenzionata a dare un'occhiata al cuore.

«Mmh… no…»

«Beh allora, ci deve essere tanto spazio lì dentro!»

Ryan concluse la frase con un sospiro. In realtà non sapeva nemmeno lui dove voleva arrivare, forse non voleva arrivare proprio da nessuna parte. Ma l'ingenuità di quella ragazza lo divertiva. E ormai, dopo tanti secoli, poche cose lo divertivano ancora.

«Io credo che i cuori non abbiano problemi di spazio» replicò Maggie con inaspettata convinzione. «Non sono come i posti in biblioteca o sul treno che possono essere tutti occupati e allora devi per forza andartene o restare in piedi. Nei cuori c'è posto per tutti, io credo. È una questione di volontà, non di spazio.»

Ryan non distolse gli occhi da lei, mentre parlava. E quando ebbe finito fu lui a restare in silenzio, senza sapere come rispondere. Accennò un sorriso, si voltò e finse di dare un'occhiata in giro.

Maggie si grattò la tempia con un dito, sperò di non aver detto qualcosa di offensivo. Abbassò gli occhi sul libro di Cross Irizarry e lo fece scivolare nella borsa. Finse di sistemare alcune carte sulla scrivania, per non dare l'impressione a Ryan di osservarlo troppo. Si accorse che aveva preso un libro da uno scaffale e lo stava sfogliando con cura.

«Prendo questo!»

Ryan tornò verso la scrivania e le porse il libro.

«Kahlil Gibran, *Il Profeta*» lesse Maggie sulla copertina. «Ti piacciono le sue poesie?»

«Mi piacciono le poesie in generale» annuì Ryan. «*"L'amore non dà nulla se non se stesso e non prende nulla se non da se stesso. L'amore non possiede, né vorrebbe essere posseduto; perché l'amore basta all'amore."* Tu sei d'accordo, Maggie?»

«Non saprei... comunque è molto bella.» Maggie annuì e sorrise. «E tu sei molto bravo a recitare.»

«Grazie, Maggie. E Gibran bravo a scriverle.»

«Mi piace parlare con te. Tu sai tante cose, capisci tante cose che gli altri non capiscono» aggiunse Maggie, seria. «Non è comune trovare una persona come te.»

«Forse voglio solo un posto nella biblioteca del tuo cuore.»

Ryan sorrise passandosi una mano tra i capelli.

«Cosa?» Maggie rispose al sorriso e arrossì confusa.

«Niente, è meglio che vada, si sta facendo tardi.»

Ryan porse a Maggie i soldi per il libro e lei gli consegnò lo scontrino. Per un istante le loro dita si sfiorarono. Maggie aggrottò la fronte perplessa.

«Cross?»

Tutte le immagini e i personaggi di entrambi i libri di Cross Irizarry che aveva letto le furono immediatamente davanti. Cosa stava succedendo? Scene d'amore, di passione. Ma anche di odio, di sangue, di guerra. Contrasti implacabili, dolcezza infinita. E lui… lui che era lontano nel tempo, nello spazio. Era chiaramente un altro ma sempre con quell'identico volto.

«Devo proprio andare.» Ryan si precipitò verso la porta. «A presto, Maggie.»

«Cross Irizarry…» Maggie si lasciò andare sulla poltroncina, in stato confusionale. «Sei tu…»

Ryan si appoggiò di schiena alla parete fuori dalla libreria. Quella Maggie Pennington non era una creatura. No, questa era una certezza assoluta. Lo avrebbe capito, l'avrebbe riconosciuta all'istante se ci fosse stata una dote soprannaturale in lei. E la linfa vitale che anelava da sempre a Strawberry Hill lo avrebbe richiamato. Oltretutto si sentiva attratto da lei, fisicamente e mentalmente. Certo che lo avrebbe capito!

Invece era solo una comunissima ragazza umana, anche se lo incuriosiva. Forse era il suo costante bisogno di sangue e di linfa vitale a disturbare le sue sensazioni. E poi Cross Irizarry e il fatto che quella ragazza se ne interessasse dopo tanto tempo. Del resto, gli scrittori erano da sempre creature vanitose. Lui non faceva differenza.

* * *

I suoi occhi erano spalancati a guardare il cielo. Sentiva la vita scivolare via. E non solo la sua. Non era giusto. Era la loro

405

occasione per essere finalmente felici e liberi. Non era giusto. Intanto quel vampiro continuava a succhiare il sangue dalla sua vena ormai lacerata. Senza rimorso. Sembrava volerla prosciugare fino all'ultima goccia. Senza pietà.

Spencer. Perché non arrivava? Perché era in ritardo? E perché lei non lo aveva aspettato a casa, da brava?

Per un attimo incrociò lo sguardo con il suo aggressore. Solo per accorgersi che era stato scaraventato via da lei. Altrimenti non si sarebbe staccato volontariamente dalla sua giugulare. Vivian alzò la mano per tamponarsi ma non ci riuscì. Sentì la ferita aperta, come se le sue viscere si fossero sparse intorno.

Vide Spencer sopra di lei, finalmente, ma non riuscì a percepire la sua voce. Lo vide agitarsi contro il vampiro, poi tornare da lei e stringerla tra le braccia. La chiamava. Era evidente che la chiamava perché vedeva le sue labbra articolare il suo nome.

Anche lei mosse le labbra per rispondergli ma non era certa di esserci riuscita. Non poteva finire così. Non era giusto. Era tutto ciò che continuava a ripetersi, come un mantra che risuonava incessante nella mente.

Che ne sarebbe stato di lui? Sarebbe tornato da Ted? Sì, sarebbe tornato da Ted e sarebbero stati felici senza di lei. Se li vide davanti. Come quando Ted, rientrata dal suo viaggio in Europa insieme a lui, l'aveva introdotto nel branco. Ridevano e si tenevano per mano. Sarebbe stato di nuovo così.

«Vivian, Viv tesoro, guardami ti prego... Vivian!»

Spencer la stringeva a sé e la cullava, tentava di tamponare la ferita con un pezzo di camicia strappata.

Ora lo sentiva. Lui chiamava il suo nome. Aveva il volto sudato e insanguinato, gli occhi colmi di lacrime. Perché piangeva? Non c'era motivo. Si sarebbe salvata. Non avevano percorso tutta quella strada insieme perché finisse così.

«Spencer...»

Vivian sentì la propria voce rimbombarle nelle orecchie e poi diffondersi come un'eco in tutto il corpo, benché avesse sussurrato appena.

«Non parlare.» Spencer si era seduto a terra e l'aveva presa in braccio continuando a cullarla. «Stai tranquilla.»

«Portami a casa…» lo supplicò Vivian.

Spencer annuì e si sollevò in piedi trattenendola tra le braccia. Vivian chiuse gli occhi. Non poteva finire così. Ma sarebbe finita così, giusto o no. E lui lo aveva capito. Anche lei ora ne era consapevole. Se ne sarebbe andata con l'atroce visione di lui felice con Ted. L'amata e odiata sorella che si prendeva tutto ciò che voleva. Si sarebbe ripresa anche lui, ben presto.

«No…»

La testa di Vivian ricadde all'indietro. Doveva avvisarlo. O supplicarlo. Chiunque ma non lei. Lo avrebbe distrutto, di nuovo. E si sarebbe divertita nel distruggerlo. Ted lo faceva sempre, con tutti. Lui non lo sapeva. Lui non la conosceva così bene.

«Vivian… amore…»

Spencer si piegò su un ginocchio e le accarezzò la testa cercando i suoi occhi.

«Non tornare…» mormorò Vivian.

Spencer la guardò confuso, stava iniziando a tremare sempre più violentemente. Tornò a sedersi a terra, tenendosi lei in grembo. Prese il cellulare dalla tasca.

«…con lei…» proseguì Vivian, richiamando la sua attenzione.

«Come? Tranquilla tesoro, ora chiamo aiuto… Chiamo Mark. Anzi, ti porto immediatamente in ospedale. Non mi importa se…»

«No… prometti…»

Vivian afferrò con forza il suo polso e il telefono gli cadde di mano. Spencer osservò i lineamenti del suo viso irrigidirsi e la sua stretta divenne ancora più tenace, come quella di un artiglio che si aggrappava a lui.

«Prometto» ripeté Spencer meccanicamente, senza capire. Sapeva solo che lei se ne stava andando, la stava perdendo per sempre. Le avrebbe promesso qualunque cosa.

«Ti... amerò sempre...» sorrise Vivian come rasserenata dalla parola che lui aveva appena pronunciato.

«Vivian... Vivian...»

Spencer la scosse mentre la mano che gli aveva stretto il polso abbandonava gradualmente la presa.

Aveva promesso. Poteva andare, allora. Poteva lasciare il mondo tranquilla. Mai Ted lo avrebbe riavuto. Mai lui sarebbe tornato indietro. Perché aveva promesso.

CAPITOLO 72

«Faith…» Mark si rigirò su se stesso e scosse la ragazza per un braccio, per assicurarsi che fosse ancora viva. Ma lei non rispondeva. «Faith, dannazione!» La scosse ancora, con più forza.

«Mmh…»

Faith tossì portandosi entrambe le mani al petto. Poi aprì gli occhi e spostò i palmi delle mani sul viso. Gli occhi le bruciavano terribilmente.

Mark sospirò di sollievo. Era viva. Ridotta malaccio ma viva.

«Ti porto subito in ospedale.» Cercò di tirarsi su spingendo sui gomiti. «Stai tranquilla, ti riprenderai.»

«No…» mugugnò la ragazza trattenendo le mani sugli occhi.

«Hai rischiato di morire arrostita in quella schifezza in legno!» Mark alzò la voce e tossì. Tutto quel fumo, maledizione! «Rischi un'intossicazione, Faith. Sei ridotta male, mi dispiace.»

«Sto bene…» Faith si rigirò cercando di alzarsi in piedi, ma scivolò di nuovo sul ginocchio che le faceva male. «Ahi!»

Nonostante tutto tentò ancora di alzarsi. Farsi portare in ospedale significava che avrebbero chiamato sua madre. No, neanche a parlarne.

«Dove credi di andare, ragazzina?»

Mark la fermò afferrandola per la maniglia dello zaino.

«Non… in ospedale…» Faith aggrottò la fronte, contrariata.

Era bagnata e sporca di fango e fuliggine. Come se fosse appena uscita da una guerra in trincea. Però non sembrava stare male. Evidentemente la ragazza era resistente e di tempra piuttosto forte. Ma l'ospedale sarebbe comunque stata l'opzione migliore.

«Va bene, allora ti porto a casa tua» si rassegnò Mark, sollevando le braccia.

«No!»

Faith reagì con un grido e un'espressione disgustata che lo lasciò esterrefatto. Come se le avesse appena proposto il patibolo. Aveva reagito meglio all'idea dell'ospedale.

«Insomma… a casa mia, allora! Da Philip!» Mark roteò gli occhi, stava veramente perdendo la pazienza. «Ti va bene? Almeno deciderà lui cosa fare con te.»

«No, no, no!!!»

Sempre peggio! Faith sgranò gli occhi e scosse la testa come in preda a un attacco isterico.

«Ma cosa hai fatto, l'abbonamento ai no?» Mark l'afferrò per le spalle. «Dimmi dove diavolo ti devo portare allora! Non ti posso lasciare qui… C'è la galera per l'omissione di soccorso!»

Forse non sarebbe finito in galera se l'avesse lasciata lì in quello stato, però non poteva abbandonarla comunque.

Ogni proposta di Mark era stata una peggio dell'altra. Faith stava per esplodere, ma non poteva raccontargli tutto. Non poteva dirgli che aveva sorpreso Philip insieme a sua madre. Mostrarsi così avvilita, patetica… tradita. Però lui insisteva per portarla da qualche parte e lei aveva bocciato tutte le sue idee. Doveva trovare un posto dove chiedergli di accompagnarla.

«Danielle, portami da Danielle… per favore…»

«E Danielle sia!» Mark si alzò e la prese in braccio, nonostante lei inizialmente avesse tentato di ribellarsi. Infine però aveva chiuso gli occhi appoggiando la testa sulla sua spalla. «Ho l'auto parcheggiata oltre la boscaglia, tu indicami la strada per andare da Danielle e io ti ci porto. Stai tranquilla adesso… andrà tutto bene.»

Mark guidò seguendo le indicazioni di Faith. Quando raggiunsero la meta accostò la macchina. Aveva capito che qualcosa non andava in lei. Forse era scappata di casa oppure si era lasciata con Philip. Non era aggiornato sulle novità dei suoi coinquilini, non era quasi mai in casa e li incrociava raramente.

In ogni caso, la sua missione di salvataggio della ragazzina in preda a una crisi di nervi era quasi terminata. Non gli restava che accompagnarla fino alla porta della sua amica, poi se ne sarebbe finalmente andato tranquillo.

Visto che arrivati alla porta Faith esitava, fu lui a bussare. Nonostante fosse zoppicante e con l'aria distrutta la ragazza aveva rifiutato con fermezza di farsi prendere nuovamente in braccio.

Una donna aprì la porta. Dall'espressione avvilita e delusa di Faith capì che non era chi si sarebbe aspettata.

«Danielle... non c'è?» chiese infatti con voce flebile, accompagnata da un sospiro quasi rassegnato.

Rosalie Cohen aveva mantenuto la porta appena accostata con il catenaccio e guardava entrambi con sospetto.

«No» rispose con tono neutro, senza aggiungere altro.

Faith rimase in silenzio fissando lo stipite della porta, poi abbassò lo sguardo scrutando i propri piedi. Rosalie non dava cenno di voler aprire per lasciarla entrare. Mark guardò entrambe, poi si soffermò sull'anziana donna, corrucciando la fronte.

«Che vuoi fare?» Si rivolse a Faith, era chiaro anche a lui che lì non fosse la benvenuta. Probabilmente quella porta si sarebbe richiusa a breve, lasciandoli fuori. «Casa tua o casa mia, allora? Dove vuoi che ti porti?»

«No...»

Faith gli rivolse un'occhiata disperata, come a volerlo supplicare di portarla ovunque ma non in uno di quei due luoghi. Qualsiasi intuizione Mark potesse avere in proposito era comunque molto lontana dalla verità.

«Entrate.»

Inaspettatamente la porta invece di chiudersi si aprì del tutto, Rosalie si tirò in disparte e con un cenno del capo li invitò a entrare.

Mark entrò per primo e prese Faith per un braccio, dovette forzarla un po' per convincerla e sorreggerla allo stesso tempo.

«Ha avuto un incidente nella capanna vicino al lago» spiegò a Rosalie, con tono asciutto. «A causa del temporale è andata a fuoco e Faith si trovava all'interno. Io passavo di lì per caso e ho visto tutto. Sono riuscito a tirarla fuori appena in tempo.»

Faith abbassò lo sguardo. Si sentiva esausta. Ascoltò la spiegazione di Mark a Rosalie come se non riguardasse lei, ma un'altra persona.

«Vi preparo una tisana» replicò schietta Rosalie, senza commentare l'accaduto.

«Non per me, io devo andare al lavoro» rispose Mark. «Grazie lo stesso.»

Faith li osservava entrambi e aveva una gran voglia di piangere. Rosalie l'aiutò a togliersi lo zaino dalle spalle e la giacca e le indicò di sedersi sul divano. Mark ringraziò ancora, salutò e uscì di casa. Faith ubbidì e si sedette in silenzio, mentre Rosalie si avviava verso la cucina. Si appoggiò allo schienale e chiuse gli occhi. Una lacrima le si soffermò tra le ciglia, senza decidersi a scendere. Le scivolò lungo la guancia mentre, distrutta dalla stanchezza, dal dolore e dalla paura, cedeva al sonno.

Rosalie tornò e appoggiò il vassoio sul tavolino. Stese la ragazza addormentata sul divano e si sedette sulla poltroncina a guardarla. Improvvisamente sentì squillare il suo telefono nello zaino. Aprì la lampo e lo prese.

La chiamata proveniva da "mamma". Susan Chandler cercava la figlia. Non rispose. Quando il telefono smise di suonare Rosalie si accorse che c'erano altre tre chiamate e cinque messaggi, sempre di Susan. Rimise il telefono nello zaino di Faith. Si alzò, andò nella stanza attigua e tornò con una coperta verde a ricami irlandesi, con cui coprì la ragazza che aveva iniziato a tremare, scossa dai brividi.

Qualsiasi cosa Susan avesse combinato alla figlia, ora toccava proprio a lei occuparsene, che lo volesse o meno. Perché sebbene si trattasse di una potente strega nera, tutto ciò che Rosalie riusciva a vedere era soltanto una ragazzina sola e disperata.

* * *

412

Maggie diede un'altra occhiata al telefono prima di infilarsi la giacca e chiudere la libreria. Ormai doveva andare, si stava facendo buio. James le aveva lasciato un messaggio in cui diceva che sarebbe passato. Invece non si era visto. Forse aveva avuto un impegno. Forse se n'era dimenticato. O forse, ma non ci voleva proprio credere, gli era successo qualcosa. Maggie scosse la testa. No, niente brutti pensieri!

Uscì dalla libreria, chiuse la porta a chiave e si voltò verso la strada, indecisa sulla direzione da prendere. Non voleva andare a casa. Sospirò appoggiandosi alla parete. Aveva anche ricominciato a piovere. Maggie si toccò la fronte, sbuffò stringendosi nelle spalle e si rintanò sotto il tettuccio della libreria.

La stava osservando, da sotto i portici dall'altra parte della strada. Se ne stava ben nascosto, appartato dietro una colonna. Era una ragazza buffa e ingenua. E alcune volte parlava senza pensare. Altre, invece, pensava fin troppo. Quel che ne usciva era qualcosa di assolutamente divertente e imprevedibile. Tutto era diventato talmente prevedibile e consueto nella sua esistenza, da troppo tempo. Maggie Pennington era come una fulgida luce, probabilmente una meteora nella sua eternità. Presto sarebbe scomparsa. Ma per il momento c'era.

Ryan sorrise tra sé. Maggie stava guardando la pioggia che le bagnava parte del viso con espressione contrariata, quasi che ogni singola goccia cadesse dal cielo solo per fare dispetto a lei.

Che cosa avrebbe fatto ora? Dove sarebbe andata? Improvvisamente vide il suo volto illuminarsi di un sorriso radioso e pochi istanti dopo udì una voce maschile a poca distanza. Proveniva da sotto i portici, ma dalla direzione opposta a quella dove lui stava appostato a guardarla.

«Maggie!»

«James! Sei arrivato...»

Maggie rise e corse felice verso l'uomo a cui apparteneva la voce, del tutto indifferente della pioggia battente che l'aveva infastidita fino a qualche istante prima. Sorridente, raggiante, rapita, grondante sotto la pioggia. Proprio come nella poesia *Barbara* di Jacques Prévert, Maggie si gettò tra le braccia dell'uomo.

Ryan Norwest ripeté mentalmente alcuni versi del poeta francese, voltando le spalle alla coppia e incamminandosi da solo sotto la pioggia.

"Ricordati Barbara
Pioveva senza tregua quel giorno su Brest
E tu camminavi sorridente
Raggiante rapita grondante
Sotto la pioggia
Ricordati Barbara
Pioveva senza tregua su Brest
E io ti ho incontrata in rue de Siam
Tu sorridevi
E anch'io sorridevo
Ricordati Barbara
Tu che io non conoscevo
Tu che non mi conoscevi
Ricordati
Ricordati comunque quel giorno
Non dimenticare
Un uomo si riparava sotto un portico
E ha gridato il tuo nome
Barbara
E tu sei corsa incontro a lui sotto la pioggia
Grondante rapita raggiante
E ti sei gettata tra le sue braccia
Ricordati di questo Barbara
E non volermene se ti do del tu
Io do del tu a tutti quelli che amo
Anche se non li ho visti che una sola volta
Io do del tu a tutti quelli che si amano

Anche se non li conosco
Ricordati Barbara
Non dimenticare
Questa pioggia buona e felice
Sul tuo viso felice
Su questa città felice..."

CAPITOLO 73

Non era estate e per quel che lo riguardava non era neanche una festa. Spencer Bachman ricordava il giorno in cui aveva attaccato i manifesti per tutto il locale. Poteva essere una splendida giornata per loro, l'inizio dell'estate, la festa. Invece non lo era e non lo sarebbe stato mai più. Perché lei se n'era andata. Per sempre. Era rimasto solo. Ed era proprio lui il colpevole.

Se fosse arrivato prima. Se non avesse perso tempo per attaccare quegli stupidi manifesti per quella stupida festa. Ma volevano portarsi avanti, quelli del comitato organizzativo, e volevano che i manifesti restassero esposti al "Magic Hill" con largo anticipo.

Era passato quasi un mese. Ma Spencer non riusciva a dimenticare il suo sguardo, le sue ultime parole. "Non tornare." Le aveva ancora chiare nella mente, vivide come se lei le avesse pronunciate solo qualche attimo prima. Aveva promesso. Quindi era bloccato lì, con la sua colpa. La colpa di averla trascinata in quel paese, in quella città, portandola alla morte. La colpa che non se ne sarebbe mai andata.

Era rimasto chiuso nel loro piccolo appartamento da allora. Avevano dipinto le pareti. Preparato la cameretta del bambino. Ricordava ogni istante della scelta dei colori. Spencer non aveva avuto il coraggio di cambiare o spostare niente da come lei lo aveva lasciato. Non riusciva neanche più a dormire nel loro letto. La sentiva ancora vicina, muoversi e respirare. Preferiva restare sul divano. Difficilmente lo abbandonava. Restava steso a fissare il soffitto bianco, fino a farsi male gli occhi. Quel bianco pungente gli penetrava nel cervello, quasi lo spaccava in due per il dolore. Finché si addormentava, stremato.

Le sue giornate procedevano senza la sua partecipazione attiva, lasciava che l'esistenza scorresse. Aveva abbandonato il lavoro. Presto avrebbe finito anche i soldi con cui pagare l'affitto. Non gli importava. Si sarebbe trasferito nei boschi.

L'avevano sepolta dove era stata uccisa, tra i boschi. E, per un atroce scherzo del destino, la ragazza bionda che Vivian aveva soccorso era sopravvissuta. Spencer non riusciva a evitare di pensare che non fosse giusto. Quella bionda, dai segni che portava sul corpo, probabilmente era un'accanita frequentatrice di vampiri. Toccava a lei morire, non a Vivian.

Vivian che ora si trovava là, sola nel bosco. Perché lui e Mark avevano pensato fosse meglio, piuttosto che avere a che fare con ospedali e polizia. Tanto nessuno ancora li conosceva bene a Strawberry Hill. Perché loro non erano esseri umani, ma creature soprannaturali. E non era proprio il caso che qualcuno si insospettisse e li identificasse come appartenenti a un'altra specie. E poi anche Vivian stessa avrebbe preferito così.

«Spencer...» Mark, seduto sulla poltrona davanti a lui lo guardava sconsolato. «Devi reagire, prima o poi.»

«Prima o poi...» ripeté Spencer senza guardarlo.

Certo, prima o poi. Ma per il momento preferiva restare lì e pensare. Pensare a un piano di vendetta. Freddo, lucido, spietato. Inizialmente aveva meditato di trovare e uccidere il vampiro che aveva prosciugato la vita di Vivian e del loro bambino.

Mark aveva dovuto lottare per calmarlo. E Spencer alla fine si era calmato perché le sue, come spesso era accaduto in passato, erano solo parole. Dalla calma invece era scaturito un cambiamento essenziale. Non avrebbe eliminato solo l'assassino di Vivian, ma tutti. Tutti quanti, uno dopo l'altro. Provando un piacere estremo. Avrebbe liberato il mondo dai vampiri. Forse questa era la sua missione nella vita. Iniziare una guerra, oppure riprenderla e riuscire finalmente a concluderla.

Mark annuì sospirando. Lo sapeva che meditava qualcosa di drastico, anche se taceva. Lo conosceva bene. Lo aveva visto crescere ed esplodere di rabbia almeno un centinaio di volte, da quando erano ragazzini, per le ragioni più disparate. Spencer aveva sempre avuto uno spirito aggressivo e sanguigno. Ma ora si trovava in quello stato, quasi catatonico. Ora il dolore dell'amico si era trasformato diventando così pacato, così statico. Per questo ancora più terribile, in lui.

Quella disperazione e quella furia gelida gli facevano paura. Era chiaro che non riusciva a trovare pace. Come minimo avrebbe dovuto continuare a minacciare di trovare ed eliminare il vampiro che aveva ucciso Vivian. Invece no, non ne aveva più parlato. Dapprima lo aveva sconcertato poi aveva compreso che l'amico meditava qualcosa di diverso. Qualcosa di più grande. Qualcosa che non poteva o non voleva condividere, nemmeno con lui. Mark ne assumeva consapevolezza ogni giorno, ogni istante di più. Doveva essere qualcosa di terrificante. E lui non aveva idea di come fermarlo e salvarlo da se stesso.

* * *

Amelie. Perché gli rendeva sempre impossibile fidarsi di lei? Le faceva da balia da quasi un millennio. O almeno ci provava, perché inevitabilmente sfuggiva al suo controllo.

Ryan si stava convincendo che prima o poi avrebbe dovuto rassegnarsi e lasciarla andare. E lasciare che di lei accadesse quello che doveva accadere. Se lo ripeteva da decenni ormai ma non ci era ancora riuscito. Era sua sorella, tutto quello che gli era rimasto. E la condizione in cui si trovava dipendeva da lui. Non poteva dimenticarlo e fare finta che non fosse successo. Non poteva abbandonarla e smettere di proteggerla. Oltretutto quando era stata trasformata era troppo giovane e il fatto che avesse ancora l'aspetto di una ragazzina non era d'aiuto.

La città era addobbata a festa e splendeva di colori sgargianti lungo le vie del mercato. La famosa festa dell'estate di Strawberry Hill aveva avuto inizio. Si sarebbe protratta per una settimana tra celebrazioni ed eventi.

Ryan si aggirava in cerca di Amelie. Era riuscito a renderla partecipe senza che la sua presenza turbasse gli organizzatori. Però tutta quella folla superiore alla norma lo preoccupava. Sapeva come si comportava Amelie nei grandi agglomerati urbani. Ma per lo meno nei grandi agglomerati urbani la gente aveva la prerogativa di poter sparire più facilmente senza lasciare traccia. Avere a che fare con tanta gente in un piccolo centro invece non era per niente vantaggioso. Troppi occhi sarebbero stati puntati su di loro. E non solo occhi di esseri umani. Purtroppo stava già accadendo, ne era consapevole. Da quando erano tornati.

Probabilmente l'alchimista aveva sguinzagliato i suoi segugi. Magari lo stavano seguendo, proprio in quel momento. Poteva essere chiunque. La ragazza carina ferma al chiosco delle bibite oppure il ragazzo che mangiava un gelato. Erano in pericolo, lo percepiva nell'aria. Non era solo una sensazione.

* * *

Maggie non era del tutto certa di dove si dovesse incontrare con James. Tutta quella gente che affluiva in città la prima settimana d'estate la confondeva sempre. Ora vagava per il mercato sentendosi spinta di qua e di là dalla folla proveniente dal senso opposto. Non era molto brava a muoversi controcorrente.

Riuscì a raggiungere la cabina telefonica posta all'incrocio con una via laterale ed entrò decisa. Ecco. Un po' di pace, finalmente. Sollevò la cornetta. Con l'altra mano cercò il cellulare nella borsa. Lì guardò entrambi e corrugò la fronte. Non poteva stare in una cabina telefonica senza telefonare. Doveva fare finta, per lo meno. Selezionò il nome di James dal cellulare e premette il tasto per la chiamata. Si portò alle orecchie sia il cellulare sia la cornetta del telefono della cabina.

«Jimmy James?» Maggie si illuminò appena James rispose al telefono. «Sì, sono in una cabina… in centro al mercato. Arriva presto, ti aspetto!» Maggie sorrise mentre lui parlava e cominciò ad annuire come se James potesse vederla. «Sì, finisci pure il tuo progetto. Allora ci vediamo alle quattro alla macchinetta dei koala. Va bene, fai pure con calma, io intanto faccio un giro. A dopo.»

Chiuse la chiamata e sistemò il cellulare in borsa. Si decise ad appendere anche la cornetta del telefono della cabina. Forse era proprio il caso di uscire da lì, farsi coraggio e rituffarsi in mezzo alla folla.

Ryan stava cercando Amelie. Invece aveva incontrato lei. Era impossibile non notarla in quella cabina, mentre si destreggiava tra due telefoni. E quando la incontrava, per la maggior parte delle volte, preferiva mantenersi a distanza. Per vederla muoversi e agire spontaneamente, senza che venisse influenzata dalla sua presenza. Quando rifletteva assumeva quell'aria concentrata e le si formavano delle rughette d'espressione tra le sopracciglia e la fronte. Poi appena riteneva di aver trovato la soluzione al problema si rilassava. Come se si facesse domanda e risposta da sola. Era uno dei momenti in cui Ryan la preferiva. Quando la osservava senza essere visto.

Maggie uscì dalla cabina telefonica e si guardò intorno. Stava iniziando a fare caldo e quella strada era sempre più affollata. Meglio spostarsi. James le aveva detto di dover finire un lavoro, quindi poteva farsi un giro tra le bancarelle mentre lo aspettava. O magari andare a prendersi un gelato al parco. Al mercato stava incominciando a girare troppa gente e Maggie non sopportava di essere spintonata e schiacciata tra la folla. Ci sarebbe tornata dopo, con James. Lui era alto e ben messo, di solito nessuno osava spingerlo. Maggie rise tra sé, le sembrava di camminare con un supereroe al suo fianco quando stava con lui.

Controllò l'orologio. Aveva quasi un'ora. Poteva prendersi un gelato e andare a sedersi su una panchina del parco a leggere. Decise di lasciare la strada principale per incamminarsi verso un'altra via laterale che l'avrebbe condotta direttamente sul lato del parco dove si trovava il gelataio.

Mentre camminava prese nuovamente il telefono dalla borsa. Possibile che fosse diventato così difficile ottenere una risposta da Bliss e Nathan ultimamente?

Nathan, soprattutto. Era proprio sparito! Aveva iniziato a preoccuparsi, poi aveva notato che anche quella sua amica dai capelli rossi, Annie, non si vedeva più in giro da un po'. Forse erano andati insieme da qualche parte, magari erano partiti per una vacanza. Però accidenti, poteva almeno rispondere a uno dei suoi messaggi solo per rassicurarla che stesse bene!

Aveva perso il conto di quanti messaggi gli aveva mandato, di quante volte era passata a bussare alla sua porta. Non si dava pace in proposito. Aveva perso il conto anche dei giorni. Ogni tanto Nathan lo aveva già fatto, soprattutto in estate... andarsene via da solo per qualche tempo. Aveva chiesto anche a lei di accompagnarlo, ma Maggie non aveva mai potuto accettare. Però l'aveva sempre avvisata e si teneva in contatto. Non era mai sparito così. Forse frequentando Annie si era dimenticato di lei. Però... anche lei frequentava James e stava bene con lui. Ma Nathan era sempre, sempre nei suoi pensieri. Lo spazio nel suo cuore per lui c'era sempre stato. Ci sarebbe stato sempre.

Tutto e tutti stavano cambiando intorno a lei. Tanto, troppo. Doveva rendersene conto e farsene una ragione. Solo lei rimaneva e si sentiva sempre uguale.

Maggie sospirò appoggiandosi alla parete adiacente al negozio di musica che si trovava all'angolo della via del mercato. E da lì, come richiamata dal suo pensiero, sopraggiunsero le note di una canzone... *Everybody's changing...*

"You're gone from here
Soon you will disappear, fading into beautiful light
'Cause everybody's changing, and I don't feel right
So little time
Try to understand that I'm
Trying to make a move just to stay in the game
I try to stay awake and remember my name

But everybody's changing, and I don't feel the same..."

Maggie decise di spostarsi da lì. Non le stava bene che tutti cambiassero, tranne lei. Soprattutto i suoi migliori amici. No, non le stava affatto bene.

Aveva gli occhi velati di lacrime quando venne bloccata dallo scontro con una persona. Per poco non perse l'equilibrio.

«Oh, mi scusi tanto...»

Maggie alzò lo sguardo e accennò un sorriso di circostanza, per poi riprendere la strada verso il parco.

«Ciao.» Il giovane la salutò con un sorriso aperto, in cui splendevano dei denti bianchissimi. «Thomas... ricordi? In palestra...»

«Ciao Thomas, sì certo.»

Maggie rimase per un attimo ferma. Poi decise di passare oltre, non riuscendo a trovare qualcosa da dire.

«Dove vai?»

Thomas inaspettatamente la afferrò per un polso mentre lei lo oltrepassava.

«Vado a prendere un gelato, poi sulla panchina ad aspettare...»

Non aveva voglia di raccontargli i fatti suoi. E ricordava che a James quel tipo non era piaciuto quando si erano incontrati. Quindi forse sarebbe stato meglio non trascinarselo dietro.

«Ti accompagno!»

Il tono di Thomas non ammetteva repliche. Ecco, come non detto!

«Ah, va bene...»

Non aveva scelta, non poteva mandarlo via. Maggie riprese la strada verso il parco, senza sapere cosa dire.

Thomas le camminava di fianco e percepiva il suo odore. Si diffondeva ovunque, nell'aria ormai mite dell'estate. Non riusciva più a resistere a quella fame cronica e devastante. Non aveva pace finché non prosciugava le sue vittime. Da quando Amelie lo aveva abbandonato infischiandosene di lui era stato sempre peggio. Aveva cercato di resistere, aveva cercato di lottare. Inutilmente. Dopo la ragazza che aveva prosciugato nel bosco, non era più stato in grado di fermarsi prima di uccidere. Ma almeno aveva avuto l'accortezza di non scegliere più le sue vittime a Strawberry Hill.

Ma ora non gli importava. Quella Maggie l'avrebbe presa in pieno giorno, alla luce del sole. La luce del sole, sospirò Thomas tra sé. L'eccessiva esposizione poteva essergli dannosa, come gli aveva raccomandato Amelie doveva prestare attenzione. Ma non riusciva a farne a meno. Era sempre stato un tipo da sport sulla spiaggia e bagni al mare al primo caldo. Difficile rinunciarvi.

Doveva attirare la ragazza in qualche angolo o aspettare che non ci fosse nessuno intorno per poter agire indisturbato. Forse poteva tentare di impegnarsi per non ucciderla, ma non rinunciare a lei. Quel viso fresco e quel collo esile erano un invito irresistibile. Thomas fu colto da un fremito per tutto il corpo. Maggie si voltò verso di lui e lo guardò con aria perplessa.

«Hai freddo? Ti senti male?»

Ecco, forse involontariamente la ragazza gli aveva fornito un'occasione.

«Sì. Mi sento male»

Thomas diede una rapida occhiata intorno, poi l'attirò a sé per un braccio e la trascinò dietro a un albero. Lontano il più possibile da sguardi indiscreti.

«No, aspetta! Cosa fai?»

Maggie si ritrovò con la schiena contro l'albero e il contraccolpo le fece sbattere la nuca. Thomas non aveva tempo per le spiegazioni. Doveva nutrirsi. Ne aveva bisogno.

«Stai buona!»

«No, io… Non posso, devo andare…» Maggie cercò di aprire la borsa per riprendere il telefono che aveva riposto poco prima. James aveva ragione, quel tipo non piaceva nemmeno a lei. «Ascolta, io… vado a chiamare un dottore!»

Thomas non l'ascoltava più. La trattenne per le spalle e si avventò sul suo collo. Poi, inaspettatamente, si accasciò su di lei. Maggie riuscì a scostarsi prima di essere schiacciata dal suo peso. Rimase come ipnotizzata a guardarlo. C'era un lungo ramo che sembrava fuoriuscire dal suo petto. Quando si decise a rivolgere l'attenzione al suo volto, qualcuno si frappose tra lei e Thomas.

«Dimentica quello che è successo qui, Maggie. Ci penso io.» Ryan la stava fissando e i suoi occhi sembravano essere diventati più grandi e più verdi. «Ora torna immediatamente in piazza del mercato, comprati qualcosa che ti piace e passa una buona giornata. Hai capito bene?»

«Ciao, Ryan. Sì, ho capito bene. Torno in piazza mercato, io...» Forse era meglio non chiedere spiegazioni, non discutere. Forse lo conosceva e ci avrebbe pensato lui a quel tipo così invadente. Se non aveva bisogno del suo aiuto non avrebbe fatto obiezioni. Però... la situazione era talmente strana che... Sì, molto meglio non immischiarsi! «Allora, se ci pensi tu... io vado...»

«Sì, brava Maggie.»

Ryan sospirò vedendola allontanarsi. Doveva sbarazzarsi del corpo di quel vampiro prima che qualcuno li vedesse. Per fortuna erano tutti al mercato e quell'angolo del parco era deserto al momento.

Aveva agito talmente in fretta che Maggie non si era resa conto di ciò che aveva fatto. In ogni caso avrebbe dimenticato. Le aveva chiesto di dimenticare e di passare una buona giornata e lei aveva subito la sua influenza. Magari presto avrebbe incontrato il suo ragazzo e sarebbe corsa tra le sue braccia.

Ma del resto, meglio così. A Maggie il suo ragazzo, a lui Annie, anche se la sua scorta di linfa vitale era quasi in esaurimento. Presto avrebbe dovuto metterla da parte e pensare seriamente a cercarsene un'altra, almeno finché non si fosse ripresa.

Forse una delle streghe. Gli apparve davanti agli occhi l'immagine stizzita di Faith Chandler. No, cosa andava a pensare! Con Faith Chandler la sua fine sarebbe stata molto simile a quella del vampiro che aveva appena infilzato. Aveva tentato in ogni modo di evitarla, di non incontrarla nel corso delle ultime settimane. Ma il pericolo lo aveva sempre attratto. Come improvvisamente lo attraeva l'idea di tentare di sedurre la streghetta. Poteva anche iniziare a scommettere con se stesso che ci sarebbe riuscito.

CAPITOLO 74

Lo aveva capito. Non aveva scelta. Jonathan era stato chiaro in proposito. Come era stato chiaro nel descriverle quello che le stava succedendo. Bliss cercò di mantenersi calma. Seduta in macchina protesa in avanti, si stringeva la borsa sulle ginocchia.

«Ti senti bene?» le chiese Jonathan, seduto al suo fianco al posto di guida.

Stavano lasciando la città per dirigersi verso nord. Bliss non sapeva ancora dove l'avrebbe portata, ma ormai non le restava altro da fare che fidarsi di lui.

«Cambierebbe qualcosa se dicessi di no?»

Bliss gli rivolse uno sguardo avvilito. La schiena e le scapole le procuravano un dolore quasi costante ormai, tanto che non riusciva nemmeno a stare appoggiata correttamente allo schienale. Era costretta a vestirsi con una mantella perché i suoi abiti le andavano troppo stretti e le facevano male.

«Purtroppo no, mi dispiace.»

Jonathan si voltò verso di lei per un istante, poi tornò a fissare la strada. Bliss annuì, era la risposta che si aspettava del resto. Rimase in silenzio a tormentarsi le mani.

«Ritorneremo presto Bliss, te lo prometto.»

Jonathan stava tentando di infonderle sicurezza. Ma a Bliss suonò come una frase fatta, detta solo per consolarla.

Sobbalzò al suono di un messaggio. Poteva essere Jenevieve che la chiamava al lavoro o il capo che le annunciava di averla definitivamente licenziata per le assenze ingiustificate degli ultimi giorni. Oppure Maggie che la cercava di nuovo. Le mancava e avrebbe tanto voluto risponderle, raccontarle davvero tutto. Sicuramente si stava chiedendo cosa fosse successo. Ma se le avesse risposto, Maggie avrebbe voluto vederla. E Bliss non avrebbe saputo come giustificarsi. Aveva solo la verità da offrirle, per quanto incredibile e assurda.

Bliss controllò il messaggio. Era Maggie. Le chiedeva di raggiungerla al mercato perché aveva una cosa da raccontarle, anzi più di una. E voleva sapere perché alla caffetteria trovava sempre quell'antipatica di Jenevieve e perché non aveva risposto neanche al campanello di casa.

Sapeva che Maggie stava uscendo con un ragazzo. Li aveva visti insieme in caffetteria. Era contenta per la sua amica. James sembrava dolce e gentile. Avrebbe consolato Maggie per la sua mancanza e per quella di Nathan.

Ma chi avrebbe consolato lei per quello che le stava accadendo? E dov'era andato a nascondersi Nathan? Perché era successo proprio a loro? E perché così in fretta?

Jonathan le rivolse uno sguardo severo. Bliss annuì e spense il cellulare prima di riporlo nella borsa. Si morse le labbra, guardando fuori dal finestrino. Non era mai stata lontana da casa. Ma alla fine, ce l'aveva ancora una casa? Come poteva rimanere e continuare a vivere lì in quelle condizioni?

Era impossibile. Jonathan le aveva assicurato che appena compiuta la trasformazione le ali si sarebbero potute nascondere. Era solo nella fase iniziale che restavano in evidenza e facevano così male. Poi sarebbero diventate retrattili. Bliss sperava che avesse ragione, comunque non sarebbe stato mai più lo stesso. La sua sarebbe stata una condizione inaccettabile dal suo punto di vista.

E poi perché suo padre non le aveva raccontato nulla? Perché era sparito senza dirle ciò che era, ciò che aveva ereditato da lui? Forse era quello il motivo per cui sua madre li aveva abbandonati. Perché li considerava dei mostri. Perché le facevano orrore. Si asciugò una lacrima velocemente, sperando che Jonathan non la vedesse piangere.

«Bliss... cerca di riposare un po'.»

Jonathan posò la mano sulla sua, dopo che lei l'aveva appoggiata sul sedile. Bliss annuì e chiuse gli occhi, più che altro per farlo contento. Era impossibile riposare, faticava anche ad appoggiare la schiena. Avrebbe voluto spegnere i pensieri, ma non aveva ancora imparato a farlo. Non sapeva se gli angeli avessero questa abilità, tra le altre a loro disposizione.

Jonathan Miller le rivolse uno sguardo, lasciò la sua mano e continuò a guidare. Era solo l'inizio, presto la ragazza sarebbe stata male, molto male. E spettava a lui occuparsene, questa volta. La guardò ancora per accertarsi che fosse tranquilla e magari si stesse addormentando. Tutto bene, Bliss aveva gli occhi chiusi. Jonathan increspò le labbra, poi le rilasciò e la smorfia divenne un sogghigno. Alla fine, il suo compito lo aveva svolto nel migliore dei modi. Era stato bravo. Da bravo servitore aveva rispettato la sua parte del piano. Ormai la maggior parte delle trasformazioni erano in atto e non si sarebbero arrestate.

CAPITOLO 75

«Non hai davvero modo di rimandare la partenza?»

James rivolse ad Andres Flick uno sguardo quasi supplichevole. Senza di lui perdeva il suo confidente, la sua guida.

«No, James. Ho davvero bisogno di rigenerarmi. Ho già cercato di rimandare il più possibile.» Andres aprì le braccia lungo i fianchi, poi tornò a sistemare alcune carte sulla scrivania. «È trascorso davvero troppo tempo dall'ultima volta, non ho alternativa.»

«Cosa ne sarà di Maggie? E della libreria?»

James afferrò la sedia, la girò e si sedette di fronte a lui appoggiando le braccia allo schienale. Lo osservò attentamente. All'improvviso gli sembrò più vecchio, più stanco. Le sue rughe erano più marcate e il suo corpo non sembrava in grado di sorreggere l'eternità della sua esistenza. Forse aveva ragione. Non gli restava altro tempo.

«Sono sicuro che la libreria sarà in buone mani, ve la caverete egregiamente. E anche Maggie sarà in buone mani se tu ti comporterai bene.» Andres Flick sorrise prendendo una busta dal cassetto. «A proposito un quarto della libreria sarà tua da ora in poi. E naturalmente l'appartamento qui sopra, ma quello sarà tutto tuo.»

«Cosa?» James aggrottò la fronte. «Ma no, è assurdo! Tanto tornerai presto, vero?»

Andres Flick sospirò e non rispose. James si alzò e iniziò a passeggiare avanti e indietro per la libreria, nervoso.

«Non lo so quanto starò via, James» spiegò Andres. «Ma ho sistemato le cose in modo tale che non abbiate problemi.»

L'ultima volta era stato via circa cinquant'anni umani, anche se era stato un caso del tutto eccezionale. Ma questo evitò di dirlo a James. Proprio in quell'occasione era entrato in contatto con i mutaforma e aveva conosciuto l'antenata di James che era diventata la sua compagna per un po'.

«Problemi? Quali problemi?» James si passò le mani tra i capelli.

«Problemi con la proprietà della libreria. Come ti stavo dicendo l'ho divisa in quattro parti. Per un quarto è tua, un quarto di Roland... Siete tutto ciò di più simile a dei nipoti che io abbia mai avuto. Lui potrà vivere nel mio appartamento al pian terreno.»

«E gli altri due quarti?» James incrociò le braccia al petto, poco convinto dell'idea di divisione di Andres.

«Un quarto a Maggie, la ragazzina se lo merita.» Andres sorrise compiaciuto della sua scelta. «E un quarto resterà mia. Per il resto del mondo io sarò partito per un viaggio di studio, alla ricerca di vecchi libri. Anche a Maggie darai questa versione.»

«Maggie...» James annuì e sospirò rassegnato. «Sul fatto che se lo meriti sono convinto che tu abbia ragione. E Roland? Dove si trova ora? Tornerà?»

«Sì, è già in viaggio» rispose Andres. «Sarà qui a momenti. Spero che andiate d'accordo.»

«Ci proveremo.» James lo guardò e si strinse nelle spalle. «Visto come ci hai incastrato non ci resta altro da fare che provarci. Non mi pare che abbiamo altra scelta.»

* * *

Rosalie e Danielle Cohen l'avevano accudita e avevano badato a lei. Nonostante non fossero tenute a farlo. Soprattutto Rosalie. Nonostante lei fosse una strega nera, in teoria loro acerrima nemica. E avevano anche tenuto Susan lontana, senza chiedere spiegazioni. Non riusciva nemmeno a pensare a lei come a sua madre. Dopo quello che era accaduto non sarebbe stato più possibile.

In ogni caso, era arrivato il momento di andarsene. Faith ne era convinta. La sua esperienza a Strawberry Hill si poteva considerare conclusa.

Si aggirava per la città in festa. Era rimasta rintanata per lo più tra la casa delle Cohen e il giardino nelle settimane precedenti. Ma un ultimo, definitivo addio era necessario. Cosa c'era poi di tanto importante da festeggiare? Faith scrollò le spalle. Forse era lei a non essere dell'umore adatto.

Passeggiava per le strade, con l'intenzione forse di raccogliere per l'ultima volta nello sguardo e nei ricordi quella cittadina che l'aveva vista crescere per un po'. Era arrivato il momento di lasciarla andare. In fondo le dispiaceva partire. Ma non poteva più restare, questo era fuori discussione.

Ryan si era sbarazzato del corpo di quello stupido vampiro. Doveva essere veramente un novellino per attaccare un'umana così, in pieno giorno e quasi in centro città. E poi non lo aveva nemmeno sentito arrivare alle spalle. Di certo lo era stato per ben poco tempo per farsi cogliere così alla sprovvista. In ogni caso la vita vampiresca non era per tutti. Meglio liberarsi di chi non era in grado di far fronte alle responsabilità che comportava essere un vampiro. Quindi, addio cattivo ragazzo!

«Questo non me lo dovevi proprio fare!»

La voce alle sue spalle sibilò inquieta. A proposito di cattivi ragazzi, eccone un'altra.

«Amelie.» Ryan si voltò verso di lei roteando gli occhi. «Finalmente ti degni di farti vedere! Incominciavo a temere che ti fossi mangiata qualche anziana del comitato organizzativo per non aver fatto arrivare il Luna Park.»

«Tu hai ucciso la mia creatura!»

Dall'espressione Amelie non sembrava affatto felice di vedere il fratello.

«La tua cosa?» Ryan la scrutò senza capire.

«La mia creatura. Insomma… il mio vampiro!» Amelie gli diede una spinta, come se volesse sfidarlo a duello. «Non far finta di non capire, so che sei stato tu!»

«Il tuo cosa…?» Ryan incominciò a fare i dovuti collegamenti. Sospirò e scosse la testa, in un vano tentativo di negare l'evidenza. Quando era successo? E come? Avrebbe dovuto saperlo. Oppure immaginarlo, scoprirlo in qualche modo. «Vuoi dire che quello…»

«Era la mia creatura! E tu lo hai ucciso!» grugnì Amelie, infuriata. «E me la pagherai per questo!»

«Oh, dannazione! Avresti potuto averne miglior cura!» Ryan sollevò le spalle con aria indifferente. Cercando di mascherare la sua reale preoccupazione. «E poi, per prima cosa, non ti era consentito trasformare qualcuno qui. Le conosci le regole. E sai che ti devi nutrire solo con me, non andartene in giro a prenderti chi capita. Tanto meno trasformare gente a caso, senza una preparazione adeguata. Seconda cosa, non dovevi lasciarlo vagare solo e affamato in centro in pieno giorno. Terza cosa…»

La terza cosa non gli venne in mente e sospirò spazientito.

«Terza cosa, tu fratello mio caro ti stai esaltando troppo per quella ragazzina inutile che stimola con qualche complimento ridicolo la tua autostima di scribacchino fallito!» Amelie sogghignò, soddisfatta di aver colto nel segno. «La segui da giorni, da settimane, me ne sono accorta.»

«Non è vero» si incupì Ryan. «È solo una con cui parlare. La incontro occasionalmente, non la sto seguendo. Ma non cambiare discorso, ora. Sai benissimo che creare altri vampiri non ti è permesso, soprattutto qui! Maledizione, Amelie!»

«Oh, insomma! È successo. È stata una fatalità, un danno collaterale! Comunque sia… Resta il fatto che per la tua protetta tu hai ucciso la mia creatura, quindi io ucciderò lei!» minacciò Amelie guardandosi intorno con espressione corrucciata. «Appena la trovo, dev'essere qui intorno. Estirpiamo il problema alla radice.»

«Non ci provare!»

«Allora ucciderò la tua rossa, quella che sta a casa nel tuo letto! Tanto ti sei già annoiato anche di lei!»

Amelie era decisa a ottenere vendetta. E ancora di più aveva voglia di uccidere, di creare scompiglio, gli occhi le si erano iniettati di sangue.

«Non te lo permetterò, Amelie.» Ryan la sfidò con un'espressione sempre più cupa.

«Allora...» Amelie fissò gli occhi scuri su di lui, ostile e determinata. Poi si distolse per guardare oltre le sue spalle. Come se qualcosa di più interessante avesse improvvisamente catturato la sua attenzione. «La stregaccia! Ma guardala... è tornata a farsi vedere in giro! Dov'era finita?»

«Chi?» Ryan si voltò in tempo per vedere Faith Chandler che passeggiava pacifica e un po' assorta per la strada principale del mercato. E Amelie che si stava lanciando su di lei con uno scatto quasi felino. «Amelie... No, aspetta!»

Ryan sollevò gli occhi al cielo e la seguì. Ecco, mancava solo che scatenasse una guerra epica strega-vampira in pieno centro cittadino durante la festa dell'estate. Se si fossero scontrate quelle due avrebbero causato "danni collaterali" di portata catastrofica, devastante. Tanto per usare una delle espressioni preferite di Amelie.

Del resto, cosa poteva pretendere dai vampiri novelli quando la sua stessa sorella a più di novecento anni era totalmente fuori controllo?

Amelie riuscì, anche grazie al suo fisico esile, a farsi strada tra la folla senza urtare nessuno e a ritrovarsi proprio di fronte a Faith che, ferma a una bancarella, esaminava le caratteristiche di una maglietta azzurra con stampata sopra l'immagine di Aragorn e Arwen di *Il Signore degli Anelli*.

«Mia!» Amelie sghignazzò e gliela strappò di mano.

Faith la guardò con aria compassionevole, poi sospirò e scosse la testa.

«Lascia perdere, succhiasangue. Non sono dell'umore per avere a che fare con te. Pigliati pure tutte le magliette della bancarella, se vuoi.» Il tono di voce annoiato era tradito però da una certa tristezza nello sguardo. Le voltò le spalle pronta ad avviarsi nella direzione opposta a quella da cui era arrivata Amelie. Ma si ritrovò di fronte Ryan e incrociò le braccia sdegnata. «Oh, wow… anche il fratellino frignone, la famigliola al completo! Che cosa vuoi da me? Vuoi provare a sfidarmi pure tu?»

«No, niente affatto. Io non voglio problemi qui. Io voglio solo…» Ryan sospirò e si morse le labbra. Raccolse un'altra maglietta, uguale a quella che Amelie le aveva appena strappato di mano, la pagò al commerciante per poi porgerla a Faith. «Ecco, malefica strega nera… ora puoi andare per la tua strada. Divertiti, la festa dell'estate è tutta tua.»

Faith rimase in silenzio a fissarlo, sorpresa dal suo gesto più che dalle sue parole. Ryan accennò un sorriso guardandola. Era anche piuttosto carina quando non si agitava e non agiva in modo esageratamente stregonesco. E quando non lo faceva volare in aria cercando di ucciderlo.

«Ah, grazie… Io comunque sto andando…» Faith sospirò mordendosi le labbra. Tentò di distogliersi, ma tornò a scrutare gli occhi verdi di Ryan.

«Non ti daremo più fastidio, Faith. Te lo prometto. E comunque io con tua madre…» Ryan arricciò il naso scuotendo la testa. «Hai frainteso. Non c'è proprio niente, davvero. Quindi non ti devi preoccupare. Non mi avrai nella tua vita.»

«Lo so, lo so…» Faith sollevò la mano come per giustificarsi e sfiorò le dita di Ryan che si stava muovendo per infilarle la maglietta nella borsa. «Io sto andando via, in ogni caso. Quindi… buon divertimento e buona festa.»

«Sì, è una bella festa.» Ryan sorrise continuando a guardare la streghetta che stranamente gli stava mostrando il suo lato più dolce e malleabile. O meglio, meno infuriato con istinti omicidi nei suoi confronti. Stavano avendo un dialogo quasi civile. Solo in quel momento rammentò ciò che si trascinava dietro da qualche mese ormai. Infilò la mano nella tasca della giacca che teneva sulla spalla. Sì, era ancora lì. «Faith… te lo ricordi questo?»

«Mmh… il mio braccialetto. Ma è…»

Faith lo scrutò attentamente mentre Ryan lo teneva tra le dita. Il nome al centro e le pietrine erano infilate accuratamente.

«Sì, io l'avevo raccolto e aggiustato quel giorno, poi…» Ryan ridacchiò stringendosi nelle spalle. «Diciamo che non eri molto propensa a una conversazione pacifica con me, quindi è mancata l'occasione giusta.»

Faith annuì e sfiorò con un dito il braccialetto che Ryan teneva in mano.

«Hai fatto un buon lavoro. Io non ne sarei stata capace… Credevo fosse rotto per sempre, da buttare via.»

«Quindi ho un futuro come infilatore di pietrine colorate per braccialetti! Vedrò di farmi assumere da qualche bancarella del mercato.» Ryan rise, poi sospirò cercando i suoi occhi. Lei lo stava ancora fissando con un'espressione perplessa, quasi incredula. «Io sono sicuro che qualunque cosa rotta si possa aggiustare, ecco. Vale sempre la pena provarci.»

«No, io non credo. Non tutto…» Lo sguardo di Faith si oscurò per un attimo. Ma poi rivolse verso di lui i suoi occhi castano chiaro screziati di verde, si morse appena le labbra e annuì accennando un sorriso. «Però a volte sì. A volte capita. Qualcosa si può ricomporre.»

Sì, decisamente la streghetta si stava ammorbidendo nei suoi confronti. E magari ci sarebbe voluto davvero poco per riuscire a…

Una voce alle sue spalle lo richiamò alla realtà.

«Ma tu sei proprio scemo!» Amelie, che si faceva sentire nel suo solito modo gentile. L'aveva quasi dimenticata. Per qualche minuto aveva scordato la sua presenza. «Ora ti metti a fare il cascamorto anche con la strega!»

Ryan la ignorò, non le rispose, ma continuò a guardare Faith porgendole nuovamente il braccialetto.

«Non vogliamo fare del male a qualche umano innocente qui, vero streghetta? Amelie è un po' nervosa, tanto per cambiare. Magari possiamo rivederci in un altro momento, senza...»

435

«Tienilo tu.» Faith posò gli occhi sul braccialetto e percorse con il dito la piastrina con inciso il suo nome. «Non so dove l'ho letto… ma bisogna sempre ricambiare un regalo. Quindi tienilo come mio dono in cambio della maglietta. Addio, Ryan Norwest.»

Mentre Ryan annuiva Faith si voltò, cominciando a camminare lentamente e poi più spedita verso la casa di Danielle e Rosalie Cohen. Mentre muoveva i primi passi una voce era risuonata alle sue spalle.

«Tanto un giorno o l'altro ti uccido, stregaccia! Ci puoi contare!»

Amelie Norwest. Sì, forse aveva ragione. Un giorno o l'altro l'avrebbe uccisa. Ma prima avrebbe dovuto trovarla. Perché una volta arrivata a casa delle streghe Cohen, Faith avrebbe raccolto le sue poche cose e lasciato Strawberry Hill per sempre.

CAPITOLO 76

«Darai tu la notizia a Maggie, appena la vedrai.»

Andres Flick aveva finito di sfogliare le sue carte e ora si aggirava per la libreria per dare l'ultimo saluto.

«Perché io?» James restava fermo ma lo seguiva nervoso con lo sguardo. «Potrai dirglielo tu, più tardi.»

«No, te l'ho detto. Io sto per partire.»

Andres tornò alla scrivania per raccogliere alcuni libri e li sistemò negli appositi spazi vuoti. Il suo atteggiamento restava calmo e rilassato.

«Ho capito che stai per partire. Ma potrai almeno aspettare per salutarla.» James si mosse verso di lui, tentando di trattenere l'irritazione che provava in quel momento. «La conosci... Insomma, ci resterà malissimo se saprà che te ne sei andato via così!»

«Sono convinto che sia meglio così. Tu saprai come distrarla, in ogni caso.» Andres sistemò l'ultimo libro e si allontanò di qualche passo per contemplare la sua opera. «Vedrai che andrà tutto bene.»

«Non le importerà di ricevere un quarto della libreria se tu non sarai più qui...» sospirò James cercando di incontrare lo sguardo di Andres. «Capisco la tua necessità, però...»

«Maggie ama questo posto, ne sarà contenta.» Andres incrociò le braccia e lo guardò serio. «Farete un ottimo lavoro insieme, ne sono sicuro.»

«Tu te ne vai ma ti sei assicurato che io non mi muova di qui, vero?»

James comprese che era giunto il momento, Andres stava lanciando occhiate sempre più insistenti verso la porta d'ingresso della libreria.

«Molto perspicace, ragazzo.» Si voltò verso di lui e annuì con un sorriso un po' beffardo. Ma nei suoi occhi, nel suo sguardo si leggeva una grande pace, la solennità del momento. «Mi sono assicurato che il mio mondo qui sopravviva anche senza di me, per il tempo necessario. E poi io ho un motivo reale per andarmene, tu invece no. Tu hai solo paura. Contro quella puoi combattere. Poi la verità è che tu non hai nessuna intenzione di andare via da qui. Non più, non ora. Una volta ammessa la verità troverai il modo di aggiustare tutto il resto.»

«Hai ragione… io ho paura. Paura che qualcosa possa andare storto» confermò James, guardando a terra avvilito. «Paura di rovinare tutto.»

«Rassegnati ragazzo, qualcosa andrà sempre storto. È inevitabile.» Andres posò la mano sulla maniglia del negozio. «Il trucco sta nell'aggirare gli ostacoli e vivere al meglio ogni momento. Te lo dice uno che è in giro praticamente da sempre.»

«Io spero che…» James lo guardò. L'eterno era pronto a partire. Si era preparato, era pronto da tempo, tanto tempo. Non aveva idea di quanto sarebbe stato via e se l'avrebbe rivisto. Temeva di chiedere conferme perché la risposta lo preoccupava. Preferiva non sapere. «Spero che riusciremo a fare un buon lavoro.»

«Ne sono certo.» Andres Flick appoggiò una mano sulla spalla di James che si era avvicinato alla porta. Strinse un attimo gli occhi, poi sorrise come se un pensiero dolce, delicato lo avesse appena sfiorato. «Abbraccia la piccola valanga rosa da parte mia.»

Mentre James annuiva con espressione rassegnata, Andres si girò, aprì e varcò l'uscio. Richiuse la porta alle sue spalle e iniziò a camminare, senza più voltarsi indietro.

* * *

«Andiamo a casa, Amelie.»

Ryan guardava la sorella che lo squadrava ancora irritata, con la tipica espressione che non prometteva niente di buono. In realtà quello che pensava veramente era: andiamo a casa, Amelie, prima che ti mangi l'intera città in festa.

E prima che lui stesso si sbilanciasse troppo con la streghetta. Una tregua poteva anche esserci. Era giusta e necessaria. Continuava a ripeterselo. Indispensabile, imprescindibile. Opportuna e utile, soprattutto. A quanto pare Faith si era dimostrata d'accordo, in proposito. Gli aveva lasciato il suo braccialetto. E Ryan dalla giacca lo aveva spostato al taschino della camicia. Non che intendesse trascinarselo in giro come un cimelio, però... un passo avanti era stato fatto. Ma doverla difendere da Amelie lo avrebbe messo in una posizione troppo debole.

Amelie si guardò intorno, come a cercare un appiglio per potersi trattenere. Non lo trovò, sbuffò e si strinse nelle spalle.

«Tu hai ucciso la mia creatura!» rimproverò nuovamente il fratello. «Non ti illudere, non me lo dimenticherò questo!»

«La tua creatura stava per esporci» si difese Ryan, controvoglia. «Avresti dovuto educarla meglio. E dovresti educare meglio anche te stessa, per essere precisi. Sei stata tu a scatenare tutto. Dei corpi degli studenti trovati in università, per esempio, ne sai qualcosa? Vero Amelie? Che altro hai combinato?»

«Io ti prometto che ucciderò una delle tue stupide ragazze, prima o poi! Dovrai solo aspettare per scoprire quale!» Amelie evitò di rispondere alla domanda diretta del fratello. «Hai la macchina qui vicino? Mi è venuta voglia di fare un giro.»

«Non ti lascerò guidare la mia macchina, Amelie.» Ryan scosse la testa. «Scordatelo! Comunque ne dobbiamo parlare di quello che hai combinato...»

«Non avevo intenzione di guidare la tua stupidissima macchina!» lo aggredì Amelie prendendo la sua stessa direzione. «Volevo solo andare a casa in macchina. E poi non mi piace guidare, mi piace avere l'autista. E mi devi sempre rompere, tu!

Quasi mille anni che ti sopporto… che mi stai addosso, con il fiato sul collo!»

«E autista sia. Non fare la vittima ora. Vuoi davvero che ti abbandoni da sola in giro per il mondo?»

Ryan si avviò in direzione dell'auto. Lanciò un'occhiata obliqua per controllare che la sorella lo stesse seguendo.

«Te lo meriteresti! Chissà che esistenza squallida e noiosa trascorreresti! Sempre a ubbidire agli ordini. Sì padrone, certo padrone…» Amelie continuava a lamentarsi e a sbuffare ma lo seguiva, pur mantenendo una distanza che stava a significare la sua contrarietà nei confronti del fratello. «E comunque, ho visto come stai iniziando a guardare quella stregaccia. Ho aspettato apposta per vedere fino a che punto saresti arrivato. La guardi come se te la volessi mangiare con tanto gusto uno di questi giorni! Non sono cretina e ti conosco bene. Fin troppo! Ma io la ucciderò prima, stanne certo…»

Ryan sospirò e scosse la testa. Estrasse le chiavi e il telecomando dalla tasca della giacca e l'auto si aprì con una vibrazione sibilante. Salì mettendosi alla guida. Si sentiva stanco. Avrebbe dovuto stare più attento e badare ad Amelie in modo più attivo. Era ancora una sua responsabilità. Con quel suo atteggiamento irresponsabile, competitivo e ribelle rischiavano ogni giorno. Tanto valeva lasciar perdere tutto e lasciarsi uccidere a questo punto.

Guidò in silenzio, diretto verso il palazzo, fissando la strada senza distogliere lo sguardo. Amelie si agitava e borbottava tra sé seduta accanto a lui. Sembrava che per una volta avrebbe voluto fare conversazione. Ma Ryan non era disposto ad accontentarla. Seguiva la strada automaticamente, come se fosse l'auto a sapere dove andare e non lui.

Arrivato di fronte al portone lo aprì con il telecomando ed entrò, parcheggiando di fronte alla porta principale. Scese e si avviò verso l'ingresso, seguito da Amelie che aveva l'espressione frustrata di una bambina colta sul fatto a combinare un guaio. Ma per nulla pentita. Anzi, pronta a ricominciare.

Ryan aprì la porta ed entrò. Poi si guardò intorno e si fermò. Strano che Alfred non fosse nel salone principale o vicino all'ingresso ad aspettarli. Di solito era sua abitudine presentarsi ad accoglierli, per chiedere se avessero bisogno di qualcosa, appena sentiva la macchina varcare il portone e rientrare. Ma forse questa volta era impegnato in qualcosa di più urgente. Ryan aggrottò la fronte. Alfred era un anziano maggiordomo inglese con le abitudini di un anziano maggiordomo inglese. Quindi o si era sentito male o c'era qualcosa che non andava in quella casa.

«Che c'è? Perché non entri?»

Amelie mosse qualche passo, poi si voltò e guardò il fratello che restava come impietrito all'ingresso. Ryan le fece segno di tacere con un cenno della mano.

Qualcuno. Qualcuno li stava aspettando, proprio lì. Qualcuno che non sarebbero stati in grado di combattere. Ryan con lo sguardo indicò la porta alla sorella. Sperò che almeno lei riuscisse a uscire e ad allontanarsi in tempo. Forse non avrebbero cercato di trattenerla. Ma Amelie scosse la testa, facendogli capire che non avrebbe nemmeno tentato di fuggire.

Erano tornati. I padroni, i dominatori, coloro da cui tutto aveva avuto inizio. Coloro che lo avevano reso quello che era. Un semplice vassallo al loro servizio, succube della loro volontà. Soltanto che questa volta forse non avevano più alcun servizio da affidargli. Probabilmente non lo ritenevano più degno. E Ryan sapeva che quando giungeva quel momento il destino di un vassallo era solamente uno. La fine.

CAPITOLO 77

Quando aprì gli occhi, Ryan si stupì di essere ancora vivo. Per quanto potesse essere vivo qualcuno che era già morto secoli prima.

Non riusciva a muoversi però, era paralizzato. Non riusciva nemmeno a capire dove si trovasse disteso. Il soffitto sopra la sua testa sembrava quello delle segrete del suo palazzo. Suo per modo di dire, ovviamente. Di realmente suo non c'era nulla lì dentro.

«Amelie...?»

Si sforzò per chiamare la sorella. Sentiva le labbra secche e la gola arsa. E non riusciva a muovere la testa, nemmeno a girare gli occhi per controllare che lei ci fosse.

«Sono qui...»

Amelie rispose con una vocetta flebile e sofferente che quasi non riconobbe e non ricordava. L'aveva sentita così fragile solo un paio di volte, quando era ancora una bambina umana.

Ryan replicò solo con un sospiro, ma si sentì più tranquillo. Per lo meno non l'avevano uccisa. Forse c'era ancora una speranza, almeno per lei. Anche se non aveva ancora idea di chi supplicare e se gliene avrebbero data la possibilità.

Dovevano essere loro, magari anche uno solo di loro, uno dei suoi padroni. Nessuno sarebbe stato in grado di catturarlo e costringerlo in quel modo. Nessuno poteva essere più forte di lui e Amelie insieme.

L'unica alternativa era che si trattasse delle streghe. Faith Chandler e qualcun'altra che si era alleata a lei. Però la sensazione che aveva ricevuto appena entrato in casa non era la stessa di quando si trovava intorno a lei. Soprattutto durante il loro ultimo incontro. Faith era sempre stata inconsapevole e infastidita del suo potere di strega nera, quasi fosse un peso che

442

era costretta a trascinarsi dietro. E non le piaceva usarlo per fare del male. Non poteva essere Faith. Le aveva appena parlato e avevano avuto una conversazione civile. No, non poteva essersi presa gioco di lui per poi colpirlo subito dopo. A meno che fosse stata costretta.

In ogni caso chi aveva ricevuto lui e Amelie a palazzo era qualcuno lieto del proprio potere, qualcuno che amava essere quello che era e sfruttarne tutti i vantaggi. Qualcuno che avrebbe tratto piacere dal vederli morire.

Ryan chiuse gli occhi per qualche istante. Quando li riaprì quella ben nota figura nera lo sovrastava, oscurandogli il soffitto.

L'alchimista von Klausen, ovvio! Chi altro? Probabilmente non aveva agito da solo, ma che ci fosse lui di mezzo era fin troppo scontato. Talmente scontato che Ryan non l'aveva nemmeno preso in considerazione. Era chiaro che chiunque agisse contro di lui avrebbe avuto l'appoggio e il sostegno di von Klausen.

«Buon risveglio, mio caro Norwest.»

Il sorriso di Jean Claude von Klausen lo colpì al petto come un pugnale, anzi al cuore come un paletto perfettamente intagliato. Aveva vinto e ne era consapevole. Con l'alleanza di qualcuno era riuscito a sconfiggerlo.

«Chi...» mugugnò Ryan, cercando di non soffocare.

Tentò di portarsi una mano alla gola ma non ci riuscì. L'effetto paralizzante persisteva. Non poteva muoversi. Era orribile non avere più il controllo del proprio corpo.

Chi aveva aiutato l'alchimista a imprigionare lui e Amelie? Chi si era schierato dalla sua parte contro di loro? Aveva sempre fatto tutto il possibile, tutto quello che gli era stato ordinato nei secoli. Non poteva essere il suo creatore. Qualcuno degli altri, allora. Ma chi?

Jean Claude von Klausen continuava a propinargli quel sorriso vittorioso. Ryan lo avrebbe distrutto, avrebbe provato piacere nel vederlo scomparire da quel volto maligno e scavato, una volta per tutte. Gli occhi neri sembravano non volersi staccare da lui. Ryan chiuse i suoi per non essere costretto a subirlo e a leggere la vittoria nello sguardo dell'alchimista.

Quando li riaprì lui non c'era più, se n'era andato. Ryan tentò di voltarsi, voleva accertarsi che la sorella fosse ancora lì. Ma non ci riuscì.

«Amelie... ci sei?» La chiamò sentendosi la gola in fiamme.

«Ryan, sono qui...» ripeté lei con una voce di pianto che gli diede i brividi.

Forse quella era davvero la fine per loro. La fine che avrebbero dovuto affrontare coraggiosamente tanto tempo prima, come avevano fatto tutti gli altri, invece di cercare una via d'uscita per salvarsi, un compromesso per continuare a vivere. Forse avevano davvero vissuto abbastanza e doveva rassegnarsi e lasciare che si compisse il loro destino.

Ma se era già morto, perché quella fame di vita continuava persistente a scorrere in lui? Perché neanche in quel momento riusciva ad arrendersi?

Ryan Norwest voleva vivere. Vivere in eterno. Oltre tutti i limiti umani e soprannaturali, oltre ogni possibilità, oltre ogni ragione, Ryan Norwest voleva salvarsi. Ancora, sempre. Perché comprendeva che c'era qualcosa che amava e aveva sempre amato più di ogni altra cosa e persona al mondo. La vita, in qualunque sua forma. La propria vita.

* * *

Faith Chandler aveva raggiunto Londra in autobus. Ora si trovava alla stazione di Victoria indecisa su cosa fare di se stessa. Non aveva ancora scelto una destinazione. Aveva sempre avuto l'idea di seguire l'ispirazione, l'istinto oppure il cuore. Ma il cuore ormai taceva da un bel po' e nessuna meta la ispirava particolarmente. L'istinto, aveva imparato a proprie spese, era meglio non ascoltarlo più.

Aveva fame, era l'unica cosa che sapeva. Si guardò intorno e decise di entrare in un negozio a prendersi un panino, un sacchetto di patatine e una bibita. Magari anche una barretta di cioccolato.

Rosalie e Danielle non erano riuscite a fermarla o a farle cambiare idea. Si erano rassegnate a lasciarla andare, convinte che fosse la cosa migliore per lei. Avrebbe compiuto diciotto anni a giorni, in ogni caso. Nessuno avrebbe potuto fermarla. Era completamente libera, finalmente. E così le streghe bianche avrebbero potuto riprendere la loro pacifica esistenza senza streghe nere intorno.

Susan aveva continuato a chiamarla e a lasciarle messaggi. Faith alla fine aveva risolto la questione cambiando numero di telefono. Era stato semplice. E quando si era presentata dalle Cohen, Rosalie con le buone l'aveva convinta ad andarsene. Doveva lasciarla tranquilla, ancora per qualche giorno. Faith aveva bisogno di tempo. Questo Rosalie aveva detto a Susan, da parte sua. Non era vero. Non ci sarebbe stato tempo che l'avrebbe aiutata a dimenticare e a perdonare. C'era solo la fuga. Via, lontana. Per sempre.

Era da sua madre che si sentiva tradita, più che da Philip. Il rapporto con lui, per quanto fosse intenso e cresciuto in fretta, non era stato così "invasivo". Si era sentita umiliata da lui, oltraggiata per tutto ciò che aveva avuto, che aveva preteso da lei, senza darle nulla in cambio. Nemmeno l'ombra di un sentimento. Ma ora il suo cuore taceva, nei confronti di Philip. E dall'umiliazione si sarebbe ripresa.

Parlando con Danielle si era resa conto che ciò che sentiva per Philip non era paragonabile al sentimento che l'amica provava nei confronti del suo ragazzo, Alexander. Non era nemmeno riuscita a incontrarlo ma le sembrava di conoscerlo per quanto Danielle le aveva raccontato di lui. Temeva che Rosalie non sarebbe stata d'accordo e avrebbe interferito nella loro relazione, per questo preferiva vederlo di nascosto, almeno per il momento.

Non poteva negare che Susan meritasse almeno un'attenuante. Faith ci aveva riflettuto con calma. Era certa che non sapesse chi fosse Philip per lei. Però… forse non era per quello che voleva punirla. Forse era per un insieme di eventi, di situazioni, di delusioni accumulate nel corso degli anni. Per aver tentato di usarla, di manipolarla, per averla lasciata sola.

Faith entrò nel negozio di generi alimentari e si guardò intorno. Raccolse un sandwich pomodoro e mozzarella, un'aranciata amara in bottiglietta, un sacchetto di patatine, una barretta di cioccolato e un pacchetto di caramelle. Per placare la fame del momento poteva essere sufficiente.

Mentre si avviava verso la cassa per pagare si lasciò distrarre dalle prime parole di una canzone alla radio, diffusa per tutto il locale.

"Trouble is her only friend and he's back again
Makes her body older than it really is
She says it's high time she went away
No one's got much to say in this town
Trouble is the only way is down
Down, down
As strong as you were, tender you go
I'm watching you breathing for the last time
A song for your heart, but when it is quiet
I know what it means, and I'll carry you home
I'll carry you home."

Carry you home di James Blunt. Lei di certo non aveva nessuna intenzione di tornare a casa. Finì di pagare e si avviò verso l'uscita del negozio. Proprio in quell'istante arrivò la parte in cui la canzone parlava di New York City. Poteva essere un'idea. Una splendida idea che somigliava un po' a una follia. Il suggerimento di una meta. Faith era decisa ad accettare la sfida. Senza più esitazioni andò diretta verso la biglietteria per acquistare un biglietto del treno diretto all'aeroporto di Gatwick.

Poi avrebbe dovuto imbrogliare, ne era consapevole. Sui documenti, anche se solo per pochi giorni, era ancora minorenne. Non aveva neanche abbastanza soldi per comprare il biglietto aereo e per iniziare una nuova vita. Normalmente era contraria ad utilizzare il potere stregonesco per i propri fini, a meno che non avesse alternativa. Quello era proprio uno dei casi in cui non aveva alternativa.

Raggiunse il binario e salì sul treno diretto all'aeroporto. Un volo per New York la stava aspettando. Sentiva crescere e scorrere in sé un rinnovato e più intenso potere, senza però riuscire a comprendere da dove provenisse. Aprì il sacchetto del cibo ma lo mise da parte. Le era passata la fame, forse a causa della tensione. Sistemò lo zaino più grande nell'apposito scomparto sopra ai sedili, tornò a sedersi e aprì la borsa. Si accorse di non avere nulla da leggere. Si sarebbe comprata qualche libro in aeroporto, per il viaggio verso New York.

Doveva essere preparata e organizzarsi una nuova vita in quella città. In seguito, avrebbe smesso una volta per tutte di usare i suoi poteri, dimenticando per sempre di essere una strega. Sarebbe stata una ragazza normale, come tante altre. Scuola, casa, anche un lavoro. Nuove persone, con un po' di fortuna anche qualche amicizia. Amicizia con esseri umani, possibilmente. E da lì aveva anche intenzione di avviare le ricerche per scoprire che cosa fosse successo realmente a suo padre.

Dalla costa americana il suo aereo era scomparso. Quindi sarebbe partita dal punto giusto. Non poteva essere sparito nel nulla, come le aveva sempre raccontato Susan. Qualcosa doveva essere accaduto. E qualcuno doveva esserne responsabile. Non era più una bambina, aveva diritto di conoscere la verità. Aveva la magia, un grande potere in sé. L'avrebbe utilizzata a quello scopo, un'ultima volta. Per poi tentare di dimenticarsene per sempre.

Faith vide il proprio diario nella borsa. Lo tirò fuori e fu tentata di scrivere un po' per passare il tempo. Da tanto non aveva più scritto nemmeno una riga. Ma il pensiero di ciò che avrebbe dovuto raccontare, gli eventi degli ultimi mesi, le fece cambiare immediatamente idea.

Stava per richiudere la cerniera della borsa ma, riponendo il diario, percepì il contatto con la stoffa della maglietta che Ryan

Norwest le aveva comprato al mercato di Strawberry Hill. La prese, l'aprì sulle ginocchia e la osservò meglio. Aragorn di *Il Signore degli Anelli* la stava guardando cupo, impugnando una spada. Faith ripensò alla romantica scena del film, con Aragorn e Arwen protagonisti. La scena in cui Arwen diceva ad Aragorn che avrebbe preferito una sola vita con lui piuttosto che affrontare un'eternità da sola. Sì, era proprio qualcosa del genere. Una sola vita con lui… rinunciare all'eternità…

Quello era un grande amore. Uno di quelli che esistevano solo nei libri o nei film, ormai ne era convinta. Non esisteva nella vita reale una cosa del genere. Non per lei, almeno. In quel momento ne fu ancora più consapevole. Philip non l'aveva mai amata. Ma del resto anche lei non aveva mai amato Philip, anche se forse avrebbe voluto tentare.

Faith scosse la testa e chiuse gli occhi per togliersi dalla mente e dagli occhi quell'immagine. Si morse le labbra con forza per non piangere. Sentì il cuore accelerare i battiti e le guance in fiamme. Rabbia, provava ancora troppa rabbia. Questo sì. Rabbia, non amore. Ma si doveva calmare, consapevole dei disastri che avrebbe potuto provocare involontariamente quando era arrabbiata. Si posò una mano sul cuore cercando di controllare il respiro.

New York. Ecco, New York. Doveva concentrare l'attenzione sulla propria vita. Sulla nuova vita che l'aspettava dall'altra parte dell'oceano. E chissà, magari lì avrebbe incontrato un cavaliere coraggioso e indomito come Aragorn. Sorrise tra sé, accarezzando l'immagine di Aragorn e Arwen sulla maglietta azzurra.

Poi aggrottò la fronte e le sue labbra si piegarono in una smorfia inizialmente infastidita, poi incredula. Era come se nella sua mente si fosse aperto un varco in cui un'immagine aveva occupato sempre più spazio, fino a prenderne totale possesso per diventare una visione precisa e definita. Scosse la testa, tentando di rimuoverla. In quell'immagine Ryan Norwest era chiuso in una cella sotterranea e stava morendo.

CAPITOLO 78

Maggie non riusciva a togliersi dalla mente l'immagine di Ryan e di quel ragazzo della palestra. Perché Ryan le aveva chiesto di andarsene e dimenticare? Sicuramente se n'era occupato lui e non voleva che si impressionasse.

Comunque, James stava veramente tardando troppo. Le quattro erano trascorse da un pezzo ed era già passata un'infinità di volte davanti alla macchinetta dei koala, come la chiamavano loro. Nemmeno Bliss le rispondeva. E tantomeno Nathan. Se lo immaginava disteso al sole in un'isola tropicale con quella rossa Annie, totalmente dimentico di lei. Maggie si sentiva offesa e frustrata. Ecco, quella era proprio la parola giusta. Frustrata! Abbandonata da tutti.

Però magari James stava ancora lavorando. Magari era stanco a causa di quel nuovo progetto. Non doveva essere arrabbiata con lui, non era giusto. Anzi, nell'attesa avrebbe fatto un altro giro tra le bancarelle e gli avrebbe comprato un regalino.

Maggie si guardò intorno indecisa, pensando a cosa sarebbe potuto piacere a James. Qualcosa da portare sempre con sé. Bancarelle di felpe e magliette. No, non andavano bene. E James non sembrava proprio il tipo da portarsi dietro pupazzetti di peluche come lei. Forse qualcosa per il suo lavoro. Ma lì non vendevano niente di abbastanza ingegneristico. Maggie incrociò le braccia.

Quanto era difficile trovare il regalo giusto! Un cd, un dvd... No, nessuno ascoltava lo stesso cd o guardava lo stesso film per sempre. Un libro? No, James abitava sopra la libreria di Herr Flick, aveva tutti i libri che voleva a disposizione. Una chitarra nuova? Ma lei cosa ne capiva di strumenti musicali? Niente. Ecco, appunto. Niente di niente.

Lo sguardo di Maggie si illuminò mentre passava davanti alla bancarella degli orologi, portachiavi e gioielli vari. Ecco, un orologio, così magari la prossima volta sarebbe stato puntuale. Maggie si ritenne soddisfatta della scelta e annuì contenta.

«Voglio un orologio davvero speciale» disse alla signora al di là della bancarella. «È per… per il mio ragazzo!»

* * *

Da quanto tempo era rinchiuso lì? Troppo. Nathan Castle aveva ormai perso il conto dei giorni, delle ore. E soprattutto non ne aveva ancora compreso il motivo.

Gli venivano forniti i pasti due volte al giorno. Ogni suo eccesso, quando il suo alter ego si ripresentava, veniva opportunamente sedato.

Era tornato. Senza la presenza e l'aiuto costante di Annie, l'altro era tornato. E Nathan non era in grado di dominarlo. Non potendo ferire nessun altro, rinchiuso in quella stanza buia, feriva se stesso.

Per cui il suo biondo e odiato carceriere, non sapendo come fermarlo, oltre ai pasti gli distribuiva la razione quotidiana di droghe, spezie e sedativi, che lo rendevano incosciente per gran parte della giornata. Si sentiva come fuori dal tempo e dallo spazio. E l'altro dominava gran parte di tutto quel tempo e di quello spazio. Dominava la sua mente senza che lui avesse l'energia per ostacolarlo o per sottrarsi.

Anzi, ora riusciva addirittura a identificarlo meglio. Aveva un aspetto simile al suo, anche se diverso. I tratti in effetti erano solo vagamente somiglianti. E la cosa più assurda era che il suo "altro", come lo aveva definito fin dall'inizio, si presentava sempre con un ridicolo travestimento da cavaliere medievale. E quell'aria un po' selvaggia, come se avesse appena scotennato qualcuno. Ormai aveva la certezza che provenisse da un'altra epoca.

450

Aveva assunto anche un nome, l'altro. Lo stesso che la sua mente gli aveva suggerito tempo prima. Anche se ora Nathan si intestardiva e continuava a non accettarlo e a chiamarlo semplicemente "altro". Noah Castle. Noah Castle era il nome che urlava dentro di sé fino a fargli scoppiare il cervello. Noah Castle voleva impossessarsi di lui e non gli concedeva tregua. Deciso più che mai a raggiungere il suo scopo.

Nathan cominciò a battere il pugno contro la parete. Droga, aveva bisogno di quelle magiche pilloline che avrebbero sedato la sua mente e quel maledetto selvaggio che non gli consentiva pace né riposo.

Quello stronzo di un biondino chissà dov'era finito! Gli sembrava che avesse saltato anche il primo pasto della giornata. Nathan aveva sentito brontolare lo stomaco qualche ora prima.

Chiuse gli occhi. Non ne poteva più. Meglio la morte. Non riusciva a mettersi in contatto con Annie, nemmeno sforzandosi.

Forse perché Annie riposava placida e indifferente tra lenzuola di seta rossa. Ma questo Nathan non poteva immaginarlo. E non riusciva a richiamare nemmeno Bliss, che magari era l'unica oltre ad Annie a poterlo aiutare.

Con Maggie non ci aveva nemmeno provato. No, la sua Penny doveva stare fuori da tutta quella dannata faccenda. Chissà però intanto cosa stava pensando di lui. Che l'aveva abbandonata, probabilmente. Nathan si passò due dita sugli occhi e se le ritrovò umide.

«Maggie...»

No, no. Non poteva pensare a lei. Doveva arginare il pensiero, dimenticarla. Non doveva cercare di richiamarla a sé. Rischiava di metterla in pericolo. Doveva cancellare dalla mente la sua immagine, il suo sorriso, i suoi grandi occhi azzurri.

Al posto di Maggie riapparve l'immagine nitida del maledetto cavaliere medievale. Quel malefico Noah Castle. Ora però non era più solo. C'era una donna bruna insieme a lui. Bruna e incredibilmente provocante. Bellissima. Nathan ebbe un fremito lungo la spina dorsale e per tutto il corpo.

«Lady Elizabeth...» Noah Castle stava baciando la mano protesa di quella donna, ma fu Nathan a percepirne il contatto sulle labbra. «Sempre al vostro servizio.»

CAPITOLO 79

Passeggiavano lungo la riva del fiume tenendosi per mano. Con la promessa di non lasciarsi mai. Nonostante i problemi, nonostante gli scherzi del destino, nonostante il mondo. Che poi il mondo erano tutti gli altri, tutto ciò che non era loro due. E le maledizioni che gravavano sulla loro testa. Sempre dipendenti dagli altri, dalle azioni degli altri. Passate, presenti, future. Tutti i guai degli altri che erano costretti a subire.

Alexander e Danielle si guardarono scambiandosi un sorriso. Non aveva importanza. Ne avevano già parlato. Avrebbero fatto il possibile per restare insieme.

Ogni poesia d'amore li rispecchiava. Ogni canzone d'amore sembrava scritta per loro, per quel sentimento sbocciato tra infanzia e adolescenza e cresciuto nel tempo. Nel bene e nel male. Nella gioia e nel dolore. Poteva anche non esserci un domani.

«Sei tutto ciò che voglio...»

Danielle sussurrò sulle labbra di Alexander, stringendosi a lui.

«Nonostante quello che potrei diventare?»

Alexander le accarezzò il viso con le dita, guardandola negli occhi.

«Fino alla fine dei miei giorni io ti apparterrò, Alexander.»

Danielle gli prese il volto tra le mani con dolcezza, mentre lui le baciava le labbra.

Rosalie Cohen aveva continuato a seguirla con la mente. Alexander Hamilton era un bravo ragazzo, lo sapeva. Lo aveva capito. E non si sarebbe opposta se le circostanze fossero state diverse. Come aveva capito che amava sinceramente Danielle e mai l'avrebbe messa in pericolo volutamente. Però Rosalie vedeva in lei lo stesso destino che era stato di Shirley con Ryan

Norwest. Per questo motivo doveva correre ai ripari e agire. La sua priorità era Danielle, proteggerla da tutto e da tutti. Anche da se stessa.

Quando Alexander riaprì gli occhi si rese conto che nonostante la sentisse ancora tra le braccia e percepisse la morbidezza delle labbra della ragazza sulle sue, in realtà stava abbracciando e baciando solo l'aria. Perché Danielle era sparita.

* * *

James si era trattenuto nella libreria di Andres Flick dopo la sua partenza. Continuava a rigirarsi tra le mani la lettera che gli aveva lasciato. Oltre a cedere un quarto della libreria a lui, Maggie e Roland, consentiva loro anche di cambiare nome. Suggeriva qualcosa di più innovativo e attraente di quel vecchio "Antique Bookshop" scritto sull'insegna in legno. Ma probabilmente non lo avrebbero cambiato mai. Non era necessario.

Continuava a pensare a come avrebbe reagito Maggie. Non aveva nemmeno il coraggio di incontrarla per parlargliene. Si sentiva un vigliacco. Ma presto avrebbe dovuto farlo, pur sapendo che ci sarebbe rimasta male. Avrebbe considerato una sorta di tradimento il fatto che Andres se ne fosse andato senza nemmeno salutarla. E ancora di più James si sentiva in colpa a nasconderle la verità.

«Maggie?» Sentì squillare il telefono nella giacca e rispose vedendo apparire il suo nome. «Sono in libreria da Flick, mi dispiace ma ho fatto tardi. Puoi venire tu qui da me? Ci sono alcune questioni di cui dobbiamo parlare.»

«Arrivo subito!»

Maggie chiuse la chiamata e sorrise. James sarebbe stato davvero contento del suo regalo. Almeno era quello che si augurava.

Era stanca di girare per il mercato. E non aveva nemmeno preso il gelato! Ma non aveva importanza, l'avrebbe preso con

James più tardi. L'aveva definito il suo ragazzo. Era vero o almeno lo sperava. James era entrato nella sua vita ed era rimasto. E lei voleva che rimanesse. Perché altri se n'erano andati o se ne stavano andando.

Nathan e Bliss erano i suoi migliori amici e li sentiva lontani, ormai. A Nathan non aveva nemmeno potuto raccontare di James perché non sapeva dove fosse e nemmeno si degnava di risponderle. Tutto stava cambiando, troppo in fretta. Tutti stavano cambiando. E le faceva male percepire il cambiamento negli altri ma rimanere sempre uguale a se stessa. Non essere in grado di essere parte di un mondo che non riusciva più ad afferrare, a riconoscere.

Sospirò e scosse la testa per cacciare via i cattivi pensieri. Ripose il telefono nella custodia e poi nella borsa. Nel farlo sfiorò con le dita il piccolo koala che James aveva pescato alla macchinetta per lei. Gli accarezzò la testa.

Inaspettatamente il primo libro di Cross Irizarry le scivolò fuori e cadde a terra. Se li portava sempre dietro e finalmente si era decisa, li avrebbe mostrati a Herr Flick appena raggiunta la libreria.

Maggie si chinò per raccoglierlo e lo sistemò accuratamente nella borsa. Si rialzò incamminandosi verso la libreria, dove James la stava aspettando. Mosse qualche passo e fissò perplessa l'insegna del negozio di elettrodomestici che si trovava di fronte e che inspiegabilmente si chiamava "Cross Irizarry". Poi si voltò a guardare il negozio di abbigliamento sportivo e la relativa insegna. E anche lì lesse "Cross Irizarry". Stessa cosa per il ristorante cinese, il negozio di giocattoli, quello di ferramenta, infine anche il mobilificio.

Continuò a camminare. Ogni singolo negozio portava lo stesso nome sull'insegna. Lo stesso nome appariva anche sui cartelli delle bancarelle, sulle scritte dei manifesti applicati ai muri. E le parole che la gente si scambiava intorno a lei erano due. Solo due e solo quelle: "Cross Irizarry".

Maggie si trascinò verso una parete e si appoggiò al muro. Cross Irizarry, chiunque fosse e ovunque fosse, per qualche misterioso motivo la stava chiamando. Ma lei non sapeva dove cercarlo, come trovarlo. E poi James la stava aspettando e aveva veramente tanta voglia di vederlo e dargli il suo regalo.

Il problema fondamentale restava che, come quando cercava i suoi libri tempo prima, non c'era possibilità alcuna per lei di sapere dove Cross Irizarry si trovasse. L'altra volta la situazione era stata risolta da quell'adorabile ometto tanto gentile e dall'accento perfetto. Ma questa volta...

Maggie sgranò gli occhi azzurri scorgendo l'adorabile ometto avanzare verso di lei con un volume sotto il braccio.

* * *

Faith chiuse gli occhi una volta imbarcata, dopo essersi seduta al suo posto e aver allacciato la cintura di sicurezza. Aveva bisogno di rilassarsi e concedere un po' di tregua alle sue sciocche fantasie.

Riuscire a passare tutti i controlli era stato uno scherzo. Era senza dubbio una grande e potente strega nera. Sorrise tra sé, quasi orgogliosa del suo operato. Riaprì gli occhi quando sentì l'aereo acquistare velocità lungo la pista, preparandosi per il decollo.

New York la stava aspettando. Una nuova vita, finalmente. Lontana da lì. Una vita tutta sua. Era pronta per lasciarsi il passato alle spalle e niente e nessuno l'avrebbe fatta tornare indietro. Tanto meno una stupida, assurda visione.

Guardò fuori dal finestrino mentre l'aereo si alzava da terra e osservò le strade, le macchine e gli edifici diventare sempre più piccoli, fino quasi a sparire. Sentì un senso di vertigine mentre l'aereo si sollevava ancora di più.

Con un respiro profondo socchiuse gli occhi, ma poi li riaprì di scatto. Una visione? Un'altra? Era davvero solo una visione?

Sobbalzò al riflesso dell'immagine nel suo finestrino, dietro le sue spalle. Rosalie Cohen?

Si voltò bruscamente. Non fece nemmeno in tempo a domandare alla donna cosa ci facesse lì, sul suo volo per New York. Perché nella frazione di secondo che aveva impiegato per voltarsi quella che si ritrovò di fronte non era più Rosalie, ma Danielle che la osservava perplessa quanto lei.

Faith percepì il contatto di labbra morbide sulle sue e due braccia che le cingevano la vita. E non si trovava più sul suo aereo diretto a New York ma in riva al fiume, a Strawberry Hill. Tra le braccia di un ragazzo dai capelli chiari e gli occhi verdi. Tra le braccia di Alexander Hamilton.

«Cosa? Chi sei tu?»

Alexander si staccò da lei fissandola sconvolto. Evidentemente il suo effetto sugli uomini era devastante. Faith doveva farsene una ragione.

«Sono Faith. Faith Chandler.»

Faith scandì il proprio nome e indicò se stessa come se stesse parlando con uno straniero o un essere proveniente da un altro pianeta.

Alexander annuì mostrandole di aver capito, pur rimanendo incredulo e stordito.

«Alexander Hamilton» si presentò, poi il suo sguardo si incupì. «Danielle? Dov'è Danielle?»

«Danielle è sul mio aereo per New York, immagino.» Faith corrucciò la fronte, sospirò e abbassò lo sguardo. Furiosa e rassegnata allo stesso tempo. «Mentre io a quanto pare sono ancora bloccata qui, in questa maledetta città! Dannazione!»

Scosse la testa, sospirò e si staccò da Alexander per fissare la riva del fiume. L'acqua limpida che scorreva placida, cristallina, indifferente delle sciagure umane e soprannaturali.

«Non possono avermi fatto questo!» Socchiuse gli occhi e lo rivide. Di nuovo. Lo vide e lo sentì chiaramente, questa volta. Una lacrima involontaria le scivolò lungo la guancia mentre riapriva gli occhi. «Ryan... forse fai troppo affidamento sulla mia umanità. Anche se è tutto ciò che mi rimane. Tutto ciò a cui tengo davvero. Dannato vampiro!»

* * *

Ryan manteneva lo sguardo fisso al soffitto, in un costante e distruttivo sogno lucido che lo annichiliva e lo prosciugava della scarsa energia che gli era rimasta. Di tanto in tanto, con sforzo immane, chiamava la sorella, solo per accertarsi che fosse ancora viva. Ma forse quella fine se la meritavano, tutto sommato. Forse era la punizione adeguata per tutto il male che avevano fatto al mondo in così tanti secoli.

Avevano seminato morte, violenza e distruzione in ogni angolo della sfera terrestre. Creature innocenti avevano sofferto ed erano scomparse prematuramente a causa loro. A causa sua, principalmente.

Era stato un servo, poco più di uno schiavo. Lui e tutta la sua famiglia. Punito e fustigato per aver desiderato elevare la propria condizione in una società che non permetteva ancora ai servi di essere ambiziosi e ostinati. Ma lui lo era, a dispetto di tutto e di tutti.

Poi aveva incontrato loro. La stirpe nobile di vampiri e demoni che occupava quella fascia del pianeta. E lottava per ottenere sempre di più, sempre di più, per raggiungere il dominio dell'intero globo. Soprattutto il dominio sulle altre due famiglie di stirpe nobile, infine su tutte le creature soprannaturali. E ce n'erano veramente tante, esistenti al mondo fin dai tempi antichi. Alcune ora sopite, altre completamente annientate. Altre ancora tenute in schiavitù, soggiogate.

In un certo senso Ryan Norwest si era illuso di avere incontrato pane per i suoi denti. Qualcuno ambizioso, orgoglioso e audace quanto sarebbe potuto diventare lui se fosse entrato a far parte di quel mondo, se fosse venuto in possesso di quel potere.

Poi le situazioni si erano evolute diversamente da quanto aveva sperato. Quando era stato troppo tardi per poter cambiare, si era reso conto che la sua condizione di servo non era mutata affatto. Aveva solo cambiato tipo di prigionia.

E ora i suoi padroni, non sapeva chi esattamente e probabilmente non lo avrebbe mai saputo, si erano stancati di lui e avevano deciso di eliminarlo. Forse non serviva più, era diventato un peso inutile. Lento, debole e troppo riflessivo. Troppo sensibile e romantico in alcune circostanze. Come un poeta dell'Ottocento. Come uno scrittore che meditava su ogni parola che aggiungeva alla narrazione di una storia. Come Cross Irizarry, orgoglioso dell'interesse letterario che aveva suscitato in una deliziosa ragazzina umana. Maggie Pennington.

Maggie Pennington era la vita. La gioia, la spontaneità. Maggie era lui stesso umano, quando aveva ancora speranza e sete di conoscenza. E tante, troppe illusioni. Quando riusciva a percepire la bellezza, la bontà. E ancora, nonostante tutto, la fame di vita di Ryan non si decideva a soccombere, a morire.

Non desiderava affatto richiamare proprio lei. Non l'avrebbe messa in pericolo per nessuna ragione al mondo. Sperava che Alfred non andasse a cercarla con un altro dei suoi libri, come aveva sognato. Perché poi avrebbe dovuto? Lui non glielo aveva ordinato. No, Maggie non doveva entrare a far parte di quel mondo di corruzione e perfidia. Doveva restare libera e continuare a vivere la sua esistenza di tenera, deliziosa ragazzina umana.

Aveva sognato anche la rossa Annie, stesa sul suo letto, tra le lenzuola di seta rossa come i suoi capelli. Dormiva beata e non sarebbe accorsa in suo aiuto. Probabilmente l'aveva già dimenticato e la sua momentanea attrazione nei suoi confronti era del tutto svanita. Questo si ottiene quando una passione non è autentica, ma indotta e forzata.

Ryan non ne era affatto sorpreso. Sogghignò tra sé. Passione autentica per le creature di cui si era nutrito, sentimenti di affetto per coloro che aveva privato di linfa vitale? No. Semplicemente non era possibile. Una cosa escludeva l'altra dal suo punto di vista. Dal punto di vista delle creature non poteva esserne certo, ma sospettava che il sentimento, anzi la mancanza di esso, fosse reciproco.

Anche la malefica strega nera Faith Chandler era apparsa nel suo sogno. Sempre con quella sua aria delusa e profondamente infelice. Era su un treno e stringeva tra le mani la maglietta che le aveva comprato e infilato nella borsa. Si era persa in sogni romantici sui personaggi che raffigurava. Con quella frase su una sola vita, sull'eternità, che era rimbalzata dalla mente di Faith alla sua. Poi aveva visto sua madre Susan e tutto era diventato confuso e ingarbugliato nella mente contorta della streghetta.

Faith aveva pensato subito dopo a New York e a una nuova vita. Poi aveva visto lui. Ryan sapeva che lei era riuscita a vedere esattamente dove si trovasse. Era l'unica a esserci riuscita. In qualche modo, a lui del tutto ignoto, era riuscito a stabilire con lei un collegamento più chiaro e diretto. Forse per l'interesse che gli aveva suscitato. Forse perché Faith era davvero una strega così potente da essere stata in grado, pur senza volerlo, di raggiungerlo e afferrarlo con il pensiero.

La maglietta... ecco cosa poteva essere. La maglietta che entrambi avevano toccato. Oppure le loro mani che si erano sfiorate in quel momento...

Ryan improvvisamente sentì qualcosa premere sul petto, con forza. Come se gli penetrasse nel cuore. Stavano tentando di ucciderlo?

Riuscì ad abbassare gli occhi per controllare. La tasca che aveva sulla camicia. Il braccialetto della streghetta. Era proprio quello il punto, non il cuore.

Cosa aveva detto Faith a proposito di un dono? Che andava ricambiato... Quindi gli aveva lasciato il suo braccialetto in cambio della maglietta. Era riuscito a stabilire una connessione con lei. Talmente forte da oltrepassare il potere di chi lo aveva imprigionato, da riuscire ad arginarlo.

Sì, Faith sapeva dove si trovava. Lo aveva visto. Ma ovviamente se ne infischiava del fatto che lui fosse prigioniero e stesse morendo in quella cella. Perché era una potente e perfida strega nera. Perché lui e sua sorella le avevano fatto del male. Perché erano nemici. Quindi aveva tutto il diritto di infischiarsene.

«Amelie...?»

Era un po' che non la chiamava. Quei sogni lucidi lo stavano massacrando nella mente e nel corpo.

«Ci sono... Ryan...»

La voce di Amelie era diventata ancora più debole, quasi un rantolo doloroso.

«Ce la caveremo anche questa volta, Amelie...» Ryan impiegò tutte le forze che gli erano rimaste per pronunciare quelle parole con una certa energia, per suonare convincente e ottimista. «Te lo prometto. Ce la caveremo, sorellina...»

«Mmh...» replicò Amelie, senza aggiungere altro.

Ryan lo prese come un segnale positivo. Anche se Amelie era spaventata, percepiva il terrore nella sua voce solitamente così arrogante e insolente nei suoi confronti.

Chiuse gli occhi e decise di mettersi a pregare. O almeno di provarci. Tentare non avrebbe di certo peggiorato la situazione. Non sapeva chi e non sapeva se quel qualcuno a cui aveva iniziato a rivolgersi lo stava ascoltando. Ma di una cosa era certo. Se esisteva un dio per tutte le creature, forse ne esisteva uno anche per gli esseri come lui. E magari quel suo dio non era così oscuro e intangibile come aveva sospettato ogni volta che vi aveva rivolto un pensiero, soprattutto da essere umano.

Magari aveva assistito a tutti i suoi sbagli, alle sue crudeltà, ma anche alle sue sofferenze, ai suoi rimpianti. E proprio in quel momento, in cui lui stava tentando di pregarlo, stava riflettendo sulla giusta decisione da prendere. Se Ryan Norwest fosse degno di ottenere una seconda occasione. Se Ryan Norwest meritasse di tornare a vivere.

Fu a quel punto che la rivide. Di nuovo. Probabilmente non era una risposta alla sua preghiera, ma una cosa era certa. Non era andata via. Con lo sguardo corrucciato fissava la riva del fiume. Perché non era partita? Perché era tornata indietro? Avrebbe sentito la sua invocazione di aiuto? Non aveva importanza, doveva comunque tentare. Richiamarla ancora. Magari tutto ciò che lei desiderava era la loro fine, però forse poteva ancora contare sulla bontà d'animo di quella streghetta. Anche se era una potente strega nera. Anche se era stata tradita, delusa, offesa. Forse poteva trovare nel cuore ancora un po' di compassione per loro. Per lui.

«Faith...» sussurrò rammentando le scene vissute con lei. Fino all'ultima, più viva e intensa. Le ultime parole che gli aveva rivolto...

"Tienilo tu. Non so dove l'ho letto ma bisogna sempre ricambiare un regalo. Quindi tienilo come mio dono in cambio della maglietta. Addio, Ryan Norwest."

Sentì ancora il braccialetto di Faith premergli sul cuore. Lei era davvero forte. Era potente. Più di quanto avrebbe creduto possibile. Più di altre streghe nere di prima generazione che Ryan aveva incrociato nel corso della sua esistenza. Forse anche più di quanto von Klausen e gli altri avevano sospettato.

Perché non era soltanto lo sconfinato potere oscuro della strega nera a guidarla. C'era altro. Molto altro. La sua umanità. Il suo senso di giustizia. La sua onestà. Senza volerlo era riuscita a condizionare anche Amelie, quando si era rifiutata di usare i suoi poteri per quelle stupide sfide di ginnastica. Ma lui non ci era arrivato, allora.

«Ti prego, Faith...»

Sarebbe davvero andata a salvarlo? Forse, se fosse riuscito a raggiungerla ancora, a supplicarla, a impietosirla. Ma per farlo avrebbe messo in pericolo se stessa. Per quanto forte era sempre una ragazzina. Ed era sola. Non poteva sfidare un pericolo del genere da sola.

Una lacrima involontaria gli scivolò lungo la guancia mentre chiudeva gli occhi. Per una volta non doveva, non poteva essere egoista.

«No, non farlo, Faith… Non tornare, streghetta. Stai lontana da qui. Stai lontana da me.»

CAPITOLO 80

«Ha funzionato.»

L'alchimista Jean Claude von Klausen congiunse le mani e intrecciò le sue lunghe dita.

«Sì, è tornata.» Susan Chandler annuì con un sorriso vago.

«Non che sia tornata spontaneamente.» L'alchimista sciolse le mani e lasciò scivolare le braccia lungo i fianchi. «Però è qui. Ed è esattamente quello che volevamo.»

«E Rosalie Cohen ha rispettato la sua parte del piano» Susan si passò una mano sulla fronte. «Non ci speravo, invece è stata ai patti. Ma per il resto dubito che starà ancora dalla nostra parte. La faccenda dei Norwest non le piacerà. Lei è ancora molto legata a Ryan, per quanto dica che…»

«Tutto ciò che desiderava era sua nipote al sicuro lontana da qui!» Jean Claude la interruppe spazientito, poi incrociò le braccia e prese a fissare l'ingresso dell'antro. «Ed è quello che ha avuto.»

«Faith tenterà ancora di andarsene. Non si arrenderà, la conosco…»

Susan seguì la direzione del suo sguardo, posandosi la mano sul petto. Sentiva un'ansia irrefrenabile crescerle nel cuore.

«Non le sarà possibile.» Von Klausen le rivolse una rapida occhiata, prima di tornare a fissare l'ingresso. «Possiamo impedirle di oltrepassare i confini della città e al suo primo tentativo lo faremo, se necessario.»

Susan annuì. La tensione dell'alchimista l'aveva rapidamente contagiata. Stava per arrivare e lo sapevano entrambi. Che von Klausen con tutta la sua esperienza millenaria fosse tanto inquieto non era confortante.

«Temi che abbiamo sbagliato qualcosa?» Gli chiese in un mormorio soffocato, non riuscendo più a trattenersi. «Io continuo a pensare, ma… Insomma, ho la sensazione di non aver tenuto conto di…»

L'alchimista rispose solo con un cenno della mano, inducendola al silenzio. Aveva visualizzato quel momento svariate volte. Come una scena teatrale in cui, a ogni rappresentazione, venivano modificate le battute e se ne aggiungevano di nuove, più incisive, più articolate. Percepiva i passi lungo il corridoio che conducevano al centro dell'antro, la sala principale, il suo regno. Quei passi che potevano essere soltanto i suoi.

«Ti ho sentito tremare fin dall'ingresso principale del tuo nascondiglio.» Mani posate sui fianchi, aveva raggiunto il nucleo dell'antro dell'alchimista e ora stava avanzando verso di lui. «E adoro la sensazione di infondere terrore, la trovo gratificante. Ma vi sembra questa un'accoglienza degna?»

«Lady Elizabeth…» L'alchimista abbassò gli occhi e chinò lievemente la testa nera con riverenza. «Posso spiegare tutta la situazione che si è creata qui.»

«La situazione che si è creata qui?» Elizabeth inclinò lateralmente la testa e mostrò le labbra corrucciate come in una smorfia infantile. «Credi davvero che sia arrivata solamente ora? Oppure da quando ti ho aiutato a mettere in gabbia fratellino e sorellina Norwest, concedendoti un briciolo del mio potere?» Buttò la testa indietro e si lasciò andare in una risata troppo aperta e troppo acuta per essere spontanea. «Sono qui da tempo, piccolo sciocco di un alchimista a cui di alchemico è rimasto ben poco oltre all'aspetto lugubre e tetro. Vi ho studiati tutti per bene.»

Jean Claude von Klausen non replicò e si limitò ad annuire. Susan Chandler non si era più mossa, quasi non respirava e non batteva ciglio.

«Quanto a te… Sono la tua creatrice ma a volte mi sembri davvero troppo stupida per essere stata creata da me.» Elizabeth mosse la mano esile verso di lei e le puntò contro l'indice. Sospirò sollevando lo sguardo, poi abbassò leggermente le palpebre sugli occhi scuri e scintillanti pur nel buio dell'antro. «Suvvia, prenderti addirittura il fidanzato di tua figlia! Un totale imbecille, oltretutto! Per poi lasciare ad altri il compito di risolverti i guai. Nemmeno io sono mai arrivata a tanto... e di tempo ne ho avuto!»

Susan continuò a tacere. Era piuttosto certa che Elizabeth la stesse prendendo spudoratamente in giro. E non era nemmeno il caso di giustificarsi dicendo che lei non conosceva affatto l'identità del fidanzato di sua figlia prima che fosse troppo tardi.

«Quale sarà il vostro nome questa volta?» intervenne von Klausen riprendendo parte del coraggio che l'aveva sempre contraddistinto.

«Questa volta...» Elizabeth parve riflettere su una domanda di cui conosceva già la risposta da tempo. «Questa volta sarò Elizabeth Price. Perché nella mia estremamente lunga e articolata esistenza tutto quanto ha avuto un prezzo. Soprattutto quello che io stessa ho dovuto pagare.» Si scostò i capelli lunghi e ondosi dall'ovale perfetto del volto. Per un istante fu come se una nube oscura l'attraversasse, smorzandole l'entusiasmo. «Hanno provato a controllarmi. Hanno provato a imprigionarmi. Non ci sono mai riusciti. Mi sono liberata. E mi riprenderò tutto ciò che è mio. Tutto, da ogni lato. Visto che è a ogni lato di questo malefico triangolo che io appartengo.»

Jean Claude von Klausen aveva ritrovato l'autocontrollo. Ora fissava la donna senza più distogliere lo sguardo. Era bellissima e sensuale, come la ricordava da sempre. Audace e con quella smorfia maligna che spesso le si dipingeva sul volto storpiandole le labbra carnose e provocanti. La sua mente. La sua mente era sempre stata un enigma, un labirinto inestricabile in cui si era troppe volte perso, rischiando di venirne risucchiato e di non essere più in grado di uscirne.

«Non hai davvero imparato niente dalle lezioni del passato, alchimista?» Elizabeth gli rivolse un sorriso falsamente affettuoso, poi distolse lo sguardo da lui lasciandolo vagare intorno. «Non sprecare le tue scarse risorse nel tentativo di leggere nella mia mente. Questa volta ho costruito una barriera che nemmeno tu sarai in grado di oltrepassare o arginare. Nemmeno vagamente. Nemmeno impiegando tutte le tue energie. A meno che, come potrebbe anche capitare, tu sia stufo della tua sopravvalutata, funesta e sciatta esistenza.»

Elizabeth scomparve dalla loro vista senza avvertire o salutare. In un istante, semplicemente, non era più lì.

Ora passeggiava graziosamente tra le bancarelle del mercato cittadino, mischiandosi tra la folla. Con il sorriso innocente e un po' sperduto di una turista di passaggio, capitata lì per caso in una bella giornata di sole. Desiderosa soltanto di godersi l'estate.

Che illusi. Aveva mosso tutte le sue pedine e nemmeno se n'erano accorti! Perché tutti erano ruotati intorno a lei. Alla più innocente, la più ingenua, la più candida e spontanea tra le creature. Tanto spontanea da risultare un po' svagata. La dolce ragazzina umana che, inconsapevolmente, li aveva risvegliati e l'aveva aiutata ad attivare le trasformazioni delle sue incantevoli creature, anche quelle latenti. Li aveva attratti, provocati, irretiti, risucchiati e infine risvegliati. Era stato come innescare una reazione a catena, mentre entravano tutti in contatto tra loro grazie alla soave fanciulla dai grandi occhi azzurri. Umana, certo! Almeno quanto lei.

Presto avrebbe determinato le sorti di tutte le creature di quel ridente angolo di mondo. E di chi, inconsapevolmente, l'aveva aiutata a risvegliarle. Ma per quel giorno sarebbe stata solo la splendida, radiosa donna bruna dalla pelle ambrata e perfetta al cui passaggio in molti si voltavano. Il suo nome era Elizabeth Price e Strawberry Hill la sua nuova, accogliente dimora.

CITAZIONI

Emily Brontë: "Cime Tempestose"

Karyn Boye: "Certo che fa male"

Kahlil Gibran: "L'amore non dà nulla se non se stesso"

Jacques Prévert: "Barbara"

PLAYLIST

Elton John: "Candle in the wind"

Kate Bush: "Wuthering Heights"

Scorpions: "Wind of change"

Abba: "Take a chance on me"

Rachmaninov

Elton John: "Your Song"

Keane: "Everybody's changing"

James Blunt: "Carry you home"

RINGRAZIAMENTI

La serie *Incantevoli Creature* fa parte di un progetto che era nato come un gioco diversi anni fa. La prima versione risale agli inizi del 2015.

Strawberry Hill, graziosa cittadina inglese a metà tra realtà e fantasia, è denominata la "culla delle creature". Dal ritorno di Ryan Norwest, dalla sua brama di linfa vitale, tutto inizia a scorrere, a sciogliersi e a ricomporsi allo stesso tempo. Le trasformazioni vengono attivate e le creature soprannaturali si risvegliano innescando una sorta di "reazione a catena", secondo l'oscuro disegno di Elizabeth.

Mentre questo primo libro si può considerare un'introduzione alla storia vera e propria, in seguito si verrà a conoscenza dei legami più profondi e insospettati tra i personaggi, di altri luoghi che li hanno visti protagonisti, con l'intreccio di ostilità implacabili e antiche alleanze.

Nonostante la storia appartenga al genere urban fantasy, uno dei miei preferiti, le relazioni che nascono e si sviluppano tra i personaggi sono profondamente umane, spesso in bilico tra volontà di dominio e attrazione incontrollata. Da una parte il desiderio di potere e supremazia, dall'altra la dolcezza e la passione di un amore che irretisce, che devasta, che scuote il mondo oltre ogni egoismo, oltre ogni ragione.

Questo, in breve, sarà il destino di buona parte delle mie *Incantevoli Creature*, sempre alla ricerca di una possibilità di salvezza, di una speranza.

Come sempre, ringrazio voi lettori che siete arrivati fino a qui.

Ringrazio il luogo che mi ha ispirato la cittadina reale e immaginaria di Strawberry Hill, secondo la mia personale visione.

Ringrazio i libri, le canzoni e i film che mi hanno accompagnata nel mio percorso di vita e nella scrittura.

Ringrazio Ghostly Whisper Ltd. e i miei correttori di bozze.

Ringrazio la mia famiglia per essermi stata di grande aiuto da quando ho iniziato a scrivere le mie storie, praticamente da tutta la vita.

Spero che il primo volume introduttivo vi abbia incuriosito e intrattenuto e che ci ritroveremo presto a Strawberry Hill, per seguire le vicende di queste *Incantevoli Creature*, divise tra amore e potere.

Barbara Morgan legge e scrive da sempre. Predilige urban fantasy, horror, distopici e fantascienza ma si avventura spesso in altri generi. Lavora nell'ambito della scrittura, dell'editoria e della moda. Laureata in lingue e letterature straniere, specializzata in letteratura inglese, letteratura americana e letterature comparate, ha vissuto tra Inghilterra, Francia, Italia, Svizzera e Stati Uniti, per poi trasferirsi in Irlanda, dove organizza eventi culturali e book club. Traduce dall'inglese, dal francese e dallo spagnolo.

Ghostly Whisper, la Casa Editrice che ha fondato in Irlanda, è un po' la sua storia.

Website: https://www.barbara-morgan.com

Facebook: https://www.facebook.com/BarbaraMorganAuthor/

Instagram: https://www.instagram.com/barbaramorganbooks/

Twitter: https://twitter.com/BabsiMorgan